新日本古典文学大系 82

異素六帖 古今俄選

粋宇瑠璃 田舎芝居

浜田啓介
中野三敏 校注

岩波書店刊行

編集委員

佐竹昭広
大曾根章介
久保田淳
中野三敏

題字　今井凌雪

目次

凡例

一　底本は、解説末尾の「所収本書誌」に記した。

二　本文は底本の形を復元できるよう努めたが、通読の便を考慮して、翻印は次のような方針で行った。

1　『唐詩笑』は、校注者による訓み下し文をまず掲げ、底本の漢文を原形のままその後に付した。

2　改行・句読点、等

（イ）適宜改行し、会話や心中思惟にあたる部分を「　」でくくった箇所もある。

（ロ）底本の「〻・。」点を通常の句読点に改め、また適宜句読点を補った。

（ハ）『古今俄選』『粋宇瑠璃』『茶番早合点』の三作品は、底本の「〻・。」点をすべて「。」点に改めた以外は、底本の体裁を保存した。

3　仮名遣い・清濁

（イ）仮名遣いは底本のままとした。但し、校注者による振り仮名は歴史的仮名遣いに従った。

（ロ）仮名の清濁は校注者において補正した。但し、『古今俄選』『粋宇瑠璃』『茶番早合点』については原則として底本のままとした。当時の清濁が現代語と異なる場合にも、特にその旨注記することはしなかった。

4　振り仮名・宛て漢字、等

（イ）　校注者が施した振り仮名は（　）でくくった。

（ロ）　底本の仮名書きの語に漢字を宛てた場合には、その仮名を〔　〕でくくって振り仮名の位置に示した。但し、『絵兄弟』については〔　〕を付さず、底本に施された振り仮名は〈　〉でくくって区別した。

（ハ）　底本の漢文体の部分で、返点・送り仮名等が入り乱れて通読しにくい場合は、その部分を訓み下して振り仮名の位置に示した。

（ニ）　底本の漢字の送り仮名と重複する振り仮名・捨て仮名等は、そのまま残した。

（例）　云ば《いはゝ》　奈何に《いかに》　夜る《よる》

5　字体

（イ）　漢字は原則として現在通行の字体に改め、常用漢字表にある文字は新字体を用いた。異体字の類は、底本の字体をそのまま残したものもある。

（例）　皃(貌)　躰(体)　帋(紙)　牀(床)

（ロ）　特殊な合字・連字体などは通行の文字に改めた。

（例）　ヿ→こと　ゟ→より　𪜈→トモ

（ハ）　反復記号（ヽ　ゝ　ゞ　々　〱）は原則として底本のままとした。

6　明らかな誤字・脱字・衍字は適宜訂正し、必要な場合はその旨を注記した。

『古今俄選』『粋宇瑠璃』『茶番早合点』の脚注作成に当っては、中村幸彦博士、土田衛氏、河合真澄氏に貴重な教示を頂いた外、多数の方々の教示を頂戴した。又、大学で演習を担当した学生(当時)諸君の創意をも利用させて頂いた。付記して謝意に代える。(浜田記)

異《い》素《そ》六《ろく》帖《じょう》

中野三敏　校注

題名は『義楚六帖』をかすめるものの、内容とはかかわらない。その内容は『唐詩笑』の方法をそっくり踏襲して、舞台を吉原に定め、『唐詩選』に加えて「百人一首」まで用いた断章取義に終始する。(「断章取義」については『唐詩笑』を参照されたい。)

作者の旡々道人・中氏嬉斎・何遊堂爰歌は恐らく作中の仏者・儒者・歌人に因んで旡・中・歌の文字をあてた異名同人、実は後年の流行書家沢田東江若年の戯文という事、これも後年、本書の伝本の一つに大田南畝の自筆識語あり、

四十余年前、東江先生にまみえし時、その戯作なりといへり、その比は東郊といひし比也

とあることで証明された。

東江は『唐詩笑』の著者井上蘭台の直門で、井上金峨とは刎頸の交を持った人物である。聖堂にも入学し経学者を志したのが、山縣大弐の明和事件に連座、挫折を余儀なくされ、書家として大成、二王に基く古法書学を主唱して書学者としても一時代を画した。

本書刊行は『唐詩笑』に先駆けるが、『唐詩笑』の成立は宝暦三年(一七五三)以前なので、その影響関係は明白である。恐らく蘭台先生の膝下に『唐詩笑』を見せられたか、或いは金峨と共に直接その遊びに加わった東江が、今一つ「百人一首」もと思いついたのでもあろう。やはり和文脈も組み入れた方が面白くなると、先を読んだのでもあろうか。枉解ぶりも一段と手があがって「春潮夜々深」の解には、当然予測される艶笑味をわざとはぐらかしてしまったり、「漢書地理志」の「漢書」は「閑所」(便所)に通じるとまで説明して、では「地理志」は「塵紙」に通じるという所は読者の読みに任せるなど、中々に緩急自在である。

本書は江戸板洒落本の出発点とみなされているが、書型は小本ながら二冊本であり、構成面でも絵を多用するなど、なお洒落本の定型を形造るには聊か時間がかかる。即ち江戸板滑稽本の祖という位置附けでも構わぬ作品である。

異素六帖序[一]

世之在二宇宙一者也夥焉。陰陽之[二]昫蒸、[三]万殊之区別、苦楽渾淆、情愛逼迫、悪可レ勝レ言乎。放二心[四]六合一巻二[五]悟密室一。[六]蟻動為二牛鳴一者[七]聡之乖也。[八]蚊足為二鬼脛一者[九]明之異也。若夫知四[一〇]乖異之所三以為二乖異一則豈無二乖異一歟。近覧二異素六帖一。[一一]太素可二以染一哉。染而後為二万ゝ多ゝ之色一。如夫有レ色則必有レ想。有レ想則楽亦在二其中一矣。[一二]二十五有之中、有二[一三]北鬱単越一。又名二北倶盧州一。[一四]翻二[一五]勝処一。勝二[一六]東南西之三州一大楽長寿無憂管弦之[一七]絶地也。事見二[一八]宝雲経一。当今謂二之[一九]北州一者[二〇]方語之略也。於レ爰乎序。

宝暦七丁丑載[二一]孟春[二二]良辰

[二三]旡ゝ道人

世の宇宙に在る者や夥し。陰陽の昫蒸《くじよう》、万殊の区別、苦楽の渾淆、情愛の逼迫、悪《いづく》んぞ言ふに勝《た》ふ可けんや。六合《りくがふ》に放心し、密室に巻悟す。蟻動を牛鳴となす者

一 「異素六帖」は宋・義楚撰「義楚六帖」のもじり。「義楚六帖」は、二十四巻五十部、「白氏六帖」に擬して作られた仏教の類書。「異素」は「素」ではないもの、即ち素人ならぬ吉原の世界の意を込めるか。 二 「昫」はあたためる。「蒸」はむす。 三 いろいろさまざまの違い。 四 天地四方。あるものは天地に向って心をひろげ。 五 ちぢこまる。あるものは密室の中にちぢこまる。 六 蟻の走る音を牛の鳴き声のように聞きなす者は。 七 「聡」は耳ざといこと、「乖」はよしまなこと。即ち変に耳ざとすぎること。 八 蚊の足を鬼の脛とみなす者は。 九 「明」は目ざといこと。 一〇 「乖異」はそむきちがうこと。「怪ヲ見テ怪シマザレバ其ノ怪自ラ壊ル」(夷堅志)等の文脈による。 一一 まだ世間の色に染まらない素樸な性質。 一二 仏説にいう、二十五種に分れる衆生輪廻の世界。 一三 二十五有の内の四洲の一。須弥山の北にあり、此の国の人民は、平等安楽、寿千年という。 一四 翻訳する。仏典を漢訳することをいう。 一五 きわめてすぐれた場所。 一六 四州の内、弗婆提、瞿陀尼、閻浮提の三州。 一七 絶景の地。 一八 未詳。 一九 江戸の北に位置するところから吉原の異称であるが、それを北倶盧州の略称とする。 二〇 方言。くになまり。

は、聡の乖なり。蚊足を鬼脛となす者は、明の異なり。若し夫れ乖異の乖異たる所以《ゆゑん》を知らば則ち豈《あ》に乖異なからんや。近ごろ異素六帖を覧《み》る。太素以て染むべし。染めて而る後に万〻多〻の色を為す。如《も》し夫れ色あれば則ち必ず想あり。想あれば即ち楽も亦其中に在り。二十五有《う》の中、北鬱単越あり。又北倶盧州と名づく。勝処と翻す。東南西の三州に勝る、大楽長寿無憂管弦の絶地なり。事は宝雲経に見ゆ。当今之を北州と謂ふは、方語の略なり。爰《ここ》に於てか序す。

宝暦七丁丑載孟春良辰

旡〻道人

［瓠瓜］［能楽葊印］

三一 陰暦正月、春の初め。
三二 良き日。
三三 和序の撰者中氏嬉斎、跋の撰者何遊堂爰歌と共にいずれも沢田東江の戯名と思われるが、確証はない。旡々道人は仏者、何遊堂は歌人、中氏嬉斎は儒者という発端の登場人物にあわせた命名であろう。

異素六帖序《いそろくでふじょ》

本邦《ほんぽう》の色《いろ》一を通暁《つうげう》したるものはおほく、異邦《ゐほう》の色《いろ》を転翻《てんぽん》二したる書《しょ》は鮮《すくな》し。今《いま》この六帖《ろくでふ》は、青楼《せいらう》三の精微《せいび》と北州《ほくしう》四の全盛《ぜんせい》とを折中《せつちう》五す。しかもその秋毫《しうごう》六の末《すへ》をいふすら実《じつ》に綾《あやな》七なすの一事《いちじ》たり。こいねがわくは、黠聖《きつせい》八ありて、和漢《わかん》の情《ぜう》、相《あい》おなじき数《かず》／＼をあらはさば、野暮《やぼ》をして、活物《くわつぶつ》九たらしめんもの歟。将粋長《はたすいちやう》一〇の鳳凰台上《ほうわうだいじやう》一一に飽悶《ほうもん》一二せるものをして、蝸廬《くわろ》一三にうづくまらしめんもの歟と。中氏嬉斎自序《なかうじきさいじじよす》。

丑《し》のあゆみおそき日

めでたきはじめ

和亭主人

一 好色。
二 くわしく繰り返し記すこと。
三 妓楼の様態や習慣の微細を尽すこと。
四 吉原の繁昌ぶり。
五 両方をとりまとめて一つに論じること。
六 極く微細な事柄。孟子・梁恵王上に「明足三以察二秋毫之末一」。
七 うまくまるめこむこと。遊里語。
八 ぬけ目のない遊びの達人。
九 粋人。
一〇 粋人の随一といわれるような人。
一一 李白詩「登二金陵鳳凰台一詩」などのような中国の名勝地の名を掠めて、吉原廓中の名店の立派な座敷にたとえたもの。
一二 遊び飽きたありさま。
一三 小さなあばら屋。豪華な遊びを尽して静貧の生活に入ることのたとえ。

異《い》素《そ》六《ろく》帖《でふ》

発《ほっ》[一]例《れい》

[二]三つの径《ちまた》踏《ふみ》わけがたき葎《むぐら》が宿《やど》、ひとつ竈《へつつい》は[三]寒食《かんしょく》の家《いへ》を欺《あざむ》き、米櫃《こめびつ》の中《うち》は[四]塵積《ちりつもり》て山姥《やまうば》に似《に》たり。いさかふべき妻《つま》しなければ、摺小木《すりこぎ》も柱《はしら》にかゝりて、蛩《きり〴〵す》の声《こへ》に睡《ねぶ》り、野分《のわき》の外《ほか》に立《たち》まじわるべき人《ひと》なきに、壁《かべ》を隔《へだて》て聞《きこ》ゆるは、[五]みたけしやうじにもあらで、いと喧《かまびす》しくいゝ訇《のゝし》るに驚《おどろき》てさし覗《のぞ》けば、あやしのおのこ三人《みたり》ありて、ひとりは[六]歌学者《かがくしゃ》とみえて、一人は儒者《じゅしゃ》なるやらん、今《いま》ひとり[七]浮屠《ふと》の道《みち》にかしこきにて、口《くち》〳〵争《あらそひ》つのり、心《こゝろ》の浪《なみ》たちてさわがしきも、[八]おつればおなじ谷川《たにがわ》の、[九]流《なが》れの身《み》の事《こと》とぞなりける。おかしさ忍《しのひ》びかねて吹出《いだ》してもきこえばこそ、いよ〳〵つのる言種《ことぐさ》を、筆《ふで》おつ執《とれ》ば、歌学者、すこし[一〇]せいたる気色《けしき》にて、いへ〳〵今《いま》も申通り。[一一]衒売女色《げんまいにょしき》といふ事がござるはさ。仏者、たばこを[一二]つぎながら、そうおつしやるな。[一三]天地《あめつち》ひらけ初《はじま》りて、あなうれしとの給ひし、又《また》は[一四]出雲八重垣《いづもやゑがき》の神詠《しんゑい》より、[一五]陰陽和合自然《ゐんようわごうし》天然《ぜんてんねん》の色事《いろごと》は、傾城買《けいせいがい》では済《すみ》ませぬ。諺《ことわざ》にさへ[一六]誠《まこと》なしといふものを、[一七]正直《せうじき》の首《かうべ》にやどり給ふ神国《しんこく》の操《みさほ》ではござらぬ。ハテ[一八]みほつくし

一「発端」というに同じ。
二 三径。隠遁者の庭のありさま。「帰去来辞」に「三径就レ荒」。
三 季節の名。冬至後百五日目の日で、前後三日間は火を焚くのを禁じる。まるで寒食節を迎えた家の台所のように、竈には火も無いということ。
四 謡曲「山姥」に「妄執の雲の塵つもつて山姥となれる鬼女が有様」。
五「御嶽精進」。金峰山の行者が入山に先立って行う精進の行。うるさく言い罵る様子の形容に用いられる。
六 和歌の学に通じた人をいうが、神道や有職の学とも重なる知識人の意で用いられる。後世の国学者。
七 梵語 buddha の音訳で仏・仏教・僧などの意。
八 一休の歌という古歌に「雨あられ雪や氷とへだつらむおつればおなじ谷川の水」(謡曲「東岸居士」など)。洒落本などによく引かれる。
九「遊女」の身の上をいう。
一〇 せきこんだ様子。いらだつ。
一一 法華経・安楽行品の文句に「女色ヲ衒売スル、是クノ如キノ人ハ皆親近スルコトナカレ」。即ち売色、売春の意。
一二 煙管へ刻みたばこをつめる仕種。
一三 日本書紀・神代上「故曰(かれいはく)、開闢之初(あめつちひらくるはじめに)」「憙哉(あなうれしゑや)遇二可美少男二焉(うましをとこにあひぬること)」。
一四 日本書紀・神代上「時に武素戔嗚尊(たけすさのをのみこと)、歌(うたよみ)して曰はく「や雲たつ出雲八重垣妻ごめに八重垣作る

の巻《まき》にも。仏者がいわく、これ〳〵これ。その源氏物語《げんじものがたり》の憂楽《ゆうらく》も、皆無常《みなむじやう》の夢《ゆめ》のうき橋《はし》と成りはてるではないか。此間二人も[19]顋《あご》に思《おも》ひ入あり。そこじやに依《よつ》て。[20]其著《そのじやく》を離《はな》れるための遊女《ゆふじよ》ナ御聞《おきゝ》なされ。既《すで》に経《きやう》にも[21]引導衆生令離諸着《ゐんどうしゆぜうりやうりしよちやく》と御説《とき》なされたは。衆生《しゆじやう》を吉原《よしわら》へ引《ひき》つれて、諸《もろ〳〵》の執著《しうちやく》をはなれ、彼《かの》こと三昧《ざんまい》に入《い》るやうにとの。御心遣《おこゝろつか》ひでござる。といふてあたまの汗《あせ》をぬぐふ。[22]又若一日《またにやくいちにち》、若二日《にやくにち》、若三日乃至七日《にやくさんにちないししちにち》とあるも、皆[23]居続事《ゐつゞけのこと》で、歌学者、[24]吹《ふき》がらあらくはたきながら、いやもふこなた、それほど売色御執心《ばいしよくごしうしん》ならば、仏者相応《ぶつしやさうおう》に[25]よし町《てう》へでもござれ。仏者云、わるい御了簡《りやうけん》。わたくしが売色好《ばいしよくすき》ばかりでいふではござらぬが、[26]無心所着《むしんしよちやく》の徳《とく》は、[27]遊君浅妻《ゆふくんあさづま》のうへではござらぬか。とたゝみをたゝく。歌学者、いやさそれでは。仏者、ハテ、まだ合点《がてん》さつしやれぬ。歌学者、いゑ〳〵〳〵〳〵。儒者扇《じゆしやおふぎ》を[28]叉《しや》にかまへて、片手《かたて》をあげ、御ふたりともにおだまりなされ。既《すで》にかた〳〵よらずかたよらず、是《これ》を[29]中《ちう》と申す。そなた衆《しゆ》の様《よう》にかたよりたがるへんくつではまいらぬ。しかし遊《あそ》びといふ事を論《ろん》ずれば、仏道でおつしやる[30]北倶盧州《ほつくろしう》、また北州《ほくしう》とも申す楽第一《たのしみだいいち》の所。色《いろ》の中《うち》に遊びあり、遊《あそ》びの中に色《いろ》ある事、聊《いさゝか》まされりともいふべきか。それゆへ十《とを》に八九《はつく》は、[31]北《ほく》〳〵とうなづきます。去《さり》ながら、[32]遊《あそ》ぶ事必方《かならずほう》ありと申《(まうし)》て、方角《ほうがく》のきわまりてある事でござる。もし[33]鼻《はな》でも落《おち》るやうな所《ところ》は、かならず御無用《ごむよう》になされ。とすこし分別《ふんべつ》あり㒵《がほ》なり。歌学者、貴様のやうに、和《やわ》らかにいわるれば、我等《われら》も[34]岩木《いわき》にあらざれば、いなとは申さ

その八重垣ゑ」、乃ち相与(とも)に遘合(みとのまぐはひ)して児大己貴神(みこおほあなむちのかみ)を生む」。
一五「詩経集伝」に「陰陽和而後雨沢降、如二夫婦和而後家道成一」。
一六 諺「傾城に誠と玉子の丸いとはない」(世話詞渡世雀)。
一七 諺「正直のかうべに神やどる」(本朝俚諺)。
一八 源氏物語の巻名。「澪標」と、後文の「夢の浮橋」。
一九 ちょっと顋を引き気味にして、何事かを案じる様。
二〇 仏語。「執著」「愛着」。
二一 法華経・方便品に「無数方便、引導衆生、令離諸著、所以者何」。衆生を引導して、諸々の執著から離れさせるの意。
二二「仏説阿弥陀経」中の文句。
二三 一つの遊女屋で連日遊び続けること。
二四 煙管の雁首を灰吹きに強く叩きつけて、吸いがらをはたき落す動作。やゝじれったい感じ。
二五 現中央区日本橋芳町。当時江戸一番の男色を売る陰間茶屋の所在地。
二六 歌論用語としては、訳のわからぬ歌の意だが、ここは執着を離れた心の意にとるか。
二七 琵琶湖東岸朝妻郷と大津を結ぶ渡船上で売色した遊女。英一蝶作という元禄期の小唄に「あだしあだ波よせては返る浪、朝妻船のあさましや〳〵…よしそれとても世の中」と

ぬ。成程《なるほど》古歌《こか》のうち、北州《ほくしう》の法《ほふ》にかなふたがござる。儒者云《いはく》、オヽサ。詩《し》にも我等《われら》それのみを、よふ覚《おぼ》へて居《い》ます。仏者鼻《はな》をひく〳〵して笑《わら》ふ。ヱヘヽヱヘヽ。詩歌になくて何《なに》といたそふ。サア〳〵論《ろん》は無益《むやく》。先《まづ》承《うけたまわ》りたい。儒者いわく、一笙歌日暮《しやうかにちぼ》能《よく》留《とゞむ》レ客《きやくを》と申は。仏者いわく、アヽ。おつしやるな。鄽《みせ》の景色《けしき》すがた、やがて目の前《まへ》に見るよふでござる。歌学者云、二身を尽《つく》しても逢《あわ》んとぞ思ふ。仏者云、是はうまいことだ。儒者云、三時々《じじ》来往《くらいわうして》住《とゞまる》ニ人間《にんかんに》一。仏者云、ハハア、四茶屋船宿《ふなやど》のすがたをよふいふた。儒者、さりとは貴様のやうに、心を付てもらへば本望《ほんもふ》じやのふ。なんといゝながら、歌学者にむかふ。歌学者うなづきながら、

あり、人口に膾炙した。
二八 気取った様子の形容。
二九 「中庸」。物事に片寄らぬこと、論語・尭曰「允執ニ其中一(マコトニソノチユウヲトレ)」。
三〇 →三頁注一三。
三一 「北州」の「北」と、うなずく様子の形容語「ホクホク」とをかける。
三二 論語・里仁「父母在不ニ遠遊一(フボイマセバトホクアソバズ)、遊必有レ方(アソブコトカナラズハウアリ)」。
三三 梅毒などの病気持ちの遊女の多い遊び所。
三四 無情ではないことの譬え。「いはきにしあらねば、心くるしとや思けん」(伊勢物語)。後文の「いな」の序詞のように用いる。

一 唐詩選・七絶・賈至「春思二首(二)」の転句。長安の妓女の粧い飾った日常をうたう。「妓女などが、肴に笙歌、舞などをして、その上に日暮るれば(客を)大勢とりこんで、酒盛りなどをする」(唐詩選国字解・巻七。以下「国字解」と略す)。
二 百人一首・二十番・元良親王「わびぬればいまはたおなじなにはなるみをつくしてもあはんとぞ思ふ」。
三 唐詩選・七絶・儲光羲「寄ニ孫山人一」の結句。「隠君子なれば人間に交はりそうもないものぢやが、人間にも住居していらるゝか、合点のゆかぬ」(国字解)とするが、ここは「いつも俗世間との交りに忙しい」の意と

[五]乙女《おとめ》のすがたしばし、といゝながら、ふたりにむかい、是《これ》は[六]太夫《たゆふ》の揚屋入《あげやい》りをよませられし歌じやが、とてもの事に題《だい》をきわめて、詩《し》と歌《うた》とを引合《あわせ》てみたらば、どふござらふ。仏者、儒者云、是は[七]至極《しごく》〱。サア題《だい》を出しますぞ。

する。

四 いずれも吉原遊びの客の世話や送り迎えをする。船宿は柳橋近辺から山谷堀辺りに密集し、茶屋は大門外五十間道から廓内仲の町へかけて密集する。

五 百人一首・十二番・僧正遍昭「天つ風雲の通ひ路吹きとぢよ乙女の姿しばしとゞめん」。

六 太夫が客の待つ揚屋へ着かざって入る姿。住居にする遊女屋から揚屋までの太夫の行列を「道中」という。その道筋には一目でも見ようと、一般の客がおしかけた。吉原の太夫職は最高位の遊女をいうが、宝暦七年現在で吉原には太夫は見えず、翌八年には随一の大店三浦屋が廃業、そして宝暦十一年を最後に細見からも太夫位が消え、揚屋も廃絶する。

七 甚だもっともなこと。道理至極。

六帖目録《ろくでふもくろく》

その題《だい》のみをしるし、詩歌《しか》并に註釈《ちうしやく》は次《つぎ》の巻《まき》に具《そな》ふ。

一 揚屋は本来は太夫・格子といった高位の遊女との遊興の場であり、遊女が盛粧して客の待つ揚屋へ出むくのを揚屋入りと称した。
二 夜着。大形で襟や袖をつけてある綿入れの掛け布団。
三 吉原廓内を縦に貫く中央の大通り。両側はすべて茶屋が建ち並び、三月には中央一列に桜が移植されて景物となるが「吉原大全」には中の町に桜を植え始めたのは寛保元年からという。
四 年かさの遊女で、高位の遊女や若い新造の世話役を兼ねる。
五 年期の明けること。遊女づとめの年期は表向き十年ゆえ、大方二十七、八歳頃か。
六 お高くとまること。横柄なこと。
七 心中立ての一つとして、指を切断して相手にわたす。
八 他人の揚げた遊女と密会することを「横」「横番」という。遊里語。
九 惚れた客の為に、金銭を都合することを「工面」という。
一〇 泊り客のつかなかった遊女。
一一 初めて揚がる相手。
一二 自分が揚げた遊女を、事情があって他の客に貰われること。
一三 他の客の部屋を自分の部屋と間違った客。
一四 縁もゆかりも無いこと。
一五 遊女にとって、何かと金づかいの良い客を「為になる客」という。
一六 情夫。惚れた相手。

雨ふりの禿《かふろ》　[一七]牽頭《たいこ》に揚《あが》つた新造《しんぞう》[一八]　月見の台《だい》[一九]の物《もの》
面白《おもしろ》く逢《あ》ふ夜　夜番　船宿《ふなやど》
[二〇]惣雪隠《そうせつゐん》　揚屋の紙屑籠《かみくづかご》
△質《しち》を置《おく》女郎　わるい病《やまい》の有る女郎　床《とこ》のよい女郎
居《ゐ》ずまいのわるい女郎　床で骨《ほね》を折《をり》し女郎
△[二一]水上《みづあげ》の客《きやく》　年寄《としより》し客
△[二二]大門《(おおもん)》の懸行灯《かけあんどう》　大門の番所[二三]　吉原《よしわら》の真実《まこと》

といふまでの題《だい》にて、ふたりともに流《なが》るゝごとくにいひしは、我《われ》も聞《きゝ》覚えし唐詩《とうし》と、百人一首《しゆ》の歌にて有《あり》けり。此時《このとき》仏者感心《かんしん》のよだれをながし、合掌《がつしやう》して曰《(いはく)》、誠《まこと》に[二四]黄金《わうごん》の肌《はだ》をみがき、二《ふた》つ蒲《ぶ》団《とん》三つぶとんの蓮台《れんだい》に座し、有縁《ゑん》の衆生《しゆじやう》を救《すく》ひ、夜みせの行灯《あんどう》は迷《まよい》の衆生《しゆじやう》を導《みちび》き、昼《ひる》となく夜《よる》となく、黄金《わうごん》の光《ひかり》たへず。アヽ彼[二五]金光明所《かのこんくわうめうしよ》と説《と》き給ふ事、ことむべなりくく。といふ時、浅草寺《でら》の[二六]初夜《しよや》の鐘《かね》、ごんくと響、おもてに人の足音《あしおと》おほく、[二七]ヤツ|ツア　コレサ　といふ声繁《こへしげ》し。三人は顔《かほ》を見合《みあわせ》て、サア、といわれしより、各《おのく》[二八]袖形頭巾《そでなりづきん》とり出し、みなくかしらに打かづき、[二九]何《(いづ)》れへか出られし。我《われ》ひとり忙然《もうぜん》となりて、はじめて筆《ふで》[三〇]は硯箱《すゞりばこ》に納《おさま》りぬ。

異素六帖上の巻 終

一七 金持客の取り巻き。
一八 遊女に成りたての者。↓三五頁注八。
一九 吉原で、仕出し屋(台屋)から客席におさめる料理。大きな島台にかざりつける。
二〇 「惣後架」ともいう。遊女屋の二階の端などに設ける、客用の共同便所。
二一 遊女になって最初の客。
二二 吉原の入り口の総門。
二三 大門の左側にある、町奉行支配の番所。右側には組合の会所がある。
二四 「早研ニ黄金膚一、折レ花供レ仏聾、連結ニ蓮台跤二」(童子教)。釈尊の紫磨黄金の肌を遊女のそれにたとえる。以下同じく遊興を仏法の教えになぞらえる。
二五 豊かで安楽な国土。
二六 一昼夜を六分した六時の一。初更ともいう。現在の午後八時から九時頃。
二七 駕籠かきの掛け声。
二八 四角い布地に紐をつけ、目ばかり出すように頭部を包む頭巾。
二九 吉原へ出かけたのをわざとぼかした表現。
三〇 記し終えること。

異素六帖跋《いそろくでふばつ》

[一]百敷《もゝしき》や旧代《ふるきよ》の[二]拾遺《しうい》集《しう》には、遊女《じよ》の歌《うた》を入《い》れ、[三]人惜《おしひと》人恨《もうらめし》の聖主《みかど》は、[四]浅妻《あさづま》の咏《ゑい》をのこす。加之《しかのみならず》、[五]唐紅《からくれなゐ》の中将《ちうじやう》は、[六]著筒馴仁志嬬《きつゝなれにしつま》を恋《こひ》ひ、[七]加古知顔《かちがほ》の法師《ほうし》は、[八]江口君《ぐちのきみ》が為《ため》に大悟《たいご》を得たり。[九]者《ていれば》[一〇]足曳《あしびき》の大和言葉《やまとことのは》、[一一]諸越《もろこし》の[一二]芳野《よしの》の里《さと》に白雪《しらゆき》の積《つも》る文筆裳《ぶんぴつも》、いづれか娼家妓《しようかぎ》郭《くわく》の風流《ふうりう》に洩《もれ》んやと、[一三]松裳《まつも》むかしの友達《ともだち》の咄《はなし》を集《あつ》めて、異素六帖《いそろくでふ》と題《だい》し、光融《くわうゆう》和《やわら》ぎ春《はる》の日《ひ》の、閑《のどかなる》を助《たす》くる物《もの》ならんと、其後《そのしりへ》に跋《ばつ》する事《こと》しかり。

[一四]何遊堂爰歌

一 内裏、宮中の意。また「大宮」にかかる枕詞。

二 第三番目の勅撰和歌集。花山院撰といわれ、十一世紀初頭の成立。明確な遊女の歌というのは見えぬが、釆女(宮中の水司・膳部などに奉仕する容姿端整な子女)の贈答歌などがあり、それを遊女と誤認したか。後には新古今集の遊女妙の歌など入集する例も多い。或いは古今集・八の白女、後撰集・十七の檜垣嫗、後拾遺集・二十の宮木などの誤りか(「遊女考」)。

三 後鳥羽院「人もをし人もうらめしあぢきなく世を思ふゆゑに物思ふ身は」(続後撰集・十七)。

四 近江の舟遊女「朝妻船」の詠として有名な「今宵ねぬる浅妻船のあさからぬ契りを誰に又かはすらん」は、「無名翁随筆」には後水尾院御製といい、「近世奇跡考」には中院通勝卿の詠という。後鳥羽院御製の口伝もあるか。

五 在五中将在原業平詠「千早ふる神世もきかず龍田川から紅に水くゝるとは」(百人一首・十七番、以下番号のみを示す)。

六 「加良衣著乍穢尓志津麻志有礼者波留幽来寝多毗惜社思」(真名伊勢物語・寛永二十年刊)。

七 「なげけとて月やはものを思はするかこちがほなるわが涙かな」(八十六番・西行)。

八 撰集抄・巻九「江口遊女成レ尼事」に

六帖五十五段通計[一五]

一　初三《しよさん》[一六]全盛《ぜんせい》[一七]の威《ゐ》をいふより、以下《いげ》の廿二《にじう》段《だん》、女郎《ぢよらう》のうへをいふ

一　廿三《にじうさん》より十二《じうに》段《だん》、客《きやく》の事をいふ

一　卅五《さんじうご》より十一段《だん》、雑事《ぞうじ》をいふ

一　四《し》十六《じうろく》より五《ご》段《だん》、又女郎《またぢよらう》をいふて秘事《ひじ》をあかす

一　五十一五十二、又客《きやく》の談笑《だんせう》をいふ

一　五十三より五十五まで総論《そうろん》

著名な話柄。
九　漢文訓読系の文章の慣用語で、「よって」「されば」の意の接続詞。「てへれば」とも。
一〇「あしびきの」は「山」「大和」にかかる枕詞。
一一「諸越」は「唐土」と同意の古語。「諸越の吉野」は当時の成句の一つで、中国と日本のいずれをも共に称美する意で用いられた如くである。
一二「朝ぼらけ有明の月と見るまでに吉野の里にふれる白雪」(三十一番・坂上是則)を踏まえる構文で、「積る文筆」をひき出す序詞。
一三「誰をかも知る人にせむ高砂の松も昔の友ならなくに」(三十四番・藤原興風)。
一四 未詳。文意からは、本書の作者と見るべく、とすれば沢田東江の別号の一つか。
一五 全体の合計の意だが、ここは全体の配列内容の大略の意。
一六 初段から三段目まで。
一七 名実ともに備わった高位の遊女の威光。

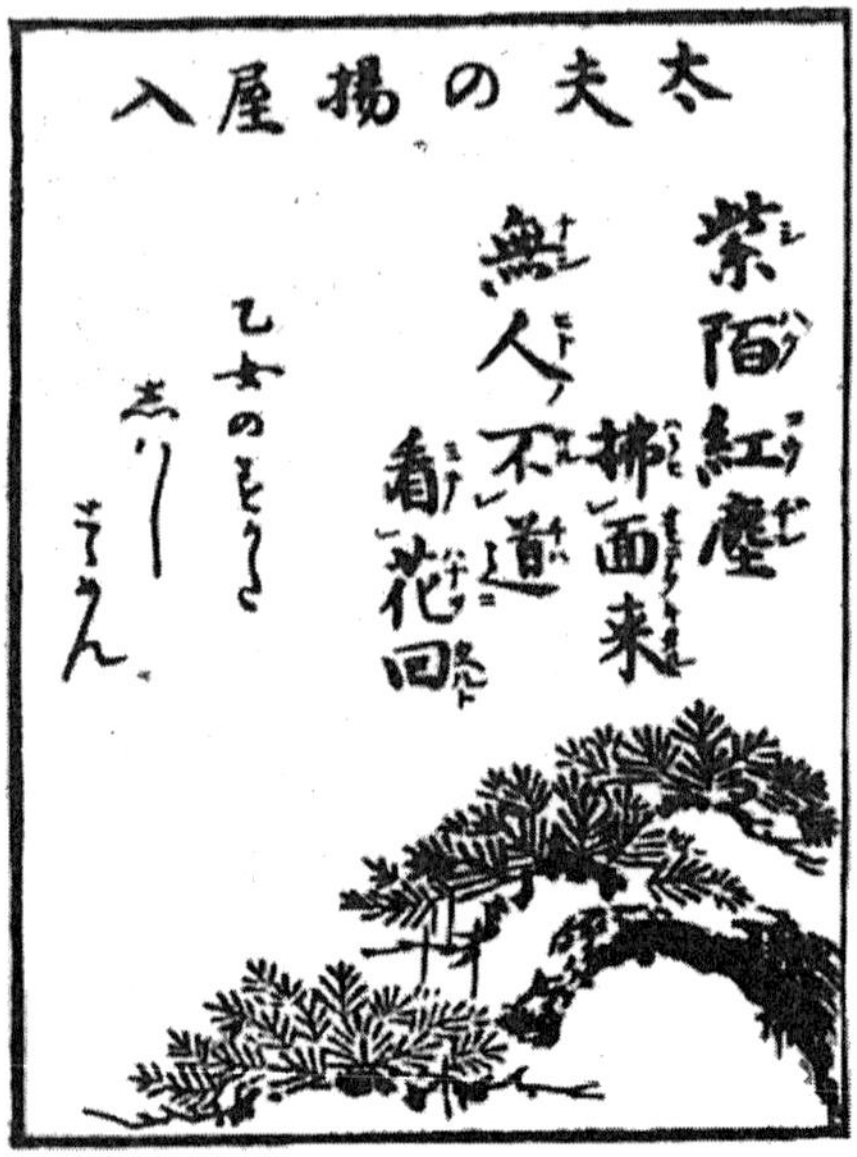
太夫の揚屋入
紫陌紅塵拂面来
無人不道看花回

太夫の揚屋入《あげやいり》

紫《シー》陌《ハク》紅《コウ》塵《ヂン》払《ハラヒ》レ面《オモテヲ》来《キタル》　無《ナシ》三人《ヒトノ》不《ザルコト》レ道《イハ》二看《ミテ》レ花《ハナヲ》回《カヘルト》一

二乙女のすがたしばしとゞめん

三紫陌《しはく》、紅塵《こうぢん》共に唐《から》の太夫《たゆふ》の名《な》なり。しはくはむらさきのみちとよむ。我朝《わがてう》には花紫《はなむらさき》四、五小むらさきといふて、太夫の通《とほ》六り名《な》とする事なり。紅塵《こうぢん》とは紅葉《もみぢ》のちりしきたるけしき、

一 劉禹錫「自二朗州一至レ京戯贈二看レ花諸君一」の起・承句(唐詩選・巻七。以下「唐詩選」の引用は書名・巻名を略す)。「紫陌の都の町も、今は奢り者が出で来て、町中を毎日々大ぜい往来をすることとなれば、塵をけたてゝ面と面をすり払ふて通る。都中の者が遊びにのみかゝつているゆへ、どれに逢うても花を見て帰ると云はぬ者はない」(国字解)。
二「天つ風雲のかよひ路吹きとぢよ乙女の姿しばしとゞめむ」(十二番・僧正遍昭)。「雲のかよひぢを風にふきたらば天上への道をうしなひて、今しばし下地にとゞまるべし。しばしが程もなを、其姿をみむといへるなり」(契沖「百人一首改観抄」。以下「改観抄」と略)。
三「陌」は路、「紫陌」は長安の宮城へ通ずる大通りをいう。「紅塵」は春先きの路上に立ち舞う塵の美称。それを唐の遊女の名にとりなした。
四 吉原の大店玉屋の名代の太夫名。
五 同じく三浦屋の名代の太夫名。
六 数代にわたる遊女名。
七 三浦屋抱えの名代の太夫名。寛保初年七代にて絶えると言い(原武太夫「高尾考」)、又、十一代まで数える説もある。いずれも定紋に紅葉を用いる。八 ひやかし客。廓へ、ただ見物のみに来る人。
九 丘為「左掖梨花」の起・承句。「外の花は紅に色つやうるはしい。…冷艶

是も太夫の名とす。我朝《わがてう》には紅葉《もみぢ》のゐんにて七高尾《たかお》と名附貴《づけたつと》ぶ。このゆへに八素見《すけん》の人は花を見てかへる心地《こゝち》せりと也。

女郎の被《よぎ》の内

九冷《レイ》艶《エン》全《マツタク》欺《アザムキ》レ雪《ユキヲ》　余《ヨ》香《カウ》乍《タチマチ》入《イル》レ衣《コロモニ》

一〇けふ九重ににほひぬるかな

冷艶《れいゑん》とはつめたくやさしといふ字にて、あふさむなどゝ云ながら夜着《よぎ》きたる肌《はだへ》の雪《ゆき》の一一伽《きや》羅《ら》のかほり、一二猶《なを》さらにいふべきかたなし。

三月の中の町

一三名《メイ》花《クワ》傾《ケイ》国《コク》両《フタツナガラ》相《アヒ》歓《ヨロコブ》

一四外山《とやま》のかすみたゝずもあらなん

一五名花《めいくわ》傾国《けいこく》　或説《あるせつ》にいはく、はなとなづくるとよみ、一六黄金鼻紙《わうごんはながみ》の事といふ。又傾国《けいこく》の傾《けい》は一七傾動《けいどう》の傾《けい》にあらずと云〻。今日いづれもあしゝ。たゞ女郎と桜《さくら》と共にたのしむとみるべし。

と梨の花は白く冷なるが如くにして雪をも欺いている。まつ白なゆへ雪かと思ふたに、たちまち香がするゆへ、花そうなと思ふ」(国字解)。一〇「いにしへの奈良の都の八重桜けふ九重に匂ひぬるかな」(六十一番・伊勢大輔)。「昔ならの宮古にみかどあまたまし〱けれども、今上の徳それにはまさらせ給ふがゆへに、此御前に来りては、花も昔より匂ひまされりといふ心」(改観抄)。一一 香木。「九重」も伽羅木の一種の名。一二 言い様がないほどである。一三 李白「清平調詩三首(三)」の起句。「花も貴妃がやうなものに眺められ、貴妃も花を見て両ながら相歓ぶ。牡丹は帝の御覧なさるゝ名花なり、貴妃も帝の御寵愛の美人なり、両ながら御気に入りぢや」(国字解)。一四「高砂のをのへの桜咲きにけり外山の霞たゝずもあらなむ」(七十三番・前中納言匡房)。「遠山の桜まで霞はれて見えよかしと願ひていへる歌なり」(百人一首諺解)。一五「名花」は牡丹。「傾国」は楊貴妃を指すこと「清平調」の詩句に明瞭。但し、後年、遊女の美称となる。一六 吉原で、客が遊女その他の廓の者におくる心附けの金銭を「はな」と称し、それを現金ではなく懐中のちり紙で代用し、後で茶屋などが代行して金銭に換える。一七 私娼窟に対する臨時の取締り。「警動」「怪動」とも書く。

ばんとう女郎

一 年《ネン》光《クワウ》到《イタル》処《トコロ》皆《ミナ》堪《タヘタリ》レ賞《シヤウスル》

二 我身世にふるながめせしまに

年光《ねんくわう》はとしたけし女郎の三ひたゐ口《くち》の薄《うす》くはげてひかる、男子なればあたまの光るころ也。としによりてかしらにひかりの出るをいふ。かやうにとしひさしき女郎の四格別《かくべつ》なるを、みな人感《かん》ぜしとなり。

一 張仲素「漢苑行」の転句。「この春光の到る処賞するに堪へ、面白い風景ぢやが」(国字解)。
二 「花の色はうつりにけりないたづらに我身世にふるながめせしまに」(九番・小野小町)。「花の盛りは明くれ花になれてながさむべき春を、世にふるならひはさもえなれずして、いたづらにもの思ふながめせしまに、まことにながむべき花の色ははやうつりにけりとなげく心なり」(改観抄)。
三 髪の生えぎわの辺り。髪を詰めて結うので年増の遊女は次第に生えぎわが薄くなる。
四 風格のある様子。
五 杜審言「贈ニ蘇綰書記ニ」の転句。「紅粉は婦人を言ふ。楼中は居間。さだめし御内室(奥方)が日を数ゑて(貴方の帰りを)待たるゝであらうが」(国字解)。
六 「なげきつゝ独りぬる夜の明る間はいかに久しき物とかはしる」(五十三番・右大将道綱母)。「いく夜さか来まさで、ひとりぬる夜のあくるまの久しきわがなげきを思ひしらせ給へとなり」(百人一首諺解)。
七 遊女づとめの年期のあける日を指折り数えて待つという唄の詞。
八 王維「与ニ盧員外象ニ過ニ崔処士興宗林亭ニ」の結句。「世間の者に一人も

年明《ねんあき》の近《ちか》い女郎

五 紅《コウ》粉《フン》楼《ロウ》中《チウ》応《マサニ》レ計《カゾフ》レ日《ヒヲ》

六 いかに久しき物とかはしる

紅粉楼《こうふんろう》は女郎の化粧《けしやう》するところ也。七 年《ねん》のあき日《(ひ)》をゆびおりかぞへといふも此事なり。

けんたいぶる女郎

八 白《ハク》眼《ガンニ》看《ミル》二他《タノ》世《セ》上《ジヤウノ》人《ヒトヲ》一

九 ふり行ものは我身なりけり

白眼《はくがん》はにらむ也。又色目《いろめ》也。一〇 床柱《とこばしら》に寄りかゝりたるありさま目前《もくぜん》のやうなり。此詩《このし》尤《もつとも》多情《たじやう》なり。

欠落《(かけおち)》したる女郎

一一 返《ヘン》照《セウ》入《イル》二閭《リヨ》巷《カウニ》一 憂《ウレヒ》来《キタツテ》誰《タレト》共《トモニ》語《カタラン》

一二 あはで此世をすごしてよとや

一三 返照《へんせう》の照《せう》は生《しやう》也。一生《しやう》を過去《くわこ》へかへして別世界《べつせかい》の住居《すまゐ》なり。一四 手習《てならひ》の巻《まき》の意味《ゐみ》か。閭巷《りよかう》は

気に入った者がなければ白眼(にらみ)つけていらるゝゆへに、誰往来する者もない」(国字解)。

九「花さそふ嵐の庭の雪ならでふりゆくものは我身なりけり」(九十六番・入道前太政大臣)。歌の意は「降る」と「経る」のかけ言葉の面白さにあるが、ここでは更に遊女が客を「ふる」の意にとりなす。

一〇 客間の床柱に寄りかかって横目で客を見るありさま。

一一 耿湋「秋日」の起・承句。「二十五家(戸)を閭という。巷は其の里の道なり。田舎のことなれば人影もなく、家居の両方へ別れた間から(夕)日がさしこむ。此のやうなさびしい時分も、在郷(田舎)のことなれば、わが愁へを誰とともに語る者もいない」(国字解)。

一二「難波がたみじかき蘆のふしの間も逢はでこの世をすぐしてよとや」(十九番・伊勢)。「すこしばかりの対面は安かるべきものを、ひとへにいとひて、しばしばかりのあふ事もなくて此世を過しはてよとやの心かと、恨むる心ふかし」(改観抄)。

一三 夕日の照りかえし。

一四 源氏物語「手習」の巻の主人公浮舟の身の上。匂宮と薫と、二人の男性の想い人となった浮舟は二人の衝突を恐れて死を決意し、失踪して横川の僧都に救われ、小野の僧庵に養われる。

町《まち》の裏屋《うらや》也。
あはで此世　勤《つとめ》を止《やめ》て客《きやく》にあはで世《よ》を渡《わた》る也。

一 ゆびを切し女郎

二 憑《ヨツテ》添《ソヘテ》二両《リヤウ》行《カウノ》涙《ナミダヲ》一　寄《ヨセテ》向《ムカツテ》二故《コ》園《エンニ》一流《ナガル》

三 ながれもあへぬもみぢなりけり

憑《よつて》はゆびをきりいたむによつて両眼《りやうがん》より涙《なみだ》を出《いだ》したる也。故園《こゑん》は四小椽《こゑん》と注《ちう》す。其血《そのち》を小《こ》えんがわへ出て流《なが》すつる也。

時花《はやる》女郎

五 春《シユン》潮《テウ》夜《ヤ》ゝ深《フカシ》

六 人こそしらねかはくまもなし

七 春潮《しゆんてう》はうしほ也。汐時《しほどき》のさすと引《ひく》と也。盃《さかづき》をさすと三絃《さみせん》をひくとを、汐《しほ》のさしひくとなぞらへていへるなり。

はやらぬ女郎

一 指切りは遊女の客に対する心中立ての一。→注一一。

二 岑参「見二渭水一思二秦川一」の転・結句。「両眼から涙が流れる。この涙を水にことづけて、故郷へ流さう。この涙で水かさも増すであらう」(国字解)。

三 「山河に風のかけたるしがらみは流れもあへぬ紅葉なりけり」(三十二番・春道列樹)。「今見る山川のしがらみは人の作りてかけるにあらず、ながれもあへぬまでちりかゝるもみぢをもて、風のかけたるしがらみなり」(改観抄)。

四 小さな、又は幅の狭い縁側。

五 王昌齢「送二郭司倉一」の結句。「われもまた淮水の潮の満つる時分には、こなたのことを思ひ、夜々深うして忘るゝことはあるまい」(国字解)。春の潮は夜ごとに深まるもの。

六 「わが袖は潮干に見えぬ沖の石の人こそしらね乾くまもなし」(九十二番・二条院讃岐)。

七 「春潮」の語に対する淫靡な連想は当然のこととして、わざとその趣きを避けてさりげない譬喩にとりなしたもの。

八 蔡希寂「洛陽客舎逢二祖詠一留宴」の承句。「洛陽城の客舎にいれば、ものさびしく、誰あつて来て訪ふこともなければ、(来客の)送迎もいらず、心細く思うている処ぢや」。

八 客《カク》舎《シヤ》平居《ヘイキヨシテ》絶《ゼツス》二送《ソウ》迎《ゲイヲ》一

九 わが身ひとつの秋にはあらねど

客舎《かくしや》は女郎屋なり。一〇 平居《へいきよ》は見世にばかりゐて客のをくりむかへにも出ざるをいふ。

一一 心中をした女郎

一二 縦《タトヒ》死《シストモ》猶《ナヲ》聞《キカン》二侠《ケウ》骨《コツノ》香《カウバシキヲ》一

一三 名こそながれてなをきこえけれ

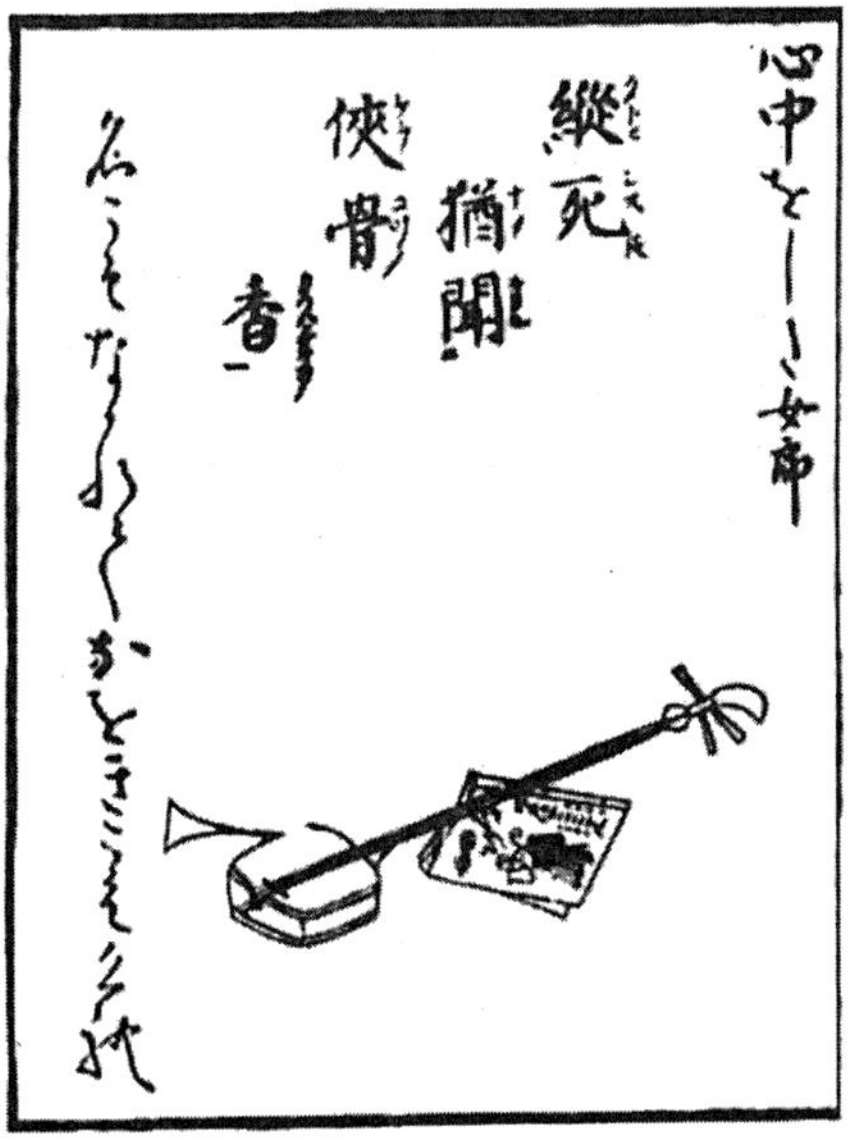

九「月見ればちゞに物こそかなしけれ我身ひとつの秋にはあらねど」（二十三番・大江千里）。「今くる秋は世上の秋にして我身ひとつのためにくる秋にはあらねど、有とあるちゞのかなしさの我身ひとつに集れるやうにおぼゆ」（改観抄）。

一〇 ふだんに、じっとしていること。

一一 遊女が客に真情を尽す手段をいう。爪放《つめはな》ち、髪切り、指切り、入《い》ぼくろ等々があって、最後は心中死《しんぢゅうじに》、即ち情死に至る。

一二 王維「少年行」の結句。「たとひ死すとも、都でわれ一人といはるゝほどに（侠者としての）功をたてゝ、死後にも骨身までも香しい名の立つほどでなければ面白くない」（国字解）。

一三「滝の音はたえて久しくなりぬれど名こそながれて猶きこえけれ」（五十五番・大納言公任）。「大覚寺は昔嵯峨天皇まし〳〵て滝を作らせ水をおとして叡覧有し所なり。…水のながれかれ果てぬれば滝の音こそ絶たれども…名ばかりは今にながれて聞ゆる事を感じたる心なり」（改観抄）。

一 男だての気がまえ、侠気の意。それを軽はずみの意の「軽忽《きようこつ》」にとりなしたもの。 二 言葉ぐせ。

三 遊里語、「まあ、いやですよ」。若い遊女などの口癖のような言い方。「コハ」は、何にでもつける枕言葉の

[一]俠骨《けうこつ》とは遊里《ゆうり》の常談《じやうたん》[二]にして、たとへば大きな声にて、[三]コハ　スキンセンニヨ、などきやうこつにいふ言葉也。香《かうばしき》とはその言葉の昔がたりにのこるをいへり。

名こそながれて　その身はもとより[四]ながれの身にて、又名までながるるといへる歌なり。

心中をいやがる女郎

[五]我《ワガ》　心《コヽロ》　渺《ビヤウトシテ》　無《ナシ》レ際《カギリ》　河《カ》　上《シヤウ》　空《ムナシク》　徘《ハイ》　徊《クワイ》

[六]人のいのちのおしくも有かな

[七]渺《びやう》としてとは、屏風《びやうぶ》のふちにある鋲《びやう》[八]の事也。こゝにあるかとおもへばこゝにはぬけてなく、[九]一定《いちぢやう》ならぬをいふ。河上《かしやう》は川岸《かし》[一〇]と通《つう》ず。かくのごとくつたなき女郎は川岸《かし》へ出てはいくわいすべし。

俄《にはか》に客のへつた女郎

[一一]空《クウ》　山《ザン》　不《ズ》レ見《ミ》レ人《ヒトヲ》　但《タヾ》　聞《キク》ニ　人《ジン》　語《ゴノ》　響《ヒヾキヲ》一

[一二]あまりてなどか人のこひしき

空山《くうざん》は喰残《くふざん》也。にはかにはやりやんで不景色《ふけしき》[一三]に成た女郎は、おほくの人の喰《く》ふたのこり

ようなもの(「魂胆惣勘定」)。

四 流れの身。遊女の身の上をいう。河竹とも。

五 呂温「羣路感懐」の転・結句。「日も暮れかゝったが、向ふへはどれほどあるやら。…まだ宿も定めず、吾が心、渺々と限りなく、河のほとりをあちらこちらとうろたへているのみぢや、このやうに旅にのみいたもの(暮す)でもあるまいが、いつ故郷へ帰り安穏にいることぞと、旅の愁へをいふ」(国字解)。

六 「わすらるゝ身をば思はずちかひてし人の命のをしくもあるかな」(三十八番・右近)。「大和物語には、おとこのわすれじと万の事をかけてちかひけれど、忘れにける後にいひやりけると有」(改観抄)。

七 水などのはてなく広がるさま。

八 屏風のふちにうってある金具。

九 きまりのないこと。

一〇 吉原四周を取りかこむ溝に沿った場所で、廓内では一番下級の遊女屋の居場所。西河岸や羅生門河岸などの名あり。

一一 王維「鹿柴」の起・承句。「此の処は人里へも遠い。空山(静かな山)のことゆへ、往来する者もなく、人影も見へぬ。さすがにまた奥山でもなく、別業(別荘)なればどうやら人の声もかすかに聞ゑるやうな。人声珍しきを言ふ」(国字解)。

といふこゝろ也。
あまりて　みな揚《あげ》られし中に独店《ひとりみせ》にあまり残《のこ》る也。

素性《(すじやう)》のよい女郎

美《ビ》一四人《ジン》天《テン》上《ジヤウヨリ》落《ヲツ》

一五恋にくちなん名こそおしけれ

天上《てんじやう》より落《おつ》とは、雲のうへ人ともいふべきすぢよき人のいやしきつとめするゆへ、落るといふ。或説《あるせつ》に、天上より落るとはおしき女の腰《こし》一六がぬけねばよいと案《あん》ずるこゝろ也と云ゝ

性あしき女郎

澗《カン》一七水《スイ》東《トウ》流《リウシテ》復《マタ》向《ムカフ》レ西《ニシニ》

身一八のいたづらになりぬべき哉

澗《かん》は間《かん》也。間夫《まぶ》一九の事也。水《すい》は粋《すい》二〇也。間夫《まぶ》する身の野暮《やぼ》ではならぬゆへ、凡《すべ》て是を間粋《かんすい》といふ。東流《ひがしにながる》とは、流《なが》れの身の、ひがしの人をもあやなし二一西《にし》の人をもくるめる二二をいふ。

一二「あさぢふの小野のしのはら忍ぶれどあまりてなどか人の恋しき」(三十九番・参議等)。「野には浅茅のおふるものなれば浅茅生は野の枕詞なり。…あまりてなどかとは、しのぶ思ひのおもひあまるをみづからとがむる心なり」(改観抄)。
一三 不繁昌、不景気。
一四 邏逖「同ニ洛陽李少府一観ニ永楽公主入一レ蕃」の転句。「いま天上より美しい姫宮(永楽公主)の(蕃国へ嫁入りして)ゆかるゝゆへ」(国字解)。
一五「恨みわびほさぬ袖だに有ものを恋に朽ちなん名こそ惜しけれ」(六十五番・相模)。「年月ほさぬ袖のいたづらに朽るだにあるに、恋に名をさへくたさんことの惜きと也。つれなきに恋死たりと人にいはれん、まことに名を朽す理りなり」(改観抄)。
一六 房事にはげみすぎるたとえ。
一七 李華「春行寄レ興」の承句。「澗水(谷川)の東に流れて、また(曲って)西へ流れゆくのみぢや」(国字解)。
一八「あはれともいふべき人はおもほえで身のいたづらになりぬべき哉」(四十五番・謙徳公)。「死なばともにとも思ふべき女だにつれなふなりてかへりみせぬうへは、まして誰有てか我死(いたづら)をあはれぶべきとなり」(改観抄)。
一九 遊女の恋人。
二〇 粋人。元来は上方語で、江戸で

横に来る女郎〔一〕

〔二〕相《アヒ》見《ミテ》　両《フタツナガラ》不《ズ》レ厭《イトハ》

〔三〕まつとしきかば今かへりこむ

両不厭《ふたつながらいとはず》とは、ふたり客をにがさぬためのはかりごと也。或説《あるせつ》に云《いはく》、不厭《いとはず》は〔四〕お助の心ありといふ。此説《このせつ》よろしからず。〔五〕つとめなれば也。

いやな客にうけられし〔六〕女郎

〔七〕只有此山中　雲《クモ》深《フカウシテ》不《ズ》レ知《シラ》レ処《トコロヲ》

〔八〕むかしはものをおもはざりけり

雲深《くもふかふ》してとは、いはゆる〔九〕有《う》頂天之《てうてんの》下暗雲覆《したやみくもおほふ》といふがごとく也。

〔一〇〕くめんの出来ぬ女郎

〔一一〕妾《セウガ》　心《コヽロ》　正《マサニ》断《ダン》絶《ゼツス》　君《キミヲ》　懐《オモヘドモ》　那《ナンゾ》得《エン》レ知《シルコトヲ》

〔一二〕ものやおもふと人のとふまで

妾《せふ》とは女の自称《じしよう》の詞《ことば》也。その初《はじめ》を考《かんがふる》に、〔一三〕玄宗皇帝《げんそうくわうてい》色《いろ》をおもんじ艶《えん》を専《もつぱら》とし給ふゆへ、

は次第に「通」という語に変るが、宝暦頃まではまだ江戸でも用いた。

二 遊女が客をうまくあしらうこと。

三 言いくるめること。前項とともに遊里語(華里通商考「吉原国」)。

一 遊里語の一。客についた遊女が、別の客や恋人の所へ、こっそりしのんで来ること。↓一〇頁注八。

二 李白「独坐二敬亭山一」の転句。原句は「相看」。「しかるにこの山は動くことなうて、わが方(たか)から山を見て厭はず(あきない)、山から我を見て厭はず、長く独坐してよいことぞ」(国字解)。「見」は「まみえる」意。

三 「立わかれいなばの山の峰におふる松とし聞かばいま帰りこん」(十六番・中納言行平)。「松」に「待つ」をかける。

四 「おすけ」。「助平」の略語。好色。

五 仕事。

六 身請けされること。身請けされて囲われること。

七 賈島「尋二隠者一不レ遇」の転・結句。「賈島自ら思ふに、隠者なれば世間へは出ぬはづぢやから、此の山中にいらるゝで有らうと思へども、雲深してどこにいらるゝやら知れぬ」(国字解)。

八 「あひみての後の心にくらぶれば昔はものを思はざりけり」(四十三番・権中納言敦忠)。

九 仏語で欲界・色界・無色界のうち、

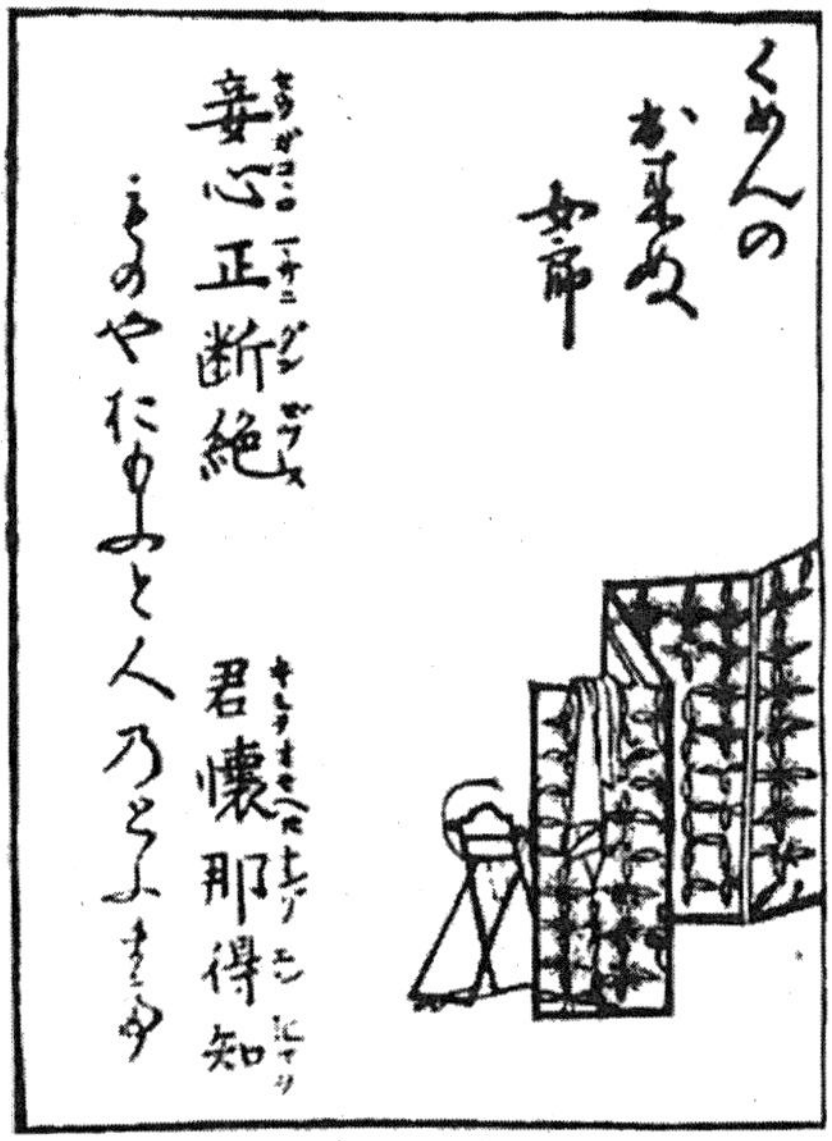

女を見ると酒《さけ》にしよう或《あるひ》は踊《をどり》にしよう、妾《しよう》〳〵との給ふにより、宮女自《きうちよじ》分《ぶん》の事とおもひ、みづからも妾《せふ》といひしより、女の通称《つうしよう》となる。君《きみ》を懐《おもへども》とは客《きやく》をさしていふ。その身のくめんあしくくるしむを、客《きやく》のしらぬとうらみたる也。

くめんのあしき女郎

一四但《タヾ》見《ミル》涙《ルイ》痕《コンノ》湿《ウルホフコトヲ》　不《ズ》レ知《シラ》心《コヽロ》恨《ウラム》レ誰《タレヲカ》

一五人をも身をもうらみざらまし

存在の世界の最上である天をいうが、そこから「夢中になる」の意が派生する。「やみくも」はむやみやたらの意。すっかり夢中になってむやみやたらと遊びにゆくの意。

一〇 やりくり算段。恋人のために金のやりくりをすること。

一一 郭振「子夜春歌」の転・結句。「妾とは(妻が)夫に対して言ふ詞なり。この方(私)の心は断ち切(れ)るやうである。夫は遠国にいて久しく便りもないが、大方はをれがことを忘れていらるゝであらうが、吾がこの思ひを知らせたいものぢや」(国字解)。

一二 「忍ぶれど色に出にけり我恋はものや懐ふと人の問ふまで」(四十番・平兼盛)。

一三 「抑も我が君(玄宗皇帝)政正しくまします中に、色を重んじ艶を専らとし給ふにより」(謡曲「楊貴妃」)。

一四 李白「怨情」の転・結句。「見ているうち涙をはらはらと流すが、誰を恨みて泣くやら外からはどうも知れぬ。さだめて夫を思うて泣くであらう」(国字解)。

一五 「逢ふ事の絶えてし無くば中々に人をも身をも恨みざらまし」(四十四番・中納言朝忠)。「中々にといへることばは、今いふけつく、かへてといふ心にして、俗言のいつそのことにと云詞なり。恨ざらましとはうらみずあらましにて…」(改観抄)。

涙痕はうらみのなみだ目をうるほすといふ。[一]あくびやめうばんにてなくをばいはず。

売《う》られて来る女郎

[二]故《コ》郷《キヤウ》今《コン》夜《ヤ》思《オモフ》㆓千《セン》里《リヲ》㆒

[三]うしと見し世ぞ今はこひしき

親のためにつとめする女郎

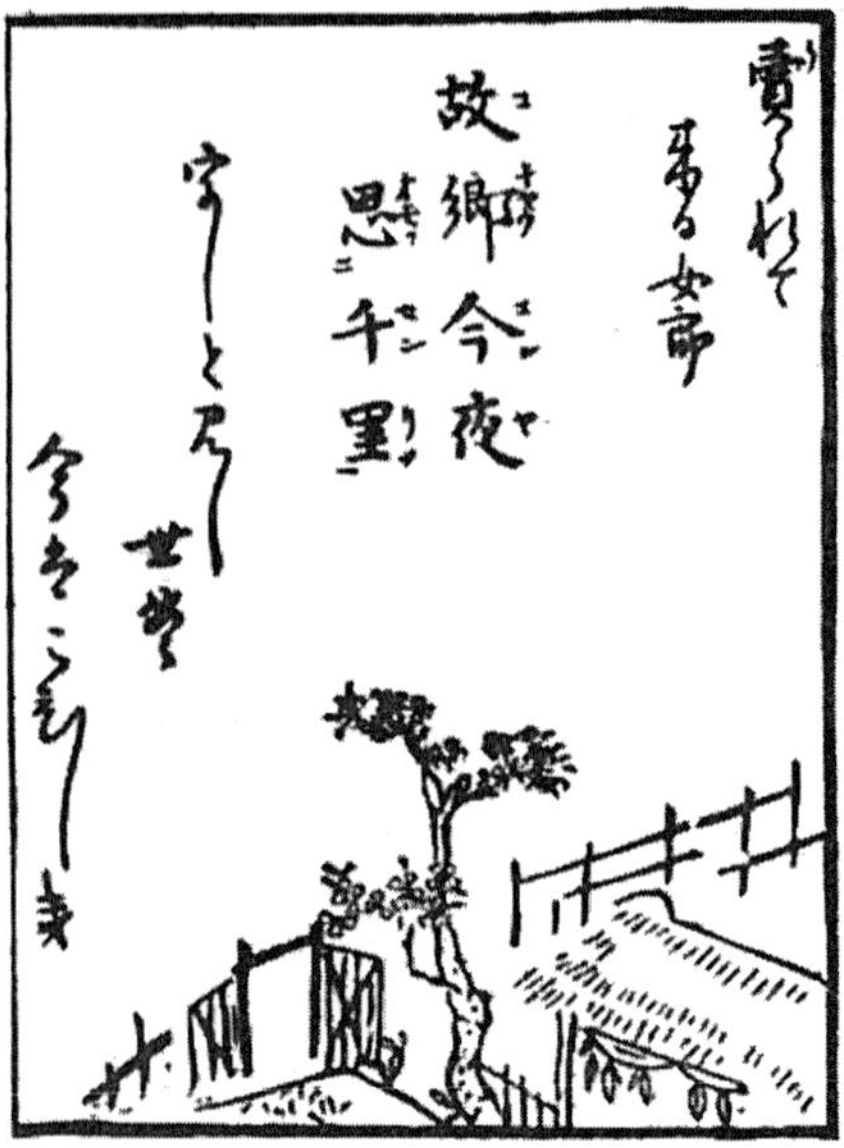

一 遊女の手管の一。「泣きたき時は、きるものゝ襟の内、又は袖口に明礬を塗り、袖にぬぐへばそのまゝ涙たるゝもの也」(秘伝書「なみだのひしよの事」)。

二 高適「除夜作」の転句。「今夜は除夜とて、人はみな賑やかに楽しめども、吾はこのやうに千里の故郷のことを思ひ出して悲しむ」(国字解)。

三 「ながらへば又この頃や偲ばれん憂しとみし世ぞ今は恋しき」(八十四番・藤原清輔)。「よの中のおとろへ行さま、年月にそひて住うく成《なる》心なり」(改観抄)。

四 王維「九月九日憶㆓山中兄弟㆒」の起・承句。「親兄弟ともに故郷に居るに、我ひとり他国の異客となり、旅ずまいをすることぢや。たゞさへ心細いに、佳節にあへば、国もとでは親兄弟と酒盛りすることぢやが、と思い出す」(国字解)。

五 「思ひ侘びさても命はあるものを憂きに耐へぬは涙なりけり」(八十二番・道因法師)。「かくても我命は恋もしなでつれなくながらへてあるを、うき事にえ堪ずして、もろくとめがたきは泪なり」(改観抄)。

六 洒落本の一。延享五年校訂刊行。著者は「散人」とあるのみ。西川如見著の地理書「華夷通商考」(元禄八年刊)をもじった、吉原を初めとする江戸の遊里の案内記。初板は粗雑な

四 独《ヒトリ》 在《アツテ》ニ 異《イ》 郷《キヤウニ》一 為《ナル》ニ 異《イ》 客《カクト》一 毎《ゴトニ》レ 逢《アフ》ニ 佳《カ》 節《セツニ》一 倍《マス》〳〵 思《オモフ》レ 親《シンヲ》

五 うきにたへぬはなみだなりけり

異郷異客《いきやういかく》の異《い》は、六 花里通商考《くわりつうしやうかう》に云、七 風俗地女国《ふうぞくぢをんなこく》に異《こと》なりといふがごとし。

佳節《かせつ》は八 紋日《もんび》なり。そのくるしみごとに親里《おやざと》をおもひ出す也。

九 御茶挽女郎《ちやひき》

一〇 弾《ダンジテ》レ琴《コトヲ》 復《マタ》 長《ナガク》 嘯《ウソブク》

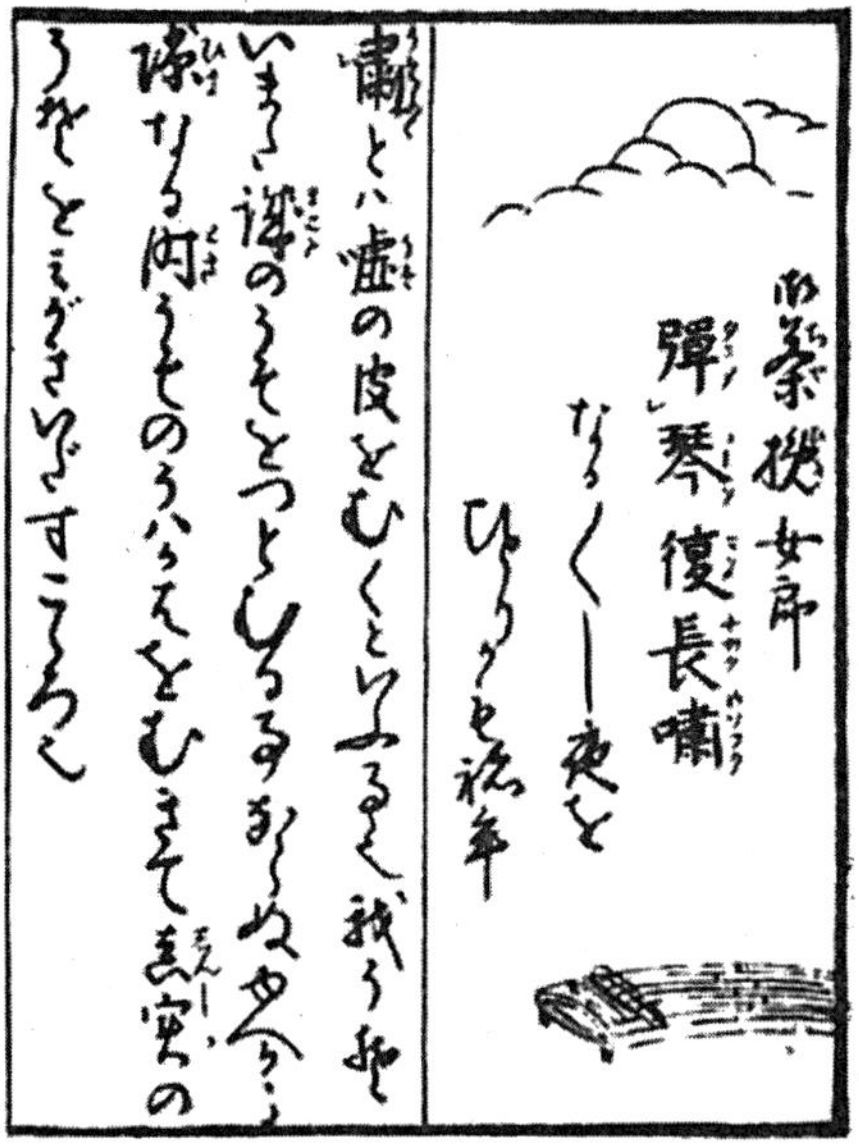

小冊で私家版であろうが、宝暦四年に「魂胆惣勘定」に付録として合刻されており、それによるか。

七 華里通商考の「吉原国」の部に「臍の下毛なし、風俗地女国に異なり」と。「地女」は遊女に対して素人の女性をいう。

八 「物日(ものび)」ともいう。遊里で五節供その他特別に定められた日をいい、揚代や祝儀なども平常の日とは異なって高く定められた。吉原では享保頃から急激に増え、凡そ年間に八十日以上を数える。その日遊女は必ず客を呼ばねばならず、客がない時は身揚りと称して、自分でその代金を負担せねばならないので、遊女にとっては極めて苛酷な制度である。

九 「御茶を挽く」は遊里語。客のつかない遊女。

一〇 王維「竹里館」の承句。「誰問ふ者もなく、ひとりで琴を弾じたり、長嘯(口笛を吹く)したりしている。限りない楽しみぢや。「復」の字に義理(意味)はない。軽く見るがよい」(国字解)。

一 「あし引の山鳥の尾のしだり尾のなが〳〵し夜を独りかもねん」(三番・柿本人麿)。「あきの夜の長き比は夜寒もそひて、いよ〳〵独寝の苦しきに、山鳥にもあらぬ身の、猶その鳥のごとくにひとりかねんと、侘

[一]なが〳〵し夜をひとりかもねむ

嘯《うそぶく》とは[二]嘘《うそ》の皮をむくといふ事也。我《(わが)》うそいまだ誠《まこと》のうそをつとむる事ならぬゆへから、隙《ひま》なる時《とき》うそのうはかはをむきて、真実《しんじつ》のうそをみがきいだすこゝろ也。

[三]初会《しよくわい》[四]よく見える客《きやく》

[五]呉《ゴ》姫《キ》緩《クワン》舞《ブシテ》留《トヽメテ》レ君《キミヲ》酔《ヨハシム》

[六]今一たびのみゆきまたなん

呉姫《ごき》はうつくしき女也。[七]呉《ご》はほめ詞也。美服《びふく》を呉服《ごふく》といひ、若竹《わかたけ》を呉竹《ごちく》といひ、食喰《めしく》ふ物《もの》を[八]呉器《ごき》といふがごとし。

初会切《リ》の客

[九]羽《ウ》客《カクノ》笙《シヤウ》歌《カ》此《コノ》地《チ》違《タガフ》　離《リ》筵《エン》数《スウ》処《シヨ》白《ハク》雲《ウン》飛《トブ》

[一〇]行衛もしらぬ恋の道かな

羽客《うかく》ははねがはへてとびありくきやく也。[一一]或書《あるしよ》に[一二]罾駕《よつでかご》は襦袢《じゆばん》の翅《つばさ》を生るといふたぐひなり。

たる心なり」(改観抄)。

二 俗諺、「嘘の皮」。表面的な嘘の意か。遊女は嘘をつくのがまことである故に、嘘の上皮を取り去って、まことの嘘を練磨するという意。「まことはうその皮、うそはまことの骨、迷へば嘘もまことなり、悟ればまことも嘘となる。うそとまことの中の町、迷ふもよし原、悟るもよし原。傾城のまこともうそも有磯海の浜の真砂の客の数々」(南畝・四方の赤)。

三 初めての客。二会目を「裏(うら)」、三会目から「馴染(なじみ)」という。

四 良い客のように見えるの意。遊女にとって為になりそうな客。

五 王昌齢「重別二李評事一」の転句。「今夜はせめてのことにゆるりと、名残りぢやと思うて、慰みには妓女に舞などをさせて酒をすすむるつもりぢやほどに、ゆるりと留まり、酒に酔うて楽しんでくれられよ」(国字解)。

六 「小倉山峰のもみぢ葉心あらば今一たびの御幸またなん」(二十六番・貞信公)。「只今の仰ごとうけ給りてまかり帰らばそのよし主上に奏聞すべし、さあらばさだめて行幸有べし、其折までけふの紅葉ちりうせずして待奉れといふ心なり」(改観抄)。

七 古代の日本で、中国をさしていう総称。中国の文物を賞美する心から、ほめ言葉として用いる。

八 高麗茶碗の一種を言うが、ここでは食器の「御器」と混用したものか。

九 宋之問「送三司馬道士遊二天台一」の

ふられし客

深《シン》[一三]林《リン》人《ヒト》不《ズ》レ知《シラ》　明《メイ》月《ゲツ》来《キタッテ》相《アイ》照《テラス》

[一四]かたぶくまでの月を見し哉

深林《しんりん》は大《おほ》きなる林《はやし》にて、[一五]帆柱《ほばしら》になるべき大木《たいぼく》あれども、人しらずして用ゆることあたはず、くやみたる心也。

旅《たび》へたつ客

[一六]欲《ホッシテ》レ別《ワカレント》　牽《ヒク》二郎《ラウガ》　衣《コロモヲ》一　郎《ラウ》今《イマ》到《イタル》二何処《イヅレノトコロニカ》一

[一七]今ひとたびのあふこともがな

郎《らう》とは男子《なんし》の通称《つうしよう》。[一八]団《だん》十郎、[一九]介五郎などゝいふがごとし。

早く帰らねばならぬ客

[二〇]遮莫《（サモアラバアレ）》　隣《リン》鶏《ケイノ》　下《クダルコトヲ》二　五《ゴ》　更《カウニ》一

[二一]あかつきばかりうきものはなし

起・承句。「羽客(道士)の打囃し(演奏)などと言ふは、中に人間(人間世界)では聞くことならぬが、只今此の処を違(がた)ひ去るゆへに、これぎりぢや。座敷を見ればどこへもかしこへも白雲がたな引いて、道士を迎へに来たやうぢや。あまりせはしうて名残り惜しい」(国字解)。

一〇「由良の門を渡る舟人楫をたえ行衛もしらぬ恋の道かな」(四十六番・曾根好忠)。「男の身をば舟になずらへ、女を其泊になずらふ、楫は媒によせ、…今、いひよるかたの難儀なるにわびて、中立の見捨たれば、楫を失なへる舟のごとく我恋路も行衛定むべき方なしとなり」(改観抄)。

一一 未詳。

一二 四本の竹を支柱にして、割竹で編んだ簡略な籠。辻籠として利用され、特に吉原通いの陸上交通手段として繁用され、急ぎの場合、舁き手の襦袢が翻る様子を翅に見立てた。

一三 王維「竹裏館」の転・結句。「たゞ明月のみ吾が心を澄まし照らし、来り問ふ人もない。この深林の楽しみは誰も知るまい。相手にするものは、月ばかりぢや」(国字解)。

一四「やすらはで寝なましものをさ夜更けて傾くまでの月を見しかな」(五十九番・赤染衛門)。「たのめ置てこざりし人の言(こと)(ば)を、始より偽(いつわり)としらば中々猶予せずして寝ぬべきものを、まこと偽定(いつわり)(さだめ)かねたる

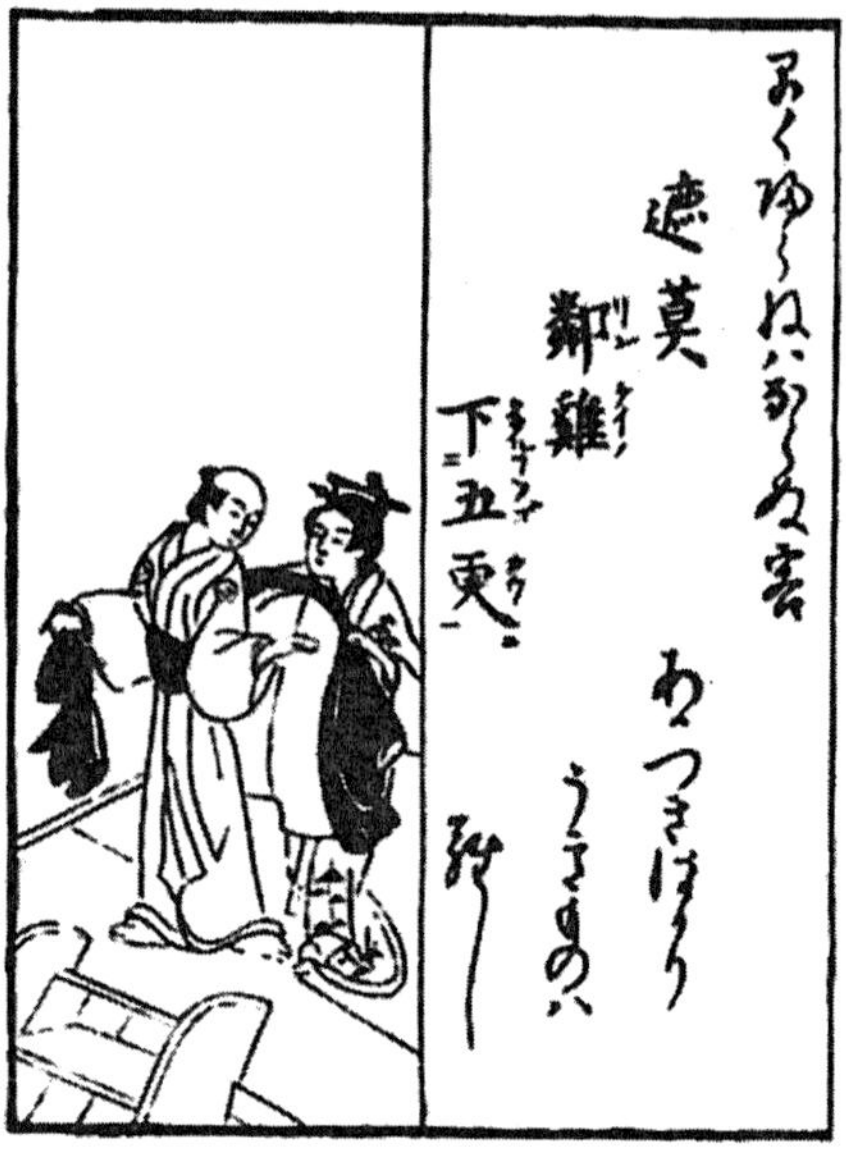

酔つぶれた客

一酔《ヨツテ》臥《フス》二沙《シヤ》場《ジヤウ》一君《キミ》莫《ナカレ》レ笑《ワラフコト》

二みだれそめにしわれならなくに

沙場《しやじやう》は三砂利場《ざりば》也。君《きみ》はつれをさしていふ。

まゝに、さもえ寝ずして、いたづらに月を見あかしつるよ」(改観抄)。

一五 男根の比喩。「帆柱の立つたをねかす舟比丘尼」(柳多留・二)。

一六 孟郊「古別離」の起・承句。「郎(おとこ)の旅へ行くについて、夜をひいて、こなたはどこへ行かるゝことぞ、さだめて行かねばならぬことであらうなれども」(国字解)。

一七 「あらざらむこの世の外の思ひ出に今一度の逢ふこともがな」(五十六番・和泉式部)。「思ひ出てうれしからむ事はおもふ人に今一たび相みむのみなり、其人に逢はずして死なば、残おほくかなしからん」(改観抄)。

一八 市川団十郎。三世、宝暦八年没。

一九 中村助五郎。初代、同十三年没。

二〇 杜甫「書堂飲。既夜復邀二李尚書一下レ馬月下賦」の結句。「まゝよさて、隣の一番鶏、二番鶏、五更(午前四時頃)の夜明けにならうとも、飲み明さねばならぬ、と時世を憤りていふ」(国字解)。

二一 「有明のつれなく見えし別れより暁ばかり憂きものはなし」(三十番・壬生忠岑)。「恋はさまざまうき事おほき中に、あはずして帰る暁ほどうきものはなしとおもひなりぬ」(改観抄)。但し「顕注密勘」などには恋人に逢って帰る暁の心とする。

一 王翰「涼州詞」の転句。「したが、此のやうに酒を飲んで、酔ひたをれ

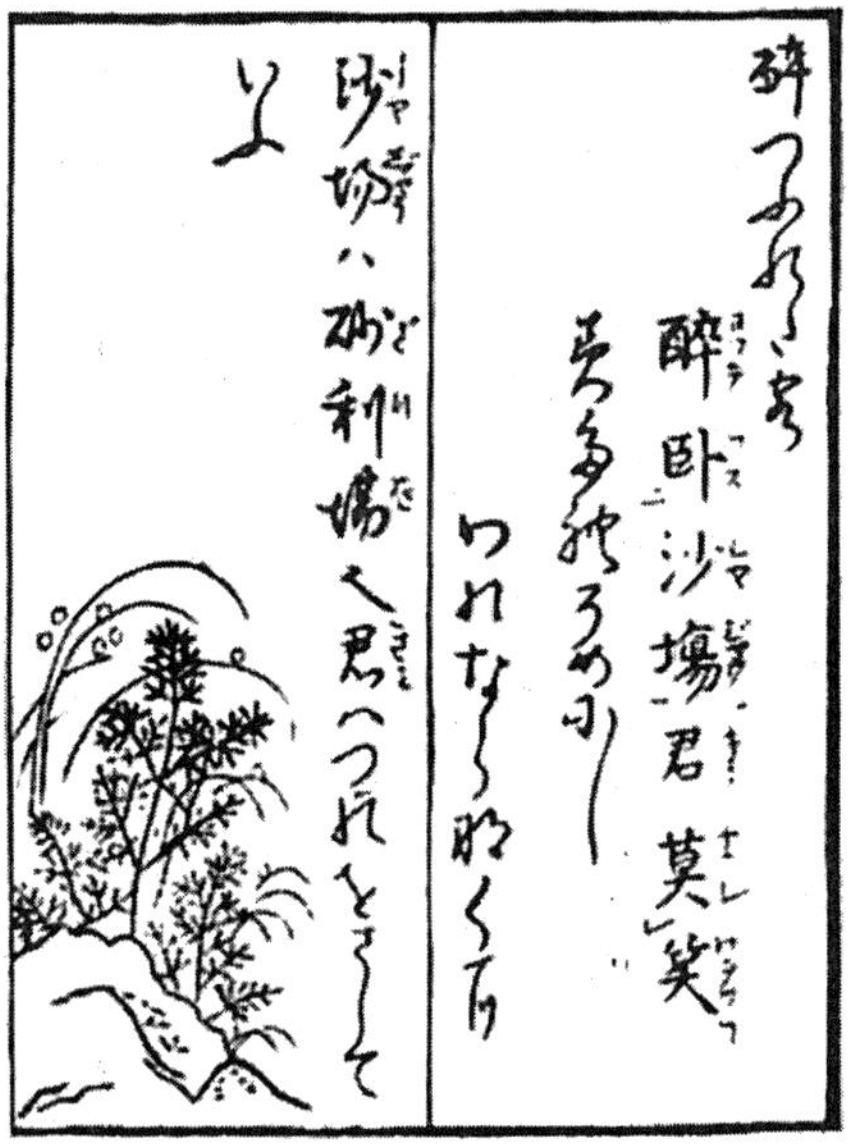

四 もらはれた客

五 閨《ケイ》中《チウ》只《タヾ》是《コレ》空《ムナシク》相《アイ》憶《オモフ》

六 ころもかたしき独かもねむ

閨《けい》はねや也。圭《けい》は玉《たま》とよむ字《じ》なり。七 門《もん》のうちに玉あるかたちかんがふべし。

て居るを、定めて人が笑ふであらうが、それもかまわぬ」(国字解)。

二「陸奥のしのぶ文字摺り誰ゆゑに乱れ初めにし我ならなくに」(十四番・河原左大臣)。「たとひいかなる人有とも、おもひつきにし君をおきて外に心をうつさんと思ふ我にはあらぬに、人のさもたのまぬがうき心なり」(改観抄)。

三 浅草田町一丁目の俗名。江戸城普請時の砂利採取場ゆえの命名という。吉原通いの裏道。

四 既に客のついている遊女を、後の客が譲り受けることを「貰う」という。

五 岑参「苜蓿烽寄二家人一」の転句。「閨中(婦人の寝室)で、さだめて我を思うて愁ふるであらうが、無駄ごとぢや」(国字解)。主語を男客にとりなす。

六「きりぎりす鳴くや霜夜のさむしろに衣かたしき独りかも寝む」(九十一番・後京極摂政前太政大臣)。「今、霜夜のさむしろといふに、床に入の心をいひ、又、霜夜の寒きといふ心にもつゞけ玉へり。衣かたしきは丸寝の心なり」(改観抄)。

七 女性の陰部を玉門という。

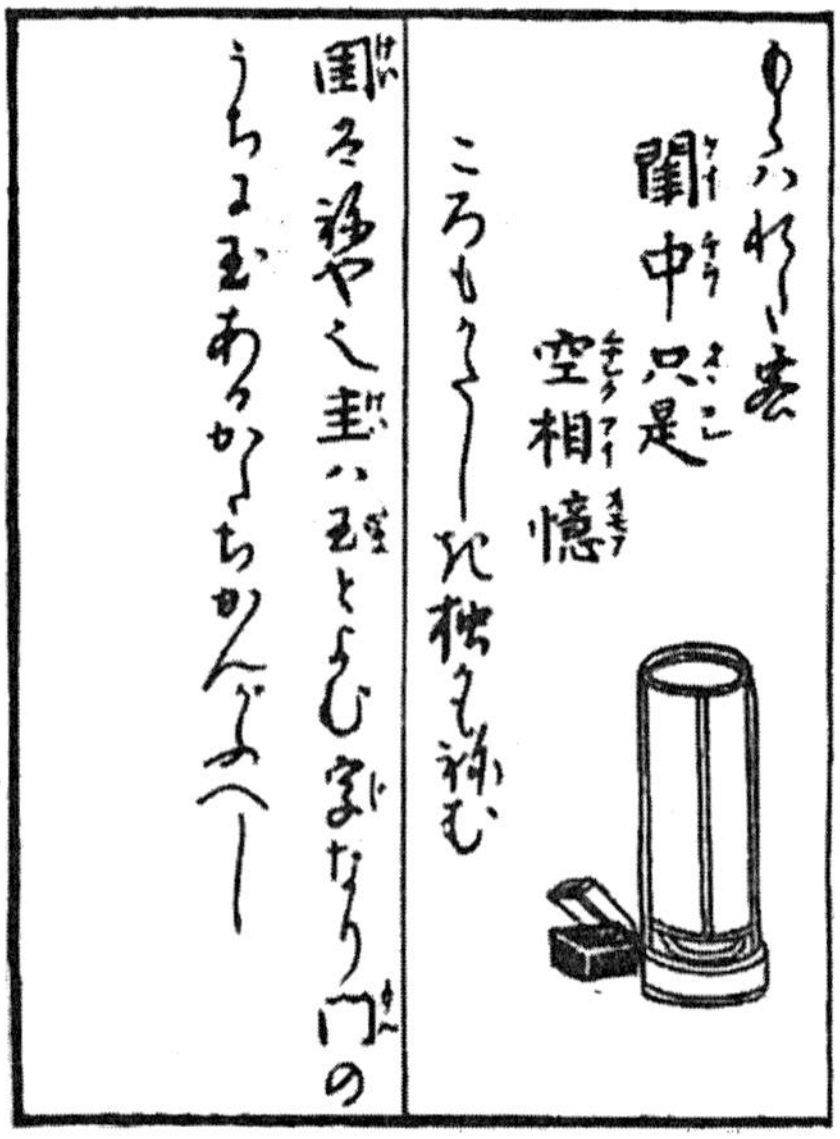

一 喧嘩買《けんくわかひ》の客

二 独《ヒトリ》自《ヲノヅカラ》狂《キヤウ》夫《フ》不《ズ》レ懐《オモハ》レ家《イヘヲ》

三 人にしられでくるよしもがな

狂夫《きやうふ》は競《きよう》なり、四 きをひ男《おとこ》也。独《ひとり》とは音《をん》どく、毒《どく》と通《つう》ず。人のどくになればなり。ひとりと訓《くん》ずる事は人の非《ひ》五 を取用《とりもち》ゆるゆへなり。

一 好んで喧嘩をしたがること。男だて、侠客を気取る男。
二 劉禹錫「浪淘沙詞」の結句。「狂夫(ちっとも家人のことを省みない男)は妻や子供のことを思はぬそうな。不届な人ではある」(国字解)。
三「名にし負はゞ逢坂山のさねかづら人に知られでくるよしもがな」(二十五番・藤原定方)。「人にしられでとは人にしられずしてなり。くるよしもがなとは来る由とよする心はなし、たゞ繰よしなり」(改観抄)。また「拾穂抄補註」には「おもふ人の人しれずきたれよかし。さもあらばあふてねぬべきものを、との心なり」。即ち「遊女にしてみれば」と補って読むべし。四 勇み肌の男。
五 非難する。欠点をあげつらうこと。「非を打つ」と同じか。
六 楊烔「夜送二趙縦一」の転・結句。「(趙氏は)趙の璧のごとき才なるゆへ、その才賢天下に伝へて誰知らぬ者もなく、名高い人なるに、いま旧府(故郷)に帰らるゝは、玉の還るがごとく、名誉の光は明月の前川(目の前の川)に満ちたごとくぢや」(国字解)。七「今こんと言ひしばかりにながっ月の有明の月をまち出づるかな」(二十一番・素性法師)。「今こんとはけふの暮たらばはやこんといふ心なり。さばかりたのめ置て其人は見え来らぬを、我は偽ともしらず長き夜を今や〳〵と待ほどに有明の月

夜道《よみち》をこわがる客

六送《ヲクリテ》レ君《キミヲ》還《カヘル》二旧《キウ》府《フニ》一　明《メイ》月《ゲツ》満《ミツ》二前《ゼン》川《センニ》一

七有明《ありあけ》の月を待出《まちいで》つる哉

君《きみ》は女郎也。旧府《きうふ》はとしふるき家来《けらい》也。府《ふ》は夫《ふ》也。君《きみ》が送《をくつ》て旧夫《きうふ》とかへると訓《よむ》べし。

戸まどひした客八

九挙《アゲテ》レ頭《カウベヲ》望《ノゾム》二山《サン》月《ゲツヲ》一　低《タレテ》レ頭《ヲ》思《オモフ》二故《コ》郷《キヤウヲ》一

一〇雲のいづこに月やどるらむ

挙頭《かうべをあげ》は仰《あふのく》なり。低頭《かうべをたるゝ》は伏《うつぶく》なり。戸惑《とまどひ》して小便《せうべん》に出《いで》、小便するとき首《くび》の所作《しよさ》あり。

一一人道《にんだう》の常《つね》なり。この情《じやうく》一二工夫《ふう》すべし。

一三無縁法界《むえんほうかい》の客

一四今《コン》夜《ヤ》不《ズ》レ知《シラ》何《イヅレノ》処《トコロニカ》宿《シユクセン》

一五花より外にしる人もなし

出きたりぬ」(改観抄)。
八 寝ぼけて方角がわからずまごつく。
九 李白「静夜思」の転・結句。「よく〳〵見れば霜ではないよと、頭を挙げて山上の月を望み、月を見るについで、頭をたれて頓(みと)に(急に)故郷のことを思ひ出す」(国字解)。
一〇 「夏の夜はまだ宵ながら明けぬるを雲のいづこに月宿るらむ」(三十六番・清原深養父)。「(夏のことゆえ)今宵の空は宵にて明たれば(月も)常のとまりにはえ到らずして、中空にやどりてぞいますらん。…雲のいづこは、たゞいづこの雲にかといふ心なり」(改観抄)。
一一 「人情の自然」などというのに同じく、何気ないふだんの所作。
一二 考えること。「よくよく考えてしかるべし」の意。
一三 仏語に、無差別平等の一切をとめる意だが、俗語で「いき当りばったり」の意。
一四 岑参「磧中作」の転句。「(西域の砂漠を旅して今夜は)どこらに泊らうやら」(国字解)。
一五 「もろともにあはれと思へ山桜花より外に知る人もなし」(六十六番・大僧正行尊)。「深山木はおほかた常盤木にて有中に、桜のまれにあるをいふなり。…草木鳥けだもの、歌のやうによりて皆人といふべし」(改観抄)。「花」を遊女になぞらえ、この客のありかをしるのは、今夜の相手の遊女のみ、という意にとりなす。

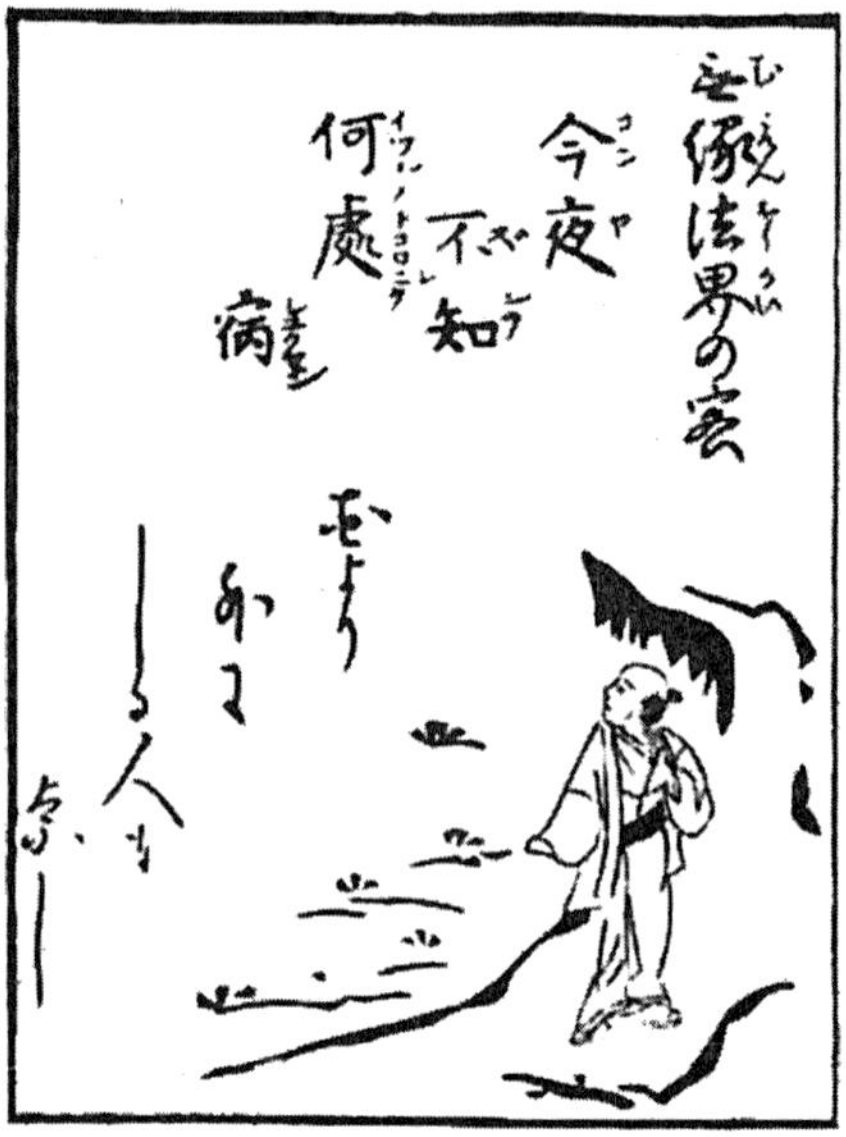

一為《ため》に成《なり》てもいやな客

二何《イヅレノトコロカ》処 秋《シウ》風《フウ》至《イタル》

三人こそ見えね秋《あき》は来《き》にけり

秋風至《しうふういたる》は身《み》にちかく秋《あき》や来《き》ぬらんなどよみし心《こゝろ》也。四秋風《あきかぜ》には扇《あふぎ》をすつるといふて、客に逢気《あふき》もうとくなるなり。

一 →一〇頁注一五。
二 劉禹錫「秋風引」の起句。「何れの処がはや秋になり、どこから秋が至ることやら」(国字解)。
三 「八重葎茂れる宿のさびしきに人こそ見えね秋は来にけり」(四十七番・恵慶法師)。尋ねてくる人とて無いこの宿にも秋だけはやっぱりやって来たことだの意。「秋」と「飽き」の掛け詞。
四 「秋扇」は「文選」の「怨歌行」などに男に棄てられた女のたとえとして用いられるが、ここは逆に遊女の方が客にいや気がさすとする。
五 張仲素「秋閨思」の承句。「ものさびしい折ふし、寒そらにきりぎりすがうるはしく鳴くを聞けば、いとゞさびしうなつて夫のことを思い出し、涙、衣を湿す」(国字解)。
六 「秋の田のかりほの庵の苫をあらみ我が衣手は露にぬれつゝ」(一番・天智天皇)。「かりほは万葉に借廬と書り、かりいほといふべきを略せるなり。…苫をあらみは、其廬をふく苫の薄くして、透間のおほきをいふ、その透間より露のもり入て、袖のかはく時なきなり」(改観抄)。
七 ひぐらし蟬をいう。ここに「きりぎりす」というのは、恐らく右の「国字解」の誤釈をそのまま踏襲したものであろう。
八 遊女を「籠の鳥」というところから、我が子が遊女になるのをいう。

子《こ》を売《うり》し親心《おやごゝろ》

五愁《ウレヒ》二聴《キイテ》 寒蛩《カンシヤウヲ》一 涙《ナンダ》 湿《ウルホス》レ 衣《コロモヲ》

六我衣手《わがころもで》は露《つゆ》にぬれつゝ

七寒蛩《かんしやう》はきり〴〵す也。此《この》むし籠《かご》にやしなはるゝものゆへ、その声《こゑ》をきゝて八我子《わがこ》の籠入《かごいり》になりしをおもひ出《いで》しなり。

九つとめの身は

一〇相《アイ》逢《アヒ》相《アイ》値《アフテ》 且《カツ》 銜《フクム》レ 杯《サカヅキヲ》

一一しるもしらぬも逢坂の関

且銜杯《かつさかづきをふくむ》とは、さかづきをふくむに法《ほう》一二あり、その一二をいはゞ、一三チツトアゲヤセウ、一四マヅ〳〵ワッチハタベヤセン、一五オトリアゲナンシ、などいふ粉骨《ふんこつ》一六あり。

たま〳〵あふ間夫《まぶ》一七

一八知《シッテ》レ 有《アルコトヲ》二 前《ゼン》 期《キ》 在《アル》一 難《ガタシ》レ 分《ワカレ》 此《コノ》 夜《ヤ》 中《チウ》

一九夢の通路《かよひぢ》人めよくらん

九 遊女勤め。 一〇 崔恵童「奉レ和同前」の承句。「今日かやうに相逢うた時、ともどもに酒宴して楽しむがよい」(国字解)。 一一「これやこの行くも帰るも別れては知るも知らぬも逢坂の関」(十番・蟬丸)。「かくわかるれども、別れは又かならずあふならひにて、行は帰り、かへるはさらに行て、しるもしらぬも又皆あへば、あふ坂の関と名付しは是やこのゆへと解したる心なり」(改観抄)。 一二 酒席のきまり。しきたり。ここでは杯のやりとりの際の遊女の口ぐせをいう。 一三 杯を相手にさす時の言葉。 一四 もう私はいただけません。 一五 どうぞ、御杯を御とり下さい。 一六 骨折りの意、転じて、何かと気をつかうこと。

一七 遊女の情夫、恋人。 一八 司空曙「別二盧奏卿一」の起・承句。「そなた(盧奏卿)の言はるゝ通り、今、別れきりでもない。追付け逢ふことの期(時期)あるを、をれも知つていれども、どうしたことやら名残り惜しうて別れにくい。先づ酒でも飲まれい」(国字解)。 一九「住の江の岸によるよるさへや夢の通ひ路人目よくらん」(十八番・藤原敏行)。「夢のかよひぢとは思ひねの夢にこひしき方へ行とみるをいふ。夢の中にはこれを夢なりとしらざるゆへに、なお現のごとく人めをよくるとみるがわびしきことをよめるなり」(改観抄)。

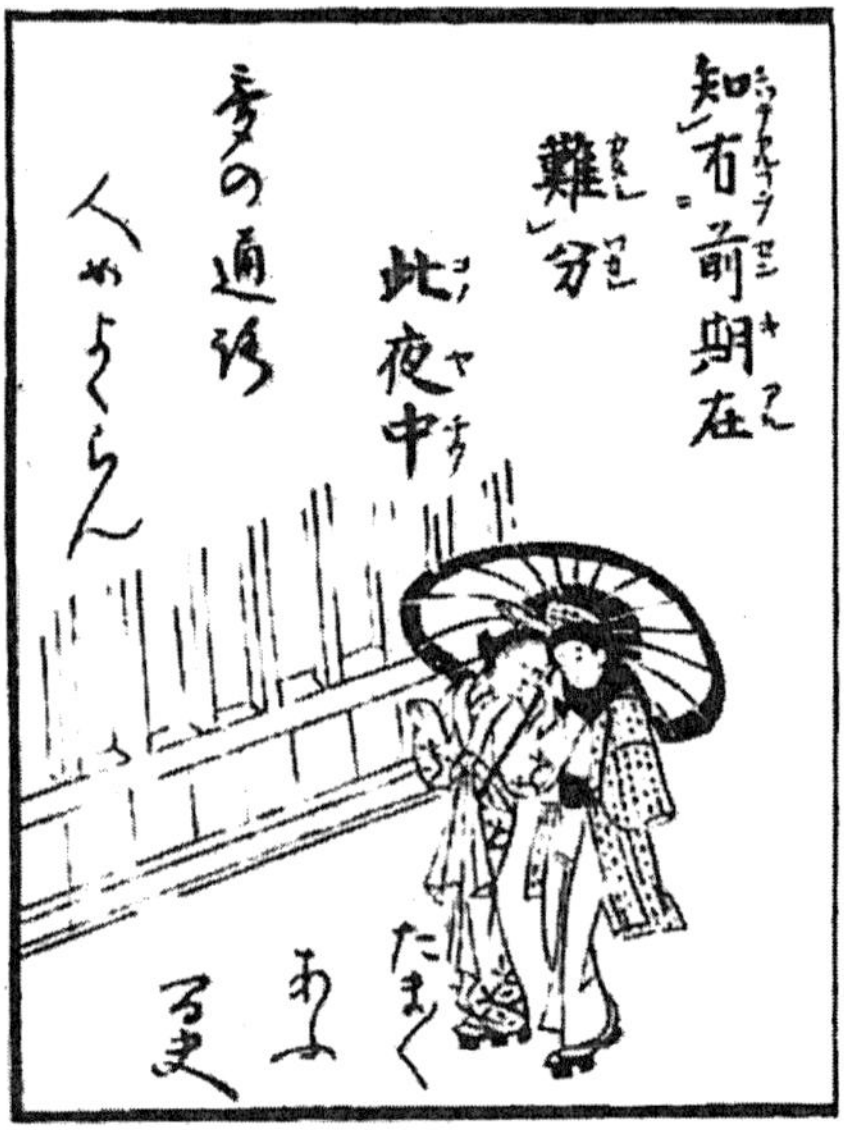

前期《ぜんき》とは、古注《こちう》[一]にやくそく、契約《けいやく》などゝいふ。今考《いまかんがう》るに期《き》の字《じ》蓋起《けだしき》の字《じ》ならん歟《か》。前《まへ》[二]起《おこ》るなるべし。此意《このこゝろ》にて見るときは次《つぎ》の句《く》をのづからわかる。

雨ふりの禿《かむろ》

[三]莫《ナカレ》レ令《シテ》《シムルコト》下長《チヤウ》袖《シウヲ》一倚《ヨラ》中欄《ラン》干《カンニ》上

[四]かけしや袖のぬれもこそすれ

長袖《ちやうしう》はふりそで也。長きものゝぶら〳〵するをすべてふりといふ事、[五]和名抄《わみやうせう》に見えたり。

一 経書の注釈で、宋代以前のを古注、以後のを新注というが、ここは単に、古注釈書には、の意。
二 前が起る、勃起する。
三 羊士諤「郡中即事」の結句。「(しおれた蓮の花を見せたら、色々と愁情を思うだろうから)必ず長袖(舞の衣裳)の美人どもを欄干に倚せて見せるな」(国字解)。
四 「音にきく高師の浜のあだ波はかけじや袖のぬれもこそすれ」(七十二番・祐子内親王家紀伊)。「上句は世の中にかくれなくあだ人といひさはがるゝ人といふ心なり。さやうのあだ人にはかりにも(契りを)かけあはじ、かけあはゞ思ひのたゆまじきに、といふ心を、袖のぬれもこそすれと用意していふなり」(改観抄)。
五 「和名類聚抄」。源順撰著、承平年間成立の分類体漢和辞書、日用百科辞書といった性格のもの。但し「ふり」の説明などは見えず、ここは、当時の和学者の注釈のスタイルをもじって出鱈目に引用したものか。
六 禿の小女っぽい動作を持出したもの。
七 「たいこ女郎」の意か。宴席で歌舞

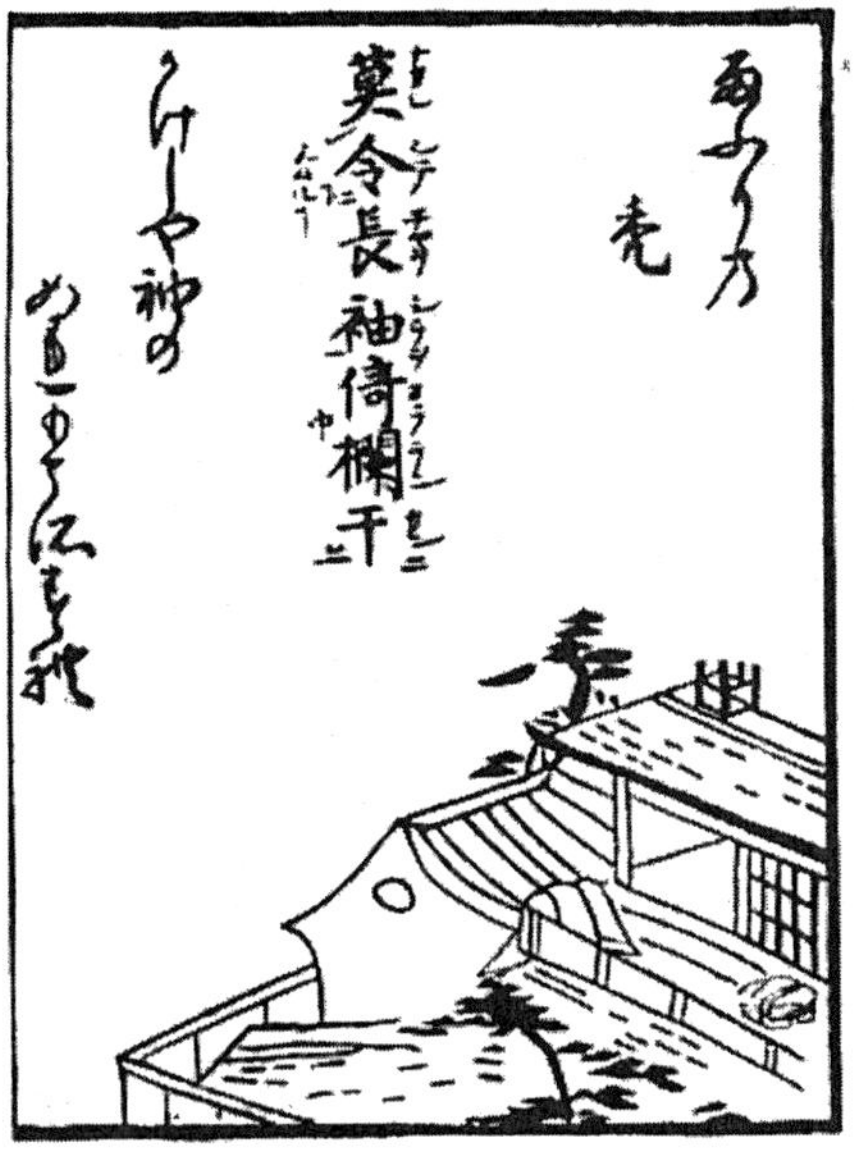

かけしや　らんかんに袖をかけし也。又[六]駆出《かけいだ》したるともいふ義《ぎ》つうず。

[七]たいこに揚《あが》つた[八]新造《しんぞう》

[九]閨《ケイ》中《チウノ》少《セウ》婦《フ》不《ズ》レ知《シラ》レ愁《ウレヒヲ》

[一〇]まだ文も見ずあまのはしだて

閨中《けいちう》はまへに注《ちう》するごとく、少婦《せうふ》はしんぞうをいふ。

あまのはしだて　[一一]あまとは是も新造《しんぞう》也。[一二]格子《かうし》はしへならべたて置《をく》ゆへはしだてといふ。

をつとめて取り持ちをするための遊女。そのために宴席に出た新造女郎の意の題か。

八 新しくつとめに出た若い遊女の総称。「新造といえるは、あたらしきふねによそへし名なり。…十三四才にもなれば、姉女郎の見はからひにて、新ぞうに出すなり」(吉原大全)。

九 王昌齢「閨怨」の起句。「(若妻が)親の手を離れてから、まだついに夫に別れたこともなければ、なんにも愁へといふことを知らずして(戦功を立てて出世するからという夫の言葉のみを信じて夫を出征させたことを今更のように悔いる)」(国字解)。

一〇 「大江山いく野の道の遠ければまだふみもみず天の橋立」(六十番・小式部内侍)。「都より丹後国へ下るには丹波路を経るなり、丹波国には大江山有、幾野有、大江といへば大きなる山と聞へ、幾野といへばいくばくひろき野と聞ゆるなり。此ふたつの所、丹波路にしも有けるは、内侍がためにかねて天のなせるやうなり。かやうに遠きさかひなれば、母の彼国へ下りし後、いまだ文のかよひさへなしといふ心を、やがて彼所のはし立によせていひかけたり」(改観抄)。

一一 若い女性に対する、やや侮蔑的な言い方。

一二 遊女屋は表を格子造りにするのが通例で、その格子の端に、遊女へ来た手紙(文)を並べて置くのが通例。

一 月見《つきみ》の台《だい》二の物《もの》

三 一時《イチ ジ》回《メグラセバ》レ首《カウベヲ》月《ゲツ》中《チウニ》看《ミル》

四 三笠《みかさ》の山《やま》に出し月かも

回首《かうべをかへせば》とは中《なか》の町《てう》の方《かた》にてくびを回《まは》せば月の台爰《だいこゝ》にあり。かへつて座敷《ざしき》に向《むか》へば又月の台《だい》ある也。

面白《おもしろ》く逢夜《あふよ》

五 総《スベテ》向《ムカツテ》二春《シユン》園《エンノ》裡《ウチニ》一 花《クワ》間《カン》笑《セウ》語《ゴノ》声《コヱ》

六 なをうらめしきあさぼらけかな

春園裏《しゆんえんのうち》とは花《はな》に対《たい》するがごとき閨中《けいちう》をいふ。花間《くわかん》は、花《くわ》はまへにもいふごとく黄金鼻《わうごんはな》紙《がみ》なり。その七花《はな》をやる時《とき》は坐《ざ》中賑《ちうにぎやか》にとりはやすゆへ、八笑止《せうし》なるかる口《くち》を無理《むり》にわらひほめる九座持《ざもち》を云。

夜《ヨ》番《バン》

一〇 旅《リヨ》館《クワン》寒《カン》灯《トウ》独《ヒトリ》不《ズ》レ眠《ネムラ》

一 吉原の大紋日(重要な年中行事の日)で八月の十四・十五・十六日をいい、更に九月十二・十三・十四日を「後の月」と称して、これも大紋日とする。客が一方だけを約束するのを「片月見」と称して忌む。 二 →一二頁注一九。 三 李益「従軍北征」の結句。「(北征の兵士達)が一時にふりむいて、やれやれ此のやうなあわれな曲(「行路難」の曲)はどこで吹くことぞと、月中に吹く方を見ている」(国字解)。 四 「天の原ふりさけ見れば春日なる三笠の山に出でし月かも」(七番・安倍仲麿)。 五 王維「班婕妤」の転・結句。「(婕妤は)このあいだは太后づき(皇太后の侍女)で、女中(女官たち)とひとつになり、長信(宮)の春園の花の間に笑ひつ語りつしているが、面白いことはなけれども、吾ばかり恨みがあるとて悲しんでいらるゝものでない、無理に笑語をなしていると言ふが、甚だ怨みの深い情がある」(国字解)。本文は怨情を省いて解釈する。 六 「明けぬれば暮るゝものとはしりながら猶うらめしき朝ぼらけかな」(五十二番・藤原道信)。「明るはくるゝもとなれば、けふくれば又ゆきてあはんのたのみは、今朝よりかねて有といへども、当意のなぐさめがたきにつけて、猶たゞ朝ぼらけを恨めしきものに思ふと也」(改観抄)。 七 客が座中の者に花(心づけ)をまき散らすこと。 八 たいして面白くも

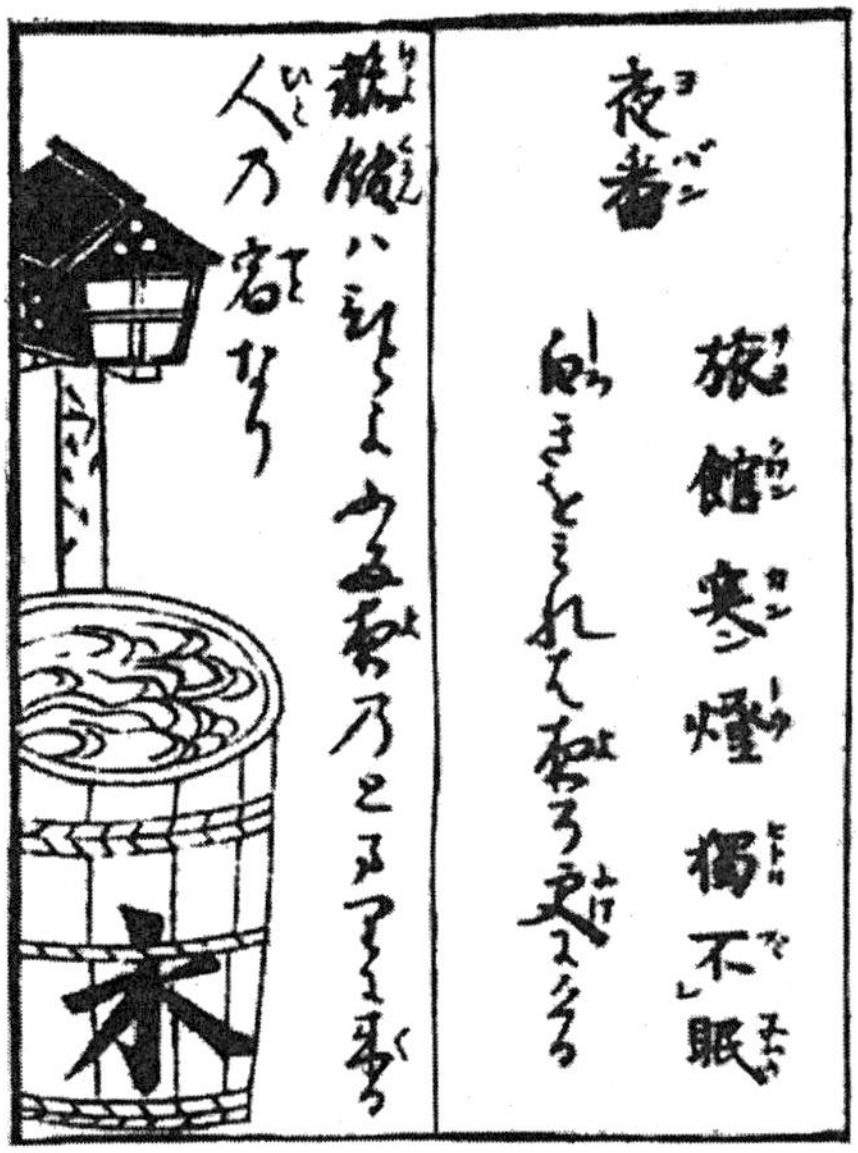

一一 白《しろ》きをみれば夜《よ》ぞ更《ふけ》にける

旅館《りよくわん》はひとよふた夜《よ》のとまりに来《く》る人《ひと》の宿《やど》なり。

一二 舟やど

一三 江《カウ》南《ナン》江《カウ》北《ホク》送《ヲクツテ》レ客《カクヲ》帰《カヘル》

一四 からくれなゐに水くゝるとは

ない冗談。 九 一座の取り持ちかた。

一〇 高適「除夜作」の起句。「今夜は除夜(大みそか)なれば、故郷では夜中灯を多くともして楽しめども、旅の除夜なれば、灯もほそぼそとしているゆへ、何かと思ひが生じて寝られぬ」(国字解)。 一一「かささぎの渡せる橋にをく霜の白きをみれば夜ぞふけにける」(六番・中納言家持)。「なべての霜はあか月にをくものなれども、かさゝぎの橋(天の川の鵲が翼をつらねて織女を渡したという伝説の橋)はそらにあれば、夜半に先霜のみゆるこゝろなり」(改観抄)。「白き」を夜番の番人のあたる炭火の白くなった情景にとりなしたものか。

一二 船で吉原へ来る客の送迎をする家。「船宿もいにしへは会所の際に五七軒ばかりあり。吉原はんじやうにしたがひて新堀をほり、今戸橋をかけ、堀の側に船宿おびたゝしく出来たり」(吉原大全)。 一三 王維「送沈子福之江南」の結句。但し原詩は「送君帰」。「江北から江南の方へ行くを送るなり。…心はさきへ、身はもどるゆへ「君を送つて帰る」と云ふなり」(国字解)。 一四「ちはやぶる神代もきかず龍田川からくれなゐに水くゝるとは」(十七番・在原業平)。「立田川に紅葉のみちてながるゝさま、ひとへにから錦をながせるごとくにして、錦の中より水のくゝると

一 惣《そう》雪《せつ》隠《いん》

二 黄《クワウ》河《ガ》入《イリテ》レ海《カイニ》流《ナガル》

三 こひぞつもりて淵となりくる

黄河《くわうが》とはきいろの水のながるゝ川なり。四 肛門関《こうもんくわん》の辺《ほとり》よりながれ出、冀州《ふんしう》に入ルと五 漢書地《かんじよち》理志《りし》に見えたり。漢《かん》音閑《かん》 書《しよ》音所《しよ》

みゆると奇異のごとくみるゆへ、神の代までをたくらべていふなり」(改観抄)。本文は水上に散在する猪牙《ちよき》船を紅葉にみたてたものか。

一 共同便所。→一一頁注二〇。
二 王之渙「登二鶴鵲楼一」の承句。「東の方を見れば黄河の(海に)落ちこむまで見ゆる。どこもかも見ゆる」(国字解)。三「筑波嶺の峰よりおつるみなの川恋ぞつもりて淵となりぬる」(十三番・陽成院)。「みねより落るみなの川とは、峰よりおつる水といひかけて川の名につゞけたるなり。…山水の落つもりて河となるがごとく、恋もつもりて淵のごとくそこひなきおもひと成といふ」(改観抄)。
四 黄河流域の甘粛省にある西域への要道「玉門関」などの連想。
五 二十四史の内の「漢書」に附された地志で、漢代の地理を記したもの。但し後注によれば「漢書」は「閑所」の音通で、即ち便所の意とされる。従って「地理志」も「ちり紙」と通じる。
六 祖詠「終南望二余雪一」の承句。「今この所より見るに終南(山)の背、長安の方、北陰表(きたおもて)も雪が降り埋めて、浮雲のはづれまで届くほどに見ゆる」(国字解)。
七「田子の浦にうち出でゝみれば白妙の富士の高嶺に雪は降りつゝ」(四番・山辺赤人)。「此浦のおもしろさ

揚屋《あげや》の紙屑籠《かみくずかご》

六 積《セキ》雪《セツ》浮《フ》雲《ウンノ》端《ハシ》

七 不二《ふじ》の高嶺《たかね》に雪《ゆき》はふりつゝ

積雪《せきせつ》は紙《かみ》のおほくて白《しろ》きかたちなり。閨中《けいちう》にて ふ ふ ふう〱 うんうん〱といふう八 ちに陰陽《ゐんやう》の外《ほか》しる人なき味《あぢはひ》あり。その端みな此積雪となる。

質《しち》を置《をく》女郎

九 宝《ハウ》剣《ケン》直《アタヒ》千《セン》金《キン》 分《ワカツテ》レ手《テヲ》脱《ヌイデ》相《アイ》贈《ヲクル》

一〇 をきまどはせるしらぎくの花

直《あたひ》とは一一 かうがい、くしとうの一二 打物《うちもの》、直《ぢき》に金《かね》となる事《こと》の妙《めう》をいふ。分手《てをわかつ》とは天窓《あたま》に今《いま》までありし簪《かんざし》を脱《ぬい》で何屋《なにや》へもたせをくるなり。

一三 わるい病《やまひ》のある女郎

一四 年《ネン》ゝ《〱》花《ハナ》落《オチテ》無《ナシ》ニ人《ヒトノ》見《ミル》一

一五 しづごゝろなく花のちるらむ

さらでもあかぬに、ふじの山をあふぎみれば、雪白妙にふりて天にちかくとゞくやうにみえけん折の景気」(改観抄)。八 男女のいとなみ。

九 孟浩然「送ニ朱大入レ秦」の承・転句。「(餞別に)なにがなと思へども、なにも仕方がない。今まで懇意にした志を知らせたいと思へどもどうもせんかたがない。幸い吾が腰に帯びた剣は千金にもあたるほどの大事のものなれども、君と別るゝ時、せめてこれなりともと、腰より「脱」といだして相贈る」(国字解)。

一〇「心あてに折らばや折らむ初霜のおきまどはせる白菊の花」(二十九番・凡河内躬恒)。「菊の咲比、初霜もまたふりて白き色のおなじく出あひてまぎるゝを、心あてしておらばおらんやなをおるまじきといひのこせるなり」(改観抄)。一一 笄。女性の髪飾り道具の一。金属・鼈甲・水晶など高価なものがある。一二 金属を鍛えて作った道具類の総称。

一三 梅毒。江戸時代は不治の病として、一般人の間でも極めて多かった。

一四 司馬礼「宮怨」の転句。「年々(宮廷内の)花は落ち散ってゆけども、奥深きゆへに人の来たり見る者もなく…この花の落ちしごとく(自分は)年もより顔色も衰へ行けども」(国字解)。一五「ひさかたの光のどけき春の日にしづ心なく花の散るらむ」(三

花《はな》　一異本《いほん》に鼻《はな》に作《つく》るは非《ひ》なり。

二しづ心《こゝろ》なく　しづは賤《しづ》也、三いやしきやすものをいふ。

四床《とこ》のよい女郎

五客《カク》心《シン》争《アラソフ》二日《ジツ》月《ゲツヲ》一

六ながくもがなと思《おも》ひぬる哉

争日月《じつげつをあらそふ》とは日《ひ》数月数揚《かずつきかずあげ》づめにせんと客《きやく》ごとにあらそふなり。

十三番・紀友則)。「のどかにて日もながくある時なれば、なにわざするものもいそがはしき心なき折ふし、花ばかりあはたゞしくちるをとがめていふなり」(改観抄)。

一 ここは当然の連想として「花」―「鼻」となる所を、わざとはぐらかしていう。
二 歌意は「静心」、静かな心。
三 極く下級の遊女達。
四 性技に長じた遊女。
五 張説「蜀道後レ期」の起句。「都を立つ時分には一日もむだ道をせまい、幾日に帰ると、日月を争ひ、前方(まえかた)より(あらかじめ)道のりをきわめたに」(国字解)。
六 「君がため惜しからざりし命さへ長くもがなと思ひけるかな」(五十番・藤原義孝)。「きのふまではあふ事にかへん命の何ともおぼへざりしかども、相みて、今朝の心は一夜にかはりて、長き命を得てあくまで相見ばやと思ふ」(改観抄)。「けるかな」を「ぬるかな」とかえたのは「寝(ぬ)る」の意をこめたか。
七 行儀が悪く、時おり下の方が見えそうになったりするような遊女。
八 李白「峨眉山月歌」の起句。「舟に乗つて此の山の下を通りみれば、月が半分は山に覆はれ、半分は照ら

七居ずまひのわるい女郎

八峨《ガ》眉《ビ》山《サン》月《ゲツ》半《ハン》輪《リンノ》秋《アキ》

九もれ出る月のかげのさやけさ

一〇床《とこ》で骨《ほね》を折し女郎

一一孤《コ》城《ジヤウ》遥《ハルカニ》望《ノゾム》玉《ギヨク》門《モン》関《クワン》　黄《クワウ》沙《シヤ》百《ヒヤク》戦《セン》穿《ウガツ》二金《キン》甲《カフヲ》一

一二みだれてけさは物をこそ思へ

孤城《こじよう》は一本立《ほんだち》の城《しろ》也。黄沙《くわうしや》は功者《こうしや》一三と音通《こゑつう》ず。穿金甲《きんかふをうがつ》は軍士《ぐんし》一四甲冑《かつちう》を帯《たい》し、関中《くわんちう》を破《やぶ》らんとして時《とき》をうつし戦《たゝかふ》ふ有様《ありさま》考《かんがふ》ふべし。

水上《みづあげ》の客

一五此《コノ》夜《ヨ》断《ダン》腸《チヤウ》人《ヒト》不《ズ》レ見《ミエ》

一六われてもすゑにあはんとぞおもふ

断腸《だんちやう》とははなはだいたむ事をいふ。人不見《ひとみず》とは客《きやく》の外《ほか》の人《ひと》は断腸《だんちやう》を見ぬしらぬといへるなり。

す」(国字解)。

九「秋風にたなびく雲の絶え間よりもれ出づる月の影のさやけさ」(七十九番・藤原顕輔)。「秋風にふかれて浮雲のとだえたる所に、月のもれ出たるがひときはあたらしく、明らかなるやうにおぼゆるなり」(改観抄)。

一〇 床上手の客にもまれてくたびれた遊女。

一一 王昌齢「従軍行(二)」の承・転句。「玉関は都から見れば西北の隅で、遠い処ぢやに、そこを通りてまだ遠い此の番手(警備)の者のいる孤城あたりへ来て、また玉門山を望むさへ遠いに都はいよ／＼遠い。沙漠でたびたび合戦があるゆへ、甲(よろい)を脱ぐ間もなく、このやうにしていては、いつ故郷へ帰らうぞ」(国字解)。

一二「長からむ心も知らず黒髪の乱れて今朝は物をこそ思へ」(八十番・待賢門院堀河)。「朝、起別れていにしおとこの、ながくわするまじきと契り置たれば、其心ざしみじかかるべきとはおもはねど、只何かさりし名残の悲しき余りに、猶思ひみだれてなげくなり」(改観抄)。

一三 遊び上手。一四 男女の床のありさまを軍陣の駆け引きになぞらえるのは、当時の通例。

一五 顧況「聴ㇾ角思ㇾ帰」の転句。「(異民族の者の吹く角笛の)曲を聞いて悲しさを誰と語らふ者もなく、愁へ

年寄《としより》し客

一春《シユン》光《クワウ》不《ズ》レ度《ワタラ》玉《ギヨク》門《モン》関《クワン》

二忍《しの》ぶることのよはりもぞする

春光《しゆんくわう》は春《はる》のごときあたゝかなるよき心持《こゝろもち》にならぬゆへ、三不度《わたらず》といへるなるべし。

大《おほ》門の掛行灯《かけあんどう》

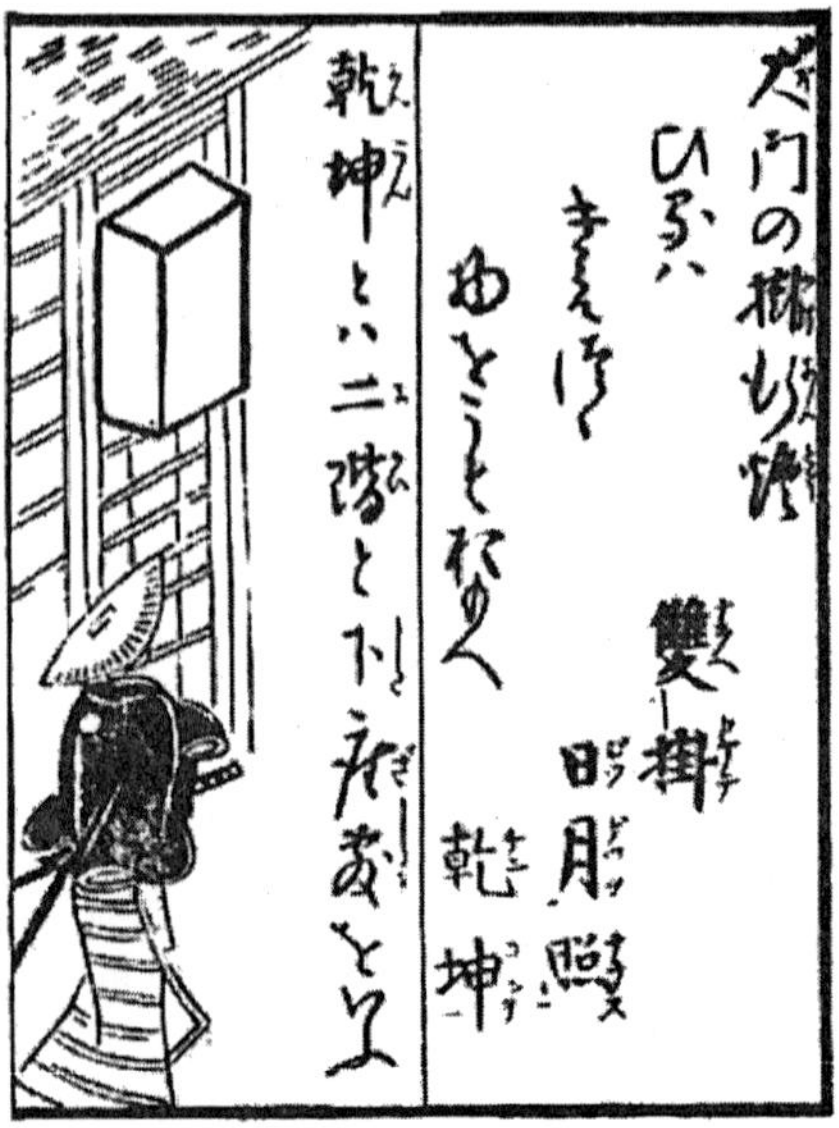

深くして寝もやられず」(国字解)。

一六「瀬を早み岩にせかるゝ滝川のわれても末に逢はむとぞ思ふ」(七十七番・崇徳院)。「瀬をはやみは人をこふる心のせつなるに比し、岩にせかるゝはそれをさまたげ、さゆる(妨害する)もの、有に比す。しかりといふとも、こゝにおもひなづみて思ひやむ事有まじければ、猶行末にもしひてあはんとおもふつよき心をよませ給へる」(改観抄)。

一 王之渙「涼州詞」の結句。「玉関よりこの方(外側の辺境)へは、(内地の)春光もわたらぬなれば、いつも春とも秋とも知らぬから、楊柳(離別の曲)などのことは知らぬゆへ、(その曲がきこえてきても)怨みもない、といふが至極怨みが深い」(国字解)。

二「玉の緒よ絶えなば絶えねながらへば忍ぶることの弱りもぞする」(八十九番・式子内親王)。「今、我思ひも終にはさだめて忍びよはる期あるべしとおしはかるゆへに、只今の内に命のたえば絶もせよとなり」(改観抄)。「忍ぶること」と「忍びごと」にとりなす。

三「性交」の隠語に「祭りを渡す」などの表現あり、それにかける。

四 双二掛《ナラベカケテ》 日《ジツ》 月《ゲツヲ》一 照《テラス》二 乾《ケン》 坤《コンヲ》一

五 ひるはきえつゝ物をこそおもへ

乾坤《けんこん》とは二階《にかい》六と下座敷《したざしき》をいふ。

大門《おほもん》の番所《ばんところ》

七 為《タメニ》 問《トフ》 門《モン》 前《ゼンノ》 客《カク》 今《コン》 朝《チヤウ》 幾《イクバク》 個《カ》 来《キタル》

八 幾夜《いくよ》ねざめぬすまの関守《せきもり》

四 李白「上皇西巡ニ南京一歌(二)」の結句。「(玄宗上皇と若い天子粛宗が)日月を並べ懸けた如く(その徳は天地を照らす)であらう」(国字解)。

五 「みかきもり衛士のたく火の夜は燃え昼は消えつゝ物をこそ思へ」(四十九番・大中臣能宣)。「左右の衛門は禁裏の御門を守るゆへに衛門をみかきもりとよめり。…よるの思ひのさかりにして身のこがるゝ心も是(衛士がたく火)によせていふなり。ひるは消えつゝとは、彼衛士の火もひるはたかねば、夜のおもひにもえつゝ明して、ひるはいける心ちもせぬをよせていふ」(改観抄)。

六 遊女屋の客室は主として二階にあり、下にあるのを下座敷という。

七 李適之「罷レ相作」の転・結句。「さりながら酒を呑むにも相手がいるが、今朝幾人ほど来たぞ、大方一人も来たりはせまい。実はわれ権威あつた時は大勢来たが、相(宰相)をやめたれば一人も来ぬと憤るである」(国字解)。

八 「淡路島かよふ千鳥の鳴く声に幾夜寝覚めぬ須磨の関守」(七十八番・源兼昌)。「今夜、我此浦(須磨)に宿りて聞ば、かの方よりかよひくる千鳥の声にねざめの物わびしきをもて、関守の(身の)上を思ふに、かれは此浦をはなれぬものにて、幾夜か此千鳥にねざめぬる、といふ義なり」(改観抄)。

幾箇来《いくばくかきたる》の箇《か》は駕《が》と通《つう》ず。或《あるひ》いはく、荷《か》也と。一駕籠《かご》のむかひ門前《もんぜん》にあつまるを見たるさま也。

吉原《よしはら》の真実《まこと》

二黄《クワウ》金《キン》不《ザレバ》レ多《オホクセ》　交《マジハリ》不《ズ》レ深《フカヽラ》

三やまのおくにもしかぞなくなる

宝暦七丁丑歳正月吉日

書林　東都浅草御蔵前茅町二丁目　六河亦次郎板
本材木町四丁目　柴田弥兵衛同

一 客の迎えの駕籠。早朝、大門前に集まる。

二 張謂「題二長安主人壁一」の承句。「世人の交りといふものは、黄金でも沢山とり扱ふ内は深く交りをすれども、貧になるとかまはず、交りも薄くなる」(国字解)。

三 「世の中よ道こそなけれ思ひ入る山の奥にも鹿ぞ鳴くなる」(八十三番・藤原俊成)。「よのうき時はと、せめてもたのみ所にせし山の奥に、今はとおもひ入たれば、こゝにも悲しきこゑに鹿の鳴て、秋のあはれを尽してえすむまじければ、世の中よ、今はいづくにゆきてうきことをさくべき道こそなけれと、わびたる心なり」(改観抄)。

唐《とう》詩《し》笑《しょう》

中野三敏　校注

本書は享保以降の文壇に狂詩・狂文が流行する、その口火を切った作品というべく、又、漢戯文の創作という、極めて特殊な知識人の遊びを、ことさらに出版するという行為を江戸の地に定着させた、その最初期の作品でもある。

元来この種の知的遊戯は、文化伝統の厚みという点からも、上方の地味が最も適したものだった事は、享保の中頃、突然江戸に現われた吉原細見附載の漢戯文「両巴巵言」が、その後はすっかり上方に根をおろして洒落本というジャンルを形成するに至る経緯をふりかえれば、誰しも納得のいく所だろう。

それが宝暦期を迎える頃には、江戸もその面での地慣らしを終え、しかも出版界の大盛況という時期にも恵まれて、出版という営為は趣味的・娯楽的領域にまで満遍なく手を広げるに至る。その中から現われたのが本書を含む狂詩・狂文集の類であった。何れも小本一冊、僅に二、三十丁の片々たるものだが、内容にふさわしく、外型や構成・板式の何れにも、当時最先端の明風漢詩文集の趣味をかすめる事に努力した、いわば最も洒落た造りの小冊子といえる。本書なども全くその例に洩れない。

著者の玩世教主は、一時その号の近似から詩僧雪巌実順を初め数説があったが、近時、井上蘭台(宝暦十一年没、五十七歳)の戯号である事を中野が考証した(「井上蘭台」。昭和五十二年刊『近世新畸人伝』所収)。初め蘭台が入門した時代、元来は朱子学の牙城たるべき聖堂や林家の学問は、最も徂徠学に近づいた時代で、極めて詩文派を容認した。しかも蘭台自身、経学は古註学を主導して、やがて折衷学を生む。門下には俊才多く、その人となりは磊落・自由、極めて余裕あり、狂詩なども好んで作ったなど、後年大田南畝の書留めに知り得る。旧序の金峨道人は無論一番弟子の井上金峨、師弟揃って大いに遊んでいる。内容は本文中にも触れる李卓吾編という『四書笑』などを粉本とし、「四書」に代えるに『唐詩選』を以てし、「笑」は「艶笑」の味を濃くして、その方向での断章取義を専らとする。即ち古典の文句を随意に切取って新しい意味を与えるもので、作詩作文法の一として既に定着してはいるが、本書の方向はまさに破天荒。粉本の『四書笑』にも艶笑の気味はあるが、これほどではない。因みに、蘭台先生自身は終生女性を近づけなかった事でも有名である。

唐詩笑序

余、唐詩笑ヲ読ム毎《ゴト》ニ、ソノ竟《キハ》[一]メ易キヲ患ヒ、マタ、玩[二]世陸沈ノ徒ノ輯録スル所ニシテ、且《カ》ツ紙[三]コレガ為《タメ》ニ貴キヲ恠《アヤシ》ム。翼[四]無クシテ飛ビ、脛ナクシテ走ルハ何ゾヤ。蓋《ケダ》シ笑ヲモツテ詩ヲ説ク、辞賦ノ妙滑稽中ニ在リ。刻成《ナ》リコレニ序ス。洛[五]水真逸、恬[六]澹室ニ書ス。

余毎読唐詩笑患其易竟。又恠玩世陸沈之徒所輯録而且紙為之貴。無翼飛不脛走何也。
蓋以笑説詩。辞賦之妙在滑稽中焉。刻成序之。洛水真逸、書於恬澹室。

一 わかり易すぎるのを心配する。
二 一切の世俗の事柄を軽視しながら、俗塵の中で悠然としている隠者(史記・滑稽・東方朔伝)。
三 著書が大いに評判が高く、よく売れることの例え。「洛陽紙価貴」(晋書・左思伝)。
四 詩文などが流行して一世を風靡すること。「珠無脛而行、玉無翼而飛」(列子)。
五 未詳。「洛水」は京都。「真逸」は真の隠者の意。
六 洛水真逸の室号。心静かで無欲なこと。「恬淡」と同じ。

一 儒者井上蘭台の別号。扉裏の解題参照。
二 李攀龍、明人。于鱗は字。号は滄溟。王元美と共に明代後七才子の一人。古文辞を唱えて、徂徠の尊重する所となり、その選と伝えられた「唐詩選」は、享保以来我国の詩人の座右の書となる。 三「唐詩選」(享保

唐詩笑

玩世教主[一]輯
洛水真逸訂

唐詩序

[二]李于鱗曰《イハ》ク、「[三]太白ノ七言絶句ハ実《ジツ》ニ唐三百年一人ナリ」。[四]王元美曰ク、「[五]王江陵ト太白ト[六]勝ヲ毫釐ニ争フ。倶《トモ》ニコレ神品ニシテ于鱗及バザルナリ」。学究コレヲ断ジテ曰ク、「于鱗ハ太白ノ後身、江陵ハ元美ノ前身、[七]ソノ微意ノ鍾《アツマ》ル所余蓋《ケダ》シコレヲ知ル、尽《コトゴト》ク言フコトヲ欲セザルナリ」。

教主曰ク、李ト王ト勝ヲ毫釐ニ争フコト、唐以後明ニ至リテマタ爾《シカ》リ。トモニコレ[八]風流因縁。

九年和刻・服部南郭校訂)巻頭の李于鱗序中の句。太白は李白。その絶句を賞賛した語。四 王世貞、明人。元美は字。号は鳳州。于鱗と共に後七才子の代表的詩人。五 元美著「芸苑卮言」(延享元年和刻・平瀬又吉校訂)巻四の文。江陵は江寧、即ち王昌齢の誤りか。昌齢は唐代の有名詩人、特に七絶に秀でるという。故に元美の言に「王昌齢と李白は七絶に於ては優劣をつけ難い。ともに神品というべく、于鱗も之には及ばぬ」という。井上蘭台著「詩範」に「李白ノ七絶ハ字々神境、篇々神物ナリ、貴ブベシ、王昌齢モ同前ナリ」」。六「毫釐」は極く僅かの量の意。僅かの差をあらそうこと。七「其微意…言也」の十四字分は「芸苑卮言」の文を取る。但しそれを一学究の言にとりなす。「微意」はほのめかすこと。即ち、于鱗や元美がほのめかしたかった気持ちは私には良くわかるということ。八 世俗を離れた風雅の世界のゆかりであること。小説類によく用いられる評語の一。

九 初唐、鉅鹿曲城の人。唐室創業の功臣の一人だが、「唐詩選」には巻首に「述懐」の詩一首をとる。一〇 男性の性器がなえて、性行為が出来ない病気。「腎虚」ともいう。一一 男色の行為。戦国時代、魏王に男色を以て仕えて寵臣となった龍陽君にちなんだ名称。「破」は初めての行為をいう。

李于鱗曰、太白七言絶句実唐《ニ》三百年一人《ナリ》。王元美曰、王江陵与《ト》二太白一争《フ》二勝《ヲ》毫釐《ニ》一。俱《ニ》是神品《ニシテ》而于鱗不レ及也。学究断《ジテ》レ之《ヲ》曰、于鱗《ハ》太白之後身、江陵《ハ》元美之前身。其《ノ》微意所レ鍾《ル》、余蓋知《ル》レ之《ヲ》。不レ欲二尽《ク》言《コトヲ》一也。

教主曰、李与《ト》レ王争《フ》二勝《ヲ》毫釐《ニ》一。唐以後至《テ》レ明《ニ》亦爾《リ》。俱《ニ》是《レ》風流因縁。

魏徴[九]

陰痿《ナヘ》[一〇]ノ者、龍陽《ワカシユ》[一一]ノ破《シヽワリ》ヲ為シテ曰ク、「縦横[一二]計リゴト就《ナ》ラズ、馬ヲ駆《カ》ツテ関門ヲ出ヅ。人生意気ニ感ズ、功名誰カマタ論ゼン」。孌童《ワカシユ》[一三]ノ曰ク、「秋風[一四]吹キ尽サズ、総《ス》ベテコレ玉関ノ情」。[一五]国音、秋ト臭ト近シ ○俗ニ陽物[一六]長大ノ者ヲ謂《イ》ヒテ驢顚[一七]ト為ス、馬カ驢カ王カ葛カ、吾[一八]イマダコレヲ知ラザル也。張祐[一九]ノ詩ニ、「虢国《クワクコク》[二〇]夫人主恩ヲ承《ウ》ク、平明馬ニ騎《ノ》ツテ宮門ニ入ル」ト。此ノ馬ト別ナリ。

[一二] 唐詩選一・五言古詩・魏徴「述懐」二十聯中の句。特に末尾の「人生感二意気一、功名誰復論」の句は有名。「うまくいくかどうかはわからぬが、ともかく函谷関を出て馬を走らせる。使者に選ばれた名誉を重んじてこの困難を敢えてしよう、功名の為に行くのではない」の意だが、初句を「うまくいかなかったが」の意に用いる。[一三] 男色の対象となる美少年。[一四] 唐詩選一・五言古詩・李白「子夜呉歌」中の句。「唐詩選国字解」に「頃しも秋とて夜更け方に風がそよそよと吹いて止まぬ。…此の秋風の吹く時分、我が夫は定めて彼の玉門関(唐と西の夷国との境)辺りに出て居らるゝであらうが…何を見るに付け聞くに付けても皆思ひの種となる」。[一五] 日本語の発音。「臭風」ととって男色の行為に寄せる。[一六] 男性生殖器。[一七]「ろてん」。男性器の俗称。上方語(好色一代男・四)。[一八] 論語の「吾不レ知レ之矣」(泰伯)などに似通う表現。[一九] 張祜。中唐、清河の人。唐詩選には四首を採る。和刻本「唐詩選」に誤って「張祐」とする。[二〇] 唐詩選七・七絶・張祜「虢夫人」の起・承句。虢夫人は楊貴妃の姉。「国字解」に「今この夫人も天子玄宗の御寵愛をうけたゆへ、ことに此の人は馬を好んで夜明け方になると馬にうちのり、天子の宮門に入り、参内申さるる」。

陰痿《ナヘ》者ノ為シテ二龍陽之《ワカシユ》破《シヽワリ》一ヲ曰、縦横計リコト不レ就ラ。駆テレ馬ヲ出ツ二関門一ヲ。人生感ス二意気一ニ。功名誰復論《セン》。

孌童《ワカシユ》ノ曰、秋風吹不レ尽。総テ是玉関ノ情。国音秋ト与レ臭近シ　○俗謂テ二陽物長大ノ者一ヲ為ス二驢顚一ト。馬カ耶驢カ耶、王カ耶葛カ耶、吾未ダ二之ヲ知ラ一也。張祐ノ詩ニ、虢国夫人承ク二主恩一ヲ、平明騎テレ馬ニ入ル二宮門一ニ。与二此ノ馬一別ナリ。

盧照隣[一]

婦ト龍[二]陽スル者ノ曰ク、「復道交窓合歓《フクダウカウサウガフクワン》[三]ヲ作《ナ》ス。双闕連甍鳳翼《サウケツレンバウホウヨク》ヲ垂ル」。婦ノ曰ク、「比《ヒ》目《モク》[四]ト成《ナ》ルコトヲ得バ何ゾ死ヲ辞セン。願ハクハ鴛鴦《エンアウ》ト作《ナ》ラン、仙ヲ羨マズ」ト。夫ノ曰ク、「生憎《アナニク》[五]ヤ帳額《チヤウガク》孤鸞《コラン》ヲ繡ス、好取《カウシユ》[六]ス簾ヲ開イテ双燕ヲ帖スルコトヲ」。

劉廷芝[七]ノ云《イハ》ク、「花際《クワサイ》[八]徘徊ス双蛺蝶《サウケフテフ》。池辺《チヘン》顧歩ス両鴛鴦。願ハクハ軽羅ト作《ナ》リテ細腰ニ著《ツ》カン。願ハクハ明鏡ト為《ナ》リテ嬌面ヲ分《ワカ》タン」。マタマサニ此《コレ》ガ為《タメ》ナルベシ。

孌童ノ母、年四十、モツトモ私姦《マヲトコ》ヲ喜《タノ》シム。スナハチ寿[九]席ヲ設ケテ曰ク、「北[一〇]堂夜

一 初唐、河北省の人。王勃、楊炯、駱賓王と共に初唐四傑の一人。
二 男色の意。ここは男女が通ずる意に用いたものか。
三 唐詩選二・七古「長安古意」の句。「復道」は「複道」で二階造りの廊下、「交窓」は違い窓。何れも男女の交りを意味する。「合歓」は男女の共寝、「双闕」は宮城の門で二本の柱の上に楼観を設けるもの。連なった甍の上には鳳凰の飾りものがあって翼を垂れている。
四 前出「長安古意」中の句。「国字解」に「我も比目魚の如く夫婦並んで居たならば死んでもかまはぬ。鴛鴦の如く夫婦並び居たいものぢや、仙人になる事は望まぬ」。「比目魚」は伝説上、東方の一つ目の魚で二尾並んではじめて泳ぐという。
五 前出「長安古意」中の句。「生憎はいやらしいと云ふ俗洒落ぢや」(国字解)。戸帳に一羽だけの鳳凰の刺繡を模様とするのは見たくもない、の意。「帳額」は戸帳の模様。
六 簾を開くと、二羽の燕の模様が貼りつけられていて、嬉しく思う、の意。「取」は付け字で意味はない。
七 初唐の詩人。優美な楽府題詩などを得意とする。
八 唐詩選二・七古「公子行」中の「花際…鴛鴦」句と「願作…嬌面」句。「国字解」に「花やかな公子どもが美女を連れて歩くを評判して云はく、双蝶のつがひ離れぬ如く、鴛鴦の雌雄離れぬ如く、ひつついて側を離れぬ」「願はくは軽羅(薄

夜人月ノ如シ。南陌《ハク》朝朝騎雲ニ似タリ」。南ト男ト同ジ [一一]南風《ワカシュ》ノ南

[一二]韋応物云《イハ》ク、「[一三]南北相過グ殊ニ遠カラズ。暮潮帰リ去ツテ早潮来ル」。マサニ好シ。

一医毎歳屠蘇《トソ》ヲ施ス。ソノ封題《ウハガキ》ニ翡翠《ヒスイ》ト曰《イ》フ。マタ鸚鵡《アウム》ト曰フ。或ルヒト曰フ、「此レ何ノ拠ゾ也」。医ノ曰《イハ》ク、「屠蘇ノ別名。唐詩選上ニ道《イ》フ、「[一四]翡翠ノ屠蘇鸚鵡ノ杯」ト」。

医ノ[一五]時名有リテ文義ヲ知ラザル者、諸貴人ヲ邀《ムカ》フ。酒饌《ヨキフルマヒ》豊華ナリ。医、[一六]祖詠ノ詩ヲ誦シテ云フ、「池ハ照ラス窓陰ノ晩、杯ハ香《カンバ》シ薬味ノ春」ト。衆皆匿笑《クツクツワラフ》ス。

与レ婦龍陽《スルノ》者曰、復道交窓作《ス》二合歓《ヲ》一、双闕連甍垂《ル》二鳳翼《ヲ》一。婦《ノ》曰、得《ハ》レ成《ルコトヲ》二比目《ト》一何辞《ン》レ死《ヲ》。願《クハ》作《ン》二鴛鴦《ト》一、不レ羨《マ》レ仙《ヲ》。夫《ノ》曰、生憎《ヤ》帳額繍《ス》二孤鸞《ヲ》一。好取《ステ》開レ簾帖《ヲ》二双燕《ヲ》一。

劉廷芝《ノ》云、花際徘徊《ス》双蛺蝶、池辺顧歩《ス》両鴛鴦。願《ハ》作二軽羅《ト》一著《ン》二細腰《ニ》一。願《ハ》為《テ》二明鏡《ト》一分《ン》二嬌面一。亦当《ニ》レ為《ナル》レ此。

絹)となりてひつ付いて居たいものぢや、我、鏡となられうならばあの顔を映し取りたいものぢや」。 九 祝いの宴席。酒宴の席。 一〇 前出「長安古意」中の句。「国字解」に「北堂あたりは毎夜〳〵遊興人が月の一偏に照らすやうに大勢出る。(南の通りは)馬などに乗つた者どもが雲の如く大分居ることぢや」。「北堂」は長安の遊里の北側の建物の意だが、母親の尊称でもあるので、その意味にこじつける。 一一 出典未詳。小説類の用語か。 一二 中唐の詩人。長安の人。貞観二年(七八六)蘇州刺史となり、韋蘇州と称する。 一三 唐詩選七・七絶「酬下柳郎中春日帰二揚州一南国見レ別之作上」の転・結句。「国字解」に「したが又逢ふことも心易い。なぜなれば暮の潮の時分帰つて、朝潮の時にござらるゝほどに」。「南」を「男」即ち密夫、「北」を「北堂」即ち母親ととりなし、暮潮・早潮に男女の春意を籠める。 一四 前出「長安古意」中の句。詩意は鸚鵡の形あるいは色をした杯に翡翠のように青々とした色の屠蘇の酒をうけて呑みほすの意だが、ナマ物知りの医者がそれを屠蘇の名称と誤解した。 一五 流行医者。よく諷刺の対象として用いられる。 一六 唐、洛陽の人。詩は唐詩選四・五言律「清明宴二司勲劉郎中別業一」の一聯。「国字解」に「暮方、風流に池の端の薬草畠のきわで酒盛りをするゆへ、薬草の香りが杯の中へうち入つ

孌童之母年四十、尤喜ム二私姦《マヲトコ》ヲ一。乃設テ二寿席ヲ一曰、北堂夜夜人如シレ月ノ、南陌朝朝騎似タリレ雲ニ。（南与レ男同シ　南風之南《ワカシユ》）韋応物云、南北相過殊クニ不レ遠カラ、暮潮帰去テ早潮来ル。方ニ好シ。

一医毎歳施ス二屠蘇ヲ一。其ノ封題《ウハカキ》ニ曰フ二翡翠ト一、又曰フ二鸚鵡ト一。或曰、此レ何ノ拠ソ也。医曰、屠蘇ノ別名。唐詩選上ニ道フ、翡翠屠蘇鸚鵡ノ杯。

医有テ二時名一而不ル レ知二文義ヲ一者邀フ二諸貴人ヲ一。酒饌《ヨキフルマヒ》豊華ナリ。医誦シテ二祖詠詩ヲ一云、池ハ照ス窓ノ陰晩、杯ハ香シ薬味春ト。衆皆匿笑《クツ〳〵ワラフ》ス。

駱賓王[一]

夫妻交[二]媾スル時、初メ進ムトキニ曰《イハ》ク、「銅[三]羽風ニ応ジテ廻ル、金茎露ヲ承《ウ》ケテ起ル」。事畢《ヲハ》ル。妻夫ニ問フ、「好カルベシ」。夫ノ曰ク、「倏忽《シユクコツ》[四]トシテ風ニ搏《ウ》ツテ羽翼ヲ生ズ、須臾《シユユ》ニ浪ヲ失シテ泥沙ニ委《ヰ》ス」。

一令《ブギヤウ》、村[五]学究ヲ召ス。語《ハナシ》[六]次死生ノ理ニ及ブ。令ノ曰ク、「身《ミドモ》[七]ハ時時病作《オコ》ル、ア[八]ニ長年ヲ享《ウ》クベケンヤ」。学究左右ヲ回視シテ曰ク、「相[九]顧ルニ百齢皆待ツコト有リ」。

てくる」と。但し「唐詩訓解」には「薬味」を「薬酒、香美なり」とするので、その解に従えば、文義に叶った解釈となろう。

一 初唐の詩人。四傑の一人。
二 交接。性行為。 三 唐詩選二・七古「帝京篇」中の句。詩の主意は当代の帝都の繁華を諷刺するもの。句意は、宮殿の楼上にある銅製の鳳凰の形の風見が廻り、昔、漢の武帝が作らせたという承露盤は、天の霊液（露）をうける為にそびえ立つ金茎（銅柱）の上に置かれている。ここはいきり立った男性器の形容。 四 前出「帝京篇」中の句。「倏忽」「須臾」は何れも「あっという間に」の意。「失浪」は水から離れるの意。即ち一瞬の内に大鳥が風にはばたくように立身するかと思えば、又瞬時に大鯨が泥の中に

令大イニ悦ブ。

夫妻交媾《スル》時、初進《メムトキニ》曰、銅羽応《シテ》レ風《ニ》廻《ル》、金茎承《テ》レ露《ヲ》起《ル》。事畢《ル》。妻問《フ》レ夫《ニ》、可《シ》レ好《カル》。夫曰、倏忽《トシテ》摶《テ》レ風《ニ》生《ス》二羽翼《ヲ》一、須臾《ニ》失《ヒ》レ浪《ヲ》委《ス》二泥沙《ニ》一。

一令《ブギヤウ》召《ス》二村学究《ヲ》一。語次《ハナシ》及《フ》二死生之理《ニ》一。令《ノ》曰、身《ミドモハ》時時病作《ル》、豈容《ヘケンヤ》レ享《ク》二長年《ヲ》一邪。学究回《シテ》二視左右《ヲ》一曰、相顧《ルニ》百齢皆有《リ》レ待《ツコト》。令大《ニ》悦《フ》。

劉[一〇]廷芝

一師キハメテ貧シ。名宦[一一]ノ少年ト共ニ妓館ニ赴ク。鴇母[一二]《ヤリテ》曰《イ》フ、「先生好来《ヨクオイデ》」。師ノ曰《イハ》ク、「古来[一三]容光人ノ羨ム所、況《イハン》ヤマタ今日遥カニ相見《アヒマミユ》ルヲヤ」。少年ノ曰ク、「先生我ガ為《タメ》ニ一言ヲ賛セヨ」。師逡巡[一四]《ネズミマヒ》シテ席ヨリ下リテ曰ク、「娼家[一五]ノ美女鬱金香、飛ビ来リ飛ビ去ル公子ノ傍」ト。

翁婆《チヽバヽ》年皆七十ヲ踰《コ》ユ。婆コレヲ調[一六]《ナブ》リテ曰ク、「[一七]コノ翁白頭真ニ憐ムベシ、コレ昔紅

もがいているような目にあうの意。五 浅薄な学者。田舎儒者。六 話のついでに。七 侍などの一人称。八 どうして長生き出来ようか。九 前出「帝京篇」中の句。「国字解」に「世上を見るに百齢みな待つことありて、一度はみな死なねばならぬ」と。ここは村学究が誤解して百歳までも長生きするの意としたか、或いは奉行に対するへつらいでわざとそのようにほのめかしたかの何れかであろう。

一〇 →五〇頁注七。一一 立派な官職。高官。一二 遊女の取り締り役の年増。一三 前出「公子行」中の句。「容光」は美女の意。「昔から美人は人が慕い羨む所だが、幸いにもこうして目の前にみられるとは」の意。一四 ためらうこと。一五 前出「公子行」中の句。「国字解」に「鬱金香、楽府に有る字ぢやによつて用ゆ。美女をほめて云ふ。…此の美女どもが公子の傍を離れず」。「公子」は貴人の子息の称。日本では大名の嫡子ではない息子の称。一六 「調戯」の略。からかうこと。一七 唐詩選二・七古「代下悲二白頭一翁上」中の句。「国字解」に「此の方のやうな年よつた者をば、ふびんがつてくるるがよい。生れながらの老人もないものぢや。われも一度は少年であつた」。

顔ノ美少年」。翁ノ曰フ、「你《ソナタ》マタ「宛[一]転タル蛾眉ヨク幾時ゾ。須臾《シュユ》鶴髪乱レテ糸ノ如シ」ト謂フベシ」。

一師極貧テシ。与ニ名宦ノ少年一共ニ赴クニ妓館ニ一。鴇母《ヤリテ》曰、先生好来《ヨクヲイテ》。師ノ曰、古来容光人ノ所レ羨、況復今日遥ニ相見ヲヤ。少年曰、先生為ニレ我ニ賛カセヨ一言ヲ一。師逡巡《ネズミマヒ》シテ下テレ席ヨリ曰、娼家美女鬱金香、飛来飛去公子ノ傍ト。

翁婆《ザバ》年皆踰ユニ七十ヲ一。婆調ナブリレ之ヲ曰、此ノ翁白頭真ニ可シレ憐ム、伊レ昔紅顔ノ美少年。翁ノ曰、你《ソナタ》亦可シレ謂ニ宛転タル蛾眉能幾時、須臾鶴髪乱テ如シトレ糸ノ。

宋之問[二]

寡婦《ゴケ》再ビ人ニ嫁ス。交合ノ時進[三]ミテイマダ知ラザル也。其ノ夫ニ語リテ曰《イ》フ、「雲[四]揺《ユル》ギ雨散ジテオノ〳〵翩飛ス。海闊《ヒロ》ク天長ジテ音信《インシン》稀ナリ」。夫ノ曰《イハ》ク、「裴迪《ハイテキ》[五]「孟城坳《マウジヤウアウ》[六]」ノ詩ニ云フ、「古城疇昔《チウセキ》ニアラズ、今人オノヅカラ来往ス」。マサニ好シ」。婦ノ曰ク、「杜甫ノ詩上ニ道《イ》フ、「昔[七]帰リシトキ相識少ナク、蚤《ハヤ》クスデニ戦場多シ」」。

一 同じく前詩中の句。「国字解」に「宛転と美しい(美女の)眉も長くは続かず、たちまちの間につい衰へて鶴の毛のやうな白頭になり行く」。

二 初唐の人。五言詩に長じ、沈佺期と並んで律体を始めたという。 三 「知レ進而不レ知レ退」(易経・乾・文言伝)をふまえる。 四 唐詩選二・七古「至ニ端州駅一……」中の句。「国字解」に「寄り合うた者どもが風に吹き散らさるる如く散り散りに翩飛し別るゝ。遠方なれば音信も通じ難い」。男女の事はすっかり御無沙汰致しておりましたの意。 五 唐代の詩人。王維と親しく唱和の詩あり。 六 唐詩選六・五絶「孟城坳」。その転・結句。孟城坳は王維の別荘輞川二十景の一。「国字解」に「もとの形は一つもない。この方(自分)などのやうな者が往来するのみぢや」。昔は昔、今は私がいるではないか。 七 唐詩選六・五絶・杜甫「復愁」の転・結句。「国字解」に「中ごろ帰つた時分にも、隣辺りの近づきなどもあるかないかでありしが、それから段々戦も多ければ、

京師ノ財主《カネモチ》妓[八]ヲ携ヘテ東山ニ遊ブ。供張《フルマヒ》キハメテ盛ンナリ。館[九]客《ウチノガクシヤ》コレヲ賛称シテ曰ク、「帳[一〇]殿鬱トシテ崔嵬、仙遊実《ジツ》ニ壮ナルカナ」。財主曰ク、「ハ[一一]ナハダ当ラザルナリ」。責メテコレヲ遣[一二]ル。晦日ニ交接スル者、筆ヲ下シテ房幃《ネヤノトバリ》ニ書シテ曰ク、「明[一三]月ノ尽ルコトヲ愁ヘズ、オノヅカラ夜珠ノ来ルアリ」。〇教主曰ク、此《コレ》ハコレ赤[一四]水ノ玄珠。

寡婦《ゴケ》再嫁レ人。交合時進而未レ知也。語二其夫一曰、雲揺雨散各〻翻飛、海闊天長音信稀。夫曰、裴迪孟城坳詩云、古城非二疇昔一、今人自来往。方好。婦曰、杜甫詩上道、昔帰相識少、蚤已戦場多。

京師財主《カネモチ》携レ妓遊二東山一。供張《フルマヒ》極盛。館客《ウチノガクシヤ》賛二称之一曰、帳殿鬱崔嵬、仙遊実壮哉。財主曰、不二甚当一也。責而遣レ之。

晦日交接者、下レ筆書二房幃《ネヤノトバリ》一曰、不レ愁二明月尽一、自有二夜珠来一。〇教主曰、此是赤水玄珠。

今は友だちもなくなつたであらう」。昔から御無沙汰勝ちでしたので、すっかり忘れ果ててしまいました、の意。

八 世説新語補・八・識鑑、謝安の条りに「謝公在二東山一、畜レ妓…」。東山を京都の東山にとりなす。世説のこの部分は当時極めて有名な文章で洒落本等にしばしば引用される。

九 食客。金持や名士の家に居候をする文人の意。

一〇 唐詩選三・五律・宋之問「扈二従登封一途中作」の首聯。「国字解」に「崔嵬と高く、鬱然と繁つてある(泰山の途中)に帳殿(仮の宮殿)が立てゝあつて、かやうな天子の盛んに仙遊なさるゝといふものは実に壮なるかな」。

一一 「鬱崔嵬」などの表現を陰気で不当と誤解したか。

一二 追い払う。

一三 唐詩選四・五排律・宋之問「奉レ和二晦日幸二昆明池一応制」の尾聯。「国字解」に「今宵は晦日のことゆへ月がなけれども、それも苦労にならず。大方魚が明月の珠を含んで来るであらう。昆明池の魚が武帝に珠を献じた故事がある」。月は出なくても、代りにもっと良いものがあるさ、の意。

一四 荘子・天地篇に「黄帝遊二乎赤水之北一登二乎崐崘之丘一而南望還帰遺二其玄珠一」による。「赤水」は崑崘山麓に発する川。「玄珠」は神秘的な珠の意で「道」に喩える。即ち最高の価値を表すもの。

張[一] 若 虚

夫妻交接事畢《ヲハ》ル。スナハチソノ淫具[二]ヲ捏《ヒネク》リ曰ク、「コノ物高致[三]妙妙。「[四]春江花月ノ夜」ニ「玉戸簾中巻ケドモ去ラズ」」。

夫妻交接事畢《ル》。乃捏《ヒネクリ》二其《ノ》淫具《ヲ》一曰、此物高致妙妙。春江花月夜《ニ》玉戸簾中巻《ケトモ》不レ去《ラ》。

張[五] 九 齢

夫妻皆唐詩選ヲ読ム。雲[六]雨ノ時ニ及ンデ微吟シテ曰ク、「[七]樹ハ揺《ウゴ》カス金掌ノ露、庭ハ接ス玉楼ノ陰」。妻コレヲ和シテ曰ク、「[八]寧《ムシロ》思《オモ》ハンヤ窃《ヒソカ》ニ抃《テウ》ツ者、情発スルハ知音《チイン》ノ為《タメ》ナリ」。

夫妻皆読《ム》二唐詩選《ヲ》一。及《テ》二雲雨《ノ》時《ニ》一微吟《シテ》曰、樹揺《ハス》金掌《ノ》露、庭接《ハス》玉楼《ノ》陰。妻和《シテ》レ之《ヲ》曰、寧

一 唐の詩人。賀知章・張旭・包融とともに呉中の四士と称される。二 男性器。三 高い趣きは何とも言い様がないほどだ。四 唐詩選二・七古・張若虚「春江花月夜」。その一句。題は「春の入り江の花曇りの月夜」。句意は「国字解」に「婦人の居る玉戸(美しい扉)の簾など〈月のさすを、(夫を思い出すので)見るを嫌に思うて簾を捲けば、いよ〳〵月がさし込んできて」。即ち、夫を思うの情のいやます有様。

五 唐の人。賢宰相として名高く、「曲江集」二十巻あり。六 男女の契り合うこと。七 唐詩選四・五排律・張九齢「和ヨ許給事直夜簡ニ諸公ニ」の中の一聯。「国字解」に「庭の樹木もつっと高く、金茎(金承―承露盤の支柱)によりかゝつて見ゆる、左掖(許給事が宿直する所)の庭は禁裏の玉楼の後にある」。「承露盤」は→五二頁注三。「金掌」は「金茎」と同じく、男性器に見立て、「玉楼陰」を女性器に見立てる。八 同じく前詩中の一聯。「国字解」に「吾もとより詩を作る気もなかつたが、そこもとのすぐれた詩を見て思はず知らずに和する情の発するは、そこもとの詩を喜ぶものがあるが、何とどう思やるぞ」。「窃抃」は思わずしらずに手拍子をうつこと。

思《シヤ》窃抃《ニツ》者、情発《スルハ》為《ナリ》二知音一。

孟[九] 浩 然

小和尚尼ト私[一〇]スル者ノ曰ク、「[一一]蓮花ノ浄《キヨ》キヲ看取シテ、マサニ知レ不染《フゼン》ノ心」。尼ノ曰ク、「[一二]虚ヲ涵《ヒタ》シテ太清ニ混ズルカ、気ハ蒸《ム》ス雲夢沢《ウンボウタク》ナルカ」。[一三]老比丘潜《ヒソカ》ニコレヲ覘《ウカガイ》テ曰ク、「[一四]坐《キ》ナガラ観ル釣ヲ垂ルル者、イタヅラニ魚ヲ羨《ネラ》フ情有リ」。

> 小和尚《コゾウ》与レ尼私《スルノ》者曰、看二取《シテ》蓮花浄《ノヲ》一、方《ニ》知《レ》不染心《ノ》。尼《ノ》曰、涵《シテ》レ虚《ヲ》混《スルカ》二太清《ニ》一耶、気蒸《ハス》雲夢沢《ナルカ》耶。老比丘潜《ヒソカニ》覘《テ》レ之《ヲ》曰、坐《ナカラ》観《ル》垂《ルル》レ釣者《ヲ》、徒《ニ》有二羨《ネラフ》レ魚情《ヲ》一。

李 白

夏夜、貴人妓数輩ヲ携ヘテ舟ヲ[一五]三又《ミツマタ》ニ泛《ウカ》ブ。朗吟シテ曰ク、「[一六]美酒尊中千斛《ゴク》ヲ置ク、妓

九 唐の襄陽の人。官位には恵まれなかったが、詩は王維と並称される。「孟浩然集」四巻あり。 一〇 姦通すること。 一一 唐詩選三・五律・孟浩然「題二義公禅房一」の尾聯。「国字解」に「庭の池の中に蓮花の浄きが咲いてあるを見て、さぞ義公の意も世俗に染まぬ清浄であらうと云ふことを知つた」。法華経・湧出品に「不レ染二世間法一 如二蓮花在一レ水」。 一二 唐詩選三・五律・孟浩然「臨二洞庭一」中の「涵虚混太清」「気蒸雲夢沢」の二句。「国字解」に「洞庭(湖)は甚だ広いことゆへに、太清(天)に混じて一枚になるである」「朝日の出る時分に、楚の七沢の中雲夢沢の方から水気が蒸し上り」。私は洞庭湖の様に一面に、また、雲夢沢の水気の様にうるおっております、の意。 一三 老僧。 一四 前出「臨二洞庭一」中の一聯。「国字解」に「われも居ながら釣を垂るゝ者を見ては魚がほしいと思へども、魚をとる道具もこしらへずにたゞ思ふのみであるは、徒事と云ふものである」。下心はあるが、役に立たぬのを嘆く。 一五 隅田川の中流。夏の涼みや秋の月見の名所。 一六 唐詩選二・七古・李白「江上吟」中の句。「国字解」に「酒がなくば面白くあるまいが、千斛の酒を置き、殊にまた…妓を載せ波に随つてあちらこちらへ乗りまはして」。

ヲ載セ波ニ随ツテ去留ニ任《マカ》ス」。[一]隣舫《リンハウ》ノ[二]寒儒大イニ呼ビテ曰ク、「[三]滄浪《サウラウ》吾ニ曲有リ、寄セテ櫂歌《タウカ》ノ声ニ入《イ》ラン」。貴人儒ヲ召シテ曰ク、「[四]君小節ニカカハラズ、サダメテコレ名士ナラン」。スナハチ匕筯《ヒチヨ》《ハシ》ヲ命ズ。儒、情ヲ恣《ホシイママ》ニシテ飲噉《インタン》ス。コレヲ謝シテ曰フ、「今スデニ酔フ、マタスベカラク駐《トド》マルベカラズ」。了《ツイ》ニ慙《ハ》ヅル色無シ。マタ吟ジテ云ク、「[五]タダ主人ヲシテヨク客ヲ酔ハシムレバ、知ラズ何《イツ》レノ処《トコロ》カコレ他郷」。

[六]社師、「[七]静夜思」ノ詩ヲ講ジテ曰ク、「コレ講法ノ秘訣、汝ガ輩ニ説与セン。善クコレヲ為《セ》ヨ」。随ツテスナハチ[八]案頭ヲ瞪視《ニラミ》、マタ[九]回視シテ疑惑ノ状有リ。マタ首ヲ昂《ア》ゲテ隣屋ヲ望ミ、頭ヲ低《タ》レテ顰蹙《シカム》ス。弟子大ニ駭《オドロ》ク。

教主曰ク、マサニコレ二十字ノ[一〇]物色《ニンソウ》、名師ト謂《イ》フベシ。

一儒者ノ婦トイタツテ[一一]篤シ。夏月婦タマ〳〵芥醤《カラシズ》ヲ噉《ス》フ、涕洟《テイイ》旁出ス。ツヒニ嚬蹙《シカミ》シテ、モツテ[一二]妖態《イロドル》ヲ作シテ曰フ、「此ノ状唐詩上ニ在リテ云何《イカン》」。儒ノ曰ク、「[一三]好好風流ノ光景、コレ太白ガ「[一四]怨情」ニ似タリ」。婦ノ曰ク、「アニコレ「美人珠簾ヲ捲ク」ベケンヤ。「深坐蛾眉ヲ嚬《ヒソ》ム」ナルカ」。儒ノ曰ク、「否否、タダ見ル涙痕ノ湿《ウルホ》フコトヲ、知ラズ心誰ヲカ恨《ウラ》ム」。ココニオイテ躍リ来リテコレニ就テ曰ク、「何ゾ

一 「舫」は二隻並べてつないだもやい舟。その片方。
二 貧乏学者。
三 唐詩選四・五排律・李白「送㆔儲邕之㆓武昌㆒」の一聯。「国字解」に「二句、謙退して云ふ。吾が「漁父」の歌(屈原の有名な詩篇)の如き詩を作つて送別に寄せるが、せめて船中の櫂歌(舟歌)にでもしてくれられい」。
四 「不拘小節」「定名士」「命匕筯」「恣情飲噉」は何れも北史・崔贍伝の中の語。それぞれ「小事にこだわらぬ」「立派な身分の人」「食事の為の道具を整える」「したたか飲食する」の意。
五 唐詩選七・七絶・李白「客中行」の転・結句。「国字解」に「此の客中(旅中)に酒を振舞うて下さるゆへ、面白くて、いづくのどこが故郷ぢややら知らずに、楽しんでをる。…酒を飲まねば故郷を思ひ出すによつて、随分強いて、飲ませて下されと云ふなり」。
六 田舎師匠。
七 唐詩選六・五絶・李白詩、「牀前看㆓月光㆒、疑是地上霜、挙㆑頭望㆓山月㆒、低㆑首思㆓故郷㆒」。
八 机の前。
九 ふりかえること。
一〇 形状。ありさま。
一一 仲の良いこと。むつまじいこと。
一二 色っぽい身振りで。
一三 きわめて趣きのある様子。
一四 唐詩選六・五絶。詩句は「美人捲㆓珠簾㆒、深坐嚬㆓蛾眉㆒、但見涙痕湿、

一五 爾《シカク》恨ミ見ルヤ」。

夏夜貴人携《テ》二妓数輩《ヲ》一泛《フ》二舟《ヲ》三又《ミツマタニ》一。朗吟《シテ》曰、美酒尊中置《ク》二千斛《ヲ》一、載レ妓《ヲ》随《テ》レ波《ニ》任《ス》二去留《ニ》一。隣舫《ノ》寒儒大《ニ》呼《テ》曰、滄浪吾有《リ》レ曲、寄《テ》入《ン》二櫂歌《ノ》声《ニ》一。貴人召《シテ》レ儒《ヲ》曰、君不レ拘《ラ》二小節《ニ》一定《テ》是名士《ナラン》。乃命《ス》二匕筯《ヲ》一。儒恣《ニシテ》レ情《ヲ》飲啜《ス》。謝《シテ》レ之《ヲ》曰、今已《ニ》酔《フ》、不二復須一レ駐《ル》。了《ツイニ》無《シ》二慙《ル》色一。又吟《ジテ》云、但使《ハ》二主人《ヲシテ》能酔《ハ》一レ客《ヲ》、不レ知何処《カ》是他郷。

社師講《ジテ》二静夜思詩《ノヲ》一曰、此講《レ》法《ノ》秘訣説二与《センカ》汝輩《ニ》一。善《ク》為《ヨ》レ之《ヲ》。随即《テチニ》瞪《ラミ》二視案頭《ヲ》一、又回視《シテ》有《リ》二疑惑之状一。又昂《テ》レ首《ヲ》望《ミ》二隣屋《ヲ》一、低《テ》レ頭《ヲ》顰蹙《シカム》《ス》。弟子大《ニ》駭《ク》。

教主曰、方《ニ》是二十字《ノ》物色《ニンソウ》、可レ謂二名師《ト》一。

一儒者与レ婦至《テ》篤《シ》。夏月婦偶〻啜《フ》二芥醬《カラシス》《ヲ》一。涕洟旁出《ス》。遂《ニ》嚬蹙《シカミ》《シテ》以作《シテ》二妖態《イロトル》《ヲ》一曰、此《ノ》状在《テ》二唐詩上《ニ》一云何《イカン》。儒曰、好好風流《ノ》光景、似《タリ》二是《レ》太白《ガ》怨情《ニ》一。婦曰、豈可《ンヤ》三是《レ》美人捲《ク》二珠簾《ヲ》一、深坐嚬《ムナル》二蛾眉《ヲ》一乎。儒曰、否否、但見《ル》涙痕《ノ》湿《コトヲ》、不レ知心恨《ム》レ誰《ヲカ》。於レ是躍来《リテ》就《テ》レ之《ニ》曰、何爾《ゾシカク》見《ル》レ恨《ミ》邪。

不レ知心恨レ誰」。「国字解」に「美人のいる処ゆへ珠のすだれが垂れてあるを、捲きあげて奥の方(深坐)にいるを、外から見れば、眉をひそめなにやらもの思ひ顔に見ゆるが、どうしたことやら知れぬ。見ているうち涙をはらはらと流すが、誰を恨みて泣くやら外からはどうも知れぬ。さだめて夫を思うて泣くであらう」。

一五 そのように。

一 汴州の人。開元十一年(七二三)進士。 二「蓐」は産室。「在蓐」は産後の床にあること。 三 どうにも我慢出来ない。孟子・公孫丑上「人皆有二不レ忍レ人之心一」をふまえる。 四 唐詩選二・七古・崔顥「孟門行」の末尾の句。「根株…転移」と「成陰…得知」とが一続き。「国字解」に「(木を植えて)未だ根本も固らぬに、あちこち植えかへることである(そんなことをしてはいけません)。陰をなし(繁茂し

崔[一]　顥

一婦蓐《サンゴ》[二]ニ在リテ病ム。ソノ夫、淫興マサニ作《オコ》ル。忍[三]ブベカラザルノ色有リ。病婦ノ曰ク、「根[四]株イマダ固カラズ、何ゾ転移セン」。夫ノ曰ク、「陰ヲ成シ実ヲ結ブハ君ミヅカラ取レ。モシ傍人ニ問ハバナンゾ知ルコトヲ得ン」。侍婢《コシモト》ニハカニコレヲ止メテ曰ク、「鄭[五]審排[六]律上ニ道《イ》フ、「春露条《エダ》弱カルベシ、秋霜果《クワ》サダメテ肥エン」」。

一婦在レ蓐《サンゴ》テ而病ム。其ノ夫淫興方ニ作ル。有ニ不ル可カラ忍之色一。病婦ノ曰、根株未レ固カラ、何ゾ転移《セン》。夫ノ曰、成レ陰ヲ結レ実ヲ君自ラ取レ、若シ問ハ二傍人ニ一那ゾ得ン知ルコトヲ。侍婢《コシモト》遽ニ止メテ之ヲ曰、鄭審排律上ニ道フ、春露条応レ弱《シ》カル、秋霜果定テ肥《テン》。

綦[七]　母　潜

寡[八]婦ツネニ僧房ヲ過《ヨギ》リテ大イニ淫行有リ。或ルヒト双聯[九]ヲ送リテ曰ク、「灯《トモシビ》[一〇]ハ明ラカナ

て)実のなるやうになることは、こなた(貴方)の心にあることで、わきの者に聞かせたというてわきの者の知る儀ではない。…吾を用ひやうが用ひまいが、(あなたの)心にあることで外の者と相談するにも及ばぬこととなり」。五 鄭州の人。乾元年間(七五八頃)に袁州刺史となる。六 唐詩選四・五排律「奉レ使巡ニ検両京路種ニ果樹一事畢入レ秦因詠歌」の対句。「国字解」に「春露を蒙つて、条(えだ)も弱く若やいであらうけれども、秋になつては木の実りがよいであらう」。「春露」に夫の春意をかけ、もう少し肥立ちを御待ちなさいとたしなめる意にとりなす。

七 荊南の人。開元十四年(七二六)の進士。八 後家、やもめ。後家と僧侶の淫行はよく噂の種となる。九 二行一対の詩句。一〇 唐詩選三・五律・綦母潜「宿ニ龍興寺一」の頷聯。「国字解」に「方丈の奥の間の方に常夜灯が夜昼となく明かに、老僧たちが衣に玉(数珠)をかけて徳に象り、みな清浄な衣を着て居らるゝ」。一一 自分の花蕊や珠玉。一二 王維。字は摩詰。太原の人。開元十九年の進士。その詩才は唐詩選中でも抽んでた存在である。一三 唐詩選五・七律・王維「過ニ乗和禅師蕭居士嵩丘蘭若一」の頸聯。「国字解」に「地から水の湧き出づるも、香炉台へほとばしって沾すであらう。…禅師の坐禅せらるゝ坐禅石

リ方丈ノ室、珠ハ繋《カ》ク比丘ノ衣」。

教主曰ク、コレハコレ寡婦自己[一一]ノ薬珠ヲ繋ク。摩詰[一二]云フ、「迸水《ハウスイ》[一三]サダメテ香案ヲ侵シテ湿《ウルホ》ヒ、雨花マサニ石牀トトモニ平ナルベシ」。マタコレ双聯。

寡婦毎ニ過テ二僧房ヲ一大ニ有二淫行一。或人送テ二双聯ヲ一曰、灯ハ明ナリ方丈ノ室、珠ハ繋ク比丘ノ衣。

教主曰、此レハ是寡婦繋ク二自己ノ薬珠ヲ一。摩詰云、迸水定テ侵シテ二香案ヲ一湿、雨花応下共ニ二石牀ト一平ナル上。亦是レ双聯。

王維[一四]

沙弥[一五]行童《テラコシヤウ》[一六]ト戯レテ曰ク、「陽関《ヤウクワン》[一七]ノ路ヲ識ラズ」ト。童ノ曰ク、「絶域[一八]陽関ノ道」ト。沙弥ノ曰ク、「コノ土[一九]マコトニ美ナリトイヘドモ、イマダ「楊花[二〇]上路ニ飛ビ、槐色通溝ニ蔭スル」ニシカズ」ト。童ノ曰ク、「「駅路[二一]飛泉灑《ソソ》ギ、関門落照深シ」ナリ」。コレ好光[二二]景。

の上に雨花(雨のように降る花)が降り積んで、真つ平らになつてある」。
一四 →注一二。 一五 剃髪していても妻子ある在家の僧。 一六 寺の稚児。 一七 唐詩選三・五律・王維「送二平淡然判官一」の首句。「国字解」に「今始めて行かるゝことゆへに、西域の方は出口の陽関を知らず」。陽関は甘粛省西端の関所で、西域に向う要所の名。「陽」を「陽物」にかけて、男色の道はわからないと言ったもの。 一八 唐詩選三・五律・王維「送三劉司直赴二安西一」の首句。「国字解」に「中国から絶えきつた西域安西の方へ行かるるについては」。 一九 此の土地。男色の比喩。「男色も良いものではあろうが」の意。 二〇 唐詩選四・五排律・王維「奉レ和三聖製暮春送二朝集使帰一レ郡応制」中の一聯。「国字解」に「楊花(柳の白い綿毛)なども飛び散つて、都の海道も賑やかである。御溝(城を廻る掘割)のまわりにある槐樹なども繁つて水に蔭が浮ぶ」。女色の楽しみを述べ、やはり男色は女色に若かずとする。 二一 唐詩選四・五排律・王維「送三李太守赴二上洛一」の一聯。「国字解」に「山路を登つてゆかるゝゆへ、はるかに高い所から飛泉などがそゝぎて落ち、落照(夕日)の折は関門に入らるゝならば、さぞさびしいことであらう」。拒絶された淋しさを表わしたものか。
二二 趣き深いけしき。

教主曰ク、沙弥ノ梵嫂《ダイコク》[1]ニ狎《ナ》ルルハ、ソノ陰溝[2]ニ堕ス。

沙弥与二行童《テラコシヤウ》一戯テ曰、不レ識ラ二陽関ノ路ヲ一。童ノ曰、絶域陽関ノ道。沙弥ノ曰、玆土雖二信ニ美ナリト一未レ若下楊花飛ヒ二上路ニ一、槐色蔭スルニ中通溝ニ上。童ノ曰、駅路飛泉灑キ、関門落照深シ也。是レ好光景。

教主曰、沙弥狎ル二梵嫂《ダイコク》ニ一、堕ス二其ノ陰溝ニ一。

高適[3]

奕者《バクチウチ》ノ、隣児ノ唐詩選ヲ誦スルヲ聞クニ曰ク、「[4]千場博《チヤウハク》ヲ縦《ホシイママ》ニシテ家ナホ富ム、幾《イク》処《トコロ》鵰ヲ報ジテ身死セズ」ト。ソノ妻ニ語リテ曰ク、「你《ナンヂ》アニ聞カズヤ、吾《ワガ》[5]好ム所ノ者ハ皆福寿ナリ」。マタ、「[6]誰カ憐《アハレ》マン弱羽ヲ持シテ猶鵷鴻《ナホエンコウ》ニ伴ハント欲スルヲ」ト誦ス。奕者ノ曰ク、「信ナルカナ、[7]寡ハ衆ニ敵セズ、唐朝ノ詩家余ヲ欺カザルナリ」。

一師ノ長刀ヲ帯ブルコトヲ喜《タノシ》ム。タマタマ[8]餞席ヲ過グ。主人ノ曰ク、「[9]別恨流水ニ随《シタガ》ヒ、交情宝刀ヲ脱セン」ト。師ノ曰ク、「[10]君ニ贈リテコレヨリ去ラバ、イヅレノ

一 僧の妻女。 二 女陰の比喩。

三 渤海の人。俠客から官吏となり、李・杜とも親しく並称される詩人でもある。 四 唐詩選二・七古・高適「邯鄲少年行」の句。「国字解」に「かの男伊達どもが千場のそこでもここでも、ほしいままに博打を打つても、やつぱり身代がよくて居る。幾度ともなく人を殺しても、…やつぱり息災でいる」。 五 博奕打ち。 六 唐詩選四・五排律・高適「陪二竇侍御一泛二霊雲池一」の尾聯。「国字解」に「吾がこの雀のやうな羽がいで大鳥と遊ばうと思うているを、誰もしほらしい心と憐れんでくれる者はあるまい」。 七 孟子・梁恵王上「寡固不レ可二以敵一レ衆」による。「やはり衆をたのむにしかず」の意。 八 送別の宴席。 九 唐詩選四・五排律「送下柴司戸充二劉卿判官一之中嶺外上」の一聯。「国字解」に「今そこもとが流れに随つて行かるゝについて、吾が別れの恨みもしたがつて行くやうに思はれる。それゆへにはなむけに吾が大事の宝刀を抜いてやる」。 一〇 唐詩選三・五律「送三劉評事充二朔方判官一賦二得征馬嘶一」の尾聯。「国字解」に「そなたはこれより去られて、いつ時分に帰らるゝであらう。古楽府に何(いづ)か当(まさ)に大刀頭とあつて、還ると云ふことである」。 一一 唐詩選三・五律「送三鄭侍御謫二閩中一」の尾聯。「自…露」と「行…波」と。「国字解」に「雨露

日カ大刀頭」ト。マタ曰ク、「陸站《クガ》ニハ則チ「オノヅカラマサニ[一二]雨露ニ逢フベシ」、水站《カハ》ニハ則チ「行ケ風波ヲ慎メ」」ト。最後ニ別レヲ惜ミテ曰フ、「誰[一三]カ憐ム、意ヲ得ズシテ、長剣独リ帰リ来ルヲ」ト。

奕者《ハクチウチ》聞ク三隣児ノ誦スルヲ二唐詩選ヲ一曰、千場縦ニシテレ博ヲ家仍ヲ富ム、幾処報ジテレ讎ヲ身不レ死ト。語テ二其妻ニ一曰、你豈ニヤ不レ聞カ乎。吾所ノレ好ム者ハ皆福寿也。又、誦ス下誰憐ンデ持シテ二弱羽ヲ一、猶欲ト上伴ント二鵷鴻ニ一。奕者ノ曰、信ナルカナ哉寡ハ不レ敵セレ衆ニ。唐朝ノ詩家不ニ二余ヲ欺カ一也。

一師喜ムレ帯コトヲ二長刀ヲ一。偶〻過ク二餞席ヲ一。主人ノ曰、別恨随ニ流水ニ一、交情脱セン二宝刀ヲ一。師曰、贈テレ君ニ従リレ此去ハ、何レノ日カ大刀頭。又曰、陸站《クガ》ニハ則自当レ逢フ二雨露ニ一、水站《カハ》ニハ則行ケ矣慎メト二風波ヲ一。最後ニ惜テレ別ヲ曰、誰カ憐ム不レ得レ意ヲ、長剣独帰来。

岑[一三]参

学生銀三両ヲモツテ節[一四]礼《セック》ト為《ナ》ス、ソノ師受ケテコレヲ秤《カケ》[一五]ル。重サ二両五分六釐。スナハチ罾リテ曰ク、「恨[一六]恨、梁[一七]園日暮乱飛ノ鴉、極目蕭条タリ三両家」ト。侍者ノ曰ク、「先

の(天子の)御恩沢が深いによつて、身を大切にしてござれ」。一二 折角息災で、風波を慎んで、身を大切にしてござれ」。一三 唐詩選三・五律「自ニ薊北一帰」の尾聯。「国字解」に「さてかやうに…のさのさと大脇差をさして負くるといふものは、いかう無念なことぢやと、我が心には思ふけれども、これを誰でも慰めてくれる者はあるまい」。

一三 南陽の人。天宝三年(七四四)進士となる。「岑嘉州集」七巻がある。 一四 節季の御礼金。授業料の如きもの。 一五 銀貨は秤量貨幣で、重さをそのまま貨幣の値段とする。 一六 恨めしや。 一七 唐詩選七・七絶「山房春事」の起・承句。「国字解」に「今は人の往来もなく、梁園(梁の孝王の荘園)の跡も日の暮方には鳥が群れ飛んでいる。向ふの果てまで目を極めてどこまでも見ればものさびしうて、昔の楼閣などはなく、唯野人の家居が二三軒も見ゆるばかりぢや」。

一 人をなだめる意。 二 長安の人。開元十五年(七二七)の進士。「常建詩集」四巻がある。 三 唐詩選七・七絶「塞下曲(二)」の結句。「国字解」に「(長城のほとりで討死した兵の白骨は)暮合(くれあい)に見れば塵ほこりとなつて風に吹き飛ぶ」。 四 山陰の人。開元十四年の進士。 五 唐詩選七・七絶「九日」の転・結句。「国字解」に「九

生休[一]セヨ、想フニ是レ常建[二]ガ云フ所ノ「[三]日暮沙場飛ビテ灰ト作《ナ》ル」カ、崔国輔[四]ノ云フ「[五]九日陶家酒ヲ載ストイヘドモ、三年楚客スデニ裳ヲ霑《ウルホ》ス」ナラン。コレ斤両[六]合ハズ」。師曰ク、「コノ解ハナハダ聡明ナリ。却《カヘ》ツテスベカラク学生ニ対シテ束脩《レイモツ》ヲ増スコトヲ説クベク要緊《ダイジ》ナリ」。

学生以二銀三両一ヲ為二節礼《セック》一ト。其ノ師受テ而秤《カケル》レ之ヲ。重サ二両五分六釐。乃詈テ曰、恨恨、梁園日暮乱ノ飛鴉、極目蕭条タリ三両家。侍者ノ曰、先生休セヨ矣、想フニ是レ常建ノ所レ云フ、日暮沙場飛テ作ルカレ灰ト耶、崔国輔フ云、九日陶家雖レ載スト　レ酒ヲ、三年楚客已ニ霑スナランレ裳ヲ也。是レ斤両不レ合。師曰、此ノ解甚聡明ナリ。却テ須ク下対シテ二学生ニ一説ク上増スコトヲ二束脩《レイモツ》ヲ一要緊《タイシ也》。

杜　甫

一蒙師[七]ノ新タ[八]ニ娶ル者ニ語リテ曰ク、「[九]貴婦美艶容飾モツトモ麗シ、玉華ト称スベシ」。ソノ夫ノ曰ク、「何ゾヤ」。曰ク、「少陵[一〇]「玉華宮」ノ詩ニ云フ、「[一一]美人黄土ト為《ナ》ル、況《イハン》ヤ

日(九月九日重陽節句)陶淵明が処へ白衣の人が酒を送ったといふ(故事の)如く、吾が方へも貰うたれど、何と云ふても三年楚国に旅客となっていれば裳を霑して涙のかわく間もない」。六「斤両」は目方、量目。それぞれのおもわくが喰い違うこと。

七 子供の先生。 八 新婚の夫。 九 貴方の奥さんは姿も形も真に美しい。 一〇 杜甫の号。 一一 唐詩選一・五古「玉華宮」の中の句。「国字解」に「人と云ふものははかないものぢや、…美人も苔の下露となつてしまうた。これに付けてみれば、あまり色(美人)などに溺れやうものでない」。玉華宮は太宗の建てた長安北郊の離宮。ここは、「粉黛」即ちおしろいや眉墨などの化粧は仮のもの、素顔が十分美しいの意にとりなしたものか。 一二 禅語。その物の持つ本性、真実の意。素顔の意にとる。 一三 顔色が黄土色だというので。 一四 「禹」は中国古代の夏王朝を建てた聖王の名で、その禹王が入ったといって会稽山中の穴を探る意の「探二禹穴一」という史記の文章が名山大川を探索する意となる。 一五 唐詩選二・七古「送三孔巣父謝レ病帰二游江東一兼呈二李白一」中の末句。「国字解」に「このごろ聞けば、南の方禹穴の方に李白がうろたへて居るげな。其元《そこもと》お逢ひなされたならば、今はどうして居るぞと杜子美(杜甫)が問訊したと云うてくださ

スナハチ粉黛ノ仮ナルヲヤ」」。聞ク者大イニ笑フ。又問フ、「黄土ハ如何《イカン》」。「コレハコレ[一二]本来ノ面目」。

　教主曰ク、想フニコノ新婦、[一三]面ニ病容有ラン。

一医名ハ道甫、自ラ[一四]禹穴ト号ス。学生ノ曰ク、「禹穴トハ怪僻ナリ」。医ノ曰ク、「足下コレ李白ナルベシ」。学生ノ曰ク、「何ゾヤ」。医ノ曰ク、「足下アニ「[一五]南ノ方禹穴ヲ尋ネテ李白ヲ見バ、道甫問訊ス今何如《イカ》ン」トイフヲ聞カズヤ」ト。

[一六]四書笑上ニ道《イ》フ、夫妻交媾ス、夫ソノ妻ノ[一七]陰ノ寛《ヒロキ》ヲ嫌フ。妻曰ク、「難カラズ、我ヲ放《オ》イテ上ニ在ラバスナハチ緊《セマ》カラン」。夫ノ曰ク、「何ゾヤ」。曰ク、「[一八]上ニ居テ寛ナラズ」。或ルヒト[一九]社師ニ問フ、「コレラ何ノ謂《イヒ》ゾヤ」。師ノ曰ク、「杜老ノ云フ、「[二〇]身ヲ翻シ天ニ向ツテ仰イデ雲ヲ射ル、一箭正ニ堕ス双飛翼」ト。コノ謂カ」。

[二一]室女二十余歳、イマダ人ニ[二二]適《ユ》カズ。微吟シテ曰ク、「[二三]今年看《ミス》／＼マタ過グ、何《イツ》レノ日カコレ帰《トツグ》年」ト。ソノ母ノ曰ク、「アニ、[二四]包何ノ詩ニ、「[二五]十載媒無クシテ独リ遺《ノコ》サル」」ヲ聞カズヤ」。

一婦色美ニ性悍《ヤマノカミ》ナリ。ソノ夫ヲ制御《シツケル》ス。夫ハナハダコレヲ憚ル。スナハチ賛シテ曰

れ」。儒者の名や字号は関連する出典を持つのが通例で、右の詩句中に自分の名と同じ「道甫」の字を見て「禹穴」を号とした上で、詩句を、「禹穴」の由来を「道甫」に「問訊」した「李白」と解した。正しくは「道(い)へ甫(杜甫)問訊す」。

一六 「李卓吾先生批点四書笑」一冊。開口世人編、聞道下子評。内閣文庫に江戸初期写、林羅山手稿本があり、「夫妻…不寛」は「屋上不寛」の章題を以て収める。四書の文言をとりなして艶笑話とするもので、本書全体の粉本というべきか。　一七 陰部。

一八 論語・八佾「子曰、居レ上不レ寛、為レ礼不レ敬、臨レ喪不レ哀、吾何以観レ之哉」。「人の上に立つ者に必要なのは寛容」の意。　一九 凡庸な儒者。

二〇 唐詩選二・七古「哀江頭」中の句。「国字解」に「女官たちは身を返して、後の方へふり向いて、天を仰いで雲を目あてに矢を射るが、しかも一矢に二匹づつ射て落す、男勝りの弓の上手である」。　二一 一家の女の子。

二二 「適ク」は、嫁にゆく、とつぐ。

二三 唐詩選六・五絶「絶句」の転・結句。「今年」は「今春」に作る。「国字解」に「春の景色もはや過ぎ行くが、旅ばかりして今年も帰ることならず、いつ帰るやら知れぬ」。「帰」は「とつぐ」意もあり、本文ではその意味。

二四 潤州延陵の人。天宝七年(七四八)の進士。孟浩然に詩を学ぶという。

二五 唐詩選七・七絶「寄二楊侍御一」の承

ク、「オ[一]ノヅカラコレ君ガ身ニ仙骨アリ。世人ナンゾソノ故ヲ知ルコトヲ得ン」。婦忿然トシテ色ヲ作《ナ》シテ曰ク、「雄[二]姿イマダ伏櫪《フクレキ》ノ恩ヲ受ケズ、猛気ナホ思フ戦場ノ利」、「長[三]安ノ壮児敢《ア》ヘテ騎《ノ》ラズ、走過掣電《セイデン》城ヲ傾ケテ知ル」。ソノ夫コレヲ謝シテ曰ク、「谷[四]神モシ死セズバ、拙ヲ養フサラニ何ノ郷ゾ」。

春画《マクラヱ》ニ両[五]婦相戯ノ図ヲ作ル。教官題シテ曰ク、「今[六]ノ新図ニ二馬アリ、マタ識者ヲシテ久シク嘆嗟セシム」。学徒大イニ笑ヒテ曰ク、「丹[七]青知ラズ老ノ将ニ至ラントス」、夫[八]子コレヲ嘆ズ、恐ラクハ為《ス》[九]ル所アラン。

教主曰ク、「紅[一〇]ヲ霏《ヒ》シテ洲蕊《シウズイ》乱レ、黛《タイ》ヲ払ウテ石蘿《セキラ》長シ」。如何《イカ》ンゾ及バザラン。

新婦専房[一一]之寵《ナラビナキ》アリ、自賛シテ曰ク、「呉[一二]楚東南ニ坼《ヒラ》ケ、乾坤日夜浮ブ」。マタ云フ、「玉[一三]衣晨《アシタ》ニオノヅカラ挙ガリ、鉄馬汗シテ常ニ趨《ハシ》ル」。丈[一四]夫ノ曰ク、「タダマタマサニ「恩[一五]波涸鱗ヲ起ス」ベキノミ」。

一蒙師語ニ新娶《ニル》者ニ曰、貴婦美艶容飾尤麗《モシ》、宜レ称《ス》ニ玉華《ト》一。其《ノ》夫曰、何《ソ》也。曰、少陵玉

句。「国字解」に「われは不仕合せで(十年間)いつも同じ役でいる。たれ媒となりて勧めあげてくれる(役職に推薦してくれる)者もなく一人とり残され者になっている」。

一 前出「送孔巣父謝病帰…」中の句。「国字解」に「そこ元(そなた)に仙骨(仙人の資質)あると云ふことを、中々一通りの者(俗人)は知らぬ」。
二 唐詩選二・七古「高都護驄馬行」の句。「国字解」に「この馬は年よつても中々伏櫪(厩につながれて安住すること)の恩はうけぬ達者な馬ぢや。この馬の猛気は、主人が陣中へ出らるゝ時分、手柄をさせたいと思ふ」。
三 前詩と同じ。「国字解」に「かうした名馬なるゆへに都の若い者でも目が回(ま)うてよう乗りえぬ、…過ぐることは雷の如く早く、都中こぞって、さて早い馬と知らぬ者はない」。
四 唐詩選四・五排律「冬日洛城北謁二玄元皇帝廟一、廟有二呉道士画五聖図一」の一聯。「国字解」に「老子は…ずいぶん「拙」に愚ながよいといはれてあるが、老子の見をかれた通りに(谷神が)もし死なずにいられやうならば、拙を養うて大方どこぞに居らるゝであらう」。「谷神」は老子・第六章に「谷神不レ死、是謂二玄牝一」とあり、「玄牝」は万物を生じる道と解されて母性や生殖の象徴。五 二婦の図は浮世絵板画の時代に入っては余

華宮詩《ノ》云《ニ》、美人為二黄土《ト》一、況乃粉黛《ノ》仮《ヲヤ》。聞者大笑《フ》。又問、黄土《ハ》如何。曰、此《レハ》是本来《ノ》面目。

　　教主曰、想《フニ》是《ノ》新婦面有二病容《ニン》一。

一医名《ハ》道甫、自号二禹穴《ト》一。学生《ノ》曰、禹穴《ハ》怪僻。医《ノ》曰、足下可二是《レ》李白《ナル》一。学生曰、何《ソ》也。医《ノ》曰、足下豈不レ聞《カ》下南《ノ方》尋《テ》二禹穴《ヲ》一見《ハ》二李白《ヲ》一、道甫問訊今何如《ト云ヲ》上乎。四書笑上道《ニ》、夫妻交媾《ス》、夫嫌《フ》二其妻《ノ》陰寛《ノヒロキヲ》一。妻曰、不レ難、放《ヲイテ》レ我《ヲ》在《ラハ》レ上《ニ》便緊《セマカラン》矣。夫《ノ》曰、何《ソ》也。曰、居《テ》レ上《ニ》不レ寛《ナラ》。或《人》問《フ》二社師《ニ》一此等何《ノ》謂《ソ》也。師《ノ》曰、杜老《ノ》云、翻《シ》レ身《ヲ》向《テ》レ天《ニ》仰《テ》射《ル》レ雲《ヲ》、一箭正《ニ》堕《ス》双飛翼《ト》。此《ノ》之謂《カ》乎。

室女二十余歳、未レ適《ユカ》レ人《ニ》。微吟《シテ》曰、今年看〳〵又過《ク》、何日是《カレ》帰《トツグ》年《ト》。其《ノ》母曰、豈不《ヤ》レ聞二包何《ノ》詩《ニ》十載無《シテ》レ媒独見《ルヽヲ》一レ遺《サ》乎。

一婦色美《ニ》性悍《ナリ》《ヤマノカミ》。制二御《シツケル》《ス》其《ノ》夫《ヲ》一。夫甚憚《ル》レ之《ヲ》。乃賛《シテ》曰、自是君身《カ》有二仙骨一、世人那《ソ》得《ン》レ知《ルコトヲ》二其《ノ》故《ヲ》一。婦忿然《トシテ》作《シテ》レ色《ヲ》曰、雄姿未レ受二伏櫪《ノ》恩《ヲ》一、猛気猶思《フ》戦場《ノ》利。長安《ノ》壮児不二敢騎《ノラ》一、走過掣電傾《テ》レ城《ヲ》知《ル》。其夫謝《シテ》レ之《ヲ》曰、谷神《タマシイ》如《シ》不《ハ》レ死、養《フ》レ拙《ヲ》更《ニ》何《ノ》郷《ソ》。

春画《マクラヱ》作《ル》二両婦相戯《ノ》図《ヲ》一。教官題《シテ》曰、今之《ノ》新図有《リ》二二馬一、復令《ム》下識者《ヲシテ》久嘆嗟《セ》上。学徒大《ニ》笑《テ》曰、丹青不レ知《ラ》老将レ至《ント》、夫子嘆《ズ》レ之《ヲ》、恐有《ハン》レ所レ為《スル》也。

　　教主曰、霏《シテ》レ紅《ヲ》洲蕊乱《レ》、払《テ》レ黛石蘿長《シ》。如何《ソ》不《ン》レ及。

り見られず、寧ろそれ以前の肉筆画巻の類に多い画題か。　六 唐詩選二・七古「韋風録事宅観二曹将軍画馬図一引」中の句。「国字解」に「今の新図に此の二匹(の名馬)を画き、まざまざしく生きたやうにあるゆへに…さてさて是れはよく出来たと云うて、胆をつぶして嘆息する」。　七 唐詩選二・七古「丹青引贈二曹将軍覇一」の句。「国字解」に「それ(画の修業)が面白うなって、年のよるをも知らず」。「不レ知老将レ至」は論語・述而「其為レ人也発レ憤忘レ食楽以忘レ憂不レ知二老之将至一之爾」による。　八 孔子。前引の論語の文を言う。　九 論語・子路「狷者有レ所レ不レ為也」を踏まえた表現で、何か考えがあっての事であろうの意。　一〇 唐詩選四・五排律「奉レ観二厳鄭公庁事岷山沱江図一」の一聯。「国字解」に「赤い彩色絵具で草木の蕊(ずい)の様子を川ばた通り(水辺)に赤うかいてあるゆへ「乱る」と云ふ。「黛」は青い絵具で、石に蘿(蔦かづらの類)のはへかかった様子が見へる」。　一一 晋書・胡貴嬪伝に「殆有二専房之寵一焉」。主人の寵愛を独占すること。　一二 唐詩選三・五律「登二岳陽楼一」の頷聯。「国字解」に「直に見をろすに…、呉楚、東南の方にうち開いてくわらりと見へ、また乾坤(天地)の間に、あるとあらゆるものが夜昼となく浮みて見ゆる」。即ち得意の絶頂。一三 唐詩選四・五

新婦有リ二専房之寵《ナラヒナキ》一。自賛シテ曰、呉楚東南ニ坼ケ、乾坤日夜浮フ。又云、玉衣晨ニ自挙リ、鉄馬汗シテ常ニ趨ル。丈夫ノ曰、但亦当ニ三恩波起ス二涸鱗ヲ一爾ノミ。

張謂[一]

路ニ丐婦《コジキヲンナ》ニ遇ヒテコレヲ悦ブ者アリ。曰ク、「即[二]今相対《アヒ》シテ歓ヲ尽サズンバ、別後相思フトモマタ何ノ益ゾ」。

有下路ニ遇テ二丐婦《コジキヲンナ》ニ一而悦フレ之ヲ者上。曰、即今相対シテ不レ尽ンハレ歓ヲ、別後相思フトモ復何ノ益ソ。

常建[三]

学徒ノ師ニ問ウテ曰ク、「常建「西山」詩ノ云フ「[四]一身軽舟ト為《ナ》ル」、コノ句ハナハダ解スベカラズ」。師ノ曰ク、「コレ西山[五]ニ泊シテソノ事ヲ賦スルナリ」。徒ノ曰ク、「舟ノ山

排律「行二次昭陵一」の一聯。「国字解」に「御廟の中に太宗の御衣を入れた唐櫃があるが、時々は御衣がひとり出て箱の上にあると云ふ。大功を立てた人の魂は死んでも消ぬといふが、誠にそうもあるそうな。鉄馬(武装した馬)に乗つて時々はかけまわるゝそうで、(石馬が)汗を流していると云ふが」。御主人のふるい立つ様を云う。一四 家中の忠義の士。一五 唐詩選四・五排律「江陵望レ幸」の尾句。「国字解」に「天子の御恩波(恩沢)を以て、水に渇えている処の民をうるほさせかし」。

一 盛唐の人。大暦初年(七七〇頃)に礼部侍郎となる。李白と詩交あり。二 唐詩選二・七古「湖中対レ酒作」の句。「国字解」に「今相対しているうちにゆる〳〵歓を尽して酒でも飲まれい。明日にも別れて後には、なんぼ残念に思うても役に立たぬことである」。

三 盛唐、長安の人。開元十五年(七二七)の進士。後に隠棲し風景詩に長じた。詩集四巻がある。四 唐詩選一・五古「西山」の首句。「国字解」に「軽き舟に乗つて行くことなれば、惣身に羽がはえて飛ぶやうに思はるゝ」。五 西の方にある山の意。六 王維。字を摩詰。→六一頁注一一。七 唐詩選一・五古「送別」の一句。「国

ニ上《ノボ》ルベケンヤ、身ヲ舟ト為スベケンヤ、万万コノ理無シ」。師摩[六]詰ノ句ヲ詠ジテ曰ク、[七]「タダ去レ、マタ問フコトナカレ」。コノ徒、心ニ一竅《キヤウ》[八]無シ。名師ノ教導モ何処《イツコ》カ手ヲ下サン。劉長卿[九]「裴郎中ヲ送ル」詩ニ云フ、「同[一〇]ジク逐臣《チクシン》ト作《ナ》ツテ君サラニ遠シ。青山万里一孤舟」モマタコレコノ類ノミ。恐ラクハコノ徒ノ悔リヲ受ケンノミ。厳[一一]羽曰ク、「詩[一二]ニ別趣アリ、理ニ関ハルニ非ザル也」。胡[一三]元瑞曰ク、「詩[一四]ヲ論ズルニ最モ穿鑿ヲ忌ム」

学徒問《テ》レ師《ニ》曰、常建西山詩《ノ》云、一身為二軽舟一、此《ノ》句不二甚可《カラ》一レ解《ス》。師《ノ》曰、此泊《シテ》二西山《ニ》一而賦《ス》二其事《ヲ》一也。徒《ノ》曰、舟可《シヤ》レ上《ル》レ山《ニ》乎、身可《シヤ》レ為《ス》レ舟《ト》乎。万万無《シ》二此理一也。師詠《ジテ》二摩詰《ノ》句《ヲ》一曰、但去《レ》莫《レ》二復問《コト》一。

此《ノ》徒心《ニ》無《シ》二一竅一。名師《ノ》教導《モ》何処《カ》下《ン》レ手《ヲ》。劉長卿送《ル》二裴郎中《ヲ》一詩《ニ》云、同《ク》作《テ》二逐臣《ト》一君更遠《シ》、青山万里一孤舟亦《モ》是此類耳《ノミ》。恐《クハン》受二此徒之悔《ヲ》一耳。厳羽曰、詩有《ニ》二別趣一、非レ関《ルニ》レ理也。胡元瑞曰、論レ詩《ヲ》最忌二穿鑿《ヲ》一。

字解」に「南山の辺りに帰臥して楽しむがよい、必ず再び又官禄などを問ひ尋ねぬやうにしやれ」。本文は「あつちへ行け。二度と俺に質問などするな」の意。　八 穴。荘子・応帝王篇に「人皆有二七竅一」とあって、人間は目耳口鼻の七つの穴を以て物事を知覚する。その知覚を司る穴が心に欠けているということ。詩心。

九 中唐、河間の人。随州刺史となる。

一〇 唐詩選七・七絶「重送二裴郎中貶一吉州一」の転・結句。「国字解」に「我もそなたも同じく都を追ひ退けられた「逐臣」なれども、その中でもそこもとはまだ遠国へ流されて、青山万里のあなたへ孤舟を浮べて行かるゝとはいたましいことぢや」。

一一 南宋末の文人。福建の邵武の人。字は儀卿。詩論書「滄浪詩話」あり。

一二 滄浪詩話一・詩辯の文。即ち詩を理屈で解してはならないということ。これは当時蘐園派の詩論中にしばしば引かれて有名。

一三 胡応麟。字は元瑞、明代浙江省の人。王世貞一派の文人として著名。詩論書「詩藪」あり、前記「滄浪詩話」と同じく、蘐園派に推重された。

一四 詩藪・内編・近体上の文。細かな字句の穿鑿を止めて、詩心を摑むべきである、の意。

韋[一]応物

女、年十余歳、マサニ纔《ハジメ》ニ交合シテ始メテ陰毛ヲ見《アラハ》ス。男子ノ曰ク、「微雨夜来過グ、[二]芳草ノ生ズルヲ知ラズ」。女曰ク、「独[三]リ外物ノ牽ク無シ、コノ幽居ノ情ヲ遂グ」。男子ノ曰ク、「那《カ》[四]ノ時興思云何《イカ》ン」。女ノ曰フ、「始[五]メテ至ツテ得ルコトアルガゴトシ、ヤヤ深クシテツヒニ疲レヲ忘ル」。男子ノ曰ク、「誰[六]カ後来ノ者為《タ》ル、マサニコノ心ト期スベキ」。

教主曰ク、「始メテ至ル」以下ハ柳州[七]ノ詩、韋ト相[八]渉ラズ。王維ノ詩ニ「草[九]色マツタク細雨ヲ経テ湿《ウルホ》ヒ、花枝動カント欲シテ春風寒シ」、皇甫冉[一〇]ガ詩「秋[一一]夜沈沈トシテココニ君ヲ送ル、陰虫切切聞クニ堪ヘズ」、マタ皆コノ類ノミ。

女年十余歳、方ニ纔ニ交合シテ始テ見ス二陰毛ヲ一。男子ノ曰、微雨夜来過グ、不レ知ラ二芳草ノ生スルヲ一。女曰、独無シ二外物ノ牽一、遂ク二此ノ幽居ノ情ヲ一。男子曰、那ノ時興思云何ン。女ノ曰、始テ至テ若シレ有ルカレ得ルコト、稍深シテ遂ニ忘ルレ疲ヲ。男子ノ曰、誰カ為ル二後来者一、当ニ下与二此心一期ス上。

一 →五一頁注一二。 二 唐詩選一・五古「幽居」の句。「国字解」に「うつらうつらと夜寝ていれば雨が降り過ぐるそうなが、物無性(ものぐさ)は幽居の住いなれば、庭に草が生へたやら、それも知らずに居る」。うっかりしていたら、君もすっかり年頃だね、の意。 三 前引の句の直前の句。「国字解」に「我は何ほしいとも思はず、…たゞ物無性に此の幽居に引つ込んで、それを遂ぐると云ふものぢや」。誰もかまってくれないので、今日までひっそりとしていました、の意。 四 あの時の感じは如何。 五 唐詩選一・五古・柳宗元「南磵中題」の句。「国字解」に「あちらへ歩きこちらへ歩きする内に、心を慰め得ることがあるが如く、夫より遂には疲れをも忘るるやうな」。初めの内は何だかよくわからないけれど何かよさそうで、次第に楽しくなりました、の意。 六 前引の詩の末句。「国字解」に「若し後来の衆中(後世の人々)が此のもの淋しい気色を見ては、…(左遷の身の)おれが心を思ひ像(や)つて同心してくるる者があらうか」。後からする奴にはこの気持はわかるまいの意。 七 柳宗元。唐宗八大家の一人。韓愈と共に古文復興を唱える。詩集に「柳河東集」がある。 八 無関係である。 九 唐詩選五・七律「酌レ酒与二裴迪一」の頸聯。「国字解」に「春のことゆへ草も細雨に逢うて心よく育つ、…花枝が開きそうにあ

教主曰、始《テ》至《ル》以下《ハ》柳州《ノ》詩、不㆓与㆑韋相渉㆒。王維《ノ》詩《ニ》、草色全《テ》経㆓細雨《ヲ》㆒湿《ヒ》、花枝欲《シテ》㆑動《ント》春風寒《シ》、皇甫冉《カ》詩、秋夜沈沈《トシテ》此《ニ》送《ル》㆑君《ヲ》、陰虫切切不㆑堪《ヘ》㆑聞《ニ》、亦皆此類耳《ノミ》。

柳[一二] 宗 元

館[一三]客ト東家《ダンナ》[一四]ノ婢ト交ハリ通ズ。スナハチ嘆ジテ曰ク、「驚風[一五]乱レ颭《ウゴ》カス芙蓉ノ水、密雨斜メニ侵《ヒタ》ス薜茘《ヘイレイ》ノ牆」。

仙山[一六]比丘呪符ヲ施ス。或ルヒト受ケテ曰ク、「仙山[一七]ハ分符ノ客ニ属セズ、空ヲ凌ギテ錫杖ノ飛ブニ一任ス」。聞ク者笑ヒテ曰ク、「善ク謔《ヲドケル》[一八]了ス、詩解ハ欠通《キコヘヌ》[一九]」。

館客与㆓東家《ダンナ》《ノ》婢㆒交通《ス》。乃嘆《ジテ》曰、驚風乱颭《ス》芙蓉《ノ》水、密雨斜《ニ》侵《ス》薜茘牆。

仙山比丘施《ス》㆓呪符《フダ》《ヲ》㆒。或《人》受《テ》而曰、仙山《ハ》不㆑属㆓分符《ノ》客《ニ》㆒、一㆓任《ス》凌《テ》㆑空《ヲ》錫杖《ノ》飛《ニ》㆒。聞者笑《テ》曰、善《ク》謔《ヲドケル》了《ス》、詩解《ハ》欠通《キコヘヌ》。

るが、春風が寒いで開きかねている」。「微雨夜来過…」と同類。 一〇 唐の丹陽の人。天宝十五年(七五六)の進士。詩集三巻がある。 一一 唐詩選七・七絶「送㆔魏十六還㆓蘇州㆒」の起・承句。「国字解」に「秋の夜沈々とふけゆきものさびしい時分、そこもとを送る。…たゞさへ悲しいに、陰虫(秋に鳴く虫)切々としきりに鳴いて、いよいよもの悲しい」。「独無外物牽…」と同類。

一二 →注七。 一三 旅館の客。 一四 主人の召使い。 一五 唐詩選五・七律「登㆓柳州城楼㆒寄㆓漳・汀・封・連四刺史㆒」の頷聯。「国字解」に「どつと吹く風が城ぎはの水にある芙蓉(蓮)などを吹き動かして通り、晴れ間もなく雨に風が吹きつけるゆへ、横すぢかいに蔦のある垣へ降りかゝる」。 一六 仙人の居る霊山。そのような霊山の中の寺院に居る仏弟子。 一七 唐詩選七・七絶「酬㆘浩初上人欲㆑登㆓仙人山㆒見㆖貽」の転・結句。「国字解」に「もとより仙人山(柳州の山名)などは、をらがやうな符を分つ(地方長官に赴任する時、官から割符の半分を授けられる)官人などには付属せねば、こなたは神通を得てござるから、空をしのいで錫杖を飛ばし、上げらるゝにうち任せてをく。中々及びもないうらやましいことぢや」。本文は「分符」をお守り札を分けて貰うことと解した。 一八 滑稽なこと。

李[一]商隠

一妾、色衰ヘテ寵ナシ。ソノ主ノ曰ク、「你《ナンヂ》李商隠ガ詩ヲ識ルヤ」。対《コタ》ヘテ曰ク、「『侍[二]臣最モ相如ガ渇有リ、金茎ノ露一杯ヲ賜ハズ』、妾特《タダ》此ノ句ヲ記[三]スルノミ」。主ノ曰ク、「問[四]フコトヲ休《ヤ》メヨ梁園ノ旧賓客、茂陵ノ秋雨病相如」。

一妾色衰無《テシ》レ寵。其《ノ》主曰、你識《ルヤ》ニ李商隠詩《カヲ》一乎。対曰、侍臣最有《リ》ニ相如渇《カ》一、不レ賜ニ金茎《ノ》露一杯《ヲ》一、妾特《タヽ》記《スル》ニ此句《ヲ》一耳。主曰、休《ヨ》レ問《コトヲ》梁園《ノ》旧賓客、茂陵《ノ》秋雨病相如。

温[五]庭筠

妓柳氏一客ニ愛セラル。客、西[六]帰ノ意アリ。柳氏コレヲ知ル。スナハチ謂ヒテ曰ク、「王[七]孫帰意ノ切ナルヲ繋ギ得テ、春草ノ緑萋萋《セイセイ》タルニ関《アツカ》ラズ」。客ノ曰ク、「你《ナンヂ》アニ段[八]成式ノ詩ヲ識サズヤ、コレ「枝[九]枝影ヲ交ヘテ長門ヲ鎖《トザ》ス、嫩《ドン》色カツテ霑《ウルホ》フ雨露ノ恩」ナ

俗語表現。一九 意味が喰い違って理が通らぬこと。

一 晩唐、懐州河内の人。字は義山。詩は晩唐の第一人者といわれた。
二 唐詩選七・七絶「漢宮詞」の転・結句。「国字解」に「幸い、侍臣に渇きの病（糖尿病など喉の渇く病気）を病んでいる相如（司馬相如）が御側近く侍っているから、仙薬を錬る金茎の露を一杯飲ませて御覧（ろう）じ、ためしてみて信仰なさるれば善悪が知れてよいに、そうしたこともせず、…物忌み物忌みとて（不老長寿の為に女色を遠ざけ）、久しく奥向き（後宮）へも入らせられぬは、浅はかな、甚だ愚かな天子ぢや」。漢の武帝が不老長寿を願う余りに、仙女西王母を待ち続けて、女色を遠ざけたのを恨んだ詩とする。「金茎の露」の比喩を利かせたもの。 三 記憶する。おぼえる。 四 唐詩選七・七絶「寄ニ令狐郎中一」の転・結句。「国字解」に「さだめてこなたなどはをれが梁園に居るゆへ、古へ梁の孝王の賓客鄒陽等の如くよい官につき、用ひられて居ると思はれうが、必ずそのやうにあらうと問ひたづねくれらるるな。我もこの夜雨の時分、病気づき打ち臥して居れば、司馬相如が病につき（茂陵に）引こんだ如くに、もう何もかもうちすたれているから、引込むがましであると思うているほどに、必ず

ルベシ。」

妓柳氏為《ニ》一客所《ル》愛《セ》。客有《ニ》西帰之《ノ》意、柳氏知《ル》之《ヲ》。乃謂《テ》曰、繋《キ》得《テ》王孫帰意《ノ》切《ナルヲ》、不関《カラ》春草《ノ》緑萋萋《タルニ》。客曰、伱豈不《ヤ》識《サ》段成式詩《ノヲ》乎、可《シ》是《レ》枝枝交《テ》影《ヲ》鎖《ス》長門《ヲ》、嫩色曾《テ》霑《フ》雨露《ノ》恩《ナル》。

李[一〇]建勲

淫婦ノ姦夫《マオトコ》ヲ招ク。スデニシテ孕《ハラ》ムコトアリ、[一一]肚児《ヲナカ》高ク将起《モチアガ》リ来ル。一夜[一二]下薬《ヲロシ》ヲ把リテ服了シテソノ胎ヲ下シ了ル。安頓《シツカニ》ニ睡リ了ル。次ノ早《アサ》姦夫問ウテ曰ク、「[一三]カヘツテ羨ム落花春《ハル》管セズ、御溝流シ得テ人間ニ到ル」。婦ノ曰ク、「[一四]崔恵童云ハズヤ、「[一五]眼ニ看ル春色流水ノ如シ、今日ノ残花昨日開ク」」。

淫婦招《ク》姦夫《マヲトコ》《ヲ》。已《ニシテ》而有《リ》孕《コト》、肚児《ヲナカ》高《ク》将《モチ》起《リ》来《ル》。一夜把《テ》下薬《ヲロシ》《ヲ》服了《シテ》下《シ》了《ル》其胎《ヲ》。安頓《シツカニ》《ニ》

問ひ尋ねらるることも御無用でござる」。本文は、そう責めたてるな、私もいわば病気の相如のように弱くなったヨ、の意。

五 晩唐、幷州太原の人。字は飛卿。音楽を好み、艶美な詩を作り、李商隠と並称された。 六 西国の郷里に帰ること。 七 唐詩選七・七絶「楊柳枝」の転・結句。「国字解」に「我も王孫(旅中の貴公子)の如く旅に遊んでいるから故郷へ帰りたいとしきりに思へども、どうもこの柳の糸が帰心を繋ぎとめて帰さぬゆへに、故郷春草の生じて緑に青々と茂りたをあづかり見ることもならぬ」。本文は「柳氏」即ち妓女を主語として解する。 八 晩唐の斉州臨淄の人。博覧強記を以て有名。「酉陽雑俎」正続三十巻を著わす。 九 唐詩選七・七絶「折楊柳」の起・承句。「国字解」に「柳も栄え、枝々影を交へ、どこが宮殿やら知れぬやうに茂り、(長門宮を)とざして居る。これも「嫩色」の若ばえの時は、雨露の恩沢にうるをうて、かやうに盛長したものぢや」。本文は、お前の今の全盛の何がしかは私が尽してやったものゆえ、余り欲ばるでないゾ、の意。

一〇 唐の広陵の人。南唐の宰相となるも昇元五年(九四二)に退く。文賦詩をよくするという。 一一 「肚」は腹の意。どんどんお腹がせり出してくる。

睡了《ル》。次《ノ》早《アサ》姦夫問《テ》曰、却《テ》羨《ム》落花春不㆑管《セ》、御溝流《シテ》得《ル》到㆓人間《ニ》㆒。婦《ノ》曰、崔恵童不《ヤ》㆑云《ハ》乎、眼《ニ》看《ル》春色如《シ》㆓流水《ノ》㆒、今日《ノ》残花昨日開《ク》。

唐詩笑終

三 堕胎薬。「子を堕には牛膝を手一束に切りて其さきへ麝香をよくつけ二つゆびにはさみて産門にさす」（柳沢淇園「ひとりね」）。 三 唐詩選七・七絶「宮詞」の転・結句。「国字解」に「この所（宮中）の落花は落ち散れども誰も「管せず」と構わず、落ち散るにまかせて御溝（堀）の水とともに流れ出るが、我はさすが一旦天子の御手のついた者なれば、人間（世間）に出ることもならずいたづらに宮中に年よるのみ」。本文は右の解の「この所」から「流れ出る」までに限って解したもの。 一四 唐の河南博州の人。従弟の崔敏童と共に詩をよくした。開元の頃（七三〇頃）在世。 一五 唐詩選七・七絶「奉和同前」の転・結句。「国字解」に「眼前に見る、春色の過ぎゆくことは流水の如くで、且（しばら）くもとどまらぬものぢや。昨日開いた花がはや今日は散り落つる」。

一 原の序文。本書刊行の宝暦九年より六年前の宝暦三年に書かれた序文ゆえにいう。 二「断章取義」。詩文全体の意味や作者の意図に関わらず、必要な部分のみを切り取って自分の詩に用いること。「左伝に断章取義といふことあり。一句二句のことば、一章の内にありては義理かくの如く、その一二句を取はなして用ふる時は

唐詩笑旧序[一]

詩ニ断取[二]ノ義アリ。纔《ハジメ》ニ断取ノ義アレバココニ縦横[三]無碍、解セザル所ナキ者アリ。スナハチソノ興象[四]ヲ貴ブ。水中[五]ノ月、鏡中ノ花、イヅレカソレ捉《ト》ルベケンヤ。玩世教主游戯三昧、コノ書ヲ著述ス。ソノ意ケダシココニアルカ。小生[六]学究謬[七]妄ニ字ヲ読ム。内外[八]両艶親愛相及ボス。ソノ至[九]ルニ及ビテハ、聖人トイヘドモ知ルコト能ハザル者、教主コレヲ僅僅タル五七句中ニ括ス。人情世態大観スベシ。読者ヲシテ手[一〇]舞ヒ足蹈ミ絶倒[一一]シテ厭《イト》ハザラシム。マタコレ左右[一二]コレヲ取ツテソノ原ニ逢フナリ。余スデニ詩ニ断取ノ義アルヲ知ル、マタ教主コレヲ断取シテ後ノ詩ヲ学ブ者ニ告グルヲ知ル。癸酉[一三]三月、金峨[一四]道人胡盧園中ニ書ス。

詩《ニ》有二断取《ノ》之義一。纔《レハ》有二断取之義一斯有《リ》二縦横無碍無《キ》レ所レ不《ル》レ解《セ》者一。乃貴《フ》二其興象《ヲ》一。水中《ノ》月鏡中《ノ》花孰《カ》其《レ》可《ンヤ》レ捉《ル》哉。玩世教主游戯三昧著二述《ス》此書《ヲ》一。其意蓋在《ルカ》レ茲《ニ》乎。小生学究謬

各別のことに成るをいふ」(伊藤東涯「読詩要領」)。三 自由自在。四「興」は詩の六義の一で、目に触れる自然に感じて歌うという修辞法。「象」はものごとのおもむき。すなわち詩の興趣。五「鏡花水月」。鏡に映った花や、水に映った月のように、見えるけれど手には取れぬということのたとえで、詩歌や物語のような虚構をいう。「詩有三不レ解、不レ可レ解、不二必解一、若二鏡花水月一、勿レ泥二其迹一可也」(「四溟詩話」)。金峨より早く紀州の祇園南海は詩作に断章取義の妙用を説き、また鏡花水月、風影を影写と称して、それを詩作の第一義とした(「詩学逢原」)。金峨もその説に拠りながら、更に戯れたものか。六「小生」は後進。未熟な学者。七 間違って、無茶苦茶な読み方。八「内外」は人情などのからまった事柄。「両艶」は男色と女色をいうか。その親愛の情に言い及んだのか。九 その極致と言うべき領域については。一〇 詩経・周南・関雎序に「不レ知二手之舞レ之、足之蹈一レ之也」。有頂天に喜ぶありさま。一一 抱腹絶倒。一二「左右逢原」。孟子・離婁下に「資レ之深、則取二之左右一逢二其原一」による。道を自得した者は日常、左右前後、何れにとっても必ずその源流に逢う。どのように解釈しても、人情世態の源に達する事が出来る、の意。一三 宝暦三年。一四 井上金峨。井上蘭台門。笠間藩士の家に生れ、

妄ニ読ムレ字ヲ。内外両艶親愛相及ス。及ニ其至一テハ也、雖ニ聖人一ルニ不レ能ハレ知ルコト者、教主括スニ之ヲ僅僅タル五七句中ニ一。人情世態可シニ大観ス一焉。使ムニ読者ヲシテ手舞足蹈絶倒シテ不ラレ厭ハ。亦惟左右取テレ之ヲ而逢フニ其原ニ一也。余已ニ知ル三詩有ヲ二断取之義一。又知ル下教主断ニ取シテ之ヲ一而告ルヲ中後之学フレ詩ヲ者ニ上。癸酉三月、金峨道人書スニ於胡盧園中ニ一。

宝暦九歳卯孟春上旬

書林　江戸日本橋南
大田屋庄右衛門

中年浪人して駒込に経書の講釈を始めて有名となる。宝暦年中は専ら徂徠学を初めとする先儒の説を批判して自説をたて、後の折衷学の端緒となる。天明四年(一七八四)没、五十四歳。

雑《まじり》豆《まめ》鼻《はな》糞《くそ》軍《ぐん》談《だん》

中野三敏　校注

『異素六帖』『唐詩笑』に所謂「断章取義」は、漢詩文では認められた作法の一ではあるが、これを戯作風に用いれば「枉解」となり「こじつけ」ともなる。それに加えて「吹寄せ」や「ないまぜ」といった趣向は、中村幸彦「戯作論」に詳述された通り、戯作表現の一大特色でもあった。そしてこの趣向は所謂江戸戯作以前の仮名草子・浮世草子にも既に頻繁に見られる所であり、その点からも「戯作」の範囲については是非再考されねばならぬが、ともあれ「吹寄せ」や「ないまぜ」は早くは室町物語などの「揃」「尽し」ものに端を発して、やがて近世の演劇には早くからなくてはならぬ作劇法となり、やがて末期の浮世草子時代には、その演劇的手法の摂取という所から最も特徴的な趣向の一つに数えられるに至っている。更にそこから今一歩を進めたものとして、書型や構成などからは疑いようもなく浮世草子の一つとして作られたに違いないこの『雑豆鼻糞軍談』を見ることが出来よう。

浮世草子の「吹寄せ」や「ないまぜ」は確かに荒唐無稽なものではありながらも、なおその作品世界の内部においては、もっともらしく、理屈の通ったものでなければならなかったが、それにひきかえ本書に見えるそれは、徹頭徹尾、目茶苦茶な「ないまぜ」であり「吹寄せ」であり「こじつけ」である。しかも趣向の面のみではなく、文章も又珍妙をきわめたものとなっている。

大友方に鯨波《とき》の声をあげ、矢合のかぶら矢をしゆつ〳〵しゆ、おしゆ〳〵のしゆと見しらせば、京家のかたにも楯の板をおし開き、此方はすで参ろと、とがり矢かりまたひとつにして、イヤすつ〳〵す、すゝらのすとぞ射かへしける（巻二）

後年、戯作全盛時においても、ここまでナンセンスを極めたものはそうは見当らぬ。滑稽のセンスにおいて、この作者は並外れたものを持っていたといえよう。

笑鵬なる者の序を備えるのみで、作者名を記さぬが、板元である小幡宗左衛門の出版物のほとんど凡てが、小幡自身高古堂と称してものした作品と見得る故、本書もまた、高古堂小幡氏の作とみて誤るまい。既に中村幸彦博士に「高古堂と小咄」（『中村幸彦著述集』第十巻所収）の論があり、その作品と作風に行き届いた解説が備わる。参照されたい。

序

[一]天の時は地の利にしかず、地の利は人の和にしかずとは、おもしろき読本浄瑠璃のたぐひも、わづかの[二]お染久松のひとふしに鉾さきをくぢかれ、[三]二上り三下りのさはぎも、[四]坊さんあたまがふらりしやらりと、皆一同のはやり物には、いかな名言[五]秀句もたてつかれず。さるによつて此一書は、いつその事にあたまから相手にならぬ分別の[六]まじりまめはなくそぐんだんとは

幕に矢の
ふふはりうけし
春の風

笑[七]　鵬　述

一 孟子「天時不レ如ニ地利一、地利不レ如ニ人和一」(公孫丑・下)による。太平記などにも引かれ、古くから日本の諺にもなる。
二 宝永七年春、大坂の油屋の下僕久松と主人の娘お染との心中事件があり(鸚鵡籠中記)、翌八年浄瑠璃「油屋おそめ袂の白絞」(紀海音作)となって以来著名な演目となるが、より卑俗な歌祭文などが人口に膾炙する。
三 三味線の音調。本調子を基準として、二の糸を一音上げる二上り、三の糸を一音下げた三下りなど。
四 当時の流行唄の文句。「蛸が見入れてあたまをぶらりしやらりする」(伊勢冠付集)。
五 洒落た名文句。
六 涅槃会の御供えのあられの類を「鼻糞餅」といい、「花供(はなく)」が変化した称という。煎豆などが混じった鼻糞餅のようなつまらぬ軍談の意。
七 未詳。恐らく著者高古堂の別号か。

雑豆鼻糞軍談《まじりまめはなくそぐんだん》　巻之一

[一]代〻治乱并[二]こつぱいの玉由来《ゆらい》の事

そも〳〵代〻の治乱をかんがふるに、百《もゝ》[三]たびた〻かふて百たび勝つは、善の善なるものなり。[四]一代教主の釈迦だにも、終には[五]鼻糞の茶呑ばなしと成り給ふ。こ〻に[六]清和天皇五代の孫、[七]葛原の親王にはあかの他人、[八]房前《ざき》の大臣と申すやんごとなき御方おはします。去ル子細《〔しさひ〕》あつて父《ちゝ》[九]の大臣もろこしより[一〇]めつこうこつぱいの玉といふ宝を得給ふ。此《(この)》玉のふしぎは、其《(その)》玉の中に一躰の釈迦の像まします。いづかたよりおがみ奉れども、ついにおがまれたることなし。大臣お〻きに腹を立て、横槌《よこつち》[一一]にて打くだき給ふゆへ、[一二]むがしの面向不背《はい》の玉をよびかへて、[一三]めつかうこつぱいの玉と申して、いよ〳〵家の宝とは成りたりける。

[一四]小町御前和歌の徳并ニ美人の事

房前の大臣の御娘に小町御前と申してひとりの姫君おはします。彼大臣、御子の一人も

一 治まる代と戦乱の代。軍談類の慣用句。 二 後文参照。→注一三。
三 孫子に「百戦而百勝非ニ善之善者一也。不レ戦而屈ニ人之兵一乃善之善者也」(謀攻)のもじり。 四 仏語。釈迦の別称。 五 →前頁注六。
六 平安京の創始者桓武帝から数えて七代目の帝。天安二年(八五八)即位。
七 平家物語に「その先祖を尋ぬれば桓武天皇五代の皇子一品式部卿葛原親王…」(巻一)などの文句取り。
八 奈良朝初期、藤原不比等の第二子。ここは、房前の大臣の母讃州志度の浦の海女が、龍神から面向不背の宝玉を取り戻すという謡曲「海士」に拠る。 九 不比等。 一〇 謡曲「海士」に、淡海公の妹が漢の高宗皇帝の后になった祝いに贈られた「面向不背の玉」のもじり。「玉中に釈迦の像まします。何方より拝み奉れども同じ面なるによつて、面を向ふに背かずと書いて面向不背の珠と申候」(海士)。
一一 丸木に柄をつけた槌。頭部の側面で打つので横槌という。八二頁の挿絵参照。 一二 底本「むがし」は「むかし」の誤刻。 一三 「めつかう」は「真向(まつこう)」。「こつぱい」は「骨灰」で、細かく打ちくだくこと。
一四 小野小町。以下所謂「吹寄せ」「ないまぜ」「時代違い」の趣向で、時・所まったく無関係の人物や事件を寄せ集めて物語を作る。
一五 「糸」は絃楽器、「竹」は管楽器。

なき事をかなしみ、めつこうこつぱいの玉にいのりて出生し給ひし御子なれば、其うつくしさいはんかたなく、[一五]糸竹和歌の道くらからず、[一六]つぎごと、[一七]湯たて、めしの加減まで知らずといふことなく、誠に希代の姫君なり。ある時、[一八]内裏に御和歌合のありし時、左のかたは小町、右のかたを[一九]藻《も》屑《くづ》三平と定められ、寄笠恋といふ題を下されけるに、家のほまれ身の面目と、藻《も》屑《くづ》三平は師の御坊[二〇]法界坊に頼みつゝ、名歌をゑさせたび給へと、四方八方[二一]られんの法をぞいのられける。小町御前は元よりも天下に聞ゆる歌人なれば、[二二]へちくそのかわともおもはず、空うそぶいてぞ居られける。歌合の日になれば、左右の人ゝはいづれが勝いづれがまけと、かたづをのんでひかへらるゝ。左の方は小町御前、[二三]岩国半紙のはながみを二枚かさね、小遣帳をつけたるやうに、さもていねいにしたゝめらる。三平はもとより[二四]手かきの事なれば、[二五]半切紙《はんきりがみ》にさら〱と相したゝめ、[二六]蒔絵の文箱をかりまはり、御前にこそはさゝげける。其日の歌は、

寄笠恋　　左　　小町御前

あら恋し[二七]笠がよく似て清十郎なら[二八]御いせ参りは皆清十郎どの

右　　藻《も》屑《くづ》三《さん》平《ぺい》

[二九]ぬりかさで[三〇]忍《しの》べば猶も月夜にはびらりしやらりとひかるめいわく

二首の歌をゑいらんにそなへければ、「扨《さて》ゝきめうの人ゝ」と公家も女中も一同に、皆

一六 継ぎ事。衣服のつくろい、針仕事。小町を町娘風にしたおかしみ。以下も同じ。　一七 風呂の湯加減。　一八 歌合せ。判者を定め、左右にわかれて同一の歌題で歌を詠み合い勝負を定める。九世紀後半頃から南北朝まで盛行し、以後ややふるわなくなる。　一九 安田蛙文等作歌舞伎「藻屑三平血洗池」(元文四年大坂初演)の主人公。狂言内容は不明だが実悪の藤川半三郎が三平役を勤める。　二〇 近松作浄瑠璃「双生(ふたご)隅田川」(享保五年初演)に登場。その後「隅田川物」の登場人物として定着、宝暦前後には破戒僧の役柄となる。　二一 未詳。　二二 「へちまの皮」と「へち屎」の合成語。相手を軽んじる表現。　二三 山口県岩国地方産の良質の半紙。　二四 能筆、能書。　二五 手紙用の紙。杉原紙を横に半分に切ったもの。享保頃からは淡彩の絵を刷り入れ、巻紙か折帖風につないだものが用いられた。　二六 料紙を入れるための手箱。貴人の日常道具ゆえ、方々へ借りまわったと表現する。　二七 お夏・清十郎を唄った流行唄に「むかひ通るは清十郎でないか、笠が良く似た菅笠が」(好色五人女・一)。また「笠が似たッとてとゝんとどつこい、清十郎であれば、お伊勢参りは皆清十郎」(はやり唄古今集)。　二八 菅笠姿は御伊勢参りの常態。　二九 紙張りの薄板に漆を塗って仕上げた笠。漆塗りゆえ光る。　三〇 恋の忍び姿。

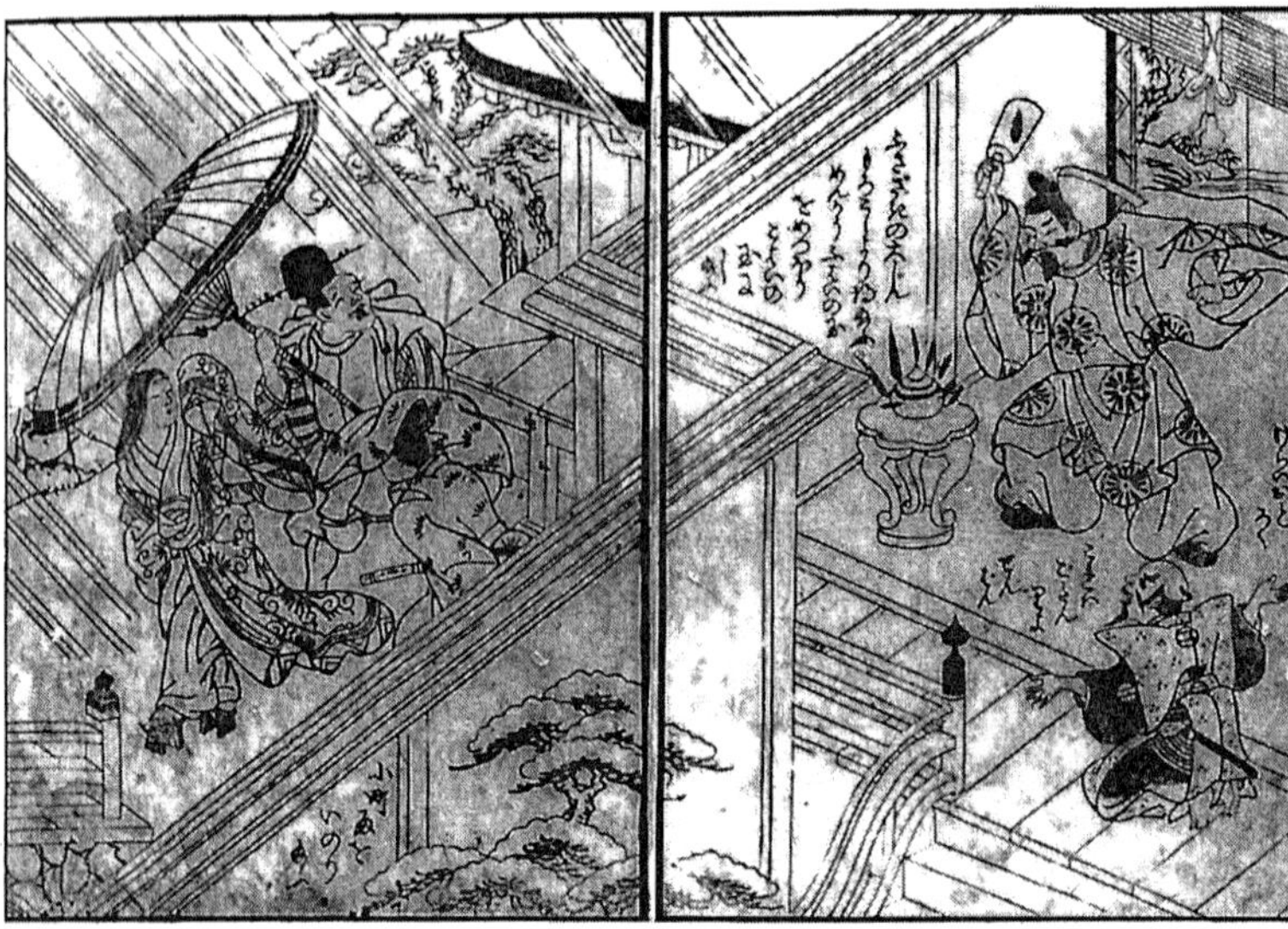

房前《ふさざき》の大じん、もろこしより得給ふめんかうふはいの玉をめつぽうこはいの玉にし給ふ。

けらいおどろく。

「これはご一短慮《たんりよ》せんばん」

小町、雨をいのり給ふ。

一 主君の短気をいさめる家来の言葉として、芝居などの慣用句。

二 近世初期から夏の涼味として供される。 三「真桑瓜」の略。食用瓜の代表的なもので、水に冷やした夏の風味としても代表的。 四 ひでりで、冷やすための水がないので。

五「比丘尼」は女乞食の一。その連れ歩く小女を「米噛(こめかみ)」と言う。布施米を生のまま齧るのでついた名称という。そのように飯を炊く水も無くて、皆、生米を齧らねばならぬようになろうという意。

六 小町は、神泉苑の池の傍で「ことわりや日の本なれば照りもせめさりとては又天(あめ)が下(した)かは」と詠んで雨を降らせたという(狂言「業平餅」)。又、「異本小町集」には「千早振る神も見まさば立ち騒ぎ天の戸川の樋口あけ給へ」の歌がある。

七「草紙洗小町」などの雨乞い伝説を下に敷く。 八 平安京大内裡に南接する庭園。天長頃から祈雨や止雨の霊場となり、善女龍王を祭る。

九 真言宗寺院。弘仁十二年弘法大師開基という。 一〇「禁秘抄」に、神泉苑の雨乞いの式は「池の辺りの石に水灑ぎ、高声に一同に云く、雨たべ海龍王、雨たべ海童子云々」と。

二 底本「りうぐん」は「龍君(りうくん)」或いは「龍神(りうじん)」の誤刻か。「いなふ」は相手に対する呼びかけの終助詞。

涙をぞ流されける。されども「右のうたのぬりかさのひかりよりは、左のうたの清十郎どのとゐんぎんにいへる所、よろしかるべし」とて、其日の歌は小町の勝に定めらる。又あるときに天下おゝきにひでりして、一てきの水もなく、二ところてん・三まくわのたぐひも、四うちわであをいで食《く》ふようなれば、「是にては追付《おつつけ》朝夕の御膳も、どなたさまにも五比丘尼《びくに》の米かむやうになされねばなるまじ」と、小町御前に六雨ごひの和歌を仰付られける。小町姫は是をきゝ、七なんでもこんどは一手がらと、八神泉苑のひがし隣、九雨宝院《うほう》といふ雨の字の有る寺へ祈請《きせひ》をかけ、一首の和歌をよまれける。

一〇雨たもれ一一りうぐんいなふいやならば雨のたからの字をばけさしやれ

と読《よ》むとひとしく黒雲おゝい、一二おなべのかゝがし一三ちもつの布子ながした時に「わつ」といふてこぼしたる涙ははるかすくない〔見開き挿絵〕ほど、雨やら水やらむちやになつて降《ふ》りにける。上から下までをの〳〵悦びけるにより、御かみよりおのゝ小町と異名をくだされける。

一四大友真鳥《おゝとものまとり》 房前《ふさざき》大臣、遺恨《いこん》の事

其頃《その》、一五西国卅三番の国に大友の真鳥といふ大名ありけるが、小町御前の美人のほまれをきゝ、又こつぱいの玉のきどくをきゝて、「ほしい事や」とおもひて、「小町御前をよ

「よのう」。一二 下女の俗称。
一三 質入れした木綿の衣類。
一四 朝敵の一人として虚構された人物。平家物語・五「朝敵ぞろへ」に守屋・入鹿と将門・純友の間に「大友真鳥」とあり、出雲作浄瑠璃「大内裏大友真鳥」(享保十年初演)には九州探題、軍記「大友真鳥実記」(元文二年刊)には筑紫探題の弟とある。九州探題大友氏に仮託した虚構か。
一五 西国に散在する観音巡礼の霊場三十三ヶ所。近畿から美濃にかけてのものだが、ここは九州地方を西国という当時の慣用によるか。

一 持参金。二 筆頭家老、首席家老。三 梶原景時。鎌倉期関東の武将。壇の浦の戦の後、義経を讒言して失脚さす。芝居の曾我物における重要な登場人物の一人。四 都へ派遣する。五 平通盛。平家物語に越前三位通盛。湊川の戦に戦死。六「忠臣蔵」など、芝居の大石内蔵助の役名。七 村上義光(よしてる)。鎌倉末期の武将。元弘の乱に護良親王を護持し、吉野で身代りとなって自刃。「大塔宮曦鎧」等の芝居で著名。八「壺をかぶる」の略。失敗・あやまちの意。九 生国、田舎。一〇 用意した馬ではなく、通りすがりの馬を用いること。一一 戦争の用意の相談。一二 感動詞。

めに下され。[一]敷がねに玉をつけて下され」と、[二]一家老の[三]梶原平三を[四]のぼしける。大臣のかたには是をきゝ、家のさむらい[五]越前守道盛、[六]大星由良之介、[七]村上彦四郎などをめしよせ談合有《あり》けれども、「一人の姫君に、まして家の重宝《てうほう》をつけて田舎へ遣らん事は、むかしより申す[八]壺《つぼ》とやら申すにてこそ候はん」と一同に申すによりて、此《この》相談はやめになり、梶原平三はすご〳〵と、ついでに[九]国本《くにもと》にてあつらへられしものばかり買とゝのへ、[一〇]飛のりにして帰へりける。是より両家のいこんのはしとは成りにける。

大友家軍評定《いくさひやうぢやう》[一一]の事

さるによつて、大友の真鳥はゝらをたてゝ、「[一二]何条《なんでう》、房前めが我等をあなどることのにくさよ。家がらといゝ、男つきといゝ、小町御前のむことといふても、およそはづかしうもなきそれがし、梶原が家来の[一三]横須賀軍内とは、あまりまけまいとおもふに、男ゑらみしおる小町もしやほんに[一四]立腹《りつぷく》[一五]の皮なり。此《この》上は都にせめのぼり、宝の玉を我《わが》手にいれ、ついでにお娘《むす》[一六]もかたげてこふ」と軍勢さいそくのふれをぞなしにける。付《つき》したがふ旗下には先《まづ》一番に[一七]守屋の大臣、[一八]横《よこ》山大膳久国、[一九]貫練門兵衛《くわんねらもんへ》、[二〇]伊予に純友《すみとも》、[二一]讃岐《さぬき》に谷風、[二二]大野の九太夫、[二三]焼下小六。[二四]おもてうちにはならびなきあそふの[二五]松若、[二六]瀬尾の太郎、[二七]竹知の光秀、[二八]股野の五郎、[二九]雷《かみなり》庄九郎なんどゝいふ[三〇]大名小名、残りなく大友のやかたにはせあつまり、

とんでもない。一二 浄瑠璃「平がな盛衰記」（元文四年初演）の登場人物。梶原景時の子息源太景季の弟で、兄の恋人千鳥に横恋慕する平治景高に加担する役柄。一四「しゃ」は感動詞。エヽ、ほんとうに。一五「立腹」と「腹の皮」の合成語。「腹の皮」は笑止千万というほどの意か。一六 かついで。無理矢理連れて来る。かどわかす。一七 古代の豪族物部氏。排仏論者として蘇我馬子と対立し、負けて滅亡。一八 説経節「おぐり判官」に鎌倉の領主として登場する人物。以後小栗物の主要人物。一九 元文四年四月大坂三五郎座の狂言に「貫練門兵衛袖湊」がある。助六ものの「かんぺら門兵衛」も同系か。二〇 藤原氏。平安中期の貴族。伊予の海賊の頭領となり、将門に呼応して乱を起こす。二一 力士。初代谷風。讃岐藩抱え力士。享保末年活躍。二世の仙台生れの谷風と区別して、後世讃岐谷風と称される。二二 赤穂藩の家老大野九郎兵衛と、その「忠臣蔵」での役名斧九太夫を合わせたものか。二三「太閤記」の蜂須賀小六のもじりか。二四 正面攻撃の意か。「日本一の剛の者、面討ちにはならびなし」（謡曲「熊坂」）。二五 熊坂長範の手下の一人。「さて北国には越前の浅生の松若、三国の九郎」（謡曲「熊坂」）。二六 瀬尾兼康。平家の武将。義仲と戦って敗れる。二七 明智光秀をモデルとした「太功記」の登場人物。武智十兵衛光秀（絵

軍《いくさ》評定いたしける。其内の入用《いりよう》[三一]およそ二六[三二]のそば切十三膳、すつぽん、かばやき、どじやうじる都合七百六十三文がものとぞ聞へし。「たゞ腹のへらぬようにして、平ぜめ[三三]にすべし」と、皆一同に申すより「さあらば、打たて、ものども」と、雲[三四]天井の芝居の見物、夕立のしたるが如くにて、わめきちらして上りける。

房前の大臣籠城《ろうじやう》の事

都のかたには是をきゝ、「さあらば籠城の用意こそ専用なれ」と相ともなふ人々には、六[三五]孫王経基、熱田[三六]の大宮司頼重、武蔵坊弁慶[三七]、塩谷判官高貞[三八]、太夫坊覚明[三九]、大筆熊四郎[四〇]、般若五郎[四一]、高市武右衛門[四二]、本田の二郎[四三]、鎌田の隼人[四四]を始《はじめ》として、其外公家、殿上人は申《まうす》に及ばず、「あつたら小町をよそへはやるな」と加勢して、およそ七万五千余騎、西[四五]の岡の乳母が所を頼みて一[四六]の木戸とし、四方三里があいだには膳立[四七]する所もなかりけり。愛護《あいご》[四八]の若はかねてより、小町にこゝろかけ[四九]、帯の下にこがるゝ心より、「なんでも今度は一《ひと》[五〇]せい出し、うれしがらそ」と一手[五一]にそなへ、師の阿沙梨《あじやり》に口[五二]とらせ、「なんぼいらふと此軍の物入は我等がはづむ」ととりきみ[五三]を出し、壬生[五四]の西手にひかへらる。

本太功記)。 二八 鎌倉期の勇将大庭景久の別称。曾我兄弟の父河津三郎との相撲が有名。 二九 出雲作浄瑠璃「男作五雁金」(寛保二年初演)に雁金文七を首領とする大坂の乱暴者五人組の中の一人。 三〇 一万石以上を大名といい、その中で領地の少ない者を小名という。 三一 費用、出費。 三二 一杯十二文のそば。化政期頃には十六文が相場となり「二八そば」となる。この辺りの行文は近松作「曾我会稽山」(享保三年初演)の「和田の一門九十三膳、代物合わせて三百八十四文なり」などを下敷きとするか。 三三 一気に攻めること。また「平」は膳部の浅く平たい椀や皿をいうので、その意味もかける。 三四 戸外での芝居。夕立などに慌てて立退く様子。 三五 清和帝第六皇子で清和源氏の祖。純友の残党を制圧した勇将。天徳五年卒。 三六 熱田大神宮の長官職を大宮司と称し、藤原季兼の子孫がつとめるが、頼重は未詳。 三七 義経に従い、豪勇を以て有名な叡山の荒法師。 三八 浅野内匠頭をモデルとした「仮名手本忠臣蔵」の主人公。 三九 叡山の僧。木曾義仲の右筆役として文武に秀れる。平家物語の主要人物の一人。 四〇 出雲作浄瑠璃「小野炭焼深草土器師七小町」(享保十二年初演)に深草の少将に仕える勅使役。 四一・四二 未詳。 四三 畠山重忠の家臣。平家物語、曾我物語に見える。 四四 浄瑠璃「平がな盛衰記」(元文四年

小町愛護若《あいごわか》、対面の事

西国の軍勢も、あの[一]ゝものゝといふて道[二]ばかゆかず、十日ばかりも延引しければ、京の者ども情《せい》[三]をつかし、歌はいかいなどに日を送りける。小町御前は此度のあいごの若のようすをくわしく聞て、「扨も真実なるお人さまや。どふぞ逢ふて礼もいゝたし」と、お[四]筆といふ腰元にのみこませ、彼《かの》陣屋へ文こま〴〵としたゝめて遣はしける。何がかねての歌人なれば、「こゝでよまいでどこでよも、さあさやあとや」と一《ひと》せい出してやられける歌に、

　これとのごおまへはあいたふないかいなわたしはどふもならぬわいなあ

としたゝめて、お筆にわたされければ、いくさがこわいによつて「ひとりはいやじや」と、町[五]の番太をやとふて尻がるにこそ出にける。あいごの若も「あいたさの心とてはおなじこと、どふぞなろなら情《せい》も尽た、あすのばんあたり、そなた供して来てたもれ。あれ最早《もはや》いくさのけいこのたいこがなる。名残はつきじ、おさらば」と、ふり切〳〵いそがるゝ。お筆はなく〳〵両手をあげ、「いゝ残した事もなし。何ンぞくだされさふな物」とつぶやき〳〵帰へりける。姫はまちかね文箱をひらいてみれば、返事はなくて一首の返歌をぞ入られける。

初演)に腰元お筆の父として登場。四五 京都西山とその麓一帯の旧乙訓郡の別称。四六 防衛のための最前線の城門。四七 食事の用意。「陣立」のもじり。四八 説経浄瑠璃「あいごの若」に始まる愛護若物の主人公。左大臣清平に授かった長谷観音の申し子で、継母の恋慕を拒絶したため讒言され、伯父の叡山の阿闍梨を頼るが聞き入れられず、身投げして、後に山王大権現に祭られる。四九「心をかけ」と「かけ帯」。「かけ帯」は肩に掛けて胸の前で結ぶ盛装用の帯。五〇 頑張ること。五一 戦陣の一方を受持つこと。五二 人数を数えさせること。五三 強がること。芝居の立役のみえの一種。五四 平安京の中央部西寄りの地名。

一「ああのこうの」「なんだかんだ」の意。二 道中がはかどらぬこと、さっぱり進まぬこと。三 根負けすること。張合い抜けすること。四「ひらがな盛衰記」三段目に登場する鎌田の隼人(→八五頁注四四)の娘。千鳥の姉。五 町で抱えた夜番の男。番太郎。六 頰ずりしたりして愛しむ様子。七「せられける」。八 平底の焼物に柄をつけ、中に火を入れて、衣服の皺を伸ばす道具。九 初咲きの花。年少の美女の形容。一〇 様子。一一 今宵の契りが、行先

ならふならあすの夜ござれ夜がふけてお筆にきせる夜着はないぞや
小町御前は是をみて[六]皃《かほ》にあて身にそいて、ついしはくちやにぞし[七]られける。お筆ははつとかなしくて、やう／＼[八]火のしでしはをのし、はながみ袋におしこみて、あすの晩《ばん》をぞまたれける。心のうちのうれしさを、何にたとへんかたもなし。扨其夜にもなりければ、小町御前は[九]はつ花のまだほころびぬ[一〇]とりなりに、[一一]今宵を千代のはじめぞと、皃のしろふなるあらひこにて[一二]二時《ふたとき》ばかりあらひつゝ、[一三]清顔美《せいがんび》艶香《えんかう》壱包茶碗でとき、上あらひをぞなされける。たゞさへうつくしき皃ばせに、[一四]延沢やの上おしろい、[一五]高しまやの小町紅《べに》、たつぷりぬりしつやゝかさ。鏡を見ては手をうつて、「よいではあるぞ」と我ながら、[一六]きもをつぶして立給ふ。[一七]扨又、小袖は何ゝぞ。[一八]下にはあかの牡丹しぼり、上着は[一九]ひわの茶ちりめん、浅黄の[二〇]郡中どんすのはゞひろ帯、[二一]いはんかたなき衣装つき、[二二]しつかい十壱匁六分とぞ見へにける。御筆はちいさい[二三]提重《さげぢう》に[二四]きんとん餅《もち》とにしめをいれ、美淋酒《みりんしゆ》三合つめかけて、干大根《ほし大こん》の尾を切て、風呂敷のぬれぬやうに[二五]つめをして、[二六]大目島《おゝめじま》のひとへ物、びろうどの半ゑりかけ、金入と黒じゆすの[二七]ちうや帯、しやなら／＼と出かけしは、[二八]祇園町のねり物が迷《まい》子になりたる風情なり。程なく壬生にもなりしかば、お筆は先へはしりつき、陣門《ぢんもん》にたゝずみてほと／＼と戸をたゝき、「[二九]滄海《そうかい》ふかしと申せども、ろかいの立ぬ海もなし。五重の塔《とう》は高けれど、鳶《とび》や烏《からす》はしたに見る、こゝあけて給《た》べ若君」と、さ[三〇]

永い契りの始めとなる事よ。
一二 四時間ほど。 一三 未詳。
一四 「京羽二重大全」(延享二年板)に白粉所として「御幸町五条上ル 延沢屋光秀」と「堺町通り蛸薬師下ル 延沢屋出羽」の二店がある。
一五 祇園北側の化粧品屋、高島屋製の口紅。京名物。 一六 驚くほどの意。
一七 軍記類や室町物語などの「―揃」「―尽」の慣用表現。 一八 下着。
一九 鶸茶色。茶染の一種で、明和頃の流行色の一。 二〇 帯地にする紋様入りの緞子の一種。 二一 不揃いの衣裳着附を逆に賞めた滑稽表現。
二二 「悉皆」。全部あわせての意。
二三 提重箱。行楽の弁当箱の代りに用いる。 二四 菓子の一。栗の団子の中に砂糖を入れたもの。 二五 干大根は弾力があるので、輪切りにしたものを徳利等の蓋の代りに口に詰める。
二六 青梅縞。もと関東武蔵青梅辺りで織出された粗末な縞織物。
二七 表と裏を別にした両面の帯。
二八 祇園祭に妓女が華美な衣装で、あちこち踊り廻るのを「練り物」という。
二九 紀海音作「忠臣青砥刀」(元禄十六年初演)の文句取り。「ア、そうじや物黒鴉／＼。九重の塔は高けれど、羽打立て飛時は、九重の塔も下に見る。蒼海広しと申せども、櫓櫂の立ぬ海もなし…」。
三〇 「さもやさしげに」とあるべきを逆転。

もあらかにわめきける。愛護《あいご》の若は気をしづめ、「目出た〱[一]の若松さまよ、枝もさかへる葉もしげる、とふらしやれ」とぞこたへける。お筆はかほをあからめて、「[二]ものいはじ。ちゝはながらの人ばしら。きじもなかずばうたれまじ物を」と申しける。若君は聞給ひ、「こいつもすこしはやりをる」と、戸をばおしあけ姫君の、くびすじもとをひつつかみ、寐所へはいられし、是ぞいもせのはじめとは、後にぞおもひ知られける。お筆は「ほんの[三]犬《いぬ》ぼねおつて、鷹《たか》にとられたやうなものじや」と彼《(かの)》弁当を取出し、ついでは飲《〔の〕》みつまんではくひ、[四]酒呑《しゆてん》童子の[五]ゆもじ着たやうに真赤《〔まつか〕》いになつて、あをのけになつて寐たりける。

雑豆軍談巻之一終

一　山家鳥虫歌「山城国風」等に見える代表的な祝言小唄。この辺り高雅な歌文の引用あるべきをとり違えた滑稽。

二　古歌「物いはじ父は長柄の橋柱鳴ずば雉子も射られざらまし」（蘆分船・六、など）による。長柄の橋の人柱になった、垂水村の長者岩氏の娘で唖の光照姫が、夫が雉を射るのをあわれんで、初めて声を出して詠んだ歌という。

三　無駄働きをしてしまったの意。諺「犬骨折って鷹にとらるゝ」（世話類聚）。

四　御伽草子「酒呑童子」の主人公。源頼光等に神便鬼毒酒を飲まされて、酔った所を退治されたため、童子の絵姿は常に真っ赤な酔顔に画かれる。

五　女性の下穿き。腰巻き。通例緋縮緬など赤い布を用いる。

雑豆鼻糞軍談《まじりまめはなくそぐんだん》　巻之二

両家初手軍《いくさ》の事

扨も大友の真鳥が軍勢は、海陸《かいりく》二手にわかれて程なく都近くに責《（せめ）》よせけるを、房前《ふさざき》の大臣きゝ給て、小便におき給ひけるついでに帷子《かたびら》[六]が辻の山にのぼりて見給へば、秋[七]しのや外山《とやま》のすそより鳥羽[八]縄手《なわて》、東寺、四ッ塚、一口《いもあらひ》、豆《まめ》あらひ、足あらひ、牛が瀬、あたごのふもと迄篝火《かゞりび》ならずといふ所もなく、六[九]角、薬師、北野さま、ひとつに参りし如く也。「おもひの外に大勢じゃ、ゆだんをすな」とに[一〇]へかゑれば、「相心得候」と軍《（いくさ）》の備へをいたしける。明がたになりければ、大友がたは押寄せて、ひがしの方をねぶたい目《〔め〕》にて、とろりやとろりとながむれば、霞《かすみ》のあいより家ゝのはた四五十ながれ、朝風にひるがへさせ、其下には数万の軍勢かぶ[一一]とのほしをひかく\とひからせて「朝めしはまだ出来《できぬ》ぬか」と塗箸《ぬりはし》をしやにかまへ、はたさしものゝ紋所、本の字、大の字、蟹《かに》[一二]牡丹、桔[一三]梗、かるかや、女郎花、丸[一四]にやの字は誰が紋、あれこそ吉弥が紋所、五[一五]ッ引りやう六ッ引りやう、でん[一六]く\大鼓《と》にふりつゞみ、寄せば射んとぞひかへける。もとよりかくごの事なれ

六 右京区太秦の地名。「上嵯峨、下嵯峨、太秦、常盤、広沢、愛宕等の別れ道なり」(都名所図会・四)。
七 新古今集に「秋篠や外山の里や時雨るらん生駒の嶽に雲のかゝれる」(冬・西行)。「秋篠」は奈良の地名だが、ここは「外山」の序詞として用いる。近世期に多い用法。
八 鳥羽縄手から愛宕まで、京都の西郊を南から北へ一望した地名。
九 六角堂・蛸薬師・北野天神の祭礼に、一度に参詣したようなものの意。
一〇 ごったがえす有様。
一一 兜の鉢の部分に並べてうちつけた鋲の頭。
一二 牡丹の葉を、蟹の脚とはさみの型にした紋所。役者市川中車の替紋としても有名。
一三 桔梗・苅萱・女郎花は秋草の代表的なもので、それを並記するのは慣用句。
一四 輪の中に「や」字を図案化した紋所で、寛文・延宝頃の京で有名な女形役者上村吉弥の紋。初代延宝八年引退、二代天和元年襲名。
一五 「引両」は輪の中に太い横線を引いた紋所。一本を一つ引両、二本を二つ引両など。
一六 「太鼓」「鼓」も紋所の図案に用いるので、歌謡の文句風に記す。

ば、大友方に鯨波《とき》の声をあげ、[一]矢合の[二]かぶら矢をしゆつ〳〵しゆ、おしゆ〳〵のしゆと[三]見しらせば、京家のかたにも楯《たて》のいたをおしひらき、此方はすで参ろと、[四]とがり矢かりまたひとつにして、イヤすつ〳〵す、すゝらのすとぞいかへしける。其後に大友がたより武者壱人、楯のおもてにあらわれ出、高声に名のりけるは、「[五]遠からむ者はねから知るまい。近き人さへ知りてのなき、浦島の太郎八世の孫、[六]表《おもて》島の二郎[七]太貫《ふとぬき》とは我事《(わが)》なり」と[八]茶おどしのよろいの紺《こん》糸まぜにおどしたるを、[九]三文がのりをつけ、[一〇]板天神のようになつてひかへける。都方には是を見ておなじく武者こそ出にける。[一一]すけんぼうの黒いとおどし、[一二]ようかんいろに[一三]ざつくとなげがけ、[一四]関東でこそあれ、あやの鉢巻赤柄《はちまきあかゑ》の長刀[一五]水車にまはし、「いざ参らふ」とうつてかゝる。たがいに名も知らぬ者なれば、うけては[一六]ひらき、ひらきてはうけ、せいのつきるほどたゝかひて、どふでも腹がへつたやら、ものをもいはずに引しりぞく。又京がたより武者一騎かけ出て名のりけるは、「むかし東寺の[一七]羅城門《らぜう》にて鬼のかいなを切たりし、渡部源吾綱が所の草履取《ぞうりとり》[一八]八介が九代のこうゐん、二拾六介とは我事なり。なんとめづらしい名じやあらふがや」と[一九]赤いはしふりかたげ、しやちこばつたる有さまは、[二〇]松原河原にすてられし[二一]風の神のごとくなり。大友がたにもおとらじとさはやかに出立たる若武者壱人、赤やら白やら知れぬむしやくしや栗毛《くりげ》のやせ馬にうす総《ふさ》の[二二]尻がいかけ、終によろいを着た事がないやら、我身[二三]おもかげにへば

一 戦陣で開戦の矢を双方から射込むこと。
二 鏃を空洞にして、飛ぶと音が出るようにした矢。開戦の合図に用いる。
三 やっつける。くらわせる。
四 矢をとがらせた平根の鏃と、先端を二股にして内側に刃をつけた鏃の矢。
五 戦陣での武者の名乗りの慣用句。「遠からん者は音にも聞け、近からん者は目にも見よ」(曾我物語「祐経にとゞめさす事」)のもじり。
六 「浦島」を「裏縞」ととって、その対語。「縞」を「島」と表記するのは江戸期の慣用。
七 「貫」は織物の横糸「緯」をいい、それに太い糸を用いたものをいう。
八 「緋おどし」などという所を卑俗にした表現。
九 安物の糊。鎧を浴衣の様に表現した滑稽。「が」は「の」の意。
一〇 板で作った天神像。庶民の家の掛け守り。
一一 「素憲法」か。「憲法染」は黒茶色の小紋染。　一二 「羊羹色」。陽焼けして古びた赤黒色。
一三 鎧を手早く着けたありさま。「草摺り軽げにざつくと投げ掛け」(謡曲「夜討曾我」)。　一四 未詳。
一五 長刀の柄の中程を持ってくるくると回す動作。　一六 相手の攻撃に身を引いて構える様子。
一七 「羅城門の旧跡は朱雀通り 今の千本通りなり 四塚にあり」(都名所図会・

りつき、扇をあげて打まねき、「あつぱれ武者ぶり候や。そこもと程にはあらねども、我等が名をも名のりつゝたがひに勝負をいたすべし。そも〳〵我等が先祖は、[二四]恋すてふ我名はまだきと詠《よみ》おける壬生の忠峯《たゞみね》のおとし子、東寺の[二五]是谷朝臣の末孫にて、いつその事に太刀打《（うつ）》ちからのつよい由来[二六]ばなし、いざまいらふ」とうつてかゝる。「いふにや及ぶ」と渡り合ひ、すでにかふよと見へたる所を両方から「あぶない〳〵、かならずけがして下さんすな」といふもさけぶも男気の、尻ひつからげて[二七]逃たるける。是をいくさの始として入乱れ相たゝかふ。日も夕暮になりければ、「日が暮れてはあぶない」と、其《（その）》日のいくさは[二八]相引にぞひきにける。

京方夜打の事

夫よりたがいににらみ合ひ、笑ふた方がまけじやとて勝負はさらになかりける。是ではらちのあく事ではないと、[二九]京方に相談して、夜打をせんと雨風の夜を待居たり。夜打の大将には誰をか遣はすべしと評定しけるに、はるか末座より「我等参り候はん」と申すを見れば、[三〇]水尾谷《みをのや》の四郎也。「成程そなたがよかろふ」と逃《にげ》あしのはやき者三百人ゑり出シ、[三一]相言葉《あひことば》相印を定め、今や〳〵と相待ける。さいわい今宵は日暮より雨風もはげしければと、暮過に夜食喰《く》て、むかふの方でも[三二]いつち弱《（よわ）》そふな、[三三]無官《むくわん》の太夫あつもりの表《おもて》

二）。頼光の四天王の一人、渡辺綱の鬼退治は一条戻り橋（平家物語「剣巻」）とするのが常だが、後年能の「羅生門」で、東寺の羅城門に変えられた。

一八 江戸期、草履取りの通名。

一九 「赤鰯」。さびついた刀をいう。

二〇 鴨川の四条と五条の間の河原。

二一 風邪を流行らせる疫神。流行風邪の際、この神の人形を作り、町中を練り歩いた後郊外や川へ投げ棄て、その流行の止む事を祈る。

二二 乗馬の頭・胸・尾につなぐ緒の総称。 二三 「重げ」「重たげ」の誤刻か。

二四 拾遺和歌集に「恋すてふ我名はまだき立ちにけり人知れずこそ思ひ初めしか」（恋・壬生忠見）。忠岑は忠見の父。同じく勅選歌人ゆえに誤ったものか。 二五 未詳。

二六 底本「ば」は「は」の誤刻か。

二七 底本「たるける」は「たりける」の誤刻。

二八 敵味方ともに軍陣を退くこと。

二九 「京方に」は、京方では、の意。

三〇 平家物語以来、芝居の景清物の登場人物となる源氏方の武将で、景清に追われて兜の錣（しころ）を摑まれ、引きちぎって逃げ、恥をかく。

三一 夜討ちの時、前以て定める合図の言葉や目印。 三二 一番、尤も。

三三 平経盛の末子。一の谷に勇将熊谷直実に討たれ、その哀話は人口に膾炙する。

木戸にうつてかゝる。思ひよらぬ事なれば、[一]かるたも銭もさいふにいれ、「此所は[二]御法度がきびしいによつて、そのような事はせぬ」と太刀かたなのさやをはづし、くらさはくらし、[三]やみらみつちやに相たゝかふ。わづかのあいだと思へども敵味方に四五十人うたれければ、相たがひにさつとひく。大将水尾谷四郎もすでにひかんとする所を「こりやまて、やらぬ」と無官の太夫、水尾谷がきたりける甲《かぶと》[四]のしころとらまへんとしたりけるが、「是では景清《かげきよ》がまねするやうでわるい、こちらむけ」と呼かくれば、「心得たり」とこちらむく。「してやつたり」とあつもりは、みをのやが鼻《はな》のさきしつかとつて「ゑい」とひく。「是はならぬ」と鼻声《はなごへ》にて「ゑいや〳〵」と引《ひく》ちからに、鼻《はな》あぶらにてすべつたか、両方一度にあをのけにこけたるは、にが〳〵しくぞ見へに〔見開き挿絵〕ける。あつもりは泣《な》いじやくり「扨も〳〵はなはしらのつよいやつじや」との給へば、水尾谷も立あがり「さて〳〵[五]じゆつなや、[六]こり物や。ふたゝびこちらはむかぬぞ」と、わかれて陣やにかへりける。さしもの西国がたも此《この》夜打に草臥《くたびれ》て、すこし[七]引色《ひけいろ》に成たりける。此時のみかどを[八]後多賀の院と申《まうし》奉りけるが、[九]大分別《ふんべつ》者にて両方へつかい立られ、「そちたちがいくさはかまはぬが、是では[一〇]此盆《ぼん》のおどり子《こ》のめいわくじや。先《まづ》〻此いくさを引べし」と仰《おほせ》遣はされければ、さすが[一一]綸言《りんげん》夕立のごとく、[一二]下地がおもしろふもなひ事なり、さつそくに大友は西国へ下りければ、京方は皆〻内へ[一三]いんで休みける。

一　ここは宝暦以降大流行した「めくりカルタ」であろう。中世末に西洋カルタが舶来され「天正カルタ」と呼ばれたが、次第に博奕性を強めてその技法上から「読みカルタ」、「めくりカルタ」の順に流行し、再三にわたって禁止令が出されている。
二　禁止令。突然の賭博の手入れと感違いした様子。
三　むちゃくちゃに、むやみやたらに。
四　兜の鉢の後部に防禦のためにつけた帯状の鉄板。景清と水尾谷の「しころ引き」は九一頁注三〇参照。
五　「術無い」。どうしようもない。つらい。
六　「懲りもの」。こりごり。
七　負け色。負け気味。
八　「御多賀」のもじりか。滋賀県多賀町多賀神社の長寿祈願のしゃもじをいう。
九　理屈のわかった人。
一〇　今年の盆踊り。
一一　諺「綸言汗の如し」を更に誇張したもの。天子の言葉は一旦仰せられたら取り消せぬの意。
一二　もともと、元来。
一三　入って、引きとって、の意の上方語。

「どふでも今夜《こんや》は[一四]あやかしじや」

「無官《むくはん》の太夫敦盛《あつもり》がてなみを、はなばしらにおぼへたか」

水尾谷《みをのや》は、みをのがれんと、

「うしろへは引き勝手《がつて》がちがふて、めいわくじや」

「[一五]てんしよのかはりにひくぞ」

「此さいふは、うら[一六]がのじや」

「この暗《くら》さでは、はなをつまむもむりとはいはれぬ」

一四　怪しい。

一五　「天正カルタ」のこと。上方では「てんしょ」と呼ぶのが一般的。

一六　自称「俺」の田舎なまり。

ふたゝび西国へ勅使《ちよくじ》下向の事
付り柿本人丸[一] 大江匡房《まさふさ》[二]、詩歌《しいか》の事

去《(さる)》程に、此分にてはすむまじと、御上様より西国へ勅使《ちよくし》を下されける。すこし利根《りこん》[三]なる人でなくばなるまいと、柿本人丸、大江匡房両人にぞ極りける。両人の勅使は旅《たび》の用意をして、次手《(ついで)》に金毘羅《こんびら》[四]へも参り、又福《ふく》の神なれば戻りには西[五]の宮の夷《(えびす)》どのへも参詣せんといゝ合せ、けんぺい[六]らしう高瀬[七]から舟を出させ大坂へむけ下らるゝ。程なく難波《なにわ》に着きしかば、「さすが名におふ浦のけしき。けふといものじや[八]」と大江匡房一首見しら[九]かされける。

不《ず》レ寄《よら》レ存《ぞんじ》 今難波来《いまなにはにきたる》 京都同事《きやうとうおなじこと》此所梅《このところのむめ》[一〇]
如何《いかゞ》思召《おぼしめす》 為《して》ニ少間《ちよんのまを》[一一]一 自《より》レ船《ふね》真直《まつすぐに》芝居《しばい》催《もよふす》

人丸は是を見て「扨も〳〵おもしろい事や、我等は此ようにかたい字でかいた事はよふせぬ。おれも何ぞいわづはなるまい」と、巻紙と筆とを両手にもち、むかふをながめられたる所は、しつかい[一二]分散《ぶんさん》[一三]の付立[一四]する顔《[かほ]》つきなり。いろ〳〵に案じても歌は出ず、茶をのんではあられを喰ひ、あられを喰ては茶をのまれけるにより、腹がはつてどふもならぬとおもひけるが、さしもの歌人なれば是に趣向《[しゆかう]》がうかみて、古今の名歌をよまれける。

一 万葉歌人の代表的存在として出す。
二 平安後期を代表する学者・詩人・歌人。詩集に「江吏部集」がある。
三 利口者。
四 四国讃岐(香川県)の金毘羅宮。海運の神様として、伊勢詣につぐ参詣人を集める。
五 摂津(大阪)の西の宮夷神社。農・商業の神として、後世七福神の中心的存在。
六 「権柄」。権威を笠に着ること、たかびしゃなこと。
七 京市街の運送の便のため、角倉了意が開発した高瀬川。二条の東から鴨川沿いに流れ、竹田・伏見を経て京橋の西北に出る。
八 素晴らしい、立派だ、の意のほめ言葉。
九 やらかす、やっつける。「見しらす」と同意。
一〇 古今集の仮名序以来、「梅」は難波の代名詞。
一一 一寸の間。短時間。芝居や遊里などの俗語。
一二 「悉皆」。まるで。
一三 破産。
一四 財産目録など帳面に記入すること。

ごぶ〳〵[一五]と茶がまのうちのありぎり[一六]にいまふくれ行く腹《はら》おしぞおもふ

と詠《えい》じ給へば、船中《せんちう》の人〻は扨おいて近所隣《となり》のかゝたちまで、皆小用[一七]にぞ立れける。難波の浦もこぎ過ぎて、須磨や明石の浦づたひ、日数をへて阿波の国にぞなりしかば、鳴戸の海をみやりて、人丸かくなむつぶやきける。

此中《(このちゆう)》のいくさの事にくらぶればあはのなるとはしづかなるかな

二人の勅使は大友がたに付きしかば、「是は大事の御客なり」と、代官衆の検見[一八]《〔けみ〕》にきたやうに「何ぞ御ちそう申したい物じやが」と新米の餅をつき、今ずり[一九]の飯《めし》にさわら[二〇]のあんかけ、生諸白《きもろはく》[二一]たつぷりと出シける。上から下までふんだく[二二]にぞたべられける。其後《(その)》人丸、匡房は大友の真鳥にむかいの給ふよう「先《(まづ)》此度のいくさの事、御上には無分別かと思召す。かんじんの小町御前はせつかくもらふてからが名代[二三]のやくにたゝぬ者。又たからの玉はあそこでこそは宝といへ、よそではふらす[二四]このわれたも同前、此《(この)》しあんはよしにして、其替《(そのかは)》りに御上様の内の女中の内を一人遣はすべし。何かは[二五]知らず、先づいくさはやめにしてもらいたい」とさも厳重《げんぢう》にのべらるゝ。大友かしらを畳につけ、「勅使《ちよくし》の上は何か違背《〔いはい〕》を仕るべき。よろしく奏聞《そうもん》下されかし。おなじくは、はやく勅使も御立《(たち)》下され候べし。客[二六]もちあつかいでやかましい」とさつそくに領掌《れうしやう》[二七]すれば、勅使はあまりはりあいなく、又さめ〴〵とぞなかり[二八]ける。はや御立とにぎはいて御船出し奉れば、真鳥

一五 人丸詠「ほのぼのと明石の浦の朝霧に島隠れゆく船をしぞ思ふ」のもじり。「ごぶ〳〵」は「がぶ〳〵」。
一六 ありったけ。
一七 小便。
一八 徴税法の一。稲刈りの前に作柄を検査し、年貢高を定めること。村方では役人を饗応して心証を良くしようとする。
一九 つきたての米。
二〇 鰆の焼物に葛あんをかけたもの。
二一 よく精白した米や麹で作った上等酒。「鴻の池の生諸白を砂越に」(風流曲三味線・四)。
二二 十分に、ふんだんに。
二三 有名な役たたず。近世の小町伝説に「穴無し小町」という。古今集序の六歌仙評に小町のみ欠点(穴)なしとする所から、それを肉体的欠陥にこじつけ、深草の少将を拒んだのもそれ故とする。「目にたゝぬ支離は小野の小町也」(川傍柳・二)。
二四 ガラス製の首の長い徳利や水差し。「ふらすこのみえすく空に霧晴て 芭蕉」(江戸十歌仙)。
二五 何はともあれ。
二六 客のもてなし。
二七 承知する、納得する。
二八 「泣かれける」の誤刻か。

は[一]銭三百持出て、「[二]是供《これ》の衆、此御あし三筋、買《か》いたいものかやゝ。用があらば御乳《おち》の人の重の井といや」といとまごいして内にもどり、手あしをのばして「やれ〳〵[三]いやのちよくしやの。跡にんぎやかにせまいか」といくさの連中うちあつまり、[四]槍踊《やりおど》りこそはじめけれ。

御所中御遊《ぎよゆう》幷ニ[五]鳥合の事

勅使も程なく都にかへりて、世の中も先しづまれば、内裡さまにも御悦び浅からず、詩歌管絃《くわんげん》の御遊びさま〴〵なりといへども、いつもおなじ事で「是はおもしろふもない。何ぞかはつた事はないか」と仰遣されければ、各ひたいにしはをよせ、さま〴〵工夫いたしけるが、[六]上北面の武士[七]佐藤兵衛教清《のりきよ》申けるは、「今まで[八]鶏《にはとり》合《あはせ》は度〻是ありといへども、いまだいろ〳〵の鳥くらべはなし。是はなんとで御ざりませふ」と[九]十面作つて申ける。是は何よりよかろふと、院中女臈其外《そのほか》諸国町方まで「めづらしい鳥があるならもてこい」とふれられければ、家〻に代〻もちつたへたる鳥どもを、こゝをせんどゝさゝげける。先、室町の御所よりはこがねの籠に紅《くれない》のふさをつけ、何やら知れぬ鳥を入られける。[一〇]へんへく鳥と申けるよし。[一一]せきだや町の大なごんどのよりは、[一二]がまいろの[一三]はなをつけたるせきれい、[一四]しらみの辻子の少将どのよりは、夜鷹の若どり、[一五]のみとりまなこに

一 三百文。穴あき銭は藁を紐状にした「銭さし」に百文ずつつなぎ、一筋・二筋と数える。

二 以下、近松作浄瑠璃「丹波与作待夜の小室節」の十段目「滋野井の子別れ」の文句取り。「お銭三筋、買ひたい物買やゝ、ことにそちは通しじやげな、道中すがらも用あらば、お乳の人の滋野井に会はうと言や」。宝暦元年改作の竹本座「恋女房染分手綱」で「重の井」となる。

三 嫌な勅使であることよ。

四 槍持ち奴の動作を舞踊化した所作事。元禄期名女形水木辰之助の若衆姿の槍踊りが有名。

五 珍鳥を持ち寄って比べる遊び。宝暦八年夏、京紫野を皮切りに大坂・江戸と三都に及ぶ長崎渡りの唐鳥の見世物が評判で(奇観名話)、それを踏まえるか。

六 院の御所の北面に詰め警備に当る武士。上下の区別を生じ、上北面は四位にすすみ、下北面は五、六位どまり。

七 西行の俗名。佐藤義清・憲清など。鳥羽院の下北面の武士で佐兵衛尉となるが、二十三歳で出家して西行と称した。

八 宮中行事の一。三月三日に行われる闘鶏。

九 「渋面」とも。もったいぶった渋い顔。

一〇 未詳。以下恐らく宝暦五年刊「見

なつたるを三羽献ぜらる。[一六]山科の千本松の住持よりは[一七]五九郎鳥といふあたまのまるい鳥二羽、[一八]播磨の赤松家よりは[一九]まや鳥五羽、高野山よりは世間にはやる[二〇]てつぽう鳥、伯耆の大山より[二一]ちり鳥三つ、御門前の染物やより[二二]手間取、大工頭より[二三]日用取、四条河原よりは[二四]りてうといふうつくしい鳥に、[二五]可中《かちう》鳥といふめつたに長ひ鳥二いろをさゝげける。「是はめづらしき物也」とて、時の歌よみどもをめしてをの〳〵歌をぞよまされける。人丸の歌に、

[二六]あしひかず山鳥でなし芝居にてなが〳〵しくもひとりしやべるぞ

と申しける。其外、ものとり、あほうどり、[二七]よこ取、立とり、さま〲にて、前代未聞の事なりと、[二八]べしてもなかりし御遊《ぎよゆう》也。

雑豆鼻糞軍談巻之二終

立百化鳥」以後流行した木や鳥の見立てのもじりか。
一一 現在の中京区西洞院通り三条上ル。雪駄(席駄)屋が多かったので俗名となる。
一二 蒲色。蒲の穂の様な濃い黄赤色。
一三 花緒。雪駄の縁語。
一四 寺町東さかや町(京町鑑・宝暦十二年板)。
一五 鋭い眼差し。
一六 京都東部、大津への道の途中の盆地一帯。
一七 未詳。
一八 中世、播磨国(兵庫県)の豪族。
一九 ごまかし・いんちきの隠語「まや」にかける。
二〇 うその隠語「鉄砲」。
二一 「塵取り」の見立て。
二二 手間賃を貰って一時的に雇われる雇人。
二三 一日に限って雇われる雇人。
二四 歌舞伎役者中村粂太郎(初代)の俳名「鯉長」の見立てか。所作事の名人。安永六年没。
二五 のんびりしていること、まだろっこしいことを「可中」。
二六 人丸詠「あし引の山鳥の尾のしだり尾のなが〳〵し夜を独りかもねん」(百人一首)のもじり。
二七 「横取り」「立取り」。いずれも性交態位の称。
二八 たいしたこともない。どうという事もない。

雑豆鼻糞軍談　巻之三

洛中一ふしぎの事

しばらく世もしづかなりとおもふ所に、此ころはさま〴〵の事共ありて、此上に又いかなる事が出来《(いで)》らむと安き心もなかりけり。先ッ二月の末にも成りしかば、世間の桜の花一度にぱつとひらくもあり、是はしれた事じやとおもふ所にいつもの通り子供は「ひなまつりがしたい」といふてなきわめく。四月のはじめつかたには、またとあるまい事こそ有ける。それをいかにと申すに、寺〻に二釈迦のうぶゆとて、あま茶をわかして子共にやれば、やくわん、三ちろりにもろふてきて、ひつかけ〳〵のむほどにうまひものじやと申ける。是もいつも知れた事じやといふ所に、六月にもなれば、うりやなすびが大ぶん出来て香《(かうの)》ものにつけるやら、真桑、西瓜がうまいといふてはやるやら、「是は四きやうがる事どもや」と我も〳〵と買ひはやらせば、ことしは麦《むぎ》がよふできて、なたね迄が実《み》入がよいと、さはぐ。「是ではさだめて米もやすかろふ」と皆よろこぶを御聞なされ、猶此上にずいぶん此やうなかはつた事があるがよいと、諸寺《しよじ》諸山《しよさん》に仰せて、五大法、秘法を

一　以下、この章は至極日常的な目出度い事柄を「ふしぎ」として描写すること、あたかも後の黄表紙的手法の先取りである。
二　灌仏会。釈迦の誕生日という四月八日に修する。花御堂を作り誕生仏を安置し、甘茶をそそいで供養する。
三　酒の燗のための道具。金属製の円筒形で、注ぎ口と把手がある。
四　風変りで面白い。
五　真言宗などの密教で行う大修法や秘密の修法。
六　上京の真言宗寺院、大報恩寺の別名。二月八日より十五日まで、遺教経会を執行する。
七　薬の行商や祈禱を行う乞食坊主の通称。
八　中京区壬生寺で行われる無言劇、壬生狂言の囃子の音「しやてん」「しやでんで」など。壬生狂言と釈迦堂の関係は未詳。わざと無関係のものを組み合わせたものか。
九　「近江八景」をとりなした名前。以下「暮雪」「帰帆」「晩鐘」も八景の詩題のとりなし。
一〇　密教修法の一。火中に供物を焼いて本尊に供養する法。

おこなはれける。先ッ[六]千本の釈迦堂にては[七]道正坊ッの僧正[八]しやてんでの法を行ひ給へば、三井寺の[九]八景僧都は暮雪帰《ぼせつき》はん晩鐘天《ばんせうでん》の[一〇]護摩《ごま》を修し給ふ。此きどくにていよ/\よい事ばかりのふしぎ出来て、先ッ下ゝのくいものはたつぷりとぞ見へにける。

大友方ふたゝび相談之事

西国のかたには都のようすを聞て、「聞くほどな事が[一一]けなるい」とまた/\むほんをくわだてける。「今度ははじめの人数に二三わりまして行け」と、[一二]菊地の一とう、[一三]根来《ねごろ》山の[一四]朱《しゆ》碗坊、[一五]立山の[一六]すじかい坊、「長崎へ人をやり、唐《とう》人もやとふて来い」と[一七]漳州《しやうしう》のちんしやんしまいれん、[一八]福州のとてれんす、北京のきんたんまん、三人の手下の下官八百人、彼是《かれこれ》合して此度は[一九]八万法蔵無二無天作《さつきやう》九の一とぞ聞へける。まへの通りでは[二〇]ぎゐんがわるいとて、陸路《くがじ》をさしてのぼりける。[二一]「およそ南ははりまぢ、北は秋田地、佐渡がしま、虎《とら》ふす野べの奥までも、尋ねめぐらであられうか、あら恋しの梅若や、やよ梅若」とよび焦《こ》がれ、数万の人数夜を日についでのぼりける。房前方に是をきゝ、「しやうもこりもなき大友かな。こんどはゐらいめに合せてこませ」と、楠判官正成を一[二二]日百づゝにてやとひけるが、折ふし楠判官は、う[二三]へ/\さまへ年頭歳暮一所の御礼に干蕪《ほしかぶら》を苞《つと》[二四]にしてのぼりける、道にて[二五]ほうと行あいければ、すぐに座敷に通つて[二六]「きんごでもやりか

一一 うらやましい。
一二 中世の肥後の豪族、菊池氏の一族。
一三 和歌山県根来にある真言宗寺院、根来寺。南北朝以後、僧兵が大いに勢力をふるう。
一四 根来寺で作られた漆器、特に朱塗りを基本とする根来塗りの椀。
一五 富山県立山連峰の主峰で、平安期から修験道場として名高い。
一六 「立山」の縦に対して、斜の「筋交ひ」を名とする。
一七 明の府名。福建省龍渓県。以下の人名は当時の唐人めかした滑稽な命名。
一八 明の府名。福建省閩侯県。
一九 仏語「八万法蔵」や算盤用語「天作」などを混成して極めて多い数を示すための造語。
二〇 「縁起」の逆さま言葉。
二一 以下、芝居で隅田川もの(梅若もの)の初めとなった近松作「双生隅田川」(享保五年初演)の文句取り。「南は紀の路熊野浦、北は秋田路佐渡が島…、梅若や、やよ梅若」。
二二 日雇の賃銀として一日百文ずつの計算。
二三 この所、正成を在所の百姓が旦那衆へ年始の御礼に出かけた様に描写する。 二四 わら包みにすること。
二五 丁度、ぽんと。
二六 カルタ賭博の一。天正カルタ四十枚を用い、手札とめくり札と合わせて十五の数を最高とする。

けまいか」といへば、「其段ではない。真鳥めが又来おる。どふぞい[一]なして下され」と、よつて懸つてたのみける。正成は正笏《しやうしやく》[二]し「何条[三]、その大友の真鳥少しもおどろく事でなし。我等が片うでにも足らぬやつ、気遣ひなしにゆつくりと寐《ね》さしやませ」とさもおゝやうにぞへ[四]たばりける。

楠正成智謀の事

比《（ころ）》は水無月上旬の事なりしに、此度の大将楠正成は鮫ざやの大よろい、一枚かぶとの緒《を》をしめて、一寸八分のゑんぶだごん[五]の太刀をはき、蚊《か》くすべ[六]団扇《う（ちは）》おつとつて、床机に懸り、軍の手配《くばり》をぞいたしける。「先《（まづ）》一番に、御大将房前公は足手《（あしで）》まといにじやまなれば、切飯[七]でもこしらへて、和泉式部の芝居[八]へなりとも御出あるべし。六孫王[九]には御勢四五百したがへて小北山[一〇]に陣をとり、なりをしづめて御子《（みこ）》[一一]の口よせに行たるやうになさるべし。武蔵坊弁慶は木綿頭巾に米袋を持ち錫杖もつて、「ちよんがれ[一二]〳〵」といふて、敵の油断を見すまして、兵粮《ひやうろう》を盗み取るがかんやう也。大筆[一三]と般若《はんにや》は北嵯峨《さが》松尾の奥にひかへて、あいづの太鼓《たいこ》を聞たらば、丸裸《はだか》にて五六十人敵の前へまはり、松茸《まつたけ》売じやといはしやんせ。其外《（そのほか）》の人数は一手になりて五万余騎、西院[一四]、山の内、専上寺の三ヶ所にひかへ、我等がもうよいといふたらば、ぐわた〳〵と出らるべし。鎌田[一五]の隼人壱人は京

一 追い返す。
二 笏を両手で中央に捧げ持つ姿をいうところから、威儀を正す意。
三 感動詞「なーに」。
四 べったりと座る。
五 「閻浮檀金」。仏語。良質の金で、仏像の装飾をいう語。一寸八分というので、ここは浅草観音の本尊である一寸八分の秘仏をかけたもの。
六 蚊遣火をあおぎたてるのに用いる渋団扇。
七 型押しにして四角に切った弁当用の飯。
八 三条の誓願寺の隣に通称「和泉式部寺」とよばれる誠心院があり、その近辺の芝居の事か。
九 源経基。純友の乱に戦功あり、清和源氏の祖。
一〇 北区平野辺の農村。
一一 巫女が神仏や死霊の言葉を語ること。聞き手は静かに耳をすます。
一二 願人坊主と称する乞食の唄う俗謡の囃子言葉。頭巾に米袋に錫杖は願人坊主の行装。
一三 大筆熊四郎と般若五郎。↓八五頁注四〇・四一。
一四 現右京区西院。京の近郊農村として作物を生産する。「山の内」はその隣村。「専上寺」は未詳。
一五 ↓八五頁注四四。

ちよぼくれ、ちよんがれ〱

「一六大ぶつ〱高《たか》ふなれ」

「あぶない〱」

一六　子供を持上げてあやす時の慣用句。

「又真鳥《まとり》めがうせる一七。どふぞい一八ぬる手立《てだて》はないか」

「おきづかいなされまするな。その真鳥《まとり》、われらが片腕《かたうで》にもたらぬやつ」

「ぐん法《ぽう》をもつて真鳥《まとり》を才取《さいとり》一九にしておめにかけましよ」

一七　やって来る。

一八　帰すための手段。

一九　「刺捕」。鳥刺竿で鳥を捕ること。

に残りて、御台所、若君を大事にして、かならず〳〵番場[一]の忠太と見たらばゆだんをせまいぞや」と立板に水を流せし軍配《ぐんばい》に、鬼神はいさ知らず、もろこし天竺がせめよせたりとも負《ま》くべきいくさとは見へざりけり。大友がたにも、此度は楠正成が敵がたにくはゝりしと聞しかば、そりやこそ大事と思ひけるにや、此度は勢を三手にわけて三ヶ所よりぞむかいける。中の陣は大友真鳥みづから二万余騎を引率《ゐんぞつ》し、横山、谷風左右にしたがへ、いくさの最中に滑《すべ》らかしてこまさんと、大樽四五百にとろゝをつめ、中軍[二]に備ゆれば、左の大将は守やの大臣壱万〔見開き挿絵〕五千六百廿八人、大野の九太夫を先手とし、忠臣蔵より思ひつき、皆一同に深あみがさ、尺八手ッでに腰にさし、[三]こよひばかりは嫁《よめ》ごりやうにしうとがなさけのれんぼ流し、[四]うた口しめて夜舟に伏見をさしてのぼりける。右の大将は雷庄九郎、八千六百廿八人半、黒雲のやうにそなへ[五]をたて、虎《とら》[六]の皮ごもんに太鼓の紋をつけ、「相手替れどぬしさまはかはらぬ、名のみ雁《かり》[七]がねの文さまなりと聞くに付け、つよいやつなら逃《に》げたがよい、そうだんべい」と、ぐはしり〳〵[八]となりわめき、[九]北丹波の山路にかゝり、[一〇]水尾、[一一]高尾の枇杷《びわ》山もゝを喰《く》ひちらし、都のかたへせめのぼる。

一 「ひらがな盛衰記」の鎌田隼人は、義仲の室山吹御前と嫡子駒若を長持にかくまうが、梶原の臣番場の忠太に襲われ、猿を身代りにして逃がす(二段目)。その場のもじり。
二 軍陣の中央に当たる部分。中堅。
三 以下「仮名手本忠臣蔵」(寛延元年初演)九段目の文句取り。「今宵一夜は嫁御寮へ、舅が情の恋慕流、歌口しめて立出れば」。
四 笛や尺八等を吹く時、唇をあてる穴の部分。
五 防備の構え。
六 黒雲・虎の皮・太鼓は雷の縁語。
七 浄瑠璃「男作五雁金」の侠客五人の中心人物、雁金文七。
八 雷の音のもじり。
九 京都の北西部に隣接する山陰道八ヶ国の一。
一〇 現右京区嵯峨水尾。愛宕山の西麓。
一一 現右京区梅ヶ畑。高尾山の東南麓で清滝川に沿った一帯。

[一二]桂《かつら》川いくさの事
并ニ 武蔵坊弁慶《むさしばうべんけい》 股野《またの》の五郎、勇力《ゆうりき》の事

中軍に備へたる惣大将大友真鳥、一天に[一三]羽をのす勢《〔いきほい〕》、[一四]八寸《やき》あまりのちんば馬に[一五]黒あわかませて出たりける。京の方には音もせず、野にも山にも人はなく、ひつそりとしてさびしけれ。是はどふじやとおもふ所に、むさし坊弁慶《べんけい》は頭巾《づきん》をふかくかぶり錫杖《〔しやくでう〕》をふりまはし、「むかいの[一六]おむすがまねくを牛《〔うし〕》かとおもふていたらば、ちよんがれ〱」と野道を行けば、「捌《(さて)》もしゆしやうな御出家さまや」と股野《またの》の五郎は米大づかみにしてさし出す手をしつかととらへ、下手にくまんとすつとよる。「[一七]しや、もの〱し」と大はだぬぎ、たがいに聞ゆる大力なれば、左《ひだり》のあしに千人力、右のあしに百人力、かたちんばの大力にて勝手がわるいとねぢあふたり。具足《ぐそく》のおとはちんからり、かぶとのおとはちりりん〱、どんちやんどんちやんと[一八]般若坂《はんにやさか》の太鼓《たいこ》がね目前《〔もくぜん〕》に見るごとく也。おもひ切て股野ゝ《(の)》五郎、弁慶を片手にて「[一九]大仏〱」といふてさし上れば、「こりや又[二〇]河津がまねしませふ」と河津がけにぞかけたりける。「あれ討《〔う〕》たすな、ものども」と真鳥が下知にしたがふて、軍兵四五百かけ出れば、むさし坊弁けいは米袋かたにかけ、ゆふ〱と立帰へる。二人が今日《〔けふ〕》のふるまいは、[二一]夜食ふるまい[二二]節《〔せち〕》ふるまい、[二三]あうんの二王のらうが

一二 京都の西部を流れる大堰川が淀川と合流するまでの部分の名。
一三 「羽根を伸す」。当る者のないような勢い。
一四 馬の背高をあらわすのに、四尺を標準としてそれを越す高さを「寸」であらわすのが慣例。この場合は四尺八寸の馬。
一五 馬が口から泡をふいて勇み立つ様子の描写に「白泡ふいて」という。
一六 「娘」の略語。この文「ちょんがれ」の文句として著名なものであろう。
一七 「しゃ」は人を嘲罵する時の掛け声。
一八 奈良、般若寺傍の坂道の称。但し「太鼓がね…」は未詳。
一九 →一〇一頁注一六。
二〇 曾我兄弟の父、河津三郎。股野との相撲に用いて勝った手を「河津掛け」と名づけた(曾我物語・一)。差手側の脚を内掛けにして、他方の腕を相手の首にまき、上体を反らして差手の方へ相手を倒す技をいう。
二一 会合に夜食の饗応をすること。
二二 季節の節目にする酒食の饗応。
二三 寺門の両側に守護として建てられる二王像で、片方が「あ」と口を開き、他方が「うん」と口を閉じる型。その二王が肺病になったようだということ。

い病《〔や〕》み、ひよろ〳〵したるごとくなりと、おそれぬものこそなかりけり。

楠《くすのき》判官《はんぐわん》はかり事
幷にもろこし田単《でんたん》[一]火牛《くわぎう》の事

毎日〳〵のたゝかひに、大友がたの勝軍《（かちいくさ）》もあれば又京がたの勝事もあり。およそ度〻のたゝかひに、軍勢のつかるゝばかりにていつ果《〔は〕》つべき軍とは見へざりけり。楠判官は、「いさめづらしき一軍《（ひといくさ）》して、諸軍勢のねぶりをさまさせん」と京中の馬借《ばしやく》[二]の馬をかりあつめ、あかね木綿の風呂敷をこしらへてせなかにきせ、しんちうの鈴《すゞ》二ッ宛つけて相待ける。あるとき又両陣たがいにしのぎをけづり相たゝかふ。おもひもよらぬ藪陰《やぶかげ》より真赤《〔まつか〕》いなるものを着《き》てすゞを付たる馬二三百、そのあとより楠正成頬被《〔はふかぶ〕》りをして太鼓《こ》をたゝき、軍勢にさみせん胡《と》弓をひかせ、「めでたや〳〵、春のはじめの[三]春駒なんどは、夢にみてさへよいとや申す。どふ〳〵〳〵」とはやしかくれば、おもひもよらぬ事なれば敵がたの軍兵きもをつぶし、「あの大ぜいのものどもに、[四]一つかみづゝやつたらばたまるまいぞ」とにげじたくする所を、「のりこめ〳〵」と切こめば、いよ〳〵敵方敗軍《〔はいぐん〕》して尻をふつて帰へりける。楠はじまんらしく大将の御前へぞ参りける。是はむかしもろこしに田単《でんたん》といふ人有しが、[五]即墨《そくぼく》といふ城にて敵にかこまれ、尿《〔しゝ〕》することもならざり

一 中国、戦国時代の斉の武将。火牛の計(→注七)を以て燕軍を破り、斉の城を復興した(蒙求・田単火牛)。

二 馬を用いる運送業者。

三 正月の祝事。馬の首形を腰に結び、赤い風呂敷を巻き、鈴をつけ、囃子言葉に「めでたや〳〵…」を用いる。

四 春駒の祝儀に米銭を施すのが通例。

五 斉の城市の一。燕軍の攻撃に莒と即墨のみが落城せず、田単を将として燕軍を拒んだ。

しかば、[六]一夜《よ》さかゝつて思案をいだし、[七]在所中の牛をかりあつめ、其《その》牛にみな〳〵女の小袖をきせ、うつくしい灯籠《とうろう》をもたせ、いくさ最《さい》中のとき、牛と牛とに手をひかせ、「ひとつとさあのや」とうたわせければ、敵がた是にへきゑきして、[八]上の町のおどりはくづれける。是をむかしより田単《でんたん》が火牛《くわぎう》のはかりごとゝぞ申しける。楠《くすのき》是を思ひ出シかくは勝利を得たりける。かりそめにも大将たるべき人ば、[九]国太夫ぶしのひとつも知らねばならぬ事とぞ皆申しける。此《この》時洛中に此《この》楠がはかりごとをほめて、おの〳〵の狂歌など落書にいたしける。

　[一〇]馬ばかり豆をくふかと思ひしにぐんぜいも皆太鼓《こ》うつなり

かくの如く京方のいくさつよければ、今まで宙《ちう》に迷ふたる諸国の武士、皆〻京方にかうさんいたしける。是ではすまぬと大友は「一まづ国もとへ帰へりて女房どもにも逢たし、たしか産《う》[一一]み月じやといふたがとおもふた。腹《はら》はきつふいたみはせぬか、いつもおれがこしを抱《だ》いてやるに、[一二]ちからなかろ」と、しは〳〵と去《い》にたふなつて、取《とる》ものも取あへず西国にこそ帰へりけり。

大友が妻、子を産む事

大友が国本には、大友がすいりやうに違はず、うみ月にてありけれども、[一三]わるいくせを

六「夜さ」は「夜さり」の下略。一晩。
七 牛千頭を集め朱色の衣を着せ、刀を角に結び尾に草を結んで火をつけ、燕軍に向って走らせた(史記・田単列伝、蒙求・田単火牛)。
八 盆踊りが次第に踊りやむこと。
九 浄瑠璃の流派の一。初代都一中の門人国太夫半中を祖とする。豊後節とも称し、その淫靡な曲調により大流行し、禁制される。
一〇 諺「馬が太鼓うつ」。馬が発情してその陽物が腹を打つようになること。
一一 出産予定の月。
一二 頼り無い様子。
一三 多産の人が、出産の時に不都合な習慣がついてしまうこと。先述の腰をだいてやる癖。

つけてて〻おやの留主にはうまれず、大友の帰へりを今や〱と待ゐたり。然る所へ「とのさまの御帰へり」と、[一]先ばしりのものがいふやいなや、女房は「はらがいたい」といゝ出シて「うん〱」とうめきける。大友は「そりやこそおれがおもふた通りじや」と座敷に通れば、「[二]こちの人もどりやさんしたか、はらがいたいわいなあ」と、しく〱となきければ、「お〻道理《どふり》〱、どりや〱」とそばへよると、「あゝどふやらうまれたそふな」といふをきゝ「どれ、見てやろ」とのぞきけれども、むかふはまつくろにてみへぬが、何やらうご〱うごくと引出せば、さも[三]にくてらしき男の子。大友も女房も「扨〻《さてさて》[四]御かどひらかずでめでたい」とよろこびあふこそ道理なれ。ぬしがもどるとそのまゝくろい所からうまれたといふ事にて、其名を[五]大友の黒《くろ》主丸とぞ名付《なづけ》ける。「にくてらしさが父御《てゝご》に[六]いきうつじや」と一家中のよろこび、さだめて成人《せいじん》してめつたに人をしかりそふなと沙汰《さた》をいたしける。

雑豆鼻屎軍談巻之三

一 大名行列の先駆。行列の先へ先へと走って行列の到着を触れてあるく者。
二 妻が夫に向っていう呼びかけの語。浄瑠璃の文句風の言葉遣い。
三 「憎態らし」。にくにくしい。かわい気のない。
四 初産に女子が生まれるのを「門開き」と称して目出度いこととする。それを逆にしたもの。
五 平安前期の歌人。六歌仙の一。その経歴がよくわからないところから次第に伝説的人物となり、特に平安後期には腹黒い人物として定着して、「草紙洗小町」などでは小町をだます悪人として描かれる。
六 生き写し。

雑豆鼻糞軍談《まじりまめはなくそぐんだん》 巻之四

愛護《あいご》の若ゑい山へ上らるゝ事
付小町御前すかたん[七]の事

扨《(さて)》もあいごの若は、いくさのたゞなかに女子狂《〔おなごぐる〕》いしられたとて、[八]ゑい山にのぼされて師《そつ》のあじやりの御寺に懸《(かか)》[九]り人《(うど)》となつていられけるが、此所にても寺〻の坊主共の尻《しり》[一〇]をつめつたりこそぐつたり知られければ、此所にもおかれずと、宮川町[一一]へさうだんして、瀬川[一二]菊之丞といふ所へ五両二歩にうられ給ひける。小町[一三]御前はそれぞともいさしら[一四]露のを[一五]きゐにも、わするゝひまもあらざれば、「さらば御山へわけのぼり、君にあわん」と思ひ立《(たち)》、[一六]うきねの猿《さる》か小町姫、すぎしいくさの折からに、つい相なれて相ぼれの、あいごの若に五世までと、いふてわかれて其後は、すね[一七]もとゞかずへそも見ず、それさへ今はそのへそも、風があたればひゑ[一八]の山、師《そつ》のあじやりの御寺も、いはし[一九]を焼《〔や〕》けばほろぐさく、いとゞおなか[二〇]もまさりぐさ、せめて夢にも飯《まゝ》ほしと、二膳かたしてうつゝにも、尋《〔たづ〕》ね迷《まよ》ふぞひもじけれ。なれし夜食の夜すがらや、汁《〔しる〕》と菜《〔さい〕》とは有ながら、ひとつむす

七 あてがはずれること。
八 継母に恋い慕われた愛護の若は、それを拒絶したため却って讒訴され、それを逃れて伯父にあたる叡山の阿闍梨のもとへ上る(説教「あいごの若」)。
九 居候。世話になること。
一〇 男色の関係を匂わせる。
一一 現東山区宮川筋一丁目。加茂川東岸の四条下ルから団栗の辻子まで、野郎宿と称する男色の売色宿が並び歌舞伎若衆が抱えられて、相手をつとめた。
一二 女形役者の代表的存在。初代は寛延二年没で三都随一の女形といわれた。ここは「瀬川菊之丞」という格式での意か。
一三 以下の文章は道行の文体となる。恐らく、当時盛行した「愛護の若」物の芝居の内、いずれかの道行文をもじったものであろう。
一四 「いさ知らず」と「白露」の掛け詞。
一五 「露の置き」と「起き居」の掛け詞。
一六 「愛護の若」物には、若が寵愛する手白の猿が登場するのを通例とする。
一七 共寝することもなくの意を卑俗にいう。
一八 「風があたれば冷え」と「比叡の山」の掛け詞。
一九 生臭坊主を意味する。
二〇 空腹が増してくること。

びをかゝへても、かめば化粧《〔けはひ〕》もしどけなく、母がしかろと世の人が、そしろとなんのわきも見ず、いさしら[一]かゆの山もりに、と、ゆる〳〵道行をせんと思ふ所に、あとより「おゝい〳〵」と声《こへ》をかけ、かねて叔父《おち》ぶんに頼んでをいたる熊谷[二]二郎直実、ひの丸の扇をあげてさしまねけば、小町御前は心得たりと、馬はなし草の上にてひつくまんとおもへども、「あいごさまは悋気深《〔りんきぶか〕》い。やめにしておとなしういにましよ」と熊谷と手を引《〔ひ〕》いて、しやなら〳〵と帰へらるゝ、心のうちのおかしさを、何にたとへんこともなし。

西国へうつてを下さるゝ事

大友真鳥は子が出来ると、いつその事に何の事もかのことも打わすれて、毎年〳〵うへ〳〵さまへ上る[三]はつたいの粉《と》も自然薯《〔じねんぜう〕》もあげねば、「是はどふじや。是ではこちにて買ねばならぬ。一年に又弐百四五十も違ふ事なり」と、度ゝ仰遣はさるゝといへども、[四]かなつんぼのおやぢに透屁《〔すかべ〕》見せた様に、[五]仏《ぶつ》とも法とも便りなし。にくい仕方《〔しかた〕》と王さまが腹《はら》にすへかね遊ばして、西国へ討手《〔うつて〕》をこそは遣はされける。房前《ざき》も「かゝり合ひじや、[六]行《〔い〕》きやらざ成《（なる）》まい」。先《（まづ）》西征上軍《せいくしやうぐん》には、九郎判官源義経、先例なればとて[七]節刀《せつとう》[八]駅路《ゑきろ》の鈴《すゞ》をぞ給はりける。此節刀《せつとう》と申すは、いにしへ神武天皇の御代に北国に盗賊《とうぞく》おこり、其《（その）》大将[九]とろめんたびん、又うんさいたびんといふ二人のもの、甚《（はなはだ）》人民を殺害《〔せつがい〕》し其なげきおゝ

一 「いさ知らず」と「白粥」の掛け詞。
二 源平の戦に有名な武将の一人。一の谷の合戦に平家の公達敦盛を討つ。「熊谷…かへさせ給へと、扇をあげてまねきければ」(平家物語・九)。
三 米や麦を煎って粉にしたもの。湯でといて食べる。「こがし」ともいう。
四 全く聞こえない聾。
五 全く音沙汰のないこと。
六 御行きにならねばなるまい。
七 天皇から特命の使者に下賜されるしるしの刀。「将軍はまづ参内して切刀を給はる」(平家物語・五)。
八 公的な使者の行旅に際し、国が給付する馬鈴。
九 「とろめん足袋」「雲斎足袋」を外国の人名にとりなしたもの。「とろめん」は綿糸にうさぎの毛の混ぜ織り布、「雲斎」はうね刺しを織り出した厚地の綿布。
一〇 大伴狭手彦。大和朝時代の勇将。任那や百済を助けて高麗軍を打破った。大伴金村(かなひら)の三男という。金村は室屋(むろや)の孫、談(かたり)の子(「日本書紀」宣化・欽明・崇峻)。
一一 祖先。
一二 狭手をさで網と転じて、魚猟用の網の名を人名らしく用いる。

かたならぬにより、[一〇]挟手彦《さてひこ》のと[一一]をつ親、[一二]大網受縄《おゝあみうなわ》の臣《しん》に命じて是をうたしむ。其時は今のような金《〔かね〕》でした[一三]あいたゝはなかりければ、皆[一四]竹光《みつ》にてありしゆへ、節《ふし》の刀(と)かいてせつとうとは申すなり。其例《れい》によつて、今でも此時に給はるかねの[一五]彦八もやはり節刀《せつとう》とは申すよし。又駅路《ゑきろ》の鈴《すゞ》と申すは、[一六]敏達《びたつ》天皇の御代に、[一七]丹波与作といふもの、[一八]亀山通ひに[一九]おまんといふ[二〇]おじやれ〳〵と契りて、めでたく其後に出世したる馬の鈴なれば、其例《れい》にまかせて、かようの時はおかみより下されて、[二一]蔵人《くらふど》の長《おさ》が「こりや、[二二]ほてつぱらめ」といふ事吉例《〔れい〕》のよし也。源の義経は此ころ[二三]行者《ぎやうじや》参りしられて、まだ草臥《〔くたぶれ〕》もやすまらねども、「君の[二四]おしやりすことなら、なんでも〳〵そむきやいたすまい」と其用意をぞ致されける。[二五]照天《てるて》の姫《ひめ》はかい〴〵しく、「是は〳〵いかい御苦労さま、ついちよこ〳〵といて来《き》なされ」と、わきざし、かたな、帯、扇、ふんどしまでしてやつて「さあ、いきなされ」とぞせがみける。判官はかぶりをふり「そのように急《〔きう〕》にいかるゝものではない。おれひとりではさびしひ」と軍兵をもよをさる。「先達《〔せんだつ〕》ての軍勢はもふいやじやあろ」と、新手《〔あらで〕》ばかりぞ呼《よ》ばれける。一番にはせ参るともがらは、[二六]法性寺《ほうしやうじ》の入道前関白大政大臣、又右近衛《うこんゑ》の権中将行《ぎやう》陸奥守兼東山道の節度使《せつとじ》金守府《しゆふ》の上軍[二七]坂上の田村丸、伊勢の国渡会《わたらゑ》の郡五十鈴川《いすゞがわ》治部の太夫両宮の権祢宜《ごんねぎ》[二八]荒木田《あらきだ》治郎作大夫卜部《うらべ》の宿祢《すくね》又助、右の三人申合《〔まうしあは〕》せて、みじかい名のものは衆にいれぬとふれながしければ、国〻よりはせあつ

一三 「刀」の幼児語。
一四 竹で作った模擬刀。
一五 未詳。刀の隠語か。
一六 第三十代天皇。在位中蘇我氏と物部氏の対立が表面化した。
一七 近松作「丹波与作待夜の小室節」に始まり、宝暦元年歌舞伎狂言「恋女房染分手綱」で大流行した丹波与作ものの主人公。元来は千三百石どりの侍でありながら色事のために丹波の馬方にまで零落したとする。
一八 東海道と伊勢街道の分岐点である関の宿の次の宿場、現三重県亀山市。
一九 与作と馴れ染め、深い仲となる関の宿場女郎。
二〇 東海道筋の宿場の留め女。飯盛女。
二一 天皇の近習である蔵人所の重職。
二二 「布袋腹」のなまり。馬子が馬を罵っていう掛け声。
二三 修験道の行者の修行をすること。
二四 「おっしゃる」。
二五 説経浄瑠璃「おぐり判官」の主要人物の一人。武蔵郡代の横山の一人娘で小栗と結ばれる美女。
二六 藤原忠通。平安後期の公卿。歌文に勝れ、百人一首などには「法性寺入道前関白太政大臣」として入集。
二七 平安初期の武将。延暦十三年蝦夷征討(日本紀略)で有名。
二八 江戸初期、伊勢神宮の学者荒木田次郎太夫盛徴か。寛文三年没、五十八歳。

まる軍勢、我とおもふものは此度《(このたび)》[一]所のお寺にて名をつけてもらい、むりに長ひ名《〔な〕》を付きてぞ御供をいたしける。あまりの事に遠国よりのぼりけるつはものゝ中に、了松院心《れうせうゐんしん》覚《がく》六郎左衛門の尉《ぜう》清原の[二]日通大禅定門《につつうだぜんじやうもん》といふ武士も有けるよし。

大友真鳥長門国出張《(でばり)》[三]の事

〔見開き挿絵〕さる程に大友真鳥は都よりうつての来るを聞きて、「最早黒主丸ばかりを抱《だ》ひて居てもすまぬ」と、寐所から飛んで出て諸軍勢をあつめける。相も替らぬ軍勢なれば、[四]とつとはねた事も出来まいと身用心をして、此度は[五]赤間が関まで出張をして、海を前にあて、其《(その)》海の中へ彼《(かの)》とろゝを此度は打あけて、潮《〔うしほ〕》ととろゝとひとつにして、どこもかしこもぬら〳〵とぬらつかして、「[六]青苔《〔あをのり〕》はなふても大事あるまい」と、すこしの事に[七]しまつして、今や〳〵と待居たり。京がたの軍勢は[八]文字《もじ》が関まで寄せけれども、深《〔ふか〕》〳〵とはせめよせず、たがいに口《くち》にて「[九]あいてしよかい、〳〵」とばかりにて、四五日がほどはさゝへ[一〇]たり。

是にてはすまぬ事とおもへども、何がとろゝの海《うみ》の事なれば船《ふね》とてはうごかず、いかゞはせんとおもふ所に、先陣にひかへたる軍勢の中よりむしや一騎かけ出たり。誰なるらむおもへば小林の三男[一一]朝夷奈《あさひな》の三郎義秀《よしひで》、[一二]鶴《つる》の丸の素袍《すおう》に[一三]ほうろく頭巾、我君より給は

一 出身地。在所の辺。
二 「大禅定門」は戒名として用いる名。
三 戦いのために他の地域へ出向くこと。
四 「とっと」は強調の助辞。うんと華やかな事。
五 現山口県下関市の古名。源平合戦の古戦場。
六 とろろ汁は青海苔をかけて食べるのが通例。
七 倹約する。けちる。
八 現北九州市門司区の古名。赤間が関の対岸。
九 「相手になろうか」「相手になってやる」。子供の口喧嘩。
一〇 軍陣用語。防備する、対峙する。
一一 鎌倉前期の勇士。和田義盛と巴御前の子といわれ(源平盛衰記・三十五)、吾妻鏡には「朝夷名三郎義秀」と記される。豪勇無双をもって早くから演劇にとりこまれ、父義盛の反乱に際して幕府の総門を破った「門破り」や曾我五郎との「草摺引」(幸若「和田酒盛」)などは、曾我物の盛行につれて江戸期の人口に膾炙した。幸若「和田酒盛」で「小林の朝比奈」と名乗るのは地名による姓。
一二 紋所の名。翼を広げた鶴で丸く

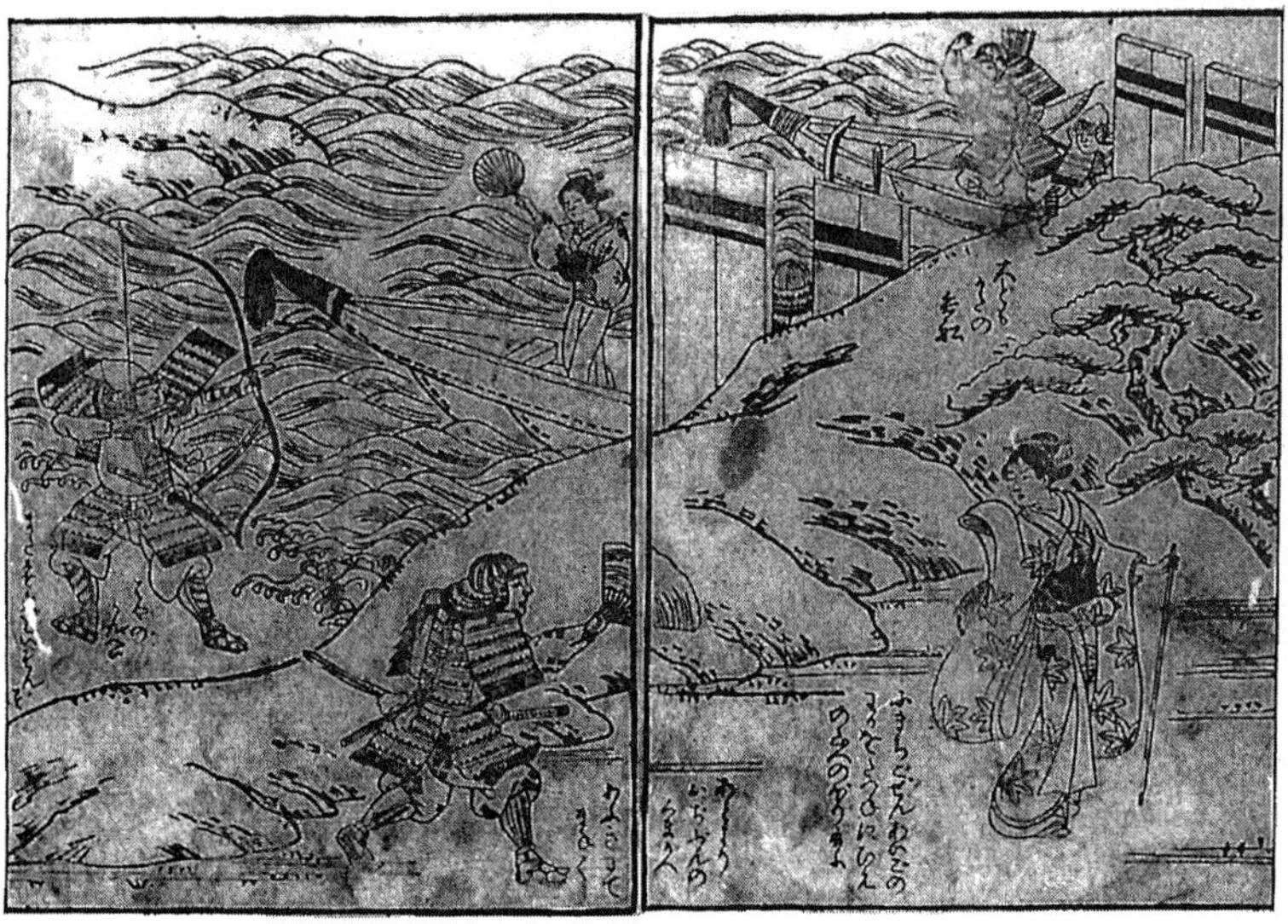

大友《とも》がたの兵船

小町御前《まちごぜん》あいごの若《わか》をたづねに比《ひ》叡《え》の山へのぼり給ふ。

あとより叔父《おぢ》ぶんの熊谷《くまがへ》、扇《あふぎ》にてまねく。

一四 早野勘平《はやのかんぺい》また遠矢を射《い》そんず。

環のような形にしたものをいい、その紋をつけた麻の直垂の衣類は朝比奈の舞台衣裳として有名。

一三 焙烙（ほうろく）の形をした頭巾で、大黒頭巾・丸頭巾ともいう。

一四「仮名手本忠臣蔵」の登場人物。腰元おかるとの逢瀬のため主家の殿中の騒動に気づかなかったことから、お軽の実家に身を隠して狩人になり、山崎街道で猪と間違って舅の与市兵衛を鉄砲で射殺してしまう「山崎街道鉄炮渡しの場」（五段目）が有名。

つたる堀好《ほりづき》[一]といふ名馬に羽織をきせてゆらりと打乗り、名[二]に立もせぬこしほねかゝへて一さんにいざつて行けば、つゞいて跡に武者一騎《き》、秋の日中の海風にさそふあたま[三]のはちはちん〳〵、誰なるらんと見かへれば、こかから[四]に似《に》たるぞや、おぼろとうふ[五]と白玉[六]か霞《かすみ》の間よりかけ来るは、曾我《そが》[七]の五郎時宗《ときむね》、馬はおとらぬ堀好《ほりずき》[八]、すりこぎ、二騎相ならんでぬらり〳〵とすべり込《こ》む。其時時宗大音あげ「これ〳〵朝夷奈、馬[九]のまはしがのび候。海の中にて太鼓[一〇]うつな」と声《こへ》をかくれば、朝夷奈はつと心づき、ふんどしのさがりを口にくはへ、馬の鼻毛《はなげ》を諸手《もろ》を出して一本づゝぬきければ、馬はなんぎな㒵《かほ》をして「くつさめ〳〵」とあとじより[一一]するひまに、ぬつと時宗打渡つて「宇多の天皇九代の後《こう》胤《ゐん》とはおゝきなおぼへぞこない、又ぶてうほうかもしらぬが丹後守平井の保昌《ほうせう》[一二]が三男曾我の五郎時宗、此海を一番にすべつたり」と名のりければ、朝夷奈はきもをつぶし「こりやまて兄よ[一三]」と諸手にて草摺《くさずり》[一四]をしつかと取る。何が浪人《らうにん》の具足《ぐそく》[一五]なればひとこたへもこたへず、ぐさりと切ればふたりながらあをのけにもこけず、「あつたら事や」と笑ひける。

敵の方には是をみて「扨《さて》も〳〵おもひの外の大だわけどもや」とゑびら[一六]をたゝき楯《たて》をたゝきてかなしみける。是《これ》先陣として跡《あと》より追ゝすべりけるが、中にも畠山[一七]の二郎重忠、海の中にて馬をとろゝにすべらかし、徒立《かち》になつておよぎけるが、「扨も〳〵水と違ふ

一 源氏の武将佐々木四郎高綱の乗馬「池好」のもじり。以下の場面は平家物語・九「宇治川先陣」における佐々木と梶原源太景季の有名な先陣争いの場面を珍妙にもじるが、文章は次の「ひらがな盛衰記」第二段を下敷にする。「我君より給はつたる磨墨《するすみ》と云ふ名馬に、泥障はづしてゆらりと打乗り、名に橘の小嶋が崎より逸散にかけ出せば、つゞいて跡に武者一騎、春のあしたの川風に、さそふ轡の音はりんりん、誰なるらんと見返れば、古歌の心に似たるぞや、おぼろ〳〵と白玉の霞の隙よりかけ来るは…」。

二 前注引用文「名に橘の」のもじり。

三 兜の鉢。

四 未詳、「こけっこう」で鶏の意か。

五 にがりを入れて完全に固まらないうちに汁にうかして食べる。汲み豆腐。 六 白玉粉を水でこね、丸めてゆでた団子。

七 曾我兄弟の弟。

八 「するすみ」のもじり。

九 「ひらがな盛衰記」の「是々景季、馬の腹帯が延候。鞍かへされて怪我有な…弓の弦を口にくはへ…こなたの鼻毛を見抜いた計略」による。

一〇 →一〇五頁注一〇。

一一 あとじさり。

一二 頼光と一緒に大江山の酒呑童子を退治した勇士。四天王の一人。

一三 男性に対する二人称。

一四 鎧の胴の下部に垂らして腰から

て気味のわるいものじや」とおもふに、武者一人足のさきをつかまへたり。「じやまなやつじや」とひつつかみ、むかふの方へ放《（ほ）》り上れば[一八]大宮司《だいぐうじ》の二郎重能《よし》なり。ぬからぬ㒵で「やい皆のもの見おれ、此およぎにくい所をおよひで身《み》うちがぬら〳〵するをみおれ、わるいものじや」と身ぶるいして立たりける。「そりや射《い》てとれ」とさん〴〵に射《い》[一九]しらませば「何ンの[二〇]壱分五リンじや」とうち入《（いれ）》〳〵渡《わた》しける。敵《かたき》のかたにも一騎当千《いつきとうぜん》のよわものども、馬も牛も乗出し、「さあまいらふ」と、ちやん〳〵〳〵、ばた〳〵〳〵と切あへば、「あいた〳〵」と逃《にげ》ちつて、其日のいくさはやみにける。

[二一]早野《はやの》勘平《かんぺい》遠矢《とをや》の事

夕つかたになれば陸《くが》の方より武者一人、簑笠《みのかさ》にてはしり出《（いで）》、「[二二]塩谷《えんや》判官が内に中でも若ひ早野勘平といふもの也。[二三]先達《（せんだつ）》て鉄炮《てつぽう》にて不調法をやり、おゝきにこり物にて、今度はそれで弓《ゆみ》をもつて来《き》た」と[二四]鳥おどしのやうにつつ立たり。敵のかたに是を見て、見事にかざりたる舟一艘《そう》に女一人、[二五]赤前だれにてうちわをもち、[二六]「是を射《い》て見さんせ」とまねけば、「ヲヽ、[二七]吉もんじやのりんか、久しうあわぬ。どりや久しぶりじやに一本射《い》てやろか」と鼻あぶらをひいて大雁股《（かりまた）》をぬき出し、「団扇《うちわ》のたゞなかを射《い》てくりよふ」と半時ばかりねらいけるが、何とかしけん団扇ははづれて、むかいの大将の帆《ほ》ばしらに二ゆす

下を守る部分。朝比奈と五郎の「草摺引」の場面のもじり。
一五 甲冑をいう。
一六 矢をさして背負う道具。
一七 頼朝方の武将で、曾我物の重要人物。宇治川の戦では佐々木・梶原に続いて、五百余騎をひきいて渡る(平家物語・九)。
一八 大串次郎。畠山重忠の烏帽子子。重忠に続いて宇治川を渡りかけて流され、重忠に助けられる。「重忠大串をひっさげて、岸の上へぞ投げあげたる」(平家物語・九)。
一九 射て気勢をくじく。「散々に射しらまさる」(平家物語・十一)。
二〇 物事を軽くみること。諺「浮世は一分五厘」。
二一 →一一一頁注一四。
二二 「仮名手本忠臣蔵」の登場人物。浅野内匠頭にあたる。
二三 →一一一頁注一四。
二四 かかし。
二五 宿屋や茶屋などの女の風俗として、赤前垂れをする。
二六 源平合戦の那須与一扇の的の場面をもじって、町中の楊弓場の様子にとりなす。
二七 楊弓場の店名か。

りゆつて立たりけるは目ざましかりしありさまなり。両陣たがひににがり切ッて「今《ま》一度射《い》よ」とまねきけれども、「いや〳〵又すか[一]をやつてのけた」と、こそ〳〵と入にける。つゞいてつゞひて[二]日暮《ぐれ》になりしかば、敵[三]のかたより鍋墨《なべすみ》おどしの大よろい、鋤形《すきがた》の甲《(かぶと)》の緒《を》をしめず、「何ヶ条大将の義経《よしつね》とて、役病《やくびやう》[四]の神にてもあらばこそ」と、敗毒散《はいどくさん》[五]二三ぶく薬鑵《やくわん》にてせんじ、一度にのんで小舟に取乗り、うしろよりそつと来りける。大将義経それとも知らず、飯粒《めしつぶ》にて魚釣つてゐられければ、「ヤイ何をしてゐるぞ」とさゝやけば、「是はならぬ」とはるかの沖《おき》に舟のありしに、三百六十五艘《そう》へだゝてちよいど飛び乗《のり》給ひける。彼《(かの)》武者は石亀[六]のじだんだ踏《〔ふ〕》むやうにしても跳《〔と〕》ばれず、そこらのものをめつたに叱《〔しか〕》りちらしてもとの陣所に帰へりける。とばれぬこそ道理なれ、海《うみ》へはまらぬようにほそびきにて船《ふね》にくゝりつけてありける。源平の時分には能登《のと》の守がやられし事を、其かはりに桐島《きり》[七]義左衛門がつとめけるよし。

雑豆軍談之四

一 すかたん。失敗。
二 底本に重複。一丁の表末尾と裏冒頭にかかるゆえの誤刻か。
三 この辺り、所謂義経の八艘飛びの原拠となる平家物語のもじり。「(能登守教経は)唐綾おどしの鎧きて…源氏の舟にのりうつり…判官かなはじとやおもはれけん、長刀脇にかいばさみ、味方の舟の二丈ばかりのいたりけるに、ゆらりと飛び乗り給ひぬ」(巻十一)。
四 疫病神。嫌われ恐れられるものの代名詞。
五 家庭常備薬の一。頭痛・せき・かぜなど。
六 諺「雁がとべば石亀も地団駄」。身の程をしらぬことのたとえ。
七 宝暦・明和期の上方役者。評判記では実悪の部に見えるが、詳細は不明。

雑豆鼻糞軍談《まじりまめはなくそぐんだん》 巻之五

黒主丸身がはりの事
并ニ 斎藤[八]太郎左衛門下戸《げこ》大食《たいしよく》の事

両陣たがいに日を送るといへども、いつ果〔は〕つべきいくさとも覚へねば、京がたより「そつちのむすこの首をうつて渡さばいくさをやめにせふ」といふてやれば、大友は是をきゝ、それはむごいといふものじやが、どふぞ仕様〔しよふ〕があらふと「成ほど心得ました」と返事をぞいたしける。検使〔けんし〕の役人、太刀取[九]は、あの方で誰なりとよりきらゐはなひ、格《かく》式《しき》を覚へたる斎藤太郎左衛門尉利行に申付られける。「心得ました」と先達て[一〇]の通りに立烏帽子素袍《すほう》にてゆきたけれども、長袴がじやまになつてあるかれまい、此度は紙子[一一]の羽織に一文字あみがさ[一二]、供をもつれず只一人、敵の方へぞ参りける。「あつぱれの侍や」とほめるものもあれば、又「いかい大たわけじや」とそしるものもありけるよし。敵のやかたにも成りしかば、右之通あんないすれば、先達てのあいかた永井[一三]右馬頭《うまのかみ》が女房花園、今は後家になりて妙正といふが立いでゝ、「やれ／＼久しう御目にかゝりませなん

八 太平記に材をとった浄瑠璃「大塔宮曦鎧」(享保八年初演)の登場人物。六波羅(北条)方の武士として、大塔宮の若君の身代りに盆踊りの輪の中の自分の孫を殺し、自害して果てて、義をたて通す人柄で人気を博した。

九 罪人の首を切る役。また切腹の際の介錯人。

一〇 「大塔宮曦鎧」三段目に太郎左衛門は大塔宮の若君を討つ検使役を仰せつかる。立烏帽子に素袍・長袴は使者役の正装。

一一 和紙に柿渋を塗り重ねて揉み和らげ、衣服に仕立てたもの。安価で布の代用品。

一二 頂きが一文字のように平らで反りの少ない菅笠。

一三 六波羅方の武士。若君を預かり、女房の花園としめし合せ、吾が子を身代りにたてようとするが、斎藤太郎左衛門の拒絶にあう。

だ、今度はうそなしに若君のくびをわたします。御きづかいなされなや」ともたれかゝれば、斎藤もさすがなじみの花園尼、さながらわるふもないかして、たゞ「あい〳〵」とばかりにて、[一]襟元《〔えりもと〕》に顔《〔かほ〕》さしいれて紙子の袖をぞひたしける。「いざまづおくへ御通り」と案内につれて小座敷に通れば、[二]茶道坊《どうぼん》、[三]あかばつたるうす茶随分ぬるふして出せば、ふりまはし〳〵、皃《（かほ）》をしかめてのんでしまへば「おあつからふ」と冷素麺《ひやそうめん》をもつて来る。「是はわしが大好物じや、持てござれ」と四十八膳ひつかけける。「あのむかふに青ヒ物が桶につけてござるが、何ンでござるぞ」と申ける。「あれは西瓜でござりまする」と申ければ、「それは何よりよいものじや。なんとちと切《〔き〕》らしやれぬか」といふによりて、しやうことなしに、[四]目引にしたらば二貫目ほど有そふなを、ついひとつ[五]やつてしまいける。「イヤ[六]申さぬことはわるいが、首《くび》切つてあとで飯のイヤ酒のといふてもいられまい。夕飯もいつそに喰てしまおふか」といゝけるにぞ、そりや味噌よ、すりばちよ、菜汁《なしる》にごまめ、鱠《なます》、平皿はごぼうの太煮《〔ふとに〕》、焼物は折ふし余所《（よそ）》から来たとて[七]浜焼の鯛《たい》をすゆれば、「是は〳〵、[八]いかい御地走でござります」と寺の和尚がびんぼうな[九]非時《〔ひじ〕》に参つたやうに床のわきになをり、くふ程に〳〵、[一〇]ねごろの朱碗《しゆわん》に山もりめし廿八膳、汁十二はい、[一一]目より下の壱尺七寸あるはまやき一枚、平皿三度までぞかへにける。膳をあけると其まゝ田舎まんぢうの蒸《〔む〕》し立《（たて）》十二、せんじ茶は[一二]台所の茶がまを首にかけていにそふな

一 豪直な武士の太郎左衛門を逆転させた滑稽。
二 茶坊主。茶事を司る法体の奉公人。
三 赤茶けた。
四 目方を量ること。
五 食べて。
六 口に出して言わねば通じるまい。思いきって言えばの意。
七 塩竈で蒸し焼きにした鯛、また塩焼きの鯛。
八 とても。大変な。
九 僧の午後の食事、また葬式の会葬者に出す食事。
一〇 →九九頁注一四。
一一 「目の下」ともいい、物の大きさを目測でいう時の用語。
一二 茶釜ごと呑んでしまいそうなの意。
一三 毛抜きであごのひげを抜こうとする様子。憎々しい様子の描写に用いられる。
一四 花園のせりふに「なう斎藤殿、幼い宮様事を分けて申さねば、お命取るとは御存じなし、いつもの如く踊らせまし、御機嫌よい所をだまし討

けしき也。やすみもせずに「さあ、小せがれが首見よふかい」と[一三]毛貫を出しておとがいをなで、びんぼうゆすりして相待《あひまち》ける。

花園尼音頭《おんどう》の事　付り　太郎左衛門出家の事

黒主丸のはゝおやは、一生のわかれと検使《けんし》に願ひを立て、「[一四]黒主丸のおどりをおどるうちにすつぱりとやつて下され」と頼まれければ、「成程おれも踊《おどり》はすきじや」とゆるしけるにぞ、一家中の子共一ように、[一五]すみる茶のもめん布子、ふじいろのもめん帯、しぼりの手ぬぐひ頬《ほふ》かぶりにして出ければ、花園《ぞの》は床机にあがり、「前かた[一六]八重桐風でやつた時ほど声が出まい」と、せきばらい十程して「[一七]十六日は仏のじひ、ならくのそこのざいにんも、かんしやくおこして遊べども、十七日のあけぼのは、もとの[一八]なべをばこそげると、[一九]于蘭盆経《うらぼんきやう》にとかれたり」といふ内に太郎左衛門は今や〳〵〔見開き挿絵〕と目をすへて「身がはりはくはぬぞ」と、[二〇]やはらか唾《つ》をのんでいたりけるに、勝手《かつて》のかたに血けぶりたつて[二一]ばつたり、[二二]雷《かみなり》庄九郎は風呂敷に首おしつゝみ持出《もちいで》て太郎左衛門に相渡せば、おつと心得[二三]ひん抱《だ》かへ、本国さして帰りけるが、道にてそつとあけてみたれば、かなしや首《くび》ではなふて、七文ほどしさふな[二四]冬瓜《かもうり》也。「[二五]南無三宝、太郎左衛門が[二六]一期のふちん」と、わきざしするりと抜《ぬ》きもつて、[二七]たぶさからひげから、身うちの毛といふ毛を皆きつ

ちに打ってたべ」(「大塔宮曦鎧」第三「若宮紅梅の短冊」)。
一五 紫や萌黄じみた茶色、黒ずんだ茶色。「すみる茶のもめん布子」は代表的な田舎風の衣裳付。
一六 歌舞伎役者荻野八重桐。正徳・享保期の上方の代表的若女形。享保八年七月、京都八重桐座興行の「大塔宮曦鎧」に花園をつとめる。
一七 「大塔宮曦鎧」第三「身替り音頭」の冒頭にある音頭のもじり。「七月の十六日は仏の慈悲、奈落の底の罪人の呵責の炎休ませて、充満御願如清涼池と謡ひ踊りて遊べども、十七日の曙は元の奈落に苦しむと盂蘭盆経に説かれたり」。七月十六日は地獄の釜が開く亡者の骨休みの日とされる。
一八 鍋底に焼きついたかすをこそぎ落すのは下女の仕事の一つ。
一九 「仏説盂蘭盆経」一巻。盂蘭盆の縁起や修法を説く経。
二〇 「固唾を呑む」の逆。
二一 芝居の効果音で、緊迫した場面などに用いる。
二二 →八四頁注二九。
二三 「ひっ抱へ」。「ひん」は接頭語。
二四 「冬瓜《がう》」の別名。
二五 驚いたり失敗した時などに発する慣用句。「しまった」の意。
二六 「一期の浮沈」。一生の浮き沈みのきまる大事な時。
二七 髻の毛を頭上に集めて束ねた部分。

太郎左衛門、大友《とも》にたばかられ、
法身し、行方しらずおちゆく。
永井右馬丞《ながいむまのぜう》が後家《ごけ》もてなす。

斎藤《さいとう》太郎左衛門、検使《けんし》にきたり
大しよくする。
大友真鳥、宿坊の教化《きやうけ》にて降参《かうさん》の
心おこす。
しゆくぼうだん／＼教化《きやうけ》する。

一 出家すること。

て、出家遁世《とんせい》して行かた知らず成りにけり。[二]愛別離苦《あいべつりく》のことわりとは、今此《この》事をや申すらむ。

六種《しゅ》の神器《じんぎ》をぬすみ取る事

先達てより、[三]三種の神器《き》といふものありけるが、もしも失《うしな》へてはわるいとて、又ゝ似せをこしらへておきけるに、大友がたにも此まねをしてこしらへければ、九種の神器《き》にぞなりたりける。そも〱三種の神器《き》と申すは、[四]きんし、とうけん、大事所と申す者也。金糸《きんし》とは木綿糸をはくの[五]紙にて巻たる者也。唐剣《とうけん》とはむかし[六]蘇渓《そけい》官人といふ者忘《わす》れて帰へりし剣なり。大事所と申すは中にも大切のものなり。是は天照大神の御臍なり。「いつその事に敵方《てき》の宝を盗《ぬす》んでしまへ」と[七]熊坂長範にぞ申付《まうしつけ》られける。長はんは心得て、髪《かみ》を[八]島田わげにして、「私は此浦のあし[九]かりにて候」とさもまことしやかに申すにぞ、軍兵どもゆだんしてかるたうつて居るひまに、彼《かの》たからを盗み、まへだれにつゝみもつてもどれば、「さあくらべて見よう」と九つを一所によせて見たれば、すこしもちがはず。「是もひとつにして置け」といよ〱宝のかずはふへにける。敵がた是に力をおとし、[一〇]唯闇夜にらうそく立たるごとく、ぼうぜんとして居たりける。

二 仏語。愛する者と別れる苦しみ。

三 天孫降臨に際して、天照大神から授けられたという「八咫鏡」「草薙剣」「八坂瓊曲玉」の三種の神宝をいい、代々の天皇が継承するものとされる。平家物語には、安徳帝入水後、鏡と曲玉は無事だったが、剣は海中に失われたとする（巻十一）。

四 三種の神器を「神璽《しんじ》」（曲玉）、「宝剣」、「内侍所《ないしどころ》」（八咫鏡）というところから、そのもじり。

五 金箔。

六 未詳。

七 平安末期の盗賊。金売り吉次を襲って牛若丸に討たれたという。石川五右衛門とともに代表的な盗賊として名高い。

八 日本髪の代表的な髪型の一つで、主に娘の結い型とされる。

九 蘆刈。

一〇 諺「闇夜の灯火」のもじりで、「灯火」をよりたよりない「蠟燭」に代えたか。

[一]了海坊法談《れうかいぼうほうだん》 幷ニ両家和睦《わぼく》の事

さる程に敵がたには、宝物はとられ、若君の身替りに死したりける冬瓜《かもうり》の忌中をぞねんごろにとむらひける。忌中も日数たちて、明日は冬瓜の五十日[二]にぞあたりける。寺の和尚参り給ひて、鉦〔かね〕打ならし廻向〔ゑかう〕ありけるは、「扨（さて）も有為《うゐ》転変《てんぺん》の世のことわりは皆人知りながら、今さらのようにおどろくははかなき事でござる。いざ〱仏の御しめしをといてきかせ申すべし。御しめしといふて子共のむつきの事ではござらぬ。元、かもうりといふ物は中〻水くさいもので、此世にながらへたとてさして人の賞玩〔しやうくわん〕するものでもなし。はやく此世をさつて厭離《ゑんり》[三]穢土《ゑど》欣求《ごんぐ》浄土《じやうど》こそ願はしかるべき事でこそござれ。又すつぱりと切られたるは、どふ[四]で汁《しる》[五]の子になつてもおなじ事ゆへに、身替りになつたは大手がらの第一といふもの。是も利剣即是《りけんそくぜ》[六]弥陀名号と御説（とき）なされて、ありがたい事でござる。[七]朝にはこうびん[八]をふつてあるくといへども、ゆふべには白骨となつて夜食をかき込むと申すも此事でござる。いくさのィヤたゝかいのといふておふるい事も、畢竟〔ひつきやう〕皆栄耀〔ゑよう〕がしたさじや、皆欲〔よく〕じや。そなたにあんじさせまいと、此法談をいたします」とごんぼ[九]程な尾をふつて御寺へ帰へらるれば、夫婦の人〻ももつともとおもひ、いよ〱都にからさんのようすを申上（まうしのぼ）せけるが、御所（ごしよ）様にも「かんにんしてやろ」と仰られけるにより、

一　親鸞門弟六老僧の一人。武蔵の人。弘安元年上京して興正寺四世となる。永仁元年没、九十四歳。

二　死後五十日の喪。「過行きし太宰小弐、五十日の忌明も相済み」(「妹背山婦女庭訓」二)。

三　仏語。現世を穢土とみて、早くこの世を去り来世の浄土へ生れる事を願う。往生要集・上本に「一厭離穢土、二欣求浄土」。

四　どうせ。

五　汁の実。

六　仏語。罪業を断つための利剣となるのは阿弥陀仏の名号のみである、の意。善導大師「般舟讃」に「利剣即是弥陀号、一声称念罪皆除」。

七　和漢朗詠集・下・藤原義孝詩「朝有ニ紅顔一誇ニ世路一、暮為ニ白骨一朽ニ郊原ニ」による文句で、蓮如上人の「御文章」にも引かれて有名な句のもじり。

八　「髪鬢」又「小鬢」。頭の左右の髪。

九　諺「牛房ほどな尾を振る」。ものにこびる様子をいう。

一〇　未詳。

一一　串に刺して干したあわびを一つなぎ。

一二　讃岐(香川県)産の藁であんだ円座。円座は中央に円く穴のある尻当て。

一三　白酒の一種。蒸した餅米を酒にかきまぜ、石臼でひいて漉したもの。練貫ともいい、九州博多の練酒は名産(毛吹草・四)。

房前《ふさざき》公にもしやうことなしに顔をふくらかしながら堪忍《かんにん》をいたされける。それゆへ今度は大友の真鳥も都にのぼり「御所様へも参り、外の公家衆へも寄らずはなるまい」といふて、進上物をぞこしらへける。まづ御所さまへるいしん[一〇]といふ串貝《くしかい》[一一]一れん、さぬき[一二]円座一枚、ねり酒[一三]壱升、豊後[一四]の火打壱つ、御后さまへ紅粉[一五]弐匁、はぐろ[一六]筆五封、十八位[一七]さまへあみざこ[一八]一壺、蔵人衆へ貝《ばい》[一九]三ッ、銀杏《ぎんなん》二合用意致し取もたせ、夜を日についでのぼりけるが、右のしんもつを伏見よりならべたてのぼりけるほどに、先手のしんもつ上《うへ》様《さま》につけば、あとのしんもつはいまだ[二〇]東寺九条にさゝへたり。扨ゝおびたゞしき進物や、前代未聞の見物事と、京中の男女東洞院[二一]通りにあつまりて見物いたしけるが、夕暮方には皆ゝ別《べつ》[二二]してもなかりて、ちり〴〵に帰りける。夫より大友は都の名所〴〵残りなく見めぐりて、観音[二三]めぐりさへ廿三度いたされける。此ような目出たい事は唐《から》[二四]にもあろかとぞにぎはふ春こそめでたけれ。廻向《ゑこう》[二五]。

雑豆鼻糞軍談巻之五　大尾

一四 毛吹草・四「名物」に「豊後 久多見燧(クタミノヒウチ)」。
一五 筑後名産「紅花」(毛吹草・四)。
一六 御歯黒をぬるための筆。「封」は袋に入れたものを数える語。筆軸は豊後名産(毛吹草・四)。
一七 未詳。
一八 あみの塩辛か佃煮。肥前の名物(毛吹草・四)。
一九 巻貝、又はその貝で作ったコマ。
二〇 一条の御所から八条の東寺・九条まで進物の行列が続いたことをいう。「ささへる」は、さえぎる、妨げるの意。
二一 この辺り、徒然草・五十段「応長の比、伊勢の国より女の鬼に成りたるをゐて上りたり…」をもじるか。
二二 別段何事もない。大したこともない。
二三 京市中の観音を巡拝すること。
二四 慣用句「こんな縁(えにし)が唐(から)にもあろか」(風流志道軒伝)。極めて珍しいことのたとえ。
二五 法要などの終りに読誦する偈文をいうが、法談を文章化する時に、ここで廻向文を読誦するということを示すために「廻向」と書記したもの。

女《によ》筆《ひつ》早《はや》手《て》本《ほん》　下河辺拾水筆　懐中本　全部一冊
右之書出し置申候間、御求御覧可被下候

敵討
両《りよう》空《くう》談《だん》　秋葉山御利生　ひらかな絵入　全部五冊
右之書丑ノ春より本出し申候間、御求御覧可被下候

絵《ゑ》本《ほん》妹《いも》背《せ》山《やま》　下河辺拾水筆　全部一冊
右同断

明和六年
丑ノ正月吉日
京六角通油小路西へ入町
小幡宗左衛門板

浪花《なにわ》古《こ》今《こん》俄《にわか》選《せん》

浜田啓介 校注

本書は滑稽本というジャンルにそのまま入るものではないが、滑稽文学の本である。作者名は書上に記載が無いが、中村幸彦博士が、版下は高安蘆屋の筆であり、本書は蘆屋や上田秋成などの連中のわざくれであろうと見て居られる(「大阪俄について」)のにそのまま従う。ここで言う俄とは、六月半ば夏祭りの日日、大阪の南北の遊興の地、すなわち道頓堀島の内、新町堀江、曾根崎等において、おびただしく行なわれた素人の笑劇である。芸能のようなものであるが、一時の面白さのために素人が工夫するものであって、師について学び、演技を習熟させるという一般の芸能の性質からは遠い。本書はその俄なるものについて、起源・歴史・名目・地理・方法・六義など、すなわち「俄概説」らしいものを述べ、新旧の実例を台本の形にして多数掲載した。

本書の雰囲気はその序文にも表われている。この序は『古今和歌集』仮名序のパロディとして高水準の奇文である。以下の漢籍古史を引いての議論は、古籍を種にして遊んでいるのであって、何となくもっともらしく、実はとんでもなく勝手な論を楽しんでいるのである。その勝手さばかばかしさを、高度の知識と智力を持つ連中が心得た上でやっている事、これが即ち俄の笑いと同質のおかしさである。本書の俄の実例は、多数の作者の作品の集合であるが、それらの作品のおかしみは、期せずしてぼけの笑いという共通の方向を持っている。

俄には浄瑠璃・歌舞伎のパロディが多く含まれる。その原作品の選択に、江戸とは異なる大阪ならではの好みが反映しているが、それよりもその当年に興行された話題の作品が直ちに用いられている事に、この芸の当座即興性という特質が現われていよう。校注者は気のつくままに脚注に指摘しておいたが、本作や「未年俄選」などについて明細に調べれば、もっと多くの事例を指摘する事が可能であろう。

古今俄選拾遺《ここんにはかせんしうゐ》
これは此書にもれたる古《こ》今《こん》の俄《にはか》を拾《ひろ》ひあつむ　近刻

後編《こうへん》未 年《ひつじのとし》 俄選《にわかせん》　七月出来
是は今年の祭りの俄をゑりてあつむ

此後　毎年かくのごとし
尤早評判付は翌日《よくじつ》出す

古今[一]二和歌集序

[二]やまと俄は。人のこゝろをたねとして。よろつのこと[三]のはねとぞなれりける。世中《よのなか》にはやることの。わざくれしげき中にも。心にうかぶしゆこうは。見るもの。きく物につけて。おもひ出《いだ》せるなり。[四]花に出るげいしや。[五]みずにひくほふしの。めりやすを聞けば。いづれか俄にあはざりける。[六]からだをもいとはずして。あせつちによごし。めをむきしおやぢをひ[七]がともおもはせ。下人下女《をとこをうな》の仲居《なかゐ》をもわらはせ。[八]たけきものゝ麸《ふ》のやうに。くたびれるは俄なり　此俄。あめふりにも。[九]ひらうてにて。出て来にけり。千《ち》早《はや》ふるか[一〇]。みづりては。俄のこしもさだまらず。粋《すひ》がりては。はねの心もわきがたかりけらし。人の夜どをしに[一一]鳴《なり》て。[一二]すかさゞる身ぶりよりぞ。見へもあがり。人も[一三]おしのけける。かくてぞ。はねを見てとるをよろこび。[一四]わる身で[一五]あやくり。こゝろ言葉さま〴〵になりにける。遠《とを》きところも。[一六]まかり出《いで》たる足《あし》もとよりはしめ。[一七]高《たか》きおやまも。おひげのちりをひねりて。どよみをつくるなるべし。[一八]なんばの夜《よ》宮《みや》は。俄のはじめなり。[一九]あしたのはちまんへかけて。此ふたまつりを。俄の父《ちゝ》母《はゝ》のやうにおもひて。手《て》習《なら》ふ子《こ》供《ども》までも。しぐみ出ける。わる身の俄は。太《た》郎《らう》冠《くは》がかみにたゝん事かたく。まかり出たる某《それがし》は。[二〇]ひとり俄

一　古今和歌集に「二」の一字を加えてニワカ集としたのがパロディの根本。
二　この序全文は古今和歌集序のパロディであるが、以下対照させる注を省く。
三　「はね」は俄のおち。
四　座敷をつとめる。
五　見ずに引く。法師は座頭。
六　身体を大切にいたわらず。
七　野暮。
八　たけきものが麩のようにぐったりとなる。「の」を主格としたのが面白い。
九　語義不詳。
一〇　上気する。
一一　どよめいて。
一二　だらけない。
一三　ライバルを圧倒する。
一四　あくどい身ぶり。
一五　ちゃかし。
一六　古風な俄で「まかり出たる某は」と名乗る。
一七　気位の高い妓婦。
一八　難波の祇園社の祭礼六月十四日の前夜十三日。
一九　島の内の三津八幡宮の祭礼六月十五日。「十四日十五日は嶋のうちの八まん宮神事にて道頓堀嶋のうちのにわかは夥敷事いふ斗なく」(つれ〴〵飛日記)。
二〇　一人でする俄。

のしもにたゝんこと。かたくなんありける。これらのしゆこうも。くれたけの[一]よに入れば。かたいとのより〳〵うちより。おもひつきて。俄のふりをもしり。はねの心を得《え》たらん人は。[二]おほぞらな気《き》になりて。いにしへをあふぎ。今の[三]曲屁《きよくべ》も。こかざらめかも

一 夜に入れば。「呉竹の節(よ)」を暮―夜と通わす。
二 大様大雑把。
三 風来山人の放屁論にこの語あり。花咲男は安永三年四月より江戸西両国で興行した。本序成立頃は未だ江戸にあったか。

凡　例

一　往昔《むかし》より今に至るまでの俄《にはかじ》時節《せつ》の序《ついで》。[四]大略《たいりやく》にして。次第不同なる事

一　喜怒《きど》哀楽愁《あいらくしうゆ》惟愛《あい》。又おかしさのしうち。身ぶり見へもやうは。略細書《ほゞさいしよ》[五]に記《しる》したりといへども。見るがごとくは。書取《かきとり》がたし。其浄瑠理《しやうるり》。小うた。又は。うたひはやし物。さま〳〵の拍子《ひやうし》などの類。も。よむ人是[六]に心をうつして見るべし

一　[七]くゝりのはねといふ所は。△しるしニてわかつ

一　言葉しげく。或《あるひ》は世《せ》間通事《けんつうじ》言馴《いひなれ》し事。又は。上るり。小歌の類《るい》の。長《なが》きは略《りやく》す。是又心に照《て》らして。見るべし

一　書《しるし》て。おかしく。おもしろきあり。書《しるし》て。おもしろからざるあり。[八]おもしろからぬと思はゞ。是を手本《てほん》とし。立舞《たちま》ひ見るべし。

一　俄ぬしの名《な》。あらはれたるは記《しる》す。しれざるは追《をひ》〻求《もと》めてしるす也。

一　囃子《はやし》邌物《ねり》[九]と称《せう》する物は載《の》せず。別《べつ》に後編《こうへん》として。近刻《きんこく》。

一　昔《むかし》より。人の耳《みゝ》に残《のこり》たるは。たとへ趣向浅《しゆこうあさ》きといへども。皆是取所あるにこそ。故《ゆへ》に此集《しう》の評判《ひやうばん》は。衆人《しうじん》の心に任《まか》すのみ

四　順序。
五　細字にて二行分ち書きに記す。
六　そちらに思いを致して。
七　最後のおち。
八　読んで面白くないと思ったら、書いてある通りに演じて見よ。
九　祭時に、装束・面をつけて練り歩く行列。夏祭りの時に、新町・島の内・坂町などそれぞれねり物を出す。

一　大名《だいめやう》にはか罷出《まかりいで》たる某《それがし》俄は。其数千を以て算《かぞ》ふといへども。すこしづゝの道具《たうぐ》のかはりのみにて。其興《そのきやう》薄《うす》し。故に此集に載《の》せす。是又別《へつ》に捜羅《さうら》《さがしつらね》して。評論《ひやうろん》をつけて。後編とす。

一　俄君子《にはかくんし》。新古上手名人の名寄《なよせ》。略草稿《ほゞさうこう》できたりといへども。いまだ疑《うたが》はしき所。まゝあるがゆへ。此集《このしう》に闕《か》く。追《をつ》て補《おぎな》ひ出すべし

古今俄選

引用書目

史記　前漢書　晋書　大平記
宇治拾遺　古今和歌集　日本書紀　公事根源
中臣祓　山城志　御鎮座本記　詩経
源平盛衰記

総《そう》目《もく》録《ろく》

古今俳選　巻之一

○漢土俳濫觴《かんとにはからんしやう》

俄《にはか》といふ言葉は。物に当《あたつ》て。思案工夫《しあんくふう》もなく。思ひもよらざる事に。卒忽《そつこつ》と。つか〳〵ひよこ〳〵いひ出し仕る事を俄とはいふなんめり。是天下の通称《つうせう》也　此《こゝ》を以てこれをおもへは。漢土《かんと》の滑稽《こつけい》。日本の俳諧《はいかい》。皆是俄なり。[一]史記《しき》滑稽伝註《こつけいてんのちう》に。

[二]滑音骨《コツヲンコツ》。流レ酒器也《サケヲナガスキナリ》。[三]転注吐レ酒《テンチウシテサケヲハク》。終日不レ已《ヒメモスヤマズ》。[四]言出レ口成レ章《コトハクチヨリイデヽシヤウヲナス》。詞不ニ窮竭一《コトバキハメツクサズ》。如ニ滑稽之吐レ酒《コツケイノサケヲハクガゴトシ》。又《マタ》。姚察曰《テウサツカイハク》。[五]滑稽猶ニ俳諧一也《コツケイハナヲハイカイノゴトシ》　[六]諧語滑利《カイゴコツリ》。[七]其知計疾出《ソノチケイトクイヅ》。故《ユヘニ》云ニ滑稽一也《コツケイトイフ》

此註《このちう》。其[八]知計《ちけい》の頓作早《とんさくはや》はざのきくを以て。滑稽俳諧の論《ろん》ある事をおもへば。俄は其本原《ほんげん》にして。滑稽俳諧は。後《のち》の名にぞありける事。此《こゝ》に始而悟覚《はじめてごかく》す。嗚呼《あゝ》うらむらくは。先《せん》哲此説《てつこのせつ》を解《とか》ざる事を。滑稽《こつけい》は。則《すなはち》諷諫《ふうかん》して君をいさめ。人の忿怒《ふんど》をなだむ[九]。道《みち》の一ッなり。必ず軽《かろん》ずべからず。則《すなはち》列伝《れつでん》に。[一〇]淳于髡《しゆんうこん》。優孟《いうまう》。優旃《いうせん》。東方朔《とうばうさく》。衛青《ゑいせい》なども。皆弁舌頓作《べんせつとんさく》早わざの名人《めいじん》。中にも。[一一]西門豹《せいもんへう》が[一二]巫嫗《ぶおう》[一三]三老《らう》を[一四]河に没《ぼつ》し[一五]筆を簪《かんさし》とし。敬《けい》して。河

一　以下の文は史記評林に引かれているところを抄した。
二　以下、「如滑稽之吐酒」までは、史記評林に「崔浩曰」として引かれているもの。
三　銚子のようにうつし注ぐ。
四　おもしろいことばや名論が湧き出る。
五　滑稽と俳諧とは同意。俳諧はおもしろおかしい言辞。諧謔。
六　おもしろい語がなめらかで。
七　知謀。
八　頓作早業がきくから滑稽俳諧というのならば、頓作そのものである俄が前で滑稽俳諧が後ということになる。
九　「なだむる」とあるべき所。
一〇　以下、すべて史記「滑稽列伝」に記載。
一一　戦国魏の人。鄴の令として、河伯娶婦の迷信を打破して民を困苦から救った。
一二　河伯に仕える老巫。河伯が毎年妻を娶るということで、年々村中の好女を物色して河中に送った。
一三　郷の長。河伯婚礼の費用として、民より収斂した。
一四　豹、河伯に報謁せよとて、巫嫗三老を河に投じた。
一五　「西門豹簪筆磬折」（滑稽列伝）。簪を冠に立てるのを礼装とする。この際、とりあえず筆を以て簪になぞらえた。

のほとりに立。御返事をまち承《うく》るなどしら[一]ぐしき顔色《がんしよく》は今の俳師《にはかし》の及ふ所にあらずといへども。惜《をし》いかな。時[二]いまだ至らず　知計言葉《ちけいことば》の俳はありて。容貌《ようばう》の俳には。薄《うす》かりしぞ。しかはあれど。秦《しん》の始皇帝《しくはうてい》の[三]呂不韋《りよふい》が思ひつきの俳に。

私《ヒソカニ》求二大陰人《タイインノヒト》[四]嫪毐《カウアイヲ》一　以為《モトメテモツテ》二[五]舎人《シヤジントス》一。[六]時《トキニ》　縦二　倡　楽《シヤウガクヲホシイマヽニス》一　[七]使下《アイヲシテ》毐以二其陰《ソノインヲモツテ》一関二桐輪《トウリンヲクハンシテ》一而

行《メグラシム》上　[八]史記

これは大陰に桐《きり》の輪《わ》を引かけ。はやしものして。舞《まひ》めぐらせしことぞ。

[九]檀長卿《タンチヤウケイ》起舞《キブシテ》為二沐猴《ボクコウト》与レ狗《コウト》《イヌ》　闘《トウヲナス》一　坐《サ》皆大笑《ミナタイセウス》　云云　[一〇]前漢書

是は此人ふるまいのさしきにていぬとさるとたゝかふ所のにはかをなせしなり。

[一一]王導《ワウタウ》謂二　謝尚《シヤシヤウニ》一曰《イツテイハク》　君能《キミヨク》作二[一二]鴝鵒舞《クヨクノマヒヲナス》一、　一坐《イチザ》[一三]傾　想《ケイシヤウス》　謝尚便着二衣[一四]幘《シヤシヤウスナハチイセキヲキテシカウシテマフ》一而　舞　坐《サスル》

者撫レ掌撃レ節《モノタナコヽロヲウチセツヲウツ》　尚俯二仰其中《シヤウソノウチニフギヤウシテ》一、　旁如レ無レ人《カタハラヒトナキカコトシ》云云　[一五]晋書

是は此人鴝鵒といふ鳥のかたちにつくり。立舞しに。一坐皆手つゞみをうち。扇子などにて。拍子とることとく。はやせしに。すましたる顔色にてあたりに人なきがごとくおめすおくせず舞しとぞ。

これらは。かたちの俳にして。又言《ことば》なし。滑稽俳諧は。心裡《しんり》にして。言あれば。かたちなし。かたちあれば言なし。嗚呼《あゝ》実《まこと》に。容《かたち》も言《ことは》も。彬々《ひんぐ》と兼備《かねそなへ》たるは。我朝《わかてう》の俳なり。

○日本俳紀《き》原《げん》井ニ　神楽《かぐら》之事

一　西門豹は、河神が実在するかのように行動したこと。
二　現今の如き芸能系の俳の成立に及ばず。
三　秦の相国。太后と私通を重ね、後難を恐れて身に代えて大陰の人嫪毐を太后に進めた。嫪毐族滅の後自殺。
四　正しくはロウアイ。
五　自家の用人。
六　時を見はからって淫楽を放縦に演じた。
七　桐の車輪を作り、毒の陰を以てその芯に貫通させて歩かせた。
八　呂不韋列伝に載す。
九　平恩侯許伯の新築祝いに長信少府檀長卿が起って舞い、猿と犬とが闘うさまをしたので、皆笑ったと。
一〇　原、漢書「蓋寛饒伝」に出るが、本書は蒙求「檀卿沐猴」から引いた。
一一　王導は晋の元帝明帝成帝に仕えた重臣。謝尚は夙成多芸、司徒王導の属官と為る。初めて王導の府に至った時、催宴の際で、導に乞われて鴝鵒舞をなした。
一二　もずに似てとさかのある鳥だという。
一三　是非見たく思う。
一四　幘は頭巾の一種。鴝鵒のとさかに似す。
一五　原、晋書「謝尚伝」に出るが、蒙求「謝尚鴝鵒」から引いた。

御鎮座本記《ゴチンザホムキ》ニ云。[一六]凡《オヨソ》神楽ノ起《オコ》リハ。天照太神《アマテラスオホンカミ》 天石窟《アマノイハヤ》ニ入マシヽ時。[一七]石窟戸《イハヤト》ノ前ニ。庭燎《ニハビ》ヲ挙畢《アゲオハツ》テ。俳優《ワザオギ》ヲナシテ。[一八]猿女《サルメ》ノ君ノ祖《オヤ》。天鈿女命《アマノウズメノミコト》 天香山《アマノカゴヤマ》ノ竹ヲ採《トリ》。其節間《ヨナカ》ニ。風孔《アナ》ヲ彫《ホリ》。ヤハラゲル気《イキ》ヲ通《カヨハ》シ。今世ニ笛ト号ル類コレナリ 亦天香弓《アマノカゴユミ》興並《タテナラ》ベ。絃《ツル》ヲ叩《ナラ》シ今世ニ和琴其[一九]線ナリ [二〇]木《シャク》々合々《ビヤウシウチ》テ安楽《タノシミ》ノ声《コエ》ヲ備《ソナ》ヘ和気《ヤワラクイキ》ヲウツシ。[二一]八音《ヤツノコエ》ヲアラハシ。即《スナハチ》猿女ノ神。手ヲ伸《ノベ》。声《コエ》ヲ執《トリ》。或《アル》ヒハ。歌《ウタ》ヒ。或ハ。舞《マヒ》。清浄之妙音《キヨクイサギヨキタエナルコエ》ヲアラハシ。神楽ノ曲調《シラベ》ヲタテマツル。此時ニアタリテ。タチマチ。神ノ怒《イカリ》ヲ解《トク》ト云云

かくのごとく。天鈿女《あまのうずめ》の俳優《わざおき》より起《おこ》りて。[二二]今禁中内侍所《きんちうないしどころ》の御神楽《みかぐら》も。此故実《こじつ》なり。

こつち俄《にはか》のはじまり
庭《ニ》神《ハ》楽《カ》

一六 「豊受皇太神宮御鎮座本紀」に、「凡神楽起」で始まる文章があり、天岩戸の前で歌舞したことを記す。

一七 「於天石窟戸前。挙庭火。畢作俳優。猿女君祖天鈿女命。採天香山竹。其節間雕風孔通和気今世号笛類是也。亦天香弓興並叩絃今世謂和琴其縁也。木木合合而備安楽之声。移和風顕八音。即猿女神伸手抗声。或歌或舞。顕清浄之妙音。供神楽曲調。当此時。欻解神怒」（続群書類従本「御鎮座本紀」）。御鎮座本紀は十三世紀成立。豊受大神に関する故事由来を述べる。

一八 朝廷の神楽舞に奉仕する職掌を持つ女性の家系。

一九 「線」、底本ママ。

二〇 笏拍子。神楽に用いる打楽器。笏を半割した二枚の木片を打ち合わせて拍子をとる。国史大系本「御鎮座本紀」（神宮文庫蔵巻子本）の附訓に「シヤクヒヤウシウチテ」とある。

二一 中国古代の諸楽器をいう。塤・管・鼓・笙・弦・磬・鐘・柷敔の八だという。

二二 内裏の内侍所南庭で十二月に日を選んで行なわれる神楽の行事。内侍所は神鏡が奉安されている温明殿の女官の詰所で、温明殿の通称でもある。

今の水無月《みなづき》の俄も。すなはち。神[一]いさめの為《ため》也。古人《こじん》[二]曰庭神楽《にはか》なりと云云。是又一《いっ》家《か》の説《せつ》にして。強《しゐ》て泥《なづ》むべからず。先《さき》にいふ所の。漢土の故事《こじ》は滑稽《こっけい》の言葉に先だち。日本の俄は。神楽より起ッて。容《かたち》にはじまり。天香山《あまのかごやま》の竹を。俄に笛《ふゑ》とし。天香弓《あまのかごゆみ》を立《たて》ならべ。絃《つる》を鳴《なら》す。是又今の俄の所業《しわざ》のごとし。仮《かり》[三]に物《もの》をなぞらへ用るなど。今に至るまで。其故実の失《うせ》さるは。誠《まこと》に神国正直《しんこくしやうじき》[四]の風俗《ふうぞく》。感《かん》すべし

宇治拾遺《うちしうゐ》[五]に。堀河院の御時。内侍所《ないしところ》の御神楽《かぐら》の夜。職事《しきじ》[六]家綱《いへつな》をめして。こよひめづらしからん。中楽《さるがく》[七]つかうまつれと。おほせ事あり。うけたまはりて。弟の行綱《ゆきつな》をまねきよせて。おほせごとのさふらへ。家綱がおもふやうあり　庭火《にはび》しろくたきたるにはかまたかく引あげ。ほそはぎをいだして「よりくに夜《よ》のふけて。さりくにさむきに。ふりちうふぐりを。ありちうあぶらん」といひて。庭火を三めぐりばかりはしりて入なんと。思ふはいかに。行綱さも有なん。しかあれど。おほやけの御前にて。びんなく[八]やといひければ。家綱むべなりとうなづく。殿上《てんじやう》には何事をかせんすらんと。またせ給ふに。家綱めすとめせば。家綱出て。させる事なきやうにて入けり。又すみて。行綱めすといへば。まことにさむげなるけしきをして。ひざをもゝまで。かきあげて。ほそはぎを出し。わなゝきさむげなるこゑして「よりくに。よのふけて。さりくにさむきに。ふりちうふぐりを。ありちうあぶらん」といひて。庭火を。十二三度斗廻《どばかり》り走りて入けり。上

一 神を喜ばしめ活気づけるための所為。
二 「にはか」の語源の奇説。古人とは、俄の縁起に岩戸神楽を用いた「清神秘録」をさす。「此庭神楽(にはかぐら)のよみを略して、庭神楽(にわか)とよまし、…是ぞ庭神楽(にわか)の初め也」(清神秘録)。
三 俄は、正のものを正で用いず。
四 天照皇太神の御託宣に、「正直雖非一旦依怙終蒙日月憐」と。
五 巻五「陪従家綱行綱互謀事」。「歌舞伎事始」・一に宇治拾遺物語の本条を、「物真似狂言尽濫觴」の条に載す。
六 蔵人頭かという。
七 神楽の余興として演じる滑稽な芸。
八 不都合だろう。
九 「彦火々出見尊の太夫元にて、火酢芹命など狂言興行ありけれども、金元なかりし故に、赭(そほに)とて赤き土を、手にぬり皃に塗て勤られしかど」(根南志具佐・二)。
一〇 正しくは「そほに」。赤土。
一一 神代紀・下に「於是、兄著犢鼻、以赭塗掌塗面、告其弟曰、吾汚身如

下大方どよみけり。いへつな謀《はか》られたるはにくけれども。兄弟中《なか》たがふべくもあらずとて。有しにかはらざりけりとぞ

○俄中興《にはかちうこう》 又ははじめとおもふ事

神代巻《じんだいのまき》に。火酢芹命《ほのすそりのみこと》[九] 赭《すぼに》[一〇]といひて。赤土《あかつち》[一一]を掌《たなごゝろ》につけて。かほにぬりし事あり。此意《このこゝろ》を考《かんがふ》るに俄の古《いにしへ》たる事適然《てきぜん》[一二]たり。京江戸大坂の三都《さんと》にもかぎらず。すべて渡御《とぎよ》のあとさき。神輿《みこし》の通りすぢ。山鉾或《やまほこあるひ》は邌物荷《にな》ひもの。地車《ぢくるま》[一三]等の通る事。古代《こだい》よりもありと見へて。今も尾州津島祭《びしうつしままつり》[一四]。紀州和歌《きしうわか》[一五]まつりなどにも。其古例《そのこれい》おびたゝしく美麗《びれい》を尽《つく》せり□。其間《そのあいだ》〳〵に。わらひとなづけて。至《いたつ》て老《おひ》たるかほに。まへがみかづらを着《き》て。子供《ことも》あそびのていをなしてとをり。又は。女かづらなどきて。さがなきねたみのていなと[一六]。或《あるひ》はてならひ子《こ》すがたにて。師《し》にせつかんにあひて。にげゆく風情《ふぜい》など。まゝ多《おほ》くして。都鄙《とひ》ともに。今もむかしも。かはらず。これらをぞ。俄のはじめともいひて。かへつて。今見る時は。古雅《こが》なりとも。賞美《せうび》する人もあなるぞ。既《すで》に十ヶ年前《まへ》までは。いまだに。一チ度《ど》〳〵〳〵おもひ出《だ》した。俄しや おもひ出したく〳〵と。いひ〳〵ありきしなり

一 享保《きやうほう》の頃をひ。住吉《すみよし》[一七]まつりの参詣群《さんけいくん》をなせる中。其かへるさ飲尽《のみあか》したる酒樽《さかだる》を竹馬《たけむま》[一八]の先《さき》にくゝりつけ。てうちんのごとくしめい〳〵もちそへて。たか

此、永為汝俳優者」とあり、「俳優」と言うことを眼目としてここに引かれる。
一二 当然。まさにしかるべしの意。
一三 山車(だし)。
一四 牛頭天王社の六月十四・十五日の祭。五艘の大船に万灯をかかげ盛大を極める。十五日の朝祭には車楽・山車十二輛が引かれ、水上を渡御する。山車上にて老翁老婦が夫婦の事の態をなす(尾州津島天王祭記)。
一五 和歌山の東照宮(和歌御宮という)四月十七日の祭礼。紀伊国名所図会・二は「供奉のねりもの繁満にして、枚挙することあたはずといへども、尤其壮観なるものをいはゞ」として、以下に長刀振、赤母衣、白母衣、連尺、棒振、太鼓、拍子鉦、笛、螺吹、請棒、雑賀踊、唐船、笠鉾、餅搗踊の行列の員数を記す。中でも餅搗踊については、陽気で面白くおかしいものであったと。
一六 悋気の態。
一七 住吉明神六月晦日の祭礼。
一八 住吉新家の名物で、住吉参りの土産に買われた。その造りは「今世京坂には長さ六寸許の馬の首頭を煉物にて造之、粉を以て塗之、表に画き立髪をうゑ、三尺許の女竹を柄の如くにつけ、竹の端に板の小車二輪をつけ、首と竹の接目には紅絹を以て包之」(守貞漫稿・遊戯)と。
一九 祭礼提灯。竿に横木を架して吊る。

くさしあげ。[一]てうさや〳〵せんざいらく。まんざいらく。などゝいひ。とをりしゑひすがたの。おかしくも。又めづらしくも。おもひしにや。同しみちなる人〴〵。これに付て。ともにおどりし事となん。其人かへりしより。ぞんの外人のおかしがりたるを。みづからよろこびて。翌年《よくねん》は。はや。おに。おふくのめんなどを。たもとにして。行てかへるさを。たのしみ〳〵たるが。いつとなく。趣向《しゆこう》をなすやうになりて。今のすがたになりし□京都は。元文年中《げんぶんねんぢう》よりはじまりけるとかや

一　其頃より。ほどもあらずたゞ[二]たとへなどを。もはらとして。あるひは。かたちもつくらず。やはり住吉参りの。かへるさのすがたにて。〽俄しやおもひ出したとて通るを。所望《しよまう》なりとて。袖《そで》にすがれば。〇扨去年《きよねん》も。此かへるさは。別《べ》してもない事ながらおもひ付て。おめにかけましたが。当年《たうねん》はとんと智恵《ちゑ》が出《で》ませぬゆへ。むねんながらもとへられた所で。一《チ》度《ど》〳〵。かやうにおことはりを申上ます。其かはりには。よく〳〵かほをみしりおかれくださりませい。来年《らいねん》はきつとおもひ付てわらはせますぞなどゝいひてゆきすぐると。其あとより。〽おにのめんをきて。大手《おほて》をひろけて。ハヽヽヽヽヽヽヽヽと。大わらひして行《ゆき》してい。これらをよほどのきめうなる趣向《しゆこう》なりとて。どよみたる事也。又其比より。狂言《きやうげん》の声色《こはいろ》を失《し》なはずして。〽太郎冠者《くはじや》あるかャイ〽ハア御《お》まへに。〽主人にいとまも

一　大坂で神輿をかついだり山車を引く時の掛け声。「ちようさやようさや千歳楽万歳楽」などという。

二　世話・諺などにひっかけた洒落を言うのであろう。

こはず。なんぢは。いづかたへゆきたるぞ。〽住吉へ参りました〽どんごだうだん。にくいやつながら。ゆるしてくれるぞ。シテすみよしになんぞおもしろい事はなかりしか〽ハア何がなみやげにとぞんしまして。三反橋《そりはし》をもとめてまいりました。〽ナニ反橋とや。それは一だんとめづらしい。どれ〳〵〽これでござります。〽ナニこれハせつたにてはないかい〽ハテ四うらが川てござります。などゝ。かうやうなる事ばかりなる所に。五竹田おどけきやうげん。六さるがしまのかたきうちをして。大にはやりし時。其助太《すけだ》刀《ち》のめん〳〵。まかり出たるそれがしは。はさみでござる。まかり出たるものは。うすでござるなどゝいひしを。かたどりて。〽まかり出たるそれかしはの俄。はじめて出《いだ》したり□そのゝちまかり出たるそれかしはと斗も。さびしくやおもひけん。いつとなく。七みゝのあたりよりむく〳〵と。雲《くも》のみねの。のぼるやうなる身ぶりとはなれり。又それより。はるかのちに。〽コリヤなんじやと問《と》ふて。はねをとるの一ト風《ふう》あり。これはかの。太郎冠者《くはじや》の俄の。きみぢかになりたるより。出たるなり。たとへば。〽四五人八同しいろなるものを着《き》て立ならびゐる。〽壱人九かるさんはいたる男。小手《こて》をもちて。彼《かの》立ならびしせなかの所を。かべぬるていにて。其あぢはひしばらくありて。〽ならびゐるもの。一時《いちどき》に尻《しり》をまくると。コリヤナンジヤ。一〇こしばりじやと。これらは。延享《ゑんきやう》の比より。此例《れい》出

三 住吉神社本殿前に太鼓橋がある。
四 反橋の裏面は川に面す。
五 竹田は道頓堀にあった竹田近江の芝居で、明和五年に退転。猿が島の敵討は竹田狂言の得意の出し物で、「あすならふ拾遺」に「狂言は三切り、切りは大かさりの引道具にて、初、子供の花おどりを一見物として、…次におどけ狂言猿島敵打、善光寺如来記、朝比奈地獄巡り、大かたからくり人形仕立也」とある。摂陽奇観・十七に収められた竹田芝居の絵尽しに「福寿草植込嶋台 座本竹田縫之助 おどけ狂言昔まつから猿嶋敵討／大あたり〳〵」とあり、加勢手として鋏・臼・栗などの絵が描かれている。
六 猿蟹合戦は近世、猿が島へ蟹が仇討に行く話になっている。
七 両手を耳の上に挙げる所作。
八 並んで壁の体。
九 作業用の袴で、股を二つ割にし、膝下又は脛を括る。
一〇 本物の腰を見せた。

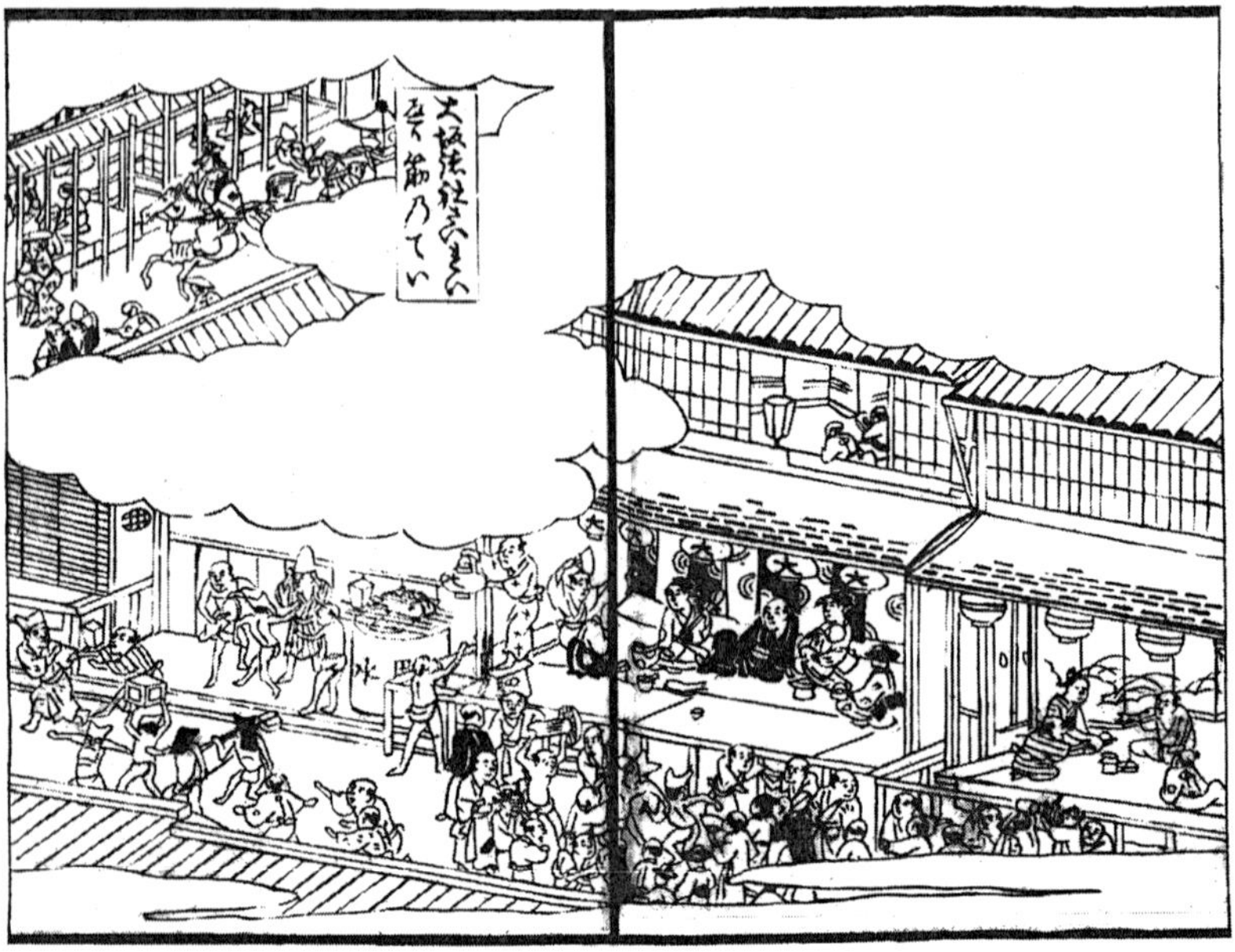

大坂諸社さいれい
通り筋のてい

たり

□又寛延《くはんゑん》の比。外《げ》科《くは》[一]からやくばこのこゝろにて。五色《ごしき》にそめたる頭巾《つきん》を。すつほりと着《き》て。五人ならびゐる。病人《びやうにん》来りてれうぢを乞《こ》ふに。かの頭巾《づきん》のたれをあげ。へらにて鼻《はな》をなで。かうやくのばすに。かのかうやく。はなをなでられ。クッサメといひければ。医者《いしや》なむさんかぜ[二]ひいた。といひし俄は。道頓堀《だうとんほり》[三]扇屋久太郎後正三といふと。いふものゝおもひつきにて。非情《ひじやう》のものに。ものをいはせし。はじめとぞ。[四]〽又前〻《まへ〳〵》よりひとりありく。にはかあり。或《あるひ》は。やつこの形《かたち》にて。上下《かみしも》着たる人形《にんぎやう》をつかひつゝ。供《とも》をしたる風情《ふぜい》にて。おりふし[五]ネイ〳〵と。答《こた》へる体《てい》にて。通《とを》るばかりあり。是は凡《およそ》京都《と》に多くして。寛《くはん》保《ほう》のころ。此類流行《るいりうこう》せしとぞ。をの〳〵みな。古風《こふう》のすがたを。一ッづゝしるすも。末《すへ》に当流《たうりう》を。あらはさんため也。

俄名目之例《にはかめいもくのれい》

○口合《くちあい》[六] 俄のはねなり。是はおよそ。かるくちばなしのおとしの。口合になりたる格《かく》多し。

○あぶら[七] 是は。其俄の。始終《しじう》のうちを。出放題《ではうだい》にことばにて引張《ひつは》る事也。あぶらを

一 外科の膏薬箱には、赤青その他いろいろの色の膏薬が入っている。多くの色があるのを外科の膏薬箱をみるようだという。
二 薬の「かぜをひく」(乾いたり湿ったりして悪くなる)にかける。
三 歌舞伎作者並木正三の前名。正三を名告ったのは寛延二年から。
四 「古今二和歌集」に「或説に、…膏薬になりたる五人は、其頃きゝものゝたいこ持にて、殊に紋日にあげたれば、物の入たる俄なり」とある。
五 奴の応答辞。
六 言葉の洒落。
七 弁説を多く続けるやり方らしい。

取《とる》といふ事なるべし。

○なゑこ[一]　是は。始終を。おかしくせんため。舌《した》をなやして[二]。ことばをつかふ事をいふ。

○流《なが》し[三]　是はかのひとり俄。又は。大勢《おほぜい》なるもあり。相手《あいて》なく。趣向《しゆこう》したるをいふと也。

○身《み》　是は。かほも衣裳《いしやう》も。しばゐのごとく付たるをいふ。

○出《で》たらめ[四]　凡是は。はだかにて出る。俄に多し

○はねをかまはす。かのあふら多く。始終[五]のみちゆき。引張《ひつぱり》てあてるのあり。当流此《たうりうこの》躰《てい》多し

○ていねいにて。はねを第一とするのあれども。此体当時《たうじ》すくなし

○拍子ちがひ　是は。シテ上るりにてせりふするを。アド[六]は。能狂言《のうきやうげん》。大黒舞《だいこくまい》[七]などの拍子《ひやうし》にて。相手《あいて》になるのをいふ。近年《きんねん》此類《るい》。至《いたつ》て多し

○物真似《ものまね》　是もはねもなく物まねばかりする也。畢竟《ひつきやう》ものまねじまんの人のする所也。俄師《し》の好《この》まざる所なり。風流曾《ふうりうかつ》[八]てなし。

○配《くば》りもの　是は俄の趣向《しゆこう》を配《くば》りあるくなり。たとへば。狐釣《きつねつり》[九]の罠《わな》を持て。狐をつらうとおもふ。などゝて置てゆく。ナンゾ出るであらんとおもはして。実《じつ》は見物《けんぶつ》を釣《つる》と

一 物言いに、舌をだらしなくさせて、甘えた言い方をすることであろう。
二 やわらかくして使う。
三 脚色があるのでなく、何かの態を見せながら通って行くやり方。
四 台辞を定めずに、当座の成り行きでふざけること。
五 ストーリーの経過をながながとやるやり方。
六 シテの相手役。
七 正月に行なわれた門付け芸。大黒天の面をかぶり打出の小槌を持って、三味線・鼓弓を伴奏にし、「一に俵をふんまえて云々」という数え歌の祝詞を唄う。大阪でよく行なわれた。
八 しゃれっ気。
九 玩具であろうか。

いふか趣向《しゆこう》にて。一軒《いつけん》〳〵かくのごとくし。又はなびせんかう[一〇]など発句《ほつく》書《かき》たる紙《かみ》につゝみて。配《くば》り通《とを》るばかりを。趣向とするもあり。此類《るい》あぐるにいとまあらじ。末《すへ》の合紋《あいもん》[一一]のため。あらかたこゝにしるす。

古今俳選巻一　終

一〇 「はなびせんかう」は、火薬を短い藺の先につけたものや、こよりに巻き込んだものを、竹筒や紙筒につめて作る。
一一 対照して見るためのもの。

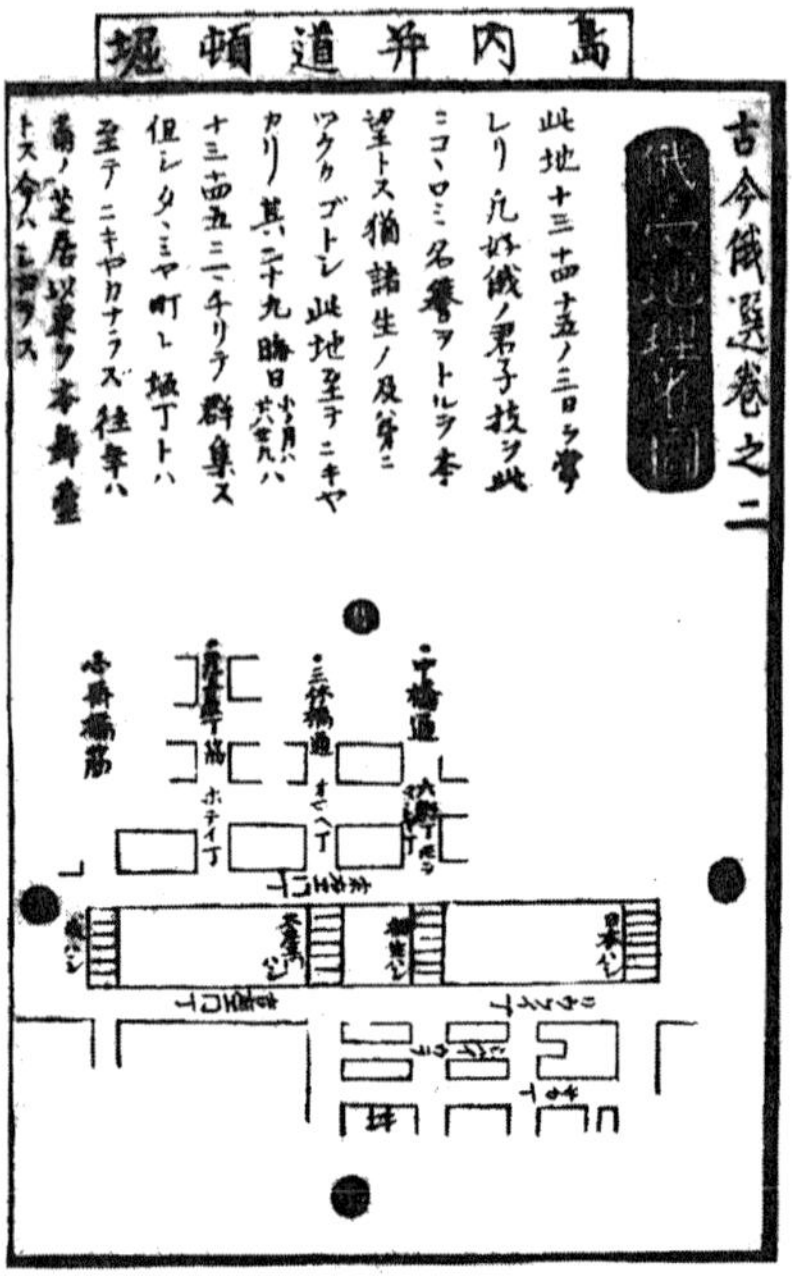

俄臺地理省図

島内幷道頓堀

此地十三[一]十四十五ノ三日ヲ掌レリ凡好[二]俄ノ君子技ヲ此ニコヽロミ名誉ヲトルヲ本望トス猶[三]諸生ノ及第ニツクカゴトシ此地至テニキヤカ(ナ)リ其二[四]十九晦日 小ノ月ハ廿八廿九 ハ十三十四五ニマ[五]チリテ群集ス　但シタ[六]ヽミヤ町ト坂丁[七]ハ至テニキヤカナラズ往年ハ角[八]ノ芝居以東ヲ本舞臺トス今ハシカラス

一 六月十三日は難波祇園社の宵宮、十四日は同社の祭礼当日及び島の内三津八幡宮の宵宮、十五日は三津八幡宮の祭礼当日。
二 「高雅」にかける。
三 学生が科挙に応じて選を目ざす。
四 晦日は住吉神社の祓の日。
五 マサリテの誤か。
六 島の内の町名。心斎橋筋の一筋東、道頓堀宗右衛門町の北方。
七 道頓堀の南、法善寺門前より長町一丁目に至る東西の通り。
八 大阪の芝居の一。道頓堀千日前通りの角にあつた。

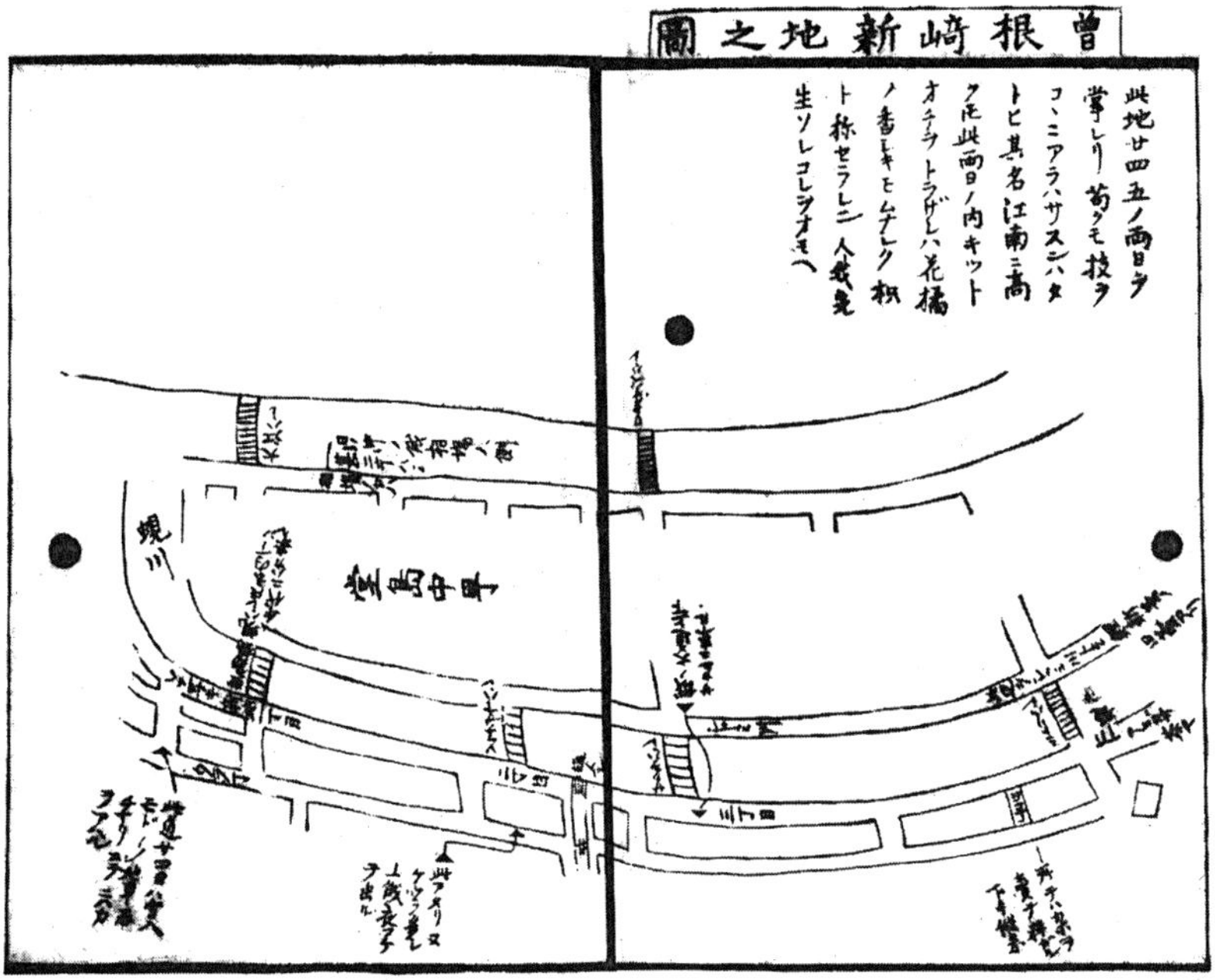

曾根崎新地之図

此地廿四五[九]ノ両日ヲ掌レリ荀クモ技ヲコヽニアラハサスンハタトヒ其名江南[一〇]ニ高クトモ此両日ノ内キットオチヲトラザレハ花橘[一一]ノ香シキモムナシク枳ト称セラレン人我[一二]先生ソレコレヲオモヘ

九　六月二十四日は露天神の宵宮、二十五日は同社の祭礼日。
一〇　島の内道頓堀地域の雅称。
一一　中国の古諺に、江南の橘(たちばな)を江北に植えれば化して枳(からたち)となると。枳は橘に似るが、実が小さく、味わい酸苦で食べられない。
一二　人も我も。皆一同に。

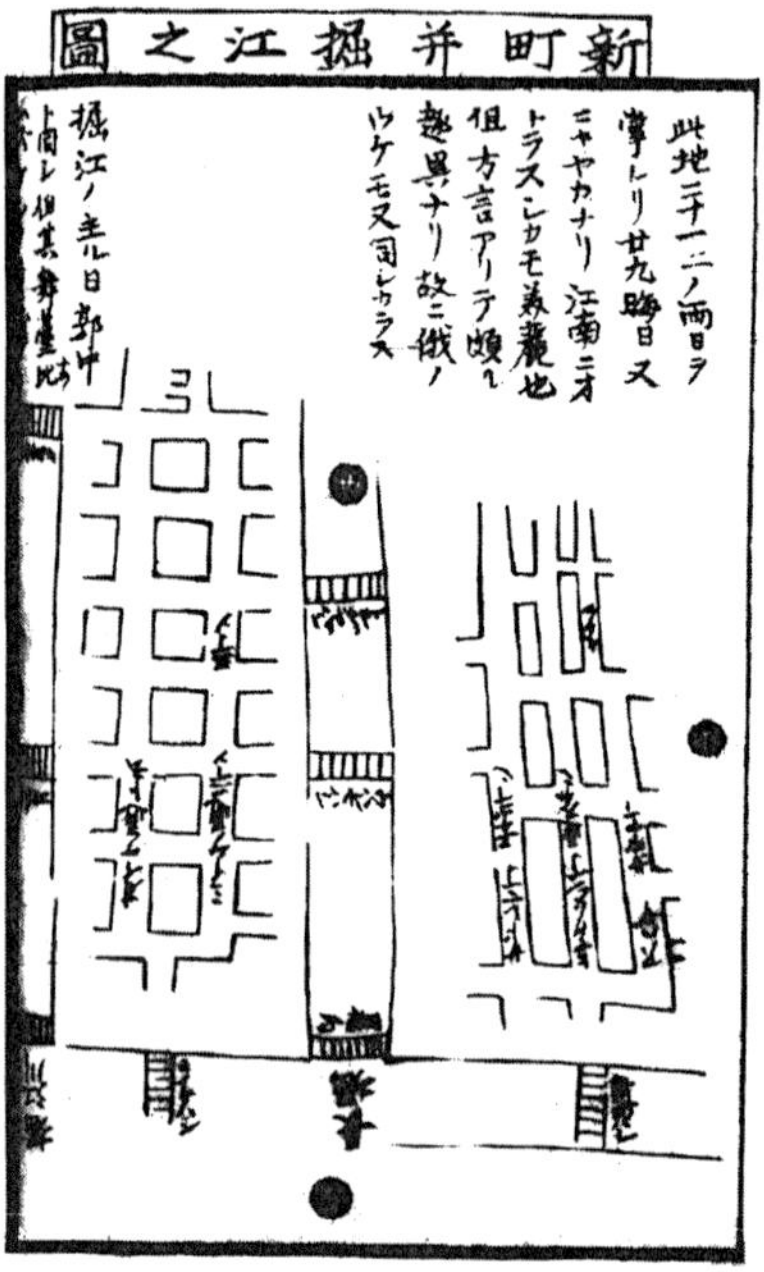

新町并掘江之図
此地二十一二[一]ノ両日ヲ掌レリ
廿九晦日又ニキヤカナリ江南
ニオトラスシカモ美麗也
但方言[二]アリテ頗ル趣異ナリ故
ニ俄ノウケモ又同シカラス
[三]掘江ノ主ル日郭中ト同シ但其
舞臺比《ナラ》ハズ少シク遺憾アリ

右三所昼夜《ちうや》の賑《にぎは》ひ。夜は暁をしらず。昼はくるゝをわかたず。殊更酉の刻より。丑の刻までは。大群集おしもわけがたし元《もと》より他に其たぐひある事をきかす続万匂集《そくまんにほふしふ》[四]の歌に

[五]とみち《富市》が。せれミ《見世》[六]に。にはかをみおりてよめる

[七]とりかなく。あづまじら《東白》[八]みも。よいのごと《如》。[九]にはかにあけ《暁》て。いも《妓》を[一〇]やり《去》つゝ。

○行燈もち心得之事

所望せられし方へ。尻向《しりむけ》[一一]て直《なを》るもよし。又右[一二]の横座《よこざ》に直りてもよく。只役人[一三]とかほを見

一 六月二十一日は博労稲荷の祭礼日、又、座摩神社の宵宮。二十二日は座摩神社の祭礼日。
二 くるわことば。
三 西部の堀江川をはさんで、南は道頓堀、北は長堀の間にある地域。新町に南隣する。
四 万葉体狂歌集万匂集(まにおう)は安永四年九月大阪刊。万葉ぶり狂歌は寛延ごろより流行、俗事俗言を万葉語に翻訳し、又、後のよせうた・つめうたの方法を併せて趣向とするもの。続万匂集は実在せず、本巻での創作。
五 島の内の茶屋富田屋市右衛門。富市(とんいち)。「浪華色八卦」に「富市綿庄は茶屋柄を作り」とあるように、代表的な存在。
六 「みせ」を顚倒して「れ」を挿入した隠語。
七 この場合有意。
八 東の空が白むしののめ。
九 遽しく明けるのと、ニワカニワカで明けるのと。
一〇 「せなをやりつる」ならば古歌にあり。
一一 この位置にて演技者に光が当る。
一二 能狂言の脇の座に当る位置。
一三 連中で演技をする配役のある人。

合せば。必ずおかしくなり。俄のさまたげとなる也扨いらぬ道具の取あつめと。俄終《おはつ》て後。人数をあらためて。よびあつめ。かほをそろへて。出る事専要《せんやう》なり。群衆《くんじゅ》の中ゆへ。これらに心を用ゆへき事。蠟燭《らうそく》の[一四]つきかへ勿論《もちろん》也。同じくは一ト度〳〵吹消《ふきけ》して。次の所へかゝるにて。灯《ひ》をもらひ。ともして出《いづ》るがよしさもなくては。大キな男壱人ゐる所にてとめられ。或は。おやまばかり。女斗の所にて所望にあひ。[一五]見さがさるれば。はらがたち。それより。俄おもしろからぬやうになるなり。◯たゝ役人を。大事にかくべし◯役人などをよひ合万事に。こゑをからす事多くあるなり。是等《これら》にも猶。あんどうもち。心を付べきとぞ。只場所《ばしょ》をひろく。人をよけるが此役の手柄《てがら》

◯俄かりものゝ事

江北幷新町辺にも。かしものやあれども。先《まつ》心斎橋通三津寺筋南へ入所。[一六]和泉屋にて調《とゝな》ふ事自由《しゆう》也。是程《これほど》道具万端《ばんたん》そろふ程の所もすくなし。京にても。[一七]縄手《なはて》[一八]富永《とみなが》町に。かしもの屋あるなり。

◯同器物之伝《きぶつのでん》

第一俄行燈《あんどう》 随分丈夫なるを調ひ用ゆへし 当時行燈の入らさるも多けれと。群集《くんじゅ》の中ゆへ。人数[一九]そろへる

一四 つぎかえ。
一五 じろじろのぞきこんで見られる。男女賑やかな雰囲気のところでほど ほど観覧されるからいいので、手元足元まで喰い入るように見られてはアラが表われてたまらない。

一六 「俄は和泉屋の借物代に追はれ」(富貴地座位・下)。「衣裳屋長持印和泉屋吉兵衛 心斎ばし菊屋町東がわ」(楽屋図会拾遺・下)。
一七 賀茂川東岸の竪通り。
一八 祇園社の西方、四条通より一筋北側の町。

一九 まとめる。

ためによし。又行燈持と定《さだめ》て。諸事道具の取あつめ。勝手《かつて》よければ。是非《ぜひ》調へるがよし。○面《めん》。女かつら。坊主《ばうず》かづら。若衆《わかしゆ》かづら等は。売所。心をつねに付置て。有所覚へゐるべし。○百日《ひやくにち》[一]かづらなどは。借《かし》もの屋ならでなし。○刀脇差《かたなわきざし》などは。かるもよし。趣向によりて。竹に。馬のくつを。[二]つばにして。佩《さし》たるもよし。○衣《ころも》[三]。十徳《じつとく》[四]。素袍《すはう》など。同しくは。暖簾或《のうれんあるひ》は。まへだれ。大ふろしきの類を。用ゆる事。大名《だいみやう》[五]にはじまる。すなはち故実《こじつ》なり。烏帽子《ゑぼし》勿論《もちろん》。編笠《あみがさ》[六]を用ひ来る。実《まこと》の物をつかふよりは。此方かへつて風《ふう》流《りう》あり。たとへは。千蕪《ほしかぶら》[七]をつなぎて。珠数《じゆず》にして用るなど。風流ありてよし。すべて。茶道《さだう》などにも。物を借用《かりもちひ》る事。その例《ためし》すくなからず。たとへば。利休時分《りきうじぶん》のわび人。摺《すり》[八]鉢《ばち》を風炉《ふろ》のかはりにつかひたる事。其外《そのほか》。ほや。駅路《ゑきろ》[九]のすゞなと。ふた[一〇]おきにつかふ事。みな臨機応変《りんきをうへん》にして。風流家《ふうりうか》の。もはらたつとぶ所也。諸事《しよじ》是になぞらへて。思ひつくべきぞ　三線《さみせん》の音《ね》も鳴過《なりすぎ》るは。かへつて。はなやか過《すぎ》て。おかしみ少なし。又あまり。狼藉《らうぜき》なる道具《だうぐ》[一一]すりこぎの類を。用る事。おかしきやうなれども。心いやしく。風流すくなし。あとにて不興《ふけう》にも。ある事。これらの心得ありたし

○顔彩色《かほさいしき》の伝

紅粉《べに》おしろいをぬる事。尤《もつとも》其趣意《しゆい》にもよるべけれど。翌日《よくじつ》顔の損《そん》じ多くして。又心安《やす》

一　毛の伸びるにまかせて理髪せぬ態のかずら。百日伸びた月代(さかやき)の風という。
二　藁沓で円形。
三　僧衣。
四　僧体のものが用いる羽織に似た衣服。
五　大名俄の大名。
六　編笠を立てて額にしばりつける。編笠烏帽子という。挿絵(一四八頁)に見える。
七　天王寺辺の特産。首にかける大珠の数珠。
八　この故事不詳。
九　茶道で駅鈴の蓋置が行なわれる。
一〇　釜の蓋を置く器具。
一一　男根に擬して用いるを言う。

くはおちず。かれこれ人のおもはくなどを思ふため。あまりこのむことにはあらず。只俄のすぢあつくつとむる時は。[一二]それにおよばすといへ共。それなくても。すまぬ事あらば茶屋にて。こしらへる時は。自由《しゆう》なれば。其[一三]差別《さべつ》は。あらねども。あきやを借《かつ》て。より合。よこ町のばゝが所でこしらへるなどの時。は。夜更《よふけ》とゝなひがたきものどもまゝあり。たとへば。紅粉《べに》に。事を欠《かき》し時は。菓子《くはし》を買《かい》とゝのへ。其べにを。唾《つば》にても。水にてもぬらし。かほへすりつけ。あとはくふてしまふなり。又つねに洗《あら》ひみがきの。すくなきかほには。にはかに。おしろひのびがたし。それには。下へ灯油《ともしあぶら》を紙にうすくつけ。かほにぬりて。其上へおしろいすべし。又はがす時も。あふらにて自由《じゆう》也。拭《ぬぐ》ひとる跡《あと》を。ぬかぶくろにてあらふがよし。是又便用《べんやう》。其餘《よ》考《かんが》へ知《しる》へし

○俄稽古《けいこ》之事

座敷《ざしき》にて。よくけいこの足《た》りたるには。出《いで》てのち。[一四]出《で》たらめも。よくきゝて。興《けう》あり。けいこのたらぬには。[一五]かのあぶらのせがたし。けいこ終《おはつ》ておもてへ出て。其門《かど》にてするはあしゝ。四五軒《けん》もわきよりはじむるがよし。[一六]度重《たびかさな》つて。[一七]引張《ひつぱり》も。さいかくも。よくまはれば。はじめに。我門《わかかど》にて。いひぞこなひは。しまいまで。心にかゝるものなり。よつて[一八]思ふまゝ。尽《つく》さるゝ所よりはじめ。[一九]くたびれた所にて。知《しつ》たる人のまへゝ出るが。

一二 その斟酌におよばず。
一三 普通のやり方にてよし。
一四 即興をなすにも下地の稽古必要。
一五 長広舌を演じがたし。
一六 度重なってこそ。
一七 進行を適当に延ばすこと。
一八 好き勝手を存分にやれるところ。
一九 仕なれた。

俄稽古《にはかけいこ》の図《づ》

そのあしどりではしつかい
[一]さぎがどじやうじや
こふしたところは[二]さるがや
うしくはへぬのじや
ナンボふるかねかいに見せ
ても七まんにはとろ

一 鷺が泥鰌を踏むよう。抜き足のさま。
二 楊枝屋の看板にある猿に似て、猿が楊枝をくわえぬばかりという。

出来栄《てきば》へ多し。身ぶりものまねは。このまざれども。則趣向になつたるは又よし

○俄の宿《やど》に大事ある事

身ごしらへ場《ば》によつて。甚た難義《なんぎ》の事あり。其例《れい》を挙《あげ》てこゝに示《しめ》す。〽或人《あるひと》女形の役《やく》にあたりて。顔に胡粉《ごふん》おしろいべにをこきまぜあつくぬり。其宿の娘《むすめ》の。ふりそでのかたびらをかり。黒繻子《くろじゆす》のひろき帯《おび》をして。俄に出しが。ふけて其宿へかへりたる所。家《か》内《ない》はや寝《いね》しづまり。戸《と》をたゝけどもおきず。[三]きのとくながら。少《すこ》しは。つよくたゝきたれどもおきず。其間《あいた》いぬ多くあつまり。ほゆる事甚しければ。ぜひなく。我本宅《わかほんたく》へかへり。戸《と》をほと〳〵とたゝきたれば。母親《はゝおや》いまだ不寐《いねず》。起《おき》てまちゐたるにや。すぐに戸をあけ。かのものを見て。おまへは。何処《どこ》の女中でこさると。おとろきしとぞ。此類《るい》まゝあり。万事心得べき事なり

○俄心得ある事幷厚薄《こうはく》

藝《げい》の厚薄《こうはく》は。能《のう》にも。劇場家《げきじやうか》にもあれば。或《あるひ》[四]はくろごにて。顔《かほ》をかくすはよし。[五]又さらしのてぬぐひの長いを。あたまに。かけるなどは。風流家《ふうりうか》のせざる所。[六]行燈に趣向の道具を画《かき》て。頭《かしら》にいたゞくは。[七]薄《うす》きながらも。中古《ちうこ》の遺風《いふう》或は顔をあらはしながら。黒い

三　困ったと思いながら。

四　顔をかくすのに本格的な方法。
五　自分を粋に見せるための恰好作り。
六　その道具があるという思入れ。
七　ざっとした稚拙なやり方。

羽織《はおり》を。腰限《こしぎ》りに着《き》なしたるは。不風流《ぶふうりう》也。[一]これが好《すき》ならば。俄はなされぬがよし一体《いつたい》趣向のうすく。才覚《さいかく》もなきに。めつたにおかしがらさふと。道具数多《かずおほく》用ひげいこに三線ひいてもらふなど先《さき》[二]へナニ〱とことはりいふておくなどらうぜき[三]なるもの用るなど。みな趣意《しゆい》[四]のうすき也。厚《あつき》[五]といふは。たるみなく。しつかりとする中に。どふもたまらぬほど。おかしく。あまりけしからぬことばもなく。着餝《きかざ》らざる中にあり。而《しかふ》して後《のち》に。思ひ出し見ても。[六]とらまへ所もなきやうなるが厚き也。上手下手にもよるといへども。我壱人の。狂言のあつきにあらず。いひあはして。其趣意《しゆい》のおかしく。行とゝくをおもへば。[七]一体《いつたい》にての。あつきなるべし。もとより功者不《こうしやふ》功者《こうしや》。立《たち》まはりの不調法《ぶてうほふ》さに。上手下手多きは。此業《わざ》に限るほどの事とも[八]いはん。それさへ新古《しんこ》の沙汰《さた》。猶あらんかし

○にはか趣向《しゆこう》之伝

古代《こだい》は。[九]物のかたちをとりて。はね。落《おと》しを付たり。元文《げんぶん》のころには。かるくちおとし噺《はなし》より。出たるも多く。大名の俄は。[一〇]秀句《しうく》狂言等《きやうげんとう》の趣意《しゆい》ニ類《るい》す。おもふに。近世《きんせい》の雑《ざつ》句《く》。[一一]笠付段《かさつけだん》[一二]ゝ〱附《〱づけ》などの付かた出て。たがひに俄も句《く》に成《なり》。句又俄となる事多し。惣《すべ》て心を付べき。近き頃。〽[一三]立雛《ひな》のみちゆき。[一四]鈴《れい》の音《おと》ありて。[一五]淡島《あはしま》様へ代僧代《だいそうだい》参りとのこゑ聞ゆれば。△アレ[一六]人買《かい》がといひし。趣向《しゆこう》は。猶誹諧《はいかい》也。これを付句《つけく》にしてみれば。〽ゆめ

一　自分の顔を見せたがるなら。
二　これからやる事の解説をしておく。
三　猥褻なもの。
四　妙とするに至らず。
五　至妙なもの。
六　理屈ぬきのとぼけた味が俄の醍醐味。
七　チーム全体としての。
八　事とも言わんや。何にでもある事。
九　仮装や見立て・造り物などで何かの形を表わす。
一〇　「秀句傘」「萩大名」の類。
一一　雑俳種目。五文字を題にして十二文字を付けるもの。冠句。
一二　雑俳種目。前句の句脚五文字を題にして次の七五を付け、その五文字を又題にして尻取り風に続ける連句形式。その中句七文字を外して、五文字に五文字を付けるのを五文字段々という。
一三　かけおち者が人買に狙われる態。
一四　淡島代僧が鈴を鳴らして来る。
一五　婦人病の祈願として、紀州加田淡島大明神へ立雛を作って奉納する。その代参を言い立てにした乞食僧。
一六　雛の身にとっては人買。

に粟島《あはしま》[一七]おそはるゝ。雛　○又或《ある》附ヶ句《く》に　＼摺墨《するすみ》も物におそるゝくせがつき。といふ句より。思ひつきたる俄に。＼宇治《うぢ》[一八]川の先陣物語《せんぢんものがたり》。源太兄弟千鳥と倶《とも》に。いかにも始終に。彼《かの》ナヱコとよふ所の舌《した》をなやして。文句《もんく》を長《なが》く引張《ひつはり》。末《すへ》に。源太平次に。いひつめられてより　源太工夫して　[一九]鳥さしの拍子にて　[二〇]そんならわたろか　イヤ〳〵　ヨシニシヨ　千鳥　ソリャ又なぜに　△河太郎《がはたろ》[二一]がこはいとぞ取なせり。○又扇子《あふぎ》[二二]の絵合《ゑあはせ》にても其心もち同し。聞たる趣向あまたある中。一ッ二ッをしるす。＼思案するものといふ題《だい》に。摺鉢《すりばち》に。鯛《たい》と鮹《たこ》を。画《ゑがき》し図《づ》。或は又。横《よこ》に行《ゆく》物といふ題に。猪《しゝ》の片眼《かため》つぶれしなど。是を句《く》にして見る時は。

思案《しあん》に迷《まよ》ふ雷盆《すりばち》[二三]の鯛

片眼の猪《しゝ》の翳[二四]る道癖《みちくせ》

是[二五]を俄になをしてみれば　　　　＼竹田近江[二六]と出雲《いづも》[二七]と。酒もりなどあつて。はなしのうち。近江。ナントアノ八坂[二八]の塔《たふ》がゆがんだ〳〵と。むかしよりいふが。あれは大きならそ。天王寺[二九]の塔こそ。大きにゆがんて有といへば。出雲大ｷに笑《わら》ひ。これはきつい了簡《りやうけん》ちがひと。ことの外せり合。そんなら。弐人つれにて。見にゆかんと。天王寺へ行たり。近江。是程ゆがんてあるものをと。かたいぢ[三〇]にいふ。出雲は。ゆがまぬといひ。せりあひ。はたさずして。かへるさ。出雲は門《もん》の真中《まんなか》を通《とを》り出しに。近江は。かたわき

一七　「逢う」と「粟」をかける。
一八　「ひらかな盛衰記」二のもじり。
一九　鳥刺舞の囃子歌の軽妙な拍子にのせる。
二〇　「かゝる時節に渡さずば、いつかほまれをあらはさん」(ひらかな盛衰記)というところか。
二一　河童。
二二　題意の絵を描いた扇を出し合って優劣を評する遊び。「摂陽奇観」宝暦五年条に絵合せの流行を記し、「年忘噺角力」(安永五年刊)に「はんくはの大坂、絵合のさかんなるを」とある。
二三　摺鉢は味噌を擂るもの。いずれ酢味噌で食べられる。
二四　「よぎる」と訓むか。
二五　これらの句を俄に直すと何故近江と出雲の俄になるのかよく分らない。
二六　竹田からくりの名代。
二七　あやつり浄瑠璃竹本座の座元。
二八　東山法観寺の塔。村上天皇の時塔が乾の方へ傾いたのを、雲居寺の浄蔵貴所が持念して元の通りに直したという。
二九　五重塔。
三〇　近江の出雲に張合う情を表わす。

の袖門《そでもん》より出て。[一]さて〳〵これは。せまい門《もん》じや。是又。むかし風《ふう》なり。是にならひて。当世に引つけ。いかやうともなるべき事也。先《まづ》其心持をしるすのみ。倶《とも》に風流にして。心の俄此事ならん。思ひよる所は。同し類《たぐ》ひなるべし。又粋家《すいか》。[二]是等《これら》より出たるは。必《かならづ》ぬるしと。[三]いひほぐせども。実《しつ》は。[四]風流《ふうりう》うすく。[五]実《じつ》は其趣向《しゆかう》の出《いで》ざるゆへ也。たとへば。今の歌舞妓役者《かぶきやくしや》の。敵役《かたきやく》。道外《だうけ》仕《し》と変《へん》じたるがごとし。只誹諧《はいかい》にていふ所の。[六]実《しつ》興《きやう》とて。世《よ》にある事をするは。感《かん》多けれど。其裏《うら》を案《あん》ずるにも。俄の趣向深《ふか》し。[七]いぬひらひ本朝《ほんてう》にあれば。唐土《もろこし》には[八]虎《とら》ひらひもあるべし。又きつねつきあれば。きつねにも又人つきあらんなど。物にたくらべて。案《あん》ずる事。則。比喩《ひゆ》の体《てい》なり。余《よ》は是になぞらへてしるべし。都《すべ》て。詩歌《しいか》連誹《れんはい》ともに。風《ふう》賦《ふ》比《ひ》興《きやう》雅《が》頌《しよう》の[九]六義《りくぎ》あり。又[一〇]六根《ろくこん》ともいへば。あらかた其俤《おもかげ》をこゝにしるす。

風　彼[一一]よそへる所の趣向をいひて。其事をいはず。こゝろをさとらするやうに案ずる事なり。[一二]きれかはりし。趣向出るなり。

賦　[一三]心をくばるなり。[一四]直に其事を。まつ直に。趣向とる事也。たとはゞ所望を見かけて。せりふを立かへ。当るなとをいふ。

比　物に[一五]なずらへて。趣向を立る也。たとへるなり。[一六]面〳〵拍子をかへて。せりふを付る。俄ニ多し。

興　物を見付置。外の事をよせて。くらべる也。すなはち。[一七]たとへる也彼犬拾ひとらひらひに。たくらへるをやいはん。

一 近江は子供相手のからくり芝居で、芝居の格の上で出雲に比べて肩身がせまい。
二 軽口落し咄・雑俳・扇子の絵合などを発想の起点となす俄。
三 難ずる。
四 遊びのセンス足らず。
五 遊びの心のない者に人を笑わせることは不可能。敵役に滑稽は無理。
六 この語の使用については不詳。ありのままの景色をよむことか。
七 特に大阪での習俗。早朝、かますを肩にかけ或いは籠を負い棒を突いて町中を歩き、犬の屎を籠に収めて行く。犬屎は蠟の原料とされる。
八 宝暦の俄として後に出る(一五八頁)。
九 以下は毛詩序の六義にこじつけているので、無理なところもあるのは止むを得ない。
一〇 仏語に眼耳鼻舌身意を言うが、ここでの用語不詳。
一一 ことよせる。暗示する。
一二 目ざましく新しい。
一三 その方へ対応して工夫する。「賦」に「くばる」の訓がある。
一四 「賦者直陳其事」(毛詩注疏・一)。
一五 「みつにはなずらへうた」(古今和歌集序)。「比者比託於物」(毛詩注疏・一)。
一六 浄瑠璃の相手に能の拍子など。
一七 「よつにはたとへうた」(古今和歌集序)。

雅　事の調一八ふ事正しく。たゞ一すぢに。始より終まで。いひつめたる趣向をいふなり。此はね大かた口合になる也。

頌　物をほむる事なり。只うれしがらするこゝろ也。たとはゝ。当世のはやき事をよろこぶ。趣意にひとしく。

一九引俳は。各《をの》〳〵こゝに略す。前後《ぜんご》のにはか。考へおもひ合すべし俳も又。風流の。一ッなれば。ねがはくは。此心に引付て。趣向《しゆこふ》ありたき事を。外に口伝《くでん》二〇有

○口合《くちあい》の俳にては。古今集誹諧歌《こきんしふはいかいうた》の部《ぶ》に。素性法師《そせいほつし》

山吹の花色ころもぬしやたれとへどこたへずくちなしにして

と。是を俳にいひなし。かたちを付て見るに。〽黄《き》なる物着《き》て居《すは》ッてゐると。人出て誰《たれ》じや〳〵ととへど。答へず。まだ問《と》ふ。幾度もかくのごとくしてあいつ。くちなししやさうな。〽如此に。二一かたちを付る事。童《わらんべ》の俳に間《まゝ》此類あり。なるほど。ぬるく興薄《きやううす》けれども。口合もぢりの例。雲上《うんしやう》二二にせばかくもやあらん。心を言葉《ことば》にして。それにかたちを付る時は。何によらず自由《じゆう》也。抑《そも》〳〵口合俳の赴《おもむき》は。歌道《かだう》にも多し。〽ほの〳〵二三とあかしのうらなどは。勿論《もちろん》。〽なが〳〵し夜といはんとて。しだり尾といひ。しだり尾といはんとて。山鳥といひ。山鳥を呼《よひ》出す斗の。あしびき山の序語なりの。是程長き口合も。前後にあるまじ。皆口合の證拠《せうこ》也。俳諧にも。〽二四所の人のわたり候歟はしの霜《しも》。〽二五雛祭人形天皇《にんぎやうてんわう》のころ

一八「雅者正也」(毛詩注疏・一)。
一九 俳の実例。引歌の洒落。
二〇 歌学の伝書に擬した。

二一 人が黄衣にて梔子になっているなど。
二二 古雅。
二三「ほのぼのと明ける」「明石」のかけ方を口合だという。
二四「里人の渡り候か橋の霜　一幽」(境海草)。「いかに此屋の内に何々の渡り候か」など謡にいう所。
二五 桃青の句「内裏雛人形天皇の御宇かとよ」(芭蕉句選)。仁明天皇などあり。

かとよ。此類算《かぞ》ふるにいとまあらじ。猶其中に当流《たうりう》のまだ其上の。当世《たうせい》こそ。見付所なるべし。

[一]源平盛衰記《せいすいき》口合之事

補 俊寛《しゆんくはん》しゝがたに酒《しゆ》ゑんの上。[二]いくさひやうでうのせつ。ゆへありて瓶子《へいし》[三]をひたゝれのそでにかけて。首《くび》をそうち折ける。大納《たいな》言《どん》成就《しけなり》これを見て。ァ、ことのはじめに。平氏《へいし》たふれ侍りぬと。申されける

[四]太平記《たいへいき》口合之事

補 大塔宮《たいたふのみや》般若寺《はんにやじ》[五]へ。にげ入。経櫃《きやうひつ》のかげにかくれたまふ所へ。兵とも来り。[六]かの経櫃をひらきても。みやのおはさゞりければ。大塔《たいたふ》のみやは。おはさずして大はんにやこそおはしけると。口合いふて。みなく去《さり》にけるとぞ

其外古記《こき》に散在《さんざい》する事少からず。みなその時くの。口合あまたのうち。一二をあぐる。口合も。にはかも。後世《こうせい》にいたりては千変《べん》万化《くは》。まことに。[七]みなもとは。觴《さかつき》をうかむる。ばかりなり　すべて不意に出たることほど。おかしきはなし。所《いは》謂《ゆる》当意《たうい》即妙《そくめう》。妙則《めうすなはち》俄か

一 源平盛衰記・四「鹿谷酒宴静憲御幸を止むる事」。
二 「鹿谷には軍の評定の為めに人々多く集りて一日酒宴しけり」(源平盛衰記・四)。
三 「瓶子を直垂の袖に懸けて、頸をぞ打折りてける。大納言之を見て、あゝ事の始に平氏倒れ侍りぬと申されたり」(同)。
四 太平記・五「大塔宮熊野落事」。
五 奈良坂にあり。白雉五年の創建と伝える。
六 「大般若ノ櫃ノ中ヲ能々捜シタレバ、大塔宮ハイラセ給ハデ、大唐ノ玄奘三蔵コソ坐シケレト戯レケレバ、兵皆一同ニ笑テ門外ヘゾ出ニケル」(太平記・五)。
七 「其源可以濫觴」(荀子・子道)。事の起りは些細なこと。

○俄《にはか》の数奇《すき》と功者《こうしや》の事

すきこそ。もの丶上手とは。何藝《なにげい》によらずいふうちにも。俄の上手功者《こうしや》は。衣裳《いしやう》もつけず。かほも作《つく》らず。わるい趣向《しゆこう》をいつとなく引立ておかしがらせ。はねもかはらず。わるい口合にて。すませども。其中に上手は。格別《かくへつ》かはれり。二十年ばかり前《まへ》に。〽八クハタ〱〱〱。と かげをうちて 狩出《かりいだ》せ〱と。はだかに大小さし出。まはり〱。一人 ナンボかり出しても。トントおりませぬ。裸男 おらぬはづはないすいぶんかり出《いだ》せ。又くちにてドンクハン〱〱といひてまはる やう〱。女蚤《めのみ》を一疋《ひき》とらへました。裸男 ナンジヤおなごのみをとらへた。そいつ大方《おほかた》子をはらんでおらん。其子をうませい。ハアと。同しく裸にて。九あたまに赤紙を張て出る。サア〱己ㇾがはらみゐる。子をうませよと仰らる丶ほとに。うみおらう 女蚤 キバルと腰をだく なんぼ世話《せは》いたしても。中〱うみませぬ。裸男 ナンジヤうまぬ歟。△ハテ一〇のみ子をうまぬやつじやナア ○又。芝居《しばい》の馬の口に。付添ひ出て。馬に菜《な》をくはして。菜《な》がむまいかとふ。馬 うなづく 口取 又菜《な》むまいかととふ。馬 うなづく。又問ふ 又うなづく だん〱とふ事せはしくなつて。せはしううなづき。馬のはらの中にて。鉦をならして。なむまい〱と。一一せめ念仏となる 是等は。前に案《あん》じ置たる物にてなき事。いふもさら也。誠《まこと》にでたら一二

八「立合あるひは太刀打の時、かげを打とて大きなる拍子木にて、ぐはた〱〱とた丶く」(続耳塵集)。
九「和漢三才図会」に「按蚤赤色肥身小首」とあるように、赤色は蚤のシンボル。
一〇「のみ込まぬの口合。」
一一 念仏行の終り近く、急調子で唱える念仏。
一二 即興。

めの趣向にて。しかも拍子利《きゝ》の上手ならでは。できず。いかにもさしたる事なくて。功《こう》者《しや》のする所なり。数奇者《すきしや》は。俄のよきあしきもいとはず。一[一]ト夜に幾度《いくたび》となく。趣向をかへて出て。其功者上手の部《ぶ》に入らんとあせる也。よつてせはしゝ。されどもすきゆへ。趣向多ク。いくつもある中に。よい俄出て。それがあたつてより。その俤《おもかげ》のこりて。いつとなく。上手になる也。凡《およそ》住吉まつりを。俄の終りとし。根気《こんき》をくだき。趣向をあらそふ事なるに。七月になりてもざんねんがつて。朔日《ついたち》の昼《ひる》◯[二]みかんかごに。黒ご。かづら。太刀脇差の類。一荷にして。俄のから買《かを》へ〳〵是等の趣向。或は晦日《つごもり》[三]の夜《よ》あくれば〳〵[四]かはらけ〳〵などゝ。売体《うるてい》を。趣意《しゆい》に立たる俄も。まゝあるなり。尤《もつとも》盆《ぼん》の十五十六日の夜。軒《のき》の灯籠《とうろう》のかげへ持来る事。又は。八月の名月の夜までも。数奇者のあとをしたひし事も多くあり。勿論《もちろん》六月十日比より。はしりと名付て。あつきとしの。すゞみゐる所へ来るもあり。誠《まこと》に真《しん》の数奇《すき》者《しや》にして。浪華《らうくは》に限《かぎ》るべき事とぞ

◯[五]ながし俄の部

宝暦 からだを墨《すみ》にてぬり。[六]そてつのふをかき。三人ほどかたくまにのせ。をの〳〵そてつの葉をもつて。そのかたわきのかたに。七八才の小児《せうに》同し小サキ葉をもつて。かた

一 「先生のおしへには、かろくして一日に何ン十たびもかへてするが俄衆といへり」(清神秘録・目録)。
二 紙屑買いが用いる。
三 六月晦日。
四 七月に入るや盆灯籠用の土器売が出る。
五 「又流シト云ハ、或ハ種々ノ扮ヲ模シ、或ハ平服ニボテカヅラヲ着シ、一言ノ滑稽、或ハ諧謔ヲナシテ、行キ過ルヲ云」(守貞漫稿・後二)。
六 蘇鉄の幹の状を描くのに、(三)の型の斑(ふ)を以てする。

さきに取付ゐる。△妙国寺《めうこくじ》[七]へいの〳〵。かたの小児がぼ[八]んもいの

同 座頭《さとう》の坊《ばう》。ふんどしを長く引ずり。そのさきに。めしわんを。二ッ三ッ、つけ。引すりあるきたり。〽わ[九]ん〳〵との心かや

享保 神事《じんし》[一〇]の日。大雨大かみなりありしに。はれてのち。かみなりのすがたにて。先程は △おやかましござりましよ

寛延 ゑ[一一]んま大王を。二ッこしらへ。一荷《いつか》にになひ △ゑんま大王〳〵

同 か[一二]やにて。大きに。あふむ石《せき》をこしらへあるく。〽しよまう〳〵といへば。石《いし》[一三]のうちより又 △しよまう〳〵

宝暦 水たごうつむけにして。一荷《いつか》にになふて。△水[一四]なし〳〵

明和 惣身。まつくろにぬり。柳[一五]の大枝《えだ》をもち。△カア〳〵〳〵

同 髪《かみ》ゆひ。はこさけ。さても〳〵いそがしいことかなと。ちよこ〳〵はしりしてゆく。はるかあとより。髪のゆひめのもとゆひをきらず元ゆひはくしばこのおりくきにかけてゆく。△コリヤとふ[一六]する〳〵

同 紙の赤《あか》き坊主《はうず》[一七]合羽《かつは》をきて。四五人ならび。竿竹《さほだけ》を一ッしよにもつて △ほ[一八]うづきや〳〵

七 妙国寺の大蘇鉄は、織田信長が所望し安土城へ移したが、夜な夜な「妙国寺へいのう〳〵」と声を出した。信長は古木の霊に感じて妙国寺に返却したと伝える。
八 蘇鉄の古株に対し、肩上の小児をすわ枝とした見立ての上に、稚枝ならばこのようにも言ったかというところを表わした。
九 ふんどしを犬の手綱に見立てた。「椀椀椀椀亦椀椀亦亦椀椀又椀椀」(続太平楽府・犬咬合)。
一〇 守貞漫稿・後二に流し俄の例としてこの俄が上がっているが、本書から取ったか。
一一 奇抜な売物。
一二 有名な勢州の鸚鵡石は青黒色(輶軒小録・一、伊勢参宮名所図会・四)。それで蚊帳で作った。
一三 鸚鵡石の反響。
一四 水梨売にかけた。
一五 柳にとまる態をなすのに、烏が自分で柳を持つというのが馬鹿々々しくておもしろい。挿絵(一五九頁)参照。
一六 ナンセンスで面白い。
一七 和蘭人のカッパを真似て作った袖無し合羽。
一八 坊主合羽、酸漿の宿存萼に似る。

同　さくらの花の枝になべかまをかけて持あるき。三味せんおんど△さいた桜になべ[一]かまつなぐ

元文　あめ[二]うりのからかさをかたげ。まないたにはなおをつけて。△丸山さんこゝにじやござりませぬか。但し此年丸山権太左[三]衛門きたりしゆへ也

延享　壱人鬼の形《なり》にて。大なるきりをこしらへ。大道をきりもみしてまはると。あとより△手《て》[四]桶《をけ》にて水うつてまはる。

　　戸《と》[五]板《いた》に。あんぺらをしき。けつからなる仕立[六]の。唐人をねさし。下官《げくはん》の唐人ども。大ぜいかいてゆく。△トンジン[七]。アシヲンレンタ。ナンバン。ホネツキ。チヱテ。ユンクノ。

宝暦　しゆらう[八]のけを。あたまへかづき。いかにも。きたなき唐人のすがたにて。かますのくちへ。はりこのとらを。一ッ二ッ入レ。とらひらひとなりゆく。あとより。とらのめん装束にて。二三人ほ[九]へつく△其こゑトラ[一〇]〳〵〳〵〳〵〳〵

寛延　からだを半分《はんぶん》[一一]たんにてぬり△越中富山《ゑつちうとやま》[一二]はんぶんたん

明和　ごくもん[一三]の庄兵衛出立にして。竹をゆがめ。うしろへさし。まへへかゞむやうにして。その竹へ。[一四]たばこやのかんばんかけ。△コレたはこや〳〵。此間のたばこはきつふ[一五]のめがわるい。などゝいひ〳〵あるく

其外猶多しといへども。こゝにもらしぬ。委《くは》しくは拾遺《しうい》に出すべし

一「なぜ駒つなぐ」の口合。
二 飴売りの大傘はさしわたし一丈余だと(守貞漫稿・三十)。
三 有名な巨漢力士。「相撲今昔物語」に「爰に元文弐歳丸山権太左衛門初登、勧進元を勤めし大坂白子裏町砂場浄光寺前待乳山泥鰻(ぢ)之助といふ相撲取あり」とあり、元文二年上坂を言う。同書に身の丈六尺三寸七分と。
四 錐揉みの熱気を冷やすのに水をくれる。大錐揉みなので水も百倍。
五 動けない者を運ぶのに用いる。
六 すべて長崎渡来の唐人の風俗。
七 撥音を多く入れて擬似唐人詞を作る趣向は、宝暦以降(例えば「傾城勝尾寺・口明」)多く見られる。又、俄に唐人を用いる趣向が流行したことは、本書にも例が多いが、「傾城阿波鳴門・一」にも例がある。
八 棕櫚の大阪詞。
九 犬拾いには犬がほえつく。
一〇 我邦人虎の吼える声を知る者なし。
一一 鉛丹。赤く彩色する顔料。
一二「返魂丹」の口合。返魂丹は富山の売薬の主薬で、「越中富山の返魂丹」と唱えて売広めた。
一三「新町橋のたばこ店に腰打かけ、たばこや二両かけられい。夕べのは水の様でくらはれなんだ。そんなら是になされませ。どれ吞で見やうかときせる取上げすつぱ〳〵」(容競出入湊・新町橋出入の段)。

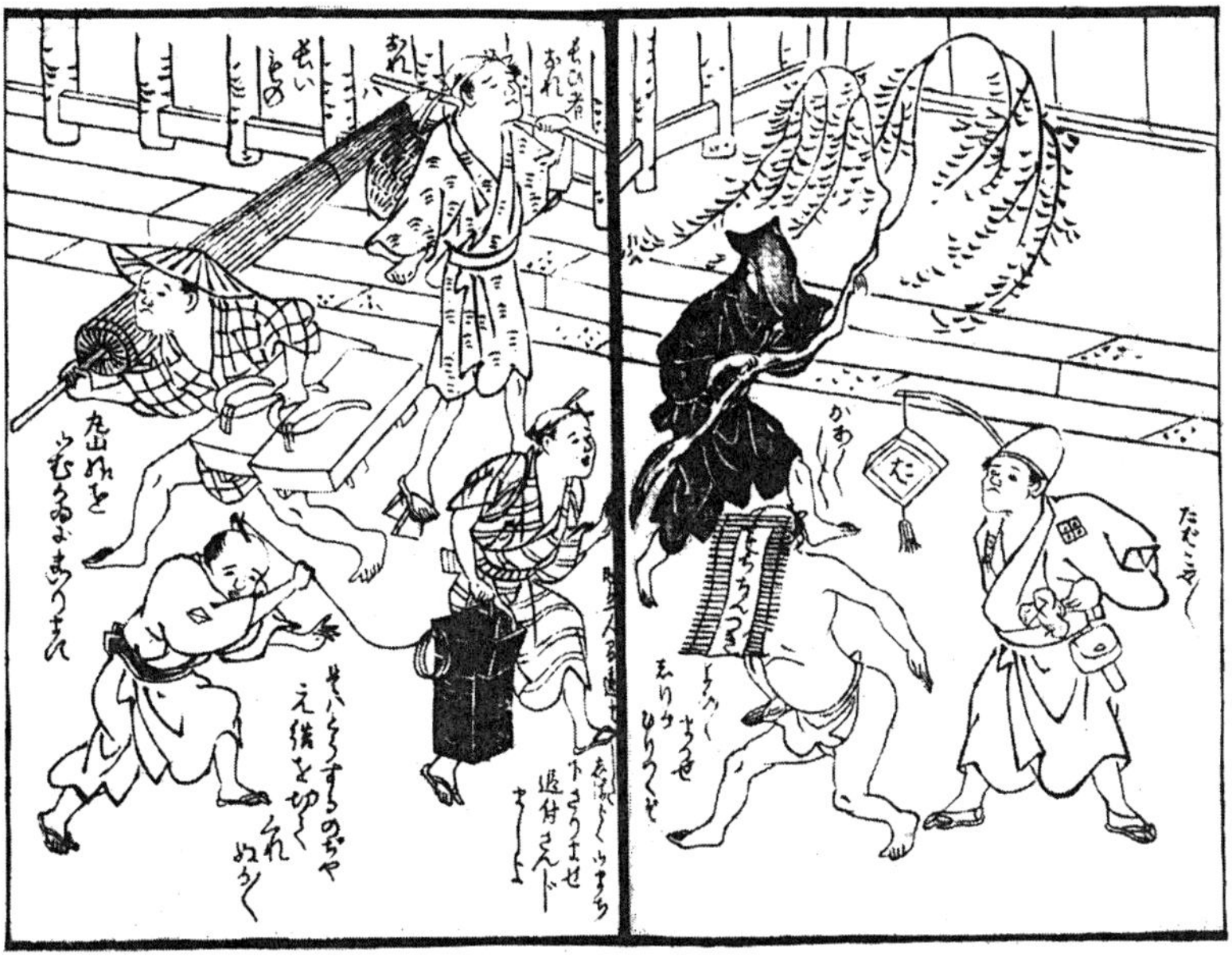

たばこや〳〵

かあ〳〵〳〵

一六 もちちんつき

よひ〳〵まかせ　しりがひりつくぞ

助が一人間違申した　しばらく御まち下さりませ　追付さんじましよ

是はとうするのぢや　元結を切てくれぬか〳〵

長ひ者おれおれは長いもの

丸山様を御むかゐにまいります

一四 吊下げの看板で色紙形の板に「たばこ」の三字をあつめた字形をかけ房を下げる。挿絵参照。

一五 大阪詞。煙草ののどごしを、「のめがいい」「のめが悪い」という。「容競出入湊」の台帳に「こりや能ひのめじや二両かけさあれ」などとあるから、歌舞伎にのめがいい悪いという台辞があったのだろう。

一六 尻を叩いて餅搗の音とする。挿絵参照。

古風とおぼしき俄之部

寛保　七八才の小児《せうに》に仕立たる男。あしをすこしづゝうごかしてゐる。家の絵をかきたる。道具或は用水桶《やうすいおけ》。犬[一]のごき。ことき物まで。かいてあるを。くろごきたる人。其道《だう》具《ぐ》を持て。小児のぐるりをぐる〱と。持て廻《まは》る。小児 △家[二]が舞《まふ》か。目がまふか

寛延　座《さ》禅《ぜん》のてい。木魚をうち [三]ナモヲミトウフ〱。しはらく有て。あみがさにてこしらへたる大きなる鯉[四]を 持て出。僧これをたゝく。カツ〱〱めしトいふと座《さ》禅《せん》の僧 立て のびをして △ヤレうれしや

寛延　奴《やつこ》の形《なり》にて。ひらたく大きなるはちに。水少し入。土ざいくの。小き城《しろ》をまん中に入。むかふへなをしおき。□うつむひてゐる。見物《けんぶつ》これをのぞきて見る。△奴[五]のぞくな

延享　瘦肉《やせじゝ》にて。いかにも六尺にあまりたる人。まだ其上に。たかげたをはき。ふごをかたげ △[六]ながいものおれは。おれは。なかいものおれは

同上　まへがみでつちのなりにて。さほのさきに。のうれんをかけて。鎗《やり》もちたるごとくもち。のうれんにその身をかくし 門《かど》〱にて。のうれんの間《あい》より。くびを出し。△[七]かみゆひどんはこゝにかへ

一 犬に飯をやる古椀。

二 子供がぐるぐるまわりをする遊びの詞か。この俄が歌舞伎「大坂神事揃」（宝暦九年閏七月角芝居上演）に用いられたことは、荻田清が指摘（平成四年）。

三 「かべをにらんで九年めにさとりをひらき、なむおみとうふ〱となべ落入たるゆどうふもついには浮かび上る所を」（御所桜堀川夜討・四）。「なむをみたうふ」の語は、先立って「燦静胎内捃」・二に見える。をみ豆腐という料理があったか。

四 禅寺の魚板に擬す。

五 堀端警固の奴が堀をのぞきこむなと叱る態。わざとのぞきこませるように仕懸けたのが妙。「古今二和歌集」のハネには「ほりのぞくな」と言わせる。

六 売り声の「長芋の折れ」と「長い者、俺は」。

七 髪結いの廻り先を尋ねる丁稚。諸家の店先と丁稚とを一人で描写。「髪結に床髪結丼に町髪結の二種あり、…町髪結は台箱を携へ、受持町内の町家に出入して髪月代を行ふ」（大阪市史・一）。丁稚が髪結の廻り先を呼び歩いて探すのは大阪の習俗（難波津・十四・大正14・3）。「玉尽一九はなし」に「かみどんはおまへにな

同上 身を真白《まつしろ》に作り。つくばふてゐる。〽前だれはちまきにて。弐人して杵[八]にてかまぼこつくてい まつしろな人 ニッチヤラ　ニッチヤラ　クッチヤラ　クッチヤラ といふ〽方ゝよりかまぼこせがみに来る。ハイ〳〵そこへといふて。杵《きね》かたづけ。大きなる板へ。その人をもつてのせかける と。△[九]べた〳〵〳〵ベッタリ

同 こんのだ[一〇]いなしの奴三人斗 ナント べく内。けふはよい天気。かふ打つれて出た所は。どふもいへぬ。ナント 一ッはいのみたい物じや。一人 そふおもふて。こしのひやうたんにつめてきたぞ 一人 コレハ 出来た〽と 皆酒をのみて 一人 ナント 肴《さかな》がほしいでないか。さればサアなんぞあたりにないか。一人 あそこの見せ[一一]に。と[一二]うがらしの木かある。これをむしつてくふベイ 一人 コレハ よかろと取にかゝると。内よりたれじやとしかる 三人の奴 △カ[一三]ア〳〵

宝暦 あ[一四]んどうのさやを。はだか身にすつほりとかぶり三四人ほど仰向《あをむけ》にねて。ゴウ〳〵と。いびきをかく。〽壱人出て コリヤナンジヤ △ふ[一五]かのかまぼこじや

宝暦 心中《しんぢう》道行 せりふいろ〳〵あり文句略す 〽サア〳〵かくごはよいか。たがひにすそをぬひ合して。此川へ。サアおしやと。飛込んとするうしろより。まつくろなるもの二人出て。抱《だき》とめる。二人 とめたはたれじや。まつ黒 △あ[一六]づき餅ト なすびのからのもの

同 たゝみをかたけて来り。下におろし。そのうへに。まうつむけにねて。むく〳〵

いか」と探しに来る噺がある。

八 「蒲鉾造法刮取海鰻(も)肉擣千杵、和塩酒各少許再擣」(和漢三才図会・五十一)。

九 板に着く。

一〇 下僕の衣服。紺の筒袖。

一一 上げ見せ。縁台のような台。

一二 鉢植えの唐がらし。

一三 奴のだいなし姿、鳥に似る。

一四 上方は丸行灯を専らとしたので円筒形。

一五 鱶はよく寝るものとする。鱶の蒲鉾だけに、いびきをかいて寝ているとはおかしい。

一六 小豆餅と茄子の香物は、乙子の朔日、水難除けのまじないとして食べるもの。よって水難がさまたげられた。

とおき上り。又たゝみをかたげてかへる。跡《あと》へ一人出。アリヤなんじや。△人[一]をうつむけにした俄じや

【寛延】壱人丸裸《まるはたか》にて。またをひろげ。まつすくに立てゐる。又一人裸にて立し人のまたぐらへくびを入れて。あとより一人。かけや[二]にてそのしりをウントくらはす。またぐらの人△ギツトむかふへ少し出る。○あぶらしめ[三]の心なるべし

【宝暦】白き物をすつぽりかぶり。身にまとい立てゐる。うしろより大きなる朝日《あさひ》をこしらへ。ヌツト[四]いふて出《だ》す。〽と【白キ物】ジミと すこしぬぐ 〽又ヌツ〽ジミ と又ぬぐ 〽ヌウヽといふて日出る。〽とジミ〳〵〳〵〽と いふて白きものをぬくと下には 真青《まつさほ》に松を。からだ一ッはいにかいて。

△手を上ヶてはちかる[五] ○朝日に雪とけの心なり

【延享】医者《いしや》病人の脈《みやく》見る。手をもつてゐて。ムヽムヽ ムヽムヽ と首《くび》をかたむけ。かんがへるてい。さま〳〵あつて。ムヽ ムヽ がすぐに尺八のふ[六]となる。病人の手をもち。口《くち》にてふをいひ〳〵ぐる〳〵廻《まは》ると。病人くるしきていにて △申御無用[七]

一 「人をうつむけにする」は人を馬鹿にするの意(「人をうつけにする」の転だろうがこの形で言われる)。ことば通りにしてみせた。
二 特大の木槌。
三 油搾木で油を絞るさま。立っている人は立木(たつぎ)、またぐらに入った人はくさび(矢という)の見立。
四 「ヌッ」「ジミ」などと口で言うのが妙。
五 手足を広げて立つ。
六 フ・ホ・ウ・エ・ヤ・リ・ヒ・イ・タ・ル・チなどと言う。音階をあらわす言い方。
七 やめてくれというのと、虚無僧への詞と。「御無用　虚無僧を辞謝する詞」(俚言集覧)。

此巻今に比《くら》べて中古《ちうこ》ともおほしきを集む

宝暦 〽前髪を藪《やぶ》入姿《すがた》に作り苞《つと》[八]などを提《さ》げ親里《おやさと》へ帰《かへ》る親《おや》は土細工の家を顔《かほ》に当其家《あてそのや》の内より物いふ躰《てい》ニて ヲヤ ヲヽ兄《あに》よ戻《もど》つたかサア〳〵はいれ 子 アイ〳〵〽と前髪あたまを其家へ入レかけ 子 と[九]ゝさんはいらぬワイノウ ヲヤ テモ[一〇]大きうなつたナア

寛延 木の葉衣[一一]にゆがみし杖にて てつかい仙人[一二] 山じや〳〵と思ひしにおもひもよらぬ茶や町へ来た 中居出 アヽおまへはてつかいさんじやないかいナア。久しうおめにかゝらぬとおもへは。仙人になりたげな。どふ見てもお山[一三]ずきじや　そしてマアおまへ仙人があがつた[一四]げな。口[一五]からおまへを吹じやげな。ちと吹てお見せいな てつかい 大事の事なれどもなじみのそちじや一ッしてせう。フウ〳〵〽と きせるとり出し。たばこのむていにてけふりを吹く。うしろより竹のさきにせつかいをつけづつとさし出す 中居 アヽありや。てつかいではない。せつかいじや てつかい △ハアみ[一六]そ付た

延享 猩〻の姿謡にて 猩〻舞 よ[一七]ふもつきじ〳〵万代までのたけ[一八]のはのさけくめどもつきすのめと

八 みやげの包み。
九 土細工の家なれば。
一〇 親はきっとこう言う。
一一 神農等仙人の着衣。
一二 李鉄拐という遊魂術を用いる仙人で、画題である八仙の一。
一三 愛山より愛妓。
一四 手が上った、上手になった。
一五 「鉄拐仙人 吐気出現我身者也」(文明本節用集)。
一六 しくじった。「せっかい」は擂鉢の味噌をこそげるもの。
一七 「よも尽きじ。万代までの竹の葉の酒、汲めども尽きず、飲めども変らぬ秋の夜の盃、影も傾く入江に枯れ立つ足元はよろ〳〵と、ゑひに臥したる枕の夢の、覚むると思へば、泉はそのまま、尽きせぬ宿こそめでたけれ」(謡曲「猩々」)。
一八 竹の葉。美酒のこと。

もかはらぬ秋の夜さかづき。かげかたむく入ゑにかれたつ。足元《もと》[一]もよろ〳〵とよふはり
ふしたるまくらの夢のさむると思へばいづみは其まゝつきせぬ宿こそ目出たけれ　一人出
てむかしから猩々の顔といふ物は酒によふと真赤な物じやが。此猩々はなぜ白《しろ》い。［猩々］
白酒に酔ふたのじや

［宝暦］高砂の能にて作[二]り物はやしかたなと有。クセ舞を舞ふ。〽異[三]国にも本朝にも万民
これを賞翫す〽と▲銭[四]ざしを出す

羅生門　毛氈を巻て門柱とし。〽綱甲冑《よろひ》にて出る太鼓どろ〳〵すざましく打ならし。鬼出。かの柱を抱へ綱[五]のかしらをつかみいろ〳〵引合ふもやう有て綱首をねぢむけかへり見て　△コリヤ引[六]合
ひなら其柱をはなせ

［宝暦］掛取途中にて侍に合ふてかけこふ　［カケ］コリヤよい所て出合ふた合ふたところが百年めサア五拾両の揚
代受取ロ　［侍］イヤこゝは途中屋敷へこい　［カケ］屋敷へいても留主じや〳〵。四も五もいら
ぬ　いつ聞ても同し断《ことはり》聞てゐる事はない。たゝき出しても。でぬ銀子ならせめても腹い
せくるはへつれていんで桶[七]ふせにするサアござれと引立る　［侍］イヤ武士にむかつて狼《ろう》ぜ
き過ごん。ソレ家来どもきやつ取まけ　［男］ハアヽ〽と　皆[八]じっていにて取まき　［皆々］やらぬぞ▲［カケ］ま
だ断[九]リかいの

［宝暦］戸一枚たてゝ有リ鮹《たこ》の作り装束ニてにらみ立ている　〽黒[一〇]丸子と書たる幟《のぼり》を首筋《くびすじ》に立黒装束ニて鮹ニ取てかゝる。しはらくいどむ　〽又西[一一]大寺と書たるのぼりを立テ鮹ニ取てかゝる　〽あるひは

一　葦—足。
二　松の立木。
三　「始皇のおん爵に預かる程の木なりとて、異国にも本朝にも万民これを賞翫す」（謡曲「高砂」）。異国は中国。
四　貫差し。百文差十本、又は二百文差五本を束にしたもの。
五　「うしろより兜の錣をつかんで引きとめれば」（謡曲「羅生門」）。
六　子供の遊びの引張りっこ。柱を抱えるのはルール違反。
▽この俄、「串戯狂言一夜附」に収載。
七　揚代を払わぬ客を風呂桶でかぶせる廓の仕法。
八　十手。捕手が持つ。
九　やらぬと言ったから。
一〇　熊の胆で製した積痞食傷腹痛などの薬。大手筋の小川屋喜太郎その他で売る。
一一　豊心丹。西大寺製造の気付薬。北久太郎町松永幸助で売る。
一二　木香の根から製し、腹一切の妙薬と称する。江戸では挟箱に入れて売り歩いたが、大阪では大黒屋で売った（世間母親容気・一・二）と。
一三　鍼を皮膚を通して立てるのを表わす。

返魂丹。[一二]木香丸いろ〱はな〱しくたゝかふ 〽と戸[一三]ごしに鮹《たこ》[一四]を鑓《やり》にてつきとめる 拍子木チヨン〱戸をきりりと廻ス 〽と娘。母親《はゝをや》。

鍼立居《はりたてい》る 娘 ▲かゝさん モウヨイ

明和 [一五]まつ黒装束四五人。[一六]まつ白装束の人二人。又上下着たる男。火はしをもちて。黒人をはさみ。真中へ横《よこ》にをく。又壱人をはさみ。その上へたつ[一七]ニかさね。又いろ[一八]〱とかさねかける。あとニて。白人を二人共ひとつニはさみ。其上ニをく 〽と其内の黒人二三人か ▲パッチ〱

宝暦 さむらい出ル 侍 なんとこゝ[一九]はよい景《けい》じゃないか。向ふの山は何《どこ》であろふ トモ さればどこでこざりましやふぞ 侍 其遠めがねを持《も》テ トモ 旦那見へますか 侍 見へるとも。たゞ手に取ごとく見ゆる。こちらの方にあたつては。大きな川じや。ハヽア船わたしがある。乗《のつ》たは〱川端《ばた》て小便もする。坊主有。百性あり。武士も有 〽ときつさうか[二〇]へぎせいして ヤアおのれは須藤《すどう》[二一]六郎右衛門。彦坂甚六てはないか。親《をや》の敵勝負《かたきせうぶ》せよ。此方からうちかけふかヤア。ひきやう者。逃《にげ》るな。かへせ戻《もど》せ トモ 旦那何仰られますドレ私もちと御見せなされませ 侍 ▲イヤ[二二]助太刀かなはぬ

宝暦 春藤治右衛門非人敵討のわらご屋あり 新七 小燈灯さげて。戻り申[二三]〱。兄者人。只今帰りました。申〱 と〽いへどもへんとうせず。くりかへし言ふて居るうちにそろ〱踊[二四]三味せん弾かける。それに乗り。新七そろ〱おどりかゝるたん〱。踊り入ると。治右衛門。小家のたれをあげ △新七 踊《おど》[二五]りやつたか

一四 蛸は血を狂わすという。血の道を表わす。
▽この俄は、何の事かと思わせて、結局、鍼立てで血の道を療治したとかと得心させるのがねらい。
一五 炭手前の態。主となる黒炭(胴炭という)の上に枝炭をのせる。
一六 枝炭の見立て。枝炭は石灰や胡粉で白く化粧してあり、白炭という。
一七 竪(たて)。
一八 丸ぎっちょう、割ぎっちょう、管炭などをつぐさま。
一九 高津社境内の趣。茶店に遠眼鏡があった。
二〇 抜刀の構え。
二一 須藤と彦坂は「敵討襤褸錦」で春藤助太夫を殺した敵役。助太夫の子次郎右衛門・新七、若党佐兵衛・伊兵衛らが敵の在所を尋ねて苦心する。
二二 「コリヤ〱伊兵衛佐兵衛わいらは側からめつたにぎしむが助太刀は叶はぬ」(敵討襤褸錦・下)。
二三 「申〱兄者人申、…新七でござります。かへりました」(敵討襤褸錦・下)。
二四 歌舞伎の囃子の一。踊りの場に用いる陽気なもの。
二五 「もどりやったか」の口合。「ホ、もどつてか」(同)。

明和 緋《ひ》[一]の衣きたる僧《そう》と上下着たる人と 相撲《すもう》〽此間にせりふあり。行司のもやう有べし〽しばらくいとみ僧勝《そうか》つ〽と 行司団を上ケて △和《お》[二]尚《しやう》かち

宝暦 隠元燈籠《いんけんとうろう》[三]の立燈灯《タテちやうちん》二ツ。絹傘《きぬかさ》[四]さしがけ。結構《けつこう》なる卓《しよく》に。鑑《かゝみ》[五]の巣《す》をおき切もぐさ入レ。唐の后。其外つき〳〵の女官多く。管弦にて出る。立とまると。侍女唐人。炙[六]ばしにて。もくさをはさみ。后のまへ。くる〳〵廻る此間。笛。太鞁。管弦[七]。脊中《せなか》へ廻て灸をすへるとヒイ。ドン〳〵〳〵〳〵と。管弦の太鞁打切ル 后△ヤイトン。アンツイ。おさやあ[八]〳〵

宝暦 作り物 二間続せつちん[九] シテ▲高野《かうや》[一〇]三平 〽ワキ・かた[一一]く宗左衛門 ツレ・可内

侍なんと可内かく方〳〵と尋レども。いまだ敵《かたき》にも。出あはぬは。神仏の恵みもうすきか。かく[一二]空しく月日を過す内。敵か病死などせば何《なん》としやう〽と泣《なく》 ヤツコそのやうに御案しなさるゝ事はごさりませぬ。御気遣ひなされな。とも〳〵御力をそへ。土を穿ても尋ね出して。御目にかけませふ。これが又ついに尋《たつ》ねあはねは天道《てんとう》はないと申物 侍可内。あたりに。雪隠はないか。くそがたれたくなつた ヤツコネイ〳〵幸ひ。是にござります〽と 雪隠へはいる合のかべに穴あり。穴よりさしのぞきて 三平ヤァおのれはかたく。宗左衛門ではないか 宗左そふ言ふそちは。高野三平。無事てゐるか 三平おのれに逢《あを》ふ〳〵とおしからぬ命をのばはり。むなしく日月を送り。方〳〵と尋るに行末しれず。出合ふ所がうどんげ[一三]。じんじやうに勝負。ム、〽と きばる 宗おのれ如きの者にやみ〳〵と討りやうか。かえり討た

一 緋の衣は勅許を要する高位の僧の正装。上下は武家の礼装。年賀の礼装を表わす。
二 「お正月」の洒落。
三 中国渡来の灯籠の意。「間似合早粋」に、唐物趣味のいやみな者を描いて「あたまの上に隠元灯籠くわん鑵を釣」とある。当時唐物の一つとしてあったらしい。「長崎名勝図絵」に菩薩揚の行列につき「その形装香工の唐人、まづ二箇の灯籠を先に立てて左右に排行す」とあるものか。
四 唐人の繖は布の垂れがついている。
五 「鏡奩 カヾミノス」(邇言便蒙抄)。鏡箱。ここでは手鏡のものではなくて、根古志形の台上に置かれる八稜形のもの。
六 灸を据える時、艾をはさむ箸。
七 かげん。合方の名。大太鼓と笙・ひちりきを用い、雅楽風のもの。御殿場幕明きに用いる。
八 押さえろ〳〵。
九 上方の惣雪隠には二戸続きのものが多い。
一〇 「圊(かうや)」をきかす。
一一 「堅糞」をきかす。
一二 「かういふ内に若敵伝八病死でも致したら、誰を敵と」(敵討崇禅寺馬場・崇禅寺敵出合の段)。「敵討崇禅寺馬場」の浄瑠璃は宝暦八年三月竹本座初演、歌舞伎は同十年五月中の芝居にて初演。そのいずれかの年の

さりとては大名はふるひとい
ふに

当て込みであろうが、季節的に夏芝居の後者か。
一三 百年目。仇に廻り合った時に言う台辞。

ぞ。かくごせよム、〽ときはる〽此合いろ〳〵おかしきせりふあり　【三平】ヱ、口惜やなァ何をいふても出合う所の場所が悪るい。此所て勝負しては人のとなへ[一]御上ミのおもはく。後《うしろ》[二]ぐさいなとゝいわれては。武士の身の末代までの恥辱《ちぢょく》。先〳〵此場の勝負は延引。それまでは命を預る　【宗】我みごと討か　【三】討て見しやう宗左衛門　【宗】三平　【両人】[三]かさねて　〽たがひに紙をもみ　▲逢ふ　〽と両方尻ふく

此俄のちに又はねを付たるは。[四]出合ふ所は宗せんちばゞ

【宝暦】鳴物　太コ三味　鳥さし拍子

[五]ひとつひよ鳥ひへの山の檜木《ひの》の枝に　テレ〳〵ツク〳〵テンツクテンハ　しばらくおどる　〽所へ　【鬼出ル】[六]ワン〳〵　〽といふとりさしひつくりしてにぐる。跡に鬼。竿をおつ取てテレ〳〵ツク、テレック天　△【鬼】[七]びつくりさしたみさいな

【寛延】上るり三味せん　〽雛《ひな》の女夫《めうと》道行尤欠落のてい也　[八]国太夫ぶし　女《め》びな　おびなの箱の内。年中だかれていさんすは浦山しいと人毎《ごと》に。諷《うた》はれし身も。今はそはれぬ訣《わけ》となり。みらいで夫婦と死出《しで》の旅。さいご間《ま》ぢかき此世の名残。だき付たふても我〳〵が。自由《じゆう》にならぬ此姿。此手でさいご。身なげより。[九]外はあらじとくやみ泣《なき》。涙《なみだ》もながれ次第なり　【女】此身の上にならしやんしたも。皆わたし故。やつはりおまへはながらへて。心さい橋御堂[一〇]のまへ。かたし[一一]〳〵の

一 雪隠での勝負はいかにも人聞きよろしからず。この珍理が原浄瑠璃に対してパロディになっている。
二 「後暗い」というところ。
三 原浄瑠璃の敵討の日延のもじり。
四 「某も武士、明四日我住所に近き、崇禅寺馬場に出合ん」(同)。「せんち」は大阪詞で雪隠。「ばば」は大便。
▽この俄を落し咄にした「雪隠の敵討」が「千里の翅」(安永二年序)に収載。
五 鳥さし踊の文句は「一つひよどり二つふくろう…」という類が伝わる。ここのは、「奥州安達原」・一の「一つひよ鳥ひゑの山の、二つ梟二子の山に、三つみみづく都鳥、そこよかしこと立まふふりにて、匣(くし)げの袖へ投げ文を、ひら〳〵ひらの檜木の枝」による。
六 安達原の鬼が出た。ワン〳〵は犬の真似で、人をびっくりさす時の仕方。
七 鳥さし唄「鳥をさいた見さいな」のもじり。
▽宝暦十二年九月竹本座初演の「奥州安達原」によるもので、恐らく宝暦十三年の俄。
八 豊後節。ここのは「浪華色八卦」に「草双紙屋が作ッてわたして門々へ諷ふて来る国太夫ぶし」というような作品か。
九 手が無い。

後家やもめ。其内でより取し。御内義様を持給へ。必《かならず》はなかけ持給ふなと。恨顔《うらみがほ》して言ひければ。【男】まだそのやうな事いやる。何かみれんて時うつる。跡《あと》より追人《をつて》のかゝらぬ内。早〳〵急《いそが》ん身拵《みごしらへ》〳〵〳〵と りんの音《おと》聞ゆる [12]粟嶋《あわしま》様へ代僧《だいさう》代参り 【男】アレ人買《かい》が

【宝暦】公卿姿《くげうすがた》 仕丁《じてう》[13]奴コ 付て出る 【やっこ】ものも 【公家】宇多天皇《うだのてんわう》九代《くだい》の後胤《こういん》[14]近江源氏《あふみげんじ》の嫡流《ちやくりう》[15]法正寺入道前関白大政大臣《ほうしやうじのにうだうさきのくはんばくだいぜうだいじん》[16]坂田弁慶《さかたのべんけい》御礼申〳〵と くるりと廻り 【奴】申これが八条様の御やかたでござります。ものも 【公家】名をいふ事まへに同じ 又 同じ事四五軒歩行 【奴】申もはや燈灯《てうちん》の用意仕ませう 【公家】指《ゆび》を折《をり》。

今朝からたつた五軒 △ハア、[17]日は短《みじか》ひ

【宝暦】罪人鬼《ざいにんおに》二人閻广《あんま》王《わう》

△【ヲニ】二人くさい〳〵。ソリヤコソ罪人地ごくへ来れ 【ザイ人】やかましい言《い》ふな。極楽の[18]切手《きつて》がある 【ヲニ】申上ます。又こいつも切手が有と申ます 【ヱンマ】〳〵引合はし見る 〳〵ヤイ物ども此印は真赤《まつかい》な似物。引とらへて。法に行へ 【ヲニ】かしこまりました。ヤイ〳〵罪人あの印《いん》は[19]ぼうはんそのうへかゞみにかけたる所。娑婆《しやば》にては。[20]薬売《くすりうり》。きかぬ物をきくと言ィ数多《あまた》の人を殺《ころ》し皆舌《した》先の科《とが》故。法の通を行ふべし〳〵 是よりはやし物。[21]シヤツテンデンの。地にて柱へくゝり付釘抜《くぎぬき》にて舌をぬく。赤き毛綿にてこしらへたる。舌引出す 【ヲニ】申上ます舌は引抜ましてござります 【ヱン】それ又法のことく

一〇 御堂前は人形屋のあり場所として知られる。
一一 男雛を失って揃わなくなった女雛。
一二 →一五〇頁注一五。粟島の代僧は、小さな屋形の中に夫婦の立雛を安置したものを棒上に飾り、振鈴を鳴らして来る。
一三 公卿に仕える下部。歌舞伎の扮装として白の狩衣・白袴・仕丁烏帽子に作る。
一四 近江源氏は宇多天皇の後胤だからここまでは正しい。
一五 百人一首にあり。
一六 坂田弁慶は珍。
一七 名前が長い。
▽この俄、「串戯狂言一夜附」に再録。
一八 入場券。
一九 謀判。
二〇 当時の売薬如此。
二一 壬生狂言の囃子。壬生狂言「餓鬼責」をもじる。

さらせ〳〵〽是よりきぬた三[一]味せん舌を釘ぬきにてはさみ。布[二]さらしのごとく。さらす。此間罪人甚くるしむてい有【ザイ人】ヤイ〳〵鬼ども。ゆるして極楽へやつてくれくされ【ヲニ】申上ます。極楽へやつてくれくされと申ます【ヱンマ】ハテ舌[三]長な。やつじやナア

【延享】小べんたごあり女の小便するてい也まくつた尻へ庄[四]兵衛頭巾を着せて。尻の穴から。煙草呑んでゐる〽向ふより五郎八。忠右衛門。本衣装にて出る【忠】コレ五郎八さんおまへの相手は。アレあそこに。た[五]ばこのんで居《い》る人か。ヨウ見てごんせ【五郎八】ハイ〳〵〳〵〽と見にゆく【五郎八】あいつてござります【忠】しりのそばへゆきて イヤ若いの【女】しりの物いふていにて なんでごんすへ【忠】こなさんは跡の月晦日のばん。コノ五郎八さんを。ふ[六]んだりけたり。其上はな紙袋まて取んしたげな。ソレヲこつちへ戻してもらいましよ【女】ナニイヒナサルゾイナ。わたしや△玉[七]門《ぎよくもん》の小便《しやうべん》じやワイナア

【宝暦】巴《ともへ》・朝比奈《あさひな》・曾我《そが》五郎・雑人　鳴物 太コ 三味せん めり[八]やす　巴御前武者出立其外雑兵大勢取巻暫くタテアリ【巴】皆さん待て下んせ腹が痛《いた》ひけが付た〽としきりに。いたがる。武者どもたゝかいをやめ。とも〳〵せはをやく。まつかいな。すはう着たる。朝[九]比奈。またくらよりぬつと出ると。其まゝカゲヲ打【朝】力足《ちからあし》ふんで〽つよきしこなし。ありかゝる所へ【曾我五郎】走リ出。おのれ敵。工藤祐経。父かあだを報《ほうせ》んと走り行【朝】[一〇]くさずりに。取付引留る〽太コ三味かねと相かたにてさま〳〵しこなしあり遂《つい》に[一一]くさ摺引ちぎつて【朝】仰向《あをむき》に尻もち△ヲギヤ〳〵

一 合方の名。三味線の連れ引きで獄卒の所業に合せて奏する。いそがしい動きを表わす。
二 舞踊の所作の形。ここでは舌を引き出しゆさぶる。
三 舌は抜いた筈なのにつべこべ言う舌が残っていたとは。
四 守貞漫稿・十五に「昔ヨリ、大坂芝居狂言ニテ、浪華男伊達云侠客ノ内、獄門ノ庄兵衛ト云ニ扮スル時ハ、必ラズ如此頭巾ヲ被レリ。木綿製、色革色或ハ茶ノ類ニテ、四ツ目ノ紋ヲ白ニ染ヌキ、縫ニモスル也。頭巾ノ形ハ、仕丁ノ着ス烏帽子ニ似タル物也」として、烏帽子形頭巾の図を出す。
五 「忠右衛門五郎八を先に立てたばこやが店先に心を付て立とまれば、庄兵衛何の気も付ず、…とつくりと二人は見とゞけ黙き合」(容競出入湊・新町橋出入の段)。
六 容競出入湊「跡の月晦日の段」に、庄兵衛が五郎八より鼻紙入を奪い踏みのめすことあり。
七 「獄門の庄兵衛」ならず、人違い。
八 三味線による合方の名。立廻りの伴奏に用いる。
九 朝比奈は巴の腹より生れる。
一〇 「草摺一二間、むずととりてひけれども」(曾我物語・六)。
一一 「大力にひかれて、横縫草摺こらへず一度にきれて、朝比奈は後へど

宝暦 罷出たる者は。此備[一二]ぜんの国の。醤油《しやうゆう》やでござる。私壱人の娘を。持てござれば。よろしき器量《きりやう》ある聟《むこ》を。取ふと存る。又家に伝はる。代〻此醤油樽とともに家督《かとく》をゆづらんと存る。[一三]先高札をうつて置ませう。かつし〳〵〵 上下着たる聟一人出ル ムコ たのみましよ。御高札につきて聟が参りました 主 イヤ聟殿。サア〳〵コレへ御通りなされ。シテ聟殿の引出物は。なんでござる ムコ 引手物は。此かんざしでござる〵と出す 主 目出度。聟に致ぞ〵と 言ふてゐる内又壱人来る ムコ 御高札に。付まして聟が参た 主 むこ殿の。引手出物が見とふござる ムコ 私の引手物は此かんざしで御座ります〵と 言ふ内又壱人来る ムコ 御高札に付て。聟が参りました 主 こなたの引手物は。なんでごさる ムコ 私の引手物は。此かんざし

主 こなたもかんざし。其元もかんざし。こなたもかんざし〵と いふと。三人の聟口をそろへて △みィむゥこのかァんざし 主 醤油樽《しやうゆうだる》ひつこめた

宝暦 百姓大勢出る 百 サア〳〵皆の衆此間のかんぱつ氏神様を頼んでも仏様を頼んでも。太皷《たいこ》も。つゞみも間に合ぬ。そこで隣《となり》村に今小町〳〵と。歌をよむ女がある此人を頼んで置た。最《も》ふ見へそうな物じやが〵と 小町傘をさゝせて出る 小町 皆のものよ 百姓 ハイ〳〵 小町 雨が降らいで難義であろ 百 なん義でこざります 小町 今歌読て。降らしてやろ。〵[一四]ことはり

うどたをれければ」(同)。
▽生れたばかりの朝比奈に草摺引をやらせる趣向。

一二 備前の児島は大阪を市場とする醤油の重要産地(大阪商業習慣録・中)。
一三 婿択びのために高札を立てて募るというのは「かくすいむこ」など狂言にある型。
▽この俄のハネの洒落不明。

一四 「新撰狂歌集」(元和頃刊)に見える狂歌。小町の雨乞の歌と伝えられ、狂言「業平餅」に引かれる。

や。日の本ならばてりもせめ。さりとてはまた雨が下とは 【百】申ふりませぬぞへ 【小町】ふらぬか。よし〳〵こへがちいさいのじや。断《ことは》りや日《ひ》の本《もと》ならばてりもせめ。さりとてはまだ雨が降《ふ》ぬか 【百】申降ませぬぞへ 【小町】コリヤどふするのじや。おのこまを。[一] つぶすのか〽断りや日の本ならはてりもせめさりとてはまた雨か下《した》とは △ハアどふでも。はめ[二]句は取らぬ

【寛延】 火水金土 顔をその色に[三]ゑどる

【ヲトコ】金性 【ヲンナ】土性 両人道行文句略す 【ヲトコ】火性 追《をつ》かけ来《き》うしろより出て土性をつれ行んとす 【金】コリヤ何すると取つく

【火】イヤ邪广《じやま》するなと首筋おさへのつかゝりすでに〽刀をぬく手をうしろより 【水】〽その刀をつかみて金土をたすけ火性としばらくタテアリ 〽水性火性のかたへ両手をかけ 【水】モウぜひに及ぬはひ〽と いふと 【火】△ジウゝゝ

【宝暦】住吉祭りの夜大雨ふりけるに。三番叟の趣向にて。七八人。皆紙合羽《かみかつは》[四]を着《き》あたまには小サき菅《すけ》笠《がさ》いろ〳〵ゆがめてゑぼしのごとくに着なし。笛もつゞみも太鞁も皆口にていふ。まづ初に 【フヱ】ヒイヨリ 【小ツヾミ】ザツザ〳〵〳〵 【大ツヾミ】ドツド〳〵〳〵〳〵〳〵〳〵〳〵 〽皆 あめによそへしはやしの趣向甚珍也 【三番叟】出ておゝ[五]寒《さ》ムヤ〳〵。六月の土用の内に此様に寒いとはろくな事ではあるまい。外[六]へはやらじとおんもふ〽と ふんている道しきりニ雨ふる 【フヱ】△コツ[七]バイヒヤロノヒイ

一 小野小町。「小町をば捨てはて給ふか」(草紙洗小町)。
二 他作の盗用。「今の詠歌は慥に古歌、俗にいふはめ句と云物」(七小町)。
▽この俄「串戯狂言一夜附」に再録。
三 火性は赤、水性は黒、金性は白、土性は黄。
四 桐油紙で作った合羽。
五 三番叟の文句「おゝさえ おゝさえ」。
六 三番叟の文句「わが此所より外へはやらじとぞおもふ」。
七 三番叟の笛はトッパヒヤロノヒイと吹く。「こっぱい」は乱離骨灰。さんざんなめにあうこと。
八 祝膳の用意。
九 于蘭盆の施餓鬼托鉢の風俗。「僧尼於水次竪紙旛、具百味、撃銅鈸、諷経、乞施物於檀越、謂之施餓鬼」(秇苑日渉・七)。
一〇 施餓鬼棚に立てる五色の旗。
一一 誰が父か分らない子の意。法界は又施餓鬼の意にも言うので、僧形と小旗で法界の形を表わしたもの。
一二 後ろ前に着ること。灸据えの女

明和 ヲンナ出てアヽ〳〵腹がいたみます〳〵〽（介抱《かいほう》人出腰《こし》を抱《だ》き共〳〵みそすりな どのしうちもやう産家のていなり）〽（[九]衣《ころも》を着《き》。手に鐃鉢《にょうはち》を持《もち》。[一〇]紙でしたる小ばたを首すじにさし。坊主生れる）グハラヽン〳〵 人々コレハ 坊主△[一一]法界の悴《セガレ》

寛延（夜着を灸ばゝ[一二]の如くきて。所作事三味せん歌など。所作事。しまひたる所へ）〽（うしろからふとんをあてる）〽と（女壱人出て）△テモマ。[一三]いねのわるひおかたじや

寛延（[一四]大前髪のかたちおかしきていにて）前髪[一五]罷出たる某《ソレガシ》は〳〵〽と（おどつていると。母おや杖ついて出）母コリヤ権太よ。おのれ〳〵夕アから出てもどりおらぬ。コリヤ親は此通りに。尋ね歩行ている。ソシテなんじや。また俄するのか。サア戻りおろ マヘカミ[一六]母者《はゝじゃ》人其様にいわしやんな ハヽ口ごたへか〽と（杖ふりあげる）マヘカミコレ母者《ハヽジャ》待たしやれコレジヤ〽と（杖の下をくる〳〵と廻る）△ハヽ[一七]ヲヽかわい

宝暦 罷出たる者はかくれもない大名〽と（いふを）奴（[一八]箒を持 大名をはき出し）△大音にて△[一九]大名はふるいといふに

寛延（[二〇]十日戎の売物。編笠をきて。首に箱をかけ）どれ取ても壱貫サア壱〆じや〳〵〳〵〽（壱人笹をかたげ出て編笠を引取て）これ取ても壱貫か△それ取たら[二一]百貫ジヤア

元文（能狂言の言葉にて）罷出たる者は此あたりの者てござる。殊外風か流行《ハヤリ》て人をなやます人の為に[二二]風の神を。送らんと存るトテモなればはやし物にて賑《ニギ》はしく送らんと存る〽と（これよりはや

はそのような着衣をしたらしい。

[一三] 寝相が悪い。先に所作事をしたのは実は寝てあばれていたわけ。

[一四] 青年になっても月代前髪を残している風。兄弟分などといって男を立てる者にある習い。

[一五] ことさらに俄をしていることを示す。後出（一七八頁）の「松坂越えた」の俄もその例。

[一六] 義経千本桜・三で、いがみの権太は「はあじゃひと」と言う。次の「母者（ジャ）」も「はあじゃ」と読ます。

[一七] ことわざ「杖の下から回る子はかはゆい」。折檻しようとしても、なおまとうてくる子は可愛くて折檻に能わぬ。「まわる」を文字通りに回らせた。俄をする若者がその態をなすとは。権太の母親もまことにあまい。

[一八] 古いものを掃き出す。

[一九] 古風な俄。

[二〇] 正月十日、今宮戎の祭の吉兆売。

[二一] 諺「百貫のかたに編笠一蓋」。

[二二] 藁で作った人形に鬼の面をかぶせたり薬袋を持たせたりして風邪の神に擬し、鉦太鼓で囃したてて川へ流し或は広場で焼き捨てる。

し鳴物ドラ太鞁 〽風の神送たりやサウヨノ実もサウヨノ。サヨゲニモ。サウヨノ〽こゝにて風の神
ひよろつき出る〽だん〳〵送り通《トヲ》る跡へ〽医者《イ》大勢△アラ名残惜やの〳〵
元文 始りむしろを敷くゝり枕ニて邯鄲能の面にて。ねている。鳴物能の通り〽尤はやしにて夢の間。迎ひに来る謡の文句略す〽眠《ネム》[一]れる夢はさめにけり〽と
うたひしまふと。露《ロ》せいむく〳〵と起。のびをして△ドレ小便[二]してこふ
寛保 朝比奈《あさひな》[三]。詞〽無常《ムジヨウ》[四]の風にさそはれてさまよひ来る朝ひな時を同じく死たる雑兵ども六道の辻に迷ひ来るを引連《ツレ》来たる〽此門ひらひて極楽へ案内
せよ ヲニ イヤ朝比奈。しやはニては多《ヲ、》くの人を殺したる罪《ざい》人地ごくの方へつゝといけ
〽朝比奈かまはず。家来引つれ。力足にて通る鬼どもをかたはしなげのけ。行クつよみのたてあり 朝 ヤア雑兵とも。こゝはつるぎの山じや。か
たはしにへし折て通れ〳〵 エンマ ヤアぞんざい[五]な罪人めらソコうごくな 朝 イヤしほら
しひ〽焔魔《エンマ》王ソリヤ家来ども引ぬいて討殺せ 雑 ハア、〽と刀に手をかけ。ぬけぬけしき 雑 ぬけませ
ぬ 朝 ヤアなんと刀がぬけぬ 雑 ぬけませぬ 朝 △ハア、扨は[六]ぬけん地獄じやヨナア
寛延 ふじの山の作り物有旅《たび》人大せい出て 〽なんと富士といふ物は大きな物じやないか ツレ さればこそふじ
山聞及んたるよりは大きな物じや雲迄も天までもとゞいて有ナア ツレ 三国一[七]の名山じ
や ツレ 時しらぬ山はふじの根いつとてか鹿《か》の子まだらに雪はふりつゝといふ古歌《コカ》[八]も有
ツレ イヤコレ〳〵わしが子供の時分から絵で見たは西行[九]が居るはつじやが何所に有ナア

▽落語「風の神送り」として演ぜられる。

一「有りつる邯鄲の枕の上に、眠の夢はさめにけり」(謡曲「邯鄲」)。
二 覚めればすること。

三 狂言「朝比奈」にもとづく。
四「是は朝比奈の三郎何がし、思はずも無常の風に誘はれ、冥土へ赴く」(続狂言記「朝比奈」)。
五 無礼。
六「無間地獄」の口合。

七 三国は天竺・唐・日本。富士を三国一ということ中世にさかのぼる。
八 伊勢物語・九。
九 画題に富士見西行があり、富士山と共に描かれる。
一〇 富士見西行に杖と風呂敷(旅包み)がつきもの。
一一 当然の如く西行は居た。

一二 歌舞伎で用いる。「戯場訓蒙図彙」・四に図示。
一三「姫小松子日の遊」・三「洞が岳巌窟住居の段」の俊寛。
一四「サア〳〵女中、こはい事も何もない、イザ先づ爰へ」(姫小松子日の遊・三)。

ツレ ほんにのふ有はづじやがめんような ツレ なんぞでかくれてあるのであろサア〱まだ三日路も四日路も見て行山じや西行は戻《モド》りにでも見らるゝ ツレ それでも気がすまぬ

ツレ 晩の泊にサアおじや〱と 手を引ッはり行 ツレ デモ気が済ぬサアこざれ〱と 入と跡へ西行風呂敷[一〇]つえにてはしつて出る

△西行 ヤレ[一一]〱いそがしい小便にゆく事もならぬ

[一二]巌屈《がんくつ》の作り物 鳴物太鞁かねにてドングワン〱 〱 百日かつら広袖にて俊寛[一三]の仕立の 和藤内 サア[一四]〱女中剛《コ》い事はなんにもないイサマアこゝへ〱と 浄るりにて [一五]物和らか程きみ悪く只 おとら[一六] 虎のかしらにて あい〱〱と 浄るりにて 跡《アト》しざり 和藤内 ムヽ是もこつちが悪い 〱上るり おちつくためと腰《コシ》刀万度《マンド》[一七]の御祓《はらい》なげ出せばすこしは心おとらが思ひお秡《ハラヒ》脇にひつかゝへ何[一八]の御用と立寄れば 和藤内 頼入度子細をば口でまだ〱申さんより。しばらくそれにと 〱上るり 一間の障子おしひらけはさ[一九]もやごとなき女郎の唐土人とおほしきか。錦繍《キンシウ》をしとねとし玉の簪双蛾《カンザシサウガ》の眉 詞 大明トロウクン。[二〇]ロツフクボテレン。ナンギンユンヱ。ヘ[二一]リダシタイノウ。虎ヤア〱 トラ ヤアあなたは[二二]大明の御后様 和藤内 シイ声が高い御[二三]用あらば御手ならされよ〱と 障子さす トラ 申〱和藤内さま姫ごぜのお[二四]どうりさまお[二五]よばずなから私がお力になりましやう 和藤内 それは〱忝い[二六]コリヤ皆の者ども御礼申せ 毛唐人 ハイ〱〱と [二七]毛唐人ウンスン六[二八]郎ジヤガタラ兵衛 皆〻 な[二九]

一五 「物和らか程気味悪く、只アイ〱と跡じさり。ムヽ是もこつちが悪い落付く為と腰刀膝元へ投出し」(同)。
一六 「国性爺合戦」・二「千里が竹の段」の虎。ここでは女虎と見える。
一七 「千里が竹の段」で用いられる小道具。祓詞を一万度修したと称する大麻(ぬさ)を納める小箱で、太神宮と書いてある。
一八 「何の御用と立寄ば、イヤ頼入度子細口でまだ〱申さんより暫く夫にと云捨て、奥の障子の立て明けも、心静かに押明れば、さもやごとなき上臈の天上人と思しくて」(姫小松子日の遊)。 一九 原作にては小督局。
二〇 妊娠で腹ぼて。
二一 「なむきやらちよんのふとらやあ〱」(国性爺合戦・二)。
二二 大明国十七代思宗烈皇帝の華清夫人。
二三 「お心あしくば何時成共お手ならされよと障子引立」(姫小松子日の遊)。 二四 ごもっとも。
二五 「わたし迚も覚束なけれど心一ぱいお力に成ませう」(同)。
二六 「コリヤ皆も出てお頼申せ」(同)。
二七 漢土の人をいう言い方。
二八 国性爺合戦・二、千里が竹にて李蹈天方のせこを味方にし和名をつけるところに「うんすん六郎すん吉九郎もうるざへもんじやが太郎兵衛」。
二九 「何もしらぬぶ調法者宜しう頼上ますと」(姫小松子日の遊)。

んにも知らぬ不調法物《ブテウホフ》宜しう頼み上ます〳〵と　内いふ　奥《ヲク》より手が鳴《ナル》［和藤内］ソリヤ〳〵御手じやおとら殿［トラ］アイかつてんでござります〳〵と　障子を明。こしをかゝへ。惣〳〵さま〴〵のしうちあり　〳〵子産れる〳〵と　内よりびいーどろならし　△ぽ[二]ぺん〳〵

［寛延］［侍］火なはをさげて　つか〳〵行［達广《たるま》］真赤ななりにて　コレ〳〵[三]おさむ待て貰ふ［侍］待《テ》とは誰じや［達广］おれは音にも聞つらん此野《の》に住達广《たるま》じや［侍］扨は。おのれは野[四]達广じやよな［達广］をいて行《ケ》おいて行ぬと喰付[五]ぞよ［侍］尻[六]なしの野達广。むま〳〵と喰付そふか〳〵と　切かけるをかいくゞり　〳〵しはらくたてあり　〳〵達广のかたさききり付る　〳〵と　白き木綿長く出る［侍］コレハ［達广］達广《だるま》[七]の血《ち》

［宝五］から風[八]呂の作り物戸を二三枚立てあり　〳〵湯入男来る　ゆかたにて［亭主］だんな御出［湯入］コレ亭主粋《スイ》になりたいと。友達に問ふたれは。粋《すい》になりたくは。先[九]鰒《フグ》を喰《クハ》ねばならず。[一〇]蕎麦《ソバ》を喰てから風呂へ入ると。粋《すい》になるといふゆへ。此間から入て見るにまだ本粋にならぬ。亭主どふした物じや［亭主］イヤ今夜御入なされたら。大方粋にお成りなさるてござりませう。大方皮《カハ》[一一]がむけてござります。今夜のでき[一二]はめて其皮はとれます［ゆ入］どれ〳〵そんなら入らふ〳〵と　殻《から》風呂へ入仕打あり暫く静まりて［湯入］善哉《ゼンザイ》〳〵。我多年の望ニ因《よつ》てまこと本粋になり課《ヲ、》せし姿《スガタ》。これみよや〳〵と　唐人の出はタラツク〳〵ツ天天ドヾ。ヒユウヤ。ヒウ。ドヾヒユウヤ。ヒウ　〳〵と　戸を両方へひらく　[一三]その形《なり》胸高帯《むなたかをび》に短羽織《みじかはをり》貫抜指《くはんぬきさし》[一四]しろよりきぬがさ[一五]をさしかけ。かさぐるり。のこらす。茄子《なすび》[一六]をつる

一 紅毛流のガラス細工。漏斗型の玩具。管口から息を吹きこむとポペンポペンと鳴る。

二 オギャア〳〵の中国語。「鯱方武士鑑」・八「ポヘン〳〵、ヲ、おかしそりや何じやいな。ハテこりや唐の赤子の泣キ声じやはやい」による。

▽浄瑠璃「姫小松子日の遊」は宝暦七年二月竹本座初演。大当りを得た(義太夫年表)。歌舞伎では翌八年十二月中の芝居初演。この俄は恐らく宝暦七年の作であろう。

三 おさむらい。

四 妙な達磨があるもの。野伏せりの追剝ぎの態。

五 達磨は手が無い。

六 達磨は尻なし。

七 身が赤だから反対に血は白いという理窟。

八 塩風呂或いは竈風呂といわれるものの形。わんぐりと伏せた形で、出入口がある。

九 河豚と蕎麦は喰い合せ。頓死する筈。

一〇 蕎麦を喰べて蒸し風呂に入れば中風になる筈。

一一 野暮の皮がむける。

一二 きっと。

一三 粋人とは似ても似つかぬ異様さ。つまり粋人でなく唐人(へんてこな好みの人)になった。

一四 刀を水平にさす。最も野暮の態。

宝暦 作り物雪隠《せっちん》[17]。其内に人あるてい。前に女郎行水してゐる。あらい〳〵雪隠の内と咄する 行水 みやこさんおまへ夕ァ[18]河佐へいきたか 雪隠 アイいたはいナア 行 御客はたれじやあつたへ 雪 屋敷[19]のじやわいなア 行 おまへ馬紅《バコウ》さんはどふしイタ 雪 何もかわつた事はないわいナア 行 やつはりきつしり[20]かへそして[21]くだんはどふしいた 雪 くだんはナアきのふゑら[22]ぜりふですまぬ事だらけじやはいなア 行 なんとしていナア 雪 たま[23]がかへつてほかできつしりが出きたはいナア 行 そのきつしりわしや知てゐルぞへ大方あづまさんじやあろがナア〳〵と いへとも返事せず 行 そふじやあろがな。みやこさん。そうかいナア。ヱヽ。都さん〳〵 [24]しばらくしてせつちん二てムヽントントいふ音ありて △そふじやわいなア

宝暦 黒装束にてたから物の箱を抱へかげうたせて。けはしくかけ出る くせもの 〳〵追人の声きこゆる くせもの ヱヽ口惜や。折悪《ヲリアシ》く腹《はら》〳〵此あたりに雪隠《せっちん》もなし〳〵と 其所にてたれる仕打あり 〳〵追人の声 聞ゆるしりをふき〳〵 くせもの これさへあれは大願成就忝い〳〵と 逃入と家来共大せい出あちこちさはぐ 〳〵[25]吉右衛門声色にて 侍 扨は宝蔵《ほうぞう》のたからを盗みし曲者《くせもの》は逃うせしとな〳〵と くそをふむていあぢな身あり 侍 家来ともあかりを持《も》て。ハア。あつはれこいたりな。此くそのたれ口を見るに。くその穂《ほ》さき。戌亥の隅へしたふたるは此道にまぎれない。家来ともつゞけ〳〵と いふ所へしゆりけんをうつ 侍 持たる刀にて受けとめ 汝《なんぢ》くそをたれ逃《にげ》にしたるくせ

一五 唐人をあらわす。
一六 「茄子(なすび)」は、野暮な者・不通な者を嘲弄する隠語として花街で用いられる。「増補戯場一覧・里馴言葉」に所載。
一七 長屋の惣雪隠。
一八 夕べ。底本「𛀁」の草体なるを今「ア」に作る。以下同断。
一九 武家。
二〇 情人。
二一 彼(か)の人。
二二 大口舌。
二三 変心する。
二四 この間をとるのが下がかりのナンセンス。
二五 中村吉右衛門は元文・宝暦期大阪立役の名優。嗄れ声に特徴があった。
▽この俄、「串戯狂言一夜附」に改作収載。

者△しりけんとは尤〳〵

宝暦 三味せんにてはやし壱人[一]わる身にて ＼罷[二]出たる某《それがし》は＼と 出ほうだいにおどる見物の中より親父出 ヤイ〳〵おのれはまあ〳〵。此間から三日といふ物内へもどらす。内は野となれ山となれ。そして此ざま何ンじや又俄か。町の衆の手前も外聞悪ひ。ばゝは夕アから泣《ない》て斗ゐるはいやい。勘当じや爰から出てうせう＼と 杖でたゝきかかる又見物の中よりさい人[三]出る もふ御了簡なされませ 親父 八兵衛殿か聞て下されあのざまはこなた衆の手前も面目ない。あいつは元ト松坂から養子に来たやつすぐに松坂へ。人遣します 八兵衛 サアその松坂はもふよふござるわいのふ 親 イヤ〳〵松坂へ

八兵衛 サアよふごさる 親 いや松坂へ＼ こゝにてはたから＼ かけうた 松[四]は松坂こへたへ トテチン〳〵 親 ヱ。おどれは〳〵あれ〳〵 八兵衛 とりさへる身にて サア[五]〳〵能いわいのう

明和 芝居の絵本持て出見てよむてい也 ＼コリヤ中[六]の芝居の絵本[七]じや＼と いふて見ている 武士出る よみ人 藤川半三つめかける＼と いふと武士ぎへせいする 又 いろ事仕出る よむ人 嵐三五郎なんぎする＼又 女形出る よむ人 女房富十郎取付キなく所＼又 やっこいつる よむ人 刀に手をかけむねんがる＼又 すりこぎ持出ふり廻し よみ人 ▲此所道具[八]見事〳〵

宝暦 黒[一〇]ご着たるもの五六人手を取並ふ顔の所へ茶屋のかけあんどうあまたかける ＼宗[一一]十郎頭巾に傘さしてさむらい一人いづる 侍 詞 いまの鐘は四ツ。夜中の

一 わざと悪趣味のこなしをする。
二 俄をするということを表わす。
三 仲裁人。
四 盆踊り歌にとられて知られる唱歌。「松は」は「先ずは」の掛詞。
五 囃子の「サア〳〵よいやさ」に掛けた。先の「もふよふござる」「サアよふござる」はその伏線に仕組む。
六 明和期のある年に、藤川半三郎・嵐三五郎・中村富十郎の三人が中の芝居で一座したということは無いらしい。ここでは当時の上方の敵役・立役・若女形の代表的俳優名を借りたまでであろう。
七 絵尽し。以下絵尽し書入れの文体に擬す。
八 抜刀の身構えをする。
九 舞台の道具建てと男根の意とをかける。絵尽しには、例えば「此所打ぬき大道具見事〳〵」(傾城高砂浦・明和二年)のように書かれる。
一〇 夜景をあらわす。
一一 しころの附いた頭巾。

鐘までは。今一時。ゆだんしてはあっちへ太夫を身受しおらふ。所をきやつになんぎのかけやうは。預りのあの刀。にせ物とすりかへさせ。そうじや ＼と いろ〳〵思入仕打 侍 笛[12]ふく ＼と 壱人黒装束にてしのび出る しのび おだんな 侍 しのびの耳に口 ＼両方へ別れる ＼拍子木[13]かち〳〵 ＼ならんだ黒ご。[14]くるりとうしろむくと脊中一面に。やぶのもやう。そのやぶの間より しのび すり[15]こぎをぬっと出し切あける 黒ごのやぶども めり〳〵めり ＼とひらく しのび ぬっと出る ＼又 侍 しゆびんをもって出る 黒ごしのび しゆびん[16]は 侍 △シイ[17]、

寛延 ずっと出中村吉右衛門様はあなたでこさりますか。私は唯今大きなやけどいたしまして。あなたにましないが致してもらひとふござります。御芝居へさんじましたけれど。モウ御帰りなされてござると申事。どふぞ御願申ます ＼といふと奥へあんないする ＼吉右衛門出る どれ〳〵やけどの人。これへ〳〵。ム、これはきついやけど。コレハ是。一まじなひ。したれば忽《たちまち》平愈。やけどの人。こゝ[18]ははし近《ちか》 △ひり[19]ついて。こふきやれ

明和 母親。娘の首筋もって引づり出 ヤイコヽナいたつら者。親のゆるさぬ此ぼてれん。よふうま〳〵と[20]ぬすましたナア。ぬしはたれじやサアぬかせ ぬし次第て了簡もする。誰じや〳〵 娘 ぬしはどふもしれませぬ 母 ヤア〳〵ソリヤマア なんとしやうぞ。いかにおれが念仏[21]か好《すき》じやとて それをならへと誰《た》がいふた 娘 申かゝさん腹がいとふござんす 母 ヤア〳〵 モウ生れるか

一二 手下を呼ぶ呼子。
一三 舞台転換の合図。
一四 舞台を廻した思入れ。
一五 藪垣を刀で切り破るのは歌舞伎の定形で「戯場訓蒙図彙・四」に図示する。すりこぎは、ここでは溲瓶(しゆびん)に対応。
一六 「首尾は」をきかせる。
一七 小便の辞。
▽この俄「串戯狂言一夜附」に収載。

一八 吉右衛門のせりふ。「委細は奥で聞ふ。爰は端近、人も聞」(九州苅萱関・三ツ目)など。
一九 「身についてこう来やれ」と言うのが台辞の定形。

二〇 親が番しているのを。
二一 念仏講をきかす。

娘 かゝさんいたひ 母 どれ〳〵〵と こしをかゝへる しきりにいたがる 娘 母 仕打いろ〳〵 〵 娘 子をうむ 〵此子[一]檀尻の印をうむ 母 ヤア天満宮。扨はしれぬといやつたはつ。天神様のおとし子かいの〵と 裏かへし見て △南無三若[二]ィ者中ジヤ

図かくのごとし

宝暦 随分りつはなる武士。上下にて。若党侍つき〳〵多ク。はさみ箱。道[三]具。行列にて行 〵と こんのまへだれに手ぬぐひをはさみ。料理人とおぼしきこしらへにて。侍のうしろより 料理人 申〳〵御願ひが御ざります申〳〵 若トウ さがりおろふ〳〵コヽハ途中《とちう》だ。さがりおろふ〳〵〵と ながして行 所望〳〵と声かけると コリヤ〳〵待テ何事じや 若 御願の者と申先程より付てまいります 侍 ソレ聞届てとらそふ 若 コヽハ途中《とちう》でござります 侍 イヤくるしうない 若 ソレ御免なさるゝ申上い 料理人 ハイ〳〵ト書付ヶ出す 侍 ナニ六月廿五日の献立。めし。香の物。汁《しる》。白玉。さしみ。鯉。みる。わさび。猪口《ちよく》。[四]いり酒。[五]向ふ。[六]青鷺《さぎ》。せりねぶか。やき物。若狭《わかさ》小鯛《こだい》。料理人 此間にふところさがしうろ〳〵して 料理人 申〳〵それは取ちがへ。[七]そさうでござります。おさげ下さりませ。そさうでござります 侍 マテ〳〵 △[八]そさふでない。けつかふだ

明和 焔厂と地蔵と出る ヱン [九]ヤイ獄卒《ごくそつ》とも。[一〇]死人《しにん》めは[一一]どぶさつておるか。見て参れ ゴク よくどぶさつております ヱン ソレ 地蔵 中村吉右衛門こはいろニて イヤしばらく。必竟《ひつけう》申さば此度。浄はりの鏡

一 檀尻(だんじり)の先頭に立てて行く、その奉納者を示す標示。図にあるように、梵天をつけ、文字を記す。「若者中」というのが多くある。
二 若い者仲間の合作。
▽「豆談語」(安永年間板・江戸)にこの俄と同じおちの小咄がある。「氏子中」として落語に行なわれる。
三 槍。
四 酒にだしを加えて煮詰めたもの。
五 向付。
六 夏に美味であるとし珍重された。
七 願書と取り違えた。
八 粗相でなく結構な献立。
九 「ヤイ家来共、非人めがふせっておるか見て参れ。…高いびきかきちらしどぶさってけつかります」(敵討襤褸錦・下)。
一〇 「非人」にきかせた。
一一 ぐうぐう寝ている。

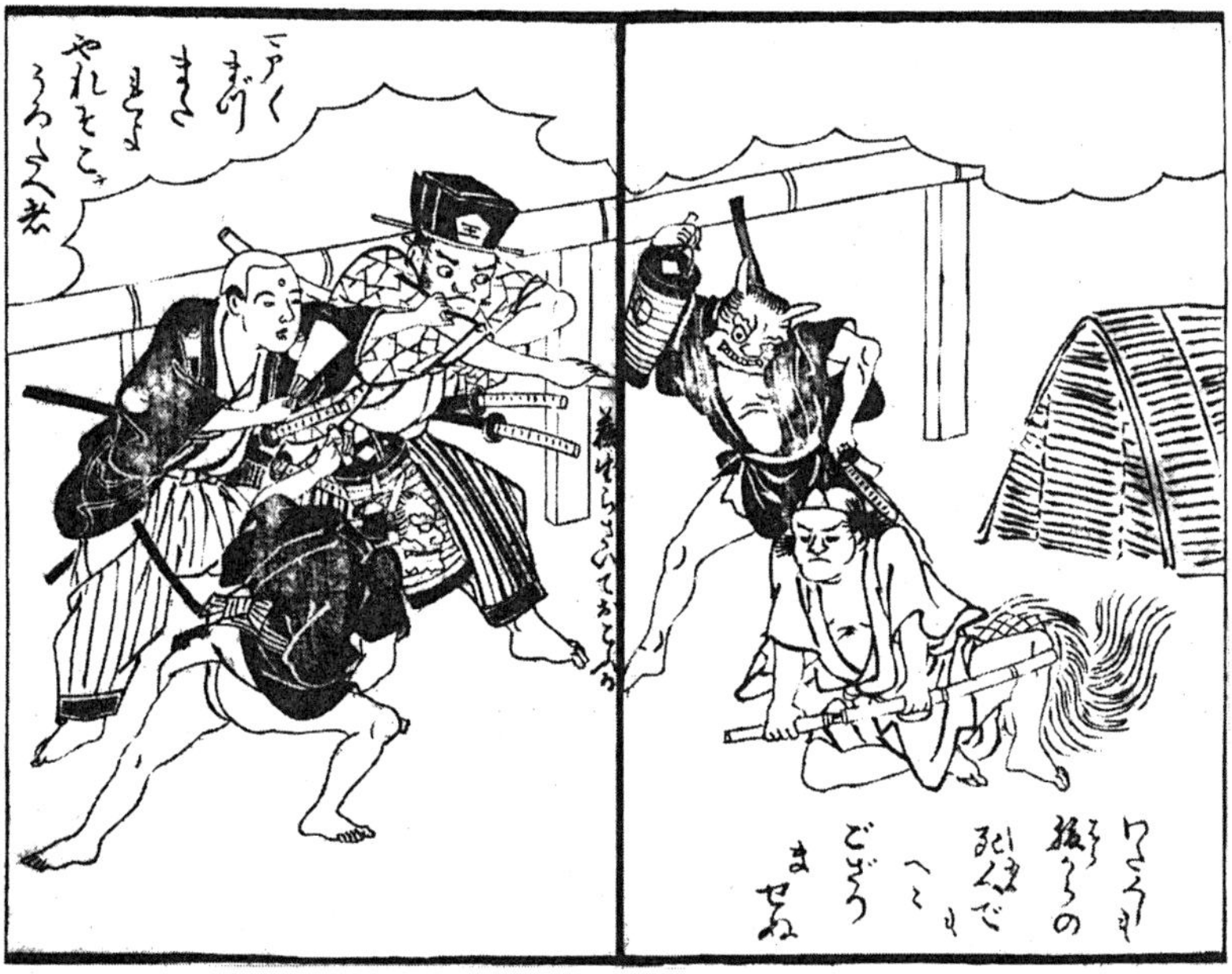

わたくしも腹《はら》からの死人《しにん》でも
へゝござりませぬ

蘇生《よみがへ》らさいておこふか

マア〳〵まづまたれよ
やれそこナうろたへ者

を。刀にうたせし。切[一]あぢの論《ろん》が。かれが不運《うん》。何とぞ呼出《よび》し。鼻歌の一ッへんも。うたはせてやるが。せめてもののなさけ。ソリヤ獄卒《ごくそつ》ども呼出せ【ゴク】死《し》人[二]め。出《て》ませい〳〵〳〵〳〵【死人】死人めに御用とは【地蔵】なん[三]とそちの命戻《もど》スまいか。蘇《そ》生《せい》がして貰《もら》ひたい【死人】仰ではござりますれど。私[四]も腹からの死《し》人《にん》でもござりませず。チト望ある。身の上。此義は【ヱン】其望とは【死人】かたきうたれて。御《ご》ざる。私のかたきを。討たといふ。便宜《びんぎ》を。聞ねば。どふもいきられませぬ。命でござる【ヱン】四の五のいわせず。そりや。ごくそつども【死人】ひよろ付ながら。おがら[五]引ぬき 白い《しろい》[六]おがら二ツどうに。やせうでびり〳〵ふるひます【ヱン】ドレ【死人】それ[七]からごらうじませ【ヱン】つめかくる【地蔵】ヱンマどのマア〳〵。おひかへなされ〽と いふと見物の中より ▲ヨウ地蔵様[八]〳〵

【安永】ぼたんの花に衣装を着せ道行の出端三味せんにてシヤン〳〵〳〵とひき出す浄るり文句略すぼたんばた〳〵とはしり出。こける〽と 跡より獅子頭[九]に衣装をきせ。走て出て。ぼたんを抱きおこし。夫より石橋[一〇]歌にて道行のていさま〳〵仕打 【獅】コレ[一一]ぼたんとの様の虎を喰殺し御尋者となつたればどふでのがれぬ我命わがみは是より一ト先花檀へ帰り二度花をさかしてたもさらばや〽と 行とぼたん裾《すそ》をおさへ

【牡】歌のふなさけなやおまへと別れ此わしが誰を目あて何たのしみに花咲ん。詞わたしが花と【シヽ】わしがはな〽歌世[一二]の浮名にも立られてはなれ[一三]て生ていらりやうかあ[一四]たはなのたつうらめしといだきついてぞ泣ゐたる〽フシしゝまひ鼻をすゝりあげしはし詞もな

一 敵討襤褸錦に、宇田右衛門の世話で殿様買上げの備前長光を、高市武右衛門がにせものと鑑定したことから、二人の間に無銘でも切味あらば如何という論が生じ、非人を試すことになる。「貴殿我等が詞の論、詮ずる所非人めが不仕合」(敵討襤褸錦・下)。

二「非人め御用が有、あれへ出ませい」(同)。

三 以下、原作の殺しを蘇生に倒置したもじり。

四「私はらからの非人でもござりませぬ…私は大切な望有る身ぶん」(敵討襤褸錦・下)。

五 おがらは精霊様の箸として精霊棚に飾る。浄瑠璃では仕込の刀を引抜く。

六「あをゐ下坂二つ胴に敷腕…よつく切ます。ずんど切ます」(同)。「青井」に対して「白い」。

七「いや夫から御らうじませう」(同)。

八 中村吉右衛門(前名十蔵)のほめことばを「十蔵さま」という(役者花双六)のにかけた。原作、無礼な宇田右衛門を「しばし」と押しとどめるのが情義ある高市武右衛門で、見物のほめる所。

▽この俄、「串戯狂言一夜附」に「死人敵討」として収載するが、「地蔵様」のハネは捨てられ改作された。

九 獅子の面に長い赤髪をつけたかぶり物。

かりしが シヽ ソウおもやる事なればいさぎよふいつしよにしなんサアかくごはよいか

牡 かくごはよふこざんす〳〵シヽカタナフリアゲ なむあみた〳〵と いふ所へ真黒な人壱人出て 〳〵中へ入シヽぼたん を両方へ引わける シヽ コレぼたんこゝはどふやら場所がわるい。こちらへおじや〳〵又 ふりあげる 黒人右のごとく引わける 何遍もあり シヽ さいぜんよりつきまとい邪广するは。何ものじや 黒人 ▲獅子心[一五]中のむしじや

明和 けいせい幾人もならひ。身仕廻[一六]のてい。さま〴〵もやう有。略之。方〻より揚《アゲ》[一七]をせきに来る。仕うちありて。おやかた出る 親方 サア〳〵子供衆。身仕廻はまだか。何をべら〳〵とかゝつてゐやる。きり〳〵しや 女 ハイ〳〵モウ皆眉引ばかりでございます。親 ム、またそのまゆが狩野[一八]の法眼。はたすものでは。あるまい。わしが手廻して。引てやろ。かゝこゝ持チヤ〳〵と 大工の墨つぼを出し。糸をのばし並んでゐる。けいせいのひたいにあて。いとを[一九]ハツシリはぢく △親 サアみないた〳〵

安永 やすな[二〇] 歌〳〵[二一]よさのとまりはどこがとまりじや。草をしきねのひぢまくら。〳〵所へ わん久[二二]出る。歌あつてくるひゐる。 久 浄るり 丸[二三]ィおごけにかくのふた。あはぬ縁かや椀久は。あとへまはりてたどりくる。栄花はきのふの夢さめて。 ヤスナ 信田[二四]なるやしろを問ん 久 きち[二五]〳〵くろゝ七折ねずみ。なんどのかきがねはづすが大事。 ヤスナ ヤイ〳〵おのれはさいぜんから

一〇 一連の石橋物の歌がある。
一一 石橋では獅子が牡丹にたわむれ踊り狂う。
一二 「世の浮名にも立てられて」以下の唄の出拠未詳。
一三 「花」と獅子の「鼻」にかける。
一四 あた腹の立つ。
一五 情死の「心中」をきかせた。
一六 化粧。
一七 座敷に出るのをせき立てる。
一八 狩野四郎二郎元信。「果すものではない」とは、「けいせい反魂香」でおみやの愛情に応えることのできない元信のはがゆい態度を言ったか。
一九 一とはじきで片づく名案。一九三頁挿絵参照。
二〇 安倍保名。
二一 「よさのとまりはどこがとまりぞ、草をしきねのひぢまくら〳〵」(蘆屋道満大内鑑・二)。保名物狂いの唱歌。
二二 椀屋久右衛門。
二三 「まるいおごけにかくのふた、あはぬゑんかやわん久は、あとへまはりてたどりくる、ゑいぐわはきのふのゆめさめて」(元日金歳越「物狂ゆかりの十徳」)。「おごけ」は麻笥で円柱形。円と角とで「合はぬ」にかかる。
二四 「しんじつ君にあひたくばしのだなるやしろにあゆみをはこびて」(蘆屋道満大内鑑・二)。
二五 「きち〳〵くろゝなゝおりねずみなんとのかけがねはづすがだいじ」

邪广しをる。おのれはなんじや。［久］いやおのれが邪广するわい。［ヤスナ］イヤおのれじや［久］おのれじや〳〵＼と たがひに。大きにつかみ合。髪をむしり。あたまをわり。両人とも目をまはしたをるゝ ＼所へ 侍家来にてうちんもたせ来る ［けらい］ハイ〳〵［侍］家来まて〳〵＼と しがいをあらため見て ［侍］コリヤコレ大坂にて。名もたかき。わんや久兵へ今壱人は。加茂のやすのりが子。安部のやすな。ホイさつする所此ほどほのかに聞ヶば[一]両人とも狂気したるといふ。コリヤコレ △[二]きちがいのけんくはじやナ

［安永］大星由羅の助。其外四十余人と見せ。大ぜい黒装束にて出。あちこちめぐり見へ有 ［大星］ヱ、口惜や〳〵。もろ直をうちそんじた。もはやかくれしのぶ所もなし。かた〴〵いかにしたものでござらう。＼と。いふと。一人。そばに戸の〆てあるを見て。 ［十太郎］[三]しばらく〳〵。アノ[四]戸のしまつてあるは曲者。＼と 戸のそばへゆきて。 ［十］師直はいぬか。[五]もろなう〳〵＼と よぶと。戸の内より。 △[六]ドヲレ

［安永］［梅がへ］[七]むけんのかねのだん。さま〴〵身ぶり仕打。文句略す。 ［梅］[八]アヽかねがほしいナア。＼と [九]手水鉢の中より首をぬつと出して △をれもほしい

［安永］おはん長右衛門みちゆき ＼上るり 是[一〇]はかつらの川水に。うき名を流すうたかたの。あはときへゆくしなのやの。おはんをせなに長右衛門。あふせそぐはぬあだまくら。ひ[一一]かけかすかに。三すぢ町身にしむかせにさそはれて。［長右衛門］コレおはんこゝは三条あたごみち。

(元日金歳越)。椀久物狂いの唱歌。長唄にも採られる。「きち〳〵」は枢(くるる)のきしる音と鼠の鳴声。七折鼠のこと不詳。

一 保名も椀久も物狂いとして知られる。

二 「ゆきちがい」をきかせる。

三 矢間十太郎。

四 柴部屋。

五 「物申う」を聞かす。

六 「物申う」への応答。

七 ひらかな盛衰記・四。

八 ひらかな盛衰記の詞。↓一九四頁注八。

九 水がほとばしり小判が噴出するかと思いきや、手水鉢の精現わる。

一〇 「これはかつらの川水に、浮名を流すうたかたの、泡ときへ行信濃屋の、おはんをせなに長右衛門、あふせそぐはぬあだ枕」(宮薗節「朧のかつら川」)。

一一 「ひかげかすかに三筋町、身にしむ風にさそはれて…コレおはん、爰が三条あたご道、露の命の置所」(同)。

つゆの命のおき所。そなたも夕ァから。何[一二]もつがねば。さぞ。はらさびしかろ。是はさつまのむし立。なんと一ッくやらぬか。[おはん]一人上るり〽ヲ、わたしやいやいな。そんなそのよなど[一三]ふよくな。[一四]さもしいものしやと。人さんがわらはんしてもだ[一五]しないか。ソリヤかはいひのじやない [長右衛門]いもを出し △ぬくいのじや

一二 何も喰べねば。
一三 相手の心を汲まぬ自分勝手。
一四 「ぶ心中なと人さんの、わらはんしてもだじないか、そりやかはいのじやないにくいのじや」(同)。
一五 大事ない。

此巻当世ともおぼしき部

[安永]　[東鑑三段目][一]　●朝比奈　●乙女[二]　●娘[三]　●母親　●竿売壱人

朝比奈障子ひらき出る　あたりより。上るり〽文句略す　〽[四]名僧智《めいさうち》識《しき》の引導よりなを有がたきおとめのまへ。老母は娘を引立て。長居は遠慮〽と　こゝ迄上るりの文句に合て朝ひな。乙女。母娘とも身ぶりしうちあり上るりの内より　[さを竹うり]　さほかたげ〽ハイ〳〵ちと頼みますとおしわけて出る　[惣〳〵とも]　コリヤ。ナンジヤ〽と　いふを受て上るり　[五]長いは遠慮

△詞　竿《さほ》じや

[明和]　侍と女と相合かさで出る　[女]ヨイ所で御出合申。傘《からかさ》の御むしん。もはや雨もはれまする。殊更心もいそぎますれば。これより御別申ます。此御礼はかさねて〽と　少しきみ合有　[侍]お安い事〳〵。しばしの内もふしぎの御縁　[女]又重て御目にかゝる證拠《しやうこ》の物〽と　ふくさ包を渡す　[侍]コレを證拠に又重て〽と別れる〽跡に　[侍]ヲヽヽ、あつたら物を取にがした。しかし何と

一　「東鑑御狩巻」。
二　大藤内の女。朝比奈といいなづけながら朝比奈に拒まれている。実は義経が静御前に生ました女。
三　曾我五郎の姉、片貝のこと。
四　「名僧知識の引導より猶有がたき乙女の前、老母は娘を引立て長居は遠慮」（東鑑御狩巻・三）。
五　「長居は遠慮、サアおじやと」（同）。
六　源氏香は髪油の一。
七　「化生(けしよう)」の洒落。
八　宝暦六年の大飢饉の年と考えられる。大男実悪の真鳥をやせた小さい男にして出し、ひだるそうな声で言わせるというのはその宛てこみ。こ

やら心にくい此箱〽と いふている内に傘ふるい出す 侍ハテ心得ぬあたりのけしき胸《むね》にこたへて寒《さむ》けあり。何にもせよいぶかしきは此ふくさ〽と ほどく 侍コリヤ白粉《おしろい》[六]源氏香 △ム丶。ハ。サテハ化粧《けしやう》[七]であつたな

宝暦 有年[八]いかゝしたる事にや。六月神事。甚さみしく。遊里なども軒釣のちやうちんなく客などもなかりける事あり。誰《たれ》が俄を見る者もなきに。[九]むりに俄したる其趣向。

〽ずいぶんやせたるちいさき男金蘭のひたゝれにて。[一〇]金こじの冠を着たる。大友の真鳥。其外付〳〵大勢連て出。いかにもいきおひなく。ひだるそふな声にて 真鳥ヤイ〳〵家来ども我[一一]かたさきがひこ〳〵うごき冠もどふやらいがんだやうなどうでもわしをねろふやつがあると思ふ。わいらもそこらをさがしてくれ。わしもとも〴〵さがそ〽と さも気《き》むつかしそふなるていにて。こそ〳〵と通ふる〽と かげをきびしく打いきおひこんで。兼道《かねみち》[一二]。みのかさを着。鎌《かま》を逆《さか》手に持。大音上 兼道▲イヤア今年《ことし》[一三]の真鳥は淋《さび》しい真鳥じや

同 馬でる かとう左衛門重氏入道。馬道心[一四]となり難所《なんじよ》の山坂出ニける。かゝる所へ石どう丸。中[一五]〳〵。此あたりに。馬道心はおはさぬか。おしへてたべ ムマ是はけふがる小人かな。九万九千の寺〳〵で。きのふそつたも馬道心。おとゝひそつたも馬道心。左様に尋ねてはしれがたし 石トウどふやらおまへが似《に》たよふな。幸ひコヽニ持合《もちあはせ》の酒ヶ是

の年は奥羽東国の大飢饉で、大坂の民情がどのようであったか詳しくない。一つには又、宝暦十一年六月十二日、徳川家重薨の年ということも一考。摂陽奇観・三十一に「大坂御停止六月十七日より八月十二日迄今年夏祭延引にて座摩祭博労町いなり天神祭生玉祭住吉祭其余之神事も準之」とある。

九 将軍葬儀の際だとすれば、このような俄を実演する筈はないと思われる。

一〇 巾子(こじ)に金箔を施した冠で天子の用いるもの。「天子の御冠は凡人とは異にして金を用ゐて冠の飾とし結ぶなり」(類聚名物考)。五位をうかがう大友真鳥が着用。

一一 「アヽラふしぎや。左りのうでのしびれしは、真鳥をねらふくせ者忍びゐるぞ、さがし出しからめとれ」(大内裏大友真鳥・四)。俄のはしょぼくれた言い方。

一二 高村宿禰兼道、百姓に身をやつし、蓑笠にて出る。

一三 「今年の祭」ときかす。

一四 「今道心」のもじり。

一五 「中御出家様この御山に、今道心のましまさばおしへてたべと有ければ、コハけふがる少人かな。九百九十の寺々毎日入来る初発心、きのふそつたも今道心、一昨日剃たも今道心、左様に尋給ひては知がたし」(苅萱桑門筑紫轢・五)。

をのんで下さんせ 【ムマ】それは一だん忝い。南無馬みだ〳〵 酒心ニなりて おんど三味ニて 【ムマ】父[一]を尋て
高野へ登る 【石トウ】そんならお前父上《まへちゝうへ》か 【馬】ヒン〳〵馬酔《むまえ》[二]ふたり〳〵
【安永】【山伏】是は葛城《かつらき》より熊野へかけぬけの山伏。来る程に〳〵。人跡絶て家もなし。何
かはしらず此一ッ家。のふ〳〵あるじに物申そ。葛城より熊野へ通る。山伏。今日のひ
だるさ。先へもあとへも参りがたし。ひだるい時の[三]もみない物なし。[四]すへつた粥《かゆ》でも只
一ッはい。頼申すとありければ 【主】ヲ、おやすい事ながら。我さへたべる物なきに。上
ますのもいかゞ也。外をお頼なはれませ 【山】ム、そんならそなたもひだるいか 【主】御推
量下さりませ ＼と しばしなく 【主】思ひ出した事の有。此向ふの畑《はたけ》に芋《いも》が作つてござります。
それなと取て。喰《くは》しやりませ 【山】実《まこと》ニ是は仏の告《つけ》かの。不《ふ》[五]動《だう》明王の真言《しんごん》にも。＼いもう
まく。さまんだ。ばゝしや。うんたら。かたまん。＼と 芋ほり出し喰かける仕打だん〳〵多く喰ブット屁《へ》をこく 【山】ハ
ア、不動のしめしに違はず。いもうまく。さまんだ。ばゝしや。うんたら。かたまん
＼又 屁《へ》をこく屁のブウト云ふに合せてドント太コ又チヤンとかね打 【山】ブウ 【大】ドン 鉦 ＼チヤン ＼ブウ ＼ドン ＼チヤン 遠[六]せめと
なる 【山】ハテ心得ぬ ＼と 見へ仕打あり ＼と とり手の役大勢大将出る 【取】曲者《くせもの》取た 【山】思ひよらぬ。此ありさま。
はやまつて後悔《こうくわい》すな 【大】ヤア[七]こま事言せず討《うつ》て取れ 【取】ハア ＼と 取まき 【大せい】△山伏《やまぶし》[八]いも

一 でろれん祭文の石童丸の文句に「あはれなるかな石童丸はちゝを尋ねてかうやへのぼり、母はふもとの玉やが茶屋にあづけおいたよあらいたはしや」という。底本、「父を…登る」の右傍に謡の音符を付す。
二 「ハア、そふじやまよふたり誤つたり」(苅萱桑門筑紫𨏍)。
▽宝暦十三年五月角の芝居に「九州苅萱関」を出し、中村十蔵の苅萱道心に「ア、まよふたり」を言わせている。その年の作か。
三 うまくない。
四 饐(す)えた。
五 修験者が本尊真言として唱える真言「ナウマクサンマンタ、バサラナンセン…ウンタラタカンマン、エイゲイキソワカ」に擬する。
六 下座音楽の一。「遠責、鳴物 ほら貝 半鐘 楽太鼓 どんちやんなり」(戯場一覧)。
七 ごたごた言わせず。
八 「いごくな」をきかす。
▽後に落語「芋食うな」となる。

くな

明和 [九]顔見せ序狂言の趣向 ●姫さげ髪うちかけ ●[一〇]あきて壱両人 ●[一一]悪太郎大小 ●黒装束の者一人 ●鳴物[一二]かぐら ●作り物井戸側《がは》

姫 さいせんよりのばゞさまのおはなし。いやな〳〵悪太郎と。女夫にしやうとはどうよくな。其うへおなかにやどしたる。縫《ぬい》之助さまの御種《たね》。しよせん縫之介様と添《そ》はれぬ事ならは。いつそ死《し》ふとかくごは。したれど。たゞみれんなる。女の心。ま一度《ど》御目にかゝり。たい。恋しやな〳〵と いふて居る内[一三]ねとりの笛ふくかみ少しみだれ 姫 我は元人間ならす千年経たる。古井戸ぞや。元《もと》我は此屋敷のつきやまのそばに。有しが。去年七月七日。家中《かちう》の衆《しゅ》に。かり出され。已《すで》に穴《あな》を埋《うず》まれ。[一四]小町井戸とならんずるに。縫之助の御情《なさけ》にて。元のごとくにふたをして。[一五]真爪三ッに。かます五枚。すゝの徳利の。神酒《みき》一対《つい》。今迄命つなきしは。皆縫様の御情。御心なら御すがたなら。ふつと思ひも深き古井戸。くさり付たる中とはなりし。死たらば見ぐるしき。我本性をあらはし。縫様にあいそ。つかされぬ。死なぬ内に一度逢たい〳〵〳〵と〳〵泣《ナイ》ているうち腹《ハラ》のいたきていあり ヒメ ハアモウ子が生れるそふな〳〵といふ内ねとりの笛。ドロ〳〵井戸がわを姫にかぶせる姫井戸かわと変《ヘン》じたるていなり。此間いろ〳〵めりやすあるべし。悪太郎出てあたりを見廻す仕打 悪太郎 呼子の笛吹〳〵と [一六]井戸より黒装束の小児出て悪太郎が前に手をつき 黒 ヲギヤア〳〵 アク シイ[一七]ヽ

九 序狂言という用語例未詳。三番叟の次の、「ワキ」「二番目」の意に用いたか。
一〇 配役なく作業の補助をする者。
一一 悪太郎も後文の縫之助も当時演劇浄瑠璃の諸作品に見える役名であるが、ここでは、悪太郎は狂言にも見える不良青年の一般名、縫之助は若衆・色男方の一般名として用いたのだろう。
一二 下座の一。太鼓をきざみ能管をあしらう。盗賊の出などに用いる。
一三 下座音楽の一。太鼓のどろどろと共に笛を吹く。亡霊の出現に用いる。「〇ドロ〳〵〇寝鳥ふたつながら幽霊の出也」(劇場訓蒙図彙・三)。
一四 穴を塞いだ井戸。
一五 真瓜。真瓜は真桑瓜。
一六 井戸から出る者なので盗賊の形。
一七 声が高いと言うのと嬰児に小用させるのと。

【安永】【世話場しだし】[一]　●若衆　●親方[二]　●医者

【若】ウレイ淵《フチ》は瀬《セ》となる飛鳥川《アスカ》。昔《ムカシ》[三]のつるぎ今のながたな。疵《キズ》[四]がこふして此病ひ。つとめが。いたひかなしいは。今の此身にくらぶれば。昔は物を思はざりけり〽など色〳〵なきいる【親】コレ〳〵何をくよ〳〵思やる。なんにもあんじる事はない。ソレ山半の柳枝さんへも。紀の治の里橋さんへも。状やつておきや。わがみの病ひもはか〴〵しくない故。生キ如来のやうに。いふ元伯[五]様に。かへて[六]見る。モウ見へそふな物じやが〽医者出【元】お宿ニかな【親】コレハ元伯様。御苦労でござります【元】ア。ア。ドレ〳〵脈うかゞひましよ〽と脈見て。さて尻をまくりなどおかしきこなし有【元】コリヤきつふむつかしい。きめうなおらんだの名法バジリカル[七]ムシト言。方《はう》はあるけれどもチトあら療治じや。して見やるか【親】何が扨此通何なりとなされて下さりませドウいたしますのでござります【若】アヽ申わたしや。荒い料治は剛[八]ふござんす【親】コレ太夫[九]。あついといふもちつとの間。剛い夢じやと思ふていや【若】ウレヘゴヘアイ〳〵〽大釜持て出ル〽若衆此間られへのてい。さま〳〵こなし有めりやす[一〇]などあり。若衆を釜[一一]のうへへのせ〽いしや〽吹ク拍子【元】アプヽ〳〵アプヽプフフ【若】イキヲヒノナキコヘニテアヽけつこう[一二]下さる〽などいふている内【医】[一三]イビキゴウ〳〵トかく【親】コリヤ元伯さん寐ました大事ござりませぬか【元】大事ないコヽガ勝負《セウブ》じやアプップ〳〵〳〵【親】申コリヤ

一　万事世話場を演ずるやり方。
二　男娼の抱え主。
三　ことわざ。昔はよかったが今は役立たず。
四　痔の疵。
五　安永三年、杉田玄白の「解体新書」刊行。
六　転医する。
七　「バジリ膏　舶来膏薬の一種吸出の膏薬、猪脂と松脂にて製したる薬なり」(日用舶来語使覧)。これに「蒸し」をつけて作った名。「尻」の音が入る。
八　怖う。
九　歌舞伎若衆への敬称。
一〇　前出(→一七〇頁注八)。いろいろする場の伴奏。
一一　若衆なので釜を用いる。漢方医の薫法のもじりか。
一二　沢山なさる。
一三　底本「医」は「若」の誤り。

いつこふじやなんの事じややくたいに寐《ネ》た。起《オコ》しておくれなされませ 〔元〕ドレ〳〵ヤヽコリヤ。モウあかん 〔親〕ヱヽあかんとはどふじや。いびきかいて居ますぞへ 〔元〕サアいびきはかいてゐるけれどソリヤとんとやくにたゝぬ。一生これなりじや 〔親〕ヱヽドウゾ今一度起して仕替[一四]にやりとふござります。〔元〕イヤモウ仕替にもやられぬ。一生これなりじや。が。やり所がある 〔親〕何所《ドコ》へやりましよ 〔元〕紀州へ 〔親〕ヱ。紀州 ァヽ熊野浦 ▲大釜《ヲヽガマ》[一五]て寐《ネ》るやつがござい

〔紀州熊野浦狼《ヲヽカメ》[一六]のねりやくといふ薬売の流行《ハヤリ》し時の俄なり〕

〔明和〕〔丑の時参〕＼出端《テハ》[一七] ツヾミウタ 〔女〕あらうらめしの恋人やな ＼上るり 枕《マクラ》は外にかはさじと。言しも今はあだ浪の。浪はこすとも松山[一八]の。思ひはたかき我ほむら。取殺《トリコロ》さいておこうかと。片手に持たる灸箸《ヤヒトバシ》。左は。もぐさひとつかみ。にくひ〳〵と思ふ心で。肩先《カタサキ》[一九]ちりけはおろか也。七九[二〇]。亀《カメ》[二一]の尾《を》。腹章門《はらしやうもん》[二二]。四花関門《しくはくはんもん》[二三]も残りなく。弐匁もぐさですへてくりよと。社檀にのべふす松の木を。にくひ女とねらひより。おもひこんだる。我ねん力。さしもとふせとさしもぐさ。こゝぞのど笛のあたり也。と。もくさをいくつもならへかけ。あたまにともすらうそくで。もくさに火をつけ。くつす〳〵。ふすぼる烟《ケフリ》ともろともに。胸《ムネ》も逆立《サカダチ》しんいのほむら。人参〳〵いらばこそ。すへた[二四]斗《バカリ》におさへもせず。火烟《クハエン》のごとく烈《レツ》〳〵と天をおかして立登るおそろしかりける次第なり ＼神主先立 大勢出る 〔神主〕皆お

一四 他の抱え主に転売する。
一五 原註によると、「狼の練薬」ときかせたらしい。
一六 この事実不詳。
一七 所作をして登場する。
一八 末の松山。松山に浪が越すとは、誓いを破って心替りしたことの謂。
一九 経穴の身柱に当る。背部正中線上三椎四椎の間にある。灸鍼の要所。
二〇 経穴。脊柱の七椎にある膈兪と九椎にある肝兪と。
二一 灸点の一。脊柱の下端。
二二 経穴の一。前脇腹、肘を曲げ腋を合せた時、肘の先が当るところ。
二三 四花も関門も灸穴の一。両方を同時に灸を下すことが多いので並称される。両者は背面の腰に近いところにある。
二四 灸は火が皮膚に達した後、延焼を防ぐために、速やかに指頭で押えなければならない。

じや〳〵うさんな女〵ととりまく 女 アヽみなさんゆるして下さんせ。なにを隠そふみづからは男をねとられし腹立。うしの時参でござんす 神 ヤヽなんといふ。うしの時参といふものは。釘《クギ》とかなづち。やいとすへる時参りは。新しいれいのない事は。かつてが違ふて。神も納受なされまい 女 サア夫は合点でござんすけれど。灸でなければ。なりませぬ 神 ソリヤどふして 女 その目あてのむすめといふは 神 むすめといふは 女 △[一]ぬかやの娘じや

明和 だちん馬ノ腹の中二人 馬士《マゴ》歌をうたひ〳〵出 馬士 [二]ぼてつぱらめ。[三]けたひのわるひ。まつりじやとて休みもせず。いま〳〵しい[四]親方よいかへがあつたらいんでこまそ。おもはしいかえもけつかりをらぬ。此森は涼しそうな。よい〳〵こゝに一寐《ネ》入してくりよ〵とこけていびきかく〵と馬。ぼやき出す 馬 コリヤ跡足《アトアシ》よ。[五]親方《ヲヤカタ》はよふねた又[六]あほが男待やうにしてゐるのか。又けふらこそ親方のいふ通り休してもよい事 アト足 サアお頭のいふ通。けたいじや。此よふに待て居る内。うつくしい物でも通ると。[七]わるひ気になつてどふもならぬ サキ 又コリヤ。ドサ〳〵ト[八]太鞁《タイコ》うつなよ アト イヤソノたいこでおもひ出した。此様に遊んで居る内。ちと正月のけいこに踊んか サキ コリヤヨカロ。春駒てイコウカイ〵と腹の中にて サキ トンカラ

一「坐笑産」(安永二年刊・江戸)に同じおちの噺がある。落語「丑の刻詣り」として行なわれる。
▽「串戯狂言一夜附」に再録。
二 馬士が馬を罵る時の詞。
三 気にくわぬ。
四 親方の方に適当な代りの馬士があったら。
五 馬士(馬から言えば親方)。
六 謀叛気を起さぬ喩え。
七 情慾を起す。
八 馬の陽根勃起をいう。

まゆずみもこの大勢ひとり
〴〵はめんどくさい
すみうちでくらはさう　さあ
〳〵顔を一所につき出した

それ〳〵五人めと三人めはあ
まりにひくい　それでは櫛《くし》に
まゆがつく　七人め八人めは
高過《たかすぎ》る　それではまゆがはな
とくちに付《つく》
さつてもせわなわろたちじや

ア丶すかんやのう

さつてもこれは[九]ほろなへじや

九　語義未詳。

〳〵　太鞁打　サキ　〵目出度し〳〵春の初の春駒《ハルゴマ》一なんぞゆめに見てさへよいとや申　〵と　馬士《マゴ》。手綱

引おこされのうごきに　〵むく〳〵と　おきあがり　馬士　△ドヲ二〳〵〳〵

安永　相の山三　みや四　外に四人鳴物にて相の山うたひいづる

詞　女　煙草《タバコ》五のんでもきせるより咽に通らぬ薄烟〻　此間文句六　――やっていなそと巾着《キンチャク》の口を解てさし出す。銭は一せん一世の縁。きれてもきれぬ笠の内。泣しみつきし顔見れば　〵と

あみがさをあげる　半分　コレヲ
すみにて。ぬりたる也　ミテ
女　△ヤアおまへは狩野の　ワキ　白黒《シロクロ》七じや

明和　勘定場とおぼしき所に。手代。そろばん置て居る。障子一重へだてゝ。息子《ムスコ》ひとり言

ムスコ　かねが敵といふ事は。誰いゝ出したる事なるぞ。太夫と夕ア別れしな。わしが手をじつととり。殺《コロ》ふと生《イケ》ふと。おまへひとつの心に有。もしあちらへ請出されたら。片時《カタトキ》も生てはいぬ。といふてわしが手で三百両のさいかく。よもや親父《オヤヂ》様か出しては下されまい。手代吉兵衛もぶすいなやつなり。金な八らたつた三百両てかわいひ太夫を殺すか。ハヽア金《かね》がほしいナア　〵と　手代のそろば九ん口にていふ　手代　二。一〇チン　〳〵〳〵〳〵　三チン　〳〵〳〵〳〵　〵此そろばんめりやすとなる

ムス　ヲヽ夫よ。聞一一及ぶさよの中山の無間《むけん》のかねをつく時は。金銀財宝心《さいほうこゝろ》のまゝ。是よりさよの中山へは。遠《とお》いけれど。心ざす所はさよの中山　手代　二チン　〳〵〳〵〳〵　三チン　〳〵〳〵〳〵〳〵　ムス　此世一三はひるに

一　正月に来る門付の春駒が「春の初めの春駒なんぞは夢に見てさへよいとや申す」とはやす。
二　馬を制止する詞。馬士には、馬のやっていることは分らない。勝手に走り出したと思っただけ。
三　伊勢の間の山節に由来する胡弓を用い哀調のある下座音楽。浄瑠璃「けいせい反魂香」に採り入れられた間の山節を歌う。
四　みやは「けいせい反魂香」の人物。
五　「たばこ呑んでもきせるより咽がとふらぬうす煙」(宮薗節「宮がうき身」、初出けいせい反魂香・中)。
六　「やっていなそと巾着のひもをといて取出す、銭は一せん二世のえんきれてもきれぬ笠の中、泣しづみたるかほ見れば」(けいせい反魂香・中)。
七　「四郎二郎」ならず。
八　「金ならたつた三百両で、かはい男を殺すか、ア、金がほしいなア」(ひらかな盛衰記・四)。
九　そろばんを置く時のとなえ口。
一〇　算盤で割算の九々(わりごえ)に、二進(ﾆﾁﾝ)一十(ｼ)・三進(ｻﾝﾁﾝ)一十(ｼ)という。
一一　「伝へ聞く無間の鐘をつけば、うとく自在心の儘、是よりさよの中山へ遥の道は隔れど」(同)。
一二　「此世はひるにせめられ未来永々無間堕獄の業をうく共、だんない〳〵大事ない」(同)。
一三　「其金爰にと三百両、ばらり〳〵と投出す」(同)。
一四　「爰に三両かしこに五両」(同)。

せめられても。だんない〳〵大事ない。が未来《みらい》はすこし御免あれ此たばこぼんをかねとなぞらへ〽上るり火入もみぢんにする勢《いきほ》ひきせるおつ取すでにこうよと見へたる所へそ[一三]のかね爰にとばら〳〵ばら【手代】こゝ[一四]に算用《さんよう》〽門口に飛脚ちやうちんさげ[一五]かしこに御用

【安永】【万才】【スタ〳〵】[一六]けんくわして出る【住吉踊】[一七]らつしもない事いふてせり合う人じや。日《につ》[一八]本橋《ほんばし》こへたら落付《おちつく》所は一所じやないかいの。ことにわかみははだかで。なはまへ[一九]だれして居りや。是。下はたらく人じやあの人は春《はる》[二〇]はかこぬ人。ことに長袖《ながそで》[二一]の事じや【すた〳〵】イヤきさまはきもの着ているてゝ長袖のひいきする事はない。わいの。アリヤ高がひが[二二]じやはいの【万才】いや中そないにおつしやりますな。在所《ざいしよ》ものでも。さんしよ[二三]はしつています。そのいにつつこんで下さりますな【住吉】イヤ貴様きつうものしりじまんじやのふ。そんならアノ宇治川の先陣はさゝ木がかつたか。梶原が勝たか。夫《ソ》レしつてか【万才】しりませいでな。大和[二四]ものでござりますはいな【二人】そんなら聞ッかい【万才】噺して聞かしましよ。おまへかたもチトあど[二五]打て下されませ〽とつゞみを打是より物がたり始終万ざいびやうし【万】去[二六]ほどによし経《ツネ》の御勢は。都合弐万五千餘騎。山城の国宇治の郡に万才拍子スポポン、おしよせる。比は陸月の末つかた。四方の山〳〵ゆきとけして。ざんぶ[二七]〳〵と打入ル〽是よりすた〳〵ひやうし

【スタ〻】コレ兄き〳〵サア。是迄は噺もなろが。サア是から先が勝負のかんもん。じしん

一五 公用飛脚の先に持って走る「御用」と書いた提灯(御用提灯)に擬す。
一六 すたすた坊主。寒中裸体でやって来る乞食坊主。縄の鉢巻をし、片手に扇、片手に割竹を持つ。
一七 大道芸。「春の中住吉踊来り、其躰白きものを着て日がさを壱人さして立ておれば、其外のものは菅笠をかぶり、廻りながらうたひおどれり」(難波噺・前二)。白木綿の手甲脚絆を用い、すべて御田植祭の風俗。大傘に茜布を垂らす。
一八 乞食の門付け芸者たちは長町を住所とする。「長町在日本橋南、乞食所群居」(大阪繁昌詩・下)。
一九 すたすた坊主は注連縄を腰に巻いている。
二〇 春のほか。 二一 万歳は素袍姿。 二二 田舎者。
二三 職人や商人などそれぞれの仲間内の隠語。百姓以外の世界も知っているとの謂。
二四 万歳について「守貞漫稿・二六」に「京坂等ニ出ル者ハ、大和州窪田箸尾ノ二村ノ農夫也」と。大和万歳という。 二五 相槌を打つ。
二六 「ホヽ語つて聞さん承れ、去程に義経の御勢は、都合二万五千余騎、山城の国宇治の郡に押寄る、比は睦月の末つかた、四方の山ゝ雪解して、水倍増りし彼大河」(ひらかな盛衰記・二)。 二七 「ざんぶ〳〵と打入る、コレ兄舎人、是迄は咄しもならふ、是から先が勝負の肝文、自身には云にくかろ、兄弟のよしみ平次がかは

には言にくかろサア平治。かわつて咄しましよ。スタ〱[一]スタヤ〵と（[二]しやくじやうふりまひありく）〵

（是よりすみよしおどり拍子団[三]のあしらい）【住吉】はんや[四]。いふに[五]ちどりはきゝかねて。兄御様のかうめうはなし。横あひから腰折ずと。だまつて聞ていやしやんせ ハンニヤハア住吉[六]様のきしの姫松有がたや〵とまふ 【万】スポポン〱[七]ちどりがいふに違ひなく。綱は残らず切流し。佐ゝ木が乗たいけづきに。一たん斗のりかつたり 【住よし】ハンイヤハア夫[八]聞て。つかへがおりたとよろこべば 【スタヽ】サア平治かしらを打ふつて。それがし佐ゝ木に成かわり。一もんどう仕らん。サアその時高綱大音上サア馬のはるびが[九]のべ候。サアくらかへされてけがあるな。サアこへをかけたであらふがの 【万才】ポヽポン〱くはしくもよくしつたりそれがしはつと心つき弓のつるを口にくわへ馬のはるびにもろ手をかけゆり上〱しつかとしめる〵と（住吉おどりにだかへ付二人をおしわけ） 【スタ】△すな〱〱[一〇]や

【安永】【大塔の宮二段目】[一一]（若君机にかゝり手習ひ。右馬の頭出る。上るり）

【若】詞[一二]ヤイ右馬頭。あの鐘は入相か。秋の日の短《ミジカ》さよ。上るり〵御いたはしくもらふたけニ打わび玉ふぞあはれなり 【女】申〱此踊《ヲドリ》[一三]ぼうし踊[一四]かたびらは花園《ソノ》の心付我子の鶴《ツル》千代と一様に染させてけん上仕組《シグミ》[一五]踊のしゆらい[一六]遊ばせ〵と（上るりの間きかへる） 【若】右馬頭[一七]おんど[一八]〱

【右】ハア踊もおんども見るが上手口で申は赤下手。女房花園帰る迄御待 【若】右馬頭おんど

つて咄さうと」（同）。

一 すたすた坊主の唱え詞。

二 「すた〱坊主…やれ扇錫杖を持、さもいさましくおどりものして」（只今御笑草）。

三 「住吉踊ノ扮ハ…右手ニ一団扇ヲ携、又一ツヲ帯ノ背ニ挟ミ」（守貞漫稿・七）。

四 住吉踊はハンヤという懸声を用い、はんや歌という（栗嶋譜嫁入雛形・五）。

五 「いふに千鳥が聞き兼て、兄御様の高名咄、横合から腰折ずと、だまつて聞てゐさしやんせ」（ひらかな盛衰記）。

六 住吉踊の唱歌に「住吉様の岸の姫松めでたさよ」という。

七 「千鳥がいふに違なく、綱を残らず切払ひ佐々木が乗たる生唼に、一段計乗勝たり」（ひらかな盛衰記）。

八 「夫聞て痞がおりたと悦べば、平次頭を打ふつて、某佐々木に成かはり一問答仕らん、其時高綱大音上、是々景季馬の腹帯が延候、鞍かへされて怪我有なと声をかけたであらふがの、ホヽ委も能くしつたり、某はつと心付、弓の弦を口にくはへ馬の腹帯に諸手をかけ、引上ゆり上しつかとしめる」（同）。

九 腹帯。

一〇 スタ〱〱ヤと、「為（す）るな」の口合。

〳〵 右 ハアハこれは近頃御無理でござります 若 右馬頭おんど〳〵 右 ハアハ ＼と 口の内にておんどをいふて見るていいろ〳〵有 若 右馬頭おんど〳〵 右 ハアハ ＼と 又前のごとくうぢ〳〵するていあり上手あるべし 若 右馬頭おんど〳〵 右 ハアハ もふ女房が帰りそふな物シヤが 若 右馬頭おんど〳〵 右 ハアハ ＼と いよ〳〵うぢつくてい 若 右馬の頭こんど〳〵

明和 無間の鐘 作り物手水鉢。上るり文句略すさま〳〵仕打あるへし

梅 已にうたんとひしやくをつとりあとしさり〳〵 ＼打かねるてい仕うちあり ＼手水鉢の内より手をだしひしやくひつたくりて

△ヱ[19]ヽまとろしい

安永 両替や ●使の人 ●手代 ●天秤 我[20]のごとき姿《すがた》にて。枴《あふと》の両端《はし》へかるこを付。かたに真向に置。顔に[21]白き紙をたれて。立ている。是則。てんひんなり。その外。はやし方。なり物は。三味せん 使 此間のかねはひどい欠《か》[22]ンじやかけなをして下されませ 手代 めんよふなかんはない筈じやがどれチヨツトあたつて見よ ＼と かるこへかねを入レると三味せんにうつる三下り歌ニ成 ＼[23]かねにうらみが数《かず》〻こざる ＼所作事有歌文句略す 手代 イヤ。コリヤ。はり口[24]が。くるふてある ＼と なをす心あり ＼また歌ニナルいたつて高調子にて。はり上。うたふ 手代 △テモきつい欠[25]ンじや

一一 安永二年角の芝居に「大塔宮曦鎧」が掛かったのに関係するか。
一二 「ヤア右馬頭あの鐘は、入相か扨秋の日の短かさよ。と御いたいけにらうたげに打侘給ふ御目もと」(大塔宮曦鎧・二)。
一三 「此踊ぼうし踊帷花園の心付、我子の靍千代と一やうに染させて献上、是をめして靍千代と仕組踊の習礼あそばせ」(同)。「踊ぼうし」は盆踊りの踊り手が頭額にかける布。
一四 盆踊り用のゆかた。
一五 今年新工夫の盆踊り。
一六 習礼。練習のこと。
一七 「サア〳〵おどろ右馬頭、音頭〳〵との給へば、エヽイ私におんどこれは迷惑千万、踊もおんども見るが上手、口で申すは赤下手、女房の花園帰る迄御待」(同)。
一八 踊り唄の発声をしてくれ。
一九 所作事不用。
二〇 坐って釣竿をかたげる。
二一 顔は隠し、人でないことを示す。
二二 量目不足。
二三 「京鹿子娘道成寺」に「鐘に恨はかず〳〵御座る」と。
二四 天秤の上下の針がかみ合う部分。正しく平衡させるために小槌で叩いて調整する。
二五 「甲(カン)」に聞かす。

同 忠臣講釈 ●十太郎 ●母 ●おりへ ＼十太郎じゅばん一まいにてひとり上るりにて出で

十 かね[一]なき矢間《やざま》十太郎《たろ》。羽織野袴《はをりのはかま》大小も。皆長半に入レ上てむかしにかわるすつぱのこつから。詞頼みましよ〳〵 母 おりへ。たれやらみへたぞや おりへ ハル アイと何気も夫の顔に。はつとばかり。出てあいたさも。面目涙。むねにつかへの フシ上り口 母 ヲヽ重太郎まづ〳〵是へ 十 ハア 母 そしてマア此なりはどふじやいのう 十 拙者[二]もいまだ。運のつきさる印シせんば辺にてよろしき。親方を取。米などふんで。口すきいたしておりまする おりへ 申母さま三[三]ツ四ツの重着《かさね》を一ツはぬいて。十太郎がちよぼ[四]のどふにと。おつしやつても。さのみおしうあるまいに。さほどつれないおまへても。わたしが母とおもへばこそ。毎日仕事《しごと》の鼻歌にもかゝさんよんでとゥレイハルなくわいな ＼と いふてゐる内十太郎なくみな[五]〳〵なく 母 コレ十太郎。父喜内殿も病気なれは。銭のくめんは跡からしてやろ。マアそなたの勤て居やる所は。船場のどこじや。早ふいや ＼と いへ共しぢう十太郎なき入ている おりへ 申。十太郎様ないてばかりいずとも。つとめていやしやんす所を早ふいわしやんせいナア ＼と とふうちおどり[六]三味せん引ク十太郎なき〳〵おどりおんどにて 十 △十[七]太郎なきのつき米や

宝暦 川口のけしき船頭かい物に出たるてい絵馬[八]箱のるいさいふれ[九]んじやくにして船をよぶ 船頭 しゆんとく丸ヤアイ〳〵。あすの朝あらし

一「羽なき矢間重太郎羽織野袴大小も昔に返る立派の骨柄、頼ませうと家来が案内、おりゑ誰やら見へたぞや、アイと何気もなつかしい、夫の顔にはつと斗り、出て逢たさも面目涙胸に痞の上り口」(太平記忠臣講釈・七)。原浄瑠璃では、十太郎は主取りをしたといって立派になって帰宅するが、妻子をめぐまないで愛想づかしをする。以下情況と人の役割を反対にもじる。

二「拙者も方〳〵とうろたへ、此儘に朽果んかと存じたに、いまだ武運尽ず、宜しき主取を仕り」(同)。

三「三つ四つの重ね着を、一重は脱で朝夕の、煙の代にとおつしやつてもさのみ惜ふも有るまいに、余りむごいあいそづかし、左程難面お前でも、此子が親と思へばこそ、毎晩熱のうは言にも、とゝ様呼んでと泣くわいの」(同)。

四 樗蒲一の胴を取る元手。

五 原作の浄瑠璃、登場人物すべて泣かぬ者なし。

六 義太夫曲節の一。踊りの音頭をとり入れたもので、のんびりしてリズミカルな語り方。

七「久太郎町の搗き米屋」と聞かせる。

八 未詳。

九 連雀。肩に装着して荷を負うための具。

に出すつもりて。下もへ下げよつたそふな。しゆんとく丸ヤイ〳〵。〽と だん〳〵遠いへ行よびごへかすか 三味あいかためりやすになる 〽 おかちさきばらいのり物いづる [サキ]ハイ〳〵 [主]家来まて乗物たて〽と しつ〳〵いでゝ [主][一〇]むかしはん女といへる女も。我子ゆへに狂人となりしためしもあり。[一一]これも又▲アゆへある人の種そふな。[一二]乗物ヤレ

[明和] とりさし拍子たいこ三味鳥さし出る 〽詞[一三]ノリ地[鳥さし][一四]ひとつひよどりひへの山に。合〽と 仕うちあるまた一人出る

合二日の日はまたふたつふくろ〽と しうちあり。合両人かけ合 [両人][一五]さいつる所をさいてくりよとおもふて [初鳥]おのれは何所《どこ》のやつじや [後鳥]おのれは何やつじや [初鳥]最前からは[一六]つみにかゝつてねろふて居るものはたからちや〳〵入て邪广ひろぐ〽と 竿をたくろとする [後鳥]なめてくれない〽と 両人せりやい。つかみやふ所へ又壱人鳥さし出あいさつする 〽と 三味引たいこ。うつ [アイサツ]われもだまれ合われもだまれ。両方だまれ △サア〽[一七]とりさへたミサイナ

[安永] しゆろほゝきに着物きせ三吉としてつかい〳〵上るり [ツカイ人][一八]三吉はついにみぬ金の間をうろ〳〵とふみもならはぬ備後表〽 なぞ語る内しげのひ出る [しげ][一九]三吉ソコニカ。ヤレ〳〵そちはけな者じや是は是御前のおくわしじや有がたういたゞきや [三吉][二〇]そんならおまへがお乳の人の。しげの井殿か [しげ]ヲイノウほんに久しうみぬうちに〽と 箒をだかへ △[二一]テモほうきにナリヤツタノウ

一〇 謡曲「班女」。正しくは我子故ではなくて恋慕故の物狂い。
一一 殿様の目からすると、船頭は見た事もない異様な体。大声をあげて船を呼ぶのは、我子の名を呼び絶叫すると見た。
一二 「乗物やれ」は乗駕の発進を命ずる定まった言い方。
▽この俄「串戯狂言一夜附」に収載。

一三 囃子にのって調子よく語る。
一四 ↓一六八頁注五。
一五 囀る。
一六 調子にのって。
一七 「鳥刺いた」と「取押(さ)えた」と。

一八 「馬かたはつゐに見ぬ金のまをうそ〳〵とのぞき廻れど、むしろの外ふみもならはぬびんごおもて」(恋女房染分手綱・十)。
一九 「どれ〳〵三吉そこにか。マア〳〵そちはけな者じや…是は御前のおくはし有がたういたゞきや」(同)。
二〇 「ゆるき殿の御内おちの人のしげのゐ様とはおまへか」(同)。
二一 「扠も大きうなりやつたの」(同)。

【黒ふね】〽庄兵衛 〽忠右衛門 〽五郎八

出端三味合うた【庄】[一]たばこや〳〵たばこ一両下され。又皆の者がきたら中へ居たといふて下され〽といふて行【黒】コレ若ィの待てもらはふ【庄】待てと呼《よび》かけさんしたはなんでこんす【黒】チヨ[二]トしたに居て下んせ【庄】下に居たが何ッでごんす〽と下に居る忠右衛門是よりちよん[四]かれのふしにて[五]しやく杖ふり【黒】きめう長らいドラガ如来。[六]ヲヽヤレ聞ナイ。[七]跡の月ノナ。晦日のはんニナ。わしが出入のむす子殿をな。なげたりふんだりまだ〳〵そのうへ。[八]鼻紙入ヲナ。とらんしたとなどふぞそれをば。かへして下んせ。頼じや〳〵[九]ホヲヽ〽と庄兵衛りんを出し[一〇]歌題目にてせりふ【庄】ヤアコレ忠[一一]よミさん。あとの月の晦日。出たおぼへないわいの。夫レは人ちがへであろぞいの。南無妙【黒】コレ〳〵〳〵五郎八さん。このあの人かナとくと見やんせ。[一二]こわい事はナみぢんもないてや。コラ又あんまり。[一三]きやうがる事[一四]だにホウヲ引〽是より五郎八あつさ神子の口よせにて[一五]弓打【五郎八】[一六]天しやうぐ〳〵地しやうぐ〳〵。ごくもんの庄兵衛は。あの人にちがいがあろかいの引〽[一七]口よせ正根詞にて[一八]おもへばわしをふんだりけつたり。まだそのうへに紙入を取らんしたが。取られた紙入。ヤレおしうなけれどノウ引〽詞ハヤメ滝川と取かわした起請がある。どふぞそれがもどして。ほしいわいの引【庄】歌だいもくめうな。事をきくものかな。一ツも。おほへはない

一「夜毎に渡る新町橋たばこ屋に腰打かけ、たばこや二両かけられい」(容競出入湊・新町橋出入の段)。俄は歌舞伎に拠っていると思うが、以下脚注は浄瑠璃を示した。
二「ちと下に居て下はれ。下にゐたが何で有る」(同)。
三 おひかえなされよ。
四 乞食坊主の大道芸の一。卑俗な文句早口で世上の出来事を語る。
五 ちょんがれは錫杖を振って語る。
六 ちょんがれは「ヤレヤレ皆さん聞てもくれない」などとうたい出す。
七「跡の月晦日の晩に、おれが出入の若旦那を、安治川でこなた共に三人して、滝川が事からおこりぶったり踏だりしられたげな」(同)。
八 容競出入湊・「安治川跡の月晦日の段」で庄兵衛は五郎八の懐中から落ちた紙入を奪った。
九 ちょんがれは歌の終りに「ホヲ、、、」という。
一〇 日蓮宗で、太鼓やりんに合わせて御題目を歌うこと。
一一 忠エモンの訛音。
一二「ハテこはいことはないおれがゐると忠右衛門に声かけられ」(容競出入湊)。
一三 おもろい。
一四「…こんだにホウヲ」はちょんがれの言い方。
一五 弓の弦を弾いて鳴らすこと。
一六 梓神子の神おろしの詞に「天清浄地清浄内外清浄六根清浄」云々とい

わいのう 黒 チヨンガレヲヽヤレコレ〳〵此ふところのは。なんでどんすぞホウヲ、〽と
庄兵衛がふところの紙いれをだして五郎八へわたす五郎八あらため受取 五郎八 ロヨセヲヽコレに違ひはなひわいのう。さすがは北[一九]のおやぢぶん。忠右衛門さんじや〳〵。心にかゝりやコソ。ヨウマア。此かみ入を。
▲[二〇]とつてたもつて。うれしやの

安永 妹脊山三段目 中にもめんにて。川の流れをこしらへ置。大はんじ先へ出。久我之助。又出る 久我 親人[二一]御苦労なから御かいしやく頼み上ます 〽と いふて刀をはらへつき立 父 コリヤ待悴。[二二]よみかけし無量本《むりやう》。此親がとくじゆしてくれる 〽川むかいより。大ざいのこうしつひな鳥が首をもつて出 母 これ申。大判事様 〽と 首を見せる 父 [二三]そんなら。娘の首《くび》切たか 後 久我《こが》之助はせつふくか 〽二人ハアヽ 後 イヤ申大判じ様。此ひなの道具《とうぐ》を。そつちへ流《なが》してやりまする。それが此子のよめ入さす心 父 ゲニ尤。しかしこりや悴アノ道具をたゞもらへは。いよ〳〵重るいるかのうたかひ。一ツ〳〵に直を付てとるつもり。ウレへなんぢはくるしく共そろばんをおけ。ハツ 〽と 上るりにてよし[二四]の川の道具ながし是より禅寺太鞁《ぜんてらたいと》木魚《もくぎよ》[二五]リンのあしらい此拍子浄るりぶしに能合イ工合よし フシアリ 〽[二六]みらいへおくるよめ入道具。[二七]ほかい長持いぬはりこ。小袖だんすいく棹《さほ》も。いのちながらへいるならば。一ツせ一どのおくりもの 〽此間合ノ手やはり木魚の音上るりに合し居る 〽と ながれてくるひなの道具を。とり上て直を付てみる。大はんじ帳面へ付て。一チ〳〵改めて。久我之介はそろばんおく 〽だん〳〵上るりニ合せ禅の鳴物[二八]工合《ぐあい》あつて打切 久我 三貫五百卅一文に

一七 寄せられた生霊や死霊の口つきになって巫女が語る詞。語尾にノウがつくのが特徴。
一八 「それは〳〵むごたらしいよふぶつたり踏だりさしやつたのふ」(容競出入湊)。
一九 堂嶋の親分。「容競出入湊」に「わしは北の忠右衛門といふ者でゑす」と名乗る。
二〇 梓神子の言い方「問うてたもってうれしやの」の口合。
二一 「御苦労ながら御介錯」(妹背山婦女庭訓・三)。
二二 「読さしの無量品、親が読誦する間、…」(同)。
二三 「ヤア雛鳥がくび討ったか、久我殿は腹切ってか、ハアしなしたり」(同)。
二四 妹背山婦女庭訓・三段目切、雛鳥の雛の道具を吉野川へ流す場面。
二五 下座音楽の禅の勤めにリンを加えたもの。
二六 「未来へ送る嫁入道具、行器長持犬張子、小袖簞司の幾棹も、命ながら へ居るならば、一世一度の送り物」(同)。
二七 塗物で、円筒形三脚付の容器。
二八 頃合いを計って。

そろばん〆上ル 〔母〕コレ申大はんじ様此道具に直を付て取るといふはあんまり気つよいなされかた 〔父〕コレ後室《こうしつ》コリヤひな鳥がぼだいのために 〔後室〕ナント 〔父〕▲流[一]レ勘定するのじや

〔明和〕〔きりん敵討〕[二] 侍弐人家来にてうちん持せ出ル ＼此所非人かたき討せりふ文句略 〔家来〕[三]きりんめ出ませい出おろふ出ませい〳〵 〔キリン〕ハア丶＼と返事を聞かげにして ＼かるはざのハア丶なりチヤルメラ三味太皷也 ＼きりん紫のはちまき横にむすび日がさをもちつなわたりの身ぶりにていづる ＼とかた衣にて 〔口上〕東西扨きりんめに御用とござりますゆへ則罷出ましてござります見ますればおれき〳〵様[四]して又きりんめに御用と御さるはいかやうの義てござりますな 〔侍〕[五]そちが命をもらひたひ ＼といふよりきりん万事かるわざ口上にて非人かたきうちのせりふいろ〳〵あり ＼中程にて 〔キリン〕どつかとすわる 〔口上〕こりやどうじやもつとせんかい 〔キリン〕いや〳〵もうしとむないゆへ。せん 〔口上〕何ンじやせんといふか 〔キリン〕ヲ丶セン 〔口上〕センカ。△[六]せんのはかはり〳〵

〔安永〕〔忠臣蔵九段目〕〔お石〕かこ川本蔵は何国にある忰《せがれ》[七]力弥と祝言させそ ＼と三宝を[八]持出る 〔本蔵〕本蔵是に罷有る 〔お石〕力弥〳〵 ＼とよぶ力弥二人出る本蔵びつくりして 〔本〕ヤア蛙[九]の子は蛙に似て。なりもかたちも違はぬ力弥。ちく生の子も同前忠臣二君につかへず貞女両夫《ていじよりやうふ》[一〇]にま見へずナンダコリヤふきかえの力弥をこしらへ。此本蔵をたばかるイヤいま〳〵しい ＼と三[一一]方をふみわる二人の力弥いかり本蔵をつきとめる

一 「其一式、残らず川へ流れ灌頂」(妹背山婦女庭訓)。流れ灌頂は本来は旗や塔婆を川や海に流し施餓鬼とする行事。

二 「非人敵打」のもじり。

三 「非人の御用が有。あれへ出ませい、出おろふ、うせい」(敵討襤褸錦・下)。きりんは軽業師長崎麒麟之助。元文・寛保頃に京・江戸で興行したのが初代で、その後継者であろう。明和・安永・天明にかけて京阪で活動した。

四 「非人めに無心とは、まづいかやうな義でござりまする」(同)。

五 「夜中に我〻参つたは、其方がからだをもらいにさ」(同)。

六 軽業小屋で、入替を促す言い方。

七 「イヤお刀の手の内御無用、躮(がせれ)力弥に祝言させう」(仮名手本忠臣蔵・九)。

八 「祝義の小謡白木の小四方、目八分に携へ出」(同)。

九 「蛙(かいる)の子は蛙に成る。親に劣らぬ力弥めが大だはけ」(同)。

一〇 「貞女両夫にまみへず」(同)。

一一 「馬鹿尽すなと踏砕く、破(われ)三方のふち放れ」(同)。

【お石】倅[一]どもが手にかゝり。御本望て御ざらふのふ〳〵と いふ本蔵つきかけしやり二本とも引ぬき。つへにつき 【本】ア、おもへば我[二]は手から者。てがらな娘の聟どのは〳〵と つゑつき二足三足さくりあるく 【本】[三]めくらのふしありごらんのごとく△力弥[四]ふたりのお長者様

【安永】神道者秡している 【かねがし】コレかしたかねはどふするのじや。手形の年《とし》が切るはいのふ。きつと。はらふてもらをかい〳〵と いふと神道者やはりはらい詞にて言分する 〳〵【神】[五]かんごんしん実《じつ》御そんはかけぬ。利銀もだん〴〵はらい申サフ今しばらく。ゆるめてたまへと。申[六]て申〳〵と いふとかねかしも。いんどうにて。さいそくせりやい 【カネカシ】[七]なんじ元来《ぐはんらい》かつた物はらはんともせず。コトニ当年《とうねん》十ヶ年にあたる。則《すなはち》。手形《てがた》證文。風前《ふうぜん》のぢんがいよりもかるくし。無常[八]の風ニさそはせんとほつす。コレハコレ汝《なんぢ》が大[九]ちやく。今此期《ご》に望んで。なんぞ。誰がゆるす事なし 【神】ゆるしたまへ。きゝ入玉へ。小《さ》[一〇]おしかの八《やつ》の角《つの》をふりたてゝの。さいそく。だんな〳〵に無心を申。神[一一]あつめにあつめて。利足なりとも。十日め〳〵。はらい申さふ。きゝ入玉へ。はら立玉ふな 【カネカシ】誠《まこと》や是《これ》迄夕《ゆふべ》アのやくそくは。則あしたの霜《しも》ときへうせ。言葉《ことば》夢のごとし。なんじ。家ざいを風前のともし火と。我にあたへ。いきたいほう[一二]へついといけ 【神道者女房】さりとは〳〵さいぜんからおもしろいやらおかしい中にもおまへ様か御尤て御ざりま

一「聟力弥が手にかゝって、嘸本望でござらふの」(同)。
二「そちが身は武士の娘の手柄者、手柄な娘が聟殿へ」(仮名手本忠臣蔵・九)。
三 盲目乞食の言い方。
四「右や左の」と聞かせた。
五「坎艮震巽離坤兌乾」。吉田流神道者が亀卜の際に唱える詞。
六 祝詞の言い方らしく言う。
七 以下金貸のことばは、禅家の引導香語、例えば「一休咄」の「なんぢ元来枯木のごとし」云々という如き態に擬する。
八 引導香語の形として、故人生前の徳を称えた後、一転して「何ぞ図らん業風一陣酔夢を破り」などと無常迅速のことを述べる。九 横着。
一〇「中臣祓」に「八百万の神達諸共に、さをしかの八つの御耳を振立てて聞こしめせと申す」という。
一一「大祓詞」に「八百万の神たちを神(ムカ)集へに集へたまひ」などという。
一二 一休咄・下、河豚汁に当って死んだ又次郎という町人の引導に「…百八煩悩のきづなをふつつと截て行たい方へつつとゆけ」。
一三 麻を績(う)み貯め。
一四 私金。一五 内金。
一六「はらいたまへきよめたまへ」をきかす。
一七 小道具。一八 文匣。「以紙貼筥之内外、塗漆於其上、或盛書冊、或蔵

す。あんまりきのどく。此かねはすくなけれど。ま[一三]をうみためしわ[一四]たくし。内チ[一五]上ヶに
なされて。下さりませ 神 △かゝは[一六]らいとむない。くろめてたもれ

菅原伝受四段目 ●松王女房 ●源蔵 ●松王 ●道[一七]具文[一八]庫

[一九]さいぜんの。寺《てら》[二〇]入の子の母でございます ＼と 門口をたゝくと。源蔵おどろきながらむねをすへたるていにて。仕うちありて 源蔵 是
は〱早いお帰りサア〱コレヘ 女 コ[二一]レハお師匠様てございますか 源 小[二二]太郎。おく
に。あそんで居ますつれていなしやれ ＼と 切り付ル 女房 ま[二三]つたまたしやんせ ＼と ぶ[二四]んこにてとめる。
ぶんこはわれて内より。小太郎みだれがみにはちまき。きよろ〱しておる狂[二五]人姿 ＼小歌ぶし 小太郎 ソレ〱〱アレ〱〱嫁《よめ》入じや
〱我《われ》中《なか》空《そら》[二六]になすな恋《ひ》。恋風《こひかぜ》が来《き》ては ＼しばらく狂ふしうちあり ＼表[二七]より 松王 梅はとび。桜はか
るゝ世の中に。何とて松はつれなかるらん女房。悦べ悴は △お[二八]やつになつたはヤイ

明和 馬の黒船[二九] 赤馬庄兵衛 馬のあたまにて コレか[三〇]いばや〱此[三一]間のわらはきつうしぶが有てくへなんだ
もつとよいのをくだアレ ＼と こしかけるてい ＼かいばやかいば桶に入て出 赤馬 若《わか》ィ馬が来《き》たら久太郎町へい
たといふてくだアレ ＼と 行ク後《あと》へ黒馬のあたまにづきん 黒馬 コヲレ〱赤[三二]いのまつてもらわふ 赤馬 まて[三三]
とよひかけさんしてはおれが事てごんすか 黒馬 アイ。コナンノコト。チヨト。下に居
てもらひたひ 赤 下たにいたがなんでごんす 黒 コナハンガ。きゝ及だう[三四]へ町茶馬組《まちちやむまくみ》の

雑品紙、是称文匣」(雍州府志・七)。
一九 寺小屋への新入。
二〇 「寺入の子の母で御ざんす、今漸帰りました」(菅原伝授手習鑑・四)。
二一 「コレハまあ〱お師匠様でございますか」(同)。
二二 「イヤ奥に子供と遊んで居ます、つれ立て帰られよ」(同)。
二三 「コレ待つた待たんせ」(同)。
二四 「我子の文庫ではつしと請けとめ」(同)。
二五 狂人にするのが趣向。
二六 謡曲「恋重荷」の詞で歌謡として唱われた。蘆屋道満大内鑑・二、保名の狂乱に用いる。
二七 「門口より、梅は飛び桜はかるゝ世の中に、何とて松のつれなかるらん、女房悦べ、世悴はお役に立つたぞ」(菅原伝授手習鑑・四)。
二八 「おやつとは きちがいのこと」(新撰大阪詞大全)。
二九 「容競出入湊」の黒船忠右衛門を黒馬にした。
三〇 浄瑠璃では煙草屋。
三一 「夕べのは水の様でくらはれなんだ」(容競出入湊・新町橋出入の段)。
三二 「若いの」ときかせる。
三三 「これ〱こちの事か。ア丶そちの事である…ちよつと下に居て下はれ。下にゐたが何で有る」(同)。
三四 「獄門の庄兵衛とて、天満上町一呑に茶筅組の親仁分」(容競出入湊・安治川跡の月晦日の段)。

おやぢ分。赤馬《あかむま》の庄兵衛殿てごんすか【赤】こなさんが。堂馬《どうむま》[一]でかくれのない。黒馬の忠右衛門殿か【二人】ハレかわつた出合てごんすの。ヒヒン〳〵〳〵と 二人ながら笑ふだん〳〵くろふねのせりふあってタテになりふたりとも。[三]あしにてけり合ふ。馬士《まご》。はちまきにて出【馬士】△[四]あそばして置と。[五]めんよふほたへくさる＼と引て行

【明和】こたつにもたれて居る 梅かえ＼上るり 夜毎《よごと》[六]〳〵に通《かよ》ひくる梶原《かぢはら》源太かけすへは。心を付し。身のまわり。大臣小《たいじんこ》袖長羽《そでなかは》織《をり》ほうらく頭巾紫《むらさき》の色に引るゝ。揚屋《あげや》町。[七]千とせか門《かど》を。うかゝひて[八]コレ歌所しやない。来たわいの＼と 上るり文句略す思ひ入仕打いろ〳〵有【梅】[九]ほんにおまへをよびに上たのはナ。[一〇]うふぎぬの鎧《よろい》がかしてもらいたサじやはいナ＼と 言ふ源太びつくりして【源太】そなたか鎧を何にしやるャ【梅】△それ着て客の鉄棒《てつぼう》[一一]請るはいナ

【宝暦】はやし方出てならびフヱヒイ引【三番叟】[一二]おさい〳〵よろこびありや〳〵。我此所より外へはやらじとおんもう＼ あまり舞入。目をまはしこける　はやしかた皆〳〵おとろき。立さはぎ医者呼に行【医者】来る【皆〻】御苦労様【医】ア、〳〵＼と 脈見る【皆〻】申とふでござりますな【医】コリヤ。ヨホドこりましたこれは針がよふござる＼と はりをする【三】ムウン＼と 息吹返す【皆〻】どふじや〳〵気が付たか。ちつとよいか〳〵＼と いふ内三番叟すつと立ツて【三】△[一三]ヱイヱイ〳〵〳〵

一「堂嶋新地にて黒船忠右衛門と云立者有」(同)。
二 ヒヒン〳〵と笑うこと、珍。
三 馬だからのこと、珍。
四 ドンデン返しの種明し。馬士に飼われていた馬だったということ。馬士は馬が何をやっていたのか分るはずなし。今日はやたらに吠えやがったと。所作もせりふ付けの調子も馬なれば間伸びた味ありて珍妙。
五 奇たいに。
▽この俄、「串戯狂言一夜附」に収載。
六「夜ごと〳〵に通くる梶原源太景季、心をつくせし身の廻り、大尽小袖長羽織、ほうろく頭巾紫の色にひかるゝ揚や町、千年か奥を窺へば」(ひらかな盛衰記・四)。
七 神崎の揚屋の名。
八「是歌所じやない来たはいの」(同)。
九 梅が枝の方が産衣の鎧を必要とするとは。
一〇 源家重代の鎧の名。「ひらかな盛衰記」に、源太が梅が枝に預け、梅が枝が入質した筋に作る。
一一 鉄砲。ほらやうその相手をする。
一二「おゝさへ〳〵よろこびありや〳〵わが此所より外へはやらじとぞおもふ」(式三番叟)。
一三 エイ〳〵は三番叟鳥飛びのかけ声。「良(え)い」にかけた。

明和 蔵の屋根へ土《つち》をはこぶ身ふり仕打。脊中に[一四]かた手桶をせをふ 〽又壱人[一五]ぜうかうばんのはいならしに柄を付。備中[一六]くはとして。土を脊中の桶へ入るまね 〽[一七]きぬたの三味にて地をする 〽チリ

〱

〱 土 入る 桶 はこぶ 〽しばらくけしきありて。土かたあたりを見廻しびつちうぐはをつつはり指[一八]をおりそらを見て 〽土方 〽こゝにて土 〽ゆびを折

〽と[一九]よぶこの笛ふく。せおひの者。脊中のかた手桶をはづし。がんどうの。ことくにあしらい。うかゝひつくばふ セヲイ お頭 土 シイ[二〇]。めし。△拍子木

[二一]カチ〱〱

一四 取手が一方だけについた手桶。左官が用いる。
一五 常香盤。仏前に常香を焚く四角な香盆。その灰かきは篦形の具。
一六 壁土をこねる歯のある鍬。
一七 →一七〇頁注一。
一八 思わせぶり。実は何杯運んだかを数えた。
一九 龕灯。歌舞伎で盗賊の首領が持つ、釣り鐘形(即ち手桶の形に似る)の金属筒の中に燭を仕込んだ提灯。
二〇 呼子の笛、龕灯、シイと制する声、すべて怪盗の体だが。
二一 宝物を盗み取った幕切れに擬する。

宝暦 かげにてとりて大勢 大官[一]御尋のかり金文七此家に有ぞ皆ふんこめ〳〵 大せい[二]トツタ〳〵 〽と いふ所へあたままですつぽり着《き》。帯して刀を持はりこのあたまをつけて文七出ル 文七 ものいはずはたらくわる身いろ〳〵仕うち 大官 後《うしろ》より。文七か[三]首を切おとし 大官 鬼神《をにかみ》の文七を討《うち》取たり。皆〻つゞけ〳〵 〽と 行を清川かけ出て 清川 ヤア文七さまか。いとふしや。よく〳〵口惜《くちをし》かつたやら此やうニ[四]立往生《たちわうぜう》。いとしやのふと 〽いろ〳〵うれい仕うち有 文七 首《くび》をぬつと出し。[五]その首《くび》こゝに 〽と いふと 清川 ヤアそんなら。[六]今のは似《に》せ物か 文七 シイ 〽と首をすつぽり入る　拍子木かち〳〵

安永 鳴物ニていろ〳〵はたらく 〽[七]和藤内とらをなつけはゝおやをのせる 〽下官ども大せいたち出て[八]とらをもどせと唐ゐんニて言 セコドモ トンポンペンラン チヨグハン〳〵 〽と でほふだい色〳〵いふ 和藤 かぶりをふる 〽いろ〳〵せりやひせんかたなく。和藤内をだましすかす。和藤内興《けう》に入ておかしがる内いろ〳〵と唐人とも。仕うちありて。和藤内。[九]はきめふる内母親を引立行 〽和藤内 おどろき杖に取つく。杖折れて。和藤内。しりもちつく。是より上るり三味せん 〽チヽン ト受ける

和藤内は残りし杖《つへ》を。虎《とら》に見せ。これ見てくれ。母人を助んと。取つく所《ところ》も有《ある》べきに。わづかにほそき此竹杖《たけづへ》。折れしもつらやおれもろとも。一所に唐の取子《とりこ》とならば。今の

一　代官。歌舞伎「藍桔梗雁金五紋」(京都大学蔵台帳)大切で、代官倉橋右衛門が捕手を指揮する。
二　浄瑠璃ではなく歌舞伎の演出。
三　浄瑠璃「男作五雁金」では雁金文七は捕えられるが、首を討たれる場面はない。
四　「男作五雁金」にも「藍桔梗雁金五紋」にも立往生のことは見えない。当時の歌舞伎にこのことあるか。
五　「男作五雁金」の「道行夢の通ひ路」で、文七の情人清川と文七の妻お蔦は同じ夢を見る。千日前刑場で獄門にかけられた文七の首を二人が奪い合う。
六　本物の首でなかったとは珍。
七　全体「国性爺合戦」と「花衣いろは縁起」のないまぜ。山中左衛門が虎、小督が和藤内、三之助が老母。
八　国性爺合戦・二では、この虎は李蹈天将軍より韃靼王へ献上のため狩出した虎。
九　傍目振る。

唐人盗賊《とうじんとうぞく》のてい

頭 シユンピンハ

手下 上シユンピン

頭 しかしいまのあるじがことばがてんかゆかぬ

手下 くるしうござらぬ

頭 ナニがなんと

手下 寐言《ねごと》でござる

思ひは有まいに。明《あ》けて七十の母者人。八十になつたら隠居《いんきよ》させ。[一]升かけ切て祝《いはゝ》んと。思ひし事も夢のゆめ。耳も聞ゆる。目がねもいらず。たつた今迄。虎ニのりきげんのよい。念仏声。そちが耳へははいらぬか。取られしはじや人。取かへす思案してくれ。こりや虎《とら》よ [とら] [二]おん愛切《あいせつ》なるなげきごへ五臓《ざう》六腑《ぶ》も散乱《らん》せしが虎はすつくと立上り[三]アレ〳〵ソレ〳〵空におばゞの着《き》る物が。黄なは〳〵。黄《きい》なは。きわだか。なたねか。やゝ子のばば。と。玉子のあつやき。小判。[四]御霊の富札《とみ》。[五]八文粉。むぎはら。すつぽんの玉子と。[六]言葉まだらに見へければ [和][七]ソリヤ何事を云。扨はをもひのあまり。病ひ虎と。なつたか。便りのそちは病虎《やまひとら》。誰《たれ》を案内《あんない》に母じやの行衛《ゆくゑ》。[八]コリヤ和藤内じや。見忘《わす》れたか。おれじや〳〵 [トラ]ヲヽそれよと[九]傍《そば》ニ有合ふ。虎おどしの。弓と矢取て打つがい。日本の頼《より》政は。ぬへといふ化鳥《けてう》を。矢一筋で射《ゐ》て取た。我朝《てう》の[一〇]揚雄《ようゆう》は。雲井の鴈を射《ゐ》て取ッた。さほどにこそは。あらずども。いてくれふと思ふたら [和]何ンとした [トラ]

△[一一]唐人が取て。ツイトいた

[安永]男。女をおひいづる ゐい〳〵ゐ。さても〳〵。[一二]六ふくか七ふくかしらぬが。ゐらにおもひぞ

[女]その川はそちらはふかしこなたはあさし [男]どれ〳〵ほんにこなんはゐらじやナアほんにゐらいついでに。思ひ出せし。[一三]大森彦七が鬼女を負《を》ふたるためしもあり。あらいぶ

一 枡掛は、枡に盛った穀類を平らにならすための竹枝。長寿の人に切ってもらうとその寿にあやかるとされた。

二 「恩愛せつなる悲しみに、五臓六腑もさんらんせしか」(花衣いろは縁起・二)。以下「花衣いろは縁起」のパロディであるが、安永四年中の芝居に「花衣いろは縁起」が掛かったのと関係するか。

三 「あれ〳〵空に我子の着物、赤いは〳〵赤いはさんごじゆか紅梅かすわうかひじゆすでどんすひぬめひゞろどひぢりめんしやう〴〵ひ…と詞しどろに見へければ」(同)。

四 船場亀井町にある円(らつよ)御霊社。御霊の富札が黄色なりしこと不詳。

五 安物の煙草。五文粉、六文粉というのもある。

六 「しどろ」ならいいが、「まだら」は変。

七 「コリヤ何事をおつしやる、ムヽ聞へた、思ひの余りに心が乱たの、お前がそゞろになり給ひて誰を力に我子の行衛尋て有り家がしられうぞ」(同)。

八 「女房じやが見忘れてか、コレわしじや〳〵」(同)。

九 「傍に有りつる鳥おどしの弓と矢取て打ちつがへ、唐土の養由は雲井の鴈を射て取る、我朝の頼政は鵺といふ化鳥を矢一筋で射て取る、さ程にこそはなく共射てくれうと思ふたりや」(同)。

かしの此ふ[一四]ご尻《じり》いでつら見んとあをむけば 女 きたる。かづきをぬぐ大いなる。たこの頭なり 男△さては大[一五]だこに。

おしへられて。あさ瀬じやナア

宝暦 黒装束しのび シノビ 源《げん》家のてうほう此白はた手に入からは大願成就《しう》ヘッヱ忝し〳〵と 持出し白布をおしいたゝき行 〳〵と 跡よりあたまにまくらあて[一六]の紙をひつ付ながら男出 男△曲者《くせ》まて。わしがふんどしを。どこへもつて行

明和 良見せ三[一七]社の踊三人にて禰宜姿 〳〵 文句略三味にて 三下り 天の戸をおし明がたのかぐらなど。みくらのうちへ飛入〳〵〳〵と ウタヒになる内壱人[一八]大きなる桶《ひ》を持て出 ヒイ〳〵と 口を明ケ 皆〻△ド[一九]ヾ〳〵

宝暦 竹田からくり 口上 かざらせました人形《にんぎやう》にそろばんをもたせ。五節季のていを。さします 大こ テンカラ〳〵〳〵〳〵と とんと。いこかず。さま〴〵といらいなをし。細工しかけ見る 口上 払《はらい》[二〇]の義でござりますれば△とゞこほりがちにござります

年男《としおとこ》上下ニて豆を打〳〵出ル 男 福《ふく》は内〳〵鬼《おに》はそと〳〵〳〵と はやして居る内大こく何か尋る身ふりにてうろ〳〵出る 男 どなたじや〳〵 大黒 イヤ大黒じやこなたに福をあたよふと思ふ所に槌《つち》をうしなふた夫て尋て居る〳〵と さがしあるきうろ〳〵としてけつまつき転《こけ》る 大 アイタヽ〳〵〳〵 男 なんとなされました 大 ひざがしらすりむき申た 男 これはしたり一たいあんまりごひまんでござりますによつて〳〵と さま〴〵かいほう

一〇 養由基が正しい。「花衣いろは縁起」の本文は、源平盛衰記・十六「大国の養由は雲上の鴈を落し、我朝の頼政は深夜の鵺を射る」による。
一一 「鳥は飛でつつといた」(花衣いろは縁起)。
一二 懐妊。
一三 足利尊氏の臣で湊川の戦に楠木正成を討つ。太平記・二十三「大森彦七事」に、介抱して背負ってやった美女が鬼女であった話が見える。
一四 大きく平たい尻。
一五 「負うた子」と聞かす。
▽この俄「串戯狂言一夜附」に収載。
一六 寝所へ侵入された。
▽この俄「串戯狂言一夜附」に収載。
一七 天照大神・八幡大菩薩・春日明神による祝いの舞。「座着おわりて役者みな〳〵楽屋に入るなり。次に三社出て所繁昌芝居繁栄の舞歌にあわせてまひ納るなり」(戯場楽屋図会・上・顔見せの条)。その詞句は「許多脚色帖」二十四及び「ひめ三社」(弦曲粋弁当三編)を参照してほぼ察せられるが、ここに引かれた文句は見えない。
一八 樋の口をあけて水が流れ出る音。
一九 太鼓の音に通わせた。
二〇 節季の払い。

ドレ〳〵幸爰《さいわひこゝ》にからやくがござりますコリヤコレ[一]無二からでござります【大】夫は忝ひ〳〵と（からやくのばしかけると）〳〵（まつりのをんど三みせん引かける）【大】△[二]槌をたづねてからやくのばす

【宝暦】【エンマ】[三]ヤイ者どもよく〳〵聞ヶ。仏法《ふつはう》さかんの世となりて。[四]弥陀《みだ》の光りに照《て》らされ。我も〳〵と。極楽へ走り込。ぢごくのきゝん大方ならず。[五]今年《ことし》の帳も。一向白んぼ。かふ居喰《いぐ》ひでは[六]つまらぬ〳〵【十王】[七]大王の仰のごとく。米のしおくりてもなきゆへに。我〳〵の命をもおぼつかなひ。浄張のかゞみも曇《くも》れども。磨《とぎ》ちんのさいかくならず。[八]ごうのはかりもくるひが出て。[九]かけそん多く。たま〳〵に来《く》る。一ッひきのざい人も。ぢごくの家中の。[一〇]寄合喰。残りし骨は。[一一]七度やきまで[一二]粉にはたきて。たどんとなし。喰物も喰《くは》さねば。見る目かぐはなも。[一三]はなふとなり。君の仰も有ながら。[一四]見ぬ顔いたしてうけたまはりませぬ【鬼】申上ます私どもゝ御主人の御ひたるさの有様を見る目もあわれと存る故[一五]元結ひねつて賃仕事ア、是も退屈《たいくつ》にござります【惣〳〵】ア、浮世じや〳〵〳〵と（のびする）

御上使〳〵と（ざい人一人つれづゝと通り）【上使】ヤア〳〵大王極楽《ごくらく》より上使の趣。余の義でないきのふ来りし此ざい人すこしは[一六]薄やけしやばにてはしつやみと見へて[一七]文落也大王。みそんじのあやまり。帰さるゝとの御上使也。申分ヶは。唯今極楽へ来て申されよ【大王】これは〳〵不調法《ふてうほう》。何をかくさん。此程は。ゑじきに致さんものもなく。眼《まなこ》もちらつき。[一八]しか〳〵

一　ひび・あかぎれなどの膏薬。
二　「父をたづねて高野へのぼる」（前出一八八頁）と聞かす。
三　閻魔大王が登場して、当時人間が利口になって諸宗に属し皆極楽へ行ってしまうので、地獄は大飢饉だというのは、狂言地獄ものの定型。
四　阿弥陀仏は無量光仏ともいい、光を備え給う。
五　入国者なし。
六　たまらぬ。
七　冥土に十王あり、閻魔王はその一。
八　閻魔王のところで、亡者の罪業を量る秤。
九　秤量が不正確で損をすること。
一〇　よってたかって食す。
一一　鍍金を施すのに何遍も入念に焼き付けること。屍骸という原料を入念に使い尽くす。
一二　細末にする。
一三　鼻糞（はなくそ）。勝手に横取りして知らぬ顔をすること。
一四　無視して従わず。
一五　浪人の内職。主人を養う。
一六　不詳。
一七　許可証不備。湿病との関係不詳。
一八　明確ならず。
一九　こちらへ回らず遺憾多し。
二〇　「天満のてこ」と聞かせる。木遣りの音頭に「天満のてこじや、ゑいやらやア」という。天満祭りの御鉾流しを言う「天満のほこ」の訛言。
二一　木遣りの掛声。「ヒンヨイ〳〵」

ならず。此中分は御前にて〵と 立んとすれと もあし立す [上使]ヤレ〳〵気《き》の毒。ソレ幸の其罪《ざい》人。一
口〳〵。[大王]コハうれしゝよろこばしと〵 ざい人にグワンと一口 かぶり付て喰《くい》つくす [十王]我君それは[一九]あまり
おゝし。私どもゝ御相伴[大王]叶わぬ事〳〵[上使]サアヽ。はらの用意めされたらは。早
ゝに来られよ。[大王]かしこまつた〵と 立上りて罪人のへど をつきときやくする [上使]コレハ[大王]△[二〇]ゑんまのへ
どじや[皆ゝ][二一]ヒンヨイヱイ

[安永] 鳴神上人のしたて おふこを杖につき出 [上人]アヽラ恨《うら》めしのくものたへまや〵と いかる所へ 弟子出る [弟子二人]お師《し》
匠《しやう》様イノウ[上人][二二]雷《かみなり》がなるか[二人]なります〳〵[上人]雨もふるナ[二人]ふります〳〵[上
人][二三]そんならこうしては居られぬはヱ〵と [二四]きつそふにてかけ行 [二人]御師匠様きつそうかへてコリヤ
どこへござります[上人]大ぶりのせぬ内[二人]ナント[上人]△水一荷《か》くんで来《こ》ふ

[安永]作り物[二五]巨燵　鳴物 上るり 三味　●[二六]五郎八 ●忠右衛門 ●梅がへ ●武者二人
〵 こたつに もたれ [梅]此源太様はなぜおそい。早《はよ》ふ来はなされいて。あはゞどふして。こふして
〵と 文句有。[二七]たばこ のんでゐる 〵 五郎八。浅黄のもめん。づきん。忠右衛門もへぎづきん 〵 出端歌《ではうた》[二八]ヱイ〳〵〳〵。長い刀《かたな》はろくなや
つは。さゝぬ。あたまぐいと刺《そつ》た。やつがさす[忠]コレ五郎八さん。[二九]アレあそこにたば
このんで居るのが。そふか見てごんせ[五郎八]アイ〳〵〵と 梅かえの そばへ行 [五郎]アヽこなさん

(傾城阿波の鳴門・一)、「ヒンヨヱやあれ」(軽口大黒柱・三)などと見える。
三 歌舞伎「雷不動北山桜」などの鳴神物に「何じや雨が降るか」「こぼし升るわいのふ」「何じや雷が鳴るか」「アレ〳〵」「こりやなぜ雨が降る雷が鳴るやい」などとある。
亖 歌舞伎では、「抑は我行法を破らん為に雲のたへまと言ふ官女、勅諚をもつて爰に来りしか。ハアヽ其たへまめを卜夫より荒れ立に成舞台中をめぐり〳〵探す」(同上台帳)とあるところ。
亖 険悪な面になって。
亖 「ひらかな盛衰記」四で梅が枝が身をもたせている炬燵。
兲 「ひらかな盛衰記」「容競出入湊」「石橋山鎧襲」の三者ないまぜ。
亖 「ひらかな盛衰記」で梅が枝は煙草をのんでいる。
兲 「ゑい〳〵〳〵長い刀はろくなやつはさゝぬあたまぐいとそつたやつがさす」(容競出入湊・新町橋出入の段)。
元 歌舞伎の演出。歌舞伎「容競出入湊」の台帳によると、「中〳〵あそこのたばこ店に居るのは庄兵衛じやござりませぬか一寸見て被成ませ」「ハイ〳〵畏りました」などのやりとりがある。煙草さえのんで居れば庄兵衛とは大変な粗忽。

じや〳〵 〔梅〕遅《をそ》[一]ふ来ながらそのいぶり うた＼と烟《けむり》[二]りくゆらすあさま山。そらさぬ顔て吹きせる 〔五郎八〕コレ歌所《うたどころ》じやなゐ。おどりニて来たわいな＼と 五郎八詞[三]きたはいな おどりなり 〔五〕跡《あと》[四]の月晦日《つもごり》の晩《ばん》の紙入こつちへもとしてナ 〔梅〕コレ〳〵申[五]なんのわたしてごさんしやう。わたしじやござんすまいかナ 〔忠〕コレ[六]〳〵若いの。そふいわんすと。いこふ出入がむ[七]つかしい。その紙入。取かへしよふは＼と 梅がへかむなぐらとり。さま〳〵と手有。梅がへをおさへ。コレヨリ。のり地にて上るり武者《むしや》壱人出 ＼かゝる所へ長尾《ながを》[八]の新五《しんご》。新《しん》六。落合見れは。武者二《むしやに》騎《き》組《く》んであり。詞 上[九]がまたのか。下がまたのか 〔五〕△[一〇]うつくしい女性《によしやう》が下タじやいな

〔安永〕〔忠臣蔵九段目〕上るり むこ[一一]にしらさす。さつたとは。義理《ぎり》にもいわれぬ。おいしどの＼と いふ所へ本蔵来る。火吹竹を尺八とし磬《きん》[一二]を天がいとして出る 〔本〕ヤア[一三]かいるの子は。かいるになる。親におとらぬ力弥めが大だけ。うろたへ武士《ぶし》のなまくらはがね。本蔵が首は切レぬ。おれが首よりおのれか首。ドレえ《ゑ》こうを。してとらさふ＼と あたまのきんを。グ[一四]ハンとたゝき 〔本〕△本蔵火吹《ほんざうひふく》[一五]ク建立《こんりう》

〔安永〕きりんかるわざ[一六]の。小家がゝり。にして。太コ。三味。ちやるめら。いろ〳〵はやしいる所へ。財布《さいふ》[一七]かたげ。きりん家ぬし。やちんのさいそくニ来る ＼木戸の札うる。詞の工合 〔家主〕イヤアきりん〳〵家主じやぞう〳〵。江戸からの登り役者と。宿[一八]かへてから。壱年半。〆テ三百廿匁。ヤアおこせ〳〵。今[一九]じや〳〵いまが能所と＼いふと口上いひ。上下にて軽業《かるわざ》口上ニていふ 〔口上〕東《とう》

一「遅ふきながら其いぶり」（ひらかな盛衰記・四）。

二「煙くらべんあさ間山とそらさぬ顔でふくきせる」（同）。

三 未詳。

四 →二〇〇頁注七。

五 まさにその通り。

六「コレ〳〵若い人、ずか〳〵と龜相いはれな、晦日の晩に限り出入した覚はないぞとつくりと顔見られい。忠右衛門也おれ也、おれじやといやりやいかふ出入がむつかしなる」（浄瑠璃「容競出入湊」）。本来庄兵衛のせりふ。これはこれで出入がややこしい。

七 底本「むかしい」。

八「長尾ノ新五が弟に新六落合ひて」（源平盛衰記・二十・石橋合戦の事）。

九「上が俣野か下が俣野か」（石橋山鎧襲・五）。

一〇 世界が大混乱しているのである。

一一「聟にしらさずさつたとは、義理にもいはれぬお石殿」（仮名手本忠臣蔵・九）。

一二 読経の時打ち鳴らす鉢型の楽器。頭にかぶれる程の大きさ。

一三「蛙《かいる》の子は蛙に成る。親に劣らぬ力弥めが大だけ、うろたへ武士のなまくらはがね、此本蔵が首は切れぬ」（同）。

一四 この音によって勧化僧へと転換。

一五「本堂修覆建立」と聞かせる。

西太夫罷《まかり》出まして御[二〇]断《ことはり》申上ますはずニございますれど。只《たゞ》今役まへ。身拵《こしら》へ何か。取込おります故。御めんおゆるしを持まして。御断申上ます。[二一]まつ今日は御帰り下され。さきの晦日まで。御用捨《しや》の程願ひ上ます【家主】[二二]木戸詞イヤジヤ〱。太夫出られよ。その口上。いま初《はしま》りの事じやない。もうきかぬぞう〱\と（いふ所へ米や。かけ乞又壱人出。やはり木戸詞）【米や】ヤア太夫きりん〱。[二三]置《をき》がへの米代。銀高《ぎんだか》段ゝ積《つもり》り。其上旅の留主《るす》の内《ま》。かゝの[二四]傷寒《しやうかん》せがれがほうさう。太夫の下かん。皆それがしが呑込みすごし。米代〆百六十目[二五]サアおこせ〱【米や屋主】イヤ太夫。きりん〱きりんニあを〱【口上】東西〱太夫御目見へ仕ます\（太夫紫の鉢巻ニ日がさを持て出）【きりん】手をつく【口上】東西さて太夫罷出《まかりいで》ましてござりますれども。御存の通不仕合者《ふしあはせもの》にて女房にはなれ。子にはなれ。あつちこつちを。軽《かる》わざぐらし。只今にては此身此まゝ。やもめぐらしのたい[二六]をたもつが壱本づな【家主】ヤアいふな〱。[二七]京都は四条のかわら。大坂は道頓堀。すつくりもふけた。知て居る。おこしやれ〱。おこさぬ時は家明[二八]【口上】東西〱御腹立《はらたち》は御尤にございますれども左様なされ下さりましては。誠に[二九]ぼんなし是を名付て。[三〇]ハリトウだるま[三一]大師の。ざせん車《くるま》と申ますハリトウ【米や】ヤア何べん聞ても。同じ断おこせ〱いまじやぞ〱【口上】東西《とうざい》〱何とそゆる〱。御用捨《ようしや》の程《ほど》を。こひねがいたてまつります。もし御了簡《れうけん》もございませねば。つ[三二]

一六 →二〇二頁注三。
一七 紐つきの深い袋で集金用。
一八 借り手交替。
一九 札売りの呼込みの詞に言う。今が見どころ。今すぐにという意にかけた。
二〇 見物へ何かの断りを言う言い方と支払いの断りと。
二一 見物への言い方。太夫が何かの不調不都合を断る。
二二 不詳。木戸での呼込みのような言い方か。
二三 立替え。
二四 寒の気によって傷られ生じる病気。多く高熱を発する病気を言う。
二五 木戸でさあいらっしゃいというのにかけた。
二六 綱渡りの口上。但し麒麟太夫(初代)の綱渡りは綱を二筋引渡して渡ったという(摂陽奇観・八)。
二七 「風流睟談義」(安永三年序・京都)に「麒麟の小屋」云々と見えるから、安永二、三年の頃京都で興行したことが分る。
二八 家を明けろ。
二九 宿なし。
三〇 軽業の口上に用いる掛け声。
三一 手足出ず。
三二 「てうでう」は頂上。どんづまりの終点。

まる所の。てうでうニては[一]しん上あつまり。つき出しまして。かけ込所は[二]獅子のほら入り。扨又[三]あなたで五日のかゝり人。扨又こなたで。十日の[四]けない人。ハリトウ あちらへこちらへ。くるり／＼。これを名付て。淀《よと》の川瀬《せ》の。水車ぐらしで。ございます ハリトウ 米や家主 イヤジヤ／＼着《き》て居る物など渡《わた》せ／＼ 口上 東西／＼。だん／＼御断《ことは》り。申上ますれども。御承引《せういん》。下さりませぬによつて。[五]これより太夫身のまわり。だん／＼と[六]ぬき。[七]あつかわれますでございます。此儀は。[八]千番に壱番のかね合ィ。首尾《しゆび》能《よく》まいりましてもござりませうならば。御ほふびに。承知《せうち》のお声。頼上ます。まつ。さいしよが。日《ひ》傘《がさ》をすぼめ。あなたこなとあつかいます。ハリトウ 扨又はち巻《まき》ときすてまして。これもちりめん。はげましたれど紫《むらさき》なり。五匁位《くらい》にあつかひます。ハリトウ はつぴもぬぎすて。着《き》付もぬぎ捨。じばんもぬきすて。真裸《まつはだか》。ふんどし斗は。大目に御らん下さりませふ。ハリトウ ＼と だんに装束をぬぎ。はだかになる 口上 △太夫只今。[九]釼《つる》ぎの刃をわたられます

明和 千本桜四段目 上るり [一〇]静《しづか》は君の仰《あふ》せを受[一一]手品もゆらにうち鳴《なら》す。[一二]すはやと思ふ春風に。誘《さそ》はれ出る佐藤忠信。静が前に両手をつき。音に聞入リし其風情《ふぜい》。[一三]折《をり》よしと鞁をやめ。[一四]ゆだんを見すまし切つくる 忠信 コハ何故と[一五]かいくゞれば。鞁おつ取はた／＼はた。[一六]サア似《に》せ忠信の白状と。打すへられて忠信は。[一七]一句《く》一答《たふ》詞なく。只ひれふして居たりしか。

一「身上がつまり」と「親類集まり」とをかける。

二 軽業芸の一(都の手ふり)。本来角兵衛獅子が演じた一種の宙返り。

三 底本「ああなた」。

四「かゝり人」と同じ。居候。

五「これよりだん／＼と…致します」は口上辞の一定型。

六 居合師が刃を抜く「ぬき」と衣を脱ぐ「ぬぎ」とを掛ける。

七 軽業で何かを扱うのと、値ぶみするのと。

八 難しい芸を紹介する時の言い方。

九 行者の行術から起った剣の刃渡りという軽業があった。きわどい世渡りの意にかける。

一〇「静は君の仰せを受け」(義経千本桜・四)。

一一「手品もゆらに打ならす声清々と澄渡り」(同)。万葉集にある「手玉もゆらに」をなまった。手つきも優に。

一二「かくやと思ふ春風に、誘はれ来る佐藤忠信、静が前に両手をつき、音に聞とれし其風情」(同)。

一三「奇き者とは見て取静、折よしと鞁を止め」(同)。

一四「油断を見すまし切付るをひらりと飛退き飛しさり、コハ何となさるゝぞ」(同)。

一五「太刀筋かはしてかいくゞるを」(同)。

一六「偽忠信のサア白状、仰を請た静が詮義、云ずばかうして云すると、

うや〳〵しく鞁を上。静が前へに直《なを》し置 ＼忠信鼻ぐたせりふ 〔忠信〕人[一八]にはかさぬ。身のふへなれども。申[一九]はぐる初りは。ほれなるはつねのつゞみ。この鞁の。ほでほざります。かん[二〇]そときしゆの女ぎつね男《を》きつね。ほ[二一]のきつねのいきかわをもつて。ほしらへたるほのつゞみ。は[二二]たくしは。ほのつゝみの。ほでござります 〔静〕ム[二三]ウさてはそなたの声といひ。此つゞみの子じやといやるからは。さてはこなたは △し[二四]つけじやの

〔宝暦〕からくり

〔口上〕かさらせましたはまゝたきの人形でござり升。先ッさい初に水を汲しマス。テンカラ〳〵〳〵。襷《たすき》をはづします。テンカラ〳〵前たれをはづし。わきへはさみます 〔太コ〕てんから〳〵〳〵テン〳〵 〔口上〕此[二五]季《き》も首尾よふ相つとめましてござります

〔安永〕〔忠臣蔵四ッ目〕[二六] 上るり 〔おかる〕か[二七]ん平がつまのおかるはよひざまし。早さとなれて吹風《ふく》ニ ＼と 仕うちいろ〳〵ある所へ。にうりや風の男手にさいふかき出し持。うろ〳〵見廻し出 〔男〕おかるさん此間のさん用渡してくださりませ 〔かる〕サア私《わたし》も此間から。御客へむしんいふたれば跡《あと》からやろとで。まだこぬわいな。したがあの書[二八]出しは違《ちが》ふてあるぞへ 〔男〕めつそふなんのちがひはごさりません 〔かる〕そんなら書出シ見せやんせう ＼と おかる書出しを出す男帳面をよむ ＼と 由良之介そつと出てうしろよりそろばんおく 〔男〕一三匁八分御酒。八匁六分。取肴いろ〳〵。拾二匁うなぎ十鉢。これが十三日の夜。おまへおひとり

鞁追取はた〳〵、女のかよはき腕先に打立られて、ハアはつと、誤り入たる忠信に」(同)。

一七「一句一答詞なく、只ひれ伏て居たりしが…初音の鞁手に取上げ、さもうや〳〵敷押戴き〳〵、静の前に直し置」(同)。

一八「人に知らせぬ身の上なれ共」(同)。「はかさぬ」は「あかさぬ」(鼻くた詞)。

一九 申しあぐる。「身の上を申上る始りは、夫れ成る初音の鞁」(義経千本桜・四)。

二〇 不詳。

二一「其狐の生き皮を以て拵たる其鞁」(同)。

二二「私めは其鞁の子でござります」(同)。

二三「ム、そなたの親は此鞁、鞁の子じやといやるからは、扨はそなたは狐じやの」(同)。

二四 鼓をしめらせる湿気と、病名の湿気と。

二五 奉公人出替りの趣。袴を外し前垂を外したのは、そのため。

二六 四ッ目という事不詳。

二七「勘平が妻のおかるは酔さまし、はや里なれて吹風に」(仮名手本忠臣蔵・七)。

二八 請求書。

かる アイ合ふわいな 男 一五貫六百五拾文。鰒《ふく》汁。お二人まへ かる どふやら。これが違ふじやないかいな 男 なんのいな。そのくせおつれは。ろくにあがらず。よふ思ひ出して御らふじませ かる ほんにそふかいな。それでも。ねつからくふたよふには。なかつたが 男 八百卅五文。[一]丸一はい御一人 かる 此丸は地じやあつたかへ。あんまりうまふなかつたぞへ。まけておきや 男 めつそうなわたしが所には[二]いなかかこふてよい物でござりますか。三百五十三文。どじやう汁。七匁五分。かばやき。其外あま酒。せんざい餅。たまこの厚焼。すい瓜二十。[三]伏《ふし》見や茶きん。[四]高砂やのやうかん。虎やのまんぢう。しゆつほくのつへい。[五]こけらずし。にしめをそへて十六文とも。[六]御取かへ。〆拾八貫四百廿八文。銀百七十六匁五分。なんにも違ひはござりませぬぞへ 由良之介 きもつふしハハア

喰ふたり〳〵 〽かほ見合て おかる [七]ゆらさんか 由ら おかるか。そもじはそこに何してぞ カル わたしやおまへに盛つぶされ △[八]掛《かけ》にこわれて居《い》るわいナア

宝暦 芝居木戸口 はてだいこ。[九]しころ。[一〇]はん鐘。打ツ。おし合イ人出るてい 評ばんじや〳〵〳〵 仲居 〽まへだれにて おき[一一]番じや〳〵

〽 病人つゑつき 傷寒《しやうかん》じや〳〵 手習子 [一二]とうばんじや〳〵 〽横つちを持て [一三]打ばんじや〳〵 〽酒入を持て ひやうたんじや〳〵 〽てつち肴かごさげ [一四]じやうだんじや〳〵 戎大判さし上て 大判《おゝばん》しや〳〵 〽武者出立にて巻物を持 れんばんじや〳〵 〽[一五]さるのめんを出し かんばんじや〳〵 [一六]はまやきのはちを。かたにかたげ男出る。うしろよりつかんで喰《く》へば 男 〽こり

一 すっぽん。
二 田舎から仕入れてすむものか。
三 道頓堀にあった茶巾餅で有名な菓子屋。
四 道頓堀北詰にあった菓子屋の老舗高砂屋播磨掾。伏見屋と共に劇場の客に用いられた。
五 飯の上に魚や卵・野菜などの具を平たく並べた鮓。
六 御立替。
七 「由良さんか、おかるか、そもじはそこに何してぞ、わたしやおまへにもりつぶされ」(仮名手本忠臣蔵・七)。
八 「風にふかれて居るわいな」(同)。
九 歌舞伎下座音楽の一。かんから太鼓・小太鼓等で打ち囃すもの。
一〇 歌舞伎下座音楽の一。「半鐘 ジヤン〳〵となる」(戯場一覧)。
一一 不寝番。
一二 掃除番。
一三 砧。
一四 「じょうだん」とは、丁稚が道草をすること。
一五 楊枝屋の看板。
一六 鯛を入れた鉢。

や何するのじや △しやうばんじやァく

安永四乙未六月

大坂油町
播磨屋九兵衛板

粋《く》宇《う》瑠《る》璃《り》

浜田啓介 校注

もともと上方には気質物、すなわち人の種々相を鳥瞰的な視点で捉え、批判交じりに描く文体があった。それに談義本の影響をうけて、上方らしい滑稽文学が生じる。京の粋川子の『徒然睟が川』『養漢男百貫』、大阪の盧橘庵の『粋宇瑠璃』などはその代表的な作品である。

『粋宇瑠璃』は、談義本『見外白得利』をふまえた作意からも、批判的な文体からしても談義本的である。一方流行風俗の穴をうがつことが粋の世界にまつわっているという点からは洒落本と見なされ、「洒落本大成」に収録されている。要するに作者盧橘庵の奇才が縦横に発揮された、且つ至極難解な知的文芸なのである。

作者は惜しみなく手持ちの観察所見を次から次へと繰り出して見せる。作者は本作で手持ちの大半を消費してしまった感があり、第二作以後の洒落本系の作品は、よく追随したものがあるとは言え、本作程の充実を期する事は不可能であった。しかし知識そのものの披瀝に終始するならば随筆雑記に外ならず、滑稽文学には至らない。観察所見の質と表現する働きが問題である。作者は大阪における当世流行を形成している連中、粋を遣う連中の、粋《くろ》という世界の内実を抉って見せ、彼らの卑小さくだらなさを暴露する。しかし、ここに作者の主張や思考をとり出して云云するとすれば、これは又仕様のないもので、いわば漫罵というに近い。本作の妙味は、観察の警抜さと行文表現自体にある。特にその文体は、大阪詞の世話と対話文、奇抜な比喩、冗談、洒落などを駆使し、流暢円転して留まらない。本作が難解である正にその所以が妙味なのである。

作者盧橘庵は京都の裕福な呉服商の息子。家産を破って大阪に来たり、一時戯作者を志したが、結局生業も居所も安定せず、落魄の生涯を送った。この人の滑稽本の代表作として、本書の外に見立画本『劇場画史』がある。演劇をベースにした上で、読者を欺く仕掛けに満ちた奇書である。

久路宇留理

爰に物有本より萍実《へうじつ》[一]にもあらず圓居《まとい》して評議《へうぎ》すれども果《はて》ず所詮物識《しよせんものしる》おきなにたつねしに是なむ粋《くろ》[二]うるりとかやいえるものなんめりと曰《のたまふ》にまかすことしかなり

[三]乙巳春

盧橘庵素秀江南[四]
の[五]大庾堂に書

一 孔子家語・致思に、楚の照王が江中に円くて赤くて得体の知れぬ物を拾い、群臣に問えども能く識る者無し。魯の国に使者をやって孔子に伺ったところが、「此謂ハユル萍実ナル者也云々」と答えてもらったと。 二 白うるり(徒然草)のもじり。くろい・くろうとなどのくろを用いる。 三 天明五年。 四 堀江島の内の地域。 五 この堂号他に所見が無いが、江南住なので塞上の大庾嶺を以て名づけたのであろう。盧橘庵の号も江南橘より称したものと思われる。

一 淳和の第二皇子恒貞親王の法名にもとづき、「日高川入相花王」に道成寺の僧剛寂を登場させて世に知られた。一方、ごうじゃくもるという上方占傍があり、それにかけて六如慈周は戯名として北山業寂僧都を名乗った。 二 見外白宇瑠璃に、北山の禅師が持つ、として出る。「心に思ふ程の所見ゆる故に思見鏡といへり」と。 三 見外白宇瑠璃・巻一。 四 見外白宇瑠璃・巻五に、猿牛狼馬兎猪らの歌合せがある。 五 天明四年に出現。 六 「掃く」とは特定の相手となじまず、次々と買い散らすこと。箒の縁。 七 日傘を張る青い紙。空と星の形容に用いられた。「空は青土佐に金砂子蒔し如きの星月夜」(譬喩尽・三)。 八 「おれはまたおほしさまはあめのふるあなだとおもつ

粋《く》宇《ろう》留《る》理《り》巻之一

いづれのおゝんときにか有けん。[一]北山《きたやま》の業寂僧都《ごうじやくそうつ》の本にいまそかりける。何がしの禅師《ぜんじ》とかや或寂莫《あるつれ〴〵》にいづくともなく異人《いじん》きたりて。[二]思《し》見鏡《けんけう》といへるものをさづけられしが。朝夕《あさゆう》これを手なれの物とし。[三]蟻《あり》の浄土《じやうと》より。[四]獣《けだもの》のはなの陰《かげ》に歌合《うたあはせ》するまで。ながめつくされしが。辰宿《ほし》をまだ見のこしたりと。宇宙《おゝぞら》に望《のぞめ》ば。はや織女《たなばた》のみじまい部屋。流星《よばいほし》の[五]抜足彗星《ぬきあしはゝきほし》の[六]はき廻《まは》るまで。見えぬくまさらになかりき。かねて禅師《ぜんじ》も星《ほし》といふものは。[七]青土佐《あをどさ》に金砂子《きんすなご》蒔《まき》しやうなものと。思ひの外《ほか》左にあらず。[八]元来星《くわんらいほし》は雨《あめ》の降《ふる》あななり。其穴《あな》より外側《そとかわ》の日の影《かげ》の漏《もれ》出るにて有けるゆへ。昼《ひる》は見えず。又雨《あめ》の夜《よ》は星の穴入用《あないりやふ》故顕《あらは》れず。勿論《もちろん》星に大小の有は。ゆふだち[九]さぶり時雨《しくれ》などゝ。夫〳〵差別《しやへつ》有て。あなの様《やう》子《す》かわれり。扨禅師《ぜんじ》つく〴〵おもわれけるは。是まで見《み》し造化《そうくわ》の分は。みな不易《ふゑき》の[一〇]あななり。我本《われもと》より方外《ほうぐわい》の隠者《いんじや》なれば。浮世《うきよ》の事にたど〳〵し。後《のち》の世語《よがたり》にいでや[一一]昭代《せうたい》の化《くわ》にほこる。民間《みんかん》の流行《りうこう》を見ばやと。[一二]南《みなみ》をはるかにながむれば。[一三]さても目《め》出《で》度《た》の秋津《あきつ》洲《す》や小《こ》銀升《がねます》目にて米《よね》はかる。堯舜《けうしゆん》の御時は[一四]茅茨《ぼうじ》きらず。さいてん削《けづら》ずと。さこそむさ〳〵とゆき届《とゞ》かぬ事のみで有ふが。今この様におさまつたは。[一五]ひく様《ためし》なし。[一六]加賀《かが》笠《かさ》と

たら」(呼子鳥)。当時の言いぐさ。 九 烈しいにわか雨。 一〇 うわべだけ見ていたのでは見えず、思見鏡などでよく見ると見えてくるもの。 一一 聖代の有難い政治。この文字を平出する。 一二 「南を遥に眺むれば大悲擁護の薄霞」(熊野)。 一三 「さてもめでたのあきつすや…こがねますにてよねはかるよねはかる」(靱猿)。 一四 「尭之王天下也 茅茨不翦、采椽不斲」(韓非子・五蠹)。かやぶき屋根の端を切揃えず、たるきにかんなをかけず、質朴の至り。 一五 歴史に例なし。 一六 「明和二酉年…此時代迄世間も古風残り有之候…暑中に而も往来皆菅ノ加賀笠ヲ着致候…」(籠耳集)。「腰元飯焼までが青天井の日がさをさし菅笠はかぶらず」(なむでも十九論、明和八)。 一七 「白鼠といふもの、明和の初上方より流行出したり」(梅翁随筆・二)。 一八 寒暖寐言にも「さだめなければこそ、人もやすけれと…」と用いている。 一九 芸自慢・物知り自慢の通人。 二〇 天明三年頃米価高騰。仙人は米を食べぬ筈。本作に先立って、「いつち米が安いといへば、どふでも仙人が多い故じや」(夕涼新話集・四・安永五年刊)。 二一 「生玉の繁昌せし頃は、享保より宝暦年中殊外賑敷也…明和の頃より次第に淋敷成」(浪花見聞雑話)。当時天満天神の繁昌は「所以者何」など。 二二 「観音めぐりやう〳〵おとろへぬめり。大師めぐりなん、難波人は、

[一七]白鼠《しろねつみ》が寵《てう》おとろへしを嘆息《たんそく》するぞおかし。流行《りうこう》は不易《ふゑき》のようなり故人《こじん》も[一八]定《さだめ》なければこそ。人もやすしと言置《いゝおか》れしごとく。夫もさのみ珍《めづら》しからず。其中かほど[一九]仙人《せんにん》が沢山《たくさん》なに[二〇]米《こ》穀《め》の下直《やす》からぬがふしぎのひとつ。[二一]いく玉と天神《てんじん》のはんじやうか入変《いれかはれ》ば[二二]観音《くわんおん》は大師《だいし》にしてやられ。[二三]坐摩《ざま》は稲荷《いなり》に。けたれしなど。少宛《ちとづゝ》の幸不幸《こうふこう》は神仏《かみほとけ》にさへあり内。只《たゞ》ことの振《ふれ》かわつたまでなるべし。尓《しか》は有《あれ》ど振《ふれ》かはりし事の。けやけきかず〳〵は。[二四]取上祖父《とりあけぢい》が出来《でき》て。[二五]木戸《きど》男の弁当《べんとう》は[二六]町櫛箱《だいばこ》よりも見事なり。[二七]帯限《をびぎり》の短《みしか》ばおりがやむと。[二八]袖口《そでぐち》が蝮《うはばみ》の口明《くちあき》しやうに成《なり》。[二九]対尺繻半《ついたけじゆばん》。脚布《きやふ》の縁《へり》。[三〇]男の髷《わけ》は項《くびすじ》に結《ゆひ》。[三一]女のわげは額《ひたい》に有。[三二]今《いま》橋《ばし》に煮売《にうり》屋軒《のき》をつらね。[三三]片町《かたまち》に綿問屋《わたといや》名のみ残《のこ》れり。強飯《こはめし》は三角《さんかく》になり。搔餅《かきもち》の焼売《やきうり》は四角に定《さだ》まれり。[三四]大尽点者《ほうぐわんてんじや》。[三五]書出《かきだし》し医師《いしや》[三六]砂魚《はせ》釣《つり》のはれに。俄《にはか》俳名《はいめう》つき。[三七]惣嫁《そうか》に岩こす。[三九]浜《はま》しばゐの役者《やくしや》の居宅《いたく》は炊女《めしたき》がよく覚《おぼへ》て居《い》。

いさゝめの名は有けらし。操芝居《にんげうしばい》の看板《かんばん》は[三八]反古《ほうぐ》ばりのやうにせねば。はやらず。

[四〇]櫛《くし》は下から上へさすものになりしは。[四一]さし卸《おろし》の笠《かさ》からの間《ま》にあいもの好《ずき》。三味線はり替《かへ》しとき。皮《かわ》のふちを裁《たゝ》さず。乞食張《こじきばり》とやらゆう物にして居《いる》は。太竿《ふとざを》の[四二]上手分《じやうずぶん》を。[四三]藤江や。青葉が。それを見て。夫では[四四]枕《まくら》になるまいがと。昔忍《むかししの》びての案《あん》じ。[四五]宮園《みやぞの》の景事本《けいごとぼん》の口に[四六]鳥屋町の俎板《まないた》見るやうな。印譜《いんふ》の有たも物舊《ものふり》。追付浄留理《じやうるり》本《ぼん》は[四七]藍木綿《あいもめん》の帙《じつ》に入。ぬき本は[四八]魁本大字《くわいほんたいじ》[四九]五行箋解《ごげうせんがい》[五〇]ひらかな鐘《かね》の段などゝ。唐《とう》紙《し》ずりにし[五一]翻刻《ほんこく》ゆるさず千里必究《せんりひつきう》と。判《はん》をすへそふなり。小息子《こむすこ》を誉《ほめ》るに。御発明《ごはつめい》なと

いとまうにたちさわぎける」(癇癖談・上)。毎月二十一日に大師巡りが行なわれる。二三 稲荷は博労町稲荷。坐摩とは二町余の近距離にある。どちらも見世物小芝居などのあったところ。当時博労町稲荷が一きわ繁栄していた。「けたれる」は圧倒される。二四「洛下一貫町に賀川玄悦と云医者…産婦子を扱ふ事産婆に同じ。故に是を世に産婆医者と号し…」(翁草・一七九)。二五「奢て見ゆる物…木戸番之弁当」(粋庖丁)。役者よりさし入れあり。二六 髪結が持参する小箪笥。何段にもなっていて、元結、はさみなどを入れる。二七 安永期に短いのが流行した(無論理問答・序、浪花見聞雑話)。「阿蘭陀鏡」(寛政十)・一には長羽織流行とある。二八「あわせくゝりの広袖口」(破紙子、寛政二)とあり、江戸では天明年間広袖口流行(六丁一里)。二九 身丈の繻半。長繻袢。三〇 いわゆる本多髷。三一 灯籠鬢。三二 橋際に煮売屋がある。三三 木綿問屋があった事は「難波丸綱目」(延享版)に見える。三四 三都随一の飛脚問屋であった大伴大江丸のことらしい。三五「近年浪華市中流行…書出し医者」(摂陽奇観・四十三)。医者への謝礼は盆暮の心付けという習慣の時代、請求書を出すのは合理的。「書出医者とて節季に薬何服代何拾文と取に来る」(譬喩尽・二)。三六 木津川での清遊。秋景を賞し風雅を気どる。

いふては合点《がてん》せず。[一]御まへは才子《さいし》じやといへば。むせうに悦ぶ。[二]餅も豆腐《とうふ》も切手《きつて》を出せば。[三]かし喪服屋《いろや》から遠路《ゑんろ》墓所《はかしよ》迄の野辺送《のべおくり》りの挨拶帖《あいさつでう》を。卍《まんじ》の[四]はな計《げい》りつはに。板行《はんこう》にして添《そへ》るくらい。[五]人相見《にんそうみ》の書付《かきつけ》が[六]月よどみの所書《ところがき》をはりふさげ。[七]蟹牡丹《かにぼたん》や[八]祇園守《ぎおんまもり》の紋所《もんどころ》のはやつたは。[九]きのふかけふがる飛鳥川《あすかがわ》のかはらぬ物は[一〇]雪駄《せつた》が内職《ないしよく》に出来《でき》ぬばかりのやうになりて。[一一]瓢単町《ひやうたんまち》の二階造《にかいづくり》りになつた位《くらい》はかわりしうちではなし。[一二]面影《おもかげ》のかわらでとしのつもれかしとは律義《りつぎ》な欲《よく》のふかさなり。其頃紅粉翠黛《かうふんすいたい》とて。相応《さうをう》にせめ道具《どうぐ》は有しに。よく〳〵身仕舞下手《みじまいべた》なりと見えたり。今の世は青春《とし》のはたちや三十は。眉作《まゆはき》と[一三]筆先《ふでさき》であやなしぬ。[一四]近江《あふみ》のや筑摩《ちくま》の朝妻舟《あさづまふね》のむかし。是や和国《わこく》の[一五]うかれ女《め》の紀原《はじめ》とかや。その時《じ》分《ぶん》は纐纈《とうけつ》の裳《も》。[一六]目染《めぞめ》の外。時勢模様《はやりもやう》とてもなく。[一七]褐染《かちそめ》。ゑびそめ。はなだ色。などゝ古《こ》雅《が》なる事ならめど。[一八]そのときは美尽《びつく》し。又無《なき》おもひでなるべし。今の世の中町《まち》の婦人《じよちう》の風俗《ふうぞく》も。ひたすら遊里《ゆうり》の端手《はで》を模《うつ》すやうになりぬ。[一九]斉《せい》ひとたび変《へん》ぜば魯《ろ》のごとくたらん。町《まち》ひとたび変《へん》せば廓《さと》に至らんと。古言《ふること》のごとく。[二〇]久三《おとこ》に半合羽着《はんかつはき》せて。[二一]駕《かご》の者《もの》めかして供《とも》に召《つれ》れたり。[二二]くり出しのぬき八文字もやつて見たき心とかわるべし。[二三]能子《よいこ》びんに[二四]櫛《くし》いたゞきとやら。わかい内義《ないぎ》の[二五]寡婦髷《ごけわげ》は。引舟《ひきふね》めき。小娘《こむすめ》の[二六]とんぼは。雛妓《かむろ》よりはなやかなり。きのふまではな紙《がみ》ちつくり出しかけて。大坂せつたですべりし這出《はいで》の[二七]小女童《こめろ》が。はや[二八]緇梅小紋《くりむめこもん》にくろ絖《ぬめ》のはん襟《へり》。夫も織留《おりとめ》を[二九]摺込《すりこみ》ばくにてこしらへたき心。松金油《まつがねあぶら》でな

三七 惣嫁女郎気どりで源氏名をつけかねず。 三八 区画を設けて多くの場を画く。 三九 道頓堀の大芝居(角・中・大西)以外の小芝居。 四〇 櫛巻の流行。 四一 櫛が笠に引掛らぬ仕方。 四二 乞食張にしているのは浄瑠璃三味線の上手連中だが。 四三 藤江は北の新地芸妓の三味線上手(虚実柳巷方言)。 四四 いわゆるころぶことを三味線を枕にするという。 四五 「宮薗華扇子」は口六丁にわたり宮薗名譜として一〇五名の宮薗連中の印譜を載す。「虚実柳巷方言」・上に「宮薗をやる印刻家」。「向不見闇濃礫」に「薗八が道行本に序跋を付たり印をすへたり…」。 四六 通りの両側に鳥屋が並ぶ。「摂津名所図会」の画に、俎板で鳥を斬っている。血だらけにて印譜の見立。 四七 以下唐本趣味の流行にあてつける。 四八 「魁本大字諸儒箋解古文真宝」(慶長十四年刊)などがある。魁本は大本の意。 四九 浄瑠璃抜本は五行もしくは六行本。 五〇 ひらかな盛衰記無間鐘の段。 五一 和刻本や唐本仕立の本の見返しに「不許翻刻 千里必究」と記すものがある。古文辞派のものに多い。

一 「子どもでも賢い子ぢやといへば嬉しうなく才子ぢやと聞と嬉しがる時節とはなりけり」(皇都午睡)。 二 菓子料理などの贈り物に商品券が用いられた。 三 「大坂市中一統輿は用不申、皆乗物にて貸物屋より喪服

いと天窓《あたま》がかゆいと無礼《なめ》き。[三〇]尺長《たけなが》の白《しろ》みは小[三一]袖《こそで》の裏《うら》にとられ。[三二]糸包《いといれ》の紅行成《べにこうぜい》は平元結《ひらもとゆい》に株《かぶ》をゆづる。下女《げぢよ》が隠《かく》し男《おとこ》は幾人《いくたり》と言事なく。とんと[三三]銭湯《ふろや》の着《き》る物入のごとし。三番目のなら嶋《じま》の道具屋《どうぐや》様ニ五ばんの青梅縞《あふめじま》の厚鬢《あつひん》のと。[三四]粃粧田《けはいでん》の物なり。成程素人《しろと》ほど手あつきものはなし。[三五]貪《おろ》されさへすれば殿方《どなた》でも。ござれ〳〵の悪腰《わるごし》のつよさ。夫にかゝる[三六]いそぜゝりの心いきは。先芝居《しばい》の色事《いろごと》はどれでも女の方から仕懸《しかけ》るを見て。初見《いちげん》から惚《ほれ》さそと。火《ひ》の中水《なかみづ》の底《そこ》迄もと。[三七]焼豆腐《やきどうふ》のやうなふるひせりふに。却而《かへつて》もろい所見すかされ。[三八]六服《ろつふく》を壱廻《ひとまはり》に用る薬がいるはの。いつそ在所《ざいしよ》へ聟《むこ》に来《き》て呉《くれ》はのと。[三九]綱《つな》がところへ往《い》たやうな。ばけあるく叔母《おば》に。[四〇]病《やまい》づかされる事になりぬ。[四一]さふない[四二]壱人ばみするやつは。剃刀袂《かみそりたもと》から出しかねず。遊女《ゆうじよ》はけつくあどなきものなり抱《かゝへ》の親方《おやかた》の娘《むすめ》が。京の同《どう》商売《しやうばい》の方へ媒《なかふど》が有て。近日嫁入《よめいり》するといふとき。身じまい部屋《べや》へよつてのはなしに。アノこちのおいく様の。こんど往《い》てじや所は。嶋原《しまばら》でもない。[四三]なんてらソレ祇園町《ぎおんまち》かいな。その聟《むこ》様はどふした。[四四]おもはく様ンじやいなといへば。あね女郎《しよらふ》らしいがしれた事まだ。見ずしらずじやわいなァといへば。エ、アノわしやいやゐな。[四五]ついに抱《だか》れて寐《ね》もせぬ男の所へ生涯《いつしやう》嫁入してかへと。肝《きも》つぶせしにも似ず。芝居の桟敷《さんじき》や。はれがましい座しきで。[四六]志野袋《しのぶくろ》から鏡《かゞみ》取出し。何返《なんべん》となく。かほを拭《ふき》まはしたるとは。大きなそちこちなり。[四七]今度阿弥陀池《あみだいけ》の[四八]開帳《かいてう》に。縁起説《ゑとき》してじや息子《むすこ》様はよひ男じやといへば。さいな

墓所の盛物蠟燭まで請合申候」(所以者何)。 四 卍繋の装飾を施した紙面の縁どり。 五 人相見の貼札がやたらに多くなり。 六 月水早流。塀などに貼札をする。 七 市川家の紋だが、当時の大阪にては不詳。 八 中村歌右衛門の紋。 九 今日―興がる―明日。 一〇 雪駄製造は渡辺村の専業。 一一 「近き頃瓢簞町も通り筋の二階建多くなりしも」(富貴地座位・下、安永六刊)。 一二 「小町歌あらそひ」に見える小野小町の歌「おもかげのかはらでとしのつもれかしたとひいのちはかぎりありとも」。 一三 紅筆の先。 一四 英一蝶の朝妻舟の画賛の端書に「是から見れば近江のや」の詞がある。 一五 室の遊女と共に本朝遊女のはじまりとして言われる(好色一代男・五・三)。 一六 源氏物語・鈴虫巻に見える古語。 一七 以下も皆古語に見るところ。 一八 その当時はこれでも遊女の盛飾。 一九 「子曰、齊一変、至於魯、魯一変、至於道」(論語・雍也)。 二〇 久三は下男の通称。 二一 鶺脇の付添。 二二 遊女の道中。ぬき足をする。 二三 当時流行で、つとがふくれた髪型(真ゝの川)。 二四 頭頂の髷の正面に大きな櫛をさす。 二五 後家島田は、引舟が用いる投島田によく似る。 二六 髷にかける赤縮緬。「延享寛延の頃より、髷なしに引ッこくりて、頂の上に長き笄をさす事、京大坂ともに専らはやり初て…少女は其上をとんぼうとやら

わしや。おとゝひから。十三返諧《べんまいつ》たわいなど。有のまゝにずつかりいふは芝居と言ものは[一]荒木《あらき》座か[二]市《いち》の側《かは》より外には無《ない》やうに思ふたり。腕《うで》づくて恋《いろごと》する堀江《ほりへ》辺《へん》の穴《あな》なるべし。新町でならば[三]鹿子位《ろくじ》や[四]和気《しやくしかけ》の女郎でも。なんのあれがよい男でと。[五]半略《はんりやく》こと葉は[六]流石《さすが》。[七]おもふ人いやと女の罪《つみ》ふかくといふ。婦《をんな》の情《じやう》を見せて[八]廓《くるは》の尺《たけ》をあらはすは。[九]はなたちばなに。梅が香《か》の似《に》かよへるとよみけんごとし。[一〇]北の女郎ならばなんのまあ。あれが能《よい》男でも煮《に》てくはれるものでもな

ん名づけて、えもいはれぬ飾をなし、瓔珞を下げたり」(翁草・一〇四)。二七 少女の下女。小女郎が仲居へ増長して行くのをいう。二八 くり梅色は栗色の一種。明和頃より多く行なわれ、くり梅小紋が東西で流行。二九 摺箔。三〇 女性用の元結。白紙を基本とし、特に両端を細くしたものを白髪元結という。三一 小袖の裏が白くなった。三二 小箱に玩物の行成紙などを大事にしていた少女が、装身用の金銀紅などの丈長を蓄えるようになり。三三 男に番号つける程。三四 姫君御輿入の持参金。我物の如く必要な時はいつでも引出すことができる。三五「おろすとはたゞもらふこと」(新撰大阪詞大全)。三六 素人女を相手に色をかせぐ男の胸の中。三七「私が心は此焼豆腐。たとへ火の中水の底」(伽羅先代萩・四)。このしゃれは言いぐさとして用いられた(新版かわりもんく粋言葉)。三八「ろつぷくとは懐胎(はらむ)こと」(新撰大阪語大全)。堕胎の必要を言う。三九 鬼が渡辺の里の伯母に化けて来た。女の母以下女の母親のせりふ。四〇 脅やかされる。四一 飯櫃。四二 親がかりでない者。四三 天明期上方の妓が多用した。「ナンテラづくし」(浪花花街今今八掛・桔梗卦)。四四 思慕の君。周囲よりひやかすのにおもわくさまという言い方をする。四五 素人はこれが当然。それを知ら

しと。強《つよ》がりのまけ惜《おしみ》で。銀《かね》かり功者《こうしや》の[一一]御侍《おさむらい》をよろこばせぬ。[一二]嶋の内などは。[一三]一廻もかゝつて見よふか。しかし[一四]太十郎らしい新田《しんでん》じやと。底《そこ》は惚《ほれ》て居《い》ても[一五]蔑《くふ》よふないゝかたは。人形《にんげう》の足遣《あしつかい》や投《なげ》られ役者《やくしや》が。たゞの人をめつたに[一六]太郎四郎がるは臭《くさい》もの[一七]身《み》しらずと。通辞《つうじ》か無《ない》と譫法《せんぼ》は他《ひと》がしらぬと心得。[一八]鄙事《ひじ》に多能《たのう》な男が聞分《きゝわけ》て陰《かげ》であいそつかして居るを。却而しらずにたわけ尽《つく》しているやうな。[一九]風《ふう》を写《うつす》共なく[二〇]鮑魚《ほうぎよ》の肆《いちぐら》に入て臭気《くさみ》の鼻《はな》につかぬなるべし。さて旧記《きうき》に[二一]肝《きも》な子じやといゝしも。今は[二二]豪傑《がうけつ》な子じやと言。右方は遠《とを》く見え。左の方は近く見る様にこしらへし[二三]天正目鏡《てんしやうめがね》といふもの出来ぬ。是は誰《たれ》とかや朝鮮《てうせん》の役《あき》にて得られし其形《かた》の模写《もしや》となん。かくきめごまかにはつめいな世に。返《かへ》す〴〵遊女ほどあどなきものはなし。難波《なには》の鯔《ほら》は[二四]伊勢名吉《いせめうぎち》にて。[二五]夕㒵化鳥《かんひやうけてう》はしりがね抔としなはさま〴〵なれど流《ながれ》を立る身は。おの〳〵おなじ心ばへとぞ。此頃ある遊女[二六]会所《くわいしよ》の息子《むすこ》とふかく言かはしすへの事など。ねんごろにうちかたらいしに。折から去大尽《ほうぐわん》有て身請《みうけ》の相談《そうだん》。手附《てづけ》金も渡《わた》るといふ。彼《かの》女郎男《おとこ》をまねき。右のあらましを語《かたり》マア廿日か壱月ほどしんぼうして居いや。妾宅《せうたく》からつい抜《ぬけ》て来《くる》ほどにといふに。彼男不図《かのおとこふと》。[二七]身をつみて人のいたさぞしられけりと。慈鎮《ぢちん》の古歌《こか》を思ひ出して女郎にむかひてさふしやると。ひよつと町へ此沙汰《さた》聞へて。[二八]足か上ると。さしあたつて[二九]何をあだてにと。[三〇]いもひき心に。さいなそれも工面《くめん》しておいた。私《わし》が頭《つむり》の道具《とうぐ》でも。三十両や四拾両は[三一]才覚《ふく》によつて。是

ぬがかえって世間知らずを表わす。四六 物なれたこなし。志野袋は京阪の芸妓が用いた巾着。「げい子は巾着をつけこれを帯のうちへかくし入レおく。この袋の中に化粧道具あり。これも席上にてたび〳〵臉(ほか)を模す」(羇旅漫録)。四七 開帳の名所。四八「開帳の縁起説も男ぶりを尽して襟をつくろひ」(養漢裸百貫・一)

一 堀江、阿弥陀池の東方、問屋橋と高台橋の間にある荒木与次兵衛(与三郎)の芝居。二 堀江市の側にある豊竹此太夫の芝居。「あら木と市ノ側より外劇場(いしば)はなきものゝやうに心得」(今いま八卦)。三 女郎の位。鹿恋を鹿字という。四「わけ」ともいう。新町の最下級の女郎。五「廓と言う物はアノ時分から物を半分つゝ外いわぬくわづな物では有わい」(傾城月待山・口明)。下略詞とも(針の供養・五)。六 批判の仕方も新町風。七 この句「当世廓中掃除」にも用いる。好きな男をそのように表わさず。八 廓の品の上下。九 梅の香と花橘のことは源氏物語・早蕨にあるが、婦の情を見せるということに適当な古歌未詳。一〇 曾根崎新地。一一 侍の客。侍はやりくりが苦しい。一二 島の内の妓は、せんぼを使ったりして客をあなどりがちな風であっ

口絵 左方の鬼の衣装は稲妻の文様。錐で雨の降る孔をあけている。

を望性《もとで》として。おもしろづくの一宿這《やどばいり》せうといふにぞ。いよ〳〵こわげたちて二猫紙袋《ねとかん》と跡《あと》ぢよりし。よふまあ合点《がてん》しや。三のけば長者《てうじや》が弐人有《ふたりある》といふものじや。そなたも出世《しゆつせ》おれも名《な》さかもたゝず。などゝ。いそのかみ古手《ふるで》な異見《いけん》して。その座限《ざぎり》に離縁《のいて》てしまへば。女郎むしやぶりついて腹《はら》をたて。そんならくどうはいわん。彼《かれ》是《これ》いふて明《あき》もせん事が邪魔《じやま》になつて。身請《みうけ》がじやみてはつまらぬ。ほんにマアようそんな四薄情《じゆんさい》なことが。今更《いまさらい》五言われた事じや。そふじや今度の

た(浪華色八卦)。一三 一廻り位相手になって見ようか。医療の一廻りは七日間。医者にかかる言い方にかけて言った。一四 せんぼと思われるが不詳。新田は男をいうせんぼ。一五 ばかにする。一六 せんぼ。不通な者。一七 身しらずというごとく。一八「吾少也賤。故多能鄙事」(論語・子罕)。一九 彼等とつきあっている中に自然とそのようになり。二〇「与不善人居、如入鮑魚之肆、久而不聞其臭」(孔子家語)。二一 大胆。二二 通人流行の漢語。二三 不詳。二四「なよし…勢州及尾張にて、めうぎちと云」(物類称呼・二)。二五 以下地方の娼婦の異名。夕良は越前で、化鳥は加賀国で、「はしりがね」は鳥羽湊で言う。二六 町会所を預る会所守(町代)の子。金廻りがいい。二七 可笑記・五に大内義隆の妻の詠として「身をつみて人のいたさぞしられける恋しかりせは恋しかるらん」とある歌と慈鎮の歌「たれもみななわが身をつみて思ふべし命はをしき物としらずや」とを混雑した。二八 くびになる。二九 何をあてにして暮しを立てよう。三〇「いもひく あとへよる」(粋行弁附録)。男が腰のひけた言い方をするのに向かって。三一 自分の才覚で高く売りつける。

一 新居を持とう。二 後へよるの意。「猫に紙袋で跡ぢよりじや」(譬喩尽)。「ねこかん」の語は「風俗三石士」、

旦那《だんな》様にそふ言て。[六]お前《まへ》の町《てう》に家買《いへかふ》てもらふて。常住《せうじう》おまへを呼付て叱《ひかつ》[七]てこまそと言しは実《じつ》に遊女の持まへ根性《こんぜう》なるべし。其気《き》[八]でくらす故。弐度の勤苦《つとめく》にならず。廿五の春で脊《せ》はのびやんでも。限増《きりまし》に年限《ねん》は延《のび》やまず。後には歌妓《げいこ》の尚歯会《しやうしくわい》や。娼婦《おやま》の賀振舞《がぶるまい》。入《いれ》[九]歯《ば》の鉄醬《かね》附《つけ》。[一〇]かた見の袖詰《そでつめ》も。今のまなるべし。扨京へ遊学《ゆうがく》にのぼりし医《いしや》[一一]の書生《しよせい》。吉田の寄宿。[一二]智積の寮侶。すべて帝都《ていと》の風水の清《きよ》らかにして。花洛《くはらく》のはんじやう。見るに付聞につけ。魂消《たまげ》し事ばかりにて。動気《どうき》のやまぬうちは実躰《じつてい》にて。朝《あさ》は星《ほし》をいたゞきて講《こう》席《せき》へ出。夜《よる》は更闌《ふくる》る迄机《つくへ》にかゝり。旦暮《たんぼ》の自炊《てせんじ》珍らしく四匁の[一三]借座敷《かりさしき》に。尿瓶《しびん》まで添《そい》し自由《じゆう》さ。国元《くにもと》より仕送《しおくり》金を延《のば》して。帰《かへり》には祖父《ちい》の代から無ひ。[一四]証治準縄《しやうぢじゆんぜう》や[一五]古今医統《こゝんいとう》も持て去《いぬ》るつもり。隙《ひま》な日は快ゝ《くわい〳〵》[一六]が酒店《しゆでん》に酔《よい》を催《もやふ》し。[一七]双林寺《さうりんじ》に朗詠《ろうゑい》して。故哲《こてつ》の墳墓《ふんぼ》に懐舊《くわいきう》の涙《なみた》をそゝぐ。[一八]貝原《かいはら》の名所記《めいしよき》を見て。[一九]ゑこぜぬ古跡《こせき》をさがし。[二〇]夕がほの[二一]五条あたりにて古手屋の店《みせ》にかゝり。用《よう》有げなる㒵《かほ》つき。手代《てだい》とんで出。何の用ぞとゝへば。いや別《べつ》の義ではござらぬ。[二二]揚名《やうめい》之助《すけ》がとなりの。米搗音《こめつくおと》のこほ〳〵と聞えし米屋は。何方《どこ》て御座るやといへば。手代びつくりして。天窓《あたま》かき〳〵。それは米の[二三]こぼち売の札廻《ちらしまわ》した内でかな。ござらふといゝき。夫より[二四]法成寺《ほうせうじ》の跡《あと》は川原の東。三条の北にて。[二五]俊寛《しゆんくわん》が住《すま》れしは。今の非田院《ひでんじ》の辺か。[二六]新南禅寺《しんなんぜんじ》の月。[二七]桜姫《さくらひめ》の雪。[二八]頂妙寺《てうめうじ》前《まへ》。[二九]檀王後《たんわううら》の恋風《こひかぜ》身にしみ。[三〇]水梅花《みつばいくわ》の匂《にほひ》は。師家《しか》の調合場《てうがうは》より芳《かう》ばしく。小女良《こめろ》が垢《あか》付し布子《ぬのこ》は。代脈《だいみやく》の病衣ほどむ

「増補戯場一覧」の「黒馴言葉」の中にあり、粋界の流行語。三 諺。二人別々になれば互にうまくゆく。四 植物の尊菜(じゅんさい)のようにぬらくらとして誠意の無いことの謂。五「言われた事じゃ」は上方での言いぐせ(南遊記・五)。六 会所は町の家持の支配に属する。七「畿内にてひかると云はしかるなり」(物類称呼・五)。八 こちらの男がいけなければ、あちらの旦那に頼る。九「今いま八卦」に「色八卦時代に黒歯(かねつけ)して又頃日入歯の鉄漿つけした弦妓(げいこ)」とあり、入歯の鉄醬付は年増の芸妓のことを言う言い方。一〇 死期近い頃の袖詰。一一 京都は吉益・後藤・香川・山脇・賀川等、医の名家が多く、諸国から書生が集った。一二 智積院は「七十餘の学寮軒をならべ」(『大日本寺院総覧』智積院文書による)と言われた。一三「京都はすべて医者など学問に登りあつまるもの多きゆえ借座敷を建て渡世にする者多し。大抵台所の道具、すり鉢すり木の類まで用にそなへ有て…一箇月の座敷料、すべて畳一枚銀壱匁づ

口絵　右奥に四天王寺の亀の井。墓銘の荒滝音右衛門は大阪相撲の力士。摂陽奇観三十所収の宝暦八年興業の番附に頭取として出る。以上は本文とは異る大阪の景。左の女は茶屋のかかで、書出帳を下げる。馬上の惣髪男は帰郷する医術修業の男。

さからず。そろ〳〵薪炊《しんすい》の労《らう》もむつかしく。常着《ぜうぎ》も十日ばかり洗《あら》はず。夜食《やしよく》はけんどんの麺類《めんるい》がち也。[一]星舗《よみせ》で買《かい》し石刻《いしずり》で。[二]米元章《べいげんしやう》をゆすつて見《み》。[三]滄溟尺牘限《そうめいせきとくかぎり》の身躰《しんだい》で。はや怪《くわい》文《ぶん》を好《このみ》。[四]北海《ほつかい》先生へ束脩《そくしう》を持参し。詩《し》をいぢつて見。五七絶《ぜつ》の鍋《なべ》やきごた煮《に》か出来ると[五]日本詩選《しせん》に性氏《せいじ》のもれたる事を憂《うれふ》。[六]よしのやに芳品《ほうひん》を号《がう》し。[七]丹波屋に丹丘《たんきう》を題《だい》す。二度よびし歌妓《げいこ》を[八]相識《そうしき》と唱《とな》へ。[九]掛行燈《かけあんどう》に[一〇]董其昌《とうきせう》をふるう。[一一]ひらき出来ぬ新歌曲《しんうた》を作り。[一二]奇日《きじつ》偶日《ぐうじつ》のわかちなく[一三]朝《あした》に道《みち》を聞て夕《ゆふべ》に通ふと真《しん》の悪《あく》チヤリ となり。生涯《しやうがい》に[一四]傷寒論《しやうかんろん》の末書《まつしよ》を著述《ちよじゆつ》せんとほつす[一五]劉氏《りうし》伝《でん》を識《そしつ》て[一六]名数解《めいすうかい》をとれども。自《じ》身見《しんみ》分る見識《けんしき》はなく。みなわる口のはめくなり。どふやらこふやら医術《いじゆつ》も串柿《くしがき》のやうに。[一七]へたなりに堅《かた》まつた時分《じぶん》には[一八]人魚《にんぎよ》の首《くび》とつたよふに。[一九]手と身とになり。夜抜《よぬけ》同前に。先生家《せんせいか》や世話《せわ》になつた[二〇]国方の問《とい》屋《や》へ暇乞《いとまごい》なしに帰国。其とき。馬のはなむけをするものは。[二一]下宮河町の茶屋の姥《かゝ》が。餞《せん》別《べつ》に書出帳《かきだしてう》見せにくるばかりなり。爰らは若輩《じやくはい》ともいわふが。[二二]史類《しるい》に委《くわし》き。はかせの。門人にもの取次《とりつぎ》して。口銭《こうせん》とらるゝぞ。似《に》げなき。又或《ある》[二三]茶人の鶏《とり》を闘《たゝかは》しめらるゝぞ。逸《いつ》民《みん》の癖《へき》には。おぼつかなき。ものずきなり

くろうるり巻之一終

つ」(譚海・三)。三条四条の間、新川原町、木屋町などにあった。一四 明王肯堂撰、八巻。又、證治準縄八冊、類法八冊、傷寒準縄八冊、瘍医準縄六冊その他全百二十巻の総名ともする。一五 明徐春甫輯、一百巻版本四十冊。内経以下数百部の医書及び諸史子集の医学を羽翼する記事を収集せるもの。一六 下川原の酒亭噲々庵。「鳴㆑板運㆓莧蒻㆒擲㆑手出㆓舞児㆒能馴㆓唐穴客㆒直安(ネヤス)風雅宜」(天保佳話・噲噲堂)。一七「近年都鄙の騒人文塚となつけ此地に墳塋をいとなむ事多し」(都名所図会・三・双林寺の条)、「中にも双林寺には何の先生角の先生の碑墳の類所せきまで建ならべて辞世の詩などを鐫入れたり」(異本翁草・二)という有様。一八「京城勝覧」宝永三年序、同八年刊。一九 ほじくり出してもうまくゆかぬ。二〇「五条わたりなる家尋ねておはしたり」(源氏物語・夕顔)。二一 京都の古手屋は五条室町・五条新町などに多くあった。二二「揚名の介なる人の家になん侍りける…こほ〳〵と…踏みとゞろかす唐臼の音も」(源氏物語・夕顔)。二三 投げ売り。二四 ここのは法勝寺の跡。法成寺と法勝寺とは混雑されることがある。二五 岡崎村粟田口に日伝寺というのがあり、又附近の藪の中に、俊寛屋敷という地名があった。二六 二条新地東方、境内に豆腐茶屋があった。二七 清水坂二丁目。茶立女が売色した。

粋《くろ》うるり巻之弐

[二四]飲食男女《いんしよくなんによ》の道《みち》は。人の大欲《だいよく》そんすと。ひたふるに花街《くるわ》にさまよひありくたはれ男《を》の。[二五]仲居料理人《なかいりやうりにん》などの。[二六]宿這入《やどばいり》茶屋は諸事心やすく。自前宴《じまへだて》の[二七]会席《ぼん》。急雲雨《ちよんのま》の仮衾《ねま》にしてこ[二八]ぞる所へ入こみ。食悦《しよくゑつ》ほど恋《こひ》の手がゝりは無《ない》と長《なが》《うなぎ》の丸《まる》《すほん》のと[二九]連歌《れんが》敷。芭蕉派《ばせをは》の点《てん》のやうな物振舞《ふるまふ》に。元来[三〇]ぜゝ貝《がい》屋の娘《むすめ》や[三一]弁当引《べんとうひき》の姪《めい》なれば内証《ないせう》では有。何の遠慮《ゑんりよ》もなく。いさゐかまわず食悦せしを。扨は我にうちとけて斯《かく》すると心得 サア 恋のきゝかけ出来しとヤツチヤ してこいと出かけて見るに。思の外はぢかれぬ。[三二]我はまぶ他《ひと》は客《きやく》じやとおもふ客と。まる〳〵のうぬ惚《ぼれ》から。そんな目に出合《であふ》て端《はし》た銭損《ぜにそん》すること也。[三三]全躰茶屋は口嫖《ぜい》所にした物が。[三四]けつく[三五]中宿《なかやど》や。友達《ともだち》の所での。[三六]後朝《こうてう》のぜい冷《すさ》ましく。たま〳〵。[三七]たかのおとしのやうに。往《い》た茶屋で。一せきに歌曲《うた》かず十四五上《あげ》た。[三八]かり子あがりの藝子《げいこ》呼《よん》で。つき出しの[三九]留理《るり》の丼鉢《どんぶりばち》をたゝいて。[四〇]野田《のだ》の藤《ふじ》まふて戻《もど》り。翌日《あす》髪結床《かみゆいどこ》で。みなが夕《ゆふべ》アはさへたげなと嬲《なぶれ》ば サア ゑら酩酊《めいてい》で覚へなんだ。[四一]藝子《ころげ》五六枚ゑら宴《だて》。近年のゑら[四二]壺《つぼ》。内はゑら[四三]不首尾《わるてがた》と。ゑら尽《づくし》の口嫖《ぜい》も。余慶《よけい》[四四]たてゝも些《ちつと》たてゝも。[四五]十年帳尻《しうねんてうじり》茶屋へ招提《よばれ》にゆくもの也。或所《あるところ》へ出入の道具屋。扨木菴《もくあん》の一行物《いちげうもの》の見事なが出ました。語《ご》も能《よふ》ござり

二八 二条新地の川端の地。私娼窟。二九 三条川端、法林寺の後。頂妙寺前と近接の地で私娼窟。「二条新地檀王裏　新粧美人出㆓日曛(ク)㆒　借問揚代何程値(アタル)　花是一銭有五分」(太平新詠)。三〇 女性の頭髪につける香油の名。

一 ほしみせは、屋台又は露天の見世。二 米芾。拓本を手本にして米元章風を自慢げに書いて見。三 明李攀龍の書簡文集。享保十五年版行。古文辞派の尊重するところ。四 江村北海の詩社(賜杖堂)に入る。五 江村北海編。正編は安永三年刊、続編は同八年刊。日本人の詩撰集で、当時のものに及ぶ。六 間之町御池上ル町の書肆、吉野屋権兵衛。七 丹波屋は姉小路堀川の書肆、丹波屋茂兵衛。丹丘・芳品の対句の気味不詳。八 知人。古文辞派の用いる漢語。九 茶屋の店先の行灯。一〇 明代を代表する書家で近世輸入の法帖が多い。一一 披露目。一二 先生の講説は奇日か偶日かのきまりがあるが、通う方は毎日。一三 朝に授業を受け夕は遊所通い。論語のもじり。一四 十巻、漢張仲景撰、漢方医学の古典。和漢多数の注解がある。一五 傷寒論劉氏伝四巻。明和四年刊。一六 傷寒論名数解。安永八年刊、平安中西深斎著。一七 薄なりとかける。一八 人魚に脚なし。一九 資物を失ない身一つとなる。二〇 その国の物産を京都で買付

ますア、初祖大師《しよそだいし》に達磨《みがきたつす》とござりますと。達磨大師《だるまだいし》に訓点附《くんてんつけ》てよむ道具屋。此得意《とくい》の旦那《だんな》も周章《あはて》もの。道具屋とらへて咄しには。物には凝《こる》も大がいがよひ。此頃茶《このごろちや》に余魂《あまりたましい》を入ましたら。指《ゆび》に茶杓《ちやしやく》だこが出来ていたむが。意地《いち》[一]わるふ取れんと鉦打《かねうつ》[二]ておいた銀《かね》の[三]為替《かわせ》が取組《とりくん》で来て。翌受取筈《あすうけとるはづ》じやが此茶杓蛸《ちやしやくだこ》の痛《いた》さでは。金が改《あらため》にくからふといへば。こちらも調子《てうし》あわせて今橋[四]の旦那様へ弐拾五両で。彼瑠《る》[五]理雀《りすゝめ》を手を打ましてござりますが。それは〳〵よう転《さへづり》ります。どふでも莫邪《ばくや》[六]が剣《つるぎ》も持人《もちて》によるで御座りますといへばサア よそへは利根《りこう》[七]なもの持ておいでなさるのと。お定《さだまり》の[八]ねつ述懐《しゆゝくわい》。序《ついで》ながら問《とい》ます餌《ゑ》はやはり生餌《なまゑ》で飼《かふ》かのとは。主客相倶《しゆかくあいとも》に先陣《せんじん》あらそふてのすかたん。しかしこんな男が銀《かね》ためるものぞかし。又恋やら欲《よく》やら。昼夜《ちうや》[九]のうら打粋《すい》といふものあり。洗金《あらいきん》[一〇]に黒びろふとの格《かく》で近比殊にはやりぬまづ最初《さいしよ》に後家《ごけ》[一一]茶屋《ちやゝ》の取持《とりもち》で。自前《じまへ》の藝子《げいこ》文附《ふづくる》るにも。会《あは》ぬ先から懐胎《ろつふく》[一二]ごみ節季《せつき》間《あい》[一三]金何ほど。手付《てづけ》に金壱両などゝ。乳母《うば》をかゝゆるような色事。十《そ》露盤《ろばん》づめでつながつて居る内。此茶屋へ入こむ若い客《きやく》のうちに。此藝子に執《しう》ねき心ありしかど。黄白《いんつう》おしに。この斎藤別当《さいとうべつとう》[一四]にしてやられし無念《むねん》さに。彼親仁《おやじ》に舞雲雀《まいひばり》と醜名《いめう》つけしぞおかし。どふいう訳《わけ》ぞととへば。上《うへ》[一五]から鳴《ない》て居るという事のよし。此げいこの鍵《かぎ》[一六]屋《や》おつめ女郎もぬからず。いつまでも此ようにばかりはいやじやわひナア わしや。ま[一七]ゆが取つてしまひたいが。いつそかゝ様ッとちよつぽり。おきやでもさせておくれんか

ける問屋。 二一 宮川町の四丁目五丁目あたりの私娼窟。 二二 実事不詳。 二三 実事不詳。「当世粋の源」序に「茶人の鶏勝負俳師の直売器(かつけどうぐ)」、「粋行弁」に「茶人鶏勝負をすれば箱やの弟子碁を好キ」。「此比世上にもつはら鶏合はやりて身代よき人は武士方町人によらず銘々鶏を飼付て、毎日〳〵所々の会所へ持出てたがひにつよき鶏を自慢にする事つのつて…」(評判登利合)。 二四 「礼記・礼運」にある語。 二五 「入こみ」へ続く。 二六 出会い茶屋。 二七 出会い茶屋は席料を盆上に置いて去るので、ぼんやという。 二八 寄合う。 二九 合点に長点・丸点がある。 三〇 しじみ屋。 三一 芝居で客席に弁当を届ける女。 三二 この句や類句が諸書に散見する。「人は客我は間夫じやと思ふ客とは去人の口号(くちずさみ)」(南遊記・跋)。 三三 茶屋とは見栄で行く所だが。 三四 そのあげく。 三五 遊興の往復に立寄って着換えたりする所。 三六 昨夜の遊興の自慢のすごいこと。 三七 めったにないことの喩え。 三八 遊女屋で雑事を果す少女。 三九 染付の丼鉢。当時流行。「漸止染附呑振(ドンブリ)鉢」(狂詩画図)。 四〇 「浮れ草」上などに「咲つれて色にまみへし野田の藤、深い情も有馬の小藤」云々と見える三下り唄。 四一 大阪で芸妓のこと。「浪花見聞雑話」には、せんぼとして見える。 四二 下らない大出費。 四三 手形とは

と。あどない熊手《くまで》にひつかゝりしは。此[一八]与九郎兵衛《よくろべい》常ゝいわるゝを聞に。連中《れんぢう》の[一九]吉郎兵衛はさてもたつしやな。夕ァも[二〇]百万辺《ひやくまんべん》六《む》座《ざ》勤《つとめ》たと言おるが。おれも[二一]よしがへしまではやるがといふやうな。むくつけおやぢどの[二二]割考《わりかんがへ》てつい相談《そうだん》しまり。勘定《かんでう》づくの妾宅《せうたく》やら。[二三]現銀《けんぎん》帳合店《み》代《せがはり》の出見世《でみせ》やらの。果《はて》は大かた人に蜜会《ぬすまれる》はお定りなり。妾《てかけ》も内の子供《こども》の。は[二四]なかづが上るにしたがい。奢《おごり》が付て[二五]千倉《ちくら》が通《かよひ》もて来るはの。[二六]老松町《をひまつてう》の古手屋《ふるてや》が入込《いりこむ》はのといふと。母親《はゝおや》までが今の内に宿坊《てら》へ[二七]永代経《ゑいたいけう》上ておこふかのと。[二八]我物《がぶつ》不入《ふにう》の[二九]鶏《にはとり》さばき。夫に引かへ年始《せうぐわつ》の礼《れい》にさへ[三〇]狐《きつね》いろのかはたびを。はきありく[三一]粋《すい》とのが。びつくりしてがみ／＼叱《しか》ると。[三二]福原《ふくわら》のくづれ口妾《てかけ》も[三三]けたいくその竿竹《さほだけ》で。外の蜜夫《いろ》のことちら／＼顕《てら》して隙取《ひまとり》下地。ぬすんだやつが梵妻《たいこく》と[三四]勾引《ふけつ》た気で。先も世間《せけん》へ憚《はゞかつ》ておもてへ出しにくいを見こみ。[三五]三百目の逆《さか》ねだり。[三六]去とはまかぶらの。見ぬきやうのにくさ。素人《しろと》が[三七]唐黍《とうきび》の根《ね》のおもわくちがいで。米の[三八]下《さが》り請《うけ》た心持《こゝろもち》で。嗚呼《ああ》[三九]壱升入つぼは。五合な浮世《うきよ》じやといわれしもおかし　むかしは王侯大人《わうこうきにん》と言へど。仏《ほとけ》の道《みち》にいれんとおぼしめせば。わきて智恵《ちゑ》さとくましまする児《こ》を。僧《そう》となしたもふとかや。されば智識《ちしき》も高徳《かうとく》も出たまふニ。今[四〇]は六根具《ろつこんぐ》足《そく》せぬはの。魯鈍《あほう》で跡目《あとめ》おぼつかなしの。放蕩《のら》からの[四一]徹入道《てつにうとう》。難病《なんびやう》からのでも坊主《ぼうず》。などゝ尤らしきはすくなく。[四二]山疵虫入手《やまきすむしいりて》垢《あか》つきの。直《ね》びけ代ロ物《しろもの》の集り《あつまり》所のやうなりしぞかし。夫ゆへいよ／＼寺詣《てらまいり》は。寺ぐるひと変《へん》じて。[四三]十二浜《はま》からうちしきの色上《いろあげ》

手形が焼けるの略。内へ帰って大変具合悪し。四四 散財する。四五 長い眼で収支を見れば茶屋へ吸い取られる。

一 折悪しく。「取組んで来た」にかかる。見栄を張る言い方。二 取る事は出来ぬと断念していた銀。三 手形を作ることを取組むという。四 東横堀川と栴檀木橋筋までの間の今橋一丁目二丁目に、両替仲間の富家が多く住む。五 形物香合の一。物瑠璃で雀の形に作り、羽根が少し出て口の穴が通っている。六 ここでは持主に雀を鳴かす技倆ありと。七 よい道具。八 いやみならうらみ言。九 昼夜帯。表と裏とを違う布で縫い合わせた女帯。裏打帯とも言う。こここでは、恋と勘定づくとの二た道兼ねた情事を言う。一〇 染色の名。つやを消してぼけさせた淡い黄金色か。うら打粋も近年流行との謂。一一 後家の仲居が経営する茶屋。一二 堕胎費用こみ。一三 中仕切。節季と節季の中間で出す手当。一四 老武者。一五 「なくとは交合するをいふ」(新撰大阪詞大全)。一六 鍵も爪も金銭をむさぼることの象徴。金銭をとりこむ女郎の擬人名として「当世廓中掃除・二」にも使用。一七 人妻の風になる。一八 欲を掛ける。一九 ヨクロに対してヨシロと言った軽口。二〇 夜の勤め。念仏講の類。二一 不詳。二二 勘定割を考え。二三 「現銀店とは

が出来たが。当講中《とうこうぢう》もだまつていられまじと。[一]本願修《ほんぐわんぼこり》に力《りき》みがつき。随分目立《めだつ》やうに借《かし》がさがよからふ[二]番付《ばんづけ》は弐万壱ばんからしるさふと富《とみ》の札《ふだ》にさへ無《ない》ばんを書といへば。こちらから[三]手前《てまへ》の一家《いつけ》のごふく屋びゐきで。まくが能からふとの論《ろん》。やがて腕《うで》づくになりかねまじき勢《いきほい》。和尚《おせう》は[四]聞耳《きゝみゝ》つぶし。黙念《もくねん》と殊勝《しゆせう》らしき皃《かほ》つきし。本堂《ほんどう》の天井《てんぜう》は[五]永代くわんけの貨物《くわんもつ》とわざとはらずにおき。[六]一建立《いつこんりう》のむかつき旦那は。[七]無《ない》がましとそさうなおもわく。俗家《ざいけ》にはおもひの外

胴親一人を建て、店前に現金銀を積み、少額の敷銀にて売買注文を請込み、帳合米相場の高下によりて、直に勝敗を決するものなり」(大阪市史第一)。本文に「帳合」の文字を用いる事からも、この類の店をさすものと思われる。二四 線香代が多くなる。二五 江戸堀にあった千倉鮨。二六 北の新地にある町名。ここでは新しいものを買うので古い衣類を処分する謂。二七「今時永代経ト称シテ、檀越ヨリ若干の銭財ヲ出スレバ、僧侶コレヲ常住ニ納メテ、忌日事ニ読経ス…」(孝信録)。二八 自分の金物を用いないですますこと。二九 ぱっぱと金銀を消費すること。三〇 稼ぐ時に履くもの。正月の礼装は白足袋。三一 女を囲う男をいう。三二 瓦解のいとぐち。三三 竿竹は強めるために言い添えることば。くそいまいましくて。三四 駆落ちする。表にあらわれては難儀。三五 三百目は五両。すなわち間男の示談料の逆ねだり。三六 足もとを見透かす。三七 唐黍の根が南の方へ高く現われる年は大風が吹いて米の相場が上るという。日和を見ての投機。三八 相場が下り損を受けること。三九 諺「一升入る壺には一升」。予算通りに行かぬ嘆き。四〇「今時の上人法印、学力よりいるは稀なる事なり。あるひは六根ふぐの輩、又は高家大名の末子かたづけ所なきを、是非なく出家となせば…」(新可笑記・四・四)。四一 徹は撤。

女房《にやうぼう》といふ義理《ぎり》のほだしが有れど。[八]てらの内証《ないせう》はいさゐかまはず。たま〳〵生《うまれ》ついて[九]魚肉《さかな》きらいの僧は。まり蹴《けり》の脚気《かつけ》病《やみ》の様にいわれ。薬喰《くすりぐい》に些《ちと》精進《せうじん》してみやうかといふくらい。これら[一〇]世間《せけん》でらの持まへ歟。なる程[一一]木食《もくじき》上人の反吐《へど》には猿《さる》がたからふが。[一二]餘《よ》は常の犬悦《けんゑつ》なるべし。それから見ては。権大僧都《ごんだいそうづ》正直院《せうじきいん》[一三]菎蒻屋《こんにやくや》権兵衛殿が。命がけのあら行《げう》し。大峰《おゝみね》参《まいり》数《す》十度の大願《たいぐわん》。頼《たのみ》もせぬに病気のいのり。[一四]身ものはり込《こん》で新客勧《しんきやくすゝめ》。寒中《かんちう》に汗《あせ》玉ぎらして。ざんげ〳〵。誠に行者《げうじや》も感応《かんのう》のしるしには。一代息災《そくさい》で三十三度の大願もみち。死る七十まで壱升飯《いつしやうめし》くひかねぬ元気《けんき》。産婦《さんふ》も。癆痎《ろうかい》やみも。放蕩《のら》息子《むすこ》も。腎《じん》ばり親仁《おやじ》も。なむ行者大ぼさつで。本服《ほんぶく》さそとやり付律義《つけるりちぎ》さ。骨髄《こつずい》の正直《せうじき》さを。河豚汁《ふぐじる》と。山上詣《さんぜうまいり》と。蜜夫《まをとこ》とは。命しらずの三たわけとそしりしは。めいわくなるべし。扨世間寺《せけんてら》の僧の諷経《ふぎん》に立れしとき。旦中《たんちう》が平伏《へいふく》したるとき。[一五]しわぶきの声おとない。中啓《ちうけい》叉《しや》にかまへ。乗物《のりもの》までゆかるゝ㒵付《かほつき》。ニハカたのみたらば[一六]よき肝《きも》なるべし。又談義《だんぎ》のとき高座《かうざ》にあがり。むせうに殊勝《しゆせう》らしく。咳《せき》はらいと舌なめづりばかりでは。聞人《きゝて》も無《なく》。一きわ調子《てうし》はり上て。声《こは》いろまじりな説法《せつほう》は。きつゐ殊勝な仏《ほとけ》くさい事がなふて有がたいと。けしからぬ聴衆《てうじゆ》。和尚《をしやう》も勝《かち》ほこつた。はな角力《すもふ》の気で。一きは出来もよく。夜前の[一七]読下《よみした》は悉多太子《しつたたいし》は。[一八]閼羅ゝ《あらゝ》仙人《せんにん》につかへ給ひ。[一九]菜《な》つみ水くみ。八丁あなたの清水《しみづ》より。日に廿荷《にじつか》の水よりも。主《あるじ》の心くみかねて御苦労《ごくろう》遊ばしました所でござりましたが。かのあ

逃げとみ出家。四二 陶器の窯元でこしらえた疵。四三「拾弐はまの名は…東横堀の今橋築地の地より南本町浜まで、十二箇所のはまを指していへるなり」(浪華百事談・二)。富商の居住地。

一 信仰の強さを誇ること。二 貸傘の番号。三 親類の呉服屋にやらせたい。四 聞いて聞かぬ風して。
五 未来永劫募金の種になる代ろ物。
六 独力ですっかり引受けて建立すること。「むかつき」は短気をいう通言。
七 短気をおこされ、さっさとすませてしまわれては迷惑との謂。
八 寺では誰に遠慮もなく食べたいものを食す。
九 生れ付法師に向いているのに、さかさまな言われ方。一〇 世俗にまみれた寺。一一 この伝承不詳。
一二 魚獣の反吐にて犬が食する。
一三「権兵衛蒟蒻辛働が利」。働いて一文の利にもならぬことをいう諺がある。
一四 身につけている物一切。身ぐるみ。
一五 芝居がかった見栄。
一六 よい度胸。
一七 読み終りのところか。
一八 悉多太子が師事、苦行した仙人。
一九 行基菩薩の歌に「法花経を我得し事は薪こり菜摘み水汲み仕へてぞ得し」。

ら〻仙人と申ますは。ほく[一]天竺成合《てんぢくなりあい》の庄。橋立《はしだて》の庄。ゆらの庄。合て三庄《さんしよ》の主にて。からき目みせてせめつかへば。山椒《さんしよ》とも又異名《いめう》せられしはかりの名。まことは[二]提婆達多《だいばだつた》は我《われ》なりと。[三]どてらにかはる肌着《はだぎ》の小具足《こぐそく》。[四]十王頭《しうわうかしら》の小手すね当。[五]錫杖《しやくせう》扇を両の手に。戸《と》口《ぐち》でわめきし有さまは。実《げに》ちよんがれの大将と。こつがらゆ〻しく見へにけりと。今見るごとき導師《どうし》のいきほひ。聴衆《てうしゆ》の面〻《めん〳〵》うつ〻をぬかし。銀箱《かねばこ》め イヨ 寡婦倒《ごけだをし》めと。ぞく〳〵小躍《こおとり》して悦べは。扨[六]歌《か》七《しち》か悪《あく》も観音《くわんおん》の慈悲《じひ》。[七]岩子《がんし》が愚痴《ぐち》も文殊《もんしゆ》の智恵《ちへ》と。[八]是生《ぜせう》めつほうなときやうも。つまる所はくわん善懲悪《ぜんてうあく》の道理《どうり》にかなへばこそ。後《うしろ》の方の遅参《ちさん》の聴《てう》衆《じゆ》は。聞へぬわい〳〵とわめけば。講中 罷出東西《まかりいでとうざい》〳〵御神妙《ごしんびやう》に御聴聞《こてうもん》の程を 希《こいねがい》 奉ます。扨見ますればうしろは殊のふせりこみました。まへはすいてござりますれば称名《せうめう》の声もろともに。高坐《かうざ》近くへ御つめ下されませと。制《せい》すれど猶かしましく。仏法はんじやうもいつしか。[九]鉄鉋《てつほう》はん昌となりぬ。誠ニ地ごくの沙汰《さた》ばかりでもなく。極《ごく》らくの沙汰も是に准《じゆん》じ。[一〇]寺から里への納豆《なとう》の曲物《まげもの》さへ。[一一]挟箱《はさみばこ》の中が[一二]水玉紙《みづたまがみ》みるやうに。丸いに大小が有事ぞかし。又今さらいわゐでも知れた事ながら。我国《わがくに》は神国《しんとく》なるに産土神《うぶすな》および。我氏神《うちしん》其餘の八百万《やをよろづ》の神を祭らず[一三]今昔物語《こんじやくものがたり》に有。いけにへ取そふな淫祠《いんし》めきて。たゞ明《めう》神《じん》とばかりとなへて祈《いの》る事はやりぬ。本より両部《れうぶ》にてもなく[一四]食卓《しゆつぼく》のやうに。ごたまぜにして祭らる〻。祭文《さいもん》をきくに。[一五]小男《さを》鹿《しか》の八ッの御耳《みゝ》ならで。七ッの尾をふり立て聞《きこ》しめ

一「丹後の国に隠れなき由良千軒の長者号…合して三庄の主なれば、三庄太夫と用ひられ…音に聞へし人づかひ、辛きめ見せて責めつかへば、山桝共又異名せり」(由良湊千軒長者・由良湊の段)。二 仏敵。釈迦をねたみ殺そうとした。三「どてらにかはる肌着の小具足…十王頭の小手脚当・太刀と兜を両の手に、床几にかゝる有様は、実に百万騎の軍帥と骨柄ゆゝ敷く見へにけり」(近江源氏先陣館・六)。四 臑当の上冠部につけたマチが中高で、閻魔の冠の如くであるもの。五 門附芸、ちょんがれ坊主の風俗。六 諺「提婆が悪も観音の慈悲」をもじる。歌七は加賀屋加七(初代中村歌右衛門)。実悪の名優。天明四年角芝居「由良湊千軒長者」で三桝太夫を演じた。七 諺「槃特が愚痴も文殊の智恵」のもじり。岩子は坂東岩五郎。八 目茶苦茶なの意の「滅法」に涅槃経の「是生滅法」を冠した。九 法螺話や譃話。一〇 納豆は年玉として寺から檀家へ配られる。一一 挟箱の中に多くの曲物を入れて配り歩く。一二 藍地に水滴模様を白抜きにした紙。大きな水玉や小さな水玉がある。一三 今昔物語集・巻二十六「美作国神依猟師謀止生贄語第七」、同巻「飛彈国猿神止生贄語第八」。一四 長崎より入って来た中国風俗では、各自の膳でなく一つの食卓にみなの食器を置く。ごたまぜの喩え。一五「小男鹿の八つの

す。わかさ小だいが九ッ[一六]十ヲかみゑめたみ。[一七]かんごん震《しん》そんりこんだ乾　敬　白《けんうやまつてもふす》ホ、、ヤッチヤ〳〵そは《そはか》とは。奇妙《きめう》な祝文なり。実《じつ》に[一八]万物《ばんぶつ》の霊《れい》たる人として。かやうなる異端《いたん》を信《しん》ずるはつたなし獣《けたもの》がいのりたくば。[一九]麒麟白沢《きりんはくたく》など社いかゞあらん。すべて[二〇]一果《いつくわ》は何事によらず流行《りうこう》するものなり。其流行《りうこう》の不易《ふゑき》になりたること有。又あなといふこと有。既《すで》ニ負惜《まけおしみ》といふこと。まだ三十年にならず不易《ふゑき》の野語《ことば》のやうになりたり。扨借屋《かしや》札《ふだ》はりし空家《あきや》を家守《やもり》に尋るに。[二一]先約《せんやく》有との答《こたへ》も不朽《きう》の穴《あな》歟。[二二]湖竜斎《こりやうさい》が春画《まくらゑ》を見て[二三]。[二四]てめへ《手前》がそふゆつ《言》たとゆつ《言》たてゝ。おいらん《姉女郎》が證人《せうにん》だから。むかふ《向》の[二五]住吉屋まであいび《歩行》なと廓法言《よしはらことば》も。武家《ぶけ》も男女も。一こみの。はめ句し。江戸見て来た皃《かほ》するは。[二六]秋葉講《あきはこう》の代参《だいさん》にやとはれ[二七]四文銭《しもんぜん》のうらに波数《なみかづ》の廿四有は。少《すくな》い事覚へて[二八]もどりし人の穴也。[二九]明楽学《みんかくまな》ぶ人の唐音《とういん》の端扮《はしくれ》を覚へて。何どき漢《から》へゆきても。世帯《せたい》の出来るやうにおもはれしも。鳥がなくあづまの人は。[三〇]物《もの》は[三一]図《づ》無鋸《ねいおが》を借《かし》てくんさいといへば。しらぬ火のつくしなまりは。あればつてん太《ふと》かのこをお借有《おかしやれ》といふ。京大坂の人にいわすれば アノナ 大きな鋸《のこぎり》かしておくれといふ事のよし。我《わが》日の本のうちでさへかくのごとし。[三二]障子《せうじ》ひとゑ唐《から》を尊《たつと》んで。俗《ぞく》おどしの詩《じ》をつくらんよりは。まのあたりの日本を仰《あをい》で。[三三]難波江《なにはゑ》のふかく浅香《あさか》山あさきをもくみて。敷《しき》しまによりくる人かずに入たし　[三四]河津广《かづま》もふろくといへる人。十日頃《ころ》の月ならで。余ほど角《かど》のとれたるが。遊里《いろさと》にて付合て見るに。不動愛染《ふとうあいせん》のごとく。そんようと

御耳振り立てて聞し召せ」(中臣祓)。

一六 「亀甲をやく時に、とほかみゑみためと口に唱へながら此をやくぢや」(俗神道大意・四)。

一七 坎艮震巽離坤兌乾。吉田神道で亀卜の際唱える。

一八 書経・泰誓にある語。

一九 神獣の名。能く言い、万物の情に達すと。

二〇 一花。ひとさかり。

二一 こう言って家賃をつり上げる。

二二 江戸の浮世絵師礒田湖竜斎。明和安永期に多数の春画をあらわした。

二三 「江戸見て来た皃する」にかかる。

二四 以下江戸詞の真似。ゆった「てて」があやしい。

二五 新町の揚屋。

二六 遠江国秋葉山へ参詣の講。

二七 寛永通宝の古銭は二十一波。後年のものは減少し、明和六年のものは十一波。二十四波というのは無い。

二八 遠州迄行って江戸見た顔をする。

二九 明和安永期に流行した。華韻で詩をうたって楽を成す。「明楽は近年はやるものにて華人魏氏の楽譜をもつてす」(虚実柳巷方言・上)

三〇 ちょっと。

三一 でかい。東国方言。

三二 唐紙の縁で唐の枕詞とした。

三三 難波津浅香山といえば歌道のこと。

三四 「あづまもうろく」にかけた。あづまもうろくは、東国より上る武士を田舎者として言う擬人名。

はきつゐ違にて。内心《ないしん》の柔和《にうは》さ。はまらぬなりに宴《あそびの》調子《てうし》もあはせ。さすが人がらになつかしき所有て。[一]からぞめきはせられぬ場《ば》見へたり。尓《しか》はあれと余所《よそ》のきぬ〴〵に少しも想像《おもひやら》らず。明《あけ》六ッの太皷《たいこ》より。勢《いきほひ》こふでかけ来りしは。[二]昼顔《ひるがほ》の朝なゆふなのつゆをしらず。[三]裏御堂《みどう》の晡時《なゝつ》の太皷ニ起《おき》わかれ[四]待宵《まつよひ》も別の鳥も。[五]出るも入もたいこが合図《あいづ》。[六]笛《ふへ》をそへてつゞみ歌のあはれなめりやすに合《あわせ》たら。ゆうれいのやうなるべし。天気《てんき》の能日《よいひ》は青楼《ちやゝ》の閨《ねま》中から。いくたびと

一 素見ひやかし。

二 昼の廓入りなので朝夕の情致を知らず。

三 南御堂。

四 「待つ宵に更けゆく鐘の声聞けばあかぬ別れの鳥はものかは」。夕の刻も暁の刻も。

五 退勤も出勤も。大坂城勤仕の武士の勤め方。

六 ひゅうどろ〳〵。

なく庭《には》に出て。扇子を立てしるしの竿《さほ》[七]とし日足《ひあし》を見て時をはかり サア[八] 帰去来《かへんなんいざ》といふと。尻《しり》引からげ久[九]太郎町を東へさして。真一文字《まいちもんじ》に山王祭《さんわうまつり》に神輿《みこし》におくれし法師《ほうし》のごとく。人がら崩《くづし》はしりゆかるゝ姿《すがた》はつみなくぞおもほゆ

粋宇留理巻之二終

七 日時計の柱。
八 「帰ンナン去来(ザイ)兮」(陶潜・帰去来辞)。武士は暮六つに屋敷が閉じる。
九 難波御堂の所在地。久太郎町を東へ行けば農人橋を渡って、与力などの居住地。

口絵 身仕舞部屋の体。千倉鮓の通いが見える。

粋宇留理《くろうるり》巻之三

[一]小野《おの》の篁《たかむら》 管字《くだじ》づくしとやらに。[二]髷《わけ》ながく羽織《はおり》みぢかく口ゑらく。懐中《くわいちう》かろく肝《きも》はのぶとしとかや。近比なべての風俗《ふうぞく》。[三]弓矢八幡《ゆみやはちまん》左衛門。[四]新五《しんご》左ェ門[五]非雅《ひが》左衛門などの出立《でたち》にて。ちよつとしても御納戸《おなんど》茶《ちゃ》の絹股《きぬもゝ》ひき裾《すそ》高くからげ。[六]もち鳥かむく犬のやうな。[七]毛《け》つむぎのはをりくろ〴〵と。[八]しばゐの井戸から出て。本望《ほんもう》とげぬ先から[九]分くちせりあふやうな姿にて。出かける所が[一〇]万代《もづ》か[一一]浅香山《あさかやま》。[一二]住吉新家《すみよししんけ》の[一三]三文字屋か伊丹屋《いたみ》で。一ぷく吸《すい》つけ宴《たて》もせずに土産《みやげ》の昆布《とんぶ》取てもどるは。さのみ吝《しわ》さでもなけれど。連《つれ》の手前へ[一四]不払《ぶさ》うたぬといふ皃《かほ》のきかせ自慢《じまん》。元より此ものずきは。[一五]鍋《なべ》に耳《みゝ》有燰補《たんぼ》に口あり。[一六]借馬《しゃくば》にて遠騎《とほのり》せしを伯父《おぢき》に見とがめられ。[一七]山しな趣向《しゅかう》といふものなり。此男式日《しきじつ》の礼に出るとき。[一八]肩《かた》衣《きぬ》のとりじめ一文字にし。[一九]相引《あいひき》高く七布《なゝの》だちに仕立させ。出入方でも[二〇]仲仕《なかし》でも供《とも》にさへつれしものは。家来《けらい》とよび。南宋《なんそう》の[二一]沈慶之《ちんけいし》を[二二]棒《ぼう》に引て。万事《ばんじ》耳学《みゝがく》でつよがり。新渡《しんと》の唐《から》の[二三]八文字屋物で。見てくれの餝書物《かざりしよもつ》し。[二四]伏見町の疋田《ひきだ》で朱肉《しゅにく》なりと買《か》わぬと不粋《ぶすい》のやうに心得。篤実《とくじつ》で我に等《ひと》しからぬ世帯上手《せたいぜうず》を。[二五]風塵《ふうじん》の客《かく》となじり。[二六]孔子《こうし》も冠者《くわんじゃ》五六人童子六七人浴沂風とのたまひしは。[二七]まつたく素丁稚《すでっち》にてもあるまじ。くわん者とは舞台子《ぶたいこ》に

一 歌字尽のもじり。管字は無駄字という程の意。 二 本多髷。「当世粋の源」序に長髷(ほんだ)と訓ます。 三 大阪の花柳界で無骨な武士客をいう。「弓矢八幡左衛門大座敷に居続して」(浪花色八卦・桐壺卦)。 四 田舎上りの武士客。 五 非雅の擬人名。「宝暦雑録」にさんしょうの例として「在所者をひが左衛門」。 六 とりもちにかかった鳥で、毛がささくれ立っている。 七 「近年毛紬沢山に流行れり。貴品なれども貴人の召るゝ物に非ず」(絹布重宝記)。 八 「空井戸 舞台の前にあり曲者などいづる所なり」(戯場楽屋図会拾遺・上)。 九 盗んだ金の分け前。遠出のいでたちが黒装束で芝居の盗賊めいている。 一〇 万代庄(もずのしょう)(現堺市百舌鳥)。 一一 春秋の風光よく大阪近郊遊楽の地。 一二 住吉神社の門前町。 一三 「住吉新家…左右に肉舗(りやうりや)軒をつらね…中にも三文字屋伊丹屋の両家はすこぶる大家にして」(浪華の賑ひ・二篇)。 一四 不義理をせぬ。 一五 伯父の耳に入る。 一六 大阪で借馬が行なわれ、難波新地に業者があった。 一七 洒落や風雅でなく、しょうことなしに逼塞する意。 一八 鯨ひげを入れて肩を一文字にぴんと張った仕立。「当世風俗通」極上息子風之図に見える。 一九 乗馬袴の風。 二〇 船積みの荷の積み下しをする人足。雇用者の家へ出入し、「出入の仲仕」といわれる。 二一 南朝宋の武人。耳学問の本家。

て。童子《どうじ》は陰子《かげこ》なるべし。是[二八]節推東野《せつすいとうや》にて知べしなどゝ。会読《くわいとく》で出会《てあふ》た[二九]高野聖《かうやひじり》の案内に。
若道《にやくどう》に分入《わけ》しより。襦半《しゆばん》は[三〇]江戸どき。[三一]牡犢《ふどし》褌は一行物《いちげうもの》の染こみ。[三二]役者印譜《いんぷ》の扇を持。[三三]豪《がう》
傑《けつ》に似た放蕩《ほうとう》となり。[三四]昔の惻隠《そくいん》は今での元気《げんき》のおとろへなるべしと。賢《かしと》そうなわる口
いゝならい。さらえ講《こう》のはれに[三五]加賀紋《かゞもん》の羽おり。金沢《かなさは》まで染にやりし気のながい自慢《しまん》。
髪結《かみゆい》の[三六]助手《すけ》とらへて連歌《れんが》は出来ぬか。和歌《うた》はよみやらぬか。とかく敷嶋《しきしま》にたづさわらぬ
人は。ものごとそう〳〵しいと。月代仕《さかやきし》舞《まふ》ても[三七]ゝ尻《しり》になつているものに。国学《こくがく》ばなし。
[三八]三ヶの大事も[三九]五ヶのひでんも。秘事《ひじ》はまつげじや。[四〇]草庵集《そうあんしう》かしてやろふが。ちと歌《うた》よみ
習《ならふ》て見やらぬか。慮外《りよぐわい》ながら添削《てんさく》して遣ふなどゝ。[四一]まだいにがけに持ふるしの唐《とう》ざらさ
のたばこ入贈《やる》も。渠《かれ》は諸方へ日手間《ひでま》にありけば。虚名《きよめい》をひろめる売子《うりこ》にする手段《しゆだん》か。一《ひと》
節切《よぎり》や琵琶《びわ》取出すものに。あまり器用肌《きようはだ》は無ひものなり。茶も平手前《ひらてまへ》さへまんそくにゆ
かぬうちから。[四二]花月《くわげつ》のちやかぶきのと。壱弐度廻り覚ると。大きな事におほゆるも。象《せう》
戯《き》でいふと歩《ぶ》[四三]三びやうの差《さし》かた覚たか。弐《に》歩《ぶ》兵が打れぬ事おぼへたくらいなるべし。其
次ニいたりては。黄白《いんつう》の廻るうちは。[四四]大手えも笹瀬《さゝせ》えも。這入《はいつて》て見た事もいつしか。
青楼《ちやゝ》さへ[四五]請《てがた》さつはりめかず。三絃音曲《さみせんおんきよく》などゝ銀《もの》のいらぬやうに。稽古《けいこ》事にかゝり。夕方
行水《ぎやうずい》上りから。道頓堀《どうとんぼり》より高津《かうづ》のあたり流行嫖《ながす》に。銀金具《ぎんかなぐ》の[四六]腰下《こしさげ》と。帷子《かたびら》の居所《しり》につ
ぎの当らんのを。見てくれに羽織《はおり》を手に提《さげ》ゆきし。[四七]夏《なつ》もはや杉立《すぎたて》る。酒屋《さかや》はそろ〳〵い

「衆人古今ヲ見ルト雖も、下官ノ耳学ニ如カズ」と言った。二二 引用して。二三 八文字屋本を八文字屋ものと言った例は「見た京物語」に見える。ここでは俗書小説の類。二四 疋田は、唐物屋として有名。二五 俗事にわずらわされている者の意。「物を知らぬ人をば風塵の客と見やしみ」(大通俗一騎夜行)。二六 論語・先進に見える。二七 「…丁児(ちでつ)を五人六人つれてゆく筈もなし、又…門弟の子共をつれてあるくやうな事は唐にははやらぬ。是こそ若衆に相違なき証拠也」(男倡新宗玄々経)。二八 李節推は蘇東坡が寵した美少年。孟東野は韓退之と親密で、男色の故事とされる。二九 高野山は衆道の本場。
三〇 江戸の御殿女中の下り物という名辞。模様の一類で江戸解き模様といわれ、御殿女中の打掛模様の類。三一 褌に懸地一行物の文字を染込んだ。当時の流行の事不詳。三二 「ゑびす橋の角の、アノ役者の扇のある所」(滑稽即興噺・五)とあるのがそれか。三三 いずれも通人流行の漢語。三四 元気は人の精気で、漸老而耗するものとされる。仏心が出るようになると遊蕩はできぬ事を言う。三五 家紋ではなく、優美な替紋。加賀だから金沢へ。三六 「京坂廻り髪結の助をする者をすけと云」(守貞漫稿・沐浴)。三七 帰りたくてうずうずしているのに。三八 源氏物語の奥儀に三箇の大事というのがある。

そがしき。永《なが》き夜の時分。横町《よこまち》の表具屋《へうぐや》で大尽《ほうぐわん》て有た時の。述懐《しゆつくわい》[一]やとんだ事して残た壱ッばなしも。腹がむなしうてはおかしからず。黒人《くろと》まぜて道具《どうぐ》[二]の会《くわい》是も同士軍《どしいくさ》[三]の牛博労《うしばくろう》[四]にて。油火《あぶらひ》と雑用《ぞうよう》[五]ごけ。播磨《はりま》の荷口《にぐち》[六]も何がしの出道具も。残らす毛《け》[七]ねこ代《しろ》ロ物《もの》にて。笑[八]わぬ白眼《にらみ》ごくらいのやうなれば。席屋《せきや》[九]えの義理に。大心《だいしん》[一〇]の人丸や。素人《しろと》[一一]焼《やき》の屛風箱《へやうぶばこ》。其外寒気見舞《かんきみまい》の小鴨《こかも》や。玉子まで出して振《ふり》[一二]しは。読切《よみきり》の初待心《はじまりまつこゝろ》に膝《ひざ》がしらのさむいを堪《かん》忍《にん》しぬ。それから此手も乱軍邂逅富《やぶれいくさたま〳〵とみ》[一三]の十人割とつた友だちが。難波《なん》[一四]新地《ち》か堀江《くつこう》[一五]に宿《やど》ばいり茶屋の皃《かほ》が出来ると。ひとりゆき弐人ゆき。合羽嶋《かつはじま》[一六]の祈禱《きとう》と同じ事で。こぞつてゆくやうになると。仕舞とが一ときにて。其節季限《せつきぎり》にて茶屋もおきや[一七]を月弓《つきゆみ》の。矢よりもはやい没落《ぼつらく》は。眼病《がんびやう》[一八]の一廻り七十五日よりもみぢかく。間短《けんたん》[一九]の名は茶屋の一名となりて。遊女のうへにあづからず。それが中にも身ぶりの三味線のと。少し藝《げい》が有と幇間《たいこもち》になりたがり。伽羅屋《きやらや》[二〇]店の鶴井《つるい》[二一]のと。田楽《でんがく》[二二]あんどの小《ちいさゐ》に。師匠《しせう》の苗氏《めうじ》いかめしく。先祖《せんぞ》の家名《かめい》は帳切《てうきり》[二三]し。栄雅《ゑい》[二四]じやの清濁のと。大三十日《おゝみそか》でも手代まかせにして。算用《さんやう》聞かいで済わろ達迄《たちまで》が。指《ゆび》[二五]のまたひろげて。中旦那雑用尺《ぞうようたけ》[二六]の立ゑぼし[二七]で住吉《すみよし》ゆきとはどふでござりましよ。叩《たゝき》[二八]で御供《とも》致ましよと。よふ〳〵檀尻《だんじり》[二九]ひき出し。戻つた所がやつぱり日から[三〇]。客《きやく》は草《くた》臥《ひれ》て寐《ね》いそぎすると。直《すぐ》にふすま一重となりへ重箱《ちうばこ》[三一]とは。みそごひせりふ[三二]坂の下や土山の。かごかきのするやうなはめやう[三三]。客もてうしあわせて。すかさず手裏剣《しゆりけん》[三四]と言〳〵。

三九 百人一首五歌の口伝。四〇 頓阿の家集。二条派歌道の第一の手本。四一 その上に。四二 茶道七事の式の一。四三 攻める方が歩三つを持ち、自由な所へ打つことができる。上手が初心者相手にやる遊び。四四 大阪手打連の代表的なもの。手打ち連は顔見世で手を打ちほめる芝居の後援会。多額の出費を要する。四五 茶屋の掛けさえすっきり支払い難く。四六 印籠。男性にとって頗る金目の装身具。四七 「過ぎ」に「杉」を掛ける。「杉立る」は酒屋の枕詞。

一 派手な遊び。二 持寄ってする道具の入札会。当時流行。道具の会の胆煎りをして手数料を得ようとする。三 牛博労はいずれも百姓で自牛を売ろうとする者ばかり。四 「天王寺牛儈(うしいち)…毎年霜月に牛市あり近郷の百姓思ひ〳〵に牛を引来りて互に交易売買すこれを牛博労と云」(日本山海名物図会・四) 五 雑用倒れ。六 荷の口あけ。播磨から来た荷を明けて出て来た品物。七 毛猫は灰毛猫で、手で灰を払うから払い物、すなわちがらくた。八 にらむだけでいつまでも結果を生じず。九 京阪の講釈場を席屋と言う。講釈場を借りて道具会を催した。故に「読切の初待心」と言う。一〇 大徳寺第二七三世住持大心義統。一一 屛風は保存に箱を用いる。素人焼は本来陶器に言う語だが、ここでは素人手製の意。一二 せ

勝手《かつて》え出悪《あく》チャリのやうなかほで。三五当座帳にはなかつきまつておくなど。左海《さかい》の撰物《よりもの》魚《の》こぎるやうな。遊楽《あそび》やうにて。歌妓《けいこ》がひよく紋《もん》のかんざしいぶかしく。法界《ほうかい》りんきで紋所《もんところ》のぎんみに鵜《う》の目《め》鷹《たか》の目。親《おや》の敵《かたき》たづねる様なそぶり。買《かい》もせぬ太夫の噂《うはさ》。三六初《はつ》ふねは三七むくろじとりが上手じやの。死だ奥州《おゝしう》が閨中《けいちう》は最《も》ひとりと無い工合《ぐあい》などゝ。隠居《いんきよ》が米ふみからなり上りの分限《ぶんげん》で居て。三八三九才麿評《さいまろへう》の点《てん》ひらきに。四〇浮瀬《うかむせ》で高判《かうはん》の手柄振舞《てがらふるまい》に。四一桜塚《さくらづか》の西《さい》吟《ぎん》に菴《あん》買ふてやつたあげくに。

りにかける。一三「一枚の札を四ツ割又は八ツ割にすること此地にもあり」(街能噂・四)。十人で銀を出し合って買った富が当った。一四「遊里の異名の事…難波新地 ナンチ」(筆拍子)。今の千日前。一五「浪花花街之異名…堀江 屈江(クツ)(カウ)」(今いま八卦)。一六 合羽島は堂島の西南端の部分。「合羽島といふ処に、此夏舟大工何某、住吉大明神此ものに託して、諸人の…災ひをまぬかれしむと、評判まち〳〵して…踵をついではせ行もの、あげて数ふべからず」(大坂奇珍泊・七)。一七「おきや」は「おきやく」の誤りか。客を突き出す(手切れをする)の「つき」から月弓→矢と掛けた。一八 眼病の一廻りの事不詳。一九 下等な娼婦の一。二〇 伽羅某と名のる幇間が多くある。二一「弁慶は…つる井(店名)」(虚実柳巷方言)。寛保元年、物真似芝居の座本となった鶴井京七その他の幇間に鶴井を名乗る者が多くある。二二 角行灯で棒一本で立てるもの(あすならふ拾遺)。「たれやらが弟子に成ツて苗字をもらひあんどうへ名を出し」(浪華色八卦・檜扇卦)。二三 籍帳の名義書換え。二四 古今栄雅抄(古今集の古注)。二五 幇間の姿態。「幇間めかす素人の癖…左のゆびをひろげて、手をツイとつき出すくせあり」(四十八癖二編)。二六 大阪詞で入費の意。実費のいりようだけ。二七 宴(てた)に言いかけた。散財。二八 叩き売り。増補

同道で顔見世《かほみせ》見にのぼり。[一]鈴木《すゞき》平八に入ぼくろさせ。[二]二代目吉野《よしの》が[三]まゆとらして。雪の日知恩院《ちをんいん》の[四]仏名《ぶつめう》につれてまいつたなどゝ。贅《ぜい》いわるゝにひとしくて。證拠《しやうこ》の無《ない》はなし。[五]肝煎《きもいり》ニ聞はつり。[六]根判《ねはん》がどふでのつく[七]判《はん》でのと。色事の[八]呉泰法師《ごたいほうし》がり。粋《すい》の場《ば》はこゝらじやと。めつたに見え仁心《じんしん》。青楼《ちやや》からもどりニ友だちの酔《よい》つぶれているを肩《かた》にかけ。あしふみにじられ紙入おとし。様ゝのかんなんしての介抱《かいほう》。よう〳〵おくり届《とゞけ》た所が。親仁か自身《じしん》戸を明に出て。息子《むすこ》の方へは目もやらず。うらめしそふに皃ながめられしときの術《じゆつ》なさ。翌日かの[九]酩酊《らいしめ》にそのはなしすれば。何もしらぬとそらとぼけ。母親のしやくがおこつたとき。のらついて居てさすりもせず。是ほど[一〇]つまらぬことはなく。段ゝ藝《げい》があがつて[一一]独楽《こま》じやの宝引《ほうびき》のと。わるあそびに実《み》が入ると。親仁のかんにん袋《ぶくろ》がはりさくれど。母の親はさすが心よはく[一二]勘当《かんどう》じろものを先河内《かわち》の叔父《をぢ》の所へあつけられ。落付《おちつい》た二三日マア爰までは[一三]掛乞《おに》はこぬはと。かなしき中にも案堵《あんど》のおもひ。此おぢきも迚《とても》仕付ぬ農業《のうげう》と。手荒《てあら》いはたらきはさせずに置るれば。ひまなあまりのらついて居る内。在所《ざいしよ》中ちかづきになり。得意《とくい》の西国客《さいこく》だました[一四]松金《あぶら》で。庄屋殿のこしばり与茂七殿の紙《し》帳《てう》のつゞくり。何かに付てよい人じやと。そやされるが謀叛《むほん》の兆《きざ》し。夜間《よんま》の晩には所からとて[一五]教興寺《きやうこうじ》村の段[一六]伝法屋《でんぼうや》其まゝでみしらすと。そこらの小娘や美濃《みの》からやとわれて来た田植女《たうへ》までが。どか惚《ほれ》の居膳《すへせん》。[一七]麦飯《むぎめし》もくひなれるさのみな物でもなく。此沙汰がばつ

戯場一覧の「黒馴言葉」の中にある。二九 旦那を引き出し。三〇 日柄。兼て約束あり。壇尻は引くもの。これから後は揚間のことでなく娼妓のこと。三一 二重売り。女郎がもう一人の客に廻る。三二 手の込んだやり方。三三 揚間と言い合わせ、客をつれ出して疲れさせた。三四 寝首をかかれたの謂。三五 茶屋の売上帳。娼妓の重箱分を差引するきまりをつけておく。「逢ふ時呼て買ふ。他の客と寐る間の花は買ず」(皇都午睡三・下)。三六 初ふね・奥州は新町太夫の名。歴代あり。三七 むくろじをお手玉にとる遊び。三八 次頁「贅いわるゝ」にかかる。三九 才麿評の点ひらきで高判をとった祝勝の会を浮瀬でやったが、その時の祝儀として。四〇 大阪新清水坂下にあった料亭。四一 水田西吟は桜塚(現豊中市内)に住み、居を落月庵という。

一 貞享時代絶世の若衆方。二 寛永期の太夫。以上時代ごちゃまぜの昔のこと。三 人妻の形にする。四 仏名会。十二月十九日行なう。五 女衒。六 傾城奉公人請状にすえる人主(親権者)の判。七 次ぎ判。奉公人請状の請人の判。根はん・つく判は増補戯場一覧・黒馴言葉の中にある。八 五筆和尚のことか。それならば大熟達者の意。九 「らいしめとは酒をのんたること」(新撰大阪詞大全)。嵐来芝(雷子)に由来するらし

となると村中の若い者が。法界《ほうかい》りんきで。いつの夜《よ》は氏神《うしがみ》の森で。[一八]毒気《どつき》入る目論《もくろ》見《み》。下《した》作《さく》の七介が反忠《かへりちう》にて内証《ないせう》でのしらせうれしく。夫とはいわず叔父《おぢ》にいとま乞《ごひ》して暫《しばらく》の内。越前《ゑちぜん》まで。[一九]四十九院屋橋《しじくいやばし》の。藍玉屋《あいだまや》の手代が掛取《かけとり》に下るに同道し。江州木《き》の目峠《めとうげ》迄ゆくと。はや北国のならいとて[二〇]亥《い》の子《こ》時分から。都にはめづらしと見るはつ雪も。[二一]つみありての配所《はいしよ》の雪は。しのびがたく有ぞかし。かゝる姿《すがた》になつても口は達者《たつしや》で。

[二二]しほふむと親にはつげよゆきの旅《たび》

[二三]とわんつくの冷《すさ》まじさ。仕舞は。でも坊主《ばうず》か。[二四]べんけい針術《はりい》とならるゝも宜《むべ》也。夫より品下《しなくだ》りては。親の手だすかりとなる時分に。出入先の手代の内証《ないせう》づかい。又は荷主《にぬし》の客の案内から。病の根元《こんげん》。先何してやら顔中《かほちう》がにきびだらけとなり。楊弓屋《やうきう》へゆき矢取《やとり》してやりたり。かみゆひ床《どこ》で。[二五]人そばへに暖簾《のうれん》上て[二六]毛剃《けそり》相手に。[二七]さいた所が。はさみしやうぎ近所憚《きんじよはゞ》からず。[二八]弁弥[二九]楯蔵《たてぞう》が声《こは》いろ。[三〇]祭りにニ〇カの後見《こうけん》にやとわれ。あんどう持て先へゆき。[三一]古町《こまち》でも婦人《おんな》のこそつて居店先《いるみせさき》では。[三二]所望《しよもう》もせぬに立とまり。夜づめして朝《あさ》寐《ね》し。手習子《てならい》の昼上《ひるあがり》する時分に起《おき》た所が菜好《さいどの》み。箸《はし》下に置と[三三]次棹《つぎさほ》支《し》度《たく》し。[三四]大仁《たいにん》から[三五]三《さん》番《ば》あたりを鮒《ふな》つり歩行。[三六]くろ吉がところで男の水上《みづあげ》してもらいし朝《あした》よりむせうに[三七]大明香《てうじや》でみがき立。[三八]御《お》家《へ》様持《さんもたせ》せとやらに髪《かみ》をゆひ。[三九]入ぼくろもりきんで見てもきせるさへ[四〇]毛彫《けぼり》のゆかぬ時節《しせつ》故落《おち》がこず。たそかれに[四一]横《よこ》ぼりながして夜発《そうか》の知己自《ちかづきじ》慢《まん》。[四二]新雪駄屋《せつたや》町新地《まちしんち》

い。一〇 何ともしようのない。
一一 お花独楽。六角又は八角の独楽を回してする賭博。一二 勘当が当然のやつ。一三 掛取りのことをおにという。一四 あぶらとはおべんちゃらを言うこと。松金油からの宛字。
一五 浄瑠璃「往古曾根崎村噂」上巻切・教興寺村の段。一六 教興寺村の段を初演に語った竹本染太夫。「竹本染太夫…摂州西成郡伝法村の産なり。通称伝法屋源七と云て木綿商業也」(浄瑠璃大系図・四)。一七 田舎娘に馴れること。一八 ひどい目に合わす。
一九 立売堀に掛る西より三つ目の橋。
二〇 陰暦十月初旬。
二一 罪なくして見るのは風雅。
二二 雪を塩に見立て、人生修行の旅としゃれた。二三 へらず口の達者。
二四 針医の太鼓医者。二五 はしゃいでの戯れ。二六 髪結床の下働き。一人前に髪を結わせてもらえない。
二七 さしたのが。二八 小野川辨弥。大坂小芝居の役者。博労町稲荷芝居の座本をつとめた。二九 中山楯蔵。中山文七の弟子の立役。三〇 難波堀江島の内などの諸社の夏祭。三一 上流町人の多い落着いた町。三二 俄は「所望」と声をかけられて演じる。
三三 継ぎ合せて使う釣り竿。三四 上福島の北方にある大仁村。溝川が多くあり、天明頃流行した郊外の散策地。三五 十三渡の南岸、三番村。中津川の分枝の小流で鮒を釣る。
三六 実在の人名ではない。芸者の名。

の粋《すい》は我《われ》なりといふ㒵で。たけぼん寒ひナア。きく一はおりて居るかへ。ドヤが見へぬぞへなどゝ。あれら仲間の法言《さんしよ》二遣ふたり。砂場《すなば》三のそばやで下女が名を覚て呼《よん》だりいやな事の有たけ。稽古屋《けいこや》の見取会《みとりぐわい》四に。つゆはらいして味噌《みそ》くさらし。胡弓《こきう》のひきならひに。他《ひと》の歯《は》の根《ね》をうかす。萌黄羅紗《もへぎらしや》の。腰提《こしさげ》に家督《かとく》はんふんはり込。五宿《やど》なしだんじりの奉加帳《ほうがてう》つけ歩行《あるき》。眼嫖《ぞめき》もどりに廂《ひざし》の盆甑樹《はちうへ》六たつあげ。七浮世《うきよ》小路《せうじ》の小便《せうべん》たごは。とがなきにみぞへ蹴《け》こむ。餘身《あまり》もちのわるさ

三七 丁子屋歯磨。三八「名玉天地説」に、宝暦明和頃に男の風俗として見える髪型の一。銀杏髪に似た髪で輪を作った髪先を根へ巻きつけて留めるものという。三九 入墨。遊び人の風だが時代遅れ。四〇 煙管の羅宇竹に細い彫刻をすること。四一 横堀は惣嫁の稼ぎ所。「長堀横堀四橋辺材木楼中露圧レ筵」(黒珂稿・惣嫁行)。四二 大阪市南区内の古町名に南新雪駄町と見える(南区史)。惣嫁の出る所なので新地としゃれた。

一 以下惣嫁の隠語、不詳。二「近年盗賊乞食などのいふ、さんしようといふかくしことばあり。常の人のしらぬやうに拵へたるものか」(宝暦雑録)。三 新町の西口大門の南の地。有名なうどん屋があった。四 一段ずつの出し物を演じる会。五 宿無団七のしゃれ。檀尻の費用の奉加を強要して歩く。六 取り上げる。本気で盗むのではなくて、軽い気持でひょいと取り上げるのをいう。七 高麗橋筋と今橋筋との間にある東西の小路。土蔵が多く建並ぶ。八 下男奉公。一年ごとに目見えをして、年給三両で勤める。九 一季半季の奉公人を悪くいう語。お目見えずれをして居つかぬ奉公人。一〇 目見えで昼食をもらう。今橋土佐堀は富商のあるところ。一一 諺「貧の盗みに恋の歌」のもじり。ここでは、貧しくても歌を歌って女に手を出す

に追出《おひだ》そといへば。嬉《うれ》しそふに[八]久三奉《ほう》公の口きゝたて。先小《こ》遣ひ銭は楽《らく》じやと高ぐゝり。初から[九]奉《ほう》公猿《ざる》のやふに。[一〇]けふは今橋で昼《ひる》めし喰ふて来たが。翌日《あす》は気をかへて土佐堀《とさぼり》へよばれにゆかふなどゝ。いんきん田虫《たむし》のやふに。段ゝ喰《くい》まはり。目見《めみへ》えも三拾軒ほどして。たいくつさに戻ても。親の内へはいなれず。かや住居《すまい》の居候《いそうろ》となり。かゝつて居る内の婦《かゝ》もくひかねず。[一一]貧《ひん》の歌《うた》に恋の盗《ぬすみ》と手ごろな衣類《いるゐ》や小遣銭さげて出て。断《ことはり》なしに借《かり》ますと。兵庫《ひやうご》に近附の宇宙漂客《てんちくろうにん》が。たばこの葉《は》まきして居るを便《たより》に。渡海場《とかいば》から[一二]ずいとこな　いよ〳〵藝《げい》があがつて。[一三]ミタの変《かわり》とやらそらんじ。[一四]初は笛《おひ》を負《お》はぬ強力《ごうりき》から順《じゆん》のみね入。分のぼる程おもしろふなり。口すぎと慰《なぐさみ》かけての[一五]手てんがう。本名いわず渾名《あだな》で呼るゝやふになり。誠の勘当《かんどう》の便が聞えると。いよ〳〵やけ腰《ごし》がすわり。そこにも居られぬやふになり。又まひもどつて[一六]長町《ながまち》といふ梁山泊《りやうざんはく》にすまゐし。一家《いつけ》の者の目先《めさき》へちら〳〵と。解分《ときわけ》もの着て[一七]油じめにやとわれゆきしに。運《うん》のきはめのかなしさは。菜種《なたね》が不作で[一八]綿《わた》がふかいで。色〳〵の不時《ふじ》が入て。隙《ひま》になり。[一九]淡嶋《あはしま》様の代僧《だいそう》から。[二〇]麒麟《きりん》の後見《こうけん》と。七化《なゝばけ》の早がはり。どふやらこふやら[二一]角力《すもふ》とり上た所が[二二]西宮の御初穂集《おはつほあつめ》或は[二三]飛鳥《あすか》大神宮。爰ら迄ゆくのは。在宮《ざいみや》の神主《かんぬし》の。吉田で[二四]十八神道《じうはちしんとう》の免許《めんきよ》うけ。[二五]冠《かんふり》に斎服《さいふく》の願《ねがい》の済だくらいなり。そふなければ。[二六]五十三次の道楽《どうらく》もの。或は京へ尻かへて火消《ひけし》の鳶《と》口《び》持の仲《なか》間《ま》いり。其次は[二七]四座《よざ》の習《ならい》ことの。[二八]猩ゝ《せう〴〵》乱《みだれ》鷺乱《さぎみだれ》のうへをゆく。[二九]納屋下乱《なやしたみだれ》。[三〇]ひらきをす

ずらずらしさを言った。一二 直行。一三 博打の方法。「傾城真葛原」に「今は博奕に見たといふ事がはやつて…」と見えるが委細不詳。一四 初は初心な素人から次第に深入して行く程に。修験道修行に喩えて言う。一五 博打。一六 落ちぶれた人達の吹だまりのようなところ。一七 油搾りの労働。長町から季節労働者として出る者が多い。一八 本来、木綿の実が熟して裂け綿を吹き出すこと。ここでは菜種がはじける程実ること。一九 紀州加太の淡島神社への代参を言い立てにする願人。二〇 軽業師麒麟之助以来麒麟を名乗る軽業師がいる。当時のは麒麟繁蔵。阿弥陀池などで興行した。二一 「とり上げた」というのに、「角力とりあげた」としゃれて言う言い方があった(当世粋の源)。とり上げるは進境・出世などすること。二二 正月九日十日、戎橋南詰で西宮えびすの御礼を配るのに雇われる。二三 不詳。二四 吉田神道の奥儀。吉田神道の「御許状并奥書文書控」(『神道大系』・卜部神道)に十八神道免許の文案がある。二五 斎服は祭典に神職が着ける白袍。「無位無官ノ社人之装束ハ吉田ヨリ可有指図者也」(吉田勘文)。ここまで来ればかなり手が上ったというもの。二六 道中と言いかけた。二七 観世・宝

口絵 油じめのくさびに腰をかけ、職人が暇で休んでいる。

る段になつては。いらゐてなく。そのうへ疥癬《ひぜん》の瘡《かさ》のと見られぬ姿《すかた》となり。甲斐《かい》なき命ながらへて居るうち。懇意《こんい》中《うち》の老人が見かねて。古布子《ふるぬのこ》から小遣銭までやつて。風呂やへやつたり髪月代《かみさかやき》させたり。ひきあげて遣《や》つた所が。さすが親のうちは敷居《しきい》たかく。うぢ〳〵して又悪所《あくしよ》へすべりこまぬやうにと。我内《わがうち》へつれてもどり。思はしい口が有迄と。先ッ是も修行《しゆげう》のひとつと[一]川水汲《かはみづくま》せ風呂《ふろ》たかせ。若い者の只居るは毒《どく》と。[二]真実主《しんじつあるじ》の世話から。たなもとの手伝《てつたひ》さすれば。早炊女直路犯《めしたきちよろまかし》て奈良漬《ならづけ》ぬすませ。杓子《しやくし》あたりがわるいと。火吹竹《ひふきだけ》の小口《こぐち》に鍋炭塗《なべずみぬつ》ておき。下女が[三]窈窕《ようてう》たる白壁《しらかべ》作りの口元《くちもと》に《いちゑんそう》[四]を画慈悲《ゑがきじひ》を怨《あだ》で帰《かへ》すよりの戻《もどり》やふ。三日するとわすれがたき味《あじ》が出て。しゆみたれ小女良《こめろ》が帯見るやふに。引上ても落。ひき上ても落するやふになつては。[五]持《もち》も被《かづき》もならず

粋宇留里巻之三終

生・金剛・金春の四座。二八 能楽「猩々」と「鷺」にある乱の舞。重い習い事とする。二九 河岸の納屋の床下に住む乞食。三〇 演ずる。

一 川水を汲むのは大阪風俗。
二 真実ある主。
三 詩経に「窈窕淑女」とある。
四 円の形。禅で悟道見性の相を表わすのに円形を描く、その形。
五 諺「持ちも提げもならぬ」。

粋宇留理《くろうるり》巻之四

あやしの竹格子《たけかうし》に桐《きり》のほそき看板《かんばん》かけて。俳諧園《はいかいその》蜩《ひぐらし》。はいかゐ空也《くうや》桑津《くはづ》などゝ書《かき》。下には不思庵《ぶしあん》又は不了軒《ふりやうけん》或足喰庵《たんとくあん》と。かな違《ちかい》又は熟字《じゆくじ》にあらぬ雅名《がめい》を記《しるさ》れしは。御著述《ごちよじゆつ》の外題《げだい》かと思へば左にあらず。格子《かうし》の内には食卓《しゆつほく》のやうに。机《つくへ》の上に身躰《しんたい》かぎりおきならべ。[六]程明巾《ていめいきん》だけが銭のいらぬ唐《から》めきやう。太閤記《たいかうき》の写《うつ》しものしたまふ座右《ざいう》に。許多《そこばく》の書《しよ》物《もの》つみかさねし中にも。別而可愛《かあい》がらるゝ書は[七]早引節用集《はやひきせつようしう》。是ばかりは分て手垢《てあか》にそみたり。社中《れんぢう》集りての雑談《はなし》。大躰[八]仁和寺《にんはじ》の六本杉の会合《くわいがう》のごとし。各《おの〳〵》怪談珍事《くわいだんちんじ》をたつとひ。前句《まへく》折句《おりく》[九]五文字《ごもじ》[一〇]場附《ばづけ》も物舊《ものふり》ました故。古人の本句どりを初めましよ。涼袋《りやうたい》が[一一]うがつた片歌《かたうた》がはやらなんだかはり。拙《せつ》老是て[一二]鳴《ならふ》と存る。各補助《ほじよ》を御頼申ます。扨其句の例《れい》を御咄申ましよ

[一三]幽玄　[一四]道《みち》ばたの赤《あか》がいるは人に喰《く》はれけり

吝嫱　[一五]菊植《きくうゆ》るちからやなくて蔵《くら》はたけ

呼立　[一六]せはしなやいぬにしておけ呼子《よふこ》鳥《どり》

独居　朝の間に釣瓶《つるべ》落して貰《もら》ひ水

六 黒色折角の頭巾。中国趣味を気どって行なわれた。程明道・伊川の兄弟が用いたと言い、事文類聚続集・二十に「伊川巾服」の条がある。

七 いろは別・音数順に多数の熟語を収めて、その語の漢字を早く求められるようにした字引。盧橘庵にも後年「長半仮名引節用集」「字引大全」の著作がある。

八 太平記二十五・「宮方怨霊六本杉ニ会スル事」。天狗の集会。

九 雑俳の一形式。宝暦明和期に大阪で流行した。

一〇 雑俳種目の一。五字・六字の題に七五・五七の句をつける。題がいかなる場所であるかを察し、それに対応する内容を以てつけるもの。

一一 凝ったことをする。

一二 韓愈「送孟東野序」をふまえる。文学を成して表現すること、而して且つ世に知られることを「鳴る」という。

一三 幽玄・吝嫱・呼立等々は、雑俳に於て出題される雑題の発句題。

一四 赤がいるは癇の薬。

一五 庭に菊造りをする余裕なく、蔵のあたりに野菜を作っているとの意。「菊咲て屋根のかざりや蔵はたけ」(去来)。

一六 せわしく呼立てられて、いないにしておいてくれとの意。「むつかしや猿にしておけ呼子鳥」(其角)。呼子鳥は三鳥の秘伝の一で、猿だとか何とかかしましい。

鄙客　是[一]は〱とばかり花の十《と》[二]一六《いちろく》
剛強　起《おき》[三]て三ッ寐《ね》て三ッ[四]六のつよさかな
天疫　藪《やぶ》[五]いしやのうきを羨《うらや》むはやり風

などゝいふ。句《く》調《てう》を集《あつめ》て撰《えり》て見ましよと。[六]造次《ざうし》顚沛《てんはい》。奇《き》を吐怪《はきくわい》をかたらぬ日はなく。放《の》蕩《ら》株《かぶ》のしにせにならん事を欲《ほつ》し。粋遣《すいつかい》ひの分《ぶん》はみなちかづきのやうにいゝ。[七]海内知己《かいだいちき》をそんすと言をわるふ心え。天涯比隣《てんかいひりん》のごとしとめつたにとび歩行《あるき》。[八]望洋《ばうやう》が物ずきは何しして居《いる》はの。[九]歌《か》舞《ぶ》く其うへ[一〇]隠歌《かけうた》の上手で尚くさす。[一一]君家《おふへ》の介平《すけひら》の額《がく》と[一二]十本亭の玉の画讃《ゑさん》が。腕《うで》おしして居《いる》はの。[一三]五覚《ごかく》が無理《むり》に作た[一四]世説気象《せせつぎしやう》で。[一五]阿仏《あぶつ》がほ句の袖書《そでかき》はとんとほめ詞《ことは》じや。[一六]おとこ山が笑は仰山《げうさん》で。[一七]渭流庵《いりうあん》はいつでも古道屋の店《みせ》に立て居。[一八]喧嘩堂《けんくはどう》の尻《しり》おしは[一九]麦飯《ばくはん》斎《さい》じやのと。人を知た自慢《じまん》。実はひとりも知己《ちかづき》なく。爰へよる手合はみな物ぐるわしき卒ゝ敷《そゝとし》さ。此宗匠《そうしやう》も古句《ふるく》は上手《しやうづ》なれど。発句《ほつく》は御下手《おへた》故か。いかめしう和歌三神《わかさんしん》を誓《ちかい》に立。[二〇]干《ひ》菓子袋《くわしふくろ》のやうに印判《いんばん》おしならべ。点《てん》して居らるゝは[二一]口合《くちあい》の巻《まき》。文台《ふんだい》に立ひざして。[二二]人丸《ひとまる》らしき勿躰《もつたい》にて　ヱヽ　[二三]便毒《よこね》いるやら辰砂《しんしや》やら　珍重ゝゝ　[二四]脹満陳皮《てうまんちんひ》今さらに　言得て妙也　[二五]脱肛《だつこ》が尻《しり》は甘草《かんぞ》らし　入過候歟　と貫之《つらゆき》かつていらるゝその所。門下の判官株《はうくわんかぶう》乳母育《ばそたち》のわんばく[二六]斎負惜《さいふじやく》来。扨宗匠昨日《きのふ》鳥屋町の[二七]河六で。呼子鳥《よぶこどり》か稲負《いなおゝせ》とりは無《ない》かと尋ましたれば。名も覚ませんと申おります。不興《けう》なことで御ざつたといへば。夫は憚ながら御心得ちが

一 ここでは揚代の高さに驚く意。 二「十一匁六分ト云コトニテ祇園町𡛂人辻子(シヅ)トテ上𡛂一切レ十一匁六分定也」(譬喩尽)。 三「おきて三つ寐て三つ蚊家のひろさ哉。(妾)ヲゝせうし。女の口から」(歳旦話・天明三年刊)。 四「春三夏六秋一無冬閨中ノ度数也」(譬喩尽)。 五「森の鵜のうきをうらやむ篝哉」(淡々)。うきを羨むはつらい事を他より見て羨しく思う意。 六「君子無終食之間違仁、造次必於是、顚沛必於是」(論語・里仁)。 七「海内存知己、天涯若比鄰」(唐詩選・王勃「送杜少府之任蜀州」)。 八 牟岐隴陽。書家。歌舞伎界にかかわった如くである。 九 派手なふりをつけてする。 一〇 下座音楽で歌う歌。そんなものを自慢して、なお人の迷惑となる。 一一 大江資衡(玄圃)。この人の額の事不詳。 一二 一本亭芙蓉。大阪の狂歌師。天明二年に江戸に下り、宝珠の絵に「みがいたらみがいただけはひかるなりせうね玉でも何の玉でも」という狂歌を添えた絵馬を浅草観音に掲げた。 一三 画家福原五岳。「大尽株粋株 五岳」(虚実柳巷方言・上)。 一四 文会雑記・一上に「子允ノ論ニ…学者ヲ害スルモノハ世説ノ風流過タルナリト云ヘリ」。ことさらに構えて離俗風流の態度をとること。 一五 才麿流の点者山川下物。 一六 前曾道という粋人。八幡山と号した(浪花今八卦)。 一七「昇平楽」に名が

い。何れも三鳥《さんてう》の習《ならひ》ことにてこざれば。存て居てからがむさとは申さぬはづ。先呼子鳥《よふこどり》とはかり子が引舟や禿を呼《よぶ》をさして。呼立《よひたて》の事でござる。いなおゝせどりとは。否《いな》の仰《おゝせ》を仲媒《なかだち》に。返事とりくれよとのこと也。又ある説に異《い》な逢《あふ》ふ瀬《せ》どりとも申て。おもわぬ恋のかへつて深《ふか》き中となりたることゝも。[二八]二流《りう》に申ます。五ヶの秘伝《ひでん》の[二九]七ヶの嫁入《よめいり》のと申ならいこと。[三〇]寂寞《つれ〴〵くさ》の放免《ほうめい》の附《つけ》ものなど。全く方便《ほうべん》の附もの也。[三一]無《む》心状《しんでう》に爪《つめ》の髪《かみ》のと入てやる是也。かやうのことどもむさとつたへぬ事でこざれど。外ならず愚老《くらう》が為の迦《か》葉《せう》とも。顔回《がんぐわい》とも。存るゆへに。伝へますといへば。驚《おとろき》入て納得《なつとく》す。所へ頼ませう。どなたで御座ります ハイ 蟹貫《かにつら》でござります。これはよい所へ御出被成た。[三二]横手《よこて》のにじり上りから御とおり被成ませと。相応のもてなし。時候《じこう》の挨拶《あいさつ》が済《すむ》と連中へ一別《いちべつ》の懐抱《くわいほう》をのべ。扨宗匠此間のまきに玉がしはを植物《うへもの》の[三三]越《こし》を御嫌《きらい》被成ぬは。いかゞ致た儀でござりますと問《とへ》ば。されば社《こそ》大事のことを御尋あれ。[三四]玉かしはと申は谷河《たにかわ》のはやせに。いわほのあるに。水のほどばしりて。水煙《みづけふり》たち水玉のとぶが。白う見へ玉を炊《かし》く様に見ゆるゆへ。玉炊石《たまがしは》といふ事でごさるといへば。かに貫根《つらね》問者《どいしや》にて。[三五]なには江の藻《も》にうづもるゝ玉がしはと申歌で見まする。御卓見《たくけん》とはよほど相違《そうい》かと存ますといへば。サア そこが一子《いつし》相伝《そうでん》の場《ば》。とは言はれしがとんとゆきつまり。しばらく黙《もく》して居られしが。元来玉かしはとは[三六]くだんの事てござる。藻《も》にうづもるは。毛《も》にうつもるゝにて。毛《も》は則

見え、「またアノ親仁も骨董局(こつどうきよ)も久しいものじや」とある。 一八 木村蒹葭堂。或は牟岐隴陽か。 一九 好事家渡辺無棄斎か。後者は北堀江四丁目住で、蒹葭堂の近隣の住人。高名な書家だが博物好事の聞えは無い。 二〇 菓子屋の名所などを印刷してある。上部に「御菓子」の縦長の方印、下部に住所店名などを書き込んだ横長の方印が一般的。点取の点印を見立てた。 二一 口合仕立の雑俳の点取。 二二 柿本人麿は立膝の姿に描かれる。 二三 「どこに居るやら死んだやら」の地口。便毒に水銀療法。 二四 「長談辞儀(じんぎ)ひらさらに」。 二五 「奴が尻は寒ざらし」。 二六 「誹名さへ負惜(よわやく)と付程の古気(けこ)おしみ」(当世廓中掃除・三)。 二七 鳥問屋河内屋六左衛門。 二八 二通り。 二九 伊勢物語七箇秘伝などというものがある。 三〇 「さて徒然草に放免の附物と云へるは、加茂の祭の行列に附添ひて、渡りを正す役人なり。夫も只は渡らず、祭のかづき物を負ひて渡り、不時の事あれば夫を制する也」(徒然草三箇大事)。 三一 蟹貫にふさわしい。 三二 女郎から客への。 三三 打越。 三四 歌学で、玉堅磐で堅い岩だとする。 三五 「難波江の藻に埋もるゝ玉かしはあらはれてだに人に恋ひめや」(千載集・恋一)。「なには江の藻にうつもるゝ玉かしは…これは海中の石をよめり」(嗚呼矣草)。 三六 彼の事。咄嗟に答えられない時、

毛《け》の字てござる。深窓《しんそう》にやしなはれて。いまだ嫁《か》せざるをさして毛に埋《うづ》もるゝと申たもの。それが人にまみへあらわれてこそ恋も。したひもすれといふ訳《わけ》にて上の句がいよ〳〵御合点《がてん》がまいろふ。和国《にほん》は字義《じぎ》にかゝわらず。音《をん》で書来《かき》ります故。[一]ゐては取違《とりちがへ》が御座る。うたひの中にも文句《もんく》に。紀《き》[二]の有常《ありつね》の娘《むすめ》とちぎり。或[三]まなごの庄司《せうじ》。壱人の娘をもつ。是すなはち有つねがむすめ十千《とち》桐姫《きりひめ》。あるひは庄司かむすめ清姫《きよひめ》の本名。おもつと申たと見えます。夫を取違て謡《うたひ》ますと申されき。さて世の中に否《いや》[四]みといふものはいかなる物怪《もの〻け》の所為《しよい》にや。弥味《いやみ》[五]草物《くさもの》[六]わ草をはじめ。いろ〳〵の書にかりつくしたるやうなれといよ〳〵けしからず。江戸の[七]なべ屋順慶町《じゆんけいまち》の和泉屋[八]も。など否《いや》[九]みうせ紐《ひも》を製《せい》せられぬぞ恨《うらみ》なる。和歌《わか》の詠《よ》みならいに。紳縉家《うへつかた》の御門人《ごもんてい》となり。よふ〳〵[一〇]猪名《いな》のしなかとりや。[一一]ゆたのたゆたを聞はつると。[一二]はやおはぐろ付たる人。ならふ事なら。[一三]山上《さんしやう》まいりの講《こう》幟《のぼり》のやうに。懐紙《くわいし》や短冊《たんざく》の実名《じつめう》の肩《かたに》。れいぜいけ御直弟《しきてい》など〻書たかるべし。此人慥《たしか》ニ我性氏《わがせいじ》も紀《き》か坂《さか》の上《へ》などにてあらばと思らめ。はやる女郎よりましにころんで居ながら。歌妓《げいと》でござりますと。着るもの〻裾《すそ》壱弐寸わざとみじかく甲斐《かい》〴〵しそふにからげ。ものいゝさがなく言たる。[一四]前髪《まへがみ》あがりの手代。番頭《ばんとう》の名代《めうだい》にはかま付。歩行《あるき》ぶりの常にかはり。知れる人にあひし時。辞儀《じぎ》する手は[一五]象《ぞう》のはなまきたるごとく。握《にぎり》こぶしして。残寒厳暑《ざんかんげんしよ》の切《きり》ばめ漢語《かんご》おかし。爰《こゝ》へ出入の[一六]寂道具屋《さびどうぐや》がいふたよひ[一七]悪口《わるくち》[一八]のはめ句せんとお

とりあえず言う言い方。

一　えてして。
二　「その頃は紀の有常が娘とちぎり」(謡曲「井筒」)。
三　「昔この所にまなごの荘司といふ者あり、かの者一人(いちにん)の息女を持つ」(謡曲「道成寺」)。
四　きざなこと。
五　「十二段弥味草子」。洒落本、宝暦九年大阪刊。
六　洒落本。明和八年江戸刊。巻の一はいやみ十二段より成り、弥味草紙の改竄。
七　江戸芝金杉通三丁目、鍋屋源兵衛。しらみ紐を製し、なべや紐という。
八　しらみ紐の店らしいが不詳。
九　しらみうせ紐のもじり。
一〇　万葉集にあるこの歌語について、歌学の上で、多数の議論がある。白い鹿を一つ取って猪が無かったという心だなどという。
一一　万葉集や古今集に見える歌語。歌学で論じられる。
一二　おはぐろは公卿のつけるもの。はや一かど歌人仲間になったつもりで。
一三　吉野金峯山参詣の講。当時、講の催しには幟を立てて行く。大阪は、岩三郎・光明・京橋など勢力のある講中があって、山上講が盛んであった。
一四　前髪から元服して手代になったばかりの者。
一五　握りこぶしの形容で、面白い。

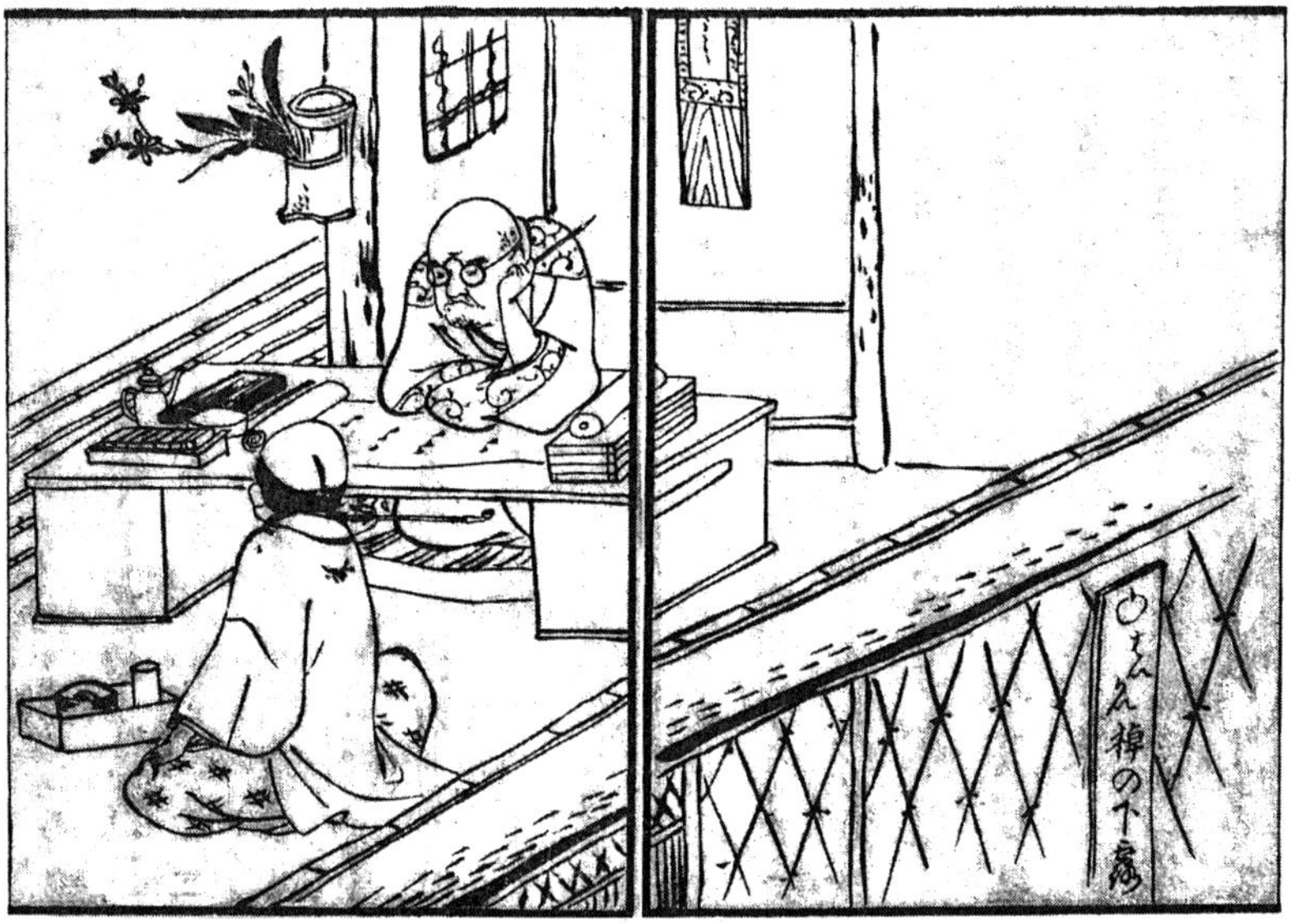

もひ。忘《わす》れぬ先につぼ違《ちがひ》の。下男《きうさ》とらへていふてみるなど。不便《ふびん》にもおかし

五十過《いそじすぎ》たる男の項《くびすぢ》の毛高くそり上たる　大江橋渡辺《わたなべ》ばしの上に物乞盲《ものとふめくら》の。わざと侘《わび》しと見えて。三味線の二の糸なしにして。一九人指《ひとさしゆび》にて弾《ひき》たる。　学文遣《がくもんつか》ひの男の。もとめて近眼《ちかめ》がほしたる。　此比《このごろ》さみせんのひきならいと見えしは。傘《からかさ》の柄《え》をみぎの手にて弾歩行《ひきあるき》たる。　若後家《わかごけ》の身持《みもち》堅固《けんご》皃《がほ》なるが。水晶《すいしやう》のじゆず仰山《げうさん》につまぐりしぞ気疎《けうと》し。今少うがたば。二〇前帯のむすび

一六　茶道具の古物を扱う道具屋。
一七　酔い悪口。
一八　受け売り。
一九　撥を使わずに。物乞いの演出。
二〇　上方で年増女の風。

目に。海老錠《えびじやう》おろして寺詣《てらまいり》して見たかるべし。　一女いしやぞおこがましきもの也。羽折《はおり》きるは猶うるさし。最初《さいしよ》取つきに。髪《かみ》にはこまりしと見えて。ゑもいへぬ髷《わげ》をし。扇をわざと持《もた》ずにゆき。病家《びやうか》にて所望《しよもふ》するに。二かわぼり《蝙蝠》をしばし御かし被成などゝ言たる。　三賈人《あきうど》の妻《つま》のよき絹《きぬ》着たるが。はなの陰《かげ》にやすらい。供《とも》の婢《をんな》の持し四そう袋より硯《すゞり》とり出。人の見るやふに打曇《うちぐもり》のたんさくに。何やら書けるが。此女家内《うち》に居るとき。ある人来て御亭主《ていしゆ》はと尋しに　ハイ　五ますほのすゝきを尋んと。かわたれどきよりわたのべ《渡辺》の。六くたら迄《久太良町まで》ゆかれましたが。ついでに七菟布良《つぶら》《津村》江《へ》辺《へん》にて雪駄《くつ》買《てうじ》んと申されましたゆへ。少と隙《ひま》が入ましよと言しは。八梅の宮の神主《かんぬし》か。非蔵人《ひくろふど》のうちを通辞《つうじ》にたのまねばならず。むすこが持ている八嶋《やしま》のうたひ本とり出。九けびいしとよみくせ付たる。口のはたひねりゆがめたし。　夕顔《ゆふがほ》の五条あたりにもかぎらす。小家《こいへ》がちなる横町《よこまち》より。たそかれにちよこ〳〵ばしりし。さげて出し小紋《こもん》羽織《はおり》を。品玉《しなだま》とる手つきのごとく。何やらんあやしのくろきはおりと仕かへ。着るやいなあるきぶりのかはりて。一〇下疳《げかん》やみめきたる。　黄昏《たそかれ》に花街《くるは》をとおりしに。いかめしき男の行水《ぎやうずい》あがりと見えて。すゞみ居たるが。加賀染のさもうるはしき浴衣《ゆかた》着《き》たるが。下ニ一一紙縷繻《こよりじゆ》半《ばん》着たるにぞ肝《きも》つぶれ侍る。　新発意《しんぼち》の一二報恩《ほうおん》講《こう》参と見えしが。一三衣《ころも》の脇《わき》の下より藤《ふじ》いろ小袖《こそで》のたもと。はな〳〵しく出しかけたる。一四隠者《いんじや》の取つきに。机《つくへ》は先すへても退屈《たいくつ》さに。軍書《くんしよ》よんでいらるゝ所へ人が来《くれ》ば。ちやつ

一「当時流行　女医者」(虚実柳巷方言・中)。
二 蝙蝠扇。ここでは扇というのを気取った。
三 古今和歌集序のもじり。
四 化粧道具一式を入れた筥を錦の袋で包んだもの。奥方や娘の外出に、女中が携えて行く。
五 徒然草・一八八段に、ますほのすすきの事を伝え知っていたのは渡辺の聖とある。
六 農人橋より西行の町。南渡辺の地域にある。
七「正しき地名にては今の津村はつぶらへ、渡辺町のわたのべなどは、和歌に詠ずる名所としていふまでもなし」(摂陽落穂集・二)。
八 橋本経亮。
九「源氏の大将検非違使五位の尉源の義経」は「けんぴいし」と読む。ここでは、息子に雅語を教えようとして却って誤ったのをいう。
一〇 脚を真直ぐに出さず、気取った歩行。
一一 白紙よりを亀甲形に編んだ、汗とりの袖無襦袢。
一二 新発意が旦那の方へ招かれた。報恩講は親鸞上人の忌日十一月二十八日まで七昼夜にわたる法会。
一三 仏事の装束にも見栄をてらう。
一四 見てくれ隠者の店びらき。

と[一五]唐本《とうほん》と仕替《しかへ》し所が。小説《せうせつ》の[一六]艶史《えんし》か西廂記《せいせうき》。今まで飲《のん》で居られし間《かん》した酒はつくへの下へ入。粟田《あはた》やきの酒瓶《しゆびん》より。冷酒《ひやざけ》をつぎのみさいて欠《あくび》せられたる。[一七]むくつけき男の腹《はら》当《あて》したる。筒守《つゝまもり》かけたる。[一八]町代《てうだい》の書家《しよか》めきたる。[一九]俗按摩《ぞくあんま》の[二〇]花供《はなく》繊法《せんぼう》めきたる。いしやの供《とも》の反《そり》かへりたる。[二一]町がみゆひのうつふきたる。中仕《なかし》の帯の尻《しり》にむすびたる。[二二]などかく言つゞくれば。[二三]粋談義《すいだんき》[二四]粋《すい》が川《かわ》に事舊《ことふり》にたれど。いわでやまば腹ふくるゝとは。米の価《あたい》のたつときふし。[二五]いみじき事よといふ人のあれど。さのみその験《しるし》のあらざれば。見及べるまゝかきつけぬ。今はむかし淡海《あふみ》の国。[二六]何がし殿とかやにつかふまつりし人。つとめ倦《ものうく》御いとま願て。[二七]屈元《くつもと》と改。[二八]湖《こ》辺《へん》の沢畔《たくばん》にさまよはんきうくつさに。京に出て紫《むらさき》の辺に。耕《たがへし》もせずして引込。[二九]常《つね》の産《さん》なければ常の心なしと。口くせに[三〇]巫医百工《ぶいひやつこう》の徒《と》となじられし。薬箱補理《くすりばこしつらい》。かた端《はし》から病人をわるうしてまはり。[三一]世人《せじん》みな醒《さめ》し朝《あさ》の間《ま》から飲《のみ》たがり。[三二]紙屋河《かいがわ》の水すめらば。米を洗《あら》ひ。濁《にご》らば土大根《つちおゝね》を洗ふ。隠者《いんじや》めいた所は。米櫃《こめびつ》の[三三]そこさえ見ゆる山の井にといふ。本歌どりの佳作《かさく》にて知れたり。雪駄《せつた》なを師《し》とらへても。器用《きよう》なせつたの直し口じやと調子《てうし》あわせ。誰《たれ》でも御伶俐《どれいり》なと誉《ほむる》が癖《くせ》にて。白い練《ねり》絹のかり衣《きぬ》のやふなものに。白い奴袴《さしぬき》のやうな物。紗《しや》で作つた白い烏帽子《ゑぼし》のやふなものかむり。満身《みうち》が様《やふ》なものづくし。又歌《うた》よみの様なこと言たり。詩人《しじん》のやふなこと言たり。是もやふな事だらけの其いやみさ。全否《まつたくいや》みの精化《せいけ》して。人と生《うま》れ来りしかとおも

一五 唐本は唐本でも隠者の読む本ならず。 一六 隋煬帝艶史。隋煬帝一生の荒淫奢侈を描く。 一七 腹当も筒守も児輩の風俗で、成人男子には不相応。当時のいやみ連にこの風があったかは不詳。 一八 町の会所の書記役。書家気どり。 一九 「按摩が俗医の風をする」(遊里不調法記)。

二〇 金峯山蔵王堂で例年二月朔日に行なわれる蔵王権現の祭式。その当屋衆四人は、黒い頭巾をかぶり、素袍のようなものを着、白い踏込をはく(西国三十三所名所図会・六)。俗按摩はこの黒頭巾踏込姿に似る。

二一 大阪の会所守は髪結を兼ねている。

二二 徒然草の文体をうける。

二三 「風流粋談義」。安永三年刊。

二四 「徒然睟が川」。天明三年刊。

二五 米を食わずに腹がふくれれば結構。

二六 不詳。

二七 ひとりさめた者の意で屈原という。 二八 「屈原既放、游於江潭、行吟沢畔」(楚辞「漁父」)。 二九 「若民、則無恒産、因無恒心」(孟子・梁恵王上)。 三〇 「巫医百工之人、君子鄙之」(韓退之「師説」)。嘗ては医者を軽蔑していたのに。 三一 「衆人皆酔、我獨醒」(楚辞「漁父」)。 三二 「滄浪之水清兮、可以濯吾纓、滄浪之水濁兮、可以濯吾足」。紙屋川は近世かい川と呼ぶ。 三三 「安積山影さへ見ゆる山の井の」(前出)。

へば。其事三世相《さんぜそう》に見えず。ある人御前のつふりなは。何と申ものでござるやと尋られしに。いわくも有そふな㒵でハイ 一紗帽《しやぼう》でござるとのこたへ。平生詩歌連俳《しかれんはい》とも。はめ句を常の楽《たのしみ》とし。知《し》らぬ人が是は何がしの作で御坐りますが。はやふ御聞なされましたといへばム、是は不佞《ふねい》がいたしましたが。外にも同し様な歌《うた》ができましたかな。近年寺社《じしや》に二砂持《すなもち》がはやるゆへ。三浜《はま》のまさごもかずつきそふにござるといわれき。あるとしの十月四中払に。門口に書付をはられ

一 中国の風俗。紗で作った帽子で、本来黒色のもの。唐詩に見える。

二 当年砂持の流行については、盧橘庵自ら「遷宮砂持大きにはづみ」(短華蘂葉)と記し、「当世粋の源」に流行物として「砂持御遷宮の」と記す。

三 「山した水のたえず、はまのまさごのかずおほくつもりぬれば」(古今集・序)。無限に多い歌をいう。それも、砂持で砂がどんどん取去られ、尽きそうだと。

四 中仕切。十月末の決算支払い。五節句の支払いが節季だが、九月と正月との間が長いので、中払いの習慣が生じ、「つべこべ草」に「節季は、中仕切(なかばらい)を添て、年に六度になりたり」と。

しを見しに五無ニ中仕切一焉《なかばらいもなし》と。ねんごろにモの字の点《てん》が付て有しもおかし。随分六あいそつかしそふなところでは。不孝《ふかう》ものでも。蜜夫《みつふ》でも。御徳《おとく》をしたひまして又さんじましたと。七なやし舌にて鞁歌《つゞみうた》か梓巫《あづさみこ》の様な声音《こはね》にて。八茶漬《ちやづけ》ほるたくみ。此人いつの春かとよ。宇治へ鮎《あゆ》くみ見にゆかんと。先れいのはめ句の用意に。九万年紙《まんねんがみ》といへる物に。詩歌《しか》ほ句など取まぜてしるし置。扨何ものが来ても風雅《ふうが》の出合《であい》ならば。とりひしぐ積《つもり》にて。腕《うで》さすり〳〵宇治にたどりつき。ながれにさかのぼりゆけば。夏ちかき山の青〳〵と。しげり川添《かわそひ》やなぎ枝たれて。さもうらゝかなる川のおも。たなゝし小舟のすなどりいとまなきに。用かなへんとのりうつり。所から一〇頼政《よりまさ》のゆうれいもやと言そふな姿《すがた》にて。一一いんだら古跡《こせき》の一二ほり自慢《じまん》に。いろ〳〵の根問葉《ねといは》どいに。漁父《ぎよほ》一三ほつとして一四舟ばたたゝけば。雁首《かんくび》はとぽん

くろうるり巻之四終

五 借金取へのことわり書き。
六 愛想をしてくれるような所。
七 甘えた言い方であろう。
八 「ほる」は「安永新撰折句袋」に「苦をくらべ合ひにうめんを掘る」の用例があり、喫するという類の語らしい。
九 漆を塗った厚紙。胡粉で文字を書き、拭き取って何度も用いる。
一〇 「われ頼政が幽霊と名のりもあへず失せにけり」(謡曲「頼政」)。
一一 行く先々で古跡をでっち上げて。
一二 穿鑿自慢。
一三 うんざりして。
一四 「漁父莞爾而笑、鼓枻而去」(楚辞「漁父」)。枻(じか)を撃ったのではなくて舟ばたを煙管でたたいた。

口絵 紗の烏帽子様のものをかぶった男と、キセルをくわえた漁夫。遠景は宇治平等院。扇の芝が見える。

くろうるり巻之五

なべての若き人粋《すい》に至らんと欲《ほつす》ること。老《をい》て後世《こせ》ねがふよりもはなはだし。其すいと言るものは。[一]寺嶋《てらしま》で馬のくそ尋るやうなものにて。先無《ない》ものなり。又[二]粋つかい粋奮《ふるひ》すいがり抔と。歴〻《れき〳〵》あれども皆うぬ惚《ぼれ》にして。いはゞ[三]振《ふり》がゝりの刀屋《かたなや》で[四]真改《しんかい》の[五]正銘吟味《めいぎんみ》するにひとし。珊瑚珠《さんごじゆ》に似た鬼灯《ほうづき》にて。[六]仮初《かり》の事をうがち口上《こうしやう》ですむ事を。剪紙《きりかみ》遣りて[七]伏水街《ふしみまち》の骨董舗《どうぐや》が参じましたらなどゝ。かりにも漢語《かんご》。[八]名物六帖《めいぶつろくでう》と。[九]和訓抄《わくんせう》の外の天地《てんち》をしらず。又妾《てかけ》の名に。おるん。おりは。の字義《じぎ》の無はものかは。お天狗《てぐ》[一〇]お不払《ぶさ》などゝ。[一一]うがち過も目やすからず。さて粋つかひは。真のすいに彷彿《さもに》たり。まづ[一二]手跡《て》つたなからずはしりがき。茶《ちや》も香《かう》も[一三]乱舞《うちはやし》も。[一四]かど通てみ。突込《つゝこん》でくどくでもなく。折にふれ[一五]ひ《拾》らいこ色事し。されども忘八《おきや》えは入こまず。[一六]鉄醤《かね》つけの名前人《なまへにん》。[一七]神事《まつり》のかざり客となり。花にのらつき。月に闌《ふか》し。居続《いつゞけ》の[一八]荷葉飯《はすめし》。[一九]顔見世《かほみせ》のかき雑炊《ぞうすい》。ふるでなこともわる口いわず。清右衛門や佐次兵衛が。煮染《にしめ》や座《ざ》禅豆《ぜんまめ》うるあな。知つてもしらぬ皃。[二〇]他《ひと》の借金《さがり》の扱《あつかい》にゆきて。歌妓《げいこ》買て[二一]宴《さや》し。兎《と》したら[二二]当目《あてめ》が有ふか。斯《かう》したら落《おち》がこふかと。無益《むやく》の事にいろ〳〵心遣ひしてくるしみ。上《うは》べは優《ゆう》に見えて。内心《ないしん》の術《じゆつ》なさは。[二三]水鳥のたとへはものか

一 寺島は木津川口にある中洲の島。橋は無く渡舟で行くので馬は無い。大阪で、あり得ないことを言うのに、寺島で馬見た咄という(粋のみちづれ)。 二 粋つかい・粋ふるひ・粋がり、いずれも、これこそ真物の粋であるとうぬぼれて遊ぶこと。 三 なじみでなく、一見の見世に来ること。 四 万治寛文期の刀工、井上和泉守国貞。晩年真改と銘した。 五 真物はないかと尋ねる。 六 以下粋がりの様態。「うがち」で句切る。勿体らしく工夫し。
七 伏見町は道具屋が多い。
八 伊藤東涯編の中国事物辞書。
九 和訓部類抄。
一〇 「ぶさ」は不義理。
一一 工夫しすぎ。
一二 徒然草の文句。
一三 馬鹿囃。
一四 一寸ばかりやってみ。
一五 手順をふまずにいいことをするのを「ひらいこ」という。
一六 娼妓の水揚げを引受ける客。多額の出費を要する。
一七 祭の紋日を引受ける客か。
一八 蓮の葉の細かく刻んだのを飯に炊きこんだもの。生玉社門前のものについて、「荷葉飯の時分には居続の粋が幇間たつた独りつれて朝めし喰ひに来るぞ」(摂陽奇観・三二)。
一九 大阪の顔見世では、座方から観客に蠣雑炊を振舞う。戯場楽屋図会拾遺・上に「かはらぬは芝居の名代と

わ。由良《ゆら》之介役《やく》の高給《たてもの》が。[二四]茶屋場《ちやゝば》の性根《せうね》くふうする様に。秘術《ひじゆつ》と尽《つく》して粋つかふ。たとへていはゞ身仕舞部屋《みじまいべや》でかんざしに。煮《に》ぬき玉子を丸ぐち突《つき》さし。一口にほゝばるやつが。客《きやく》の座敷でかまぼこは板《いた》に付て浮《うい》ているかへも古《ふる》く。干瓢《かんひやう》のなる木が見たいと。[二五]勝《こつ》間嶋織《ましまを》る母親の有やつが。いふて居るそばに。肴鉢《さかなばち》の[二六]がざめを見て。びつくりして積《しやく》がおこつて。足《あし》の頭痛《づつう》がさしこんだわゐ ナア といへるといつしよの場にて。いゝたいこと言わずに。[二七]粋つかふていれど。実は其口に付て。[二八]がざみはなさず持ていると。秀句《くちあい》が言たそふに。はたから見えすきしは。彼堪忍《かんにん》するが粋と心得し非雅左《ひがざへもん》が。眼嫖《ぞめき》に足ふまれながら。黙礼《もくれい》してすい合すに等《ひと》し。又年闌《としま》女郎の粋のうがち過《すご》しは。為《ため》ニなる非雅《ひが》な客と。義理《ぎり》の有[二九]薄命《うすひ》客が。双方《そうほう》から引[三〇]はりの[三一]償銀《たてかね》の段に。むかしの[三二]越中太夫《ゑつちうだゆふ》が。脚布《ふたの》を半分づゝ筐《かたみ》にやつた様な皃《かほ》で。どちらへも埒《らち》せず。我ひとりが勤《つとめ》するやふに。夫では傾《けい》城《せい》の道がたゝんの。いや是では廓《さと》の名おれじやのと。粋がり力《りき》みも実《じつ》は。[三三]東家《とうか》に食《しよく》して西家《せいか》に眠《ねむ》らんといふ。模稜《どちらへもつかず》手からおこつた事。傍輩《ほうばい》にもかくしてそつと。和泉町の[三四]菅《すが》浦合相様《うらあいそう》に見てもらへば。[三五]長堀《ながほり》の材木大尽《さいもくほうぐわん》の方へゆけとのおしえ。又[三六]元三大師《ぐわんざんだいし》の御鬮《みくじ》は。洗馬《せんは》がよいとの事にどぎまぎ。気の落つかぬからの強《つよ》がり。其うち材木大尽は。[三七]土佐《とさ》の客の故障《こしやう》と。[三八]宴過《たてこし》とで差支《さしつかへ》。せんばの薬種牙婆《やくしゆすあい》は。甘草《かんぞう》のおもわく違にじやみけれど。流石老妓《さすがとしま》のまけおしみに。[三九]神事恋《まつりいろ》もおとなげなく。つゝはつて居るうち。はや年限《ねん》も明

顔見せの蠣雑水」とあるように古くからの習慣で、ふるでな事にかかる。
二〇 仲裁の為に一席設けて過度の散財をする。そうするのが粋だと思うのである。 二一 冴えさせる。にぎやかに遊興する。 二二 効き目。効果。
二三 水面下では必死に水をかいている。 二四 祇園一力の場。
二五 勝間木綿の縞織り。
二六 がざみ。わたり蟹。
二七 間違った事を聞いても言わぬのが粋。
二八 肌身はなさず。 二九 豊かならず。
三〇 女郎を中心に引っ張りの見得。
三一 身請けの段。
三二 延宝年中、新町木村屋越中。田舎の客二人、帰国を前にして独占の争いあり。身になれた脚布を二つに分ち、両夫に贈って、二人を帰したと。
三三 「風俗通」に見える故事。斉の一女、二家より求められて、「願東家食而西家息」と言ったと。
三四 易者名に宛てたらしいが不詳。
三五 長堀の西横堀より以西南北岸は材木問屋の所在地。
三六 百本の鬮函から一本を引き出す。一方、百首の七言絶句を記した冊子から鬮の番号に当る詩句を観て、暗示を得る。
三七 土佐は大阪へ材木を供給する。土佐材木問屋が何軒もあった。
三八 遊興費の支払い延滞。
三九 不詳。

たれど。おもひの外末のよすがを誰とふ者《もの》もなく。[一]高なぐれし。[二]不可理《ふかり》に座敷がりして。銭のいらぬ見えに。はなやかに仕立て壮観遊山《ものみゆさん》にかこ付。[三]判官《よいとり》の懸《かゝ》るを待もしばらくにて。つい小遣銭《こつかいぜに》と裾《すそ》とが一時に切るやら。青春《とし》と皺《しは》とがよるばかりで。[四]おして見ても続《つゞ》かず。また轡《おきや》の内へ居候《いそうろ》となり。提針《おはり》のそばてしゆんだ[五]しきしものゝ。けいこして日をおくるうち。[六]三勝《さんかつ》でも無人《ない》なれさんしたをとりへに。[七]石町《こくまち》かつて何やら願事の有。山師《やまし》親仁《おやぢ》の妾《てかけ》にと。世話人《せわにん》が言《いふ》てくれば。只居《たゞい》よより素人《しろと》の堅親仁《かたおやぢ》より。いつそましとそれにきはまりぬ。爰に願望御成就《くわんもふごじやうじゆ》の上。[八]仲仕頭《なかしかしら》にして貰筈《もらふはつ》て。無賃《むちん》で雇《やと》はれて居る働人《はたらきど》是がむすめも[九]口の上で下女分。縫《ぬい》くゝりもおしへてもろふたり。能事《よいこと》見ならはして場所《ばしよ》へ出し。一夜検校《いちやけんげう》の立身《しゆせ》さすつ[一〇]もりぞこない。女は氏《うじ》なふて玉のこしに糊屋《のりや》の娘が。雑巾《そうきん》さへ[一一]壁下地《かべしたぢ》の様な刺様《さし》する小女郎《こめろ》をたよりに。てかけの方から[一二]裸人形《いちまにんげう》の服《べゞ》の相談《そうたん》し。[一三]髪《かみ》ゆひまかせの天窓《あたま》さへ。ひるねあげくは面倒《めんどう》がつて。[一四]悪鬼《あつき》はらげとやら下卑《けび》た風《ふう》し。耳順《ろくじう》殿を緋《ひ》ぢりめんの脚布《きやふ》で引くゝるつもりも。何がはんくわの地の[一五]欲深《すじこ》を[一六]謀《ぐん》にかける。[一七]練《ねれ》気《け》親仁が[一八]松金《あぶら》にはまり。たゞ一とせか二とせか。[一九]三とせは爰に縁《ゑん》でかな。[二〇]つゐ後偶《のちづれ》と[二一]なら坂や。この躰《てい》にてもくらされず。[二二]上塩町《うへしほまち》に[二三]須磨《すま》の蜑《あま》の。しほたれ衣のせんだくも仕覚《しおぼへ》へ。[二四]綿時分《わたじぶん》には[二五]小便《せうべん》とりいぢりぬき。帯《おび》のかはりに前だれし。たすきのかわりに諸肌《おゝはだ》ぬぎ。婦《おんな》のあらぬ諍《いさかゐ》ばなし。[二六]手の脈《みやく》とくり。あたまの[二七]たぐさ。いや胸《むな》づくしを取つたのと。

一 高慢な妓がきらわれて売れ残ること。 二「道頓堀波吉橋の西湊町を富賀里(フカリ)といふ」(摂陽奇観・六)、「富家里晴嵐 尤佳妾宅隠居場、前造町家後在郷、田地日晴広且緑、微風吹送小便香」(戯場節用集)。
三「よいとりとは大尽のこと」(新撰大阪詞大全)。 四 やり続けても。
五 色紙物。つぎあて。
六「在所生れの此わしと人馴れさしやつた三勝殿」(女舞剱紅楓・五)。
七 石町は京橋二丁目の一つ南の町筋。石町がるの意不詳。
八 将来仲仕頭にしてもらう筈の働人があって、その娘も。
九 口べらしの上で、無賃で住込み。
一〇 女仕事を教えてもらう筈があてはずれ。
一一 小舞竹をくくるよう。
一二 市松人形。とくに妾の愛好物とされた。
一三 妾などは「根が自己(わがで)に髪いふことのならぬ」(つべこべ草・二)もの。
一四 悪鬼は大阪弁の修辞。さしを使って留めず、はらげ髪をひどく言う。はらげ髪は鬢の後の髪が放たれているもの。「はらげ髪なども世にことやうにしていみじきかたにはゆめ〳〵とり上もし給はぬいやみなり」(ものはぐさ)。
一五 一筋縄ではいかない者。
一六「ぐん」は軍師。計策にはめる。
一七 老練老獪な親仁。 一八 口のうまさにひっかかり。 一九「三年はここ

片言《かたこと》まじりあばずれ嚊《かゝ》となり。二八大師廻《だいしめぐ》りは出合の約束。二九角丸《かとまる》たけだは小遣の消所《きへどころ》となるより。根《ね》がけつかうにも無《ない》親仁が肝《かん》しやく起《おこ》せば。口あかさぬやうにそこらの物うちわるにも。銭安《やす》で跡の三〇へらぬやふに。火播《じうのう》やいかき取て三一ほるは。死後《しにあと》は我ものと。そろばんが入てあれば也。おやぢも其手もくわねば。犬さへくはぬ女夫《めうと》げんくわも。日がくれてつい三二膳《ぜん》の上の箸《はし》。その夜のあのゝ物のに。三三青海打《せいかゐうた》して兵法《ひやうほう》つかわれ。親仁は翌日頭痛《あすづつう》で枕《まくら》が上らぬ程のめらされても。

にすまの浦」(謡曲「松風」)。
二〇 縁あってか、ふと後妻となっては、妾風では暮されず。
二一 「このて」にかかる枕詞。「この躰」に掛ける。「くいなん事もならざかやこのていになるふたおもひかな」(鳥の歌合)。
二二 谷町の東側。
二三 「須磨のあまの塩焼衣色変へて」(謡曲「松風」)。
二四 綿の収穫期、秋八月。
二五 契約して汲み取りに来る百姓。謝礼の野菜をもっとよこせという。「汲了、報以大根数茎或茄子類顆或菜両三把、孃姐細撿相当乎否、多則無論、少則曰更加数、彼多不肯是亦不許、至相嗔相罵」(都繁昌記・担屎漢)。
二六 脈どころ。手首。
二七 たぶさ。
二八 大師めぐりにかこつけて逢引する話が滑稽即興噺・五に見える。月の二十一日だから日どりもはっきりしている。
二九 芝居の名。竹田と共に中芝居。
三〇 遺産が減らぬように、茶碗は投げぬ。
三一 抛る。
三二 猫の傍の鰹節。
三三 青海は青海波。男女のことをいう。波が荒かった(滑稽即興噺・五)など。

口絵　右に妾、左側で分散の相談。

根が御所柿《ごしよかき》くふようなもので。渋《しぶ》いやふてもどこやらに。底《そこ》あまみの有に取つき。かやふにゑげ付られぬそれがぞもと丶なつて。夕ぎりならで此親仁も。秋のすへからぶら〳〵と。病付《やみつき》出して朝霜《あさのしも》。ついじみ〳〵と消果《きへはて》ぬ。サア　おかわ丸どりと。なつた所が家具《かぐ》るいは売上《うりあげ》書て歩銭《ぶぜに》かり。判《はん》ぐみの頼《たの》もしのからのと。買《かい》が丶りの外にいろ〳〵の藝尽《けいづく》しに運《うん》じ果《はて》。もはや再嫁《さいか》もならぬとしばい。三日百《みつかひやく》のやとはれ姥《かゝ》も。まんざら槌《つち》の子ではゆかれず。病人の介抱《かいほう》には取廻《とりまはし》が不調法《ふてうほう》と。寐ごひとで頼てなく。一家とては広《ひろ》嶋《しま》の国に。足軽《あしかる》か倍臣《みそ》に兄《あに》があれど。音信不通《いんしんふつう》。是非無《ぜひなく》山しな尼《あま》とそりこぼち。沢上江《かすがへ》へゆき馬のはら当《あて》見る様な。あひの白上《しろあが》りに母恩寺《ぼをんじ》仏餉《ぶつせう》仕合わろしと。染し袋《ふくろ》くびにかけ。関寺《せきでら》小町がつてあるかる丶も。粋《すい》の遣ひ過《すご》しに刃鉄《はかね》が廻りしなるべし。さて粋奮粋《すいふるひ》がりの徒《と》は。全《ぜん》躰そ丶こしく。わざと指合《さしあい》くらず。高声《こはたか》に大口言《おゝぐちいふ》を粋と心得。はやりうたはな紙に書《かい》て戻り。に候尽《づく》しの文にさへ。かきとれぬ所は画《ゑ》を入。劇場《しばい》で俳優《やくしや》ほむるにも。藝《しうち》にかんじて褒美《ほうび》せず。たゞ場当《ばあたり》を言たがり。十日夷《ゑひす》や愛染詣《あいぜんまいり》に。向から妓娼《おやま》がくると。連中への人そばへに。知己《ちかづき》でも無《ない》に　アノ　やんまちとさすと。袖覆《そておゝふ》たり脇《わき》見したり。色〻所作事《しよさごと》すれど。先はいつから見ずしらず。気《き》もつかずにゆき過《すぐる》と。此男さて〳〵術《じゆつ》なかつた。しかし場所《ばしよ》を見てあつちも粋を通《とをし》つたと。訳《わけ》なしの空贅《そらせい》。或開帳《かいてう》の縁《ゑ》ときにゆきて。婦人《をんな》でさへあれば内陳《ないぢん》へ入たり。平生其周章《あはて》。此はな毛どのが。友達《ともだち》

一　ゑげは餌筈。餌付けされ。
二　事の起り。
三　「名は立のぼるゆふぎりや、あきのすへよりぶら〳〵と、ねたりおきたりおもやせて」(宮古路豊後正本「夕霧阿波の鳴戸」)。
四　尿桶(おかわ)に虎子(おまる)と言いかけたしゃれ。跡式丸どり。
五　すっかり売払って領収書を書き。
六　五人組の印判。
七　無尽だの何だの。
八　いろいろ厄介なことが出てくるのにうんざりし。
九　三日で労賃百文。「三日百文のせんだく母おや」(なんでも十九論)。
一〇　針仕事のできない女。
一一　上級武士の家に仕える家来。用人。みそすりの意。
一二　しょうことなしになる尼。
一三　毛馬村の下流東岸。この村に後白河院本願の尼寺母恩寺がある。
一四　藍地に白抜き。
一五　尼形となり、母恩寺の承認の下に、米の施しを受ける習俗があったのだろう。
一六　老残落魄の小町の身を気どる。
一七　能力が衰え落ち目になる。
一八　誰が聞こうがおかまいなし。
一九　色事のはなしをする。
二〇　天王寺村の勝曼院に詣ること。元日、新町の娼妓が愛染詣りをする。
二一　はしゃいでする冗談。
二二　おやま。せんぼの一。
二三　差合がある。

に蜜夫《まをとこ》せられ。うつそりと知らずに居るを。女房の仕《し》うちがにくさに。そつと近所からつぐれば。俄《にはか》にむくりをにやし。[二四]山中左衛門が三之介つかまれた様に。じだんだふみし見ぐるしさ。外のともだちが見かね。名さかの立《たゝ》ぬうち美《うつく》しうひまやりやといへど。夫も得《え》せず内証《ないせう》で。女房に恨《うらみ》やら詫《わび》やら。泣《ない》つくどひつついけんして。けり仕舞。暫《しばらく》は[二五]さずめども。もへ杭《くい》に高ぶつた火のうつりやすく。八日やくし[二六]六斎神明《ろくさいしんめい》と。また[二七]ぞけ出し。こんどはかゝもこしをする。所詮《しよせん》[二八]剣《つるぎ》の舞《まい》迄は得せぬと見すへ。高くゝつてひまとりさんだん。壱人言ふたりいゝ。他町《たてう》の子供迄がそこのかどで。最前《さいぜん》やつたのは訳《わけ》なき[二九]てんごがきと。どふやら新町であつたやふなこと唱《うた》ひ。浮名《うきな》立るやうになると。少しはこらへがたく。荷物おさへての。尼《あま》にしてのと。みれんな出入言つる気のどくさに。信友《しんゆう》が来て男らしう隙《ひま》遣りや。粋に似合《にあわ》ぬ事じやないかと。たつた一字の粋の字が。[三〇]一以貫《いつもつてこれをつら》之《ぬき》。その男に任《まか》すれば。一向[三一]妹分《いもとぶん》にして嫁《よみ》入らせ。一生涯見《いつせうがいみ》捨《すて》まいと[三二]泰状乞《たいぜうごひ》させ。了簡《りやうけん》しやと。御為《おため》ごかしの反忠《かへりちう》に。又ほかから南無三宝《なむさんばう》の悪《あく》ちやり者が出て。[三三]いつそこふはと分別顔《ふんべつがほ》。[三四]こりや　キヨトイ　はとてうしにのり。扨趣向はと聞たがるたわけに。悪ちやり付込先誰《たれ》は舅彼《しうとかれ》は仲人《なかうど》。あるひは手代草履《そうり》とりまで。放蕩社中《のらなかま》で役人が揃《そろふ》と。白昼《ひるなか》によめ入。人形遣ひの[三五]くろごかつて。一やふに烏《からす》の様な出立にて行例《げうれつ》し。荷物《にもつ》は[三六]道具建《どうぐだて》をかり。献ゝ《こん〳〵》の盃《さかづき》がすむと千秋楽《せんしうらく》の代《かはり》に。段切《だんぎり》の[三七]大三重。祝義《しうぎ》の音物《いんもつ》は[三八]つみ物し。[三九]五日帰に

二四　浄瑠璃「花衣いろは縁起」に出る、山中左衛門尉義経と息子三之助。農耕中、鷲に三歳の三之助をつかみさらわれる。「翅なければ詮方なくあれよ〳〵と身をもだへ夫婦手をのべ足つま立踊上り飛上り心も空にさけぶ子の」。
二五　鎮まる。
二六　内平野町神明。毎月一六の夜、参詣群をなし、夜店が出た。
二七　くずれだし。
二八　刃傷沙汰迄はすまい。
二九　誓紙は本気でなし。
三〇　「吾一以貫之」（論語・里仁）。
三一　鼻毛男の妹分ということにして。妹分は同棲のわけある女を世間に言う言い方。
三二　台状乞。男にわび状を出させる。
三三　いっそこうしたら。
三四　これはすごい。内容を聞く前から調子にのる。
三五　黒衣気どりで。
三六　芝居の嫁入り道具一揃い。
三七　大序段切りの華やかな三弦。
三八　劇場前に積み上げる祝儀の品。
三九　嫁入り後五日にする里帰り。

は新手《しんて》のはなやかな。めりやすで送ふと。はなもうごかさず智恵《ちへ》ふるへば。うつゝぬかして小躍《こおどり》し。焼餅《りんき》はどこへやらゆき。友達《ともたち》どしは恥《はつ》かしいと。まおとこへ義理立《だて》し。其《その》晩《ばん》から女夫《めおと》が別《へつ》に寐《ね》るとは。あんまりな有頂天《うてうてん》也。扨又富《ふ》家《か》の若《わか》手代の。きのふか一昨《おとゝ》日《い》まへがみとつた奴《やつ》が。店先《みせさき》へ出てむせうに大きな声して。一子供引をと呼《よ》んで見たく。いかめしう机《つくへ》すへて。根のとげ二ぬ手習は。漆《うるし》のごとくでは無《ない》石うるしのごとし。出入の肴《さかな》屋が来ると。得買《かい》もせぬ魚の

一 丁稚を呼ぶ。

二 最後まで仕上げない。当初はうるしどころか石うるし程机にへばりつくが、結局根はとげず。

からぞめきし。穏和《おんくわ》な内故ゆるされて。謡《うたひ》けいこにゆくと。来るほどな小息子《こむすこ》がみなす[三]いに見えしは。[四]みをづくしといふ[五]道中記《どうちうき》で。[六]松のいばらきやの襖《ふすま》の引手がちくらの鮓桶《すしおけ》の様なはなしや。[七]唐話《とうは》纂要《さんよう》で唐音《いん》遣ふにあら肝《きも》とられ。訳《わけ》もなふ粋が浦山《うらやま》しうなり。夫から髷《わげ》ばかりは旦那《たんな》衆《しゆ》めき。利根《りこん》なといわりよとめつたにこと葉多。臺所婢女《だいどころのおなご》のそばへ往《い》て。おまへはいつやぶ入しなますと。丁稚《でつち》のとき供にいて聞はつた。廓方言《しんまちことば》。女郎にもらいそうなたばこ入買《かふ》て持《もち》。夫から段ゝ能《のう》があがり。下役のむすこと。歌三味せんの[八]軒附《けた》にいたり。人にあひそみない日を撰《えり》。藝子《げいこ》つれて[九]久ゝ知詣《くゝちまいり》。[一〇]御田《おんだ》植の[一一]あいぜんの頓興者《とんけうもの》はひと。[一二]そはつきに[一三]ねまりがくると。[一四]受人《うけにん》よび出下拵《だすしたこしらへ》し。扨どこの見世にも。とりづゝ有て。千倉《ちくら》の鮓《すし》七桶《おけ》くふの。[一五]虎屋《とらや》の三匁棹《ざほ》のやうかんを。尺八喰《しやくはちぐい》に五本するの。志貴《しぎ》の毘沙門《びしやもん》へ昼迄《ひるまで》ニ詣《まいつ》て戻たのと。益《やく》にもたゝぬことを強《つよ》がり。信心《しんぐ》でもなく晨詣《あさまいり》し。[一六]月ゝのこんひらかゝさず。附合《つきあい》で一度いた茶屋の。松葉紅《やとわれなかい》に途中《とちう》であふて。其茶屋の安《あん》否《ひ》きゝ。段ゝ外《そと》をうちと出歩行《あるき》。とふ〳〵[一七]足上《てがたがやけ》たとき。常ゝ主人の威光《いかう》で。出入方こなしたくせで。横柄《おうへい》で[一八]むき口なく。仕覚《しおぼへ》たことゝては。当分有もせぬ[一九]銀《かね》見ることや。豆《とう》腐《ふ》とてこい菜局《やをや》へはしれと[二〇]旧記《きうき》に有の外仕なれたことなく。天を仰《あをい》で長嘆《てうたん》し。嗚呼《あゝ》乗《ぜうめん》馬《むま》の[二一]飼《かい》おろしじや ナア とはまだ出来過の[二二]身上り。駿馬《しゆんめ》には千里の能《のう》が有たれと。此男には寸功《すんこう》もなく。ねこと同じことで。かり初《そめ》にも[二三]屋根から出かけても人が[二四]請取らねば。

三 皆粋に見えたというのは、細見の知識で揚屋の噂をしているのや、唐話纂要仕込みの唐音をつかったりしているのだが、その種を知らずに畏敬する。
四 新町の細見。宝暦七年より諸版あり。新町遊廓の委細を記す。
五 廓の案内書。盧橘庵は享和元年版「廓中一覧」に序文を書いている。
六 このこと不詳。
七 享保元年刊。岡島冠山著の唐話辞書。
八 浄瑠璃の門付け。
九 摂津国河辺郡久々知妙見堂詣り。
一〇 住吉社田植えの神事。五月二十八日。
一一 勝曼院詣り。祭日は六月一日。
一二 浮かれること。
一三 べたつき。しつこくすること。
一四 くびになる前段階。
一五 高麗橋三丁目、虎屋大和大掾伊織。名代の饅頭屋。
一六 毎月十日に詣る。
一七 不首尾となる。
一八 どうぞといってくれるところ。就職口。
一九 銀貨の真偽鑑定。
二〇 昔そのように言っていた。
二一 駄馬への左遷。
二二 うぬぼれ。
二三 高く出る。　二四 承認する。

口絵　勝手口と杓子掛をあらわす。屋内に天秤。

よふ〱富会所《とみくわいしよ》のものかき歟。男附の立派《りつぱ》なをとりへに。[一]御免勧化《くわんけ》のやとわれ[二]侍《さむらい》にゆかるゝは。すいふるいの仕果《しはて》のうちにまゝ有べし。唯実《まこと》の粋は思見鏡《しけんけう》ぐらゐのちからでは見えわかず。何事もおとなしく。[三]孝《こう》は百行《ひやくこう》の本《もと》といふことをわすれず。第一義の商売《しやうばい》情出し。万事《ばん》ふつゝかならぬとりまはし。勤《つとめ》の餘力《よりよく》には。国風《こくふう》なれば歌よみなりと。学文しなりと其外何まなびなりと勝手にし。夫も銘《めい》〱の渡世《とせい》がらまた分限《ぶんげん》によりてかたうはいわれず。[四]聖語《せいと》のかた〱ならずかたよらすと。今のどちらへもつかずとまきれぬやふにして。我みち〱のいとなみこそ肝要《かんやう》ならめ。その奥儀《おうぎ》は別になし。たゞ[五]御制札《ごせいさつ》見てあのとをりよく守《まも》らば。六合《てんち》の間にみぢんも心得違《こゝろへちがひ》はないもの也。夫をさして真《しん》の粋とも。又粋しりともいふなるべし

粋うるり五終

一　幕府の許可を得ての勧化募金。
二　勧化僧の従者に雇われること。
三　「孝道之美百行之本也」(白虎通・考黜)。
四　「中者。不偏不倚。無過不及之名」(中庸章句)の道春点に、「中ハカタ〱ナラズカタヨラズ、スギタル事ヲヨバザル事無キノ名ナリ」と付訓。
五　正徳元年制定の五種の高札。幕府民政の大法とする。中でも「親子兄弟札」に、「親子兄弟夫婦を始め諸親類にしたしく、下人等に至る迄これをあはれむべし。主人ある輩はをの〱其奉公に精を出すへき事」以下九ケ条、庶民日常の基本を示す。

天明五巳歳正月

皇京書局　堺屋嘉七
東武書房　前川六左衛門
浪速書肆　河内屋八兵衛
　　　　　山口屋又一

新梓《しんし》戯作《げさく》

絵《え》兄《きよう》弟《だい》

中野三敏 校注

滑稽絵本の沿革を説くに「鳥獣戯画」から始めるにも及ぶまいが、絵心を持つ者にとって、本格的な絵画制作の片手間、一寸した息つぎに何がしか滑稽味、もしくは飄逸味を帯びた絵を画く事は、和歌と狂歌、連歌と俳諧、漢詩と狂詩などの在り様にも通じるものがあろう。

　近世に入ると、専門の絵画の一派としても大津絵・鳥羽絵のカリカチュアから、一蝶派の軽妙な風俗画、南画や四条派の温かな人物、更には禅機に溢れた僧侶の戯画など、優に一派に数えられる滑稽絵画が多出するが、特に宝暦前後からは、見立絵本と称する一種のパズル風な機智の面白さを主とした絵本の一群が続刊される。出発点は漕川小舟の戯名で画かれた『見立百化鳥』(宝暦五年刊)なる三冊本で、俳人山本亀成の遊びであった事がわかっているが(拙稿「見立絵本の系譜」、昭和五十六年刊『戯作研究』所収)、その直接の流れにある事を自ら表明して書かれたのが、京伝作の本書である。北尾政演の画名を持つ浮世絵師として出発した京伝であってみれば、絵は御手のもの故、本書の発想は自然の思いつきともいえようが、やはり俳人亀成への挨拶か、題名も其角の俳書「句兄弟」をもじり、取りあげる題材には大津絵・鳥羽絵・一蝶派等々、戯画の先達への配慮も怠らない。しかも一対の見立絵という前半の新機軸もさることながら、画中吹出しの詞書きのみではなく、それぞれの画題に合わせて、後半は「吹寄せ」「こじつけ」の戯文集として纏める辺り、やはり画師にあらず戯作者としての京伝の面目を示している。しかもおかしいのはやはり文章の方で、前半の見立絵の部でも、吹出しの文章や書入れのムダ口が大いに利いている。これは黄表紙などもやはりそうなのであって、絵はあくまでも写実でやっておいて、ムダ口の書入れや、ストーリー展開の面白さで大いに笑わせるようにする。京伝は中でも名文家と称して良く、会話体の上手さは洒落本に現われ、叙情的な文章は『古契三娼』の発端や『四時交加』の四季の文などに見得る。本書後半の文章の弾み具合なども、流石に京伝ならではの気分を横溢させている。

絵兄弟自叙

一日《いちにち》我《わが》胸中《けうちう》の煤払《す〻はき》[一]に雇《やとは》れ、心《しん》[二]の臓《ぞう》の紙屑籠《かみくづかご》[三]をさぐつて、一書《いつしよ》を得《え》たり。火《ひ》[四]を燃《とも》してよく見《み》れば、頭《かしら》は箕輪《みわ》[五]が猿《さる》を真似《まね》、胴《どう》は虎《とら》[六]の絵《ゑ》がみに倣《なら》ひ、尻尾《しりお》は曾我《そが》[七]の蛇足《じやそく》を学《まな》び、啼《なく》声有声《こへうせい》[八]の画《ぐは》に似《に》たり。擂槌飛《すりこぎと》[九]んで天《てん》にいたる、鳥羽僧正《とばそうじやう》[一〇]の写意《しやゐ》、娘盆《むすめぼん》[一一]におどる、英一蝶《はなぶさいつてう》[一二]の丹青《たんせい》[一三]といへども、未若是新図《いまだかくのごときしんづ》の狂画《きやうぐは》を見ず。且其趣意《かつそのしゆゐ》を考《かんが》ふるに、総《すべ》て一対《いつつい》の似《に》たる物《もの》をあつむ。素《もと》よりよく似たり。似[一四]たりやにたり花渓蓀《はなあやめ》[一五]、馬藺《かきつばた》、兼道《かねみち》に助八《すけはち》、鬼《おに》[一六]次《じ》に秀鶴《しうくはく》。雪《ゆき》[一七]は鵞毛《がもう》に似《に》てとんで散乱《さんらん》し、鯛《たい》は鮗《いしなげ》[一八]に似《に》て飛《とん》だ万八多《まんばちおほ》[一九]く、形《かたち》の似《に》たのが、唐茄子《とうなす》[二〇]、東埔塞《かぼちや》、鼻《はな》の似《に》たのが天狗《てんぐ》に薬鑵《やくはん》。むかし〳〵を尋《たづぬ》れば、天稚彦《あめわかひこ》[二一]に似《に》たる古事《こじ》、陽虎《ようこ》[二二]に似《に》たるためしもあり。髯《ひげ》が似《に》たとて奴《やつこ》[二三]でごんすなら、泥鰍《どぢよ》に、鮧《なまづ》に、関羽《くはんう》[二四]に、鐘《しやう》[二五]馗《き》に、宗祇《さうぎ》[二六]に、意休《ゐきう》[二七]に、唐人飴売《とうじんあめうり》[二八]、みんな奴《やつこ》と可謂乎《いつ〻べし》。向《むか》[二九]ふ通《とを》るは清十郎《せじゆろ》じやないか、笠《かさ》がよう似《に》た菅笠《すげがさ》の、似《に》たのが案山子《か〻し》に抜参《ぬけまいり》[三〇]、瓜《ふり》[三一]を二つにわらずに其《その》ま〻、こと〴〵く皆画中《みなぐはちう》にあり。余《よ》是《これ》を閲《けみ》し終《おはつ》て、大《お〻い》に笑《わら》へば、彼哄堂《かのこうどう》[三二]の笑《わらひ》のごとく、左右《さゆう》にも亦《また》、大に

自叙および総目(二七三―二七五頁)に限り、底本の振仮名を〈 〉にかこまなかった。

一 十二月十三日の大掃除を言う。公家・武家ともに同日に行うので「禁中の煤払」のもじりで「胸中の煤払」。 二 心臓。心の中の意。 三 孔子の旧宅の壁中から論語や孝経が出たとする「壁中書」の来歴説話を下敷きにした表現。 四 謡曲「鵺」に「扨火をともしよく見れば、頭はさる尾は蛇、足手は虎の如くにて、鳴声ぬえに似たりけり」。 五 箕輪は三輪大明神で、比叡山王権現と同体という。猿は比叡大権現の御使いとされるによるか。 六 虎の絵を文様にした絵紙。 七 室町中・後期の画人。曾我派の祖。江戸中期その十世を名乗る曾我蕭白も蛇足軒と称した(安永十年没)。 八 画論・詩論の用語の一。詩を称して有声の画と言い、画を称して無声の詩という。 九 →二九二頁注一。 一〇 僧正覚猷。平安時代の僧。天台座主。後年鳥羽に住む。鳥羽絵の鼻祖といわれる。 一一 盆踊りは英一蝶の代表的画題。 一二 元禄期の画人、多賀朝湖。享保九年没、七十三歳。狩野派の門から出て一家を成す。特に江戸の武家筋に受け入れられた。 一三 絵画の異称。 一四 以下「似たもの尽し」の文脈。 一五 「何れあやめかかきつばた」。太平記・二十一、頼政と菖蒲前の故事。 一六 歌舞伎役者三世大谷鬼次(天明七

わらふ。人あつて、上梓《じやうし》せんことを需《もと》む。抑《そも〱》曾我《そが》兄弟《きやうだい》は孝《かう》に名高《なたか》く、一訥子《とつし》兄弟は芸《げい》に名誉《めいよ》あり。二兄弟他人《たにん》のはじまりとは、豈君子《あにくんし》のせりふならんや。そこで則《すなはち》かの三俳諧句《はいかいく》兄弟にならひて、四晋子《しんし》其角《きかく》の嚮《ひゞき》をかり、新梓《しんし》戯作《げさく》絵兄弟と題《だい》して、兄弟分《ぶん》の五書肆《しよしら》等に授《さづ》け、六売物《うりもの》には花《はな》をかざれと。自《みづから》讃美《ほめ》そやして叙《じよ》す。

七煙草入見勢《たばこいれみせ》において

山東京傳題

八

于時寛政六年甲寅孟陬九

年春、大谷春次を改名、寛政六年冬に二代目中村仲蔵となる)と初代仲蔵、俳名秀鶴。「秀鶴随筆」に「春次事は其体は仲蔵にも能似申候也」。一七 →二九六頁注八。一八 姿は鯛に似るが味は劣るので、まやかしものの意で「いしなぎの味噌吸」という諺がある。一九 うそ、まやかしの意。明和頃からの流行語。二〇「和漢三才図会」によれば、とうなすとかぼちゃは共に「南京瓜」の俗称。明和頃から「道理でかぼちゃがとうなすだ」の流行語あり。二一 記紀神話の一。天稚彦の葬儀の時、彦の両親は彦の妻下照比売の兄神を息子と見誤る。二二 春秋時代の魯の人。孔子が匡を通る時、陽虎と間違えられた故事がある(史記・孔子世家)。二三 行列の供先に立ち槍持などを勤める奴は、多く鎌髭を生やし、作り髭で目立つ様子をした。二四「三国志」に有名な蜀漢の武将。長髯の勇姿が画かれる。二五 鍾馗。絵は髭面で大目玉に画かれる。二六 中世の有名な連歌師。「祇は天性ひげを愛し…」(宗祇諸国物語・三)。二七 歌舞伎「助六」ものに登場する敵役。真っ白の長い髭を生やす。二八 江戸中期頃から市中を行商する。朝鮮人や唐人に見立てた服装をし、髭を生やし、唐話風の歌をうたって飴を売った。二九「はやり歌古今集」(元禄十二年)所収の「清十郎ぶし」の文句。前文「髭が似たとて…」以下はこの文句の

総目

もじり。「むかひ通るは…清十郎ぢやないか、笠がよく似ッた…いよ菅笠がァへ、笠が似たとて」。一〇 流行習俗の一で、親や主人・役人等の許可なしに行う伊勢参宮。多く同行二人などと書いた笠をかぶる。一一「瓜二つ」を強めた形容の慣用句。「夕霧に瓜を二つに割らずに其まゝの瓜実がほ」(御伽名代紙衣・六)。一二 皆が一同に笑うこと。「満座笑曰二哄堂一」(書言故事大全・哂笑類)。

一 二代目沢村宗十郎訥子の子供兄弟。兄は二代目助高屋高助、弟は三代目宗十郎。二「おとゝい(兄弟)は他人のはじまり」(毛吹草)。三 其角編「俳諧句兄弟」、元禄七年自序。上巻に三十九番の句合せを収める。四 俳諧師。榎本氏、又宝井とも。晋其角は「易経」の文をとって三字号としたもの。江戸座都会派俳諧の鼻祖とされる。宝永四年没、四十七歳。五 本書の版元鶴屋と蔦屋は、京伝にとってはまさしく兄弟分ともいうべき、馴染みの本屋である。六 諺。「売り物には花を飾れ」(毛吹草・二)。七 寛政五年秋、銀座一丁目に開いた紙製煙草入店。「京伝店」とも称した。間口九尺、奥行二間。歌麿画「山東京伝煙草入店先」の大判錦絵あり。八「巴山人」。天明七年の洒落本序文署名から用い初めた印章。九 正月の異称。

一番　兄　[一]万歳《〈まんざい〉》
[二]鐘下点地口《〈シヤウカデンヂ[三]グチ〉》
[四]才蔵《〈サイザウ〉》ハ来年《〈ライネン〉》ヲ顧《〈カヘリミ〉》ズ

からまた墨《すみ》田川を見渡《みわた》したところはどうもいへぬ。しかし屠蘇酒《とそざけ》がみんな醒《さ》めた。

とんと三河なぞにはないけしきだ。

一 正月を祝って市中を廻る大道芸人の一。太夫と才蔵の二人組みで、江戸市中は三河から来る太夫が歳末に日本橋の才蔵市で相手の才蔵を選び、一組となって鼓で拍子をとりながら卑猥な言葉をまじえた滑稽な口上で笑わせて礼物を貰う。太夫の扮装は折烏帽子に麻の素襖を着、大小二刀を帯び、才蔵は侍烏帽子に素襖を着、米袋を持つ。絵は隅田川岸の舟に乗る太夫の後姿で、前に鼓を置き、英一蝶の浅妻舟の図の見立て。右上の花枝は柳に見立てた正月の餅花であろう。

二 鐘下は雑俳点者で、安永頃の人。「相合袴」(安永四年)に「柳原土手下龍閑町中ほど」の所付けで見える。当時雑俳と共に地口やもじりの点取り(点者が投句を選評し、公表して賞品を出すもの)が行われた。

三 言葉遊びの一。諺などの成語に語呂を合わせたしゃれ言葉。上方では「口合(くちあい)」という。

四 「大行は細謹を顧みず」(史記・項羽本紀)の地口。天明初年刊の地口絵本「口まめ鳥」に載る。太夫と才蔵の契約は一年ぎりゆえ。

五うろ〳〵船《ふね》でもくればいゝ。
腹《はら》が大き六にきた。

こつちは七烏帽子《ゑぼし》・水干《すいかん》より瓜《うり》か西瓜《すいくは》のほうがいゝ。から
いつちやァちつと恰好《かつこ》が悪《わる》いけれど。

弟 八浅妻船

九今宵《こよひ》ねぬる一〇浅妻船のあさからぬ
契《ちぎ》りをたれに又かはすらん

舟梁《ふなばり》の露《つゆ》はもろ寐《ね》のなみだかな　一一秋色

五 煮売船の俗称。船遊びの季節に出る物売り船。

六 腹がへったこと。「腹が北山」などの洒落詞がある。

七 中世の遊女の衣装。特に「浅妻船」の絵様として紋切形の衣装である。

八 英一蝶の絵と同人の作という小唄で有名。一蝶門の画師も多く画いた。京伝作「英一蝶伝」(近世奇跡考)に「やがてかの朝妻舟のかたをゑがき、且朝妻舟といふ小歌をつくりけるとなん…船のうちにくゞつ女の烏帽子水干着たるかたをば一蝶晩年にかきたり。始は只小舟のうちに烏帽子つゞみなどとりちらしたるさまをかきけるとぞ」とあり、後文に小歌は一蝶作ではなく「松の葉」(元禄十六年刊)に載るむねを考証する。

九 「近世奇跡考」には也足軒通勝卿詠「船中妓女」題の歌といい、「無名翁随筆」(英泉作)には後水尾院御製という。

一〇 近江国朝妻(現、琵琶湖東岸、米原町)の港辺りの渡船で、近世初期まであり、遊女等も同船したという。

一一 其角門の女流俳人。京伝「秋色桜并短冊」(近世奇跡考)に日本橋小網町の菓子屋の娘で、享保十年四月十九日没という。「舟梁の」の句は蕪村編の女流俳人の句集「玉藻集」(安永三年刊)に「船梁の雨は」の句形で入集。

絵兄弟

二番　兄　牛若丸《うしわかまる》[一]

若鮎《わかあゆ》の小太刀《こだち》つかふて逃《にげ》にけり

蓼太[二]

足駄《あしだ》[三]の歯入《はい》れが来《く》ればいゝ。
だいぶ履《は》き心《ごゝろ》が悪《わる》くなつた。

一 絵は、京都五条の橋の欄干に足駄のまま飛び乗って弁慶を嘲弄する所。髪を稚児輪に結い足駄をはくのは牛若丸の絵姿として定着。

二 近世中期の俳諧師大島蓼太。天明七年没、七十歳。雪中庵三世となり、江戸座に対抗して江戸俳壇に大きな勢力を張る。「若鮎」の句は「蓼太句集」(明和六年刊)にあり、若鮎のすばやい動きを小太刀を使う様だと見立てたもの。義経記・三に「御曹司(牛若)は小太刀を抜いて築地のもとに走り寄り給ふ」とある。

三 大きな歯をつけた下駄。雨降りなどに用いる。その歯の入れ替えを専門にする大道職人を「足駄の歯入れ」とよぶ。

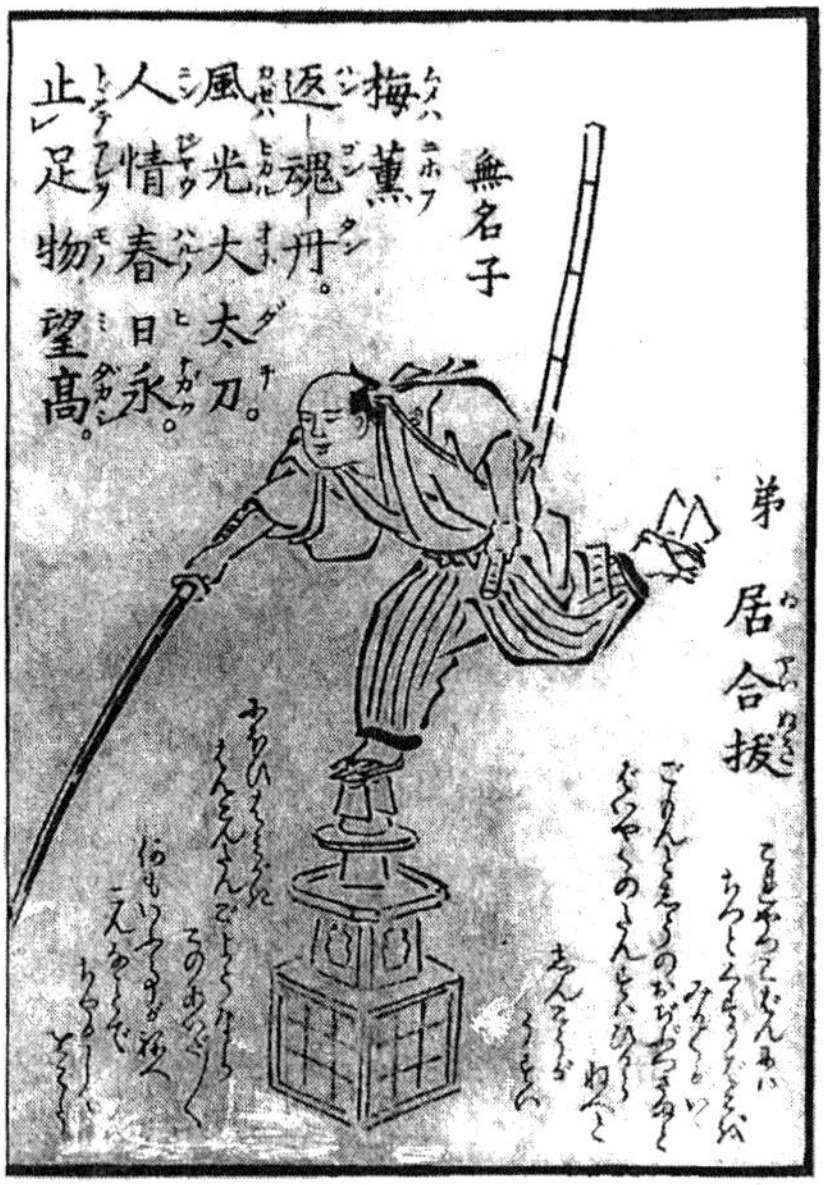

これ奴《やっこ》、晩《ばん》にはちつと四薬箱《くすりばこ》を磨《みが》くがいゝ。五御門徒宗《ごもんとしう》のお六持仏様《ちぶつさま》と売薬《ばいやく》の箪笥《たんす》は、光《ひか》らねへと信仰《しんこう》が薄《うす》い。七匂歯磨《にほひはみがき》、八返魂丹《はんごんたん》、御用《ごよう》なら、この間《あいだ》〳〵。

何もいふ事がねへ。こんなことで茶化《ちやか》してをこう。

四 薬売りが持歩く薬を入れる箱で、よく光る金具を多く用い、細かな引出しを多くつけた。
五 浄土真宗の俗称。一向宗とも。
六 守り本尊として身辺に置いて信心する仏像。「売薬店と女郎家のざしきは、簞司が光らねへとしんこうがうすい」(京伝作・洒落本「錦之裏」)。
七 香料を入れた歯磨粉。反魂丹と共に大道薬売りの商品。
八 売薬の一。食傷や霍乱にきく丸薬で、富山の薬売りにより全国に広まったという。

弟 居合抜《〈ゐやいぬき〉》九

無名子一〇

梅《〈ムメ〉》ハ薫《〈ニホ〉》フ返魂丹《〈ハンゴンタン〉》　風《〈カゼ〉》ハ光《〈ヒカ〉》ル大太刀《〈オホダチ〉》

人情《〈ニンジヤウ〉》　春《〈ハル〉》ノ日《〈ヒ〉》永《〈ナガ〉》ク　足《〈アシ〉》ヲ止《〈トヾ〉》メテ物見高《〈モノミダカ〉》シ

九 大道芸の一。大太刀の居合抜きや軽業などをして客を寄せ、薬を売る。
一〇 未詳。或いは京伝自作か。

三番　兄湯《ゆ》番《ばん》 一

二 めづらしひものは、
湯番《ゆばん》のあたる堅炭《かたずみ》
右、三 無名子雑纂《ムメイシザツサン》ニ　見《ミ》ユ。

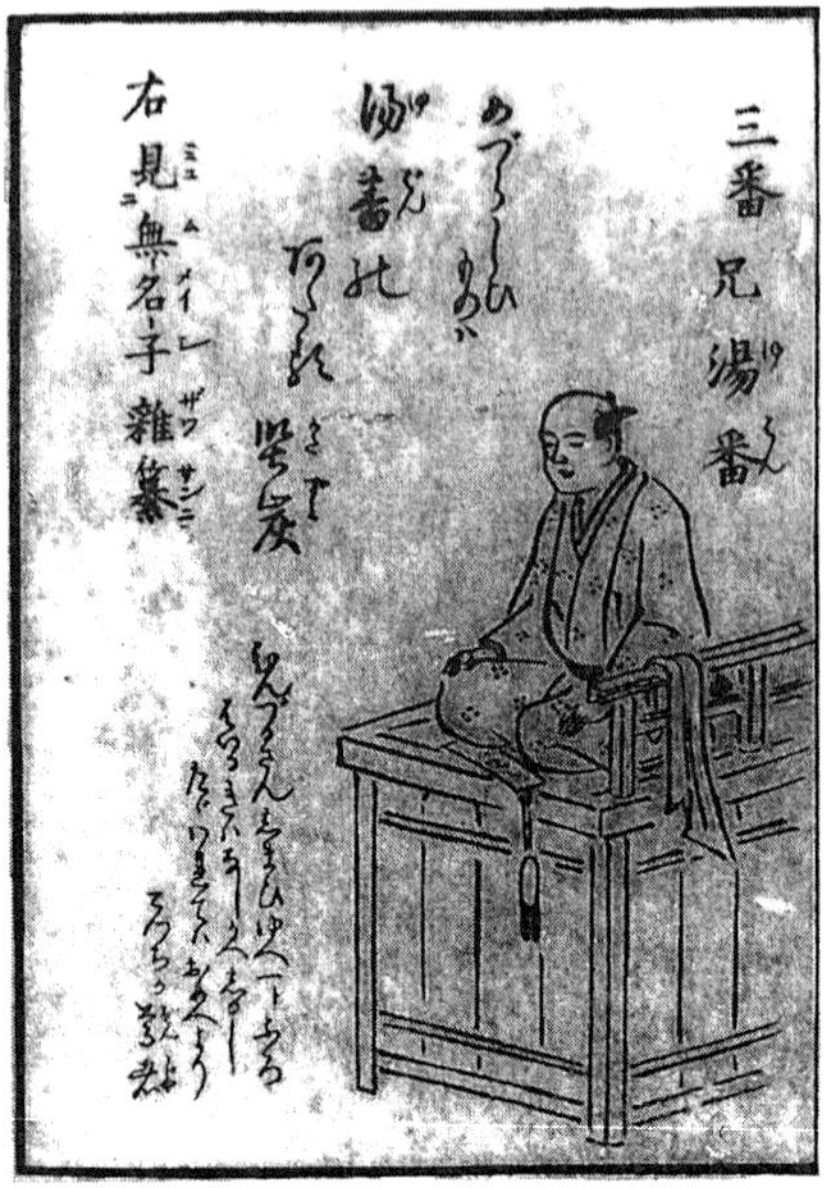

四 賓頭盧《びんづる》さん、五 しまひ湯《ゆ》へ
一ト風呂《ふろ》入《はい》る気《き》は無《な》しかへ。
しかし、たゞ入《い》れてはお前《めへ》よりこつちが尊者《そんじや》。

一 銭湯で働く男衆の総称。番台に座る者や、垢掻きの三助など。絵の膝の下に下がっているのは、木札をつけた貸し鋏。京伝作・黄表紙「賢愚湊銭湯新話」に「賓頭盧尊者と湯屋の湯番は高き所に上りゐてその形よく似たり」。
二 言葉遊びの一種で「ものは付け」。「…のものは」という問い掛けに対し、機知のある答えを以てする。湯番は何時も温かな所にいるゆえ炭火にあたるのは珍しいの意。
三 未詳。「李義山雑纂」などに似せた京伝の仮作名であろう。
四 五百羅漢の一。白頭長眉を特徴とする姿で、この木像は寺院の廊下の隅などに安置され、病人が自分の患部と木像の同じ場所を交互に撫でてその治癒を祈る。賓頭盧尊者、おびんずる様。
五 銭湯で、最後に湯舟の栓を抜く前の時分をいう。

ナント番頭《ばんとう》、色気《いろけ》のない妹《いも》[六]背山《せ》を見《み》るやうに、おのしと俺《おれ》と、から睨《にら》[七]みくらも冴《さ》へねへもんだ。

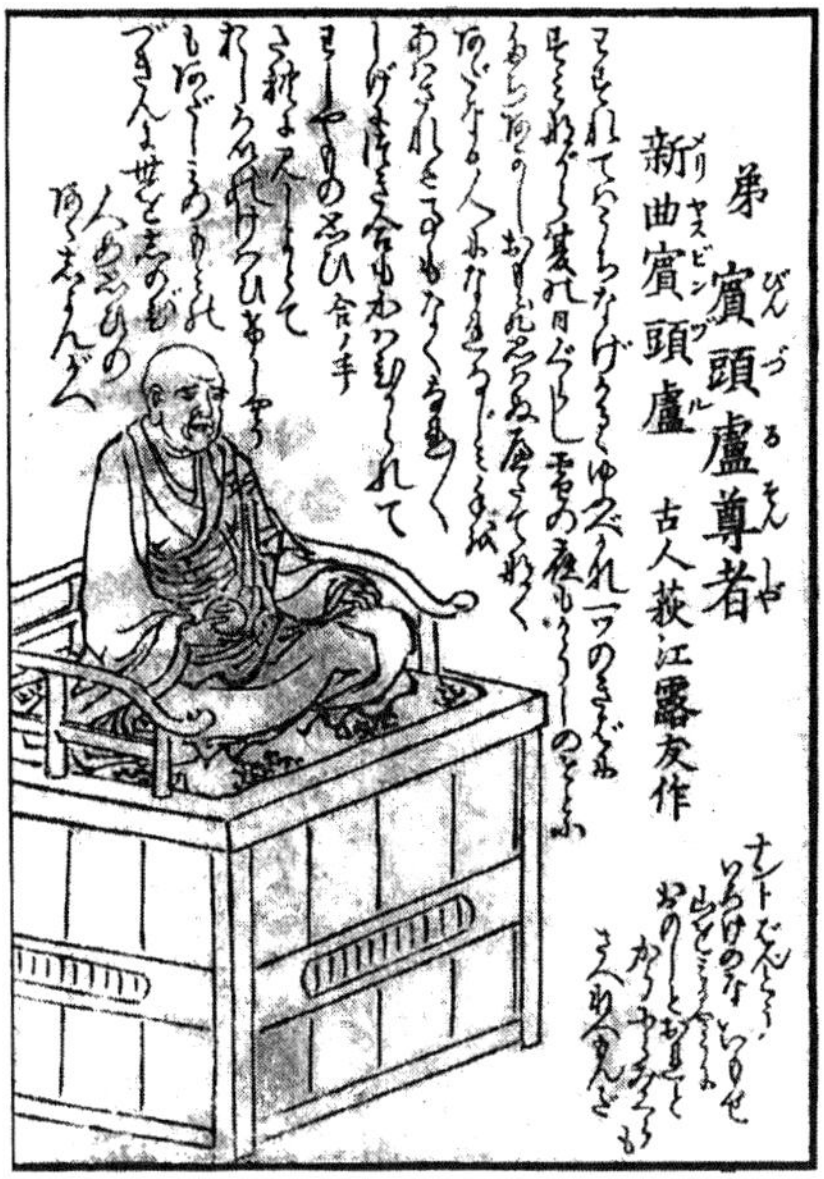

弟 [八]賓頭盧尊者《びんづるそんじや》

[九]新曲賓頭盧《メリヤスビンヅル》　古人荻江露友[一〇]作

[一一]忘《わす》れてはうち嘆《なげ》かるゝ夕《ゆふべ》かな　[一二]一ッ軒場《のきば》に住《す》みながら　夏の日ぐらし雪の夜も　[一三]格子《かうし》の外《そと》に立《た》ち明《あ》かし　おもひ思はぬへだてなく　[一四]あだなる人に馴《な》れ馴染《なじ》み　手を合《あ》はされた事もなく　馴《な》れ〳〵しげに付《つき》合も　可愛《かはひ》がられてわしや物《もの》思ひ 合ノ手　[一五]誰《たれ》に見しよとて白粉《おしろい》の　化粧《けはひ》けしやうも[一六]徒《あだ》し身《み》の　紅絹《もみ》の頭巾《づきん》に世を忍《しの》び　[一七]人め思ひの　あゝ[一八]しよんがへ

六 浄瑠璃「妹背山婦女庭訓」三段目「山の段」で、久我之助と雛鳥の恋人同士が吉野川を挟んでの仮座敷に向い合った場面。
七 睨めっこ。睨み合い。
八 「びんづるの生きたを湯屋に出して置」(柳多留・二十二篇)。
九 「めりやす」は芝居の伴奏音楽の一で、長唄の一種。演技にあわせて自在に長短を調節出来る曲節であり、物思いや愁嘆場などの沈んだ情緒をかもし出す曲。
一〇 江戸長唄荻江節の家元。天明七年没。明和頃から盛名をうたわれる。
一一 「忘れてはうち嘆かるる夕かな我のみ知りて過ぐる月日を」(新古今集・恋一・式子内親王)。
一二 同じ屋根の下。
一三 遊女屋の外構え。
一四 浮気な人。
一五 「誰に見しよとて紅鉄漿(べにかね)付けうぞ」(「清元京鹿子娘道成寺」)。
一六 かりそめの身の上、はかない身の上。
一七 人目をしのぶこと。
一八 俗謡の末句となる囃子言葉の一。「譬喩尽」に「予按に仕様が能(よ)との事なるべし」。

四番　兄　虎《トラ》

一 虎豹《コヒヤウ》ノ駒《ク》ハ未《イマ》ダ文《モン》ヲ二成《ナ》サズト雖《イヘド》モ、已《スデ》ニ牛《ウシ》ヲ食《クラ》フノ気《キ》有《アリ》

かう、わざと肩《かた》をいからしてじつとしてゐねへと、三 賃粉《ちんと》刻《きり》と見《み》へねへ。かゆいところがあつても身動《いご》かしもならねへやつだ。

一 太平御覧・獣部・虎に「尸子曰、虎豹之駒未レ成レ文而有二食レ牛之気一」。「駒」はすべて獣類の子供を言う。

二「文」は文様。虎の毛皮の文様がまだ十分に出来ない内からの意。

三 賃金を取って葉煙草を刻む職人。大歯の庖丁を持ち、肩をいからして座りながら刻む。

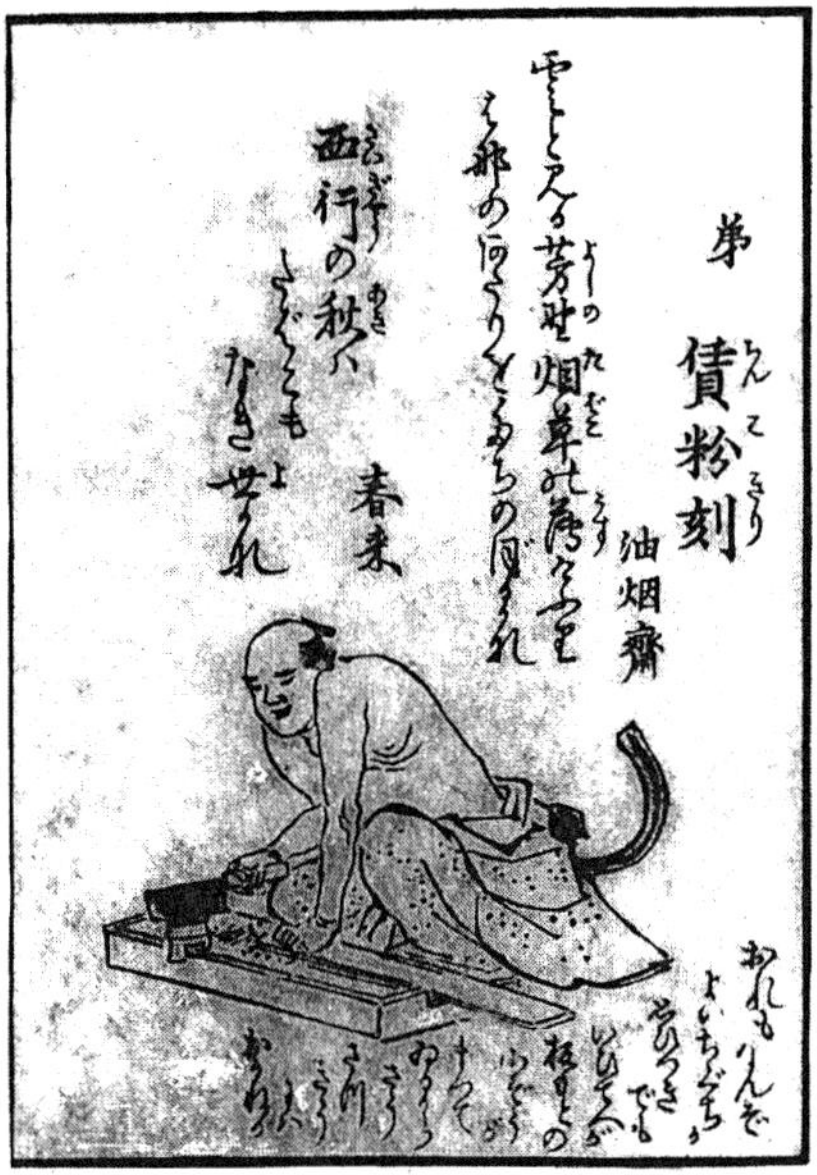

俺《おれ》も何《なん》ぞよい地口《ぢぐち》か思ひつきでも言《い》ひてへが、四板《〈いた〉》元《もと》の小僧《ぞう》が待《ま》つてゐるから、さう早急《さつきふ》には出かねる。

弟
賃粉刻《〈ちんこきり〉》

五油烟斎

六雲と見る芳野烟草《〈よしのたばこ〉》の薄《〈うす〉》けぶり
花《はな》のあたりをたち昇《のぼ》るかな

七春来

八西行《〈さいぎやう〉》の秋《〈あき〉》は烟草《たばこ》もなき世《〈よ〉》かな

絵兄弟

四 通常は料理人、又はその頭をいうが、煙草屋の主人などにも用いたよび名か。

五 狂歌師鯛屋貞柳。享保十九年没、八十一歳。大坂の菓子司の家に生れ、元禄頃狂歌中興の祖といわれる様な活躍ぶりで上方にその門流は極めて繁栄した。

六 狂歌集「家づと」(享保十四年刊)所収「和州よりたばこをもらひて礼状の奥に　かほりさへよし野たばこの夕煙はなのあたりを立のぼるかな」。但し清中亭編「目さまし草」(文化十二年刊)には本文通りの句形で引かれる。

七 俳人、紫隠春来。前田氏、二世青峨となる。宝暦九年没。六十二歳。江戸談林の驍将として俳書「東風流」を編刊。

八 「東風流」(宝暦六年刊)羇旅部に「雲水のむかしをおもへば／西行の秋はたば粉もなき世かな」。

五番　兄　起上小法師《おきあがりこぼうし》[一]

教外別伝《ケウゲベツデン》[二]　不立文字《フリウモンジ》
直指人心《ヂキシニンシン》　見性成仏《ケンジヤウジヤウブツ》

達磨忌《だるまき》[三]や自剃《じぞり》にさぐる水鏡《みづかゞみ》

其角

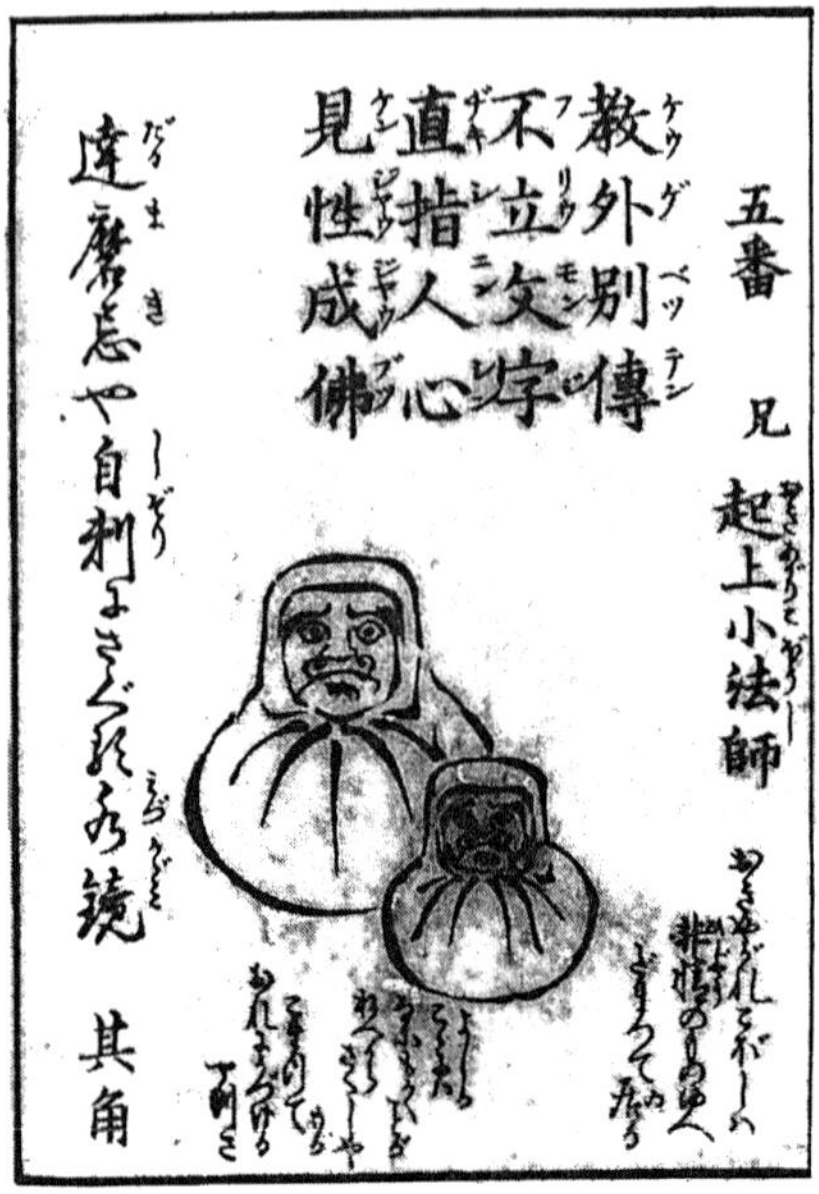

おきやがれこぼしは、非情《ひじやう》[四]のものゆへ黙《だま》つて居《ゐ》る。

よしか[五]、こゝには何《なに》も書《か》くことがねへから、作者《さくしや》めが困《こま》つて俺《おれ》にかづける[六]やつさ。

一 玩具の一。達磨の形の土人形の底部に鉛を入れ、倒れてもすぐ起上るようにしたもの。「おきやがれこぼし」とも。

二 禅宗の要諦を四言四句にまとめた成句。初祖達磨の語という。禅の要諦は文字即ち経典の中ではなく、より直接・端的に精神そのものを心から心へ伝えられるもので、その自己の心性がそのまま仏性に他ならないとする教え。

三 其角編「句兄弟」九番弟の句。「達磨忌」は十月五日、達磨大師の命日に行われる法会。「自剃」は僧侶が自分の頭髪を自分で剃ること。法会に際してのびかけた頭髪を水鏡に写して自剃りするさま。

四 「有情」の反対語。生物ではないこと。達磨の沈黙座禅に対し、木石の非情は物を言いたくても黙るしかない、の意。

五 念を押す意味の感動詞。いいかネ。

六 おしつける。

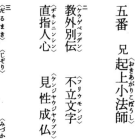

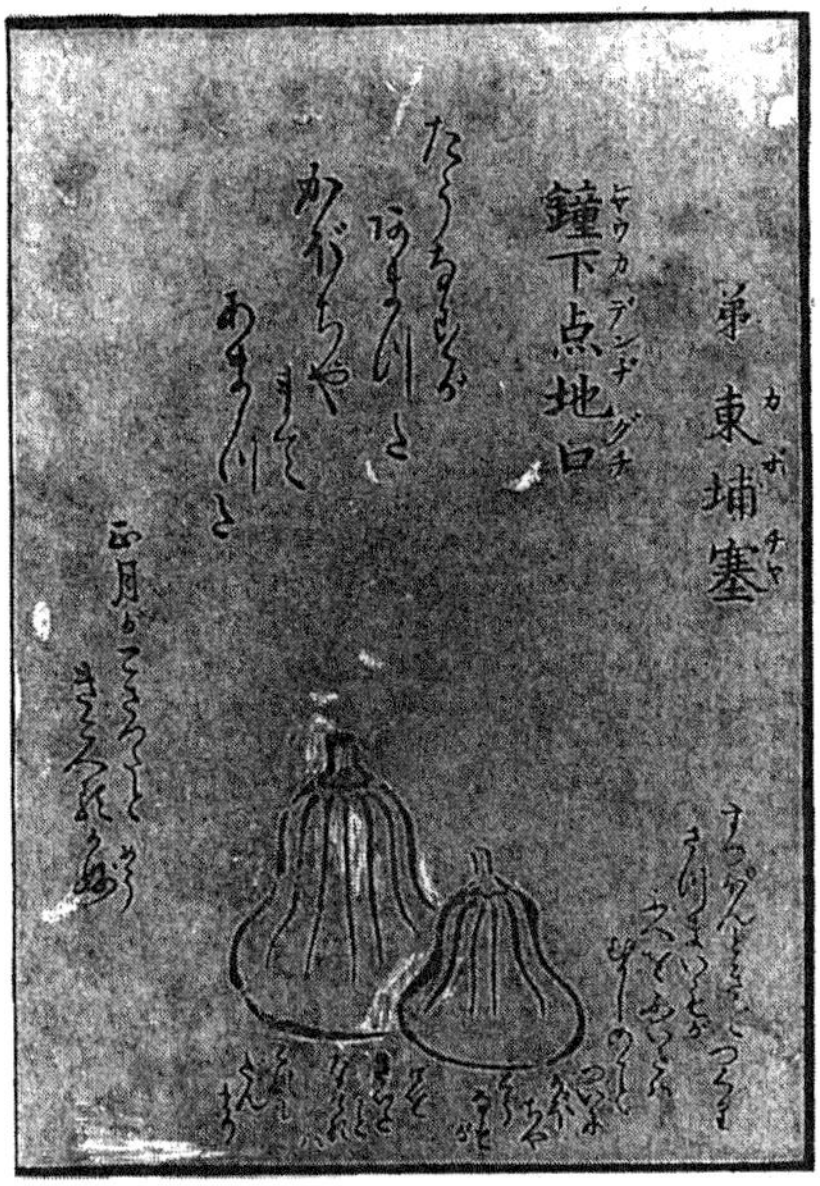

七すつぽん時《とき》をつくり、さつま芋《いも》が笛《ふへ》を吹《ふ》いたは昔《むかし》のこと。ついに、かぼちや唐茄子《とうなす》が口をきいたこと無《な》ければ、これも黙《だんま》り。

弟　東埔塞〈カボチヤ〉

鐘下点地口〈シヤウカデンヂグチ〉

八唐茄子《たうなす》が余《あま》つた、かぼちやまで余《あま》つた
正月がござつたと聞《き》こへるが妙〈めう〉

七すっぽんが鶏の様に鳴いて時を告げる。即ちあり得ないことの譬え(俚言集覧)。「さつま芋が笛を…」は、「芋」と「竽」が同音ゆえ「竽笙」即ち古代の笛にとりなしたしゃれか。

八前出(二七六頁注四)「口まめ鳥」に、「正月がござった。どこまでござった」の地口として掲出。

絵兄弟

六番　兄　阿半長右衛門《〈おはんちやうゑもん〉》[一]

桂川《〈カツラガハ〉》[二]、瀬川《〈セガハ〉》、松本《〈マツモト〉》　翠《〈ミドリ〉》ナリ
島様《〈シマサン〉》[三]、紺様《〈コンサン〉》、中乗《〈ナカリン〉》　戯《〈タハム〉》ル、
共《〈トモ〉》ニ称《〈シヤウ〉》ズ　路考大明神《〈ロカウダイミヤウジン〉》[四]
太神宮《〈ダイジングウ〉》自《〈ヨ〉》リ贔屓《〈ヒイキ〉》多《〈ヲホ〉》シ

檀那山人[五]

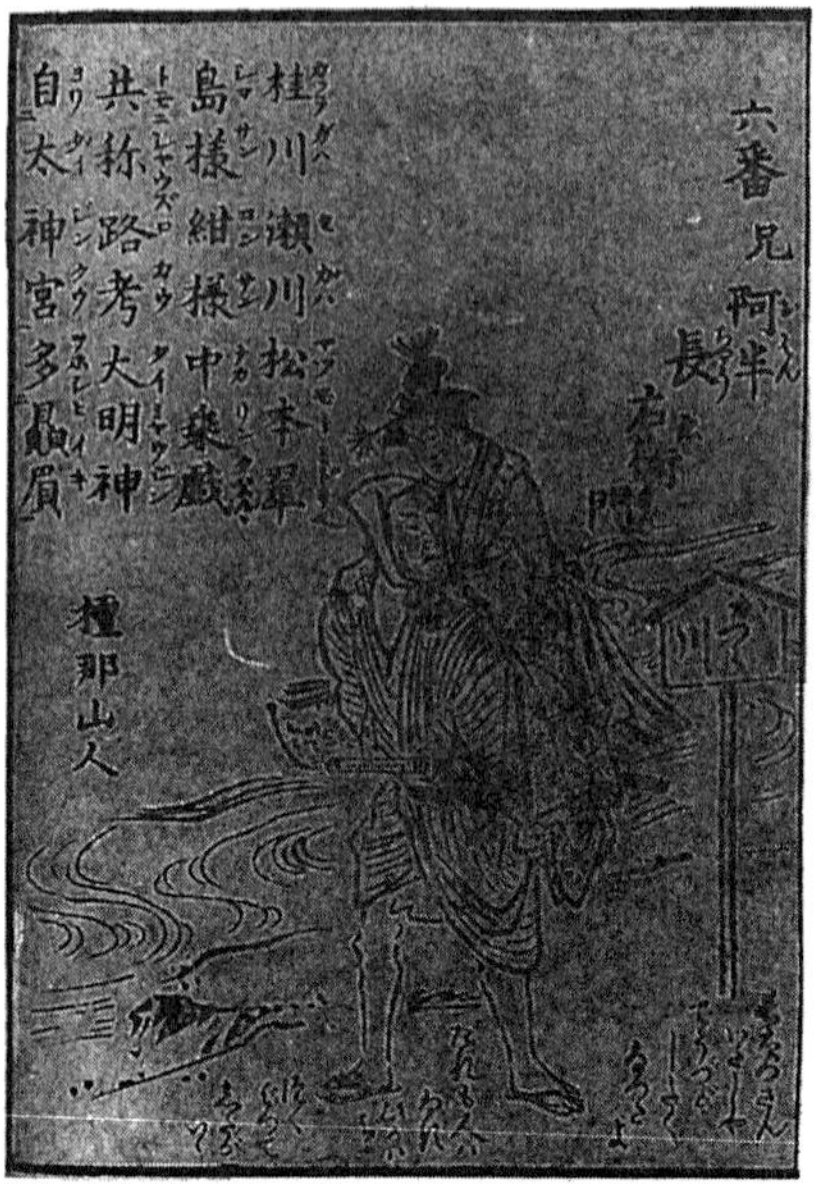

長右衛門さん、わたしや
手水《てうづ》[六]がしたくなつたよ。

誰《だれ》も人はゐず、此《(この)》川端《かははた》へ
つくばつてしたがいゝ。

一 菅専助作・浄瑠璃「桂川連理柵」(安永五年初演)の主人公。宝暦十一年、京都の桂川でおこった帯屋長右衛門とお半の心中死事件を脚色した当り作。天明元年には富本節「道行瀬川の仇浪」が出来、以来「お半」ものと称する追従作が多い。絵は「道行瀬川の仇浪」の名文句「お半を背(せな)に長右衛門」の場面で、後の芝居絵類も殆んどこの場面を描くものが多い。
二 大田南畝戯著・狂詩集「檀那山人芸舎集」(天明四年刊)巻二所収。詩題は「瀬川ノ仇浪得ニ戯字ヲ」。天明元年、市村座春狂言「道行瀬川仇浪」は古今の大当り(「蜘蛛の糸巻」)と評され、秋まで興行。おはんは瀬川菊之丞、長右衛門は松本幸四郎。狂詩中の「瀬川・松本」はそれに拠る。
三 伊勢道中の相の山で、お杉・お玉と称する小屋掛け芸人が、参宮の人達に呼びかける歌詞。「縞さん、紺さん、中乗りさん」。参詣人を乗せた馬は、三宝荒神と称して三人の相乗りが許され、その三人をそれぞれ着物の柄や色、それに中央に乗る人を指して呼びかけたのが始まりという。浄瑠璃では初段「道行恋の乗かけ」に、お半が参宮下向の旅の途中の景あり。
四 菊之丞の俳名路考。「…大明神」は贔屓役者に対する最上の褒め言葉。
五 「檀那山人芸舎集」に用いた南畝の戯名。
六 小便。まだ十四歳のお半ゆえの子

コレサ善光《よしみつ》、何《なん》ぞ面白《おもしろ》い[七]書《かき》入はないか。作者《さくしや》も困《こま》つてゐるさうだ。

これ善光《よしみつ》、[八]路銀《ろぎん》がなくは俺《おれ》が小指《ゆび》を切《き》つて[九]両替屋《がえや》へ持《も》つていきやれ。[一〇]おのし故《ゆへ》なら俺《おれ》も指《ゆび》を切《き》る気《き》だなどいやらしいの。

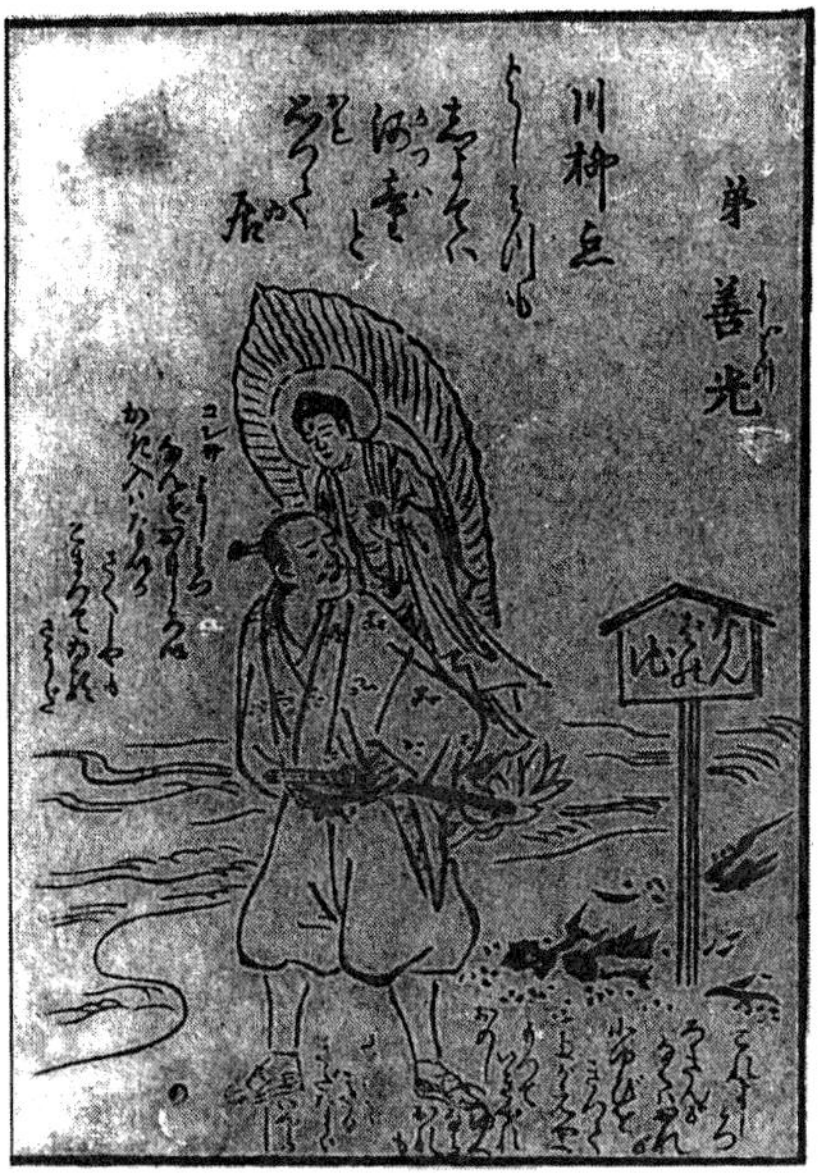

弟　[一一]善《よし》光《みつ》

[一二]川柳点

[一三]よしみつも初手《しよて》は河童《かつぱ》と思《おも》つて居《ゐ》

供っぽい様子。

七 戯作類の慣用として、絵の余白に書き込む面白い文句のこと。「ムダ」とも言う。「作者が困っている」と、作者自身を持ち出してくるのも当時の黄表紙などに多く見られる。

八 旅費。三尊仏は金銅製ゆえ、小指の辺でも切り取って旅費にしろ、の意。

九 金・銀・銭の三貨の交換を業とする店。現今の銀行の如きもの。

一〇 廓遊びの愛情表現の一手段として「指切り」がある。「おのし」は二人称「おぬし」の訛。

一一 本田善光。「善光寺縁起」に、信州の人本田善光が、推古十年(六〇二)の頃、難波の堀江の辺で、池の中から呼掛けられ、見れば金銅の三尊仏なので、それを背負って信州の地へ向かったという。

一二 柄井川柳によって評点を得た前句附の句。

一三 柳多留拾遺・三篇所収の句。明和四年万句合にあり。「初手」は最初のうちはの意。善光は呼びかけられて、はじめは河童かと思ったろう。

七番　兄　鉄枴仙人《てつかいせんにん》[一]

笑話《ワトシバナシ》[二]　無名子作

ある花魁《おいらん》[三]が客《きやく》に話《はな》すことには、もしへ、わつちやァ[四]ね、どうぞなることなら鉄枴仙人《てつかいせんにん》とやらになりたうおす

〽それは又ひねつた願《ねが》ひ[五]だの　〽イヽエサそうすると今夜《こんや》のやうに名代《みやうだい》[六]の客衆《きやくしゆ》のたんとある時は、幾《いく》つも身体《からだ》を吹《ふ》きんす

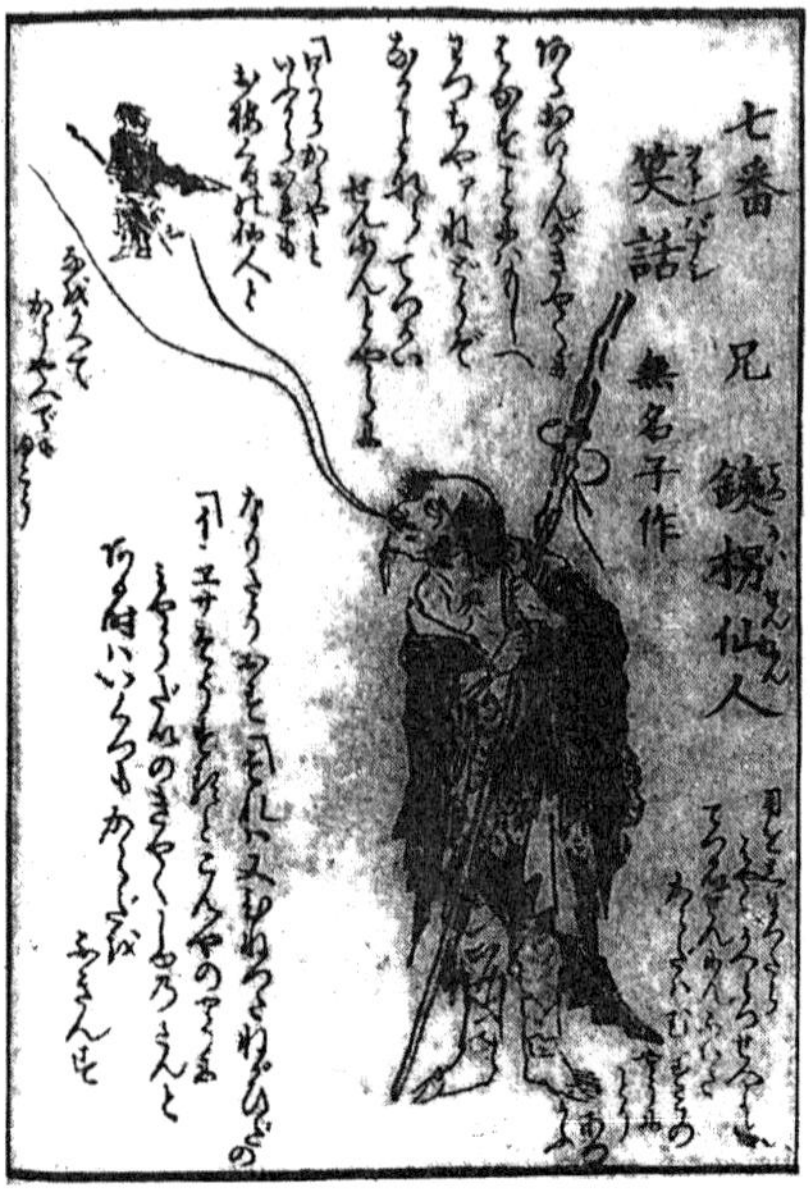

〽口[七]から高野《かうや》といふから、俺《おれ》もお梅久米《くめ》[八]の仙人と名《な》を変《か》へて、高野《かうや》へでも行《ゆ》こう。

用[九]をしまつたら早《はや》く帰《かへ》らつせへよと、鉄枴仙人《てつかいせんにん》、吹《ふ》いた身体《からだ》は息子《むすこ》のやうに取扱《とりあつか》ふ。

一 中国の仙人の名。姓は李。市中に乞食していたが、或日鉄杖を空中に投げ上げると龍になり、それに乗って去った。又、口から気を吐いて自身の姿を出現させる術を用いるといい画題ともなる。

二 落し咄。いわゆる落ちのある短い笑話「小咄」で、宝暦・明和頃から江戸で流行し始める。

三 享保末頃から、江戸吉原で上級遊女への称として用いられた。

四 「私」の廓詞。

五 普通ではない願い事。

六 一人の遊女に二人以上の客が来た時、一方の客に代理の遊女を出すこと。

七 諺。「口は災いのもと」の意。

八 「大目小目」と「久米の仙人」とを合わせた洒落。「大目小目」はさいころ賭博の一。一から三までを小目、四から六までを大目として、その出た目によって勝負する。「久米の仙人」は今昔物語集などに見える仙人で、飛行の術をもつが若い女性の脛に見とれて墜落する説話が有名。

九 用事がすんだら。

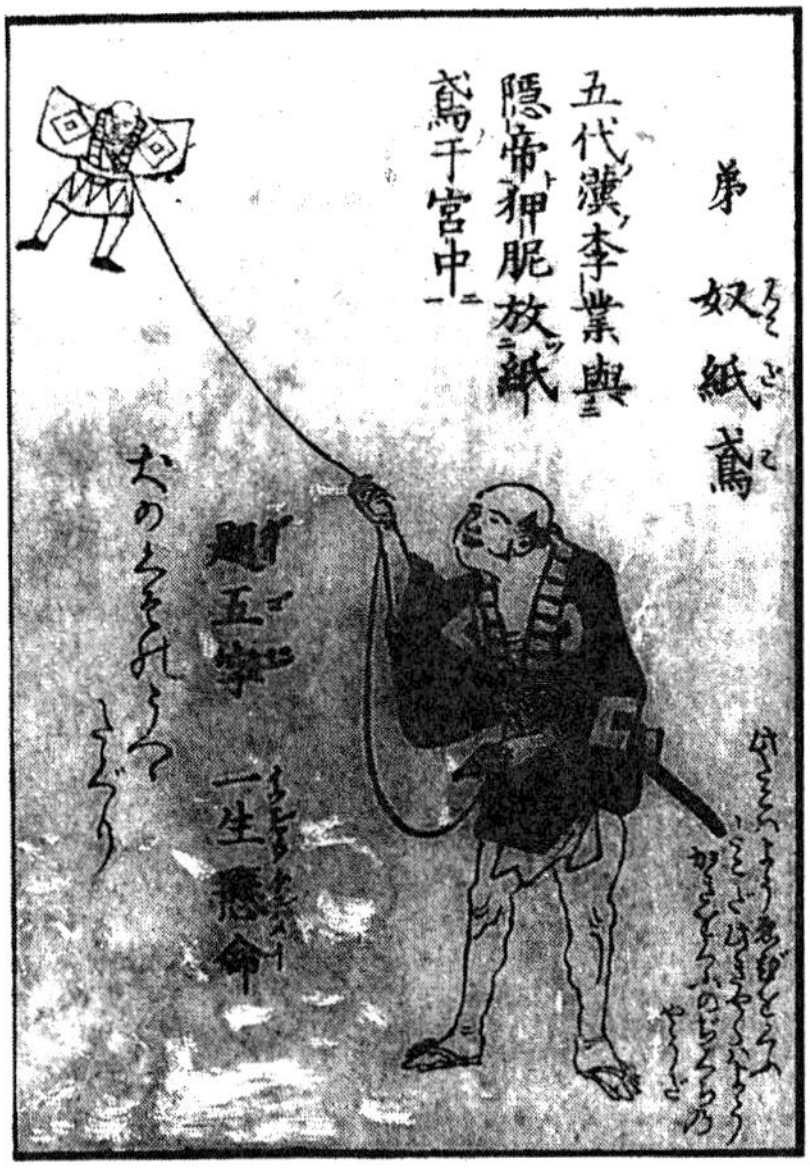

此《この》たこはよう海老《あび》を食《く》ふたこだ。一〇此客《きやく》はよう柿《かき》を食《く》ふ、の地口《ちぐち》のやうだ。

弟　奴紙鳶《やつこだこ》

一一五代ノ漢ノ一二李業、隠帝ト狎昵、紙鳶ヲ宮中ニ放ツ

一三題五字《ダイゴジ》　一生懸命《イッシヤウケンメイ》

一四犬のくその上《うへ》へたぐり

絵兄弟

一〇 早口ことばの一で「二階の客は…食ふ客だ」又は「隣の客は…」の形が多い。

一一 唐末に起った梁・唐・晋・漢・周の五つの国をいい、その歴史を記した「五代史」に新・旧二種がある。

一二 五代の漢の人。高祖の李皇后の弟。高祖の第二子隠帝の時暗躍する。「通鑑」に「隠帝与二李業等一謀誅二楊邠等一」。又「詢蒭録」に「初五代李鄴、於二宮中一作二紙鳶一…」。正しくは「狎昵」。

一三 雑俳の一体「五文字付」。明和頃から大坂で流行し、安永期からは江戸でも流行。はじめは五文字の題に五文字の付句を尻取りの形で付けるものだったが、次第に五文字に限らぬようになる。当時、夢仏・鐘下・志夕などの点者が有名。

一四 題句の「命」の尻取りで、落ちそうな凧を懸命にたぐりあげる姿。

八番　兄　一 儀太夫語《ぎだいふかたり》

川柳点

二 くらやみでお駒《こま》におこま突《つき》あたり

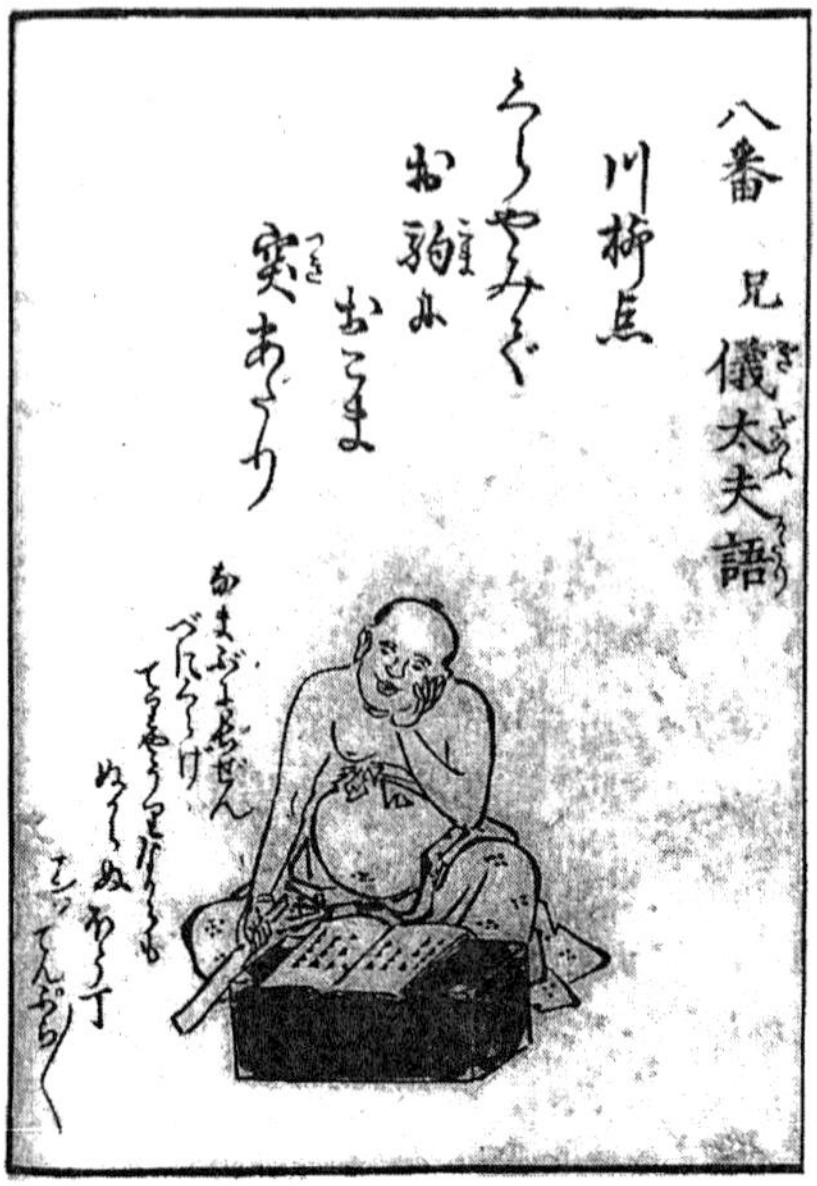

三 なまぶに四 長ぜんべ五 にくらげ、手料理《てりやうり》ながらも抜《ぬ》からぬ庖丁《ほう》。
六 テンツ てんぷら〳〵

一 絵は、料理人などの義太夫節の贔屓が、見台代りの箱の上に稽古本を開いて語りはじめる様子。

二 安永四年初演浄瑠璃「恋娘昔八丈」の城木屋の段に用いられたクドキの文句「そりや聞こえませぬ才三さん」が大流行したあげくの川柳と伝えられる。闇夜の路上で、このクドキ文句をつぶやく通行人がおもわず鉢あわせする様子か。

三 生麩。

四 料理用語か。未詳。

五 塩漬のくらげ。紅、白、黒三色あり(料理早指南・三編・塩物魚料理の部)。

六 三味線の手を口拍子にした「テンツテン」に「てんぷら」をかけた。

俺《おれ》もう[七]箔代建立前《はくしろこんりうまへ》だから、
ちと[八]頬《ほう》へ手《て》をあてねばならぬ。
凡夫《ぼんぶ》が見《み》て、虫歯《むしば》がおこつた
と思はねばいゝが。

弟　[九]如意輪観世音〈によゐりんくはんぜおん〉

[一〇]弘誓深如海〈グゼイシンニヨカイ〉

[一一]崇徳院御製〈シユトクヰンギヨセイ〉

[一二]誓《ちか》ひをば千尋〈ちひろ〉の海〈うみ〉に喩《たと》うなり
露〈つゆ〉も頼《たの》まば数〈かず〉にいりなん

七 仏像の金箔がはげたのでその修理のための代金を募ることをいう。
八 思案する態。
九 六観音(七観音とも)の一。座像は右膝立ちに両足裏を合わせ、頭を左に傾けて頬に手をあて、思惟する姿に作られる。
一〇 千載集・釈教歌部の崇徳院の歌。歌題に「百首歌めしける時、普門品、弘誓深如海の心をよませ給うける」。法華経・普門品に出る偈の一節で、衆生済度の観音の誓いは海のように深いの意。
一一 第七十五代天皇。保元の乱を興し讃岐の配所で没した悲劇の帝として有名。
一二 観音の誓願は深い海のようだといわれるので、少しでもそれに頼めば、露ほどのこの身も救われる数に入ることだろう。

九番　兄[一]鳥羽絵《とばゑ》

[二]古画〈コグハ〉　意〈コヽロ〉ヲ画〈エガ〉イテ　形〈カタチ〉ヲ　画〈エガヽ〉ズ

梅詩〈バイシ〉　物〈モノ〉ヲ詠〈エイ〉ジテ　情〈ジヤウ〉ヲ隠〈カク〉スコト無〈ナ〉シ

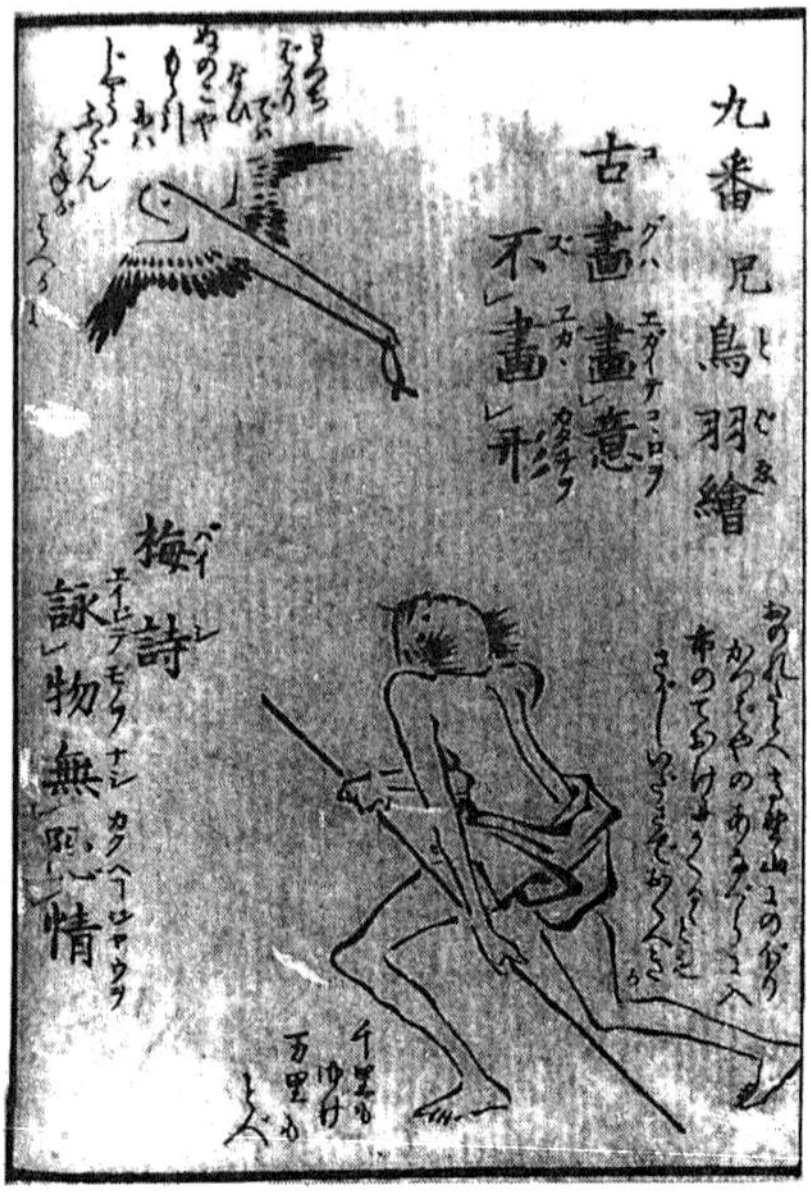
九番　兄鳥羽繪
古畫畫意不畫形
梅詩詠物無隱情

おのれ、たとへ[三]高野山に登《のぼ》り、[四]合羽屋《かつぱや》のあなぐらに入《いり》、[五]市の手桶《ておけ》に隠《かく》るゝとも、探《さが》し出《いだ》さでおくべきか。千里も行《ゆ》け、万里も飛《と》べ。

わつちばかりでは無《な》ひ、[六]布《ぬの》子《こ》や股《もゝ》引には[七]常不断《じやうふだん》[八]羽《はね》が生《は》へるよ。

一 鳥羽僧正の画風と称して、正徳・享保頃から上方に見え始め、流行したといわれる。実は上方の絵師大岡春卜の創出といわれる。人物の手足を極端に長くした略画風の滑稽な絵。摺子木に羽が生えて飛ぶ絵様は代表的。

二 「古画画意不画形、梅詩詠物無隠情」（欧陽修詩「盤車図」・欧陽文忠公文集六）。この句は氷川詩式・巻十にも引用されて、画論の中にしばしば用いられる。古画は形にとらわれることなく対象物の心を描いており、詠物の詩は物を詠じる事でその物の心を完璧にとらえている、の意。

三 「お寺すりこ木」の諺もあるように、摺子木は寺で用いられることが多いので、その縁か。

四 雨具や防寒具としての合羽を製造する店。使用する糊をするための摺子木か、「あなぐら」はその置き場をいうか。

五 市井、街中の店屋の片隅にある手桶、の意。

六 木綿の綿入れ。庶民の衣類。

七 何時でも。しょっちゅう。

八 質入れすること。

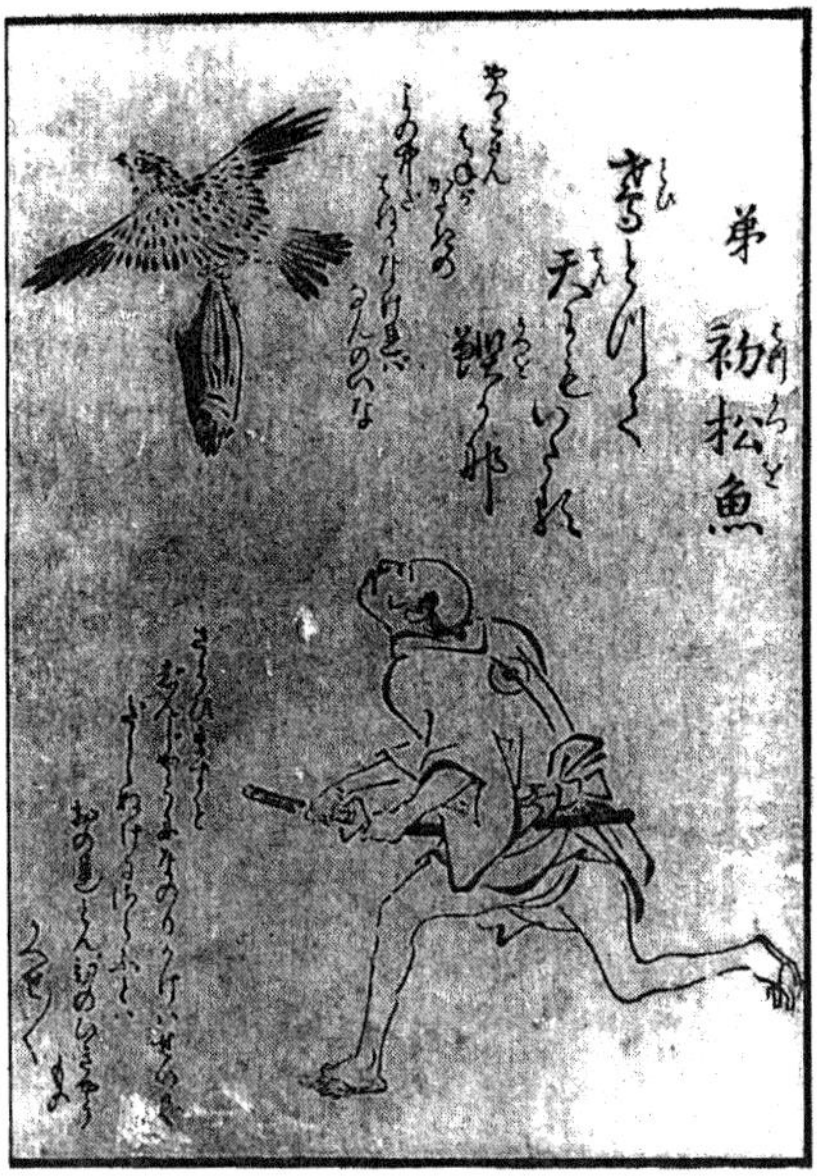

弟　初松魚《はつがつを》 二

鳶《とび》とつて天《てん》にも到《いた》る鰹《かつを》かな 三

奴《やつこ》さん、羽《はね》が敵《かたき》の世《よ》の中だ。九 羽《はね》がなければ何《なん》のいな。

攫《さら》ひますと尋常《じんじやう》に名乗《なの》りかけはせいで、出抜《だしぬ》けに攫《さら》ふとは、おのれ、鳶《とんび》の卑怯者《ひきやうもの》、一〇かへせ〳〵。

九「金が敵の世の中」の洒落。
一〇 戻ってこいの意と、鰹をかえせの意をかける。

二 四月の景物の一。江戸の人の初物好きの代表例でもあり、鰹の初物は新場の魚市場の夜市を賑わした。其角に「初鰹壱両迄は買ふ気なり」(俳諧錦繍緞・上)の句がある。
三 京伝自詠か。「鳶飛んで天に到る」(中庸・十二章)の語呂合わせ風の句。

十番　兄　雷《〈かみなり〉》

川柳点

雷《〈かみなり〉》[一]の鳴《な》る時《とき》ばかり様《〈さま〉》をつけ

三星《みつぼし》[二]の膏薬《かうやく》の丁稚《でつち》、冑《かぶと》を持《も》つて使《つか》ひに行《ゆ》く道《みち》にて大《〈おほい〉》に五月雨《〈さみだれ〉》降《ふ》りかゝり、雷雲《かみなりくも》の中《なか》より手《て》を出《いだ》し、上冑《あがりかぶと》[三]を[四]せしめんとする。

〽俺《おら》が小僧《ぞう》[五]めも初《はつ》の節句《せつく》だ。兄《あに》[六]い、此《〈この〉》冑《かぶと》はこつちへ受納《じゆのう》と出《で》[七]かける。

これを取《と》られてたまるものか。そうはこつちが虎《とら》[八]の皮《かは》の褌《ふんどし》だ。

一 寛政六年までの「柳多留」には見えず。

二 江戸日本橋南詰・四日市の膏薬屋。傷薬や梅毒の特効薬として知られる。家紋に三つ星を用いた。三つ星の紋所は渡辺星とも称して、渡辺綱の紋所としても知られる。
三 五月の節句に室内に飾る紙製の冑で、長脚の台の上につくりつける。
四 まんまと自分の物にすること。
五 息子の意。
六 青年期の男子に対する二人称。
七 ある動作を仕かけること。
八 諺「捕らぬ狸の皮算用」のもじり。相手が雷ゆえ、その様子にかけていう。

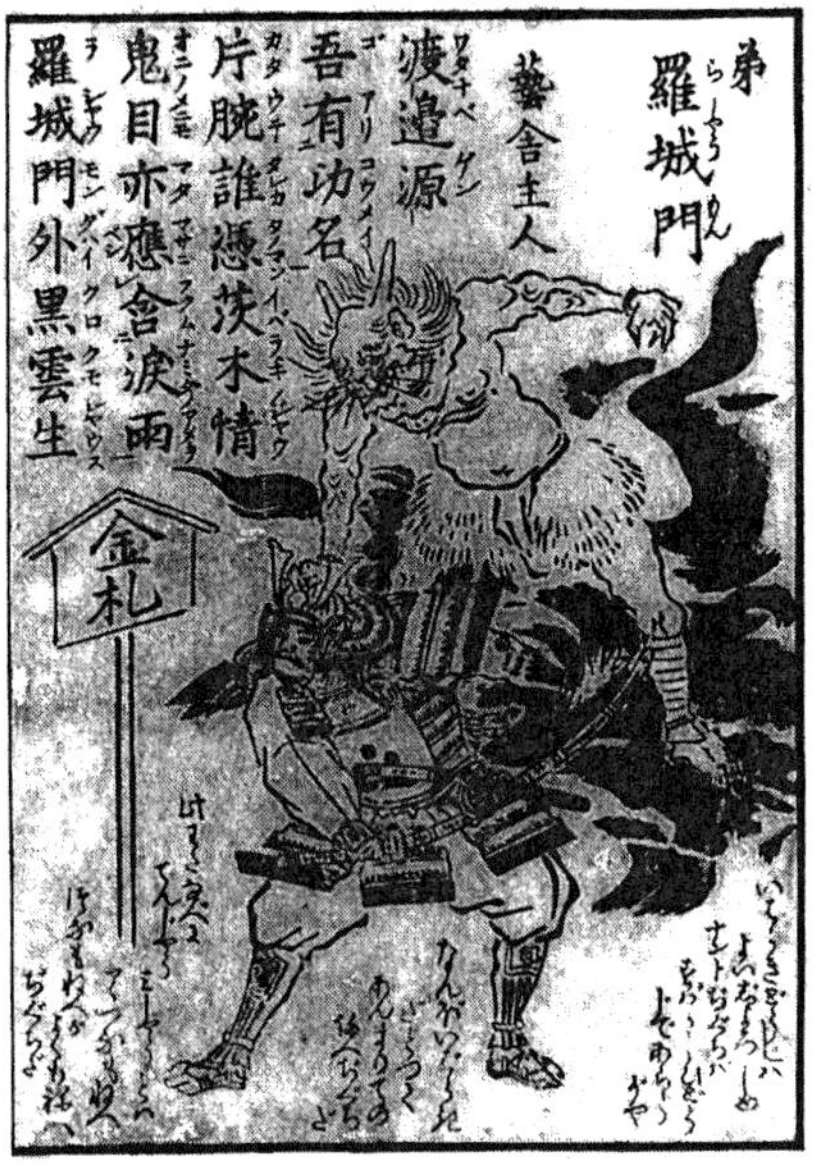

[九]茨木童子《いばらきどうじ》はよい女郎衆《じよろしゆ》。ナント地口《ちぐち》は[一〇]素晴《すばら》しひ童子《どうじ》であらうがや。

何《なん》ぼ茨木《いばらき》だとつて、あんまり[一一]手《て》のねへ地口《ちぐち》だ。

此《この》渡辺《わたなべ》に[一二]天井見《てんじやうみ》しやうとは、ア、[一三]つなも無《ね》へ。綱《つな》も無《ね》へがよくもねへ地口《ちぐち》だ。

九「岡崎女郎衆はよい女郎衆」の地口。地口本「鸚鵡盃」(安永二年刊)に見える。
一〇「茨木童子」の地口。
一一 腕を切り落された茨木童子と、「つまらない」の意をかける。
一二 困らせる、苦しめるの意の流行語。宝暦・明和頃の子供絵本類から用いられた。
一三 たわいも無い、とんでもないの意の流行語「つがもねへ」に「綱」をかけた地口。

弟 [一四]羅城門《らじやうもん》

芸舎主人

[一五]渡辺源吾《ワタナベゲンゴ》 功名《コウメイ》有《ア》リ
片腕《カタウデ》 誰《タレ》カ憑《タノ》マン茨木《イバラキ》ノ情《ジヤウ》
鬼《オニ》ノ目《メ》ニモ亦《マタ》マサニ涙《ナミダ》ノ雨《アメ》ヲ含《フク》ムベシ
羅城門外《ラジヤウモングハイ》 黒雲《クロクモ》 生《シヤウ》ズ

一四 平安中期の勇将渡辺綱が鬼退治をした説話で知られる(謡曲「羅生門」)。平安京の南端の城門で、東寺の西にあたる。
一五 前出の大田南畝作・狂詩集「檀那山人芸舎集」巻二所収「題ニ白壁図ニ」による。綱の伝説は元来「平家物語・剣巻」に記された一条戻り橋で鬼女におそわれ名剣鬚切でその腕を切り落す話であるが、謡曲では羅生門に住む鬼神となり、寛保元年の歌舞伎「兵四阿屋造」で鬼神茨木童子が叔母に姿をかえて綱の館に来て腕をとりかえす話となり、「綱館」の名で知られるようになる。

十一番　兄　韓《かん》[一]信《しん》

近道《ちかみち》[三]や木《き》の股《また》くゞる華《はな》の山《やま》　洞木[二]

貴様《きさま》はほんに感心《かんしん》な人だ。よく堪忍《かんにん》して潜《くゞ》らつしやる。[四]したが、人の小[五]股《また》を潜《くゞ》るは悪《わる》いぜ。

私《わたくし》は千人の股《また》を潜《くゞ》るが願《ぐはん》でござります。これで丁度《てうど》女男を混《ま》ぜて七人潜《くゞ》りました。

[六]女に負《ま》けて七《なゝ》くゞりさ。

潜《くゞ》りは潜《くゞ》りますが、おなら[七]は御免《ごめん》だ。

一 前漢の武将。高祖を助けて天下統一に武功を謳われた。日本では、若い頃貧窮の生活で人にあなどられ、街中で股をくぐらされる屈辱を忍んで大成したという「韓信の股くぐり」の故事(史記・淮陰侯伝)で知られる。
二 俳人。佐治氏、伊賀上野の藤堂藩の藩医、芭蕉門人、享保十九年没。
三 「続猿蓑」巻下の入集句。
四 しかし。
五 「小股を取る」「小股をすくう」と同意か。多少ずるい方法で相手の意表をつくこと。
六 諺「女に負けてなふぐり」の地口。女に負けるような意気地なしの男と嘲っていう諺。
七 柳多留・二十三篇「韓信に意地の悪ひは屁をかゞせ」。
八 「それ雪は鵞毛に似て飛んで散乱し、人は鶴氅を着て立つて徘徊す」(謡曲「鉢木」)のもじり。もとは白楽天の「酬令公雪中見贈訝不与夢得同相訪」の詩句による。
九 強情なこと。
一〇 「助六」の劇中、助六こと曾我五郎の母は、助六の乱暴をいましめるため紙子を着せて去る。
一一 東大寺大仏殿の柱。大寺院の柱にあけられた穴をくぐると御利益を得るという俗信。

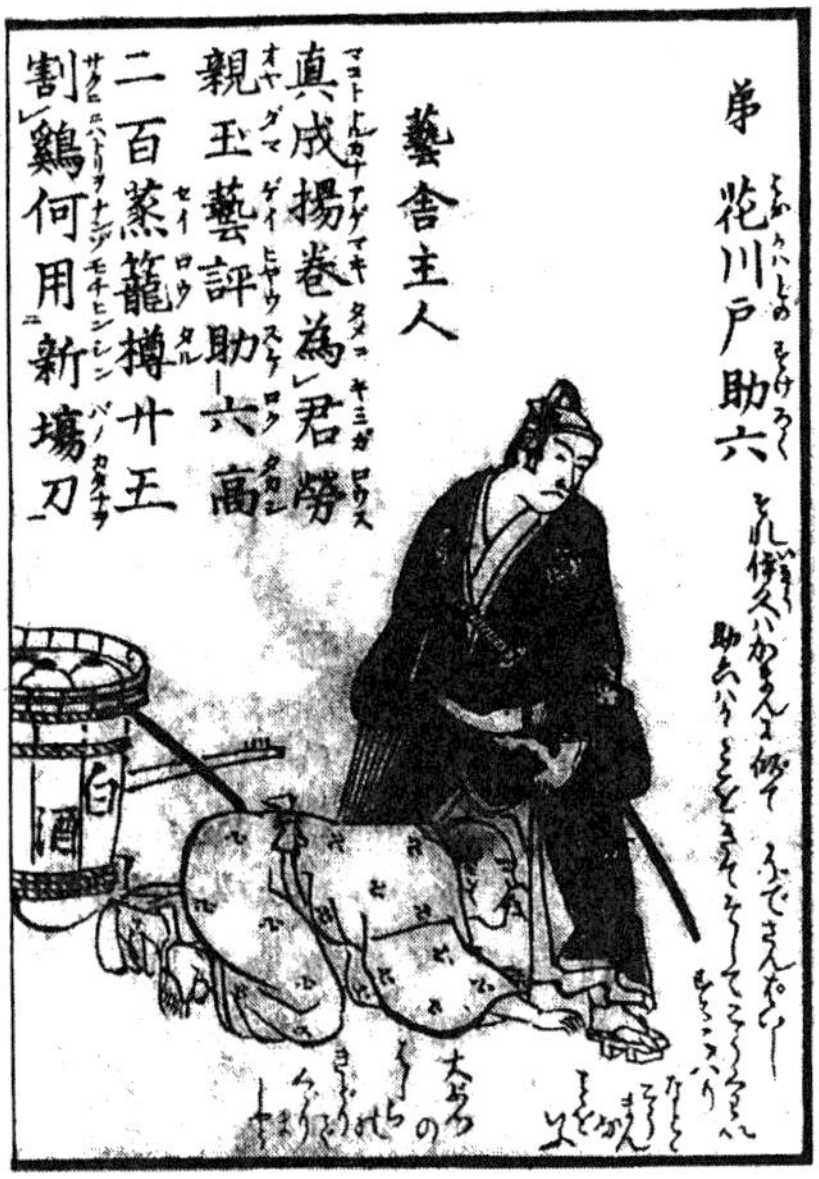
弟　花川戸助六
藝舎主人
真成揚巻為君勞
親玉藝評助六高
二百蒸籠樽廿五
割鶏何用新場刀

弟　一二 花川戸助六《はなかはどのすけろく》

芸舎主人

一三 真《マコト》ナルカナ揚巻《アゲマキ》、君《キミ》ガ為《タメ》ニ労《ロウ》ス
一四 親玉芸評《オヤダマゲイヒヤウ》助六《スケロク》高《タカ》シ
一五 二百蒸籠《セイロウ》樽《タル》廿五
一六 鶏《ニハトリ》ヲ割《サ》クニ何《ナン》ゾ一七 新場《シンバ》ノ刀《カタナ》ヲ用《モチ》ヒン

八 それ伊久《いきう》は我慢《がまん》九 に似《に》て跳《と》んで三拝《さんぱい》し、助六は一〇 紙子《かみこ》を着《き》て、そして後悔《こうくわい》すといへり、など高慢《こうまん》なことをいふ。

一一 大仏《ぶつ》の柱《はしら》の気取《きど》りで潜《くゞ》りましやう。

一二 歌舞伎十八番中の唯一の世話物である「助六由縁江戸桜」の主人公。正徳三年、二世市川団十郎によって初演。以後、江戸っ子の代表的存在となる。その実像は「近世奇跡考」等に考証されるが、芝居では、助六実は曾我の五郎が名刀友切丸詮議のために吉原に入り込み、通行人に股くぐりなどを強要して喧嘩を売り、刀を抜かせるなどして詮議を重ねる。そして、相愛の三浦屋の揚巻に横恋慕する髯の意休から刀を奪い返す。威勢の良いたんか、紫縮緬の鉢巻に蛇の目傘、尺八を腰にさし桐下駄の出で立ちなど。なお本書挿絵の助六は五代目団十郎の似顔で描かれる。

一三 前出「檀那山人芸舎集」巻二に「市川三升ガ助六」と題される狂詩。

一四 市川団十郎に対するほめ言葉。

一五 助六の芝居は舞台上の背景の書割りに、新吉原名物の菓子屋竹村伊勢の名入りの蒸籠(蒸し菓子を入れて運ぶ器)や酒樽を数多く景気良く積上げた絵を用いるのを例とする。

一六 「割㆑鶏焉用㆓牛刀㆒」(論語・陽貨)に基づく諺のもじりで、助六芝居では本来の形で意休のせりふに用いられてもいる。

一七 延宝二年から本材木町に新たに設けられた魚市場の称。鮪などの大魚をさばくのに大刀のような庖丁を用いる。ここの魚問屋の主人達は、江戸芝居の贔屓の頭株でもあった。

十二番　兄　苦《ほうづき》蔵

一 酸漿《ほうづき》は実《み》も葉《は》も殻《から》ももみぢかな　　はせを

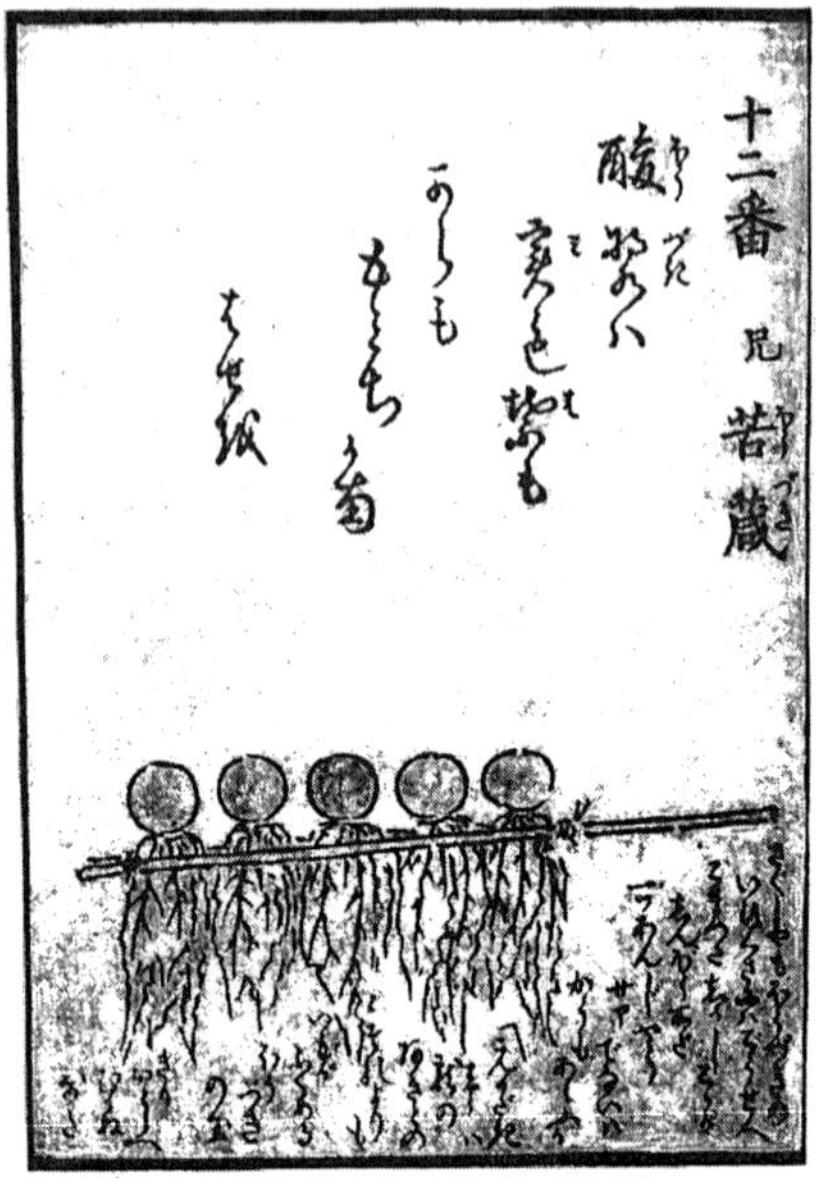

作者《さくしや》も酸漿《ほうづき》の言《い》ひ草《ぐさ》には二豪《どう》勢困《せへこま》つた。しかし、こゝが三辛《しん》棒《ぼう》所だ、一ッ案《あん》じやう。サア出《で》ないは、かうもあらふか。四
五〽得難《えがた》きは六龍《りやう》の顎《あぎと》のそれよりも七妹《いも》が含《ふく》める酸漿《ほうづき》の玉
八切落《きりおと》しへむかぬ歌だ。

一「泊船集」入集句。

二 とても。大変。
三 思案のしどころ。
四 歌や句を案じ出すときの慣用句。
五 京伝自作か。
六 「口傍有二鬚髭一、頷下有二明珠一、喉下有二逆鱗一」(本草綱目・龍)。諺にも、ある目的の為に危険を冒すことのたとえに「龍の頷の珠を取る」。
七 「骨董集」に「酸漿を吹ならす事」の章あり、栄花物語「はつ花」の「御色しろくうるはしう、ほゝづきなどをふきふくらめてすゑたらんやうにぞ見えさせ給ふ」などの文を引き、女児がほおずきを吹く習慣が古くからあることを考証する。歌の意は、龍の頷の下の玉を得るよりもっと嬉しいのは、貴女がならしているほおずきを貰うことです。
八 芝居の下級席、転じて大衆的な階層を指す。

九手《て》のない時《とき》は端《はし》の歩《ふ》を突《つ》け、目《め》のない時《とき》は樫《かし》の杖《つゑ》突《つ》け。ナントよい喩《たと》へであらう。今日《けふ》も丁度三度《ちやうどさんど》、一〇漆掻《うるしか》きの背中《せなか》を突《つ》つついた。

おつと後《あと》の衆《しう》、気《き》をつけさつせへ、犬の糞《くそ》があるぞ。

九 将棋の格言。適当な手が思いつかないときは、一番端の歩を一つ進めて、相手の出方を待てというもの。

一〇 粘りを増すためにうるし桶をかき廻している職人。道端で後向きに仕事をするので座頭に杖で突かれることも多い。「うるしかき座頭に尻をつつかれ」(柳多留・四篇)。

弟 盲人《めくら》

檀那山人

一一投頭巾《ナゲヅキン》、一二袴腰《ハカマコシ》トトモニ斜《ナヽメ》ナリ
杖《ツエ》ヲ曳《ヒ》イテ行《ユ》キ行《ユ》キテ一三蛇《ヘビ》ヲ畏《ヲソ》レズ
一四借問《シヤモン》ス 盲人《マウジン》何《イヅ》レノ処《トコロ》ニカ去《サ》ル
一五物前《モノマヘ》遥《ハル》カニ借銭《シヤクセン》ノ家《イエ》ヲ指《サ》ス

一一 この狂詩、前出「檀那山人芸舎集」巻二「題二盲人図一」。「投頭巾」は四尺ほどもある長い袋状の頭巾で背中に垂らす。

一二 袴の背部の腰に当る部分で、板状に作る。盲人ゆえその部分がかしいでいてもわからぬ様子をいう。

一三 諺「盲蛇におぢず」(毛吹草)。

一四 「借問す 唐詩に多出、借は去声呼」(譬喩尽)。ちょっとうかがいますがの意。

一五 盆・暮や各節句前の決算期の間際。盲人には特別に座頭金とよばれる高利貸の営業が許されており、その取立ての強引さでも有名であった。

絵兄弟

十三番　兄　雪降道者《ゆきふりだうしや》[一]

青漆《せいしつ》[二]を雪《ゆき》の裾野《すその》や丸合羽《まるがつぱ》[三]

其角

合羽《かつぱ》[四]でござれや雪空《ゆきぞら》とは地《ち》口《くち》の通《とを》[五]り句だが、雨《あめ》[六]なら合羽《かつぱ》三百両はどうだ〳〵。

おいらが形《なり》は道中すご六[七]の吉田《よし》の宿《しゆく》ときてゐる。

一 雪の中で連れ立って行く巡礼。
二 「五元集拾遺」冬部入集句。「青漆」は青緑色の漆で、合羽に塗って雨具とする。
三 袖無しの合羽。句意は、頭から雪をかぶって裾の方だけ青漆の合羽の縁が出ている丸合羽姿の旅人よ。
四 「さつさと御座れや節季候《せきぞろ》」の地口(地口行灯)。
五 有名な文句。
六 「夢ならたつた三百両」の地口。
七 東海道五十三次の宿場を双六にしたもの。上りは京で江戸品川を振出しとする。貞享頃から出来たという。

なんと、奥《おく》[八]。人の来《こ》ぬ間《ま》にびいどろ[九]の白酒《しろざけ》か重箱《ぢうばこ》の豆煎《まめいり》でも、ちとしてやらうじやないか。

あいさ、お前《まへ》もその気《き》かへ。私《わたし》もさ。アハヽ〳〵、とおかしくもないに、此《(この)》女雛《めびな》よつぽど下卑蔵《げびぞう》[一〇]とみへたり。

八「奥方」の略。妻に対するよびかけを貴人めかして表現したもの。
九 雛段の御供えのガラス瓶に入れた白酒。
一〇 食い意地のはった者をいう。

弟
紙雛《〈かみひいな〉》

[一一]内裏雛《〈だいりびな〉》人形天皇《〈にんぎやうてんわう〉》の御宇《〈ぎよう〉》かとよ　　はせを

一一 芭蕉の初期の句。「俳諧江戸広小路」(延宝六年序)に入集。謡曲「杜若」の「仁明天皇の御宇かとよ」の文句を下敷きとする句。「内裏雛」は内裏の貴人の男女を形どった一対の雛人形で、享保頃から流行したので、後に享保雛ともいわれた。

絵兄弟

十四番　兄　化《けしのすけ》之助[一]

月令[二]

[三]二月ニ鷹《タカ》化《ケ》シテ鳩《ハト》ト為《ナ》ル

八月ニ鳩《ハト》化《ケ》シテ鷹《タカ》ト為《ナ》ル

泥鰌《どじやう》も徳利《とつくり》も俺《おれ》が商売道具《しやうばいどうぐ》だが、泥鰌《どじやう》も生《なま》では肴《さかな》にならず、徳利《とつくり》も空《から》では始《はじ》まらねへ。せめて向《むか》ふの浅草餅《あさくさもち》[四]と出《で》かけたい。

頼朝様《よりともさま》[五]は聞《き》こへたが、なぜ俺《おれ》は此木《(この)》の虚《うろ》へ入《はい》つてゐるか気《き》[六]が知れねへ。

一 手品や曲芸を主とした大道芸人の一。江戸中期から浅草寺境内に出て、豆と徳利や泥鰌などを用いた曲芸に人気を得た。

二 年中の行事・儀式や民間月々の風物などを月の順に記録したもの。礼記の「月令」に始まる。

三 礼記・月令に「仲春之月…鷹化為レ鳩」。大戴礼に「五月　鳩化為レ鷹」。

四 浅草観音境内の名物きなこ餅。元禄前後からあったという。

五 源平盛衰記・二十一「兵衛佐殿臥木に隠る」の条に、石橋山の敗戦に大場景久に追われた頼朝は倒木のうろに身をひそめて逃れる。その時景久がうろを探った弓に恐れて、中から山鳩二羽がとび出る。弟の絵はその状景を画く。「聞こへた」は理屈が通ること。よくわかるの意。

六 「木」と「気」の洒落。

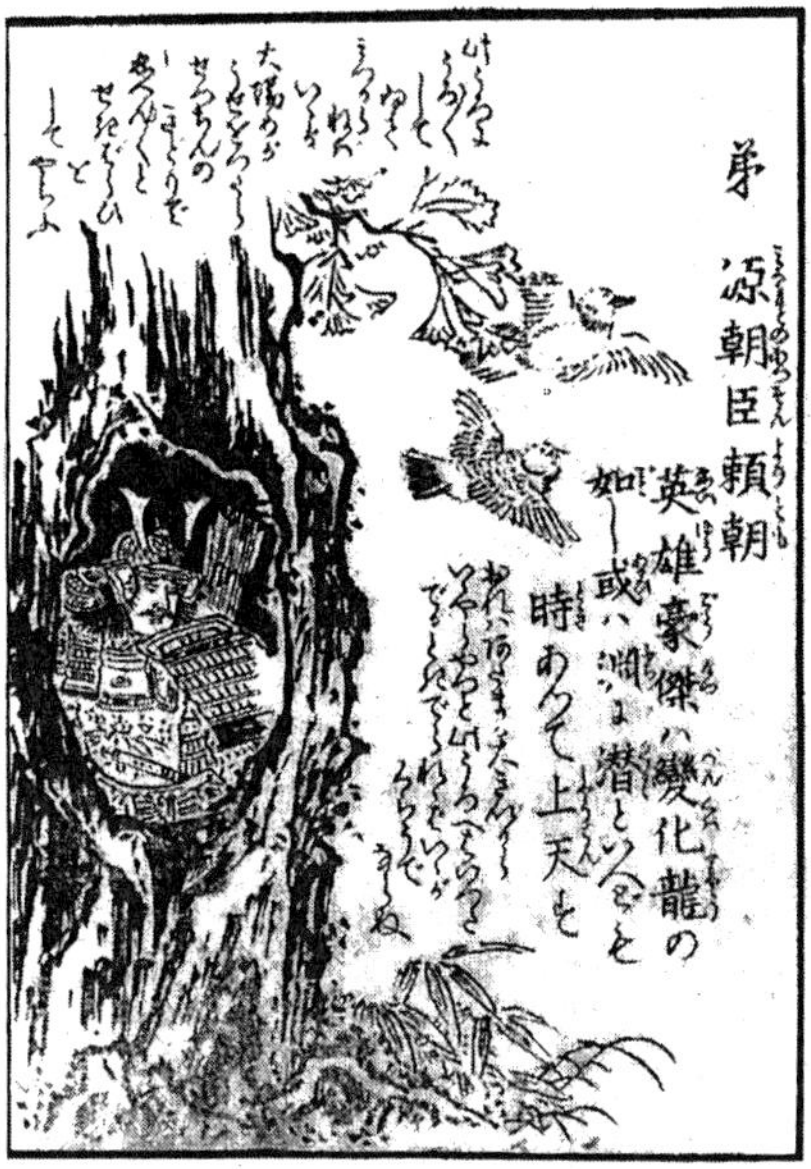

弟　源《みなもとの》朝臣《あつそん》頼朝《よりとも》

英雄豪傑《えいゆうごうけつ》は　変化《へんくは》　龍《りやう》の如《ごと》し　一〇或《あるひ》は淵《ふち》に潜《かくるゝ》といへども、時《とき》あつて上天《しやうてん》す

七俺《おれ》は頭《あたま》が大きいから、いゝやらやつと此《この》虚《うろ》へ入《はい》つた。出《で》る時出《ときで》られゝばいゝが、苦労《くらう》でならぬ。

此虚《うろ》にうろ〳〵してゐて見《み》つからねばいゝが。八大場めが九うせをつたら、雪隠《せつちん》の気取《きどり》でゑへん〳〵と咳払《せきばら》ひをしてやらふ。

七「頼朝の大頭」の称あり。「頼朝頭とてつむり大なるをいふ」(譬喩尽)。
八 大場景久。股野五郎はその通称。相模の武将で頼朝を石橋山に攻めて大勝する。
九 やって来たら。

一〇 龍は時機に会うと天へ登るという譬え。「龍は池中に潜っても時を得ては天に登り」(源氏大草子)。

十五番　兄　女達磨《おんなだるま》一

二九年《くねん》なに苦界十年《くがいじうねん》花衣《はなころも》　三紫野　祇空

四怎麼生《そもさん》こなさんは誰《たれ》さんじや　五栢莚

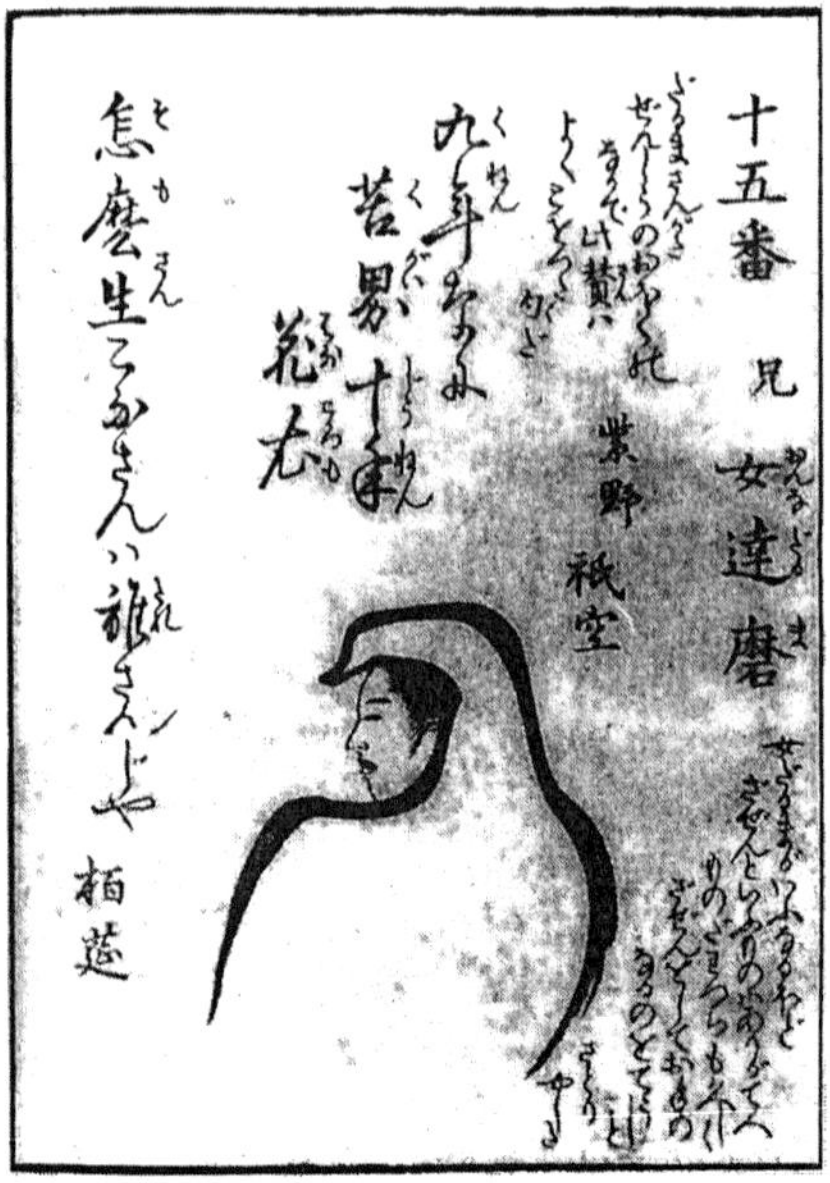

六達磨《だるま》さんがた、禅宗《ぜんしう》の多《おほ》くの中《なか》で此《この》賛《さん》はよく通《とを》つた句《く》だ。

女達磨《だるま》が言《い》ふ。なるほど坐《ざ》禅《ぜん》といふものは有難《ありがて》へものだ。わつちも久しく坐《ざ》禅《ぜん》をして、七お手の鳴《な》るのを銚子《てうし》と覚《さと》りやした。

一 見立絵の画題の一。十年年期の遊女を九年面壁の達磨に見立てた画題で、英一蝶が新吉原中近江屋抱えの半太夫という遊女の話を聞いて画題としたという説が「宮川舎漫筆」にある。

二 この句、「宮川舎漫筆」の同じ条に、素外の「手引草」に祇空の句として引く。句意は、遊女の年期十年を「苦界十年」として、その苦労に比べれば面壁九年はまだやさしいもの、という意。

三 稲津氏。大坂の人。号は青流。其角門、後に剃髪入道し祇空と改名。京都紫野に住む頃は敬雨と号す。享保十八年四月没、七十一歳。

四 これも「宮川舎漫筆」の同条に、一蝶画の賛句として「そもさん歟是みなさんは誰」の句形で記される。「怎麼生」は中国俗語で禅宗公案の問投詞として用いられ、「いったい」「いかに」「いかが」などの意に用いる。

五 二代目団十郎の俳号。宝暦八年没、七十一歳。俳諧は其角・沾徳門。

六 新内節の名文句「旦那さん方、芸者衆、多くの中でこなさんの」の地口。

七 諺「お手がなつたら銚子と悟れ」。何事も気を利かせるのが大事ということ。

俺《おれ》が形《なり》は、女達磨《だるま》を振《ふ》[八]つてゐるといふ身《み》[九]だなどと、此本《この》ももう仕舞《しま》ひだけ、行《ゆ》[一〇]きがけの駄賃《だちん》に乃の《ゝ》字《じ》までが口《くち》をきく。

八 丁度画面が女達磨に背を向けているように見える所からの言葉。
九 身ぶり、しぐさ。
一〇 諺「ゆきがけの駄賃」。ある事をするついでに別の事をして利益を得ること。
一一 仮名の「乃」の字の俗称。
一二 芭蕉の有名句「狂句木枯らしの身は竹斎に似たる哉」（冬の日）のもじり。

弟　杖搗乃字《つえつきのゝじ》[一一]

狂句[一二]

木枯《こがら》しの身《み》は杖《つえ》つきの乃の《ゝ》字《じ》哉《かな》

一 以下、「万歳」の文句のもじり、「とくわかに御万歳とは君ッも栄えてましッます」に始まり、途中「一本の柱は…二本の柱は…」と続き、「まことに目出度ふ候ひける」で終る。
二 物事にくよくよせずのんきなこと。
三 諺「鼻毛を伸ばす」。だらしないことのたとえ。「鼻毛を読まれる」は、女に甘くだまされること。
四 遊女の階級の一。享保頃までは太夫・格子に次ぐ位置であったが、宝暦末に太夫がなくなると、上級の遊女の称となる。

○万《〈まん〉》　歳《ざい〉》

[一]徳馬鹿《〈とくばか〉》に[二]後生楽《〈ご〉しやうらく》とはきみんもあきれてましんます。一本のはなげは[三]一升酒《〈いつしやうさけ〉》に長くなり、二本の鼻毛《〈はなげ〉》は女房《〈にようぼ〉》にのび、三本のはな毛《〈げ〉》は[四]散茶女郎衆《さんちや〈ぢよろしゆ〉》に読《よ》まれけり。かゝる鼻毛《はなげ》の輩《ともがら》とて諸神の捨《す》てたるのら者《もの》も、雨《〈あめ〉》がふつても居続《〈ゐつゞけ〉》せず、風がふいても猪牙《〈ちよき〉》にのらず。[五]番煙管《きせる》を口にくわへ、そろばんを手にもつて、家業《〈かぎやう〉》精出《せいだ》す其時《(その)とき》は、まことに目出度《めでた》ふ侯《さむら》ひける。

○浅　妻　舟《〈あさづまぶね〉》

[六]あだし仇波寄《あだなみよ》せてはかへる波《〈なみ〉》、あさづま舟《〈ぶね〉》の浅《〈あさ〉》からぬも、[七]銭《〈ぜに〉》の浦波《うらなみ》よせては数《かぞ》ふ波《〈なみ〉》。うろ〱船《〈ぶね〉》のうろつくも、[八]おつれば同《をな》じ谷川《〈たにかは〉》の、水《〈みず〉》にながれの[九]舟饅頭《ふなまんぢう》。ゐぼし水干《〈すいかん〉》瓜《うり》西瓜《すいくわ》。白拍子《〈しら〉びやうし》の立舞《〈たちま〉》ふ振《〈ふり〉》も、[一〇]黒布子《〈くろぬのこ〉》の居敷股《[一一]いぢかりまた》も、[一二]恋といふ字《〈じ〉》に二ツはなひ。あゝ又の日は[一三]折介《〈をりすけ〉》さん奴《〈やつこ〉》さん、誰《たれ》に契《ちぎり》をかはして、枕恥《はづ》かし[一四]永久橋《〈ゑいきうばし〉》の、偽《いつはり》がちなるわが苫《〈とま〉》の舟、よし、それとても世の中。

五 備品として用意された安物の煙管。
六 小唄「浅妻舟」の文句に「仇し仇浪寄せては返る浪、浅妻舟の浅ましや、あゝ又の日は、誰に契りをかはしていろを、枕恥かし、偽りがちなる我が床の山、よしそれとても世の中」(元禄十六年刊「松の葉」)。
七 明和五年発行の四文銭。裏が波の模様ゆえ裏波の称があるのをかける。
八 伝一休歌「雨あられ雪や氷とへだつれど落つれば同じ谷川の水」。
九 小舟を利用した安物の売春婦。
一〇 黒っぽい木綿の着物を着た下賤な客。　一一 がに股。内股に梅毒などのはれ物があるため。
一二 徒然草・六十二段に「恋し」の隠し言葉として「二つ文字牛の角文字直ぐな文字」の歌があるのをかける。
一三 武家の下男。船饅頭や夜鷹の客。
一四 現日本橋箱崎町辺りに元禄頃に出来た橋。天明末頃この辺りは舟饅頭の巣窟として有名(寛天見聞記)。
一五 以下は「軽《(かる)》」尽しの文。
一六 かね包み。
一七 中山道の宿場軽井沢は「止め女」と称する宿場女郎の存在で有名。
一八 「忠臣蔵」の登場人物足軽の寺岡平右衛門とその妹お軽。
一九 当時の大道芸人の口上の語勢。
二〇 砂糖菓子の一。室町期には西洋から伝えられていた(太閤記・或問)。
二一 「落し話」以前に用いられた落語の名称の一。　二二 謡曲「一来法師」の主人公。頼政方の武将として宇治橋

○牛若丸《〈うしわかまる〉》

勇者《〈ゆうしや〉》[一五]の命《〈いのち〉》は義《〈ぎ〉》によつて軽《〈かろ〉》く、芝居《〈しばゐ〉》の岩《〈いわ〉》は紙《〈かみ〉》によつてかろし。軽《かる》くてよいものが疱瘡《〈はうさう〉》はしか、軽《かる》くてわるいが銀包《〈ぎん〉づゝみ》[一六]。尻《〈しり〉》のかるいは用が足《た》り、口のかるいは禍《わざはひ》あり。止《〈とめ〉》[一七]たがるのが軽井沢《〈かるゐさは〉》、足軽《〈あしがる〉》[一八]妹《いもと》にお軽《かる》あり。まだも[一九]軽《かる》いがござりやす。かる石《〈いし〉》、[二〇]かるめら、[二一]かる口ばなし。かゝる類《たぐひ》の軽《かる》きより、上《〈うへ〉》を越《こ》したる牛若丸《〈うしわかまる〉》、その身《〈み〉》の軽《かる》さは一来法師《〈いちらゐほつし〉》[二二]の類《たぐひ》にあらず、竹田[二三]が子供もかなはばこそ、軽業師《〈かるわざし〉》もはだしで逃《に》げる。五条《〈ごでう〉》の橋《〈はし〉》の夕《〈ゆふ〉》まぐれ、ひらり〱と飛《〈とび〉》かふありさま、大胆《たんふ》不敵《てき》の弁慶《〈べんけい〉》も、蚊《〈か〉》[二四]が蝙蝠《かはほり》に出会《〈であひ〉》しごとく、天井《〈てんじやう〉》[二五]見たるこの時より、泣《な》[二六]き弁慶《〈べんけい〉》の信田《しのだ》妻《づま》と、伊吾《〈いご〉》が言葉《〈ことば〉》にのこりけらし。

○居合抜《〈ゐやいぬき〉》

棒《〈ばう〉》をつかつて薬を売《う》るは水滸伝《〈すいこでん〉》[二七]の世話場《〈せはば〉》に見へ、居合《ゐやひ》を抜《ぬ》いて、歯磨《はみがき》を売《〈うる〉》は、御縁《えん》日のさかり場なり。野郎《やらう》[二八]の役《〈ゑん〉》の行者《〈ぎやうじや〉》のごとく、高台《〈たかだい〉》[二九]に上りて見れば見物のあたまの数は賑《にぎは》ふ時分、ヱイヤツといふまゝに、五尺の男《〈おとこ〉》一丈の大太刀《〈おゝだち〉》を抜《〈ぬき〉》、鯉口《こゐ》のはなれ、七分三

の上で武勇を示す。現在は廃曲。二三 からくりで有名な竹田近江の芝居の前座に子供役者だけで演じた芝居。二四 蝙蝠は蚊をえさとする。二五 →二九五頁注一一。二六 忠臣蔵・十段目、天河屋の条りに「泣弁慶の信田妻、東西東西…コリヤ伊五よ」。伊五は天河屋の丁稚。二七 通俗忠義水滸伝・上篇巻二、打虎将李忠のこと。京伝は自作「忠臣水滸伝後編」(享和元年刊)巻二で売薬者に扮して敵状を探る話に用い、「通気粋語伝」(寛政元年刊)には居合抜きの薬売りとして用いている。二八 野郎頭の役の行者。芝居では高足駄をはいた行者姿に出立つ(近松半二作「役行者大峯楼」等)。二九 仁徳帝「高き屋に登りて見れば煙立つ民のかまどは賑ひにけり」(新古今集・賀歌)のもじり。

一 江戸歌舞伎の荒事の代表的な場面。二 →二七九頁注七・八。三 業種により定められた年中行事の日。湯屋は正月元日・二日・三日等年間二十一日。「守貞漫稿」に「右等の日は十二銭を白紙に包み与へて湯銭とす、是を御捻(オヒネリ)と云、此日は高座(香台)前に春慶ぬりの大三方を置て御ひねりを是に積む」。四 流し場。五 吉原遊廓で、遊興費を支払えない客に対する刑罰の一。見せしめとして桶を伏せた中へ入れ置いたという。

分の兼合《かねやい》、かの一暫《しばらく》の勢ひにひとしく、ヤンヤ〳〵と見物は二返魂丹《はんごんたん》の涙《なみだ》をながして、感《かん》心《しん》するも有《あり》、歯《は》みがきに口をとぢて恐《おそ》るゝもあり。

○湯《ゆ》　番《ばん》

三もの日の御ひねりは、美《うつく》しひ神楽堂《かぐらどう》のごとく、休日《やすみび》の四流《なが》しは小人島《こびとじま》の五桶伏《をけぶせ》を欺《あざむ》き、六男女八文、子供衆《こどもしゆ》六文、頼朝付《よりともつき》十六文とは、鎌倉時代《かまくらじだい》の定《さだめ》なるか。女湯《をんなゆ》の番人《ばんにん》がもし七久《く》米《め》の仙人《せんにん》ならば、毎日《まいにち》通《つう》を失《うしな》ひ通《どを》しに失《うしな》ふべけれど、商売柄《しやうばいがら》とて女の脛《はぎ》の白きをみても、かゝとを洗《あら》ふ八糸瓜《へちま》の皮《かは》とも思《おも》はぬは、すこぶる英雄豪傑《ゑいゆうごうけつ》、悟道《ごどう》の知識《ちしき》のこゝろに似たり。

○賓頭盧尊者《びんづるそんじや》

およそ、天地《てんち》の間《あいだ》に生《しやう》ずるもの、みなそれ〳〵の役《やく》割《わり》あり。必《かなら》ず九役不足《やくぶそく》をすべからず。座頭《ざがしら》があれば馬《むま》の足《あし》もなくてはならず、犬《いぬ》は門《かど》を守《まも》るが役《やく》、猫《ねこ》はねずみをとるが役《やく》。されば一〇泥亀《すつぽん》が時《とき》もつくらず、一一焼味噌《やきみそ》に鼻緒《はなお》もすげず、一二鶏卵《たまご》三味《さみ》せんは引《ひく》とも、一三摺子木《すりこ》で

六「銭湯新話」(享和二年)に「定 御一人前十文 子供衆八文 御供付二十文…」。「頼朝付」は「御供付」のもじりか。七→二八八頁注八。八 諺。「糸瓜の皮とも思はぬ」(何とも意に介さぬ)と「へちまだわし」の掛詞。九 わりあてられた役割に不平を言う。一〇 諺「すっぽんが時を作るやう あるまじき喩言也」(俚言集覧)。一一 諺「下駄と焼味噌」。似て非なる物の譬喩。焼味噌は板に厚く塗りつけて作る。一二 未詳。卵のからに糸を張ったものか。一三「摺子木で腹切る」「摺子木で重箱洗ふ」などの諺と同意か。一四 諺。自分の思うようにならぬこと。一五 祭りばやしや下座音楽に用いる円蓋状の摺り鉦。一六 鼻欠け。梅毒で鼻欠けの患者が願をかけたため。一七 疱瘡の願をかけて軽くおさまった時は御礼に茜木綿の頭巾をあげる。一八 天明頃流行した頭部をぴっちりと覆う頭巾。一九 諺。但し後文の「しらみ…」は京伝の作文か。以下、虎尽しの文。二〇 説文解字に「山獣之君」、風俗通義に「虎者陽物、百獣之長也」。二一 廿四孝「楊香」の説話。山中で虎に出合った楊香が、命を投出して父を助ける様祈ったところ、虎は退散した。二二 曾我物語・六。十郎の恋人、大磯の妓女虎御前は権勢者和田義盛を拒絶して十郎に盃をさす。二三 諺「虎の威を借る狐」(名語記)。

髭《ひげ》は抜《ぬ》かれず、[一四]挑灯《てうちん》で餅《もち》は搗《つ》くとも、銅壺《どうこ》の蓋《ふた》が[一五]ちやんぎりにもならず、神仙《しんせん》といへどもまたしかり。びんづる尊者《そんじや》の顔《かほ》をなでられて、生《むま》れもつかぬ[一六]鼻《はな》くたと成《なり》給ふも、みなそれ〳〵のお役目《やくめ》にて、疱瘡《ほうさう》軽《かる》くさせ給ふは、[一七]茜木綿《あかねもめん》の[一八]きめ頭巾《づきん》をせしめ給《たま》はんためにはあらず。

○虎《とら》

[一九]虎《とら》は千里《せんり》の藪《やぶ》に棲《す》む、しらみは布子《ぬのこ》のうちに棲《す》むと、対句《ついく》にうたはれしは、かれが一生《しやう》の名折《なをれ》なり。虎《とら》といふものは、そのやうに安《やす》くされるものにあらず。[二〇]説文《せつもん》、風俗通《ふうぞくつう》等《とう》に、百獣《ひやくじう》の長《ちやう》とほめられ、[二一]廿四孝《こう》の虎《とら》は、孝《かう》を感《かん》じ、[二二]大磯《いそ》の於兎《とら》は、操《みさほ》をまもる。されば、[二三]狐《きつね》も虎《とら》の威《ゐ》を借《か》り、饅頭《まんぢう》も[二四]とら屋をまねる。[二五]虎《とら》嘯《うそぶ》けば風《かぜ》を生《しやう》じ、[二六]虎蔵《とらざう》吟《ぎん》じて贔屓《ひいき》を起《おこ》し、[二七]虎《とら》は拳《けん》に興《きやう》を増《ま》し、虎《とら》ふぐは味《あぢは》ひよし。しかりといへども、[二八]水滸伝《すいこでん》の武《ぶ》松《しやう》、[二九]国性爺《こくせんや》の和藤内《わとうない》に[三〇]しめられて、鬼《をに》のふんどしと卑《いや》しめらるゝは、[三一]鵺《ぬえ》の胴中《どうなか》となりて、人を脅《おど》せし報《むくひ》なり。たとへ[三二]虎《とら》の絵《ゑ》がみに画《ゑがゝ》るゝとも、[三三]晋《しん》の李后《りこう》を驚《おどろ》かすことなかれ。

二四 大坂の名物饅頭屋。元禄十五年創業という。その後宝暦頃には江戸出店が出来、一時江戸には十二、三軒も虎屋を称する饅頭屋がある。
二五 「虎嘯而谷風至」(淮南子・天文訓)。
二六 未詳。
二七 拳の一種「虎拳」。虎・和藤内・母親の三者の身振りで勝負する。
二八 水滸伝・二十三回、武松の虎退治の場。 二九 近松作「国性爺合戦」二、千里が竹に和藤内の虎退治。
三〇 とっちめられる。 三一 源平盛衰記・十六「三位入道芸等の事」に「頭は猿、背は虎、尾は狐…」。→二七三頁注四。 三二 →二七三頁注六。
三三 晋の孝武文李太后か。両龍枕膝、日月入懐を夢に見て、孝武帝を生むという(晋書・列伝二・后妃下)。襖絵などに画かれて、龍虎相戦い、李后の夢をさまさないでほしい、の意か。

一 「花に鳴く鶯、水に住む蛙」。古今集・仮名序の行文による慣用句。
二 煙草の銘柄の一。「薄紅梅といふ一斤で一分二朱ぐらいもする煙草」(仕懸文庫)。 三 煙草の銘柄の一。「女形を一斤といへば、小山田と気取つて出しやす」(商売百物語)。
四 初会には、きまった作法・儀式がある。 五 伽羅油。匂い油。
六 未詳。後出の「菊煙草」は菊の花を陰干しにして刻んだものというから、桜花を用いた物か。 七 煙草の銘柄

○賃《ちん》粉刻《きり》

[一]花《はな》に鳴《なく》鶯《うぐひす》も、[二]薄紅梅《うすかうばい》にやどり、水《みづ》に住《すむ》蛙《かはづ》も[三]小山田《おやまだ》にすだき、[四]初会《しよくはい》の客《きやく》のもてなしは、禿《かむろ》が先《さき》へ煙草盆《たばこぼん》、助六が吸《す》いつけ煙草《たばこ》は、伊久《いきう》が鬚《ひげ》の[五]伽羅《きやら》よりも芳《かうば》しく、[六]さくらたば粉《こ》の春《はる》さき、菊煙草《きくたばこ》の秋《あき》の頃《ころ》、旅《たび》の暁《あかつき》、人待《ま》つ夕部《ゆふべ》、[七]国府《こくぶ》の尊《たつと》きより、[八]玉煙草《たばこ》の卑《いや》しきまで、此物《このもの》をもつて慰《なぐさ》めとす。たばこは辛苦《しんく》[九]わすれ草《ぐさ》とは、実《げに》宜《むべ》ならずや。

○起上小法師《おきあがりこぼうし》

鳥《とり》に[一〇]達磨《だるま》鸚哥《いんと》あり、墨《すみ》に[一一]達磨形《だるまがた》あり、[一二]達磨《だるま》味噌《みそ》、[一三]だるま男《おとこ》、[一四]達磨《だるま》の目を灰汁《あく》で洗《あら》つたとは、明白《めいはく》の喩《たと》へ、[一五]どこぞの達磨《だるま》の椽《えん》の下《した》とは人をはぐらす詞《ことば》なり。[一六]蘆《あし》の葉《は》に乗《のつ》て海《うみ》をわたりしより、[一七]達磨大師《だるまだいし》の坐禅《ざぜん》の体《てい》とて、軽業《かるわざ》の一ツによばれ、起《おき》上り小法師《ぼうし》と成《なつ》ては、角鴟《みゝづく》と[一八]一坐《ざ》する事、いかなる[一九]尻《しり》の腐縁《くされえん》か知《し》らず、たとへ[二〇]経師屋《きやうじや》の障子《しやうじ》には描《か》かるゝとも、[二一]坐禅豆《ざぜんまめ》の看板《かんばん》となることなかれ。

の一。薩摩の国府産の上等品。
八 刻み煙草を小束にして帯をかけたもの。真中からつまんでとり出す。
九 煙草の異称。
一〇 宝暦八年三都で唐鳥の見世物に出陳されて著名となる(奇観茗話)。
一一 達磨の形に似て平たく作った墨。
一二 九年母の青皮をすり、酒で練りあげたもの。薬味に用いる。
一三 宝暦九年大坂道頓堀で、両膝下のない身体で人気をとった軽業師。蒹葭堂雑録・巻五に図示される。
一四 「世話焼草」にあり。 一五 「何処へ行く」と問われてはぐらかす時の文句。 一六 画題「蘆葉達磨」。水上の蘆葉に乗った達磨が水を渡る図柄。
一七 軽業芸の一。綱の上など不安定な姿勢で行う。 一八 同席する。
一九 達磨は九年面壁で尻も腐ったろうと言い、「腐れ縁」と続ける。
二〇 店の看板がわりに表障子に達磨の絵を描くのが通例。 二一 黒大豆を甘く煮染めたもの。坐禅の語の縁。
二二 宝暦頃、吉原廓内大文字屋の主人市兵衛の頭の形がかぼちゃに似るというので「大文字屋のかぼちゃ」という流行唄が出来た(武野俗談)。
二三 「とうなす」から「へた(蔕・下手)」と連想すること。
二四 宝暦・明和頃からの流行語。「道理で」の強め(擲銭青楼占・序)。
二五 同じ頃の流行語。「とんだよいこと」の意(辰巳之園・通言)。
二六 物ずきが嵩じた変人奇人の意。

○東埔塞《〈かぼちや〉》

かぼちやといへば[二二]大文字屋《〈だいもんじや〉》を思ひ出し、[二三]とうなすといへば儀太夫芸者《〈ぎだいふ〉げいしや》と先走《さきばし》り、[二四]道理《どうり》でかぼちやがとうなすとは、[二五]とんだ茶釜《〈ちや〉がま》と対句《〈ついく〉》也。かぼちやの胡麻汁《〈ごまじる〉》とはいかなる[二六]茶《〈ちや〉》人《〈じん〉》の献立《〈こんだて〉》にもなく、とうなすの夢《〈ゆめ〉》は、[二七]一富士《ふじ》二鷹《たか》の列《れつ》に並《なら》ばず。されど[二八]火入《〈ひいれ〉》に作《〈つく〉》られては、[二九]今戸焼《〈いまどやき〉》の姉様《あねさま》と肩《かた》をならべ、[三〇]団扇《〈うちは〉》に貼《は》られては、役者《やくしや》の似顔《〈に〉がほ》と先《さき》をあらそひ、切《きり》口に汗《あせ》をかき、日にあかくなるを見ては、非情《〈ひじやう〉》のかぼちやといへども、[三一]芝居《〈しばゐ〉》の序開《〈じよ〉びらき》には、かならずその精霊《せいれい》ありぬべし。

○阿半長右衛門《〈おはんてうへもん〉》

[三二]おはんを背《せな》に長右衛門、[三三]逢《を》ふ瀬《せ》、そぐはぬ徒夢《あだゆめ》を、むすぶ帯《〈おび〉》屋の輪廻《りんゑ》のきづな、その悪縁《〈あく〉えん》を此世《〈このよ〉》に引幕《〈ひきまく〉》。因果《ゐんぐわ》は[三四]廻《まは》り道具《〈どうぐ〉》のごとく、[三五]欲界《〈よくかい〉》の敵役《かたき〈やく〉》、色界《〈しきかい〉》の濡事師《ぬれごと〈し〉》、無色界《〈むしきかい〉》の荒事師《あら〈ごとし〉》、その三界《がい》の一切衆生《〈いつさいしゆじやう〉》、かゝる類《たぐひ》を導《〈みちびき〉》給ふ、釈迦《〈しやか〉》の御弟子《〈みでし〉》の[三六]羅漢台《らかん〈だい〉》、[三七]弘誓《〈ぐぜ〉》のひき舟《〈ふね〉》、[三八]切落《きりおとし》、[三九]狂言綺語《〈きやうげんき〉ぎよ》も、讃仏乗《〈さんぶつじやう〉》の縁《ゑん》の下なるせり出し[四〇]穴番《〈あなばん〉》、[四一]きせるとらのこ、[四二]は

二七 「一富士、二鷹、三茄子」は吉夢。「とうなす」は茄子にも劣るの意。
二八 中身をくり抜き、外側を乾燥させて火入れに用いる。
二九 浅草外の今戸辺で作られた素焼の安価な姉様人形。 三〇 未詳。
三一 芝居興行のはじめに行う狂言。「何々の精霊が何の宝物を奪はんとして却つて見出され、つめになりて善に戻り、芝居繁昌を守るべし傍さらばといふ趣向」(楽屋雑談集)。
三二 「道行瀬川の仇浪」の名文句。
三三 二人の年齢が違いすぎることをいう。 三四 回り舞台。
三五 「欲界」「色界」「無色界」は仏語にいう三界。以下続けて仏語と芝居用語を関係づけた表現。
三六 舞台下手の奥、花道の先端から更に入り込んだ所に一段高く棚のように作られた見物席。そこに並んだ見物客が土間からみると羅漢が並んだように見える。 三七 仏語「弘誓の舟」と芝居語「引舟」。引舟は二階正面桟敷の前面に張り出した所。
三八 芝居語。平土間の大衆席。
三九 仏語。偽りの多い物語芝居の類も受け取り方によっては仏徳讃嘆の内容にもなるの意。 四〇 芝居語。せり出しの作業にあたる人を「穴番」という。 四一 芝居語。「きせる」は喫煙用の火縄売り。「虎の子」は物品を順に手渡しにする意の「虎の子渡し」の略か。 四二 芝居語「半畳」。一人用の小さな敷物。賃貸しにする。

んじやう売《うり》、或《ある》ひは伝法《でんぽう》[一]、呑《のん》[二]太郎、隙《ひま》[三]行《ゆく》馬《こま》の後《あと》足《あし》より、月日のねずみ[四]木戸番《きどばん》まで、救《たす》け給んとの御誓願《せいぐわん》なり。

○善《よし》　光《みつ》

それ堪忍《かんにん》[五]しなの丶善光寺《ぜんくはうじ》とは、誤《あやま》つて改《あらた》むるの詞《ことば》、牛《うし》[六]にひかれて善光寺《ぜんくはうじ》参《まい》りとは、是《これ》結縁《けちゑん》のことわざなり。そも〳〵[七]此如来《このにょらい》といつぱ、往昔《そのかみ》百済国《はくさいこく》[八]より渡《わた》り給ひ、守屋《もりや》[九]がために難波《なんば》堀江《ほりえ》へドンブラコと打《うち》こまれ給ひ、鮒《ふな》や泥亀《すつぽん》と相店《あいたな》の住居《すまゐ》なりしが、折《をり》よく善光《よしみつ》通《とを》りしゆへ、定九郎《さだくろう》[一〇]もどきにて、ヲヽイ〳〵と呼《よび》かけたまひ、昼《ひる》[一一]は如来《にょらい》善《よし》光《みつ》におんぶなされ、夜《よる》は如来《にょらい》善光《よしみつ》をおんぶし給ふ。これすなはち負《おへ》ば負《お》はる丶といふ喩《たとへ》のごとく、隠徳《いんとく》[一二]あれば陽報《やうほう》ある御しめしと知《し》られたり。

○銕枴仙人《てつかいせんにん》

人間《にんげん》のうちにも、目[一三]あき仙人、めくら仙人といふものあつて、瓢箪《ひやうたん》[一四]から駒を出せば、灰吹《はいふき》[一五]から蛇《じや》を出し、石[一六]を打《う》つて羊《ひつじ》となせば、袷《あはせ》[一七]を曲《ま》げて鰹《かつを》となし、鯉《こい》[一八]に乗《じやう》じて天に昇《のぼ》

一 芝居のただ見をしようとする無法者。 二 同じく無料見物をする者。
三 月日の早くたつことの譬え「隙行く駒」と、三文役者の意の「馬の後足」の掛詞。
四 月日の過ぎゆくことをさす「月の鼠」と、芝居木戸「鼠木戸」の掛詞。
五 「堪忍しな」という意の洒落言葉。
六 思いかけず善縁を得ることの諺。「本朝俚諺」巻四。
七 以下、神仏の縁起の文体をもじる。
八 以下「善光寺縁起」による。
九 物部氏。六世紀中頃、仏教普及に反対して蘇我氏と対立敗死する。
一〇 仮名手本忠臣蔵・五段目。山崎街道で百姓与市兵衛を殺して金を奪おうと呼びかける。
一一 「善光寺本地」に「よるはよしみつにによらいにおはれひるはによらいをおひたてまつりて」。
一二 淮南子・人間訓にあり。
一三 諺「盲千人、目明千人」のもじり。
一四 諺。意外な所から意外な物が出る(毛吹草・五)。
一五 諺。あり得ないこと(譬喩尽)。
一六 神仙伝・二にある初平の故事で、石を羊に変える仙術。
一七 初鰹は初夏の景物ゆえ、冬物の袷を質入れして鰹を買う。
一八 琴高仙人のこと。画題に「琴高乗鯉」がある。
一九 吉原通いに大急ぎの舟行の様子。
二〇 「乗鶴」は仙人となることを言う。

れば、猪牙《ちよき》[一九]にのつて宙《〈ちう〉》を飛《〈とび〉》、鶴《〈つる〉》[二〇]にのつて雲に入《い》れば、四《〈よ〉》[二一]ツ手《〈で〉》に乗《じやう》じて空《〈くう〉》を走《はし》る。しかりといへども、心《〈こゝろ〉》仙人にあらざれば、或《ある》ひは貪恚癡《〈とんじんち〉》[二二]の三毒《〈どく〉》の蛙《〈かはづ〉》を愛《あい》し、巧言令色《〈こうげんれいしよく〉》の口より、名聞《〈めうもん〉》の姿《すがた》を吐《は》き、白金[二三]の色《〈いろ〉》の白《しろ》きを見て、通《〈つう〉》[二四]を失《うしな》ふは、是則《〈これすなはち〉》利《〈り〉》を得《〈う〉》るのめくら仙人なり。

○奴紙鳶《〈やつこだこ〉》

奴といふもの、鬢《〈びん〉》に糸《いと》[二五]びん、撥《ばち》びんの差別《しやべつ》あつて、釘抜《くぎぬき》[二六]を定《さだ》まる紋とし、打抜《ぶんぬき》[二七]を常《〈つね〉》の食《〈しよく〉》とし、尻《〈しり〉》[二八]を寒《〈かん〉》ざらしとなし、屁《〈へ〉》はブイ〳〵と遠慮《〈えんりよ〉》なく、或《ある》ひは下馬先[二九]、玄関前《〈げんくはんまへ〉》、振《ふ》[三〇]りこむ鳥毛《〈げ〉》の鳥《とり》ならで、天[三一]にあらばやつこ凧《〈だこ〉》、地《〈ち〉》にあらば奴豆腐《どうふ》、やつこの小まん[三二]はいざ知《し》らず、挽切《ひつきり》枕《〈まくら〉》[三三]の上にふしては、小半《こなから》[三四]の酴醾漉《〈どびろく〉》に五十文の栄華《ゑいぐわ》の夢《〈ゆめ〉》をむすび、天《てん》[三五]徳寺《とくじ》の閨《ねや》のつれ〴〵に、廿四銅《〈どう〉》[三六]の馴染《なじみ》を思ひ、重代《〈ぢうだい〉》の竹光《〈たけみつ〉》とゝもに、草鞋《わらんじ》[三七]の銭《〈ぜに〉》を鞘走《さやばし》る。

○儀太夫語《〈ぎだいふかたり〉》

土佐上下《〈とさがみしも〉》[三八]に外記《〈げき〉》袴《ばかま》、半太《〈はんだ〉》羽織《はおり》に、義太《〈ぎだ〉》股引《もゝひき》と卑《いや》しむれど、儀太夫《〈ぎだいふ〉》節《ぶし》といふもの、よく

二一 陸地の吉原通いの常手段。
二二 仏語。貪りといかりと無知、人間の持つ三つの害毒。「三毒の大蛇」の譬喩は、太平記・三十三にある。
二三 しろがね。銀貨。
二四 仙人としての通力を失う。
二五 鬢の毛を額の方向へ細く糸状になるまで月代をそり下げてしまうもの、三味線のばちの形にするもの。
二六 釘抜きの形を図案化した紋所。中間や奴のはっぴや半纏などの紋として用いる。二七 盛り切り飯。
二八 奴は寒中も尻っぱしょりをする。
二九 武家の式例として、馬から下りるべき場所。奴はそこへ控える。
三〇 行列などの先頭で毛槍を振りたてるのも奴の仕事。三一 長恨歌の「天にあらば比翼の鳥、地に在らば連理の枝」のもじり。安永初年に奴凧流行し、木室卯雲の発句に「初午や地に白狐天に奴凧」。三二 江戸中期、大坂に実在した女侠客。後に出家して三好正慶尼となのる。文化元年没という(西沢一鳳「伝奇作書」)。
三三 丸太を挽切っただけの木枕。
三四 二合半。少量の酒や米をいう。
三五 紙を外被とした粗末な藁蒲団。
三六 夜鷹。通例二十四文の代金。
三七 極く少額の小遣銭を使ってしまう。
三八 当時俗謡に「土佐上下に外記袴、半太羽織に義太股引、豊後かあひや丸裸」(京伝予誌)。当時の語りものの曲調を行装にひきあてたもの。

[一]五音《ごいん》に通《つう》じ、貴賤《きせん》、老若《らうにやく》、男女《なんによ》の言語《げんぎよ》を分《わか》ち、表《おもて》むきは笑《わら》ひても、心のうちに愁《うれい》をふくむ、忠臣《ちうしん》の若男《わかおとこ》[二]。人目《め》には恋《こい》とみせ心のうちは、操《みさほ》をまもる世話女房《せはにようぼ》の仕草《しぐさ》まで、皆《みな》それ〲の人情《にんじやう》を語分《かたりわ》け、誠《まこと》に勧善懲悪《くはんぜんてうあく》の一助《じよ》なり。しかれども茶飯《ちやめし》[三]以下の上留《じやう》[四]理は、損《そん》あつて益《えき》なし、銭湯《せんとう》の長居《ながゐ》は湯気《ゆけ》にあがり、夜道《よみち》の大声《おゝごへ》は犬《いぬ》にほへらる。

○如意輪観世音《によいりんくはんぜをん》

観世音《くはんぜをん》は一切衆生《いつさいしゆじやう》をわが子のごとく哀《あはれ》み給ひ、只頼《たの》[五]め標茅《しめぢ》が原《はら》のさしも草《ぐさ》をもつて、[六]三升屋《みますや》の艾《もぐさ》にかへ、無善造悪《むぜんざうあく》[七]の病《やまひ》を治《ぢ》し、枯木《かれき》[八]に花《はな》の喩《たとへ》をもつて、常住不滅《じやうぢうふめつ》の道《みち》に誘《いざなひ》、福寿海無量《ふくじゆかいむりやう》[九]の方便《ほうべん》、弘誓深如海《ぐぜいしんによかい》[一〇]の品玉《しなたま》[一一]は、円通《ゑんづう》[一二]の鎌《かま》をもつて、五塵六欲《ごぢんろくよく》[一三]の豆《まめ》と徳利《とつくり》を打払《うちはら》ひ給ふ。豈尻《あにしり》[一四]食観音《くらえくわんのん》にてましまさんや。是故応頂礼《ぜこをうてうらい》[一五]。

○鳥羽絵《とばゑ》

[一六]鵺《ぬえ》は頼政《よりまさ》にしめられ、見越《みこし》[一七]は公時《きんとき》にしめられ、鼠《ねずみ》は石見銀山《いはみぎんざん》にしめられ、虱《しらみ》は幸手《さつて》[一八]屋《や》・鍋屋《なべや》にしめられ、怪《あや》[一九]しきを見《み》て、怪《あや》しきとせざれば、怪《あや》しき事なしとかや。されば

一 五声とも。宮・商・角・徴・羽の五つにわけられる音声の高低強弱。 二 人形浄瑠璃の首(かしら)の一。前髪のある若衆役。 三 素人浄瑠璃の異称(茶飯などをふるまって聞き手を集める所から)。 四「浄瑠璃」の宛て字。 五 清水の観音の御詠に「只たのめしめぢが原のさしも草我世中にあらん限りは」(沙石集・五)。 六 江戸名物の一。元禄頃、神田の箱根屋庄兵衛が団十郎もぐさと称したのが始まり。その後、通旅籠町三升屋平右衛門家を本店として流行。 七 仏語。善行無くして悪因を造るばかりの仕業。 八 梁塵秘抄・二に「万の仏の願よりも千手の誓ひぞたのもしき、枯れたる草木も忽ちに花咲き実なると説いたまふ」。 九 法華経・普門品の中の語。福徳の量は海のように広大であるの意。 一〇 同じく普門品の語。↓二九一頁注一〇。 一一 手品や軽業の芸。 一二 仏語。あまねく通じる悟り。「鎌」にたとえたのは品玉との関連で、芥子之介の芸に空中に投げあげた豆を鎌で切り、又徳利と豆を手玉にとるなどの芸があった。 一三 仏語。人間の煩悩や欲望。 一四 諺。困った時だけ神仏にすがり、あとは知らん顔をすること。 一五 法華経・普門品の結末の語。「是の故に応に頂礼すべし」。 一六 頼政の鵺退治は平家物語・巻四以来、謡曲・浄瑠璃等数多い。 一七 見越入道。「きんぴら地獄廻り」

[二〇]五位鷺《ごいさぎ》も[二一]安針町《あんじんてう》に鬻《ひさか》れ、河童《かつぱ》も[二二]珍物《ちんぶつ》茶《ちや》屋に出さる。元《もと》より[二三]壁《かべ》に耳《みゝ》あり、徳利《とつくり》に口あれば、摺子《すりこ》木《ぎ》に羽《はね》のはへしも、[二四]いつまで〳〵と鳴《なき》し太平記《たいへいき》の化鳥《けてう》ほどに怪《あや》しむべきものにあらずといへども、是《これ》いたつて化鳥《けてう》といふべき。

○初《はつ》松魚《がつを》

[二五]料理看板即席庖丁酒八升《りやうりかんばんそくせきほうてうさけはつしやう》、[二六]おろし大根《だいこん》のその間《あいだ》に、食《く》うべき人の知《し》らざらんや、味《み》噌《そ》辛子《からし》ものはぬたにもせよ、安《やす》くば買《か》つて葱《ねぎ》も煮《に》よ、[二七]延喜式《えんぎしき》には供御《くご》ともなり、[二八]たゞ一本《いつぽん》を賞翫《しやうくはん》する、[二九]しが辛子《からし》酢《す》の松《まつ》の魚《うを》、[三〇]七十五日はさておろか、[三一]目近《ちか》がつをの若《わか》きより、[三二]霜降《しもふり》かつをの白髪《しらが》になるまで、生《いき》のびるのは[三三]請《うけ》合売《うり》、懸直《かけね》なつとう烏帽子《ゑぼし》魚、ゆづりの[三四]筋《すじ》隈《くま》[三五]すぢかつを、[三六]つれ〳〵草《ぐさ》を盾《たて》につき、悪《わる》くぬかして直《ね》ぎるが最後《さいご》、[三七]大はち巻[三八]をさせもが露《つゆ》、[三九]焼野《やけの》の雉子《きじ》焼《やき》みるやうに、首《くび》すつこめとホヽ、敬《うやま》つて申《まう》す。

○雷《かみなり》

男伊達《おとこだて》に[四〇]雷《かみなり》庄九郎あり、角力取《すまひとり》に[四一]いかづち鶴《つる》の介《すけ》あり、役者《やくしや》に[四二]市川雷蔵《ざう》あり、かみ

などの子供絵本類に金時が見越入道をこらしめる図がある。一八 虱駆除のための「虱うせ薬」を商う有名店。幸手屋茂平は小伝馬町二丁目住。同じく虱よけの懐中紐は芝金杉の鍋屋。一九「怪しみを見て怪しまざる時は怪しみ却りて破る」(徒然草・二〇六)。二〇 化物の一つとされる青鷺(「今昔続百鬼」)と混同される。二一 日本橋の地名。宝暦頃から東国屋という水鳥問屋が有名。二二 両国柳橋に寛政頃から開店した珍奇な動物を見世物とする店。二三 諺「徳利に口あり鍋に耳あり」(諺苑)。二四 太平記・十二「広有射二怪鳥一事」。二五 以下全文、「暫」のつらねの文句のもじり。「東夷南蠻北狄西戎、四夷八荒天地乾坤のその間に…ホヽ敬つて申す」。二六 鰹はおろし大根とからし味噌で食べる。二七 延喜式に「堅魚、海藻各二斤竈神供御」(内膳式)。二八 初鰹は毎年江戸へ着いた最初の一本が幕府へ献上される(南畝「壬申掌記」)事と、「一つ松」(→次注)をかける。二九「志賀唐崎の一つ松」のもじり。三〇 諺「初物食へば七十五日生延ばる」(譬喩尽)。三一 そうだ鰹の異名。三二 料理法。「何の魚にても、ふしどり、煮湯へ入れ、ゆがきて水へとり、さしみに作るを言ふ」(料理早指南大全)。三三 以下は掛詞。請合—請合売り—売懸け—懸値なし—なつとう烏帽子—烏帽子魚。「納豆烏帽子」は

なり門《もん》あり、かみなり[一]干《ほし》あり。[二]擂鉢《すりばち》を擂盆《らいぼん》と言《いひ》、擂子《すりこ》木を擂槌《つい》といふは、ゴロ〳〵と音《をと》のするゆへの名にあらず、夫婦喧嘩《ふうふげんくは》の道具《どうぐ》となり、角《つの》を生《は》やすといふ心なるよし。

○羅《ら》生《しやう》門《もん》

むかし〳〵渡辺《わたなべ》の綱《つな》、[三]らしやう門川岸《もんがし》を通《とを》りしとき、あやしの女性《によしやう》[四]格子《かうし》の隙《ひま》より腕《うで》をさしのべ、綱《つな》が着《き》たる、[五]兜頭巾《かぶとづきん》の[六]錏《しころ》をつかんで、引摺《ひきず》り上《あげ》んとする。その時《とき》つなは少しも騒《さは》がず、太刀《たち》抜《ぬき》もつて腕首《うでくび》つかみ、[七]小指《ゆび》をすつぱと切《きり》とつて持《もち》かへり、[八]錫《すゞ》の唐櫃《からびつ》へ納《おさ》め、厳《おごそか》に守《まも》り居《ゐ》たり。しかるに或《ある》日、扉《とぼそ》をホト〳〵と扣《たゝ》くものあり。何者《もの》なるぞと咎《とが》むれば、イヤわたくしは、[九]茨木《いばらき》屋の遣手《やりて》婆《ばゞ》ァでござります、どうぞ指《ゆび》を見《み》せて下さりませといふ故《ゆへ》、綱《つな》はかの小指《ゆび》とり出し見《み》せけるに、こはいかに忽《たちまち》[一〇]新粉《しんこ》で作《つくつ》た指《ゆび》となる。綱《つな》はおどろく其隙《そのひま》に、遣《や》り手《て》は鬼神《きじん》の姿《すがた》を顕《あらは》し、[一一]大物《おほもの》日といふ鉄杖《てつじやう》をもつて、綱《つな》がうしろより、大げさに切かけたり。綱《つな》は此時《このとき》平気《へいき》にて、小銭《こせん》[一二]四百文にて、[一三]てうど受《う》け止《とめ》ければ、鬼神《きじん》も[一四]愛想《あいさう》をつかして、ついに闇雲《やみくも》に打《うち》のり立去《たちさ》りながら、[一五]ア、吝者《しはもの》の交《まじはり》、恃《たの》みなき中の小銭《せん》かなとぞ嘆《たん》じける。

折烏帽子の俗称、「烏帽子魚」は鰹の異名。三四 筋隈取り。歌舞伎の荒事をつとめる役者の化粧法。初代団十郎の創始といい、代々に譲り伝える。三五 筋かつを。鰹の異名。三六 徒然草・一一九段に、近頃もてはやす鰹というものは昔は下魚であった旨の記述あり。三七 鰹のさし身は鮮度がおちると当り易く、大頭痛で鉢巻きをすることになる、の意。三八 「契り置きしさせもが露を命にて哀れ此年の秋も去ぬめり」(千載集・雑上・基俊)。「させも」は「さしもぐさ」の略。三九 「焼野の雉子(きゞす)」は親の子に対する情愛の深さをたとえた言葉だが、ここは「露」をうけ、「雉子焼」を出し、「首すつこめ」にかかる措辞。四〇 元禄頃、大坂市中を荒らした雁金文七を頭とする五人組の一人。竹田出雲作「男作五雁金」に侠客として作られ有名になる(仮名世説)。四一 延享頃、大坂で十七、八歳の美男力士として有名(相撲今昔物語・四)。四二 明和六年に襲名した二代目が特に有名。

一 瓜一個を長く一筋に剝いて干したもの(「四季漬物早指南」)。
二 「擂盆　スリバチ、擂槌　スリギ」(書言字考節用集」)。
三 →注九。四 廓の見世作りは何れも表通りに面した所が格子造りとなる。五 火事装束の一種で銀鉑や鉄

○韓《〈かん〉》 信《〈しん〉》

人は堪忍《〈かんにん〉》が大事《〈だいじ〉》なり。諺《〈ことわざ〉》に[一六]かんにん五両《〈りやう〉》、まけて三両《〈りやう〉》といへども、一生《〈しやう〉》の身《〈み〉》の宝《〈たから〉》にして、千万両の宝《たから》にも替《〈かへ〉》がたきは堪忍《〈かんにん〉》なり。此《〈この〉》かんにん袋《〈ふくろ〉》の緒《〈を〉》を切《き》らぬやうに耐《た》へ忍《しの》べば、[一七]塩屋判官《〈ゑんやはんぐわん〉》の短気《たん〈き〉》、[一八]頼兼《〈よりかね〉》の癇癪《かんしやく》、[一九]弓矢《〈ゆみや〉》八幡《まん》かんにんならぬと、[二〇]反打《そりう》ちかけしも、たちまち消滅《〈しやうめつ〉》して、とんだ平気《〈へいき〉》となるぞかし。されば唐土《〈もろこし〉》の韓信《〈かんしん〉》は、堪忍《かんにん》の親《おや》玉にて、千人の股《また》をくゞり、つゐに楚王《〈そわう〉》に封《ほう》ぜらるゝ。然《しか》りといへども、かならず、[二一]人の小股《こまた》をくゞるべからず。

○花川戸助六《〈はなかはどのすけろく〉》

助六《〈すけろく〉》がはち巻《〈まき〉》は、[二二]春《〈はる〉》の曙《あけぼの》にひとしく、[二三]伊久《〈いきう〉》が鬚《ひげ》は雪《〈ゆき〉》の柳《〈やなぎ〉》に異《こと》ならず。春雨《〈はるさめ〉》を[二四]清播《すがゞき》と聞《〈きゝ〉》なし、初《はつ》雷《〈かみなり〉》を[二五]通《〈とを〉》り神楽《かぐら》に疑《うたが》ひ、[二六]鶯《うぐひす》の笛《〈ふへ〉》に[二七]つゞみ草《〈ぐさ〉》、[二八]霞《かすみ》の引幕《〈ひきまく〉》を上《あ》ぐれば、[二九]本舞台《〈ほんぶたい〉》三間《げん》の間《〈あいだ〉》、野山《〈のやま〉》の春《〈はる〉》のきつかけを違《たが》へず。[三〇]天地人《〈てんちじん〉》もと、芝居《〈しばゐ〉》好《ず》きなり。

製もある。
六 兜の後ろにつけ頸や襟を守る部分。「後より兜の錏をつかんで引き留めければ…綱は騒がず太刀さしかざし…払ふ剣に腕打ち落され」(謡曲「羅生門」)。
七 遊女が客への真情の証に小指を切って渡す「指切り」につなげたもの。→二八七頁注一〇。
八 廓で客へ渡す指は錫の香箱の蓋に客の紋所を蒔絵にしたものに入れ、ふくさで包む(陽台三略)。
九 「此京町二丁目の河岸を中頃羅生門河岸と呼べり。是は爰にいばらきやと云て、わづかなる女郎屋有りける故とぞ」(写本「洞房語園」)。
一〇 糝粉細工。
一一 遊里の特に重要な年中行事日をいう。この日は揚代もあがり、馴染客は特別の出費を強いられる。
一二 当時河岸見世の揚代四百文。
一三 丁度。ぴったりと。
一四 遊女と客の仲たがいをいう。
一五 謡曲「羅生門」の「つはもの〻交はり頼みある中の酒宴かな」のもじり。
一六 忍耐には大きな値打ちありという意。
一七 忠臣蔵で赤穂城主浅野長矩に擬せられる登場人物。
一八 歌舞伎「伊達競阿国戯場」(安永七年初演)で仙台侯に擬せられた足利頼兼。遊女高雄の殺害を含む伊達騒動ものの脚色。
一九 武士の誓言の一。
二〇 刀を抜こうとする時の動作。
二一 「小股をすくう」と同意か。
二二 「春は曙…紫だちたる雲の細くたなびきたる」(枕草子・初段)をふまえ

○苦蔵《ほうづき》

[一]物《もの》いへば唇《くちびる》寒《さむ》し秋《あき》の風《かぜ》といへるも、むべなりけらし。[二]舌《した》は禍《わざはゐ》の根《ね》、鼻《はな》はわざはゐの窓《まど》、口は是《これ》わざはゐの門《もん》なり。[三]言《ことば》多《おほ》きは品《しな》すくなしと、喩《たとへ》にも言《いひ》、[四]物《もの》いはざるは、桃李《とうり》の花《はな》の趣《おもむき》あり。[五]口松《くちまつ》、おしやべり、おちやッぴい、ぺちくちや〱と口扣《くちたゝく》は、いづれも嫌《きら》ふ所《ところ》にして、女は殊《こと》に慎《つゝし》むべし。こゝに苦蔵《ほうづき》といふものあり。赤《あか》くても唐辛子《とうがらし》のかはりにもならず、丸《まる》くても団子《だんご》の名代《めうだい》をつとめず、[六]珊瑚珠《さんごじゅ》に似《に》て緒〆《おじめ》にならず、乳《ち》房《ぶさ》に似《に》て養《やしな》ふことなく、しごく不用《ふよう》のものなれ共《ども》、小娘《むすめ》の口に鳴《な》らされて、物《もの》いはせざる益《えき》あれば、かならず捨《すつ》べき物《もの》にあらず。

○盲人《めくら》

[七]按摩肩癖《あんまけんぺき》も、[八]一夜検校《やけんぎやう》のたとへあり。[九]白沢《はくたく》は腹《はら》に目《め》があれども、牛馬《うしむま》のかはりにもならず。比目魚《ひらめ》は脊中《せなか》に目があれ共、漁人《かりうど》の網《あみ》にかゝり、八ッ目鰻《うなぎ》は蒲焼《かばやき》にならず。目にもろ〱の不浄《ふじやう》を見《み》て心《こゝろ》にもろ〱の不善《ふぜん》をなす、目あきよりいつそ[一〇]庚申《かうしん》の見ざるが

て助六の紫鉢巻を表わす。
三 見事な白鬚で、「鬚の意休」の名あり。 二四 下座音楽の一。元来は吉原で遊女が見世に並ぶ合図として弾かれた三味線の手をいい、芝居では廓の場面に限って用いる。
二五 下座音楽の一。太神楽が街頭を流す様子を写した春の気分に満ちたもので、「助六」劇では下座は清掻と通神楽に終始するといえる。
二六 鶯の鳴き声に似た竹笛。舞台に用いる。 二七 たんぽぽの異名。
二八 春霞を舞台の引き幕に見立てた。
二九 歌舞伎芝居の舞台の中心。元来は三間四方の能舞台を踏襲したので、それより広がった後年まで「本舞台三間の間」の語句が慣用された。
三〇 現実世界の諸事象の総称。

一 芭蕉句。元禄四年成、「芭蕉菴小文庫」に初出。 二 諺。後文の「口は禍の門」と同意。「鼻は禍の窓」は右の二例に合わせた京伝の作文か。
三 諺。「語多者品少、老狗如吠友」(童子教)。口数の多い者は品位に欠けるの意。 四 諺「桃李不レ言、下自成レ蹊」(史記・李広伝賛)。
五 擬人名。口の達者な者(近松「松風村雨束帯鑑」)。 六 巾着や印籠などの口を締める緒締めなどに用いる。
七 多く盲人の従事する職業。「肩癖」は重症の肩こり。
八 盲人が金を上納して一夜で検校位

ましなり。[一一]大津絵《おゝつゑ》のふんどし姿《すがた》は、不人品《ぶひとがら》に見《み》ゆれども、[一二]百人一首《ひやくにんしゆ》のいと偲《しの》ばし。[一三]只丸木橋《まるきばし》と、沸湯《にへゆ》の用心《やうじん》こそ肝要《かんよう》なれ。

○雪降道者《ゆきふりどうしや》

古語曰《こごにいわく》[一四]生涯似レ旅《しやうがいはたびににたり》とはむべなるかな。[一五]門松《かどまつ》の一里塚《りづか》あれば、[一六]年越《としこし》の問屋場《とひやば》あり。月日の飛脚《ひきやく》、川どめに遇《あ》はねば、[一七]隙行馬《ひまゆくむまかた》[一八]立場《たてば》に休《やす》まず。年《とし》の関《せき》に[一九]手形《がた》いらねば、[二〇]駅路《ゑきろ》の鈴《すゞ》のふりゆくも、後《あと》へ戻《もど》らぬ老《おひ》の坂《さか》、[二一]人間《にんげん》わづか五十三次《つぎ》、早《はや》く[二二]迷《まよ》ひの雲介《くもすけ》を払《はら》ふべし。

○紙《かみ》　雛《ひいな》

三月節句《せつく》に雛《ひゐな》をまつることは、夫婦妹脊《ふうふいもせ》を象《かたど》りて、夫《おつと》は妻《つま》をあはれみ、つまはおつとを敬《うやまふ》べき稽古《けいこ》なり。されば[二三]草餅《くさもち》の耳《みゝ》に姑《しうとめ》の小言《こゞと》をきゝても、心に此頃《このごろ》の朝寝《あさね》をつゝしみ、硝子《びいどろ》の口にいろ〳〵の重詰《ちうづめ》を味《あぢは》ひて、心《こゝろ》に白酒《しろざけ》のくだをまかず。人形《にんぎやう》の身《み》に[二四]金入《きんいり》の衣裳《いしやう》をふれて、心《こゝろ》にそれ〴〵の見栄坊《みへぼう》をせず、清　潔《きよくいさぎよき》紙雛《かみひいな》の中むつましきに習《なら》ひ、

を買い求めた者。成り金の者を指す。九 中国の神獣で、人語を解し、背と脇腹に左右八つの目を持つという。「白沢図」と題して掛軸に作られたもの多し。一〇 庚申待ちの日に見猿(みざる)・聞猿(きかざる)・言猿(いわざる)の三猿を祭る。一一 大津絵の画題の一。座頭が犬に吠えつかれ褌をくわえられて慌てる様を画く。一二 蟬丸を指す。一三 諺に「座頭の一つ橋」(俳諧淀川)。危ないことのたとえ。諺に「座頭に熱湯かづく」。弱い者をひどい目にあわせること。一四 「夫天地者万物之逆旅、光陰者百代之過客」(李白「春夜宴桃李園序」)などに拠るか。一五 一休詠といわれる「門松は冥土の旅の一里塚めでたくもありめでたくもなし」に拠るか。一六 「問屋場」は道中の宿駅で人馬の手配や契約をする事務所。一年の大晦日の夜をそれに見立てた表現。一七 月日の早く過ぎるたとえ。「隙行く駒」のもじり。一八 道中の人馬の休息所。一九 道中手形。二〇 古代、駅使に給付された鈴。「振り」と「古り」の掛詞。二一 「人間僅か五十年」と「道中五十三次」。二二 「迷ひの雲」と「雲介」。二三 雛祭の御供えの餅。「耳」は餅の端の部分をいう。二四 安永・天明頃から大流行の古今雛は豪華な装束で知られる。「古今雛の装束、上から下迄壁著羅・古金襴の大そふづくめ」(小咄「即席料理」)。

かならずさゞ[一]ゐの角《つの》を生《は》やし、毛氈《もうせん》の赤《あか》き顔《かほ》して、悋気《りんき》ばし[二]することなかれ。

○化《けし》之《の》助《すけ》

魯褒銭神論曰《ろほうがせんしんろんにいはく》[三]、大哉 銭之為レ体《おほいなるかなせんのていたる》、解二師直之顔一《もろなをのかほをとき》[四]、開二鷺坂之口一《さぎさかがくちをひらく》。銭《ぜに》[五]多《おほ》きものは、前《まへ》にたつて見物《けんぶつ》し、銭《ぜに》すくなきものは後《うしろ》にゐて乾《かは》[六]かし、笊《ざる》[七]を廻《まは》すとたちまち、玉のおふくろは孫《まご》の手をひき、天道《てんとう》さまの御茶湯《ちやとう》[八]を飲《の》み掛《かけ》、見物《けんぶつ》豆《まめ》と徳利《とつくり》と共に飛《とび》さる。紙《かみ》をひねつて泥鰌《どじやう》となし、手を打《う》つて鳩《はと》となす、けしの助が銭術《せんじゆつ》[九]も、銭《ぜに》をせしめんこと難《かた》く、[一〇]地主《ちぬし》の観音《くはんおん》さまも、銭《ぜに》[一一]なき衆生《しゆじやう》は度《ど》し難《がた》しと宣《のたま》へり。

○頼《より》朝《とも》

尺蠖《しやくくはく》[一二]のかゞむは伸《のび》んがためなり。玄徳《げんとく》[一三]雪中《せつちう》にかゞんで孔明《こうめい》を得《え》、大星《おゝほし》[一四]長持《ながもち》にかゞんで天川屋《あまかはや》を得《え》たり。韓信《かんしん》[一五]は市人《いちひと》の股《また》にかゞみ、助六《すけろく》[一六]はあげ巻《まき》が裲襠《うちかけ》にかゞみ、若《わか》[一七]い者《もの》は一分《いちぶ》に屈《かゞん》で田地《でんち》を買《か》ひ、あんま[一八]は三十二文にかゞんで検校《けんぎやう》となる。されば頼朝《よりとも》臥《ふし》木にかゞみ給ひしも、四海《しかい》[一九]に伸《の》びんためなりけらし。

一 栄螺。雛祭の道具に用いる。
二 強めの助詞。「…なんか」の意。
三 晋の魯褒が当時の世間に銭を貴ぶ弊を譏って作った文章。事文類聚・続集に全文がある。「銭之為レ体、有二乾坤之象一…」。
四 高師直と鷺坂伴内。忠臣蔵・三段目に桃井若狭助から黄金三十枚の贈物を受け、「解顔」「開口」して喜ぶ。
五 「銭神論」に「銭多者処レ前、銭少者居レ後」の行文を芝居見物にもじる。
六 芝居をただで見物すること。
七 化之助など大道芸人が、笊を見物の中へまわして見物料をとる。
八 神仏の御供えの茶や湯。
九 「仙術」の掛詞。
一〇 浅草寺。
一一 「縁無き衆生は度し難し」のもじり。
一二 「尺蠖之屈以求レ信也」(易・繋辞)。尺取虫がかがむのは、後で伸びるための動作である。人も、後の成功の為には不遇を忍ぶべきだ。
一三 「三国志」に蜀の劉備玄徳が名将諸葛亮孔明をむかえるため、雪中に三度その家を尋ねた説話。
一四 忠臣蔵・十段目、大星由良之助が長持に忍んで天川屋義平の義心をためす。
一五 →二九六頁注一。
一六 →二九七頁注一二。意休の目から隠すために傾城揚巻がその裲襠の下に助六を忍ばせる。
一七 遊女屋に働く男衆は、一分の心づけを貰うために酔客の無理も聞いて金を溜め、田地を買うたしにする。
一八 →三一八頁注八。三十二文は当

○女達磨《をんなだるま》

怎麼生《そもさんか》[二〇]客《きやく》乃月《つき》、[二一]私夫《まぶ》の闇《やみ》、いづれか迷《まよ》ひ、いづれか悟《さと》る。[二二]引過《ひけすぎ》の茶《ちや》づけには、[二三]祖《そ》師西《さい》来の[二四]達磨《だるま》味噌《みそ》をしてやり、[二五]次《つぎ》の間《ま》の転寐《うたゝね》には、[二六]庭前《ていぜん》の柏餅《かしはもち》とでかけ、[二七]教外別伝《けうげべつでん》の手練《れん》をもつて、[二八]不立紋日《ふりうもんび》をきつかけ、直指人心《ぢきしにんしん》の相惚《あひぼれ》は、見性成仏《けんしやうじやうぶつ》の[二九]床《とこ》をいそぎ、遂《つい》に[三〇]本来無一物《ほんらいむいちもつ》の[三一]身《み》揚《あが》りを苦《くる》しむ。常《つね》に[三二]鳳凰《ほうわう》の壁《かべ》にむかひながら、奈何《いかんぞ》苦界十年《くがいじうねん》の迷悟《めいご》を分《わか》たざる。喝《かつ》。

○杖搗《つえつき》乃《の》の字《じ》

[三三]一日に一字《じ》を学《まな》べば、三百六十字《じ》、一字《じ》千金《せんきん》に当《あた》るとはむべなる哉《かな》。[三四]武部《たけべ》源蔵門人《げんざうもんじん》[三五]よだれくり、家蔵《かざう》の[三六]壁書《へきしよ》に曰《いはく》、南海《なんかい》の西《にし》に一ツの国《くに》あり。其国《そのくに》に一ツの山《やま》あり、名《な》づけてのし[三七]越山《こしやま》といふ。[三八]木《き》へん嶺《みね》にそびへ、さんずい谷《たに》にながれ、[三九]伐木丁ゝ《ばつぼくとう〳〵》として山《やま》さらに幽《かすか》なり。此山に、[四〇]山水天狗《やまみづてんぐ》、へまむし夜入道《よにうどう》なんどいえる妖怪《ようくわい》すみて、折《をり》〳〵まゐらせ候《まゐらせ候》の薦僧《こもそう》に変化《へんげ》し、寺子屋《てらこや》の門前《もんぜん》うかゞひ、手《て》習《ならひ》に怠《おこたる》子供衆《こどもしゆ》を、引《ひき》裂《さ》き食《くら》はんとす。

時按摩の代金。
一九「一天四海」の略。即ち天下の意。
二〇 吉原では秋の月見は大物日で、馴染客は高額の出費を強いられる。
二一 遊女の恋人を「まぶ」といい、そうなると男にとっては本当の恋の闇に沈むことになる。 二二 吉原で遊女が張見世から引きあげる時間。午前零時頃を言う。「間夫は引け過ぎ」と言い、遊女は間夫の為にこっそり茶漬け飯などを工面して食べたりする。
二三 宗祖達磨が西方から来て真髄を伝えたこと。公案に「西来の祖意」「祖師西来の意」など。 二四 →三一〇頁注一一。
二五 新造女郎や禿は、まだ若いのでよく眠たがり、客間の次の間でうたた寝などをする。
二六 公案の一「庭前の柏樹子」と、一枚の布団にくるまって寝る「柏餅」。
二七 →二八四頁注二一。
二八「不立文字」と「紋日」(三一六頁注一一「物日」に同じ)の掛詞。
二九 共寝の床。
三〇 禅語。本来執着すべき物は何も無い筈という悟りを示す語で、更には懐中無一文の意ともなる。
三一 遊女が客の揚代を自分で負担すること。
三二 吉原廓内の有名店扇屋の見世の壁一ぱいに画かれた鳳凰の模様。
三三「一日学二一字一、三百六十字」(童子教)。以下「武部源蔵・よだれくり・寺子屋・手習」等何れも浄瑠璃「菅原

一ヲ、こわい事。されば古歌《こか》にも、二手習《てならひ》は坂《さか》に車《くるま》を押《お》すごとく、由断《ゆだん》をすれば後《あと》へ戻《もど》るぞ。戻《もど》らぬものは杖《つゑ》つきのゝ字《じ》、三老《をい》の坂《さか》。幼《おさな》きとき、手習《てならひ》に怠《おこた》れば、かならず老《をい》て後《のち》、あきめくらとなる。

つゝしむべし〳〵。

絵兄弟 大尾

伝授手習鑑」寺子屋の段のもじり。
二四 前出「手習鑑」の登場人物。菅原道真の旧臣で芹生の里に寺子屋を営み、道真の若君菅秀才の命を守る。
二五 まだよだれをたらしているようなやや頭の弱い小僧の意。「手習鑑」寺子屋の段の寺子役。
二六 壁に張り出して示す注意書や法令の類。以下は、単なる外壁のいたずら書きとも重ねる。
二七 壁のいたずら書きによくある、男性性器をあらわす文字画の一種。「新造図彙」に図あり。
二八 「木へん」「さんずい」、何れも寺子屋の手習と関わる。
二九 謡曲「山姥」の文句取り。
三〇 「山水天狗」「ヘマムシヨ入道」「まゐらせ候の鷹僧」等、「のしこし山」と同じく壁のいたずら書きの代表的な例。京伝作「奇妙図彙」に例図あり。

一 子供絵本などの文体。
二 「俗歌に「手習は…」、こは永井直勝教訓歌に「奉公は車を坂におすごとく油断をすれば後へしりぞく」とあるをつくり替へたるなるべし」(松屋筆記・七十七)。
三 次第に年老いてゆくことの譬え。

山東京傳自画賛

[四]山東亭狂画譜

近[五]刳 全部五巻

珍らしき新図の狂画にして一たびひらけばいかなる人もわらひを催す事奇妙なり

寛政六載甲寅春王正月

書肆 御江戸本町筋 蔦屋重三郎
通油町 鶴屋喜右衛門 板

四 未詳。恐らく享和三年刊「奇妙図彙」(小本一冊)の礎稿となるものか。

五 「刳」は、きり開く、えぐるの意で、「刻」と同意。即ち近刊予告の意。

田舎《いなか》芝居《しばい》

中野三敏 校注

所謂「うがち」の作風が頂点に達した天明末期の洒落本界に、その傾向を真っ向から批判する意図を以て書かれたのが本書である。長文の序文の中で、作者万象亭の言葉として次の如くにいう、

洒落本の洒落を見て洒落る洒落は、洒落た所が洒落にもならねば、只可笑《おかしき》を専とすべし

と。即ち洒落本が洒落と称して余りに微細な事実の穴さがしに終始している現状を批判して、戯作の本道は滑稽可笑味にありと喝破し、それを実作で示そうとしたのが本書である。舞台も完全に廓や岡場所を離れて、越後大沼郡南鐙坂村という実在の場所を選び、そこに展開する農閑期の旅芝居の様子を、ひたすら滑稽に描いてみせる。隣村の等行寺の和尚などというまで具体的な実在人物を登場させ、会話も御得意の語学者的配慮を見せて国なまりをちりばめるなど、当代洒落本の必須とした写実性は十二分に踏まえて、全体の構成や展開も又、洒落本の定型を定めたとされる『遊子方言』以来の型をきちんと踏まえながら、内容は「うがち」の毒性を完全に消しさって、ひたすらどたばたの滑稽描写に終始する作品として仕立ててみせ、洒落本に非ず実は野夫本也と自称した。片々たる一小冊でありながらも、極めて意欲的に、戯作とは何か、洒落本とは何かを考えさせる問題作というに足る。

大いに当ったと見えて初板・後印とりまぜて現存本は多い。更に享和元年には半紙本型四巻四冊に改刻され、江戸と浪花の二肆相板で刊行され、更に後、国芳の口絵を新刻した中本二冊は「滑稽笑談くになまり」と改題刊行されてもいる。

享和元年板の存在は、その翌二年、十返舎一九の『浮世道中膝栗毛』の刊行と関係づけて論じられることが多いが、それほど直接的に考える必要はないのではなかろうか。但し滑稽可笑こそが戯作の本道とする万象亭の存在は、洒落本作家としての一九に何らかの影響を与えた事は確実である。

万象亭は本名森島中良、幕府医官桂川の家に生れて、蘭学者のはしくれでもあり、戯作は平賀源内の門人を自称し、十八大通の一人にも数えられた有名人である。と同時に前期戯作を支えた最後の知識人の一人ともいえよう。没年は文化七年、五十五歳(一説に五十七歳)。

田舎芝居《いなかしばい》
五ばん続

作者
万象亭

はんもと
鶴屋喜右衛門

一 ほめ言葉

二 竹杖為軽
三 森羅亭万倍
かけ合にほめ申候

田舎芝居

一 歌舞伎芝居の上演中、見物人の中から定められた人が花道に出て、多く掛け合いのせりふで出演の役者をほめるほめ言葉を捧げ、更にはその文句を刷り物にして配った。本書冒頭の二丁分(三二七―三二八頁)はその賞め言葉の刷り物をそのまま摸した形に作られている。又、本文中にもほめ言葉を捧げる場面を趣向する。
二 タケヅエノスガルは作者万象亭の狂歌名だが、これはその名を譲られた二代目竹杖為軽であろう。「古今狂歌袋」(天明七年刊)に「万象亭」と「竹杖為軽」は別人として肖像が出ている。又黄表紙「阿房者寝待」(天明六年刊)は「万象門人/竹杖すがる作」とあり、その印は、掛け合いの右側の人物の扇子や着物に描かれた「己」字のような紋様と一緒である。師万象亭の作品に賞め言葉を述べる役目にもふさわしい人物であろう(石上敏「万象亭森島中良の文事」)。
三 万象亭門人一粒万倍か。

一「珍奮漢」と「韓詩外伝」の掛け言葉。「珍奮漢」は当時の漢語流行を皮肉った表現で流行語の一であり、「韓詩外伝」は漢代の韓嬰撰の詩経注解書。雑多な古事古言を詩経の章句を以て説明するもの。宝暦九年に太宰春台校本と鳥山宗成校本の二種が出て、以後行われる。二 中国古代の伝説上の帝王。文明が開け初めるきっか

東西〳〵。暫《しばら》く〳〵。[一]夫珍奮韓詩外伝《それちんぷんかんしげでん》に曰《いわく》。昔黄帝《むかしこうてい》[二]の御宇《ぎよう》かとよ。鳳凰《ほうわう》[三]出て東園《とうゑん》に来儀《らいぎ》す。豊年《ほうねん》時に大当《あた》リ。田舎《いなか》芝居始りて、百姓等《ひやくせいら》[四]遊楽《ゆうらく》す。その古事を其儘（そのまま）に、どつさり居《すへ》た[五]大名題《（おほな）だい》。為先ッはつ春の序開《じよびらき》[六]に、恵方《ゑほう》[七]に向《むかつ》て書キ初メの、万硯《すゞり》は近江の虎斑石《とらふいし》[八]。為持《もつ》たる椎《しい》[九]の実《み》三文筆。[一〇]曾我兄弟のせりふまで、万工藤[一一]はあらずさら〳〵と、ひつかく猿隈《さるぐま》[一二]小林[一三]の、朝日に羽をのす[一四]鶴屋[一五]が板《はん》。為齢《よわい》は千代の竹杖が、師匠自慢《しせうじまん》[一六]の鼻《はな》の先キ。万高い[一七]山から谷底《そこ》見れば、お万にあらぬ万倍《ばい》が、同じく息勢《いきせい》[一八]はる霞《がすみ》。ひゐきの引キ幕《まく》[一九]切リ幕を、為あくる岩戸[二〇]の一番目。万五ばん続《つゞき》の一チから十迄、二人評判《ひやうばん》頼上ますると

ホヽ　敬白《うやまってもふす》。

けとなった皇帝といわれる。
三 書経・益稷に「鳳凰来儀」とあり、「来儀」はおごそかに来ること。又、韓詩外伝・八に「黄帝即位…鳳乃止ニ帝東園一、集ニ帝梧桐一…」。鳳凰は治世の極まりに現われる瑞鳥。
四 民、人民の意。ここは農民の意の百姓にとりなす。 五 芝居の題名、特に一日を通して行う芝居の題。
六 芝居の最初の一幕、転じて物事の発端をいう。 七 その年によって方向に吉凶あり、その吉とされた方角。
八 虎のような斑点のある硯石。「江州高島郡所レ産」（書言字考節用集）。また「毛吹草」の近江名産に「高島硯」。
九 穂先きが椎の実のように太く丸くなった太書き用の筆。 一〇 当時、江戸歌舞伎の春狂言は曾我物と定まる。
一一 曾我狂言の敵役「工藤」と「くどい」の意を掛ける。 一二 役者の舞台顔の隈取りの一種。朝比奈に用いる。
一三 曾我狂言の登場人物。小林の朝比奈と称ばれる勇将、実は和田義盛の子朝比奈三郎義秀。 一四 羽を延ばす。 一五 本書の板元鶴屋喜右衛門。
一六 万象亭を指す。竹杖為軽からみた師匠。 一七 俗謡「高い山から谷底見れば、お万可愛や布さらす」（山家鳥虫歌・上「甲斐」）。 一八 勢いづける意の「息勢張る」と「春霞」。
一九 「引幕」は舞台と客席の間の横へ開く幕。「切幕」は花道の出入口の幕。
二〇 日本書紀・神代の岩戸隠れの説話をふまえる。

序

先《さき》に[二一]遊子法言《ゆうしほうげん》、[二二]辰巳《たつみ》の園《その》の二書出てより、年ゝ歳ゝ其粽粕《かす》を啜《すゝ》つて、似たり寄ッたりの洒落本《しやれぼん》、[二三]斗升《とます》を以ッて量《はか》るとも量り尽すべくもあらず。其洒落本を閲《けみ》するに、底《そこ》の底を[二四]穿《うがた》んと欲して、[二五]八万ゝ奈落の汚泥《どろ》を堀ﾘ出し、[二六]阿《くま》の阿を探《さが》さんと欲して、[二七]六万坪の塵芥《ごもく》を掻出《かきだ》し、[二八]見ぬ事清しの[二九]影穿鑿《せんさく》。くら闇《やみ》の事をあかるみへ持出されて、[三〇]娼妓《じようろげいしや》の身の上には迷惑に及ぶ事少《すく》なからず。是見《みる》に興《きやう》なく見らるゝに害《がい》あり。実《じつ》に笑を取《(とる)》に失《しつ》して、苦笑《にがわらひ》を惹《ひき》出すに至らしむ。是をや、過たるはなほ及ばざるが如しとやいはん。予が[三一]兄弟子の万象亭謂《いへる》事あり。凡《(およそ)》[三二]稗官《しやれぼん》を編《つゞる》に一ッの書法あり。能ク近く譬《たとへ》をとらば、[三三]立役真ゝ剣を抜ィて実《まこと》に敵役の頭《かうべ》を刎《はね》、[三四]やつし女形をとらへて前をまくり、はだえをあらはにして[三五]ゑならぬ事を仕出し、[三六]道外褌《ふんどし》をはづして睾丸《きんたま》を振ﾘ廻さば。目を驚《おどろ》かし片腹を抱《かゝ》ゆべけれど、正《せう》の物を正で御目に懸ずして、しかも正の物の如く見するを上手の芸《げい》と云つべし。[三七]戯作《げさく》も亦然《しか》り。実を以て実を記《しる》すは[三八]実録《じつろく》なり。虚を以て実の如く書成《(かきなす)》は戯作なり。[三九]洒落本の洒落を見て洒落る洒落は、洒落た所が洒落にもならねば、只可咲《おかしき》を専《もつぱら》とすべしと。此語戯作道の確論《くわくろん》といふべし。此頃万象亭書捨《かきすて》の小冊あり。洒落本にあらずして野夫《やぼ》本なり。其筆先の穿《ほる》所は、[四〇]生得《せうとく》田舎の芋頭《いもがしら》にして、是を読《よみ》是を味《あぢ》はゆれ

田舎芝居

二一 明和七年頃刊。江戸における洒落本の定型を作ったといわれる作品。 二二 同じく明和七年刊、深川洒落本の有名作。 二三 一斗枡。
二四 当時、戯作の方法の一つに「穿ち」があり、対象物の欠陥や固有の癖を軽妙に指摘することをいう。
二五 仏語「奈落」は地獄、「八万」は「八万四千」の略で、物の多いこと。
二六 「阿」は訓クマ、曲がった所。底本、旁を「回」に書く。「陋」(音ハ、平らかではないこと)、「阨」(音ヤク、せまい、けわしいの意)などの誤用か。 二七 深川の埋立地の俗称。元禄頃、江戸市中の塵芥をもって埋め立て、正徳三年六万坪町と称す。
二八 諺。「見ぬもの清し」「見ぬが奇麗」とも。
二九 影であれこれ調べまわること。
三〇 遊女や芸妓。本来は公娼を「ぢょろう」といい、芸妓は客席に出て芸を以て遊興を助ける働きをするが、深川などの岡場所では芸妓も客をとることを黙認されるようになる。
三一 万象亭自身の仮託であろう。
三二 洒落本。「稗官」の文字は支那趣味の流行による宛字。「稗官小説」の略語で、世間の噂話の記録の意。
三三 歌舞伎芝居における主役の役柄。
三四 同じく柔弱な色男の役柄。
三五 とんでもないこと。
三六 歌舞伎芝居における滑稽な役柄。
三七 江戸期の俗文芸の領域にある作品の総体をいうが、ここはやや範囲

ば、忽然《こつぜん》として屁《へ》を催《もよ》ほす。放《ひ》る所の屁高鳴《た(か)なり》して聞ク人の耳を驚かしめ、大となく小となく男となく女となく、[一]頤《おとがひ》を解《とき》腹を捧《だかえ》て、[二]一ッ笑を発《はっ》せずといふことなし。倘《もし》鼻を撮《つま》み袖を覆《おほ》ふて、糞《くそ》の如しといふ人ありとも、[三]そこは万象平気なものなり。

天明七年未のはつはる、[四]風来山人門生無名子、[五]神田の寓居《やどり》に棲遅《ぶらつく》暇《(いとま)》、[六]久し振《ぶり》にて筆を採《とる》

を狭めて、享保以降の知識人による滑稽味の強い創作を指す。

三八 史実や現実の出来事を報道するのを主旨とする記録類。

三九「洒落本」の宛字。「哂」は音シン、笑うの意。洒落本は本来半可通を笑う笑いを中心とした作品であるゆえの宛字。 四〇 生れつき、根っからの。


一「解頤」。笑うこと。

二 だきかかえる。

三「そこは団蔵平気なものなり」の地口か。団蔵は四世市川団蔵。安永三年襲名後も京・江戸を往来し立役の人気役者となる。南畝の「俗耳鼓吹」に「市川団蔵呼びにやあ来ねえか(内から誰ぞ呼びには来ないか)」の地口が天明初年に流行したことを記す。

四「無名子」は作者万象亭が、師事する風来山人平賀源内の作品に門人として撰した跋文類に用いた戯号だが、源内自身も韜晦的に用いたと思われる例もあり、万象亭の自序とするのを疑う意見もある。

五 万象亭は築地住ゆえ、ここは源内の神田の旧宅をにおわせたものか。

六「風来山人門生無名子」の署名は、安永末年刊の「金の生木」以来のことゆえ。

田舎芝居

万象亭著

○序開《じよびらき》

越後の国は寒ン国にて降積雪《ふりつむ》の高入道[七]。みこし路《ち》[八]の一ッにして、夏さり来《くれ》[九]ば首筋《くびすぢ》も、縮《ちゞみ》[一〇]の帷子暑《かたびらあつさ》をわするゝ、田休《たやすみ》[一一]の畔道《あぜみち》を、ふら〳〵行《ゆく》若者は、大沼郡《おほぬま》、妻有《つまあり》の郷、南鐙坂《みなみあぶさか》[一二]村の百姓与五七。立《た》[一三]ッ浪《なみ》に水車を染メ出したる、手織木綿の単物《ひとへ》。花色太織《ぶとり》[一四]の厚肥《あつごえ》たる帯を瓢簞《ひやうたん》[一五]くびりに引ッ縊《くゝ》り、髪は先ン年はやりたる、疫病《やくびよう》[一六]本ン田に髑眉《かつたいまゆ》[一七]。江戸土産《みやげ》に貰《もら》つた自慢《じまん》に、天鵞絨《びろうど》の亀《かめ》の甲《かう》の附ィた腹懸[一八]を見せ懸《かけ》、更紗《さらさ》[一九]団扇をさしかざし、山挽《やまびき》[二〇]の下駄をがら付ヵせながら、

歌へ殿[二一]さァ殿さ毎晩きや《来》ァれ。ぞんきがなうてもいとし。しめて寐《ね》た夜は猶いとし。

とのこうといな

と小唄《うた》[二二]まじくら行跡《ゆくあと》より、北鐙坂《あぶさか》村の勘太郎といふ若者。縮織《ちゞみおり》[二三]の孀婦《やもめかゝ》をちよろまかして拵《こしらえ》たる、柿縞《かきじま》[二四]の大極[二五]無類といふ縮の浴衣《ゆかた》に、去《さり》とは不《ふ》釣合《つりあひ》なる黒桟留《ざんとめ》[二六]の帯を猫[二七]じやら

七 大入道。背の高い坊主頭の化物で後文の「見越し入道」につなげる。八「三越路」即ち越前・越中・越後の三国へ通じる道の意と「見越し入道」を掛ける。九 時間の移りゆきを示す語。「夏ともなれば」の意。一〇 越後名産「越後ちゞみ」。麻苧で織った布。一一 田植えの後の休暇期間。一二 越後国魚沼郡の村名。信濃川上流の左岸に位置し、現在の十日町市内。当時白河藩領。元禄七年改の村鑑によれば家数二十、人数百二十四人(角川書店『日本地名大辞典』)。一三 衣装の紋様の一。波の逆巻く様子を図案化したもの。一四「花色」は「縹(はなだ)」ともいい、薄い藍色。「太織」は太目の練絹で織った帯地。一五 瓢簞の様な形に中央を締め括った帯の結び方か。一六 安永頃に江戸で流行した本田髷の一種。当時遊び人の髪形として流行した。「当世風俗通」(安永二年刊)に絵あり。一七 眉の毛を極端に細く抜きそろえる形。一八 胸・腹の部分を布で覆い、首から背中に廻した紐を後ろで十文字かけにしてとめる作業衣。一九 更紗模様の紙で作った団扇。更紗紙は天明頃から流行する。二〇 山で伐った木をそのまま挽き割って作る下駄。二一 越後地方の踊歌や田植歌の一であろうが出典未詳。「山家鳥虫歌」などには見えぬ。「ぞんきがなうても」

しに結び、五十三[一]ッ次の駄賃附《だちんづけ》を摺《すり》たる油扇《あぶらあふぎ》をかざし、草履《ぞうり》[二]下駄を引ｷづりて来懸りしが、夫と見るより、

勘太 与五七どこへいぐ《行》。しばや《芝居》だら同士《どうし》[三]にいぐべい。ト呼懸られてふり返り 与五 勘太か。おらァはや先へいんだんべいと思つたァ。さあ〳〵一ッ所にいぐべい。何ンでもはや今ン度はな《始》いたわたり《渡》やァ、去年ンの簾明《すだれあけ》に来たよりやァ大入だァ。はないたとははじめた事。わたりとはわたり芝居とて旅芝居の事。簾明とは[四]八十八夜過には越後の国のなら(は)しにて、家〳〵に見世をひらき、縮市とて縮の売買あり。此時分は江戸よりも商人入込て殊の外賑やかなり。その節はいつでも芝居あり。 勘太 其筈《はづ》でもあんべいさ。新方《にゐがた》[五]の山下作兵[六]へが座本[七]で、桜川豊次郎だァの松本浜次良だァのといふせう《醤》よ《油》たろ《樽》が来たからいゝはづだァ。けふは何ンのうしる[八]な。醤油樽とはすぐれてよき女がたの事をいふ。何の事か詳ならず 与五 よんべ太鼓[九]が廻つけが、今日なァ豊年踊曾我田植《ほうねんおどりそがのたうへ》[一〇]といふ江戸狂言だげだァ。 勘太 おらァ早九日目だァから、忠臣蔵だんべいと思つたァ。田舎芝居の九日目はぜひ忠臣蔵をするなり 与五 そりやァおぶ《打》ちやつ《遣》て、うちすてゝといふ詞なり 小泉《こいづみ》の太左ヱ門のお袋が、どうかしられたじやァなかつけかの。 勘太 ヲウものしけ[一一]。あるべいこつた[一二]、聞ｶつせへ。此頃の晩景《ばんげ》[一三]あのお袋が、刻昆布《きざみこぶ》のうこしら《拵》つて喰ふとつて、年の気《け》で目のわりく《悪》成ッた上に、暗紛《くらまぎれ》のこんではあり、刻(きざみ)煙草《たばこ》と取違へて、三ン年垂《だれ》へぶち込ッでしよつからく煮たやつのう、三年だれとは醤油の事。しよつからくとはしほからくといふ事 飯《めし》の菜《さい》に頬張《ほうばつ》て、がらゝ[一四]うん飲ンだァから、咽中《のどぢう》へ脂《やに》がこびり付ィて、落《おと》すべ

は愛想のないこと。
二二 小唄まじりに。
二三 越後縮の織婦に雇われた未亡人をたらしこんでの意。
二四 柿色の縞模様。 二五 最上級の意。
二六 縞模様の綿織物。 二七 結び目から両方へ少し端をたらした結び方。

一 東海道中の駄賃表を摺りつけた油紙の扇。当時旅行の実用品として売られた。
二 下駄の台の上に麻裏草履をつけたもの。
三 一緒に。
四 立春から八十八日目に当る日で、霜が降るのはこの日までという。
五 「新潟」の宛字。
六 以下、何れも当時新潟芝居の人気役者という設定だが未詳。
七 芝居興行の興行権者をいうが、上方では一座の代表役者の意に用いる。ここは後者か。
八 「する」、演じる。「何を演(や)るかな」の意。
九 触れ太鼓。芝居開演や内容を報じるため、太鼓を叩いて村中を廻る。後文に、狂言の題目を紙幟に書いたものを先に立てるという。
一〇 田舎むけの曾我物らしく名づけた外題。
一一 未詳。「物仕」即ち老練な人の意

い[一五]しがくがねェから、只はァ目《め》眼《まなこ》のうさつくり返して、ぎつくりしやッくりしてべへ居るから、太左ヱ門もお方《かた》も、あんと仕べへあんと仕べへと、方角《ほうがく》[一六]のう失《うしな》つたァよ。 おかたとは女房のことなり 〔与五〕 そりやァはァ珍事《ちんじ》ちうやうだつけなァ。 夫からどう仕けな 〔勘太〕 そこへおらが親仁《おやじ》殿が逝合《いぎあは》[一七]せて、「コレ太左ヱ門どの、こか《爰》ァ動《どう》天《てん》しる所じやァござんねへ。 おらが隣《となり》の大海伝龍《うみでんりう》様を頼《たの》んだが能くござる」と云ハれたら、何がはァ千手町[一八]の馬市に、伯楽《はくらく》[一九]殿の中継《つぎ》[二〇]で、壱分五百で買ッた栃《とち》栗毛《くりげ》の馬に、郷士《がうし》[二一]殿から借リ寄

か。
一二「あるべきこと」、あるはずの事だの意。
一三 晩方、夜。
一四 すっかり、残らず、などの意。
一五「仕覚」。才覚、工夫、方法。
一六 茫然となること。
一七 来合わせて。
一八 長岡藩領内。三国街道沿いに千手観音の門前町として栄え、縁日や馬市は大いに賑わった。
一九 馬の売買をする商人、博労。
二〇 仲介。
二一 平時は農民の暮しをしながら、身分は武士として扱われ、戦時は侍として従軍する故、武具の備えも許されている者。

せて、置鞍《おきぐら》のう懸て迎《むかひ》に遣たら、そんま《其儘》伝龍様が、わつらわらと乗付《のつつけ》さしつた。何でもはァ伝龍様は御功者《ごかうしや》だァ。お医者《いしや》の八宗兼学《はつしうけんがく》[一]だァ。こりやァへへげへろ《蛙》の脂《やに》のう嘗《なめ》たァと違《ちが》つて、五臓六腑《ござうろつぷ》[二]といふ腸《はらわた》のうさん出《だ》いて[三]、洒《す》ゝぎ洗濯《せんだく》なァなるめへ。爰《こゝ》がはい頓智発《とんちはつ》明《めい》[四]八算見一《さんけん》の入る所だァといはれて、暫《しばら》く考《かんがへ》て居られけが、何のう思はれたか、お蔵《くら》[五]半紙のはな紙《がみ》のう取出《だ》いて、破《やぶつ》ては捻《ひね》り〳〵、くわんぜんより[六]のうこしら《拵》つて、お袋《ふくろ》の口のへし割《わつ》て、そのよりのうおしこまれたァ。与五 夫からどふ仕けな。勘太 サアその跡《あと》のう聞ヵつせへ。其《その》よりこんだくわんぜんよりが、しんなゝ《尻穴》へ抜出《ぬけだ》いたは。夫から尻《しり》のうぼつ立ヶさせて。づる〳〵と手繰《たぐり》出いたら、咽首《のどくび》にこびり付ィた煙草《たばこ》の脂《やに》が皆ナとれて、本腹《ほんぷく》[七]のうしられたァ。なら程、医者殿の居ない村には住《すま》ないものだァといふが、おらなんどが親仁殿なんだァ仕合せで、生キ薬師《いやくし》[八]の伝龍《でんりう》様の隣《となり》に居られるお蔭《かげ》で、疝気《せんき》[九]の虫の根絶《ねだや》しのうしられたァ。与五 そりやァへへお袋なァ半死半生の目に逢《あは》れたな。そしてあの伝龍様の娘子《むすめご》のお匕《さじ》どな《殿》ァどうしられたな。勘太 お匕《さじ》どなァ茂作《もさく》と色事《いろ》よ。翁《おきな》ぞろへの日に《初日のことなり》も[一〇]しや《桟》敷へ来て居られたら、向《むかふ》しやじき《桟敷》に茂作めが来て居て、こつちから手まねぎをしれば、あつちからはほつくり《点頭》を仕懸て、ねこしやめ《猫三弦》[一一]踊《おどり》の最中に、二タ人ながらどこへかおつぱづしたつきやァ、よくたんだへ[一二]てきゝやァ、去年《きよねん》の盆踊《ぼんおどり》の時からの知音《ちいん》[一三]だけだァ。与五 そりやァへへとんだァこんだァ。しかしはやきもの[一四]やけた

一 仏語。諸宗の宗儀に詳通する僧をいうが、ここはそれになぞらえた表現。
二 人体の内臓のすべてをいう。
三 とり出して。
四 和算の用語。「八算」は一桁の割算、「見一」は二桁以上の割算を言い、算盤の習練としてここから難しくなるので、特別な工夫・習練を必要とする意味に用いる。
五 塵紙。おおむね山陽・山陰・四国地方の各藩で作られ、その蔵屋敷に集荷されて、売られた所からつけられた名称という。
六 観世縒(よ)り。こより。
七 回復、治癒すること。
八 名医のこと。
九 漢方の病名の一。腸部や腰部の痛む病気や睾丸の腫れる病気の総称といわれ、それを起す虫の仕業といわれた。
一〇 芝居小屋の客席の一。中央の平土間をはさんで左右両側に高く作った上下二段の席で、高級席。
一一 俗謡。猫の身ぶりをとり入れて三味線に合わせた卑俗な踊りであろう。
一二 「探題」の動詞化。追求すること。
一三 知りあい、仲良し。
一四 「胆の焼けた」。気のもめること、やきもきすること。
一五 「主」。お前。
一六 「歩(ゆぁ)べ」。歩け。

ァこんだ。トむつとした顔は、こいつおさじに気があると見へたり。勘太 そんだらにしも気[一五]があるか。与五 あにはァさうでもねへけんど。トはなしもつてゆく内に、段〻芝居ちかく成つてくると、見物はどろ〳〵。田舎囃子どもの手を引立テ、見物 アレェ芝居がはね《始》へたげで、てへこ《太鼓》が、してれこ〳〵と鳴《(なる)》はへ。早くあい[一六]べェ。見物 はやくいがじやァいゝしやじきがふさがるべい。二人 おらもいそいでいぐべへ。

○二立目[一七]

抑《そも〳〵》 田舎芝居の構《かまへ》といつぱ薦垂《こもだれ》にて四方をかこみ、栗《くり》丸太を縄《なわ》ゆひにしたる鼠《ねづみ》[一八]木戸。看板《かんばん》は松板《いた》に役者《やくしや》の名を書ｷ付ｹたるを打付、狂言《きやうげん》名代は紙幟《のぼり》に書たるを押《おし》立テ、此のぼり、前のばんに太鼓をまはすとき、先へかついであるいたのをすぐに木戸へ立る也。太鼓櫓《たいこやぐら》[一九]は木戸の際《きわ》へ高く組上《くみあげ》、座元の紋所、丸の内に三ッ笹龍胆《さゝりんどう》の幕《まく》をはりて、間抜《まぬけ》千万なるしやぎり[二〇]を打、その下に札《ふだ》[二一]場あり。頭《かしら》といふは近在《きんざい》近郷名を知られたる通り[二二]者《もの》。切《きり》竹を染《そめ》たる伊達《だて》[二三]浴衣《ゆかた》に、虎班《とらふ》を打たるもんぱ[二四]の帯、郡内縞《ぐんないじま》[二五]の褌《ふんどし》を見せ[二六]かけ、薬研《やげん》[二七]鍔《つば》の長刀《ながかたな》[二八]をぼつこみ、銭《ぜに》ばこに褥《しとね》を敷てむんづと居懸り、傍《あたり》を睨《にらん》で扣《ひか》へたり。木戸番はち[二九]ぐはぐに、思ひ〳〵の半点《はんてん》を着《ちやく》し、結綿《ゆひわた》[三〇]と三舛《(みます)》の紋を、胡粉《ごふん》[三一]にてべつたり書たる、茜《あかね》木綿の投頭巾《なげづきん》[三二]。揃《そろ》へと見えて一ッとろに引ッかぶり、

木戸番 ヤアはね《始》へるは〳〵。此まくが対面《たい》[三三]だァ。石橋《しやつきやう》[三四]の角兵衛獅子《かくべへじゝ》だァ。今ッからお

一七 芝居用語。二幕目、二番目。
一八 芝居の見物の入場口にある潜り戸。人一人が通るのにやっとという程の狭さにする。
一九 芝居が官許を得たものであることを証する目的で、小屋の正面に組みあげ、座元の紋などを染めた幕を張り、中で開場・閉場の合図の太鼓を打つ。
二〇 芝居の下座音曲の一。笛と太鼓で、一幕終る毎に合図として奏でる。
二一 入場券の売り場。
二二 顔役。名の通った親分格の者の意。 二三 派手な浴衣。
二四 「紋羽」。厚くけばだった綿織物の一種。明和頃から紀州産のものが出廻る。多く足袋や帯芯等に用いる。
二五 甲州郡内地方産の縞織の絹布。
二六 わざと見えるようにすること。絹布の褌ゆえ。
二七 薬研に用いる車のような型の鍔。浪人などが用いる粗製品。
二八 長脇差。一尺八寸以上の脇差で、町人は禁止されていたが、無宿人や博奕打ち、通り者の類が用いた。
二九 三都の芝居ならば座元か贔屓連中から仕着せの揃いの半纏を用いるところ。
三〇 「結綿」は女形の瀬川路孝、「三舛」は立役の市川団十郎の紋所で、当時最も著名な役者ゆえ、勝手に一揃えにしたもの。
三一 顔料の一。貝がらを焼いて作る白い染料。

仕廻のぶち抜《ぬき》迄たんだ百だァ。安《やす》いもんだァ。見ば早く這入《はいっ》て見さつしやりましやう。ぶちぬきとは大仕懸の事也。 見物 コレ元〆どの。一チばんしやじきはいくらし申《(まうす)》な。 かしら 一番しやじきが八百。二番桟敷《しやじき》が七百。三番桟じきが六百。並《なみ》桟敷が五百。土《つち》しやじきが百づゝもし。[一]つちしやじきはきりおとしのこと。 見物 そりやァへへげへ[二]に高くござる。そんだら並《なみ》しやじきを三百に負《まけ》なさろ。 頭 負るのへすのといふは只のわたりのこんだァ。[三]関東《くわんとう》八十八櫓《やぐら》のてつぺんといふ芝居だァから、一もんだれ二文だれ、ねぎりこぎりはござんねへ。 見物 そんだら弁当《べんとう》の運上《うん》[四]は負なさろ。 頭 いつせへ。いんにやといふきみのことば。 弁《べん》当が一ト組《くみ》で二百。酒が一舛で七拾弐文づゝの運上は、わたり芝居の式目《しきもく》だァ。したがはい、モウ翌切《あす》リになつたこんだァ。まけてやりますべい。サア割印《わりいん》[五]のう持ていがつせへ。ト木戸札、さけ、弁とうの割いんをわたす。あとへ来るは六十あまりのばゞ様。つのかくし[六]をかぶり、珠数袋から銭をひねり出しながら、 婆々 コレお頭《かしら》どのよ。冥加銭《みやうがせん》[七]なこゝへさん出し申た。其お札のういな《頂》ゝかせてくれさつしやりましよ。 田舎嚊 わしは此頃毎日つゞけて来た嚊《かゝ》でこざりもす。けふははや札銭のしがくがござんねへから、御《ご》[八]ていどのに隠《かく》して、引[九]キ割のう弐舛たらず持て来もした。是で土桟敷へいれてくれさつしやるべいなら忝《かたじけな》くござります。 頭 こりやァへへ仕《し》づらい相談《そうだん》だァが、毎日来めさるこんだ。サア札のう持ていがつせへ。ト引わりと取替る。其外あまたの見物くんじゆ、おし合《(あひ)》へし合《(あふ)》木戸口へ与五七・勘太も来る。是はどふらくものゆへ頭も知たかほなり。 与五 勘太 親方《おや》どの、

二二 先端を後ろへ折り曲げてかぶる頭巾。

二三 曾我物芝居の代表的名場面の一。曾我兄弟が初めて敵の工藤と対面する場。江戸の初春狂言では享保以後は曾我物の一番目大詰に必ず上演され、おおむね所作事に初まり、終って工藤が一段高い所に座り、朝比奈の手引で兄弟が現われてツラネを述べ対面となる。

二四 歌舞伎の所作事の一。能楽の「石橋」を舞踊化したもので獅子が牡丹に戯れながら舞い踊る様を演じるもの。それを田舎風に角兵衛獅子の出立ちにしたものか。

一 本来は土間の真ん中の部分をいうが、ここでは土間全部をいうか。

二 随分。

三 関東地方の旅芝居の概数をいう。「櫓」は公許を得た芝居一座の意。

四 本来は雑多な税金をいうが、ここは弁当代。

五 割符。代金を受け取った証明の木札や紙切れ。

六 一向宗信者の女性が用いた簡単なかぶりもの。

七 本来は神仏にあげる金銭をいうが、ここは一向宗の素樸な信者らしく木戸銭をこう表現する。

八 「御亭主殿」の略。主人。

九 あらびきにした穀物類、ひきわり麦。

けふもはい、でかく盛《さかり》ます。［頭］なんとしてかおそくござる。今がてうどこびりだァ。こびりとは中入の事。此まくで桜川豊次郎殿をほめ[10]てくれさつせへ。［二人］誉《ほめ》べいとおもつて𛀁さわさわざ〳〵といふ事来もした。木戸番どの大義でござります。ト云ながら木戸をはいる。あとにつゞいてうさんらしき男はいろうとするを引留メ、［木戸番］コレ待《まち》なさろ。ふだ銭のうよごさつしやい。［かはかし］[11] おらは山屋[12]むらから来たのだアト云ながらはいりにかゝる。［木戸］なんぼ隣村のわか《若》いしよでも、神事《じんじ》[13]芝居たァ違ひ申す。しいな[14]はなり申さない。トやり合ている所へ、同村のわかいもの二三人来懸り、［ツレ］惣六じやァねへか。何のうやじり[15]合ゥのだ。［かわかし］何ンだァ角《かん》だァのしやべち《差別》やァござんねへ。おれが木戸を這入るべいといふ事もし。夫を銭の出さじやァいれまいといふからおこつたもんちやくだァ。［ツレ］そんだらいゝは。コレ元〆どの。去年の出来《でき》[16]秋に、おらが村へわたりの来た時、こゝの村かたから来めされたわかいしよは、おらが木戸ばんのうして居たが、皆ンな只入レもしたは。こかァあいみたがひ[17]だァ。やさくさいふことはござんねへ。通しなさろ〳〵。［頭］わり様たちやァはい、こつちの水帳《(みづちやう)》[18]にない事をいふ人たちだァ。去年そつちの村方の芝居のとき《時》やァ、おらが村方から薦張《こもばり》の筵《むしろ》を百枚、杉皮《すぎかは》のう百把《ば》、積《つみ》[19]物にしたから、夫ではい只見物のう仕たのだァ。今ン度こちらの芝居にやァ、一文げが物もよこさないで、見物なァたゞ仕べいとか。そりやァ成申すまい。油虫《あぶらむし》[20]だら焼畠《やせばたけ》へ付《(つき)》めさろ。［かわかし］なら

一〇 →三二七頁注一。
一一 芝居の無銭入場者。
一二 現十日町市の西部にある吉田山谷か。善光寺街道に沿う。
一三 神社へ奉納するために催される芝居興行。見物料はとらない。
一四 実の入っていない穀物。無銭入場者を田舎風に表現したもの。
一五 言い合いになること、もめること。
一六 秋の収穫期。
一七 相身互い。お互いに同情し合い、融通し合う。
一八 地方における公の検地帳。ここは転じて公文書、また公の規則などの意に用いたもの。
一九 贈り物として小屋の前や舞台脇などに積みあげ、景気づけにするもの。
二〇 芝居や遊里などで、ひやかすだけの客。

じやァならぬでよくござるは。油虫と云《(いは)》れては一[一]チ分《ぶん》がたち申さない。［ツレ］ ヲヽ、一分所じやァござんねへ。二分も三分も立チ申さない。通《とふ》せる事がならじやァ、かふして通り申すは。ト云ざま木戸をやぶりにかゝるを、木戸ばんとび下りたゝきのける。是より大つかみ合になれども元〆少しもさわがず、うしろにかけたる拍子木をはづし、はやひやうしぎをうてば、か[二]ねて相図のふせぎと見へ、村はづれの穢多ども竹やりにておつとりまく。［穢多］ 外の村でほたくとはあての横槌《よこづち》[三]がちがひ申すぞ。ほたくとはあばれる事。だまつていがじやァ、おらが相手に成て突留《つきとめ》申すぞ。ト鐺[四]ぶすまにて取まかれ、さすがのあばれものもぐんにやり。 サアはやくいがつせへ。［かはかし］ いぐめ[五]へたァやねへは。コレ元〆どの、きつとやげ[六]へしをもつて来もすぞ。［頭］ ヲヽ、持て来めされば、やだァとは云申さない。おしやらくの長介だァ。よくつらのう見知ていぐがいゝ。トひげもみあげて太平らく[七]は、何かたも同じいきかたなり。［かはかし］ 一[八]チ期《ご》わすれ申さない。よく見知申た。［ゑた］ いがじやァ突留申すぞ。［かわかし］ いぎ申は。［ゑた］ いがつせへ。ト村さかいへおくり出す。跡はよび声いさましく、［木戸］ モウ喧嘩《けんくわ》は済《すみ》申たァ。今ッから晩景《ばんげ》まで百だァ。

○三立目

芝居の内は開扇《ひらきあふぎ》を見るごとく、舞台《ぶたい》を以《もつ》て要《かなめ》とし、先広《さきひろ》[九]に桟敷をかけ、舞台《ぶたい》の上と桟敷の上ばかり、杉皮にて屋根《ね》を葺《ふき》、落間《おち》[一〇]の上は青天井《あほてんぜう》。切リ落シの処《ところ》〴〵に、大木立樹《たいぼくのたちき》ぬんぬつと生《はへ》てゐる。桟敷は何れも中二階にて、間《(あ)》イの仕切は簾《すだれ》を懸《(かけ)》、前の手摺《すり》は新[一一]川

一 面目が立たない。
二 前以て打合わせた防護策。
三 諺「当ての槌が違う」。あてが外れる、見込み違い。
四 鐺を屏風の様に隙間なく構えてとりまくこと。
五 行くまいとは言わぬは。
六 矢返し。仕返しをすること。
七 言いたい放題の気炎をあげること。安永頃から江戸自慢を腹一杯に述べたてて「太平楽の巻物」と称することが戯作界に流行する。
八 決して。
九 末広がりの形。
一〇 土間。舞台と両桟敷の間の部分全部を言う。
一一 日本橋の南霊岸島を南北に分ける堀の両岸の町並みをいう。当時酒問屋の密集する地域で、その酒問屋に働くでっちの前垂れは、かなり古びてよれよれの様子。

の前垂《まへだれ》の如くなりたる、花毛氈《もうせん》を懸《かけ》たるが、代官《だいくわん》殿の役[一二]桟敷。引つゞいて文字入の打[一三]敷を懸たるが[一四]旦那《だんな》寺《でら》の桟敷。其次に机《つくへ》懸の破《やぶ》れ毛《もう》せんを掛《かけ》たるが医者殿の桟敷。夫より外は花莞莚《ござ》、渋紙《しぶかみ》、大風呂《ぶろ》敷《しき》なんどを懸しもあり。花道[一五]は土にて築立《つき(たて)》、両方へ芝を敷、瞿麦《なでしこ》、姫百合《ひめゆり》をあしらひて植《うへ》付、扨引キ幕は色[一六]いりにて、地獄極楽《じごくごくらく》の躰想《ていそう》を染抜《そめぬい》たるは、[一七]中条姫《ちうぜうひめ》のお曼陀羅《まんだら》とも云つべし。

切落見物 どれ、こびりの間にばり《尿》のうこいて来べい。○おらァはこひ《糞》のうぶんぬくべい。ト居たり立たりする。中うり[一八]も木戸番の如く、あかね染のなげ頭巾、[一九]かわごのふたへくひ物をいれ、○麦湯《むぎゆ》や〳〵。ぶつたおれ餅や〳〵。あべかわもちの事。

中売 おこし[二〇]ごめや〳〵。あめん棒《ぼう》や〳〵。○稗団子《ひゐだんご》や、もろこし団子。○濁《にごり》[二一]り酒や、あま酒や。○握《にぎり》り飯《めし》や〳〵。米の飯の握りめしや。本ンの飯のにぎり飯や。

見物 コレ〳〵こゝへひゐだんごのうくれさつせへ。○おれにはあめんぼうのう呉《くれ》さつせへ。ト飴を買。江戸のあめとはちがひ、いなかにてはもみぬかにてつめてあるゆへ、まつ黒なつめでこそげおとしてくふ。

勘太 あんでもでかい見物だァ。地頭屋敷[二二]へ強訴《ごうそ》の来たやうだァ。はいあくとがさわりますべい。[二三]よろ《容》さつしやりましよ、とすはる。あくととはかゝとの事。

与五 一番しやじきが代官どの。二番しやじきが等行寺《とうこうじ》様。三ばんしやじきが伝龍様だァ。しかもおさじどのも来て居られらァ。代官様とおてら様とお医しや様ははや、とごでも威光《いこう》が強《つよ》いは。角力《すまう》も芝居も銭なしだァ。ト二人はそこらのさじきなど見まはしてゐる。向ふの方にて何

一二 役人などを入れるための特別席。
一三 寺院の高座や仏壇・仏具などの敷物。経文などを染めぬいたものか。
一四 南鐙坂村の曹洞宗寺院東光寺のこと。後文では、「等行寺」として記述される。
一五 この辺り田舎芝居らしき描写。
一六 彩色。
一七 天平年間、奈良当麻寺で一夜の内に蓮の糸で曼荼羅を織り上げ成仏したといわれる伝説の女性。
一八 芝居の幕間に客席に食べ物などを売り歩く役。
一九 「皮籠」。竹や紙で貼った行李。
二〇 菓子の一。米に蜜などをまぜて煎って作る。
二一 清酒に対して、糟をこさない酒。どぶろく。
二二 代官屋敷。「強訴」は、公に対して、村人などが徒党を組んで訴えること。
二三 勘弁して下さい。

かこうろんの声がする。又六 是《(これ)》孫作、さつきから百万陀羅《だら》いふこんだァ。なんぼ札を先へ取てはいつても、お身はおれが尻《しり》へ付べき筈《はづ》だ。跡へさがつて見物のう仕めさろ。孫作 又六どの。そんな横車《よこぐるま》[一]はやねへ物でおんじやる。又六 無理《むり》も非道《ひどう》もござんねへ。お身が家筋《いへすじ》は、おらが曾祖父《ひいじい》殿の代に、普代《ふだい》[二]女郎《めろう》の[三]づばらんだ庭子[四]だァから、おらが先へたつべきはづじやァござるめへぞ。孫作 亦六殿、わり様も地面[五]の見て物なァ云なさろ。大飯振舞《おほばんぶるまい》[六]の座席《ざせき》たァ違い申す。遊所《ゆうしよ》で席論《せきろん》[七]なァ入申《(いりまう)》さない。先へ這入ッたものが先に居べき筈でござらァよ。こか《爰》ァ悪所《あくしよ》[八]でござりもす。又六 ハテあく所も灰小屋《はいご》も入申さない。此南《みなみ》鐙坂《あぶさか》の村中では指折《ゆびおり》の又六だァ。等行寺《とうこう》様の正月参《まい》[九]りにも、おらが箸《はし》をとらない内は、名のし殿でも、庄《しやう》屋どのでも、一チ番汁粉《しるこ》の親椀《おやわん》[一〇]の蓋《ふた》のう、だれも明《あけ》る事は成リ申さない。代ゝ[一一]大姉《だいし》、代ゝ居士《こじ》の家柄だァ。孫作 代ゝ大姉、九年母《ぼ》[一二]大姉でもとんぢやかァ[一三]ござんねへ。そりやァへへ、場所《ばしよ》と所に依《よつ》たらいへ柄も入申《(いりまうす)》べい。今も云通りこがァ遊所だァ。遠くて見づらくば早く来て前の方へ這入たがよくござるは。又六 夫《(それ)》をおどれ《己》にな《習》らうべいか。孫さく 知《しら》じやァ教《おしへ》ますべい。ト二人とも声高になる。折からまくをあけて口上云罷出《(まかりいで)》、口上 東西〱。さァ《扨》て、此所《(このところ)》に置まして当村他村から役者色子《やくしやいろこ》[一四]へ下さつた、積《つみ》[一五]物のかき付のう読《よみ》上ます。しづかにしておきゝやりもし。東西〱。トいへば桟敷も落間もひつそりとなる。当村方弥平次様団兵衛様より銭廿四文、倉橋熊吉へ下さる。是で酒でも呑《のめ》とつてへ。ト此《(この)》とつてへをながくひいていふ。小泉村[一六]のお嚊《かみ》

一 言わないもの。
二 代々その家に仕えて来た下女。
三 みごもること。「づ」は強意の田舎詞。
四 奉公人同士の間に生れた子で、自身もその家の奉公人となっている者。
五 場所をわきまえて。
六 親類縁者などを集めて行う大きな宴会など。「椀飯振舞」。
七 身分による席の順位を争論すること。
八 遊里や芝居をいう。悪場所とも。
九 正月に旦那寺へ参詣する行事。
一〇 大形の椀。
一一 先祖代々、戒名に大姉や居士の称号をゆるされた家柄。
一二 「代々」を「橙(だいだい)」にとりなし、同じミカン科の「九年母」とうける。
一三 「頓着無し」。気にかけないこと。
一四 歌舞伎役者の内、男色の相手として売色もする若衆。
一五 贈り物。
一六 現十日町市の西部にある。

様方より、ぼた餅一ト[一七]じき《食》りやう、手作《づくり》の醴《あまざけ》一トとつくり、惣役者ども色子共へ下さる。よつぱら飲喰《のみくつ》て働《はたら》けとつてへ。よつぱらとはしたゝかといふこと[一八]すがた村吉蔵様の御隠居様より、絹《きぬ》紅《もみ》二三尺、内山金三郎へ下さる。越中褌《ふんどし》にでも仕ろとつてへ。同温飩《うどん》の粉《こ》一ト袋、桜川豊次郎へ下さる。是を顔へぬれとつてへ。小泉《こいづみ》村、[一九]稲葉《いなば》村、山屋村、鉢《はち》村、千手《じゆ》町右五ヶ村のわかいしよ様方より、麦《むぎ》一トかます、茄《なすび》一ト籠、かぼちや十、[二〇]玉味噌《たまみそ》五ッ懸、葉煙草《はたばこ》三ン斤、竹川三郎右ヱ門へ下さる。随分《ずいぶん》かせいで働けとつてへ。当むら等行寺の和尚《おせう》様より、線香《せんかう》五把、[二一]五種香《しゆかう》一袋、松本浜次郎へ下さる。衣裳《いせう》母衣《ほろ》着《ぎ》をふすべろとつてへ。ほろぎとはうちかけの事。同大海伝龍様より、[二二]枇杷《びわ》葉湯《ようとう》百服《ふく》、暑気《あつけ》に当《あたつ》た役者どもにふり出してのめとつてへ。同お娘子様より花[二三]絞《(し)ぼり》りの手拭《のごい》一トひずゞ《筋》、桜川豊次郎、松本浜次郎へ下さる。是をかぶつて[二四]じよなめけとつてへ。山屋むら高井浦《うら》之介様より、酒一樽《たる》、縮一端、銀一封、森山平介へ下さる。ずいぶんかせへで[二五]ぎしめけとつてへ。同村わかいしよ様がたより、寒生姜《かんせうが》一ト袋。黒砂糖《くろざとう》二タ貝《かい》、[二六]歌唄《うたひ》の富士田《ふじた》久兵衛に下さる。是をねぶつてうたへとつてへ。この外にいなゝ《頂》かさつせへた物は、又跡《あと》で読立《(よみたて)》ますべい。もはやこびりも済ましたから、押付曾我《おしつけそが》兄弟《きやうだい》対面のきやうげんのうはないます。左様《さよう》におもわつしやりましよ。東西〱。

一七 「食籠(じきろう)」。食べ物を入れる装飾つきの籠類。
一八 現十日町市の西部。魚沼郡貝野村六ヶ村の一。「清田」「姿」と書かれる。姿渡しという信濃川の渡船場があった。
一九 稲葉村は現十日町市の西部。北は川西町、南は山谷に接する。鉢村は上新井村五ヶ村の一。四辺を山にかこまれた深い谷間の村の意。小泉、山屋、千手は前出。
二〇 保存用に藁苞に入れて軒下などにつるしておく味噌玉。
二一 五種類の香を細末にして合わせたもの。仏前に用いる。
二二 常備薬の一。枇杷の葉の毛を除いて干したものに、肉桂や甘茶などをまぜて煎じ出した薬湯。京都烏丸に本家があり、諸国に売りあるく。
二三 花形を絞り染めにしたもの。
二四 色っぽいそぶりをすること。
二五 威ばったり、力んだりする様子。
二六 浄瑠璃に対して長唄系の舞台音曲をいう。江戸長唄の名家に富士田吉次があり、富士田姓はその流れをいう。

○四立目

代官殿は高宮縞《たかみやじま》[一]の帷子《かたびら》に紺生絹《こんすゞし》[二]の羽織、木蘭色《もくらんじき》[三]の野袴《のばかま》[四]、しやちこばつて居られしが、隣《となり》桟敷の等行寺の和尚《おせう》と咄《はなし》をする

代官　時に和尚様。けふの狂言《きやうげん》も面白ふござりました。拙者《せつしや》も若い時分《じぶん》は至て放蕩《ほうとう》で、所ゝ方ゝ遍歴《へんれき》致して、旅芝居をも見物致したが、銚子《てうし》の浦方[五]の芝居では、何の狂言でも、大切《おほぎり》に張子《はりこ》の赤鬼《あかおに》を出さねば見物が立[六]ませぬ。仙台《せんだい》の釈迦《しやか》[七]堂《どう》などの芝居は、見廻《まは》りの役人が参ると、楽《がく》屋から居合抜《ゐやいぬき》[八]の形《（なり）》に拵《こしらへ》た役者が出て、やつとふ〳〵[九]のしなへ打と申て、居合をぬく真似《まね》をするので、薬売《くすりうり》の体《たい》に成ます。又三人芝居といふは役者三[一〇]人切の云《（いひ）》立《（たて）》でござるから、舞台へ役者が三人から上並《なら》ぶ時は、せりふの廻て来ぬ役者は、小《ちい》さな屛風《びやうぶ》を膝《ひざ》の前へ立て置《おき》ます。又女形《がた》は女形の面《めん》、立《チ》役は立役の面を腰《こし》へぶらさげて、人形《にんぎやう》芝居の体《たい》に成て居るのもござりますて　和尚　はてなもし。此村方ではそんな法度《はつと》[一一]がなくつてよくござりもす。そしてあの幕をお見やりもし。稲葉の紺《こん》屋の惣兵衛が染たげでござる。芝居の幕に地ごく極楽の体想《ていそう》とは、能《いゝ》思ひ付でござりもす。則《すなはち》是が狂言[一二]綺語《きぎよ》も讃仏乗《さんぶつぜう》の縁でござりもふすと、咄《シ》のとなりは伝龍老《ろう》。急病用《きうびやうよふ》でそこら迄ゆかれ、跡にのこるは娘のお匕《さじ》。所《ところ》[一三]名うての品[一四]ものにて、朱ぬりの櫛《くし》に焼《やき》[一五]付の釵《かんざし》。六斎《さい》[一六]市に

一　近江高宮産の麻織の縞もの。
二　「生絹」は練らないままの生の絹糸。
三　「木蘭」は木蓮の異称。黒みがかった黄赤色。
四　裾に黒ビロードの縁をつけた袴で、武士の旅行などに用いる。
五　海岸沿いの地方。
六　帰ること。
七　仙台市内榴ヶ岡の天神社と釈迦堂は神事祭礼の時だけ芝居が許された。但し人形操りは許すが大掛かりの歌舞伎は不許可で、宝暦六年以来は歌舞伎の折も役者が腰に人形をぶらさげることで許可されるなどがあったという。
八　座ったまま、或いは立って、腰から刀を抜き打ちに相手をたおす術。盛り場などで、この術を披露しながら薬を売る芸人が多かった。
九　剣術の掛け声。転じて剣術そのものもいう。
一〇　登場人物の口上を三人だけに限ったもの。
一一　法律。但し、仕来たり、習慣という程度か。
一二　元来、白氏文集・七「香山寺白氏洛中集記」の文に基き「撰集抄」や謡曲などに引かれて成語となったもの。小説や芝居などのでたらめな内容も、

買つた匂《にほ》ひ油をべた〳〵とつけ、江戸の姨子《おばご》から貰《もらつ》た鬢差《びんさし》[一七]を曲《まげ》もせずにその儘で差《さし》、髪は鳶《とんび》の巣《す》のやふニ摑《つか》みちらし、駄《だ》白粉《おしろい》をこて〳〵と面《めん》をかぶつたごとく粧《けわい》、仙台花《せんだいばな》[一八]の取立テの紅《べに》を口から頰《ほう》べたへぬり、かすり越後のふり袖に、根古《ねご》[一九]や絹《ぎぬ》の小六[二〇]ぞめの帯を吉[二一]弥結《むす》びにむすび、忍《しの》び[二二]男の茂さくが、切落《おとし》から目遣ひをして立て行ヶば、其儘合点《がてん》して手水《てうづ》に立ッふりにて、小便所《せうべんじよ》へゆくと、茂作もそこに待て居る。二人は小便桶《たご》の際《きわ》にたゝずみ

[おさじ] おらァはやさきつから逢《あい》たくてやるせがなかつけが、とつ《爺》様が付て居さつしやるから、抜《ぬけ》べいやうがござらなんだァよ [茂作] アニおらに逢たかんべい。小甚太節《じんだぶし》[二三]に唄《うた》う通り、「さつさせう〳〵秋の風」だつぺへ。ト つんとする [お匕] 何としてそんなしよちつぷ[二四]りをさつしやりもふす。わしがこなさァにいつあき申《(まうし)》た。おらは一日も早く夫婦に成べいと思つて、戸隠《とがくし》[二五]様へ願《ぐわん》のうかけたから、今年《ことし》は生年《なり》[二六]で脊戸《せど》の青梨《あほなし》が鈴生《すゞなり》に成て、見るたびにぐい〳〵と唾《つ》を引てかじりたいけれど、それを辛抱《しんぼう》しるのは、立チ[二七]物だァからでござりもふす。おらァそれ程心中[二八]をたてますはよ。トなみだぐむ [茂] そりやァいつわりでござんべェ。そんだらなぜせうよたろ《醬油樽》どもに手拭のうやらしつた。大方豊次郎か浜二郎に気があるだんべェ [おさじ] ヤレハアありやァわしが分《ぶん》にして爺様《とつ》がやつたのでござり申ス [茂] いつせへ[二九]、さうじやァござるめへ。ト せり合《(あふ)》うしろに与五七がうかゞいよつて、おさじがしりべた [おさじ] ア丶、是尻《しり》のう

結局仏法讃嘆の役に立つということ。
一三 その土地でも有名な。
一四 魅力的な女性をいう。
一五 メッキ。
一六 一と月の内で斎戒すべき日として定まった六ヶ日を「六斎日」といい、その日に市が立つことが多く、次第に定期市となった。
一七 女性の結髪用具の一。鬢の毛をふくらませるために、竹や鯨の鬚などで作る。
一八 仙台産の紅花。
一九 秩父地方根古屋を発祥地とする良質の生絹布。
二〇 紅白左巻きの手綱染め。
二一 女性の帯の結び方の一。上方役者上村吉弥が始めたという。大幅の帯を犬の耳をたらした様に結び目から両方に下がるように結ぶ。
二二 隠れた恋人。
二三 未詳。
二四 「処置振」。ふるまいや態度。
二五 戸隠神社。本社は信州戸隠山中にあり、修験道の霊地として有名で、その別社。
二六 果物や穀物などの実りの良い年。
二七 絶ち物。神仏に願をかける時に、ある特定の食べ物や行為を自ら禁じること。
二八 相愛の男女が、相手に対して自分の真実を示すこと。
二九 いっさい。全然、まるで。

しねるは つめる こと也 だれだかなと、横《よこ》へしやくつたた[一]なつちり、振飛《ふりとば》されてひよろ〳〵。心得《こゝろへ》茂作が身をかわせば、小便桶へまつさかさま [おヒ] これは [茂] かまわずとござりもふし。

○五立目

[口上] 東西〳〵。さァて此所『田植曾我豊年踊《たうへそがほうねんおどり》』対面の幕でござりもふす。左《さ》やうに心得さつしやりませう。但《たゞし》是が切[二]りきやうげんでござりもふす。 チヨン〳〵

舞台正面、松林《ばやし》を書落《おと》[三]したる簾《すだれ》をかけ、大臣柱《だいじんばしら》[四]の方へ、そこらのいなり様から借《かり》て来て真物《まもの》の鳥居《とりゐ》を縊《くゝり》つけ、目付柱[五]へ杉の皮を巻《まき》、真物の杉の枝《ゑだ》を取付、一たい鶴《つる》[六]が岡《おか》八幡神前のてい。後谷《しんがい》[七]、黒弥五《くろやご》、海野《うんの》、紙でこしらへたる素袍《すほう》[八]、張子の立烏帽子《たてゑぼし》、[九]万歳扇のおや[一〇]骨《ぼね》を折懸て末広《すへひろ》[一一]にしたるを持《もち》、宮神楽《みやかぐら》[一二]の心意気なれど、何だかつまらぬ鳴《なり》物にてまくあく。

[後谷] イヤコレ二人の衆。今日は此鶴が岡八幡様へ、工藤[一三]左ヱ門介経《すけつね》殿が恵方参《ゑほうまいり》[一四]をお仕《し》やるげでござる。その待うけのうすべいと思つて、此《この》後谷の荒次郎ゑ[一五]さわさと、出はり申《まうし》た。[黒弥五] 此黒弥五も其分別《ふんべつ》でござり申《まうす》。[海野] おらもそうでござる。時にはや工藤殿は遅《おそ》い事でござり申。大方朝飯《あさめし》の仕かけやうがおくれたァからでもござんべへ。 ト

一 棚尻。出っぱった尻。
二 一日の演目の最後の狂言。
三 粗っぽく書いたものを言うか。
四 舞台正面の、見物席からみて右側の柱。 五 大臣柱の反対側の柱。
六 鎌倉鶴岡八幡宮。曾我狂言で曾我兄弟と工藤との対面の場として有名。
七 何れも対面の場の登場人物。後谷は新開荒四郎として、曾我物語・九「十番斬の事」に十郎祐成に追われて逃げる条りがある。
八 素袍・烏帽子の出姿は下級武士の略装。 九 正月の万歳が持つ扇で、粗末な扇の通称。
一〇 扇の両端にある幅広の太い骨。
一一 親骨の上端を外側へ反らせた扇。
一二 舞台音楽の一。神前などの場の幕明きの時などに用いる。
一三 曾我兄弟の実父河津祐泰を殺し、兄弟から狙われる頼朝方の武将。対面の場の一方の主役。
一四 年頭に、その年の祟り神の巡遊する道筋に当らない方角の社寺へ参詣して、年中の無事を祈ること。
一五 →三三七頁二一―二三行目。
一六 鎌倉景政の血筋に当たる景清の子の平三景時。頼朝の危急を救ったため後に頼朝に寵遇されるが、人を讒言することが多いので「げじげじ」のあだ名で呼ばれきらわれる。史実では特に曾我兄弟との関わりは見られないが、歌舞伎の曾我物では一時、景清とその所縁の人物を多く登場さ

云ていると、切まくの内より　○[一六]梶原平三出ばつたァトいふ　[三人]　アニ平三どのがお出やつたァとか　○梶原平三出ばつたァ　ト梶原、[一七]さいとうじまのもめんどてらに、黒もめんのくゝり頭巾。山がたなをさし、くわへぎせるにてうしろ手をくみ、江戸なら太鼓謡といふ所なれど、[一八]きつねつりのやうな相方になり、花道の見へもなく、ぶら〳〵と本舞台へ直る。　[三人]　コリアヤ梶原どなァ殿用もござるめへに、[一九]なじよにお参りを仕やり申た　[梶]　今日は此頃にない[二〇]ぬくとい日だァから、[二一]脊戸のめぐらを野良《のら》廻りのうするとつて、ついぶら〳〵と爰《こゝ》迄来もした。[二二]お稲荷《とうか》殿にでも[二三]ばやかされたげでござる。そして又にしたちやァとつとき《取置》のきり《着》物のう着て、なじよにそこに居やり申　[後谷]　けふは工藤どのがお参りのうめさるげでござる。夫を待受るのでござるはよ。トいふ内、梶はら切まくの方を見て　[梶]　時に三人の衆。向ふの方から[二四]じよなめきが来もすはよ。　[三人]　ホンニのんし。ト皆〳〵向ふの方を見ると、べこ〳〵三味せんの相方になり、ふじ田久兵衛『[二五]さるの子だんのう』をうたひ出すと、[二六]とら、少将、柳にけまりに[二七]ぶう〳〵貝を染たるもめん衣裳、[二八]いんきんさらさの帯をむすびさげ、おさじ殿からもらつた手ぬぐいをかぶり、[二九]朝比奈は鶴の丸をそめたる半てん、もめんづきんをかぶり、太鼓をたゝきながら、[三〇]おたすけおどりの見へにて、[三一]すつとこおどり、ごな〳〵おどり、小ぶないよこのをおどりながら、本ぶたいへ直り、[三二]とゞ覚兵へ獅子、弓くゞりのしよさごとすむ。トほめる内、与五七・勘太花道へあがり　[見物]　ヤウ〳〵桜川、松本のせうよだろ。熊吉殿も太義でおんじやる。　[与五]　東西〳〵。狂言半《なかば》へ邪魔《じやま》だつぺへが、[三三]ちくとんばかり讃《ほめ》申そう。豊次郎殿のいとしさは、天にたとへば[三四]星の数、山で木の数草《かや》の数、[三五]七里が浜《はま》では砂《すな》の数、召《めし》たる小袖の糸の数、五反畠《たんばたけ》の芥子《けし》の数と、ホヽ敬《うやまつ》てつん出るこんだ。　[勘太]　つゞいておらがも讃申そう。浜次郎殿の形振《なりふり》は、[三六]立《たて》ば芍薬《しやくやく》居《すは》れば牡丹。ありく姿は百合《より》の花。熊吉

せる例が生じている。　一七　大格子・大立縞の上田紬で仕立てた夜着。以下、田舎風の親分の様な出立ち。
一八　下座の三味線のみの伴奏音楽をいう合方の一。狐釣りの場面などに用いられ始めたものか。
一九　何故に。　二〇　暖かい。　二一　裏口の辺り。　二二　稲荷の使いの狐。
二三　化かされる。
二四　色っぽい様子をした女。以下「対面」の場の常套である所作事となる。
二五　俗謡の一。「半日閑話」に安永五年頃から流行したという数え唄の一種。末尾に「ダンノウ」がつく。当時江戸では既に流行後れとなったもの。
二六　虎は十郎の、少将は五郎の愛人で、何れも大磯化粧坂の遊女。
二七　ほら貝の異名。
二八　更紗布に「印金」と称する金箔で模様を型押しにした帯地。
二九　鎌倉期の勇将。和田義盛の三男で和田三郎義秀の通称。近松作「世継曾我」(天和三年刊)以来、曾我兄弟を助ける英雄として、曾我物には欠かせぬ役柄となる。鶴の丸の衣装は朝比奈の扮装としての約束事。
三〇　凶作の時、近郊の農村の物乞いが踊ったものといい、転じて貧乏くさい踊りをいう。
三一　何れも、当時の田舎びた踊りの名称か。「小鮒いよこの」は「落葉集」(宝永元年)に「小鮒いよこのくはへて…」とあり、「いよこの」を囃子詞とする一連の唄がある。

殿をも誉《ほめ》申。頤《あご》さに頬《ほう》さに生《お》へた髭《ひげ》、いわば野に咲(さく)薊《あざみ》の花よ。日なたぼつこをめさるなら、[一]産毛屋《うぶげや》鑷《けぬき》でおぬきやり申と、ホヽ敬て[二]ぶんぬいた。この外ひきつゞいて五ッ六ツあり。これを略ス。梶 おらァはやお助《たすけ》だァと思つたら、大磯の虎《とら》、化粧坂《けはいざか》の少将、太鼓ぶちなァ朝比奈《あさいな》か 後黒海 コリヤアへへ、たまげたこんだァ 朝 げへに笑ひめさるな。けふは工藤殿が恵方参りのうさつしやるから、対面のうすべいとおもつて、曾我兄弟が出はるげだ。夫(それ)のう聞かじつて。此二人のおしやらくが、[三]達《たつ》しべい用があるから、逢せてくれろとせがむから、同《どう》道《どう》のうしたのだァ 虎 [四]小林さァの云《いわ》つしやる通り、おらが[五]知音《ちいん》の十郎さァに逢べいと思つて、少将さァと云合て、人の眼《まなこ》にたゝないやうに、こんな形にむくれて来もふしたァよ。むくれると はやつす事 せう〳〵 虎さァの云つしやる通りだァ。おんじいたちよ。[六]恋には身をやつせでござり申ス 梶 夫で別《わか》つたァよ。したがはい曾我兄弟なァ[七]貧乏神《びんぼう》の申子《もふし》だげで、お夷《ゑべす》にもお大(だい)こくにもうとまれた青野良《やろう》共だァ。正月[八]御《ご》だァの田[九]うへ浴衣《ゆかた》だァのといふ物は、夢に見た事もない。三百六十余《よ》かんにち、野良着《のらぎ》の[一〇]ぼうた一枚《まい》で、水ッぱなのうすゝり上る貧乏野良に心中つくすは、悪《わる》い分別だァ。なァわかいしよ《衆》、さうじやァござり申さぬか 後 夫(それ)さもし。虎せう〳〵には介つね殿が気が有げだ。貧乏神なァお[一一]ぶちやつて、工藤殿に[一二]ねつれるが、[一三]沼垂《ぬつたり》の水糖《あめ》のうなめるより味《うま》いせんさくでござらァよ。

ぬ つ

一 江戸名産。「江戸惣鹿子名所大全」(寛延四年)の「諸細工名物」に「鑷(ようけ)屋けぬき うぶけや」。

二 「打ち抜く」。前文の「毛抜き」と勢い良くしゃべる意の「ぶんぬく」とを掛ける。

三 用事を達する。やりとげる。

四 →三二八頁注一三。

五 知りあい、知人。

六 諺。恋は大抵の苦労では成就しない。

七 曾我兄弟は貧乏の代名詞とする川柳多し。「兄弟が身にはこんきう四年なり」(明和四年万句合)。

八 「正月呉」とも。正月用の晴れ着。

九 田植えの頃に新調する夏物の浴衣。

一〇 「紡太」。太織の木綿布で作ったどてらの様な物。

一一 打ち棄てる。うっちゃる。

一二 「男女交合することを信州にてはねつれると云」(物類称呼・五)。

一三 現新潟市の中央部。新発田藩領で、藩の年貢米の積出港として繁栄

三二 芝居の脚本用語の一。「とどのつまり」「結局」などの意。

三三 一寸ばかり。「讃めことば」については→三二七頁注一。

三四 「…の数ほどいとし」の略。以下同じ。

三五 鎌倉の名所の名。稲村ヶ崎から小動ヶ崎に至る江の島対岸の景勝地。

三六 美人を形容する諺。「譬喩尽」(寛政頃)以前の用例は少ない。

たりの水あめは当国のめい物也。 黒海 さらでごんざる〱。 朝 だまりなさろ。曾我の貧乏がお身達《たち》が厄《やっ》[一四]害《かい》に成申《(なりまうす)》か。人[一五]の七難《なん》より我身の八難だ。お身たちが身代《しんだい》がどれほどよくござる。 梶 なんぼだれが身代がわりく[一六]つても、曾我兄弟には叶《かな》ひ申さぬ。なぜと云めさろ。兄弟にかつ惚《ぼれ》た虎、少将も、尻押《しりおし》のうめさるお身さまも、其ざまは何でごんざる。お助《たすけ》の真似《まね》のうしるとは嘘《うそ》だんべい。やつぱり本ッに銭のう貫つて兄弟にみつぐのでござんべい。太鼓ぶちの朝比奈、お助踊の虎せう〱、こつちの村方は三年が内法施《ほうしゃ》[一七]留だァ。脇《わき》の村へ通れ〱 虎少 小林様なァ、あんな雑言《ぞうごん》のうつきますはよ。肝《きも》が焼《やけ》て成ましない〱。

トなく。小林大はだぬぎになり、 朝 げぢ[一八]〱殿よ。お身様なァ年[一九]に恥《はじ》たがよくござる。何の意恨《いこん》が有ッて今のやうな雑言のうつきめされた。そしておらやとらせう〱に、いゝ名をつけて下さつて忝《(かたじけな)》くごんざる。礼なァこうして云ますべい。 ト[二〇]よこぞつぽうをはれば三人取さへる わいらも相手だァ。

ト立まはりになる。これも江戸の芝居とはちがひ、見へも何もなく本のつかみ合の如く也。 虎 ヤレハア存分《ぞんぶん》[二一]いふだら口でいふがよくござる。手を出したら負《まけ》に成ますべい。 せう〱 虎さァの云《(いは)》つしやる通りだァ。虫[二二]のうへさへておつこたへなさろ 朝 アニハア堪忍袋《かんにんぶくろ》の緒《を》がきれ申た。はなしめさろ〱 虎少 [二三]もつけな事がおこつたァ。だれぞ来て取さへてくれさつしやりましな。 ト大声でがなり立ると、きりまくの内よりばた〱[二四]にて、工藤左ヱ門、何かつまらぬ惣[二五]がみのかづら、火うち[二六]入の布子ばおり、同じ仕立の大どてら、尻をまくりながら 工藤 其喧咜《けんくわ》はおれがも[二七]らつたァ〱。 ト花道の

……したが、次第に対岸の長岡藩領の新潟町に繁栄をうばわれる。

一四 「厄介」と同じ。邪魔なこと。
一五 諺。他人の欠点はよく目につくが、自分のことは気がつかぬの意。
一六 悪くっても。
一七 「報謝」。慈善の施しをすること。その禁止。
一八 梶原平三のあだ名。→三四五頁注一六。
一九 年甲斐も無いことをいう。
二〇 横面をなぐりつける。
二一 「存分言う」。言いたいことを言う。
二二 腹の虫を押さえてこらえて下さい。
二三 「勿怪な事」。とんでもない事。
二四 芝居用語。付拍子を打ったり、楽屋内で足拍子をふんだりして、あわただしい様子を示すこと。
二五 髪形の一。月代をそらずに髪を頭頂で一束ねにしたもの。
二六 ぶっさき羽織などの背の割れ目の所を補強するためにつける補助ぎれ。
二七 喧嘩の仲裁などのせりふ。

見へもなく本ぶたいへかけ付、朝比奈を引留《(ひきとめ)》是《(これ)》あにい、[一]せく事はねへ。此《(この)》工藤左ヱ門がおつ留た。一番留て[二]くんさるなら、[三]忝茄子《(かたじけなすび)》の鴫焼《しぎやき》だァもさ。【朝】すけつねどのが留さつせへても、聞申さない。やだァ〳〵。はなしなさろ。【梶】工藤どの、いゝ所へ来て下さつた。[四]ちくとん斗《ばか》りの間違ひではや、朝比奈殿が[五]はんけ《樊噲》へのうおこされて、[六]なじやうにも仕べいやうがござらなんだァ。【後黒海】よく挨拶《あいさつ》のうして呉《くれ》さつしやりまし。ヤレハアつらいめに逢ましたァよ。【工】あれ程にいふこんだ。よろしてやりなさろ。皆ナ土べたへ頭《あたま》のう堀込《ほりこん》で。[七]誤《あやま》りめさろ〳〵。【皆〳〵】朝比奈様。真平《まつぴら》よろさつしやりもし。【朝】よくござる。りやうけんのうしますべい。その代《かわり》に工藤どの。ちくとばかり頼《(たのみ)》たい事がござるはよ。【工】あんでも聞ますべい。【朝】そんだら云ますべい。別《べつ》の事でもござんねへ。曾我兄弟の青野良《(あをやらう)》どもが、お身様に対面のう仕たがり申す。逢て遣《やつ》て呉《(くれ)》めさろ。【工】朝比奈殿待なさろ。曾我兄弟のやつらは、おらにはちつとさし合だ。是はよろしてくれさつしやりもし【朝】そりやァ詞《ことば》がちがひ申ス。わり様の云事《(いふ)》なァ聞カせて、おらが云事なァきくめへとか。夫じやァ損徳《そんとく》なしじやァござんねへ。そんだらよくござる。又けんくわのう[八]おはだつべへ。梶原そこへ出され【工】ア、是きくめへとは云申スめへ。なら程逢てやりますべい【朝】又嘘言《きよごん》じやァござんねへか【工】君子《くんし》に二言なしでござるはよ。【朝】待《(まち)》めさろ。おれが爰《こゝ》のう退《のい》たら、介つね殿が逃《にげ》べへもしれ申さない。お身達二人で押《おさ》へて居めさろ。トとら・せう〳〵、

一「急く」。勢いづく。

二「くんなさる」。下文の「だァもさ」の「もさ」と同じく、本来は朝比奈のせりふの癖として用いる言い方。

三「かたじけない」の洒落言葉。

四 一寸した。

五 漢の高祖劉邦の家臣で、鴻門の会の時に武勇を発揮して劉邦を救い、勇士の代表的な名となる。転じて、あばれまわることにいう。日本の朝比奈とよく比較される。

六 どのようにも。

七「謝る」と同意。

八「はだつ」。始めること。

九 死ぬほどの力。

一〇「兄な子」。男性に対していう語。

一一 無理矢理に承知させること。

一二「対面」の場の定型となった伴奏音楽で、兄弟の出に立三味線が下座でひく。

一三「めりやす」は当時歌舞伎音楽の代表的な一つで、沈んだ調子の独吟で役者の出入りに合わせて唄われる。

工藤がそでを引ツぱり 二人 死力《しにちから》[九]なァ出してへさへ申た。 朝 どりや二人のものを呼出《よび》しますべい。 ト切まくの方へむかい そこなァ灰《はい》小屋の陰《かげ》に扣《ひか》へた二人のせなご[一〇]達。介つね殿を圧状《おふぜう》[一一]ずくめにしたら、対面仕べいと云こんだ。早く出て逢《(あひ)》めさろ 十良五良 切まくの内より 心得申シた。 ト江戸なら対面[一二]三重といふ所なれど、どふいふあつらへか「きゞす」[一三]のめりやすになると、兄弟みの笠にて、十郎は木にてこしらへたる鍬をかたげ、五郎は顔を真赤にぬり、両方へ長く下つた前がみのかづら、竹にてこしらへたる弓矢をもち、花道の真中につゝぽりと立て案山子の思入。この見へ大[一四]おちにて、切落しよりどろ〲とかけあがり、十五六人ほめことばあり。 梶 曾我兄弟なァどのやうなざまだァとおもつたら、苗代《なわしろ》の案山子《かゝし》が、[一五]道祖神《さへのかみ》殿のう見るやうな出立《(いでたち)》だァ。あれでも虎少将が知《ち》音《いん》だげだァ。みんなわらひなさろ 皆〲 ワアハヽア〲 ト大口を明て分別もなく笑ふ 朝 [一六]そまにたかつた烏《からす》のう見るやうにやかましくござるは。サア〲二人のせなごよ。いふべい事があらばそこで云めさろ。 トいふ内、どこともなしにさう〲しきゆへ、「東西〲」といへどもしづまらず。それもそのはづ、切おとしの板のうらにせみがとまつてなくのなり。[一七]後見、竹竿を持て来て追ちらす。

[一八]かけ合せりふ

曾我十郎　守山平介
同　五郎　内山金三良

〽十 夫《(それ)》[一九]桃栗《もゝくり》三年柿《かき》八年。梅は酢《すい》とて十八年。 五 けふ吹かへすあまぼし[二〇]の、かきたくる程[二一]肝《きも》玉が、焼て頰《つら》さが赤沢山[二二]。 十 おらが親仁《おやじ》の河津《かはづ》殿。[二三]柏《かしは》が峠《とうげ》で猪狩《しゝがり》の、列卒《せこ》に出られた帰り懸《(がけ)》、[二四]椎《しい》の実《み》取てくふ所を、 五 蜂《はち》に珍宝《ちんぼう》さゝしつめて、放《はな》いた矢さきがあや

「きぎす」はその代表曲の一。
一四 大いに落ちが来ること。見物客に大変にうけること。
一五 村落の境界に祭られた神で、外から侵入する邪神を防ぎ、通行の安全を守る神。大かた石に刻まれて路傍に建てられる。
一六 杣。植林した山際。
一七 「こうけん」。芝居の進行の世話をする役。
一八 「対面」の場での兄弟かけ合いのせりふは、やはり定型の一つで、縁語でつづった長ぜりふを花道で両人が述べたてる。古くは享保十二年中村座春狂言での「鳥柴のせりふ」が「歌舞伎年代記」に記される。
一九 桃栗柿などの植えてから実をつけるまでの間を言う諺だが、「梅は酢いとて十三年」「梅は酢い酢い十八年」の語型もある。
二〇 「甘干の柿」と「掻きたくる」との掛け言葉。
二一 「肝っ玉を焼く」。やきもきすること。
二二 兄弟の父河津祐泰が、遺恨を含む工藤祐経のために、伊豆伊東の赤沢山の狩場の帰りに、椎の木蔭から射殺される(曾我物語・一)。
二三 伊東から大見へ出る峠。頼朝方の相模・駿河・伊豆三国の武将が狩を催した。
二四 前注二二の「椎の木蔭」をかける。

またず、十ふんぐり玉《だま》なァ射《い》かぢつて、横寐所《よこね》[一]へおつ立たァ。五疝気《せんき》[二]の虫なァ音《ね》を立て、十ぐうとも、五すうとも云《(いは)》ばこそ、十そのまゝそこで、五[三]おも《思》いば〳〵、十これ、おもひ懸ない災難《さいなん》で、[四]河津どな《殿》ァお死にやつた。五車前草《おんばく》どのゝ御ンともらひ、土牛房《つちごんぼう》を見るごとく、穴《あな》さァ掘《ほつ》て埋込《うめこ》ンだ。十夫から代[五]〻取付《(とりつけ)》の、[六]掃除《そうじ》旦那の頼朝《よりとも》様。五今は掃除をすけつね殿。糞附馬《こいつけ》[七]のうま〳〵と、人のかぶら菜《な》引ッこひて、漬《つけ》大根迄納《おさめ》るげだ。十[八]圧《おし》のおもたい頬《(つら)》の皮、[九]川津、宇佐美に、久津美の庄《せう》。合せて三ヶの庄屋殿。紋《もん》の庵[一〇]リにもつこうに、さゝへ込だる宝の山。五宝[一一]の山へ入ながら、只は帰らぬ介つね殿。十親の敵《かたき》をうつ鍬柄《くはづか》[一二]。[一三]天ぴつかりの天ぢよこを、五てつぺんさァへいたゞかぬ、仇矢《あだ》[一四]は放さぬ此弓矢。腰《こし》の骨《ほね》なァぐつしやりと、十立たら大事かそつ首《くび》を、五其儘取てとりおどし[一五]、十まァさう思つてくんされと、[一六]二人ホヽ、敬《(うやまつ)》て白《(まう)》ス。

[朝] ヲヤがァ[一七]おつたこんだ。[一八]川づかへなしに能クしやべつたァ。[工] コレ朝比奈殿よ。あんまり誉《ほめ》さつしやるな。あんだかはや気味《きみ》のわるい口上でごんざる。おらはもふいぎますべい。[一九]便気《うらごゝろ》が付申シた。[虎少] [二〇]なつぽうでもはなし申さない。[朝] ヲヽ、さうだぞ。もしかけ出いたら、褌《ふんどし》[二一]の下りのう引たが能《いゝ》ぞ。コレ二人のせなごよ。ちつとも早く爰《(ここ)》へ来て対面のうしろ〳〵。[二人] 呑込申シた。さらばそこへいぎますべい。ト本舞台へ直る [梶] ヤレ鳥居先へよるな。せつかく掃《はき》ちぎつてある所が、藁簑《わらみの》のごみになるはよ。[朝] ごみに成

一 鼠蹊部にあるリンパ腺が腫れる病気を「横根」といい、おおむね淋病などの症状として一般的であった。
二 睾丸などが腫れる病気で、その病因は虫によると考えられていた。
三 「思えば〳〵」か。四 当時、児戯の囃子詞に「蛙殿の御死にやつた、車前草どの御弔い」という。蛙を殺して地べたの穴に車前草を敷き、蛙をその上に置き、更に上から車前草をかぶせて、右の言葉をとなえると、蛙が生き返るという(撈海一得)。
五 先祖代々からきまった。
六 百姓がこやしとして屎を貰い、その代として野菜などを納めるのを「掃除代」と称するので、その屎を貰う出入りの家を言う百姓言葉か。代々屎採りに出入りを許された旦那の意なるべく、その権利を祐経が奪ったこと。七 屎採りの荷を運ぶ馬。「うまうま」に掛ける。八 強引で恥じらいのないこと。鉄面皮。九 祐経と河津の争いのもととなった伊豆国の所領の名。曾我物語・一には「伊豆国伊東、河津、宇佐美、この三ヶ所をふさねて蒲美（くすみの）庄と号す」とある。一〇 紋所の一。庵形の中に木瓜を描いたもので、曾我兄弟の紋。「木瓜」を「持籠」(畚)にとりなし、後文の「さゝへ込だる」にかける。
一一 諺「宝の山へ入りながら手を空しうして帰る」の後半を逆転させ、「只は帰らぬ」と祐経によびかけて仇討の場を示す。

てもよくごんざる。すつこんで居めさろ。[工] そこへねまつた二人の若者《わかいしよ》。 ねまつたとは居る事 先へ出ばつたは[二二]あんといふ。[十] 舎兄《しやきやう》[二三]の[二四]一万[二五]いつかく成て、曾我の十郎祐成と云申ス。[工] 次に出ばつた甘塩《あまじほ》は、[二六]前がみの事 [五] 舎弟《しやてい》の[二七]箱王でつかく成て、曾我の五郎時宗と云申ス。[工] 兄祐成はお袋の[二八]まんからうに似て、[二九]ぼやらこく、弟の時宗は親仁の川津に似て、岩畳《がんぜう》な生れ付だ。[三〇]親はなくてもがきつ子は育《そだつ》とやら。 ハテ[三一]でかばちなく大きく成たなァ。[二人] 介つね殿、[工] 二人の若ィしよ。[二人] ハテめづらしい [三人] 対面だなァ。[朝] 何と工藤どの。久しぶりでの参会《さんくわい》だァ。二人のものに盃《さかづき》のうやつてはおくりやり申さぬか [工] 盃なァ仕申さうが、酒のう呑で[三二]やだをふんだら、大《おほ》事だんべい。[朝] ソリヤア気遣《づかひ》などざんねへ。此小林が受合申ス。幸《さいわい》腰《こし》へ付て来た、徳利《とつくり》酒がござる。 サア〳〵ぬしから始めなさろ。

ト[三三]腰付のびんぼう徳利に石ごきをそへて突出ス。[工] そんだら[三四]辞義《じぎ》なしに始《はじめ》ますべい。慮外《りよぐわい》ながらついで呉さつしやりましよ。 トちやわんにうけて一口のみ、[三五]顔をしかめあたまをふり、さま〴〵うまきこなしあり [朝] あんといゝ酒だつぺい。自慢《じまん》ではないが、おらが手造《づく》りだァ。[工] アヽいゝ酒でござる。近頃は不作でどこでも酒は造らないが、いゝ[三六]たしなみでござり申ス。祐成さし申さう。[十] ヲヽ、 ト返事をして側へより、[三七]竹の子笠をぬぎ、茶わんを受、つゝとほし、舌うちをして工藤へもどす [工] 時宗。[五] あんだァ。[工] 石ごきのう[三八]さつくれべへ。こゝへねまれ。[五] ヲヽ、ねまるべい。 トつか〳〵と来て茶わんをうけ、[三九]三宝こわしの思入[四〇]にて、石ごきをかぢりわる [朝] ヤレハアあきれた肝積《かんしやく》だァ。[見物]

一二 百姓にとりなして「鍬」とする。
一三 「天…いたゞかぬ」で「不倶戴天」の意か。
一四 的に当らない矢。むだな矢。
一五 「鳥嚇し」。案山子のこと。前文に兄弟の扮装が案山子の見立てであったことがしるされている。
一六 「ください」。関東の田舎言葉で、歌舞伎の「暫」のせりふなど、特に荒事役者のせりふとして定着する。
一七 「我を折る」。恐れいる、感心する。 一八 「つかえずに」「流暢に」の意を、増水で渡渉禁止の意の「川留め」「川づかへ」にとりなす。 一九 「裏」は便所の意。便所に行きたくなった。
二〇 「納法」。年貢を納めること。たとえ年貢を皆納してもの意か。
二一 六尺褌の前に垂れた部分。
二二 「何と」。
二三 「舎兄」は兄分、「舎弟」は弟分。
二四 十郎祐成の幼名。「兄をば一万といひて五つになり、弟は箱王といひて三つにぞ也にける」(曾我物語・三)。
二五 「でっかく」と同じ。成長して。
二六 「前髪立ち」。元服前の男子の称。
二七 五郎時致の幼名。
二八 曾我物語では、兄弟の祖父にあたる伊東祐親の娘が「万劫御前」と呼ばれるが、歌舞伎の曾我物では享保九年春市村座の狂言辺りから、兄弟の母親が「満江」又は「万江」と呼ばれるようになる。 二九 柔和な様子。
三〇 諺「親は無くとも子は育つ」。
三一 とんでもなく。

ヨウ〳〵五郎やつたり〳〵。もちつとぎしめけ〳〵。とほめる。此所[一]かけ合にて股野《またの》、川津、角力もの語りあれど、丁数の登《のぼ》るをいとひてもらしぬ。【朝】時にはや余義《よぎ》ないむしんでござるが、二人の者に看《さかな》[二]をはさんではおくりやり申スまいか。【工】わしもはァさう思ひますが、何も持合せ申さない。トそこらを見て よくござる。ト十郎がぬいだ笠を取あげ、片手には朱ざやの山刀を持 十郎には竹の子笠、五郎には此山刀。是が看だ。つまみなさろ。ト二人つか〳〵とよつてうけとり、思入。【十五】アニ是が看だァとか。【工】笠のうふせればふじの山。半夏《はんげ》[三]過《すぎ》ての竹の子笠。五月の末は駿河の国。富士[四]の裾野《すその》の陣《ぢん》屋の内へ、【十】夜這《よばい》[五]は仕付たおらゝが兄弟。簑笠かぶつて忍び込ミ【五】親仁の敵と名乗懸《なのりかけ》、すのこ[六]も通れと切リ付たら【朝】血《ち》はまつかいなさび刀。【五】此[七]赤鰯《いわし》の山刀で【十】本望とげろといふことか。【五】とてもの事だら今爰《（ここ）》で【朝】ヤレハアせつ込《（こむ）》事はない。此場《ば》は別《わか》れて帰りなさろ。【二人】わかれづらい所だが、せう事がない。いぎますべい。【虎】咄《はなし》が有て来申シたが、取紛《まぐれ》て云ましない。【少】是から内へ帰り道、咄しながらいぎますべい。【朝】サアいゝ道連が出来申シた。行[一一]道筋は向ふの田の畔《くろ》。トいふ せりふをき[八]つかけに正面のすだれがばつたり落ると、見わたし二三里の天[九]地自然の大仕かけ。是は江戸では出来ぬことなり。見ぶつ「ぶ[一〇]ちぬき〳〵」と云てほめる。 ソレどこぞいゝ麦畠《むぎばたけ》が有たなら、ころげこんだがよくござる【虎少】朝比奈さァ【朝】二人のおしやらく【十五】介つね殿【工】二人のわかいしよ【皆〳〵】さらばでござり申ス。ト見[一二]へわるくならび【工】先《（まづ）》今日は是《（これ）》

三一 けしからぬ振舞におよぶの意か。
三二 「石御器」。茶碗の別称。
三三 遠慮なしに。
三四 舞台用語。「しこなし」の略。身振りのことで、演技の見せ場の一。
三五 用意。心がけ。
三六 笥の皮で作った雨笠。
三七 さしてやろう。
三八 対面場の定型の一で、工藤の盃をうけた五郎が三方をこわす型。「対面の三方日々に新なり」(柳多留)。
三九 舞台用語の一。「おもいれ」。無言のまま、心中に何かを思うような見得をすること。
四〇

一 曾我物語・一の有名な説話で、赤沢山の狩場で俣野五郎と河津三郎との相撲のこと。「此所…もらしぬ」は作者の説明部分で、「丁数」は枚数、即ち現在の頁数にあたる。
二 酒宴の興を添えるため主人側から客分へ贈る贈り物の意。
三 夏至から十一日目の「半夏生」。
四 兄弟の仇討ちの場となる富士野の狩場(曾我物語・八)。
五 本来は男が女の寝所へ夜忍び込むことで、田舎の風習ゆえ、夜討ちにかけた。
六 「板敷までもとをれとこそは、きりつけたれ」(曾我物語・九)。
七 さび刀の別称。
八 舞台用語の一。ある科白や動作をきっかけとして、何かのしかけが始まること。

切《ぎり》でござりもふす。

打[一二]出し

右[一三]之本以《テ》二作者書捨之原本《ヲ》一。令《メ》二校合一過一畢《ヌ》。師《ハ》如《ク》二大象[一四]《ノ》一弟子《ハ》如《シ》二猿松[一五]《ノ》一。採《テ》下不《ル》レ足《ラ》二三本一筆《ノ》毛《ヲ》上。補《フ》二其脱漏《ヲ》一云《フ》レ爾。

門人

千[一六]差万別

天[一七]竺老人

九 自然のままの様子。すだれが落ちるとそのまま小屋の外面の自然の光景が見えるように仕かけた大仕かけの意。

一〇 三三六頁二行目に「ぶちぬきとは大仕懸の事也」。

一一 本来ならば「見えよく」並ぶ所。

一二 芝居の終りをいう。

一三 以下の漢文部分は、当時浄瑠璃丸本の奥書の形式をそのままもじって記したものである。一例をあげれば「右之本令吟覧頌句音節墨譜等不残毫厘令加筆候可有開版者也　竹本筑後掾　重而予以著述之本令校合候畢全可為正本者歟　近松門左衛門」(山本版「長町女腹切」)。

一四 作者万象亭の名に因んで用いた比喩。

一五 間抜け者の意に用いる。又、諺に「猿は人間に毛が三筋たらぬといへど」(「松風村雨束帯鑑」)。

一六 万象門人の一人、但しその経歴は不明。洒落本「無駄酸辛甘」(天明五年刊)の作あり。天明八年には「万象門弟千差万別」の名で黄表紙「下戸之蔵開」等の作がある。

一七 同じく万象門人の一人。万象から「天竺老人」の号を譲られて、二代目天竺老人千鶴万亀を名乗って作った黄表紙「作習酒佐字」(天明七年刊)がある。後に狂名「花江戸住」となり、「方角分」には「京橋南壱丁目横町　山口政吉　初号霞谷蔭」と記される。

後序[一]

[二]神代巻曰《かみよのまきにいわく》。天照世界《あまてらすせかい》の[三]親玉《おやだま》、速素盞烏尊《はやすさのをのみこと》の[四]悪洒落《わるしゃれ》を疎《うと》ませ給《たま》ひ、大疳積《かんしゃく》の磐戸《いはと》隠《がく》れより以来《このかた》、世は[五]闇雲《やみくも》のめつた洒落、次第〳〵に増《ぞう》長し、[六]五月蠅《さばへ》如無駄《なすむだ》言を小冊にさへ書《かき》著《あら》はして、世に行《おこな》はるゝもの[七]八百万ゝ巻。何ㇾも似《に》たり寄《よつ》たりにして、[八]阿那《あな》面白き趣向《しゅこう》もなし。爰《こゝ》に我師万象亭、鈿女命《うずめのみこと》の昔を思ひ、[九]俳優《わざおぎ》ならぬ[一〇]業《わざ》くれは、世間の洒落の裏《うら》を行キ、[一一]端出縄《しりくめなわ》の[一二]横《よこ》なまれる、[一三]夷振《ひなぶり》の可笑味《おかしみ》にして、天照神に吹出させ、しかも磐戸の[一四]差《さし》合《あひ》なく、[一五]笑ふ門《(かど)》には福来る、その福神ゝの神等《かんたち》の、[一六]員《かず》に合たる[一七]七珍万宝、[一八]七尺下《さが》つて後《しりへ》に書す。

末の

はつ春

一 「跋文」と同意。
二 日本書紀・神代上・第七段(磐戸隠れの条り)のもじり。
三 天照大神と、市川団十郎の通称「親玉」をかける。
四 悪ふざけ。
五 むりやり、めったやたら、の意。
六 「五月の田植の時期に出る蠅のように」の意で、うるさいこと。
七 「嘘八百」を更に強調した表現。
八 感動詞「ああ」の意と、洒落本における「穴探し」の趣向の「穴」をかける。
九 書紀・神代上・第七段「天鈿女命…天石窟戸の前に立たして、巧に作俳優(わざをき)す」。滑稽な動作で芸をすることをいい、後世、役者の意に用いられる。
一〇 無益でばかばかしい行い。
一一 「注連縄(しめなわ)」と同意。神前などに横にかける。
一二 言葉が変になまること。
一三 ひなびた調子、田舎めいた様子。
一四 何かに差支えることの意と、戸を閉すことの意をかける。
一五 諺。 一六 七福神の数。
一七 万象門人の一人。後に万象亭二世をつぐ。「方角分」に「桜田善右ヱ門町 福島屋仁左ヱ門」とあり、万宝自作の洒落本「美止女南話」(寛政二年刊)の三馬識語には「桜田久保町に住して福島屋善二郎といふ京菓司也」といふ。
一八 諺「三(七)尺下って師の影を踏まず」のもじり。

跋

此小冊《さつ》は、[一九]江戸前の隠士《いんし》、万象亭《まんぞうてい》の戯作《げさく》にして、今世に行《おこなは》るゝ洒落本《しやれぼん》の、或は妓《げいしや》の耳《みゝ》の垢《あか》、又は娼《じやうろ》の臍《(へ)そ》の脂《やに》を穿鑿仕《せんさくし》たるよふな、片[二〇]づんだる物とは殊《こと》なり、通《つう》[二一]となく野《や》夫《ぼ》となく、一《ト》たびよめば腮《あ(ご)》[二二]のかきがねをはづし、数《しばく》腹《はら》すじのよれて、その可笑《おかし》さや[二三]めどなし。予に清書[二四]せよとの師命《しめい》に任《まか》せ、筆にも紙をくらはする、未《ひつじ》のはつ春。大高檀《おほたかだん》[二五]紙《し》の威《い》に押《(おさ)》れず、おめずおくせず書《かき》ちらすは、狐《こ》[二六]めん堂《どう》の主人《しゆじん》。其由《よし》をしるして跋《ばつ》とはなしぬ。

風来山人之孫弟子

筆者　狐面堂柳郷《こめんどうりうきやう》

[一九] 江戸城の前海辺り、築地から芝、品川近辺を言う。築地住の万象亭は自分の印章にもこの称を用いている。安永天明頃から所謂「江戸っ子」の自慢として用いられる。

[二〇] 片寄った。

[二一] 「通人」の略。元来は親分や顔役の意の「通り者」の漢語風の表現として用いられたが、「野夫(暮)」の対語としては、よく遊興の場の風俗人情に通じた人の意で用いられるようになる。

[二二] 「頤をはずす」と同意で、大笑いすること。

[二三] 止め所。

[二四] 板下書のこと。出板するために板下を作る時の清書。本書と同年刊の万象亭作洒落本「福神粋語録」跋に「アノ此頃鶴喜へつかはさつた田舎芝居の筆工はどこでござります。万とりも直さずその柳橋子サ」。

[二五] 大型の檀紙。檀紙は陸奥の特産で陸奥紙とも言い、純白で皺の入った厚手の高級なもの。綸旨や免状などを書くのに用いられたので「威」の表現が生じる。又、この部分は「菅原伝授手習鑑」の「大高檀紙の位に負け、一字一点いかないかな」の文章のもじり。

[二六] 狐面堂柳郷。「福神粋語録」の跋及び同書の板下も書いており、それには馬喰町住といい、書を良くしたらしいが詳細は未詳。

茶《ちや》番《ばん》早《はや》合《が》点《てん》

浜田啓介 校注

本書は式亭三馬作の茶番の解説書である。茶番とは江戸で行なわれた素人の座敷芸である。仲間が集って室内でその会を催すものである。茶番という芸能はその仲間や観客に景品を出すことが必要で、最後のオチに引掛けて景品を出す。というよりも景品を出すのが本来の目的であって、そのためにオチを工夫するものなのである。本書初編は茶番概説として、発生趣意諸種類方法などを述べて実例を加え、二編は初編に漏れた実演上の諸注意を述べて多くの実作を収載する。先立って安永年間に刊行された、素人の座敷狂言の手引書『座舗狂言早合点』にヒントを得たものであろう。三馬の癖として、啓蒙的解説を尽し、挿画や造本編集を凝らして本書を仕上げた。解説が何となく本格的になりもっともらしくなるのは作者の傾向である。解説中に失敗の例として援用する珍話は、いずれ三馬の創作に違いない。

茶番の主意は趣向の上下にあり、手法として見立てと洒落を用いる。あらかじめ題が設定されており、演者は趣旨を述べてからやおら芸に入るのであるから、上方の俄のような何を仕でかすのか分らない意外性は無い。江戸の傾向として、作者の賢さを売込もうとするので、俄のぼけの味とは異なる味わいになる。一方洒落の作りは精緻であり、小道具を用いた見立ては大変知巧的である。

本作に先行して、素人の座敷狂言・茶番狂言の稽古内幕を描いた一連の滑稽本があった。『滑稽素人芝居』(桜川慈悲成・享和三年)、『口八丁』(神屋蓬州・文化四年)、『四季日待/春廿三夜待』(岡山鳥・文化十一年)などであり、本作をその系譜に置くことができる。本書は再版され、初版の形態を改めたものも刊行された。「雑芸叢書二」の翻刻は初編の後部、「寄玉鳥類」を欠く。これは多くの箇所で原型を改めた額型の改題本『茶番早合点玉手箱』を底本に用いた故であると思われる。

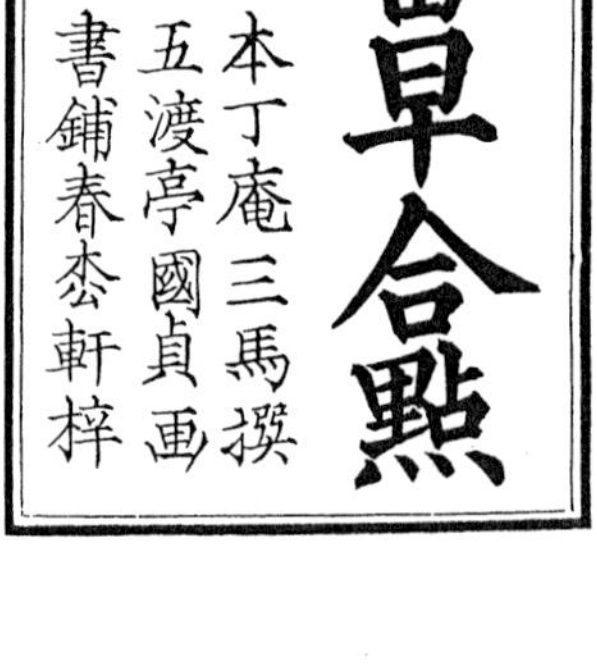

什麼《そも》〳〵茶番《ちやばん》とは何曾《なぞ》の物《もの》ぞ。湯番《ゆばん》と阿伽《あか》の他人《たにん》にして。[一]茶番《ちやばん》よと呼《よ》ぶ呉服屋《ごふくや》の小童《でつち》にもあらず。然《さり》とて茶店《ちやみせ》の姉《あね》さんが。紅粉《みじまひ》する間《いとま》の隙《ひま》に。廛《みせ》の番《ばん》する男《をとこ》にもあらず。原是《もとこれ》[二]盧仝《ろどう》が茶歌《ちやか》に衆外《はちぶ》され。[三]陸羽《りくう》が茶経《ちやきやう》の仲間《なかま》はづれ。利休《りきう》の昔《むかし》を後《のち》[四]むかし。常釜《じやうがま》の音《おと》にも聞《きか》ねば。不白《ふはく》が今《いま》を[五]初昔《はつむかし》。[六]初鷹《はつたか》の夢《ゆめ》にもしらず。[七]飛《とん》だ茶人《ちやじん》の流《ながれ》を汲《くん》で。人《ひと》を茶《ちや》にする茶《ちや》番《ばん》にて。万事《ばんじ》茶《ちや》めかすものをいへり。偖狂言《さてきやうげん》とは何《なに》をかいふ。四畳半《よちやうはん》の窮窟《きうくつ》を去《さ》り。三《さん》間《げん》の本舞《ほんぶ》臺《たい》を学《まな》ばんとて。[八]夜更会合《ようさりよりよ》て[九]鷺流《さぎりう》の泥鰌踏習《どじよふみなら》ひ。ツントコ頓智《とんち》の利《きい》たる人《ひと》を。世《よ》に茶番師《ちやばんし》と申《まをし》やす。其蘊奥《そのうんあう》を究《きは》むれば。腹《はら》を耗《へら》し隙《ひま》を費《つひや》し。唯大当《たゞおほあたり》を娯《よろこぶ》のみ。一番《いちばん》[一〇]ヤンヤといはれ因縁《いんえん》。古事来歴《こじらいれき》を勝計《かぞへあげ》て。利口《りこう》らしくも持出《もちだし》たるは戯作者《けさくしや》が春《はる》の景物《けいぶつ》。題《だい》は茶番早合点《ちやばんはやがてん》。[一一]ヲット承知《しようち》の幕明《まくあき》に。口上ばかり茶にして誌《しる》す。

江戸前大市[一二]隠　滑稽道場三馬

一「夫従以来記」の呉服屋店頭、番頭の詞書に「茶ばんよちやがまの下をけしてしまへ」。

二 唐の范陽人。少室山に隠れ、玉川子と号する。「茶歌」は「玉川子詩集」に「走筆謝孟諫議新茶」としてあり、「古文真宝前集」に「茶歌」として収められ、よって知られる。喫茶の情意を述べて妙奥の境地を現わす。

三 唐の竟陵人。苕渓に隠れ、貞元初年卒。唐書・隠逸伝に記載される。茶経三巻はその著。茶の植物、採葉、煎飲の器具、煎喫の法、故事、産地等を記して余すところがない。

四「初昔」とともに称される銘茶。

五 宇治茶の最高名品とされる。茶道の世界では、利休の昔には音にもきかず、不白の当代にも夢にもしらず、と続く。「むかしを今に」「今は昔」という言い方を含む。

六 宇治の茶銘の一。巻葉の茶「鷹の爪」に属する。

七 とんでもない変な奴。「飛んだ茶釜」という語にかけた。

八「ようさりようて泥鰌ふむ足どりもするなるべし」(狂文吾嬬那萬俚・上・年中行事)。

九「鷺の家は、本名長命にて、長命権之丞狂言の上手也。太閤の御意に入、九州名古屋御旅館の時、水辺へ御出御遊興の時、権之丞川へ飛入、鷺の鯑を踏まねをして御覧に入れ、是より鷺々と召され、鷺と改させ給へり」(猿楽伝記・下)。鷺が泥鰌を踏

茶番狂言早合点目録《ちやばんきやうげんはやがてんもくろく》

む足つきとは抜き足さし足の形をいう。ここでは、狂言の足遣いを習い、の意。
一〇「ヤンヤといはれ」から世話の「いわれ因縁故事来歴」にかかる。
一一 承知の幕—幕明。
一二 市中に隠居する人。晋書・鄧粲伝に出典がある。

古

宝暦《ほうれき》年中の茶番

題《だい》　五節句《ごせつく》の一《ひとつ》　○端午《たんご》

新

近年《きんねん》の茶番

○むかしはなしの一《ひとつ》　題《だいす》ニ花咲祖父《はなさきちゝに》一

○歌枕秋寐覚《うたまくらあきのねざめ》の一《ひとつ》　題《だいす》レ川《かはに》

○題《だいす》ニ寄《よする》レ玉《たまに》　鳥　類《ちやうるいといふことに》一

目録《もくろく》尾《をはる》

茶番狂言早合点

江戸戯作者　式亭三馬戯編

第壱　茶番狂言《ちやばんきやうげん》の原始《はじまり》幷酒番《さかばん》の事《こと》
附り　茶番の号《な》は[一]元祖訥子《ぐわんそとつし》に発《おこ》る説《せつ》

茶番狂言といふものは。今より百十余年のいにしへ。宝永《ほうえい》の頃《ころ》にはしまり。享保《きやうほ》にいたりてます〳〵開《ひら》け。宝暦明和《ほうれきめいわ》の間盛《あひださかん》に流行《りうかう》しけるとなん。勿論宝永《もちろんほうえい》より享保《きやうほ》の間は。[二]三芝居《さんしばゐ》楽屋《がくや》にのみありて。役者《やくしや》おの〳〵戯《たはふ》れに玩弄《もてあそび》し事なりしが。宝暦の頃頻《ころしきり》に行《おこな》はれてより此業素人《このわざしろうと》に伝来《でんらい》し。安永天明《あんえいてんめい》に趣向《しゆかう》いよ〳〵新《あらた》にして。今猶専《いまなほもつば》ら奇《き》を尽《つく》し。すべて素人《しろうと》の玩物《もてあそびぐさ》となりければ。竟《つひ》に茶番《ちやばん》といふ名《な》は三芝居楽屋《がくや》に絶《たえ》たり。今楽屋においては。酒番《さかばん》といふものたえず興行《かうぎやう》あり。世人《よのなかのひと》おもひひがみて。戯子《やくしや》の為《なせ》るをば酒番《さかばん》と呼《よ》び。素人《しろうと》の為《なせ》るを茶番と号《なつく》るよし覚《おぼえ》たるは大きなる誤《あやまり》なり。酒番茶番餅番の差別《しやべつ》は此 するにくはしくしるせり 既《すで》に[三]役者籤箱《やくしやみくじばこ》。江戸の巻発端《ほつたん》に云《いはく》[四]宝暦三壬未年正月開板 三ケ津役者評判記なり 〽此茶番と申す事は。其もと五十年こ

一　初代沢村訥子。→注九。

二　江戸府内に櫓を許された歌舞伎の三座。中村座、市村座、森田座。

三　宝暦十三年正月刊、鶴屋・正本屋・八文字屋合板の役者評判記。

四　十三年癸未が正しい。

のかたの事にして（宝暦十三年より五十年のむかしは享保にあたれり）原《もと》は芝居の三階《さんかい》より起《おこ》りて。其頃《そのころ》芝居大入には。[五]三階二[六]階打混《うちこん》じて茶菓子《くわし》を出し祝《いは》ひしことなり。中略 もと芝居の狂言の労《つか》れを休《やす》めたるを。いつとなく狂言茶番と号《なづけ》て。舞臺《ぶたい》と三階を一致《いつち》になしたる。これ裏《うら》と表《おもて》と合躰《がつたい》したるなりと云云《しかぐ》。これ則《すなは》ち茶番は宝永に肇《はじま》り。享保に開《ひら》けたるの証拠《しやうこ》あきらかなり。

又一種《いつしゆ》。酒番《さかばん》といふものあり。或老人《あるらうじん》の云《いはく》。芝居大入の時は[七]当振舞《あたりふるまひ》の外《ほか》に催《もよほ》すことなり。これは三階中二階《さんがいちうにかい》に役者おの／＼聚会《しゆうくわい》して。思ひ／＼に酒肴《さけさかな》を調《とゝの》へ。日ゝ《ひゞ》の労《つかれ》を慰《なぐさむ》る宴《えん》なり。されど酒肴をたゞに出さんも風情《ふぜい》なしとて。其時／＼の狂言によせ。又は役割《やくわり》などによそへて種ゝ《しゆぐ》の題《だい》を出し。其[八]むれの人／＼に先配《まづくば》りわたす。さてありて題《だい》を得《え》たる人／＼。さま／＼に趣向《しゆかう》を考《かんが》へ。或《あるひ》はをかしみにて興《きよう》を設《まう》け。或は利屈《りくつ》にて笑《わらひ》を取《と》り。彼貯《かのたくは》へし酒肴《さけさかな》を携出《たづさへいで》。かはる／＼趣向《しゆかう》を演《の》べ順番《じゆんばん》に勤《つとむ》ることなり（最初鬮取にて次第をさだめ一番二番の順にしたがひて勤《つと》むさるによつて茶番酒番の名《な》あり本名は茶番組酒番組といふべきを略して茶番酒番とはいふなり）さて連中《れんちう》悉く終りて後《のち》。其景物《けいぶつ》をひらき大宴《さかもり》を催《もよほ》す。しかるに享保の頃。元祖[九]沢村宗十郎訥子《とつし》（後改長十郎再改名助高屋高助なり）[一〇]座頭《ざがしら》なりし時。我等《われら》は元より下戸《げこ》なれば酒番はおもはしからず。菓子《くわし》を景物《けいぶつ》にして以来《いらい》茶番を催《もよほ》すべしとありければ。一座同意《どうい》して教《をしへ》に従《したが》ひしとなん。尤是は酒番《さかばん》ある間《ひま》／＼に行《おこな》ひけるよし。しからば茶番といふ名目《みやうもく》は。元祖訥子《とつし》が号《なづく》る所にして此戯業《たはわざ》の祖師《そし》ともいふべし。

五 「三階には座頭の立役始二枚目、或は客座の役者、立者分、相中、中役者皆々席を定、銘々名札張てあり」（劇場新話）。

六 「二階には女形、たてものと、色子とわかつて鏡台をならべ、下は詰頭、小詰、物ずきによりては立ものも下に間を取る事あり」（古今役者大全・一）。

七 当振舞について、大阪の「戯場楽屋図会」では、当りをとった時銀主より役者衆中表方に至るまでに振舞をすることと記すが、「三座例遺志」では、惣役者・狂言方・囃子方・浄瑠璃太夫など、皆それぞれの出し合いで太夫元・若太夫・帳元・仕切場などを客として大振舞をする事と記す。

八 三階なら三階、二階なら二階の仲間。

九 宝暦六年没、七十二歳。享保三年江戸へ下り沢村惣十郎、同五年より宗十郎。延享四年三代目沢村長十郎を襲名、俳名訥子。宝暦三年に助高屋高助と改めた。元文二年に総巻軸。当時随一の大立物。以下の故事のこと不詳。

一〇 一座の首に立つ立役者。

戯場二階酒番の圖

今このみで茶番狂言する人等《ひとら》は。高祖《かうそ》と崇《あがめ》て可《か》ならんか。[一]いふてもいはひでもの事ハレやくたいもない。

第弐　酒番《さかばん》茶番《ちやばん》餅番《もちばん》の事 并ニ 景物《けいぶつ》といふべき事

茶番はかく素人《しろうと》に伝《つた》はりたれば。俳優《やくしや》のもてあそばんは長気《をとなげ》なしとて楽屋《がくや》に廃《すた》れたるものか。又は酒客《しゆかく》多《おほ》きゆゑ連綿《れんめん》と続《つゞき》けるか。今なほ[二]酒番はもつぱら楽屋《がくや》に興行《かうぎやう》あり。彼《かの》老人《らうじん》の説《せつ》に拠《よ》れば。酒番は最初《さいしよ》の物ゆゑ今も伝《つた》はれるなるべし。又訥子《とつし》が工夫《くふう》より出たる茶番といへるもの。其名は素人に伝はれれど。趣《おもむき》は芝居に遺《のこ》りて。今いはゆる餅番《もちばん》則これなり。又景物といふことは。題《だい》にしたがひ[三]景色《けいしよく》に表《へう》して出す品《しな》ゆゑ。景物《けいぶつ》といふ。此縁故《いはれ》をしらざる人。立派《りつぱ》にひらきなほりて。今晩《こんばん》の会物《くわいぶつ》。当席《たうせき》の御《ご》かいぶつ。などゝいふたぐひ。[四]御《ご》たいない《丁寧》至極《しごく》の誤《あやま》り[五]べゑめゑでんのへゑけゑ《買明点俳諧》に異《ことかは》り詞《ことは》あらたまりて却《かへつ》てまいわく《迷惑》なり。但《たゞ》し此等《これら》の解《かい》はチトよかい《餘計》の為事《しごと》か。

第三　茶番師《ちやばんし》の事

此業《このわざ》の達者《たつしや》をよびて。茶番師といへり。弓師《ゆみし》具足師《ぐそくし》のたぐひに異《ことかは》り。師《し》とよばれて弟《で》子《し》を導《みちび》くものにあらず。按《あん》ずるに茶番《ちやばん》を為《する》といふ心にて。茶番為《ちやばんし》なり。俗字《ぞくじ》に書《か》くとき

一 宗十郎の癖詞として知られる。「○宗十郎 いふてもいわいでもの事を、ハレやくたいもない」（紙屑籠）。

二 「餅番酒番 中興にはじまる。立物衆かはる〴〵に酒もちを振舞ふ。一趣向をなすこと也。当時あたり狂言によする四季題歟、いづれ此よふな題により夫々おもひ入ある也」（楽屋図会拾遺・上）。

三 色どりとして表わし。

四 三馬・鯉丈の作品によく「丁寧」を「たいない」と言わせている。「あらたまりて慇懃にものをいはんとするほどていねいすぎて、ぎよけいといふべきをぎよかいといひ、けい色といふべきをかいしよく、はいかいといふべきをへえけえといひ、辨慶といふべきをべんかいなどといふたぐひ」（魂胆夢輔譚・三上）。

五 天明四年に死んだ江戸座の俳人。江戸訛りの例示に好適なので「へゑけゑしべゑめゑと呼ぶの通訛」（湁都洒美選）などと用いられる。

戯場《しばゐ》三階餅番《さんがいもちばん》の圖《づ》
百花園
百花園
百花園

は茶番仕《ちやばんし》なるべし。

第四　茶番狂言《ちやばんきやうげん》と狂言茶番と差別《しやべつ》ある事

趣《おもむき》を演《のべ》て景物《けいぶつ》を出すを。すべて茶番狂言とはいへども。此中にさま〴〵のかはりめあり。まづ鬘《かづら》をかけ紅粉《かうふん》を粧《よそほ》ひ。戯子《やくしや》の如《ごと》く打扮《いでたち》て。思ひ〳〵の狂言をなし。尾《をはり》に景物《けいぶつ》を披露《ひろう》す。これを狂言茶番といひ。俗《ぞく》に立《たち》茶番といふ。立まはりあり座してせざるゆゑたち茶番の名あり　又一種《いつしゆ》。座《ざ》して趣向《しゆかう》を演説《えんぜつ》し。その趣《おもむき》に従《したが》つて景物を座中に竝《なら》ぶ。これを口上茶番《こうじやうちやばん》といふ。又一種《いつしゆ》。魚鳥野菜《ぎよちやうやさい》或《あるひ》は料理《れうり》したる物。すべて食物《しよくもつ》に限《かぎ》れる景物を出し。他物《たぶつ》を交《まじへ》ることかなはず。立茶ばん口上茶ばんにかぎらず此事あり　これを食物《しよくもつ》茶番。俗に食《くひ》茶番といふ。彼《かの》酒番に似《に》かよひたるものなり

第五　茶番に名《な》ある人の事

役者鑯箱《みくじばこ》にいはく　前文あり略す　茶番は楽屋にのみありし事なりしが。角至《かくし》など云《いへ》る好者《すきもの》より段〳〵風流《ふうりう》になり。日《ひ》〴〵あらたにして素人へわたる。又身ぶりは　今いふ狂言茶ばんなり　里住《りぢう》といふ人よりはじまり。ちかくは三落世《さんらくよ》にひろめて専《もつぱ》らもてはやす事となりぬ。中略　これにくさ〴〵の繁《しげ》きありて。太《た》ゑんどのは其《その》かたちをかしくして始終《しじう》たしかならず。いはゞ秋

の月を田楽《でんがく》にして食《く》ふが如《ごと》し。流香《りうか》はきたなくしてしぼめる花の水はなをたらすがごとし。藤十郎といへるもの此道にすきにして。六義《りくぎ》[一]ありと書《かけ》るもをこがましからずや云云《しか〴〵》。かく記《しる》したるを思へば。此人〴〵は宝暦中の茶番仕なるべし○角至《かくし》[二]○里住《りちう》○三落《さんらく》○他園《たゑん》○流香《りうか》○藤十《たうじふ》○一瓢《いつぴやう》[三]○白兎《はくと》[四]○如斎《じよさい》○三楽《さんらく》 三落と同人なるべし ○金福《きんぷく》○陽堂《やうだう》○悪鬼《あつき》 渥喜歟未詳 ○来道《らいだう》[五]。此等《これら》おの〳〵高名《かうめい》なり。宝暦明和の間世《よ》にしられし茶番あまたあり○焉馬《ゑんば》[六] 烏亭一号談洲楼 ○今《け》[七]日吉《ふきち》。此二人もおなじ頃《ころ》に産《うま》れ合《あは》せて明和よりこのかた茶番を弄《もてあそ》び。幸《さいは》ひに長寿《ちやうじゆ》にて今《いま》尚現存《なほげんそん》せり。安永天明以来《いらい》。桜川杜芳《さくらがはとはう》[八] 寛政中に没す を始《はじめ》として山東京傳 文化中に没す のたぐひ。此技《わざ》の好人《すきびと》おほく。世《よ》に名たゝるもの夥《おびたゝ》しければしばらくこゝにいはず。さる中にも好屋翁《すきやのおきな》[九]は。安永より当時にいたるまで。ます〳〵新奇《しんき》を巧《たく》み。趣向綿密《しゆかうめんみつ》にて景物《けいぶつ》の品数多《しなかずおほ》し。此翁の茶番ははなはだ事長《ことなが》けれど。人倦《あ》くことをしらず。利屈《りくつ》の中にをかしみあり。古《こ》事《じ》古《こ》語《ご》を引くかと思へば地口秀句《ぢぐちしうく》の落《おと》しあり。見る人感《かん》に堪《たへ》て沈《しづ》まんとする時。思ひよらぬことにて人気《じんき》を引立《ひきたて》。めりはり。きら〳〵とわかること妙《みやう》を得《え》たり。且《かつ》あまたの景物を。段返《だんがへ》しにつかふ事は。此翁より始《はじま》れり。 段返しとは最初一返ずいと出しをはりし景物をふたゝび見立直してつかふこれを二段返しといふ又取直して一〳〵に見立を替るを三段返しとなづく 趣向は変化自在《へんくわじざい》に。景物は風流俊雅《ふうりうしゆんが》をつくし。流行《りうかう》をはやくうがち。当然《めきき》を明《あき》らむる事世にこえたり。古今に此翁をこそ高手《かうしゆ》といはめ。又寛政より当時うち

一 小むつかしい理屈あり。
二 以下の茶番師は未詳。
三 「遊子方言」に「これ〳〵此おかのむかふがそれ身をする一瓢が内だ」と出る。「抛入狂花園」に海上一瓢として出、「生方さまさまあり。此流三楽より初り、白兎など名高き、いけてあり。花のあしぐゐとよせて生る。これでやぼならせうことがねへ」と記す。此流とは身ぶり即ち狂言茶番のことで、三楽・白兎に言及されている。同書の挿絵は釣瓶に八つ手と菊を生けるがその意味不詳。
四 江戸座の俳諧師二世宗瑞。一号白兎園と思われる。
五 「俳諧平河」の編者沾窓来道か。
六 「烏亭焉馬 中村氏名英祝号を談州楼といひ、別号を桃栗山人柿発斎といふ。…原大工の棟梁也。戯作の古老にして安永天明寛政年間まで、一枚摺物或は洒落本又は浄るりの作あり。且久しく廃れたる落し咄を再興し又戯場に遊びて狂言の作を補助せり」(戯作六家撰)。
七 未詳。
八 「桜川杜芳 岸田氏。俳諧をよくして言葉綾知といふ。芝神明前に住す。著述 ○大通記⊙こぢつけ千本桜」(戯作者小伝)。
九 伝記不詳。本書二編の序者。

つゞきて名高き人〴〵○秀朔《しうさく》（俗よんで亀太といふ）○晋象《しんざう》○豊川《ほうせん》[一〇]○英賀《えいが》[一一]○古石《こせき》○竹鳴《ちくめい》○井李《せいり》○漁交《ぎよかう》○吉伝《きつでん》○松暁《しやうきやう》[一二]（盲人）これらを両国連と云《いひ》ておの〳〵きこえ高《たか》し○桜川[一三]慈悲成《じひなり》の茶番は。趣向に拘《かゝ》はらず。始終《しじう》はなやかにて品《ひん》よく。をかしきことに妙を得たり。すべて賑《にぎやか》なる茶番世に数多《あまた》あれども。此右《みぎ》に出《いづ》る者《もの》なし（をかしみに下《しも》がゝりをまぜず下卑《げび》を去《さ》りて真《しん》のをかしみをつくす彼《かの》こそぐりて笑《わら》はするたぐひのものにあらず）○柳亭種彦《りうていたねひこ》は。趣向綿密《しゆかうめんみつ》にて気《き》どりよく。景物種《しゆ》〴〵にはたらき。よく当世の気《き》をとる○むかしより小田原町に名ある人夥《おびたゝ》し。其外日本橋連を始として。蔵前連　吉原連。本所連。深川連。浅草連。下谷連。神田連。芝連。山の手連にいたるまで。広《ひろ》き大江戸にあらゆる好人《すきびと》。其数限《そのかずかぎ》りもなき事なれば。枚挙《まいきよ》するに遑《いとま》あらず。予《おのれ》が見聞《みき》く人のみを記《しる》して。餘《よ》はこゝに省《はぶ》く

第六　引摺茶番《ひきずりちやばん》并ニ袂茶番《たもとちやばん》の事

引摺《ひきずり》茶番と号《なづけ》たる一種《いつしゆ》の茶番《ちやばん》あり。まづ其仕法《しほふ》をいはば。親《した》しき連中五六輩同志《はいどうし》にて。今より押《おし》かけ茶番を催《もよほ》さんとて。友《とも》だちの家《いへ》へ押《おし》かくるなり。これは其家《いへ》〳〵の勝手《かつて》を常《つね》に覚《おぼえ》をりて。誰某《たれそれ》の許《もと》にはかやう〳〵の道具《だうぐ》あり。彼《かれ》を何に見立て亭主《ていしゆ》を祝《いは》ひ。是《これ》を何に見立て妻女《さいぢよ》を祝ふべし。と道《みち》すがら工夫《くふう》して足《た》らざる品をば別《べつ》に調《とゝの》へ行《ゆき》。扨友だち

一〇 洒落本「登美賀遠佳」その他黄表紙の作者豊川里舟か。
一一「琴道舎英賀翁 豊島街三丁目ヨコ丁、伊勢屋伊兵衛裏ニ而柳堤ヘ小店を出ス。丸屋正兵衛と云。後住を三丁目の裏ヘ転ズ。狂歌をたしなみ、又茶番と戯れに名高し」（街談文々集要頭書）。
一二 英賀の「茶番の正本」に「近江八景之内題石山の秋月松暁ヘ送る」があり「私も御名代、ことに盲人の事に御ざりますれば源氏の巻のすまも明石も見えませず…」と言わす。
一三 →二編第十一（四一六頁注一）。

の家へ入りて工夫のごとくに夫婦を見立。めでたし〳〵と手を打。すぐに茶も飲《の》まで立出るなり。それより何某《なにがし》が家へゆくべしとて。又以前のごとく其家にあるものにて夫婦を見立。形《かた》のごとく手を打て立出る。斯興《かくきよう》じて家〳〵を廻《まは》りあるけど。他人《たにん》の家へはゆかず。常《つね》に親《した》しき連中のみなり。是を引摺茶番と号《なづけ》たるは。年《とし》の暮《くれ》なる[一]引摺餅《もち》より出しことなるべし。通名《とほりな》は押《おし》かけ茶番といふ 歳暮もちつく者。伊勢屋をつきをはりて尾張屋へ来り。順番に餅をつきありく。これを世俗に引摺餅といへり ○口上茶番の時。細《こまか》なる景物を懐袂《ふところたもと》。あるひは脊《せなか》などにたくはへ持て。口上に従《したが》ひ取出す。これを袂《たもと》茶番といふは僻事《ひがこと》なり。茶番は袂《たもと》に入べきものにあらず。袂景物《たもとけいぶつ》と唱《となへ》て可《か》なり。○[二]ことし十月廿四日引ずり茶番ありし中《うち》。ひとつふたつをこゝにいはん。

[三]薬研堀《やげんぼり》の竹明《ちくめい》が家《いへ》は。帳場《ちやうば》に[四]押廻《おしまは》し格子《かうし》あり。其傍《かたはら》に二階《にかい》の上り口ありて段階子《だんはしご》引添《そ》ひあり。しかも当日《そのひ》は[五]廿四日の事なれば愛宕《あたご》権現の縁日《えんにち》なり。彼《かの》段階子を愛宕の[六]男坂《をとこざか》に見たて かねてたくはへもてるつなを出し竹明が家にある所の火ばしあまたを彼つなの所〳〵へはさみて二かいの手すりにつなのはしをゆひつけ下の帳場の格子へ引ッぱりて結付るさて火ばしを段〻の所〻へ立るゆゑ男坂にある所の鉄《てつ》のちからづなと見ゆるなり 扨帳場の格子の中へ踏臺《ふみだい》を携《たづさへ》出。此上へ亭主《ていしゆ》竹明に足駄《あしだ》をはかせて腰《こし》をかけさす かねてたくはへもてるねづみ木綿のきれを[七]行者頭巾のかたちにしてかしらへかぶらするなり さて杖《つゑ》のさきへ[八]土瓶敷《どびんしき》を 輪《わ》にこしらへたるを二ツ三ツ 結付て錫杖《しやくじやう》と見立。[九]連頭《れんとう》罷出 ＼扨今日は廿四日すなはちあたご山に見立ましてムル。男坂の麓《ふもと》に瑞籬《たまがき》

一「引すり餅搗 江戸の町家にて春の餅を歳末に家毎に賃をとりて搗あるくをいふ大かた十二月十五日頃より三十日に至りて暁より夜中までに毎日かく搗ありく也」(俚言集覧)。
二 文政三年か。
三 両国橋西詰の南西にある堀の埋立地。
四 商家の帳場の部分を仕切って囲む、腰程の高さの格子。
五「月ごとの廿四日は縁日と称して参詣多く、とりわき六月廿四日は千日参と号けて、貴賤の群参稲麻の如し」(江戸名所図会・一・愛宕権現条)。
六 江戸の愛宕山の正面から登る急峻な石段。左右の中央に鎖綱が設置されている。「石級二道、峻者曰男坂、迂者曰女坂、並自東上、男則半身以上、下レ錨(クサリ)援レ攀、峻直可レ知」(江戸繁昌記・三・愛宕)。
七 役行者のかぶる頭巾。綴(しころ)が大きくつき肩の背にかかる。
八 麦藁などで輪・二重の輪などに編んで作られる。
九 一同。

のございますは　帳場の格子を玉垣に見立たるなり　[一〇]役行者《えんのぎやうじや》でござり舛ゆゑ。わざとお見立申ました。別《べつし》て今日は御縁日《ごえんにち》と申。お商《あきな》ひ御繁昌《ごはんじやう》。祝《いは》ふてひとつしめませう。よい〳〵〳〵　ト一同に手をうち立出る

いざやこれより橘悟楼《きちごろう》が許《もと》に押《おし》ゆかんとて進《すゝ》みゆく。彼家《かのいへ》は骨董舗《こだうぐや》にて店《みせ》には陶器《やきもの》にて製《つくり》たる鯛《たひ》あり。又[一一]茶《ちや》こしのたぐひさま〴〵あり。店《みせ》の貨《しろ》物《もの》にて工夫《くふう》すべしと。まづ橘悟楼が家に入り○〽連中打揃《そろ》ひ引ずり茶番に押かけました。まづ御夫婦《ごふうふ》ともにお袴《はかま》をめされ候へと。夫婦に袴を着《つ》けて。土蔵《どざう》の中に並座《ならびざ》せしむ。　扨見世にあり合せたる品を見立て亭主にはえぼしのかたちにしてかぶらせ妻女には頭巾のかたちにしてかぶらせ。[一二]米あげざるの箕《み》のやうにつくりたる物に。[一三]三ツ柏《かしは》の紋《もん》を張付け。これを主のむねより腹《はら》へあてさせ。彼せとものゝ鯛を小わきにかゝえさせ。見せにある[一四]孔《く》雀《じやく》のはねをそらせてつりざほにもたせ。扨妻女には茶こし二ツを合せて。打出の小槌にしてもたせ。[一五]むきみざるの[一六]たまのごとく造りたる物を肩《かた》へあてゝ。左りの手にもたす。

○連頭《れんとう》罷出〽当月はゑびすを祭《まつ》る月でムレバ[一七]廿日に参らうとは存じましたれど。今日まで祝《いは》ひのばしました。いつもにこ〳〵と御夫婦御むつましく。福《ふく》の神《かみ》もさぞお悦び商《あきなひ》繁昌《はんじやう》いく万〳〵年おめでたう。金《かね》蔵《ぐら》のまん〳〵中《なか》へ[一八]祝込《いはひこめ》ました〽大勢めでたくしめ舛う。

一〇 江戸名所図会・一によると、男坂の登り口傍に役行者が祀られている。
一一 把手のついた小笊。茶を淹れるのに茶葉を入れる。水茶屋で用いた。
一二 洗った米の水を切るのに用いるざる。「米挈(ケア)篕(キイカ)密而深可以洗米盛飯」(和漢三才図会・三十一)。
一三 三枚の柏葉を画いた紋。夷三郎の紋とされる。「反古籠」に、四の宮源八郎という役者の紋に由来することを述べ、「画草紙の夷の紋に皆柏を画く故、今世に至りて世俗夷の定紋と心得、夷講などの三宝も、瓶子も、残らず三ツ柏を付く」と。
一四 孔雀の尾という。唐人趣味で筆立にさして置く。
一五 貝のむき身の水切り用に柄のついたざる。
一六 たまあみ。
一七 十月二十日に夷講を行なう。
一八 その中に安置して祀る。

よい〳〵。よい〳〵〳〵。祝ふて三度よい〳〵〳〵。以下《いか》斯《かく》のごとし。押かけ茶番といふ物両国連にはじまると聞《きけ》り。

第七 茶番狂言の仕方《しかた》幷ニ景物に心得《こゝろえ》あるべき事

此技《わざ》にたづさはる人〴〵はかねてしれたることなれども。しらざる人に其仕方《しかた》をいはん。まづ茶番を催《もよほ》さんとするには。兼題《けんだい》を出すべし。世にありふれし題《だい》は ○山尽○川尽○松つくし○橋つくし○鳥つくし○けだもの尽○名所尽○職人尽○商人つくし○名物つくし○町つくし○遊里つくし○浄るりつくし○狂言尽○忠臣蔵役わり○曾我狂言役わり○両国橋名物つくし 是等《これら》の題森羅《だいしんら》万象限《かぎ》りもあらず たとへば松つくしと定めたるに五本松[一]。唐崎の松。首尾の松[二]。なにはの松[三]。高砂の松。などゝ題数あまたを出すなり。此松つくしも江戸に限りて定るときは。三鈷松[四]。笠松[五]。お詞の松[六]。妙見の松[七]。などゝ江戸に名高き松にて題を定め。諸国の松をば加へず。又両国橋名物尽とあるには○いくよ餅[八]○いがらしの油[九]○南京あやつり[一〇]○かるわざ○楊弓場○かみゆひ床○あわ雪[一一]○水茶や○玉屋花火[一二]のたぐひすべてその所に名ある品をひろひて題に出す 以下おしてしるべし 人数の多少によりて。或は十番或は三十番と題を定め。一人一題を出して鬮取にてこれを頒《あが》つ ○いくよ餅は英賀○花火は晋象○あわ雪は亀太とおの〳〵くじどりにて題をくばりわくるなり 扨此題を鬮のまゝ連中各《おの》〳〵家へ配当《はいたう》す

鬮如図《くじづのごとし》

図のごとく三十番の番組ならば。題三十品書しるして紙撚《かうより》にし。又連中の名三十記した

一 「五本松 小名木川通り大島にあり。九鬼家の構の中より道路を越て水面を覆ふ所の古松をいふ」(江戸名所図会・七)。
二 浅草御蔵の後にあった名松。「首尾の松 椎木の向、御蔵の川ばたの松、川面へさし出たる松也」(江戸砂子・六)。
三 難波江の松。住吉にあった名松で、江戸城吹上御庭に植込んだ松に名所の松名をつけたものの一にもこの松名がある。
四 「三顧松 二本榎高野寺」(卯花園漫録・三)。
五 青山龍岩寺庭内にある。円座松ともいう。
六 「御言葉の松 内藤宿内藤大和守殿御下屋舗の内にあり。古へ御鷹野の砌御褒美の御言葉有し名木のよし」(江戸惣鹿子名所大全・五上)。
七 「妙見松 本所柳嶋法性寺にあり松の下に妙見の小祠あり無双の松也」(同)。
八 小松屋製の円い餡餅。
九 伽羅油店。
一〇 人形に糸をつけ、上からその糸を引いて動作をさせる。
一一 あんかけ豆腐。両国橋東詰の日野屋が有名。
一二 花火問屋。

る紙撚とを合せて。中にて結《むす》びあはすれば。題あわ雪。当役《やく》亀太と定まるなりこのくじ札を此儘にてくばり渡すさて〳〵来ル某日《それのひ》当日を定む甲子[一三]待ニ付或はゑびすから或はいはひ事有之ニ付茶番相催申候。則兼題鬮にて相定差上申候。勿論番数多く候間昼八ッ時より或は夕七ッ時暮六ッ時御来駕奉待入候。と手紙に添《そへ》て鬮《くじ》を贈《おく》るなり。連中おの〳〵兼題《けんだい》を得《え》て。おもひ〳〵に趣向《しゆかう》整《とゝの》ひ。景物求《もと》めて得ざる品は四五日も以前に製《つくら》せ。一より十まで落《おち》なきやうに調置《とゝのへおき》当日を待《まち》て携《たづさへ》ゆくなり景物ははやく買そろへおくべし。かの品はいづかたにもあるものなれば彼処《かしこ》へ往《ゆき》がけに求むべしなどゝ捨おくべからず。いづくにもある品思ひの外売《うり》きれてなき事あるか。或は時候《じこう》違《ちが》ひにて夏はあれど冬はこしらへずなどいふことありて。うろたへさわぐものまゝあり○ある時義経《よしつね》の役《やく》にあたりし人。やさ男の面《めん》をかぶりてする筈《はず》なりしが。其面売きれて手に入らず。近辺《きんぺん》の人形屋数軒《すけん》をはしりめぐれど更《さら》になし。番組にはおくれ刻限《こくげん》はおそくなり。心せけども趣向《しゆかう》は改がたし。さればとて外道《げどう》[一四]の面。大黒鬼女《きぢよ》の面にては間《ま》に合《あひ》がたく。是非《ぜひ》なくゑびすの面をもとめて。やさ男の代《かは》りに用ひたりしが。言訳《いひわけ》いへば狂言だれるゆゑ。だんまりにてする所。義経の名代ゑびすにてはうけとりがたく。さん〴〵にはたいたり。又一人は鹿子《かのこ》[一五]餅を景物につかふ筈《はず》なりしが。其場《そのば》にのぞみて間に合ず。五町十町人橋をかけてさわげども。今いひて今の間に合がたく。昼《ひる》ならば誂《あつらへ》の序《ついで》もあれど。温気《うんき》の節夜《せつや》分《ぶん》まではかこはれませぬと。家毎に悔《くやみ》をいはれて到頭手《たうとうて》

一三 甲子の日の夜に大黒天を祭って、近隣の者、或は講中が参集会食して夜を更かす。

一四 一般にざんばら髪に眼をいからせ、鼻がふくれ、口を横に広げた恐ろしい顔をしている。また、一本の角を生やし、口を結んでにらむ面にも作る(北斎漫画・二編)。

一五 人形町嵐音八の店で売り始められた餅菓子。丸餅に小豆の粒餡を鹿の子斑につけたもの。

にいらず。夏の夜のことなればまんぢう[一]いまさかの名代さへ出来合《あは》ずして。ぜひなく切もちを調《とゝのへ》来り〱これはかのこもちを上ます筈《はず》でござれど。間に合ませぬゆゑ切もちを差上ます。これを則かのこもちと御覧《ごらう》じて下さりませ。といふだけが大のむだにて。さつはりと落が来《こ》ず。見た所がはまらず。趣向を題《だい》なしにしたり。前《さき》にもいへりし好屋《すきやの》翁《おきな》。亀太。晋象《しんぞう》などは。名人《めいじん》といはるゝはずにて。景物にはこと〴〵く骨《ほね》折ことなり。然《さ》る中に晋象は。ちよと借《かり》ものにてすむ物をもわざ〳〵携《たづさへ》ゆくなり。たとへば狂言の中に茶をくみて来ることあり。此時に茶臺《ちやだい》[二]入用なり。又餝付《かざりつけ》をする為《ため》には釘錐鉄槌鋏《くぎきりかなづちはさみ》小刀《こがたな》のたぐひまで用意《ようい》して所持する也。これらはいづれの家にもあるものなれば。会亭《くわいてい》にて借用《かりもち》ふべきなれども。家内混雑《かないこんざつ》の中《なか》なれば。鉄槌《かなづち》よ錐《きり》よ茶臺《ちやだい》よといへども。置失《おきうしな》ひて急《きう》にしれず。今幕《まく》を明《あく》るさきに。掛行燈《かけあんどう》を此壁《かべ》へかけねばならぬ。其紐《ひも》の端《はし》をもはさみきれ。まだ挟刀《はさみ》は来《こ》ぬかなどゝ狼唄《うろたゆる》こと多し。晋象においてはかゝる狼唄《らうばい》なく自若《じじやく》として用《よう》を便《べん》ず。まことに遠慮《えんりよ》ある人といふべし。さて又景物を案《あん》ずるに。高直《かうぢき》の品にてヤンヤといはぬ物あり。至《いた》て下直《げぢき》の品にてあたりを取《と》るあり。重《おも》き物を軽《かろ》くつかはんとし。軽《かろ》き物を重《おも》くつかはんとして思入違《おもいれちが》ひ。大きに間《ま》のぬくることあり。ある人春駒《はるごま》[三]の茶番を勤《つとめ》ける時。みづからは袴《はかま》にて坐《ざ》し。景物を我《わ》が後《うしろ》にさし置。さて楽屋《がくや》にて富本の春駒《はるごま》を語《かた》らせ。その豊後節《ぶんごぶし》[四]の文句《もんく》に合《あは》せて景物を出せり。殊の外興《きよう》ありしが。三味線《さみせん》の

一　今坂餅。糯で作った楕円形の餅に餡を入れたもの。紅白があった。

二　茶湯を奉進するために用いる台附きの茶托。

三　富本節浄瑠璃「睦月恋手取」の通称。

四　富本も豊後節といわれる。

音《ね》に合《あは》せて 地口＼ヒチリン。トン。シャン。といひながら後《うしろ》に在《ある》ひちりんをちよいと取出《とりだ》す筈《はず》なれど。此ひちりん重《おも》くて持上《もちあが》らず地口落《ちぐちおち》にて ＼ヒチリンといひながらひちりんを漸ゝ《やう〳〵》持上《もちあ》げ 座して取上られぬゆゑ立上りてヤツとかけ声にひたひに筋をあらはし顔をあかくしてやう〳〵に引さげ出たり 息《いき》をスウ〳〵しながら ＼トンシヤンと云て並《なら》べたり。是等《これら》はヒチリントンシヤンと手軽《てがる》く出してさし置工夫《くふう》なりしが重《おも》くて心外《しんぐわい》の拍子《ひやうし》ぬけとなりぬ。剣法《けんほふ》は精《くは》しからずも場数《ばかず》の功者《かうしや》は戦場《せんじやう》に馴《なれ》て手柄多《てがらおほ》く。兵法練磨《へいほふれんま》するとも其場《そのば》を踏《ふま》ざるものは。畑水練《はたけすいれん》にて益《えき》なきがごとく。茶番も宿所《しゆくしよ》に安座《あんざ》して考《かんがへ》たることと。会席《くわいせき》に出たる時とは悉《こと〴〵》く相違《さうい》して。思はざるはたき[五]もあるなり

第八 番組《ばんぐみ》の書法《かきやう》幷ニ番外《ばんぐわい》茶番の事 附り 飛入《とびいり》心得の事

茶番当日連中打そろひたる上にて。一二の順番《じゆんばん》を鬮《くじ》取にて定め。図《づ》のごとく番組をしるして壁面《かべ》に張出《はりいだ》す 見物人のよみやすきやうに書べき事なり 但《たゞ》し題《だい》によりて。寄魚《うをによする》器《き》[六]財《ざい》〇寄獣《けものによする》支《し》躰《たい》などいへる解《げ》しがたき物は悉《こと〴〵》くかな付にかくべし。器財《きざい》＼うつはもの 支体《したい》＼からだ 左傍《ひだり》に訳《やく》せば。見物人にさとりやすくてよし

兼題連中の外に飛入《とびいり》ある時は。図のごとく奥《おく》にしるして番外《ばんぐわい》とするなり。順番はおそくてわろしとおもはば。連中へ相対《あひたい》[七]にていづれの間《あひだ》なりともはさみて勤《つと》む。此とび入りは

五 しくじり。

六 「器財」「支躰」は節用集の分類門の一。

七 商議して合意に達すること。

茶番
狂言

当日席上番組如図これを「はり出し」とも「びら」ともいふ多少准之

茶番狂言
　番組
　兼題
　　五節句
一番　正月　亀太
二番　三月　晋象
三番　五月　英賀
四番　七月　竹鳴
五番　九月　豊川
　番外
　　初午祭　古石
千秋万歳大〻叶

題に心得あるべし。たとへば五節句の兼題に「盆《ぼん》と正月」などいへる趣向は出すべからず。斯《かく》ありては正月七月の兼題に障《さは》りて連衆《れんしゆう》へ不敬《ふけい》なり。又は「十二ヶ月」など出すもわろし。兼題当役へ障らざるやうに「間の月六ヶ月」とか或《あるひ》は「初午[一]天王祭〇月見」など間の月を拾《ひろ》ふべきことなり。又忠臣蔵役割づくしの飛入に。〇「七役一人」或は「十一段つゞき一人」と出せるたぐひはなはだ失礼《しつれい》なり。是いかにとなれば。必ず同案《どうあん》ありて双方《さうはう》ともに[二]組で落《おつ》るゆゑ。しかとあたりめなしさらば労《らう》して功《かう》なしとやいはむ。第一に失礼《しつれい》なり

第九　一景物二趣向《いちけいぶつにしゆかう》の事并ニ見立景物の心得

音曲《おんぎよく》に[三]一声二節《いちこゑにふし》といふがごとく。茶番も一に景物二に趣向《しゆかう》なり。いかほど面白き趣向なりとも。景物麁末《そまつ》にては見劣《みおとり》せらるゝもの也。此技《わざ》になま功者《かうしや》なる人はやくも天狗《てんぐ》となりて。景物は何《なん》でもよし。おれがのは趣向で落をとるなどゝ。軽少《けいせう》なる品を出すははなはだ失礼《しつれい》なり。功拙《かうせつ》をいはず相応《さうおう》をはからふべし。既《すで》にむかし悪口尽《わるくちづく》しの茶番にて〇安本丹《あんぽんたん》の親玉《おやだま》といふ題《だい》に中《あた》れり。此人もとより不弁舌不功者《ふべんぜつふかうしや》にて。趣向も成《な》らず。演舌《えんぜつ》も

一 神田社の境内にある牛頭天王社の祭。天王社は三社あり、それぞれ、大伝馬町、南伝馬町、小舟町を氏子とし、神輿をその町へ巡幸せしめて祭る。祭日は、大伝馬町は六月五日より七日、南伝馬町は七日より十四日、小舟町は十日より十三日までであった。

二 相打ちの態。組んで双方とも馬上より落ちる。

三 音曲について俗に言う。「一こゑ二ふしと肝心のふしを次になし声さへよく無理邪(むりよこしま)を語りても、しらぬ人のよいや〳〵ぞ気の毒なる」(音曲初心伝・小序)。

むづかしければ。大きなる葛籠《つゞら》を持出へ扨私は安本丹の親玉といふ題を取《とり》ましたが。何も案《あんじ》が厶り升ぬから。只《たゞ》景物計《ばかり》を差上升ス。と云て葛籠《つゞら》の中より真鍮《しんちう》の鑵子《やくわん》三十ばかり出しければ。おの〳〵仰天《ぎやうてん》してとよみあへり。安本丹[一]の親玉に何の縁《えん》ありて真鍮鑵子《しんちうやくわん》[二]を出しけるや。其訣《そのわけ》はしらざれども美《び》ゝしきに心をうばはれ。誰《たれ》ありて難《なん》ずる人なし。翌日《よくじつ》打よりて評議《ひやうぎ》するに。景物を気張《きばつ》た所が安本丹の親玉だらうか。これも此方からよく判《はん》じて遣《や》るのみ。当人は何の気もなきことなるよし。これすなはち一チ景物の証拠《しやうこ》あきらけし。偖《さて》又景物は其まゝに差置キ。茶番をはりて後鬮《のちくじ》にて配分《はいぶん》するもあり。一番毎《いちばんごと》に当人より鬮《くじ》を出し配分するもあり。或は坐中《ざちう》へ撒《まき》ちらす景物もあり。此まきちらす事は品によりて用捨《ようしや》あり。譬《たとへ》ば軽《かろ》きものは撒《まか》んとしておのれが身にまとひ。見物人の方へは飛《と》ばず。又品によりては奪合《うばひあひ》て微塵《みぢん》にすることあり。或は琉球芋《りうきういも》ふかしいも又は八里半といふなどを。をかしみにころばし出すたぐひははなはだわるし。これを得て人〳〵食《しよく》するものなれば。

穢《けが》れぬやうに心得べきこと也○又一種《いつしゆ》に見立景物といふものあり。ある人菊慈童《きくじどう》[三]の景物に糸切姑慈《いときりくわひ》如此花びらの形に切たるものを。菊の花に見立。つまみ肴《さかな》一式《しき》にて枝葉《えだは》をこしらへ硯蓋《すゞりぶた》にのせて出したる所。奇麗《きれい》には見ゆれど。取は

一 大馬鹿野郎。(宝暦年中の記事に)「あんぽん丹の親玉といふ詞はやる」(我衣・一)。
二 提げ弦のついた茶釜。
三 能の曲名。菊水の伝説を用いる。菊慈童は菊の精。

なして配分《はいぶん》すれば食《く》ふ者《もの》一人もなく。皆廃物《すたれもの》となれり。又ある人青物《あをもの》一式にて[四]胴人形《どうにんぎやう》を拵たり。これも取はなせば大根《だいこん》は手足冬瓜《とうぐわ》は首。胡蘿蔔《にんじん》青菜《な》。牛房《ごばう》のたぐひ。五《ご》臓六腑《ざうろくぶ》にて。見るさへ穢《けがら》はしければ。誰《たれ》ありて持帰る人なく。皆会亭《くわいてい》へ捨置《すておき》ぬ。おなじ見立景物なれど。[五]覇王樹《さぼてん》の鉢植を出して。[六]河津《かはづ》股野《またの》の角力に見立たるは。奇麗にてよくかなひたり

第十　景物工夫《くふう》の事

むかしの茶番に。謡曲尽老松《うたひづくしおいまつ》の景物あり。ちよと口上をのべをはり。則老松のかたちを御覧《らん》に入ますトいふを合図《きつかけ》にて。障子《しやうじ》の内《うち》に松木《まつのき》の鉢植《はちうへ》を置たり。後《うしろ》に燭臺《しよくだい》ありて図《づ》の如《ごと》く老松のかたち。ちひさくうつるなり〳〵さて[七]謡《うたひ》の文句《もんく》にしたがひまして此松たちまち大木《たいぼく》となります る。トいふをきつかけに燭臺《しよくだい》を漸ゝ《ぜん》〳〵に遠《とほ》ざくれば。松《まつ》の影《かげし》次第《だい》に大きくなるなり。[八]これらは奇麗にて景色《けいしよく》とゝ

四 人体の模型で、特に胴部を開き、五臓六腑の様を造って見せるもの。薬舗の店頭に置かれた。
五 万年青の鉢植などと共に流行した。
六 曾我物語・一に、河津三郎祐重と俣野五郎景久の相撲の事が見える。

七「帝雨を凌んと小松の蔭に寄り給ふ、この松にはかに大木となり、枝を垂れ葉を並べ」(謡曲「老松」)。
八 この茶番のアイデアは、狩野探幽が江戸城松の間の老松を描いた時の故事より借用した。

のひよく人気《じんき》を取《とり》たる趣向といふべし▲すべて景物は縁《えん》のはなれぬ物を工夫ありてよし。たとへば化粧道具《けしやうだうぐ》一式〇くしからがひもとゆひあぶら類もとゆひ三〇けすぢたて一〇水あぶら二のとくり〇はさみ〇かみそり〇おしろい〇べに〇まげゆはひ此たぐひ猶あまたありこれを櫛箱《くしばこ》四に入れて持出。見立たる縁語《えんご》に合せて引出しより取出す也。或は臺所道具一式〇小ぎれ類一式〇雨道具一式此たぐひむかしより仕来りしことにて今はふるめかしけれど。これにすがりて新工夫《くふう》さま〲あるべし。木に竹をつぎたるごとくはなれたるとりあはせは。ヤンヤとはえざるもの也。又景物品数《しなかす》おほくて順を覚がたきことあり。其時は帳に書とめ一二の次第をたゞして。帳面を後見《こうけん》に渡おくべし。当人口上をいふ内。うしろに後見ありて。順よく景物を取出し。当人の座したる右の腰《こし》もとに置く也。これを請取て次第に出す時は。口上つまづく事なし。猶くはしくは後篇にゆづりていはず

第十一　かつぎ茶番の事

かつぎ茶番とは。連中をだますをいふいつはりたぶらかすことを方言にかつぐといふ　たとへば忠臣蔵九段目山科《やましな》の段に。種〲の景物を積かさね〽ドリヤ景物を配《くば》りませうかト立上る。きつかけに尺八を吹上る。此とたんに楽屋にて〽御無用五といふなり〽御無用とゞめたは此積上た景物か。但し虚無僧《こむそう》の手の内か〽イヤつみ上た景物御無用〽ウツト思入してへたりと坐し　只今御聴《きゝ》

一 頭髪の筋目を分つフォーク型の小櫛。「長サ大概七八寸形大同小異アリ黄楊製也」(守貞漫稿・十二)。
二 水油、化粧水は徳利を持参して買ったものの如く、「江戸名物狂詩選」に三馬江戸水につき「徳利往来店不遑」とあるのはその例だが、守貞漫稿・十には「硝子ノ小陶ニ入テ売之」とあるように、ビイドロの容器入りでも売られた。「春色梅美婦禰・十五回」や「春色湊の花・十七回」などに用例が見える。
三 女性が髻に巻き結ぶ緋縮緬の裂。
四 小簞司程の箱で二、三段の引出しがあり、この箱の上に鏡を立てる。引出しには化粧用具を入れる外、施錠できるものもあり金や書類が入れられる。
五 「南無阿弥陀仏と唱る中より御無用と、声かけられて」(仮名手本忠臣蔵・九)。

の通り御無用と申外ス故。此景物は差上ませぬと夥《おびたゝ》しき品数を楽屋へかつぎこみ。引返して麁末《そまつ》なる景物を配るなり。或は紺屋《こんや》といへる題に。（六）紺掻《こんかき》のうがち又は染物のことなど。狂言にもし。口上にものべをはり〳〵扨景物は明後日《あさって》出来上りますゆゑ。今晩《こんばん》は差上ませぬなどいふたぐひ。数多《あまた》あるべし。これらは興《きやう》さめてこのもしからず。すでに天明年中朋誠堂喜三二《ほうせいだうきさんじ》狂歌の名を手柄岡持と号く俳名月成（七）世人しる所の戯作者也（八）四十八鷹会合《たかくわいがふ》の大茶番ありし時茶番といふ難題《なんだい》を得《え》たり。されども名におふ喜三二なれば。さぞ面白き趣向あらんと連中難嘲《かたづ》を呑《のん》で見物す。其時喜三二僕《しもべ》の打扮《いでたち》にて葛籠《つゞら》を脊負出来り。跌《つまづ》くはづみにつゞらをなげ出し。其身もどうと倒《たふ》れしが。やう〳〵に起上りて。躰《からだ》の痛《いた》むおもひれ。捨《すて》ぜりふ少しありていはく〳〵さて皆様へ申わけも厶りませぬ。私は茶番と申題を得まして。則景物を葛籠《つゞら》へ入れて参りましたが。只今の怪我《けが》で景物をそこねは致さぬか。まづ改めて見ませう。トつゞらのふたをひらき。（九）一斤入の茶袋を取出し俗に百茶といふ下直なる一斤袋也〳〵これはしたり御覧《ごらう》じませ。茶番が逆《さか》さまにひつくり返つて。番茶となりましてござります。ト景物番茶一斤づゝ配る。これ則かつぎ茶番なり。猶かつぎ茶番むかしよりあまたあり二編にくはしく説《とく》べし

六「何色をも染出す職人を昔は紺掻、今も紺屋といへり」（反古染）。紺屋はすくもを入れた藍瓶に灰汁を混じ掻きまぜることを要するので紺掻きという。

七「月なりといふは喜三二」（通言神代巻）。

八「諸役人揃ひたるを四十八鷹そろひてなど云。鷹の類四十八種ありと云」（俚言集覧）。茶番師の歴々が多勢打揃っての大会。

九 現今のものと同じく縦長の袋であることが、「乳といへば百茶の一斤袋程なやつがしなびきつてぶらりと下る」（人間萬事虚誕計・後）、「百茶袋の末長く御評判あれかしと」（茶番入船帳）等から分る。

第十二 茶番楽屋《がくや》方言《はうげん》の事

○側半畳《かははんちやう》[一] 一名側とがめともいふ。これは狂言する当人にむかひて。趣向を難《なん》じ景物に批点《ひてん》をうつ事也。物を難ずることを世俗半畳を打込《ぶちこ》むといふ。元は芝居見物より出たる詞なり。むかし追込芝居の頃は[二]一人毎に半畳を敷て見物せり。もし狂言に見にくきことあれば。わるくちをいひて一人半畳を取り舞臺へなげ入るれば。手に／＼半畳をなげこみし事となん。其詞今に伝はりてかくはいふなり。茶番の側半畳は。兼て連衆にいひ合せ置。つくりまうけたることにて。趣向のひとつなり ○だれる あまり長口上か又は趣向利屈過てさみしくなり見物あきはつるをいふ ○とちる うろたへてせりふをわすれ狂言を仕損ずるなどを云 ○すかまた[三] 合図ちがひて拍子のぬけたる事 ○ちやち 景物の麁末なる事 ○ばれ いやしき詞づかひ下がゝりのはなし。はりこの松だけなどを景物に出す類也 ○きつかけ 合図の事 其他猶あまたあり。すべて歌舞妓芝居の方言《はうげん》に倣《なら》ひて大同小異《だいどうせうい》あり。一／＼にかぞへつくしがたし。東西／＼。長こと御たいくつにも厶り舛れば。

これより茶ばん狂言のはじまりさやう

チヨン／＼／＼／＼

一 本文にあるように、かねて打合せて野次を入れること。
二 桟敷のきまりがなく、入込みの時代。
三 「すかまたとは、間違ふた事」(伝奇作書後・上・中古江戸三座通詞の事)。

古 宝暦年中の茶番

題　五節句の一
　　端《たん》午《ご》

作者不知

本舞臺正面鳥居玉垣の道具建此まへに毛氈をかけたる床几一脚[四]なほし有[五]大前髪の角力取二人ぬれがみ長五郎はなれ駒長吉の拵にて立ならび居るすべて[六]鎌倉八幡社内の体[七]宮神楽にて　幕明

●〽はなれ駒の長吉まて▲〽なんだ。此長吉にまてと声《こゑ》をかけたは。西の[八]かたやの関取。ぬれ髪長五郎ではないか。待《まて》とはなんぞ用があるか●〽イヤべつの事でもないが。ちつと。智恵を借《かり》たいほどに。ちよつとそこへ腰《こし》をかけておくりやれ▲〽ちゑを借たいとは不《ふ》相応《さうおう》な貸物《かしもの》ながら。その訣《わけ》を聞うかドリヤ　ト床几にこしをかくる　長五郎もおなじく　●〽ナニ長吉もし。此度の角力はいつにない晴業《はれわざ》段〳〵と[九]取上てあすはたがひに[一〇]関と関。此ぬれ髪が神仏の御方便でひよつと勝まいものでもないぞや▲〽ホヽヲ。それは神ほとけまでもなく音《おと》に聞《きこ》えたぬれ髪。十《とを》が十《とを》ながら勝《かつ》でもあらうが。斯《かう》いふ長吉も万《まん》が一。団扇《うちは》を上《あげ》まい物でもない●〽さア。そこを思ふによつて智恵が借《かり》たいとは爰《こゝ》の事。そなたは誰《たれ》あらう相模国《さがみのくに》に名をふるふ。股野《またの》殿のお抱《かゝ》え。此長五郎は身不肖《みふせう》ながら。川津《かはづ》殿の抱《かゝえ》。此すまふ一番で頼朝公《よりともかう》の御大事《おんだいじ》。といふて取《と》らずにもおかれぬ▲〽なるほど其事は。おれも兼《かね》て覚期《かくご》は

四　設定。
五　元服すべき年齢に達しても前髪をまだ残してあること。「双蝶々曲輪日記」の濡髪長五郎、放駒長吉はともに大前髪のなりを特徴とする。
六　鎌倉八幡宮で談合する筋や股野・河津の抱えということは「双蝶々曲輪日記」にはない。長五郎・長吉の交渉は歌舞伎「双蝶々曲輪日記」角力場の場に擬した。相撲の割を前にして勝負の魚心水心の懸引は「関取千両幟」岩川内の段にヒントを得た。
七「宮神楽　笛太鼓テレツク〳〵　神前などの幕明神事の時用ゆ」(劇場新話・上)。
八　東と西それぞれの力士のひかえ所を「かたや」といった。
九　初日から千秋楽に向って次第に取り進んで。
一〇　角力序列の最上位の者。その次の者を脇という。

題
端午《たんご》

しながら。[一]扶《ふ》持《ち》を喰込《くらひこ》んだ此からだ勝負《しやうぶ》は運《うん》に●〽いや〳〵それはあぶない〳〵。若《もし》そなたが勝《かつ》たらば離馬《はなれうま》の平家方《へいけがた》。いよ〳〵ほこつて口《くち》の止所《とめど》があるまい▲〽いかさま。そなたが又勝《かち》たらば。[二]ぬれがみ破りに頼朝殿《よりともどの》の。御身の上が危《あやふ》い〳〵●〽そこぢやによつて。智恵がかりたいといふ事さ▲〽ム、して又勝負《しやうぶ》の付《つけ》やうは。どうしたものであらうなア●〽マアとつくりと工夫《くふう》してお見やれ▲〽ハテなんとしたものであらう●〽長吉▲〽長五郎●〽ハテ▲〽ハテ▲●二人〽なんとした物であらう。ト此見えよろしく幕すぐにチヨン〳〵引返し也

○五月節句の体河津股野が角力の[三]かぶと人形かざりあり此前に壱人うた〻ねしてゐると花道より重箱とやくわんをさげたる男出来り捨せりふ有て舞臺へ来り

〽申〳〵これはしたり。お客様は能うお夜《よつ》てぢや。申〳〵お目さまされ舛う トゆりおこされて

■扨は今のは夢《ゆめ》で有たか トあたりを見廻す 〽なんぞ夢を御《ご》らうじましたか■これは〳〵御亭主《ごていしゆ》でござるか。これにある兜人形《かぶとにんぎやう》。河津股野の角力《すまひ》の所。あまり能《よ》う餝《かざ》られたゆゑ。見とれながらつい。うと〳〵とねいりました〽イヤ申。さきほどおつしやりましたは。此五月五日には。都《みやこ》の方にては軒《のき》に菖蒲《しやうぶ》を葺《ふ》くとおつしやつたゆゑいろ〳〵と詮義《せんぎ》いたせど。此国にしやうぶといふものは厶り舛《ませ》ぬ□〽ナニしやうぶはないとあるか〽いかにもしやうぶはござりませぬ。ガ古《ふる》い人にうけ給はつたれば。其しやうぶのかはりには。是此重箱《ちうばこ》と此薬鑵《やくわん》の内を。お旅人《たびうと》に進《しん》ぜろと申たによつて。持参致しました。是はマア

一 多年扶持を頂いている。
二 一部分が破れるとずっと全部に破れ目が及ぶこと。
三 五月節句に飾る人形。甲冑を着けないものもかぶと人形と言った。

どうしたことで厶り升うな□ヽナニしやうぶがないによつて其重箱の内と薬鑵《やくわん》の中を代《かは》りとは。ハテなんで有うドレ〳〵まづ重《ぢう》の蓋《ふた》をひらいて見ませう ヽさあ〳〵□ふたをとり ハヽア重の内は豆熬《まめいり》[一]ヽ薬鑵《やくわん》の中は煮端《にばな》□ほんに能《よ》い端香《はなが》ぢやこれをしやうぶのかはりとはヽなんといふことでござり升う□ホンニそれよ。思ひあたつたことがござる。往昔《むかし》[二]実方《さねかた》の中将《ちうじやう》此陸奥《みちのく》へ下向の時。端午《たんご》の軒《のき》に菖蒲《あやめ》をふかんと仰られしに。しやうぶは此地《このち》にあらずとて。浅香《あさか》[三]の沼の花[四]がつみをふかれし例《ためし》。扨《さて》は此茶のはなが[五]ヽこの熬豆《いりまめ》を。摘《つん》で。則。はながつみ《端香摘》。と申すが茶番の景物で厶り升。チヨン〳〵幕

新 近年《きんねん》の茶番

〇題　むかしはなしの一

〇花咲祖父《はなさきぢゝ》

浜瀬　亀太作

本舞臺正面山幕[六]。こゝに浅黄頭巾[七]柿染の袖なし羽織。てつかう脚半。ぢんぢ端折。羽織の上より三[八]尺帯をしめ。花さきぢゝの拵にて。灰《はい》の入りしざるを持。立て居る。はなやかなる鳴物にて幕明

〇罷出たる者は。此あたりにかくれもない。花咲ぢゝと申す者でござる。先祖《せんぞ》より伝来《でんらい》の宝《たから》の灰《はい》をもつて。枯木《かれき》に花《はな》を咲《さか》せまする。さらばまづ。呼《よん》であるきませう。花さき

一 大豆を煎って砂糖をまぶした菓子。
二 「其所ノ荘官…故中将ノミタチノ御時、ケフハアヤメフク者ヲタヅネテフケト侍ケレバ、此国ニハシヤウブナキヨシヲ申侍ケリ。ソノ時サラバアサカノヌマノハナガツミトイフ物アラム。ソレヲフケト侍シヨリカクフキソメケルトイヒケル。中将ノミタチトハ、サネカタノ朝臣ナリ」(無名抄)。
三 岩代国安積郡にあったという沼。
四 歌語として用いられるが、今の植物の何に当るかは諸説がある。
五 煮ばなに立つ茶のかおり。
六 山景を描いて背景にする幕。
七 浅黄頭巾(木綿)と袖無羽織はういろう売、飴売などの風姿として組合せて用いられる。
八 一重廻りの帯。

ぢゝイ。枯木《かれき》に花をさかせませう。枯木に花を咲せませう。ト二三べん舞臺をまはるトかくやにて ＼枯木に花をさかせて見せい所望《しよまう》ぢや〳〵○ハヽアお歴〻《れき〳〵》の御所望《ごしよまう》とある。さらば一撒灰《ひとまきはい》を撒《まい》て。花をさかせてお目にかけう ト見物の方にむかひざるの中なる灰をつかみてぱらり〳〵とまく此時見物一同に造《つく》り花の小枝をつふりへさす此枝に鬮の札さげてあり

註 これは連衆の内に三四人せわ役あり 兼てつくり花をかんざしのやうに拵たるをあまたづさへ。見物の中こゝかしこに入りまじり居るなり 舞臺にて灰をまくをきつかけに。見物大勢のつふりへさゝするなり。これにて座しき花さかりとなり。金紙の鬮札は短冊のやうにひらめきてにぎやかいはんかたなし

○ぢゝ 此内捨せりふ有 ＼侍▲チトゆるさつしやれ〳〵 ト見物の中をおしわけて侍壱人大小羽織袴の拵同じく袴もゝ立[九]の若党壱人しもべ壱人付添出る此両人に[一〇]白木の長臺をもたせ以上三人見物の末座よりおしわけかきわけして本舞臺へ来り ▲侍＼ア、これ〳〵。それにをるは。聞つたへた花咲ぢゝとやら申す者《もの》な○ぢゝ びつくりするおもひれ ＼さやうでムり舛ル。私が則。花咲[一一]ぢゝイめでムり舛▲侍＼ヤこれは〳〵よい所で出会《であひ》申た。身どもなども幼少《ようせう》の頃より。昔咄《むかしばなし》に聞伝《きゝつたへ》ては罷をれど。跡かたもない作《つく》り事と存をつたが。只今の手の内。イヤハヤ感心《かんしん》いたいた。ナント郷《がう》助。枯木《かれき》に花のさかせ塩梅《あんばい》。われたちも感心《かんしん》いたすであらうな わかとう＼さやうでムり舛ス。何が。灰をつかみまして。ぱら〳〵〳〵と撒《まき》まするや否《いな》。あたり[一二]八間《はちけん》花ざかり。ナア可内《べくない》 やっこ＼さやう〳〵。お旦那《だんな》の仰の通りイヤモ玉消《たまげ》果《はて》たでごはります▲侍＼さうで有う〳〵○ぢゝ賤《いや》しい手業《わざ》にお褒《ほめ》のお詞《ことば》おはづかしう存舛る。▲侍＼いや〳〵それは卑下《ひげ》[一三]の辞《ことば》あのまづ満花《まんくわ》の体《てい》と中咲《さき》[一四]も残《のこ》

九 もも立を取って歩く。
一〇 左右に二脚、脚に手を通す孔のあるものがある。上に架した板には四方にふちがついている。その上に進上物を並べる。
一一 近世では、「花咲き爺」又は「花咲かせ爺」というのが普通。
一二 あたり近所の意。古くは「あたり七間」とも(さんせう太夫、寛文七年板)。
一三 謙遜。
一四 「永徳御百首 為遠卿 けふみずはかひなからましちりもせず咲ものこさぬ山桜かな」(題林愚抄)。この歌の訛形として「けふ見ずはくやしからまし桜花さきも残らずちりもはじめず」(跡涼吾妻訛言)の形が見える。

さず散《ちり》もはじめずとは此事で有うコリヤ〳〵その品それへ直《なほ》せ　二人〳〵ハッ　ト白木の臺に白銀壱枚づゝ紙につゝみあまたならべたるを二臺つくばひゐるぢゝが前へ差置　○ぢゝこれは　トびっくり　▲侍〳〵ホヽヲ驚《おどろ》くは尤。その二臺はそちへの賜物《たまもの》。子細《しさい》と申は別義《べつぎ》ならず。身《み》が主人《しゆじん》枯野《かれの》御遊覧《ごいうらん》の折柄《をりから》あれなる山にて今の手の内。御賞美《ごしやうび》あつて当座《たうざ》の御褒美《ごほうび》。有難《ありがた》う頂戴《ちやうだい》いたしてよからう○ぢゝこれは又勿体《もつたい》至極《しごく》もない。祖父《ちい》めが手業《てわざ》を御賞美《ごしやうび》あつて。夥《おひたゝ》しいお金《かね》を御ほうびに下さりますとは。あんまり冥加《みやうが》おそろしいやら。老木《おいき》に花と申さうやら。ハイ〳〵ありがたう存まする　ト臺をさゝげておしいたゞく。此時なり物。[一]らいじよを打上る。[二]しやうちう火もゆるト侍以下三人。すつくと立て狐の[三]はなづらをくはへ。ちよつと狐の身ぶりを見せて黒まくへ入ル　○ぢゝはこのていをしらず白木のだいをあちこち見まはし

イヤモウかやうな結構《けつかう》な品を婆《ばゝ》めに見せましたらば嘸《さぞ》ほた〳〵して悦《よろこ》び舛で厶り舛う。何時なりと又おつしやつて下さりませ。お殿様《とのさま》のお好《このみ》とあれば。つい咲《さか》せ舛でござります　ト心付　ヤア皆様は最《も》うお帰《かへ》りなさつたげな。おれとしたことが。それもしらずに独言《ひとりごと》ばつかりハヽヽヽ　ト黒まくの方を見おくり　定《さだ》めて其道筋《そのみちすぢ》をお出なさるで厶り舛う。ガ右の方《はう》な坂道《さかみち》を下《くだ》るト。つい平地《ひらち》になりますぞや。ヤレ〳〵うれしや〳〵　ト此所にて気をかへる也　イヤほんに。花さきぢゝイと為《なつ》たは。今まで茶番の趣向であつたが。御見物の中《うち》からお武家《ぶけ》さまがお出なされて。御ほうびの金に目がくれ。茶番をとんと忘《わす》れてしまつた。ヲヽホンニ幸《さいは》ひ〳〵。

一「雷声　…楽たいこに早めの小鞁を入、どろ〳〵也」(増補戯場一覧・冬)、「此鳴物誠ニ狐にても出候よふすの鳴物にて皆かんしんいたし候…当時に至り候とも狐と申候へば此らい序をつかひ申候」(芝居囃子日記)。

二「焼酎火　青くもゆる幽霊の火」(劇場新話)。

三　はなづらの作り物をくわえ。

花咲祖父乃二

今もらふた此金で景物を調《とゝの》へて皆様へ差上よう。それが能《よい》〳〵。トリヤお金《かね》に御対面《ごたいめん》ト臺の上なる金をとり上げ紙をひらけば木の葉となるいくらも〳〵引ひろげてばら〳〵〳〵と木の葉をちらす 〽さては今のは狐《きつね》であつたか○ホイ ト見えよくチヨン

〳〵 拍子幕すぐに引返す

〽扨景物は只今《たゞいま》の木《こ》の葉《は》を差上まする ト栢餅の袋詰を配る 但し白木の臺へ袋詰の柏もちうづ高くつみ上見物のつふりへさし居るくじ札と引かへにわたすなり

歌枕秋寐覚《うたまくらあきのねざめ》の一[一]

○題 ○川《かは》

琴通舎《きんつうしや》 英賀《えいが》 作《さく》

本舞臺正面黒幕長持唄[二]にて幕明トテンツヽ[三]になり向ふより旅人の拵にて出捨ぜりふ有て舞臺へ留るボヲント時の鐘鳴る[四]

〽もう暮《くれ》六ツの鐘が鳴るはいヤレ〳〵日《ひ》は短《みじか》いぞ。大井川のしまひ[五]越《ごし》と心がけて。折角《せつかく》いそいで来《き》た所が暮六ツ。もう川役所[六]も引ケたらうハテどうしたらよからうなア ト脊負たる風呂敷包をおろす此せりふの内浪を染ぬきたる手ぬぐひを舞臺一面に敷く也 ▲若イ衆一人川越しの拵にて出 もし〳〵おめへは川をこしなさるつもりかヱ 〽さうさ聞《き》きやれ急《きう》な用向で道をいそぐが内〻越《ない〳〵こし》[七]ちやア呉《くれ》めへか。其代《そんでへ》酒代《さかて》は望《のぞみ》通《どほ》りだ。どうぞそこで働《はたら》いてくりやれ。たのみだ〳〵 ▲頼《たのみ》とありやア越《こさ》ずはなるめへ。

一 書名。元禄五年刊、有賀長伯編の歌枕便覧。歌枕を山・嶺・谷・杣等五十項目に分類し、各歌枕につき知識を示したもの。河の部に「遠江 おほゐ川」がある。
二 長持人足の唄う唄。下座に用いる。
三 ぢぢばばなどの出端に用いる下座。テンツツテンツツという合の手が繰り返される。
四 歌舞伎の効果として使う。
五 通常は暮六つの鐘を合図に川を留める。
六 島田と金谷にあった川会所(問屋)。川庄屋以下の役人の詰所で、川越を支配し、旅人はそこへ立寄り、渡賃を払って割符をもらって人足にかかる。
七 大井川は勝手に渡渉することは許されない。

ようごんす呑込《のみこみ》ました。そんなら支度《したく》をして来《き》ませう　ト下座へ入る　〽そんなら若《わか》い衆《しゅ》。なりたけはやく頼《たのみ》ますよ　ドレ〳〵跡《あと》の立場《たてば》[一]でかりて来た提灯《てうちん》でもつけて待《また》うか。あのお娘《むす》は[二]小田原を借《か》せといふのに。いぢわるくぶら提灯[三]をかしをつた　トてうちんを出して火をとぼす此提灯には川越人足の顔をいつぱいに画きありぶらの[四]を肩《かた》へかけて膝《ひざ》にてあゆめば股《もゝ》の所へてうちんあたるゆゑ川ごしの肩車にのりたる見え也てうちんの絵のあたまの所へ手をかけてよろめくこなし有て　〽ヱ何といふ腰《こし》をするろとか。どうして〳〵。こはくてなりやアしねへ。それでも腰《こし》をするろとか。ソリヤ　ト灸《きう》[五]のかはらけを向ふへ出す　是でいゝか〳〵。そりや腰をするるぞ　ト又薬艾をむかふへ出す　どうだ腰のするやうは妙だらう。ソレ斯《かう》するたは　ト二三度行かへりする内たび〳〵灸かはらけを出すなり　なんだ石《いし》が流《なが》れて越《こし》にくいと。石《いし》がながれるなら。足をこすれ〳〵　トかるいし二つ三つ出す[六]　○此内始終川をこす身ぶりさま〴〵のこなしあり　ヤレ〳〵うれしや〳〵。此川さへ越《こし》てしまへばもう楽《らく》だぞ　トてうちんをけしてかたはらへさし置　△座《さ》をあらため　扨街道一《かいだういち》の大河《だいが》を難《なん》なく越《こし》まして厶り升るが。殊《こと》の外《ほか》水はふかう厶り升ゆゑ。蠟燭らうそくでは越《こせ》ませぬながれは[七]○老足○しかもつよう厶り升

景物　ト蠟燭を沢山提灯に添て出す

チヨン〳〵〳〵

一　宿場ではないが、街道筋の集落で茶店などがあるところ。
二　小田原提灯。筒型の胴をコの字形の竹製の把手にとりつけたもの。
三　竹の柄の先にぶら下げる、楕円型の提灯。通称を「ぶら」という。
四　ぶら提灯は、柄の端がかぎになって、小枝などに引掛けるようになっている。
五　艾(もぐさ)は、紙袋に入れたものを、二枚のかわらけにはさんで売られる。「するる」という語にかけて。
六　入浴時、踵をこするのに用いる。
七　蠟燭の蠟の流れ。
八　助六劇の床几の態。
九　酒などを量るために把手のついている酒枡というもの。
一〇　土手には屋台店が多く出ていたが、年玉市のこと未詳。挿絵(三九六頁)に羽子板や手毬を並べたところは、浅草の年の市の風景にかなう。
一一　鳥追いと称する門附けの唄を下

題　寄玉《たまによする》鳥類

準縄亭平水盛《じゆんじやうていたひらのみづもり》　作

[八]正面餝付ケ床几《しやうぎ》より少し高き臺へもうせんをかけその上へ髭《ひげ》の意久《いきう》を半身《はんしん》に画きたる凧《たこ》一枚○おなじくけいせいをゑがきたる押絵細工《おしゑさいく》の羽子板《はごいた》六七枚をならべ○手まり二つありそのわきに瀬戸物壺《つぼ》ひとつ蓋《ふた》の上に桃色《もゝいろ》もめんのきれをかけ○茶わん二つのせて有一体白酒壺《つぼ》の心もち○[九]柄《え》の付たる一合升○浅草のり○串柿《くしがき》これは紙に包み水引にてゆはへありすべて日本[一〇]堤《づゝみ》にて年玉ものを売《う》る出し見せの体也
商人踏臺《ふみだい》に腰《こし》かけゐる　[一一]鳥《とり》
追唄《おひうた》　[一二]通《とほ》り神楽《かぐら》にて幕明

商人＼のびをして　ヤレ〳〵日は永《なが》いぞ。しかしそちこちする内に春《はる》の夕《ゆふ》ぐれとなつてきたはい。代物《しろもの》も最《も》う是ばかりにしたがア丶どうぞして売《うつ》てしまひてへものだハ丶ア雨《あめ》か雪《ゆき》かぽち〳〵と落《おち》て来た。なんでも女郎買《ぢようろけへ》の客《きやく》ばかり通《とほ》つて。買人《かひて》はさつぱりかゝらねへ。礼者《れいしや》でも来たら売付《うりつけ》てやりてへ物《もの》だアレ〳〵むかふへ生酔《なまゑひ》ださうだよろけながら年礼者が見ゆるは〳〵○

トむかふより礼者の拵黒小袖の紋付に麻上下をしだらもなく着て紫の中形の手ぬぐひを[一三]助六のやうに鉢巻にしめ其上へ[一四]宗十郎頭巾をかぶり[一五]紅葉傘をすぼめたまゝ手にさげひくき安下駄をはき腰に胡麻竹の[一六]火ふき竹をさし[一七]箱入をんじやくを[一八]印籠のかはりにさげて杖を突て出一体吉原へ年礼に行き酒に酔ての戻り道[一九]河東ふしをうなりながら吉原土手をよろ〳〵帰る思入なり此うち始終　江戸ふし＼[二〇]春霞《はるかすみ》立《たて》るやいづこ三芳野《みよし》の[二一]山口[二二]三浦うら〳〵と　トなまゑひの体にてみづからかたりながら出　[二三]豊《とよ》あしはらや吉原に　トいふ文句の所にてはならうたを止る　＼けふは吉原へ年始《ねんし》に往《いつ》たが。けふの茶番の題《だい》が。玉《たま》に寄《よす》る鳥《ちやう》類《るい》だから。まづ[二四]角《かど》の玉屋へ行つて。それから[二五]鶴屋《つるや》へ行つた所が。扨又玉屋の御亭主《ごていしゆ》が酒

座に用いたもの。三味線をにぎやかに引立てる。
一二 「通り神楽 草笛 大太鼓 小太鼓 春計り重に用ゆ。大神楽の出端、松かざり有て門礼者の出端に用ゆ」（劇場新話・上）。助六の幕明きに用いられる。
一三 助六は額に江戸紫の鉢巻をしめ、右鬢で結んで右側の頬に垂らす。
一四 黒ちりめんの角頭巾でしころの垂れたもの。
一五 ここでは蛇の目傘。
一六 助六の尺八に見立てる。
一七 温石は懐中して身体を暖める軽石で、長方形の箱に入れて売られた。
一八 助六は一つ印籠という印籠を提げる。
一九 河東節は江戸半太夫の江戸節から出たもので、この際河東節とも江戸ぶしとも言う。
二〇 助六劇の河東節の文句。「春霞たてるやいづこみよしのの吉野の山に雪はふりつゝ」（古今和歌集・春上）を用いた。
二一 江戸町一丁目山口七郎右衛門。三浦とともに享保期吉原の代表的な女郎屋。
二二 京町一丁目右側三浦四郎左衛門。宝暦七年まで営業した吉原随一の遊女屋。助六劇揚巻の抱え主。
二三 「日本めでたき国の名の豊葦原や吉原に」（「助六」）。
二四 江戸町一丁目玉屋山三郎。
二五 京町一丁目鶴屋忠右衛門。

をさん〲《山三》飲《のま》せた。それから鶴屋へ行つたらば。鶴屋でもせんねん《千年》《先年》の通り。のませねばならぬと云《いつ》て。又のませた。めでたい正月の事だから門松《かどまつ》の一松葉屋《まつばや》へ往《いつ》たらは。松葉屋のあるじがいふには。おまへはいくら飲《のん》でも色《いろ》もかはらぬ。など〵いふゆゑ。色かへぬ松の二青《あを》つ切を引かけた。最《も》一つめでたく年玉の三扇屋《あふぎや》へ行つたらば。丁度折《ちやうどをり》四がよいなど〵云《いつ》て。又五末広《すゑひろ》の盃《さかつき》でのませた。イヤ又扇屋の六宇右衛門といふ人は大《だい》の強人《しいて》で。のませたぞ〱ア、頭痛《づつう》がしてせつない〱。これを思へば。七酒は宇右衛門つらいものぢやよな

ア　トよろめく　商人〽もし〱お客様。御礼者《おれいしや》と見請ましたが此年玉物を買《かつ》ておくんなさいませぬか　礼者〽ヲ、どれ〱　ト見わたして　ほんに是は丁ど景物に入る物だ　商人〽八初買《はつがひ》となされて下さりませ　礼者〽惣仕舞《さうじまひ》〱　商人〽そしておまへお供《とも》ハヱ　礼者〽アイサ九礼供《れいども》の小蔵《こざう》めは先キへ帰して。挟箱持《はさみばこもち》の男を残しておいたが。日のくれぬ内雷門《かみなりもん》まで景物の不足《ふそく》を買《かひ》にやりました。わしが土手《どて》にぶらついてゐる内早《はや》く帰れと云付《いひつけ》てやつたが。最《も》う帰りさうなものだ　商人〽なるほど左様でムり舛かしかしおまへ大分《でへぶ》酒に酔《よひ》なすつた。マア上下《かみしも》をおぬぎなせへ　礼〽なるほど然《さう》しませう。はさみ箱が来たら。上〻下も景物も一所《いつしよ》に入れて往《いき》ませう　ト上〻下をぬげば助六のやうなるかたちになる　礼〽　傘をひらきて　又ぽち〱と雨《あめ》が降《ふつ》て来たはい　トひらき傘をかたにかつぎそらを見まはしながら　江戸ぶし〽一〇雨の簑輪《みのわ》のさえかへる　ト江戸ぶしをかたりながら片手にて頭巾をぬぎ捨るト下には紫の中形の手ぬぐひにて鉢まきをし

一 江戸町一丁目松葉屋半右衛門。
二 なみなみとついだのをぐっと呷る。松―青。
三 江戸町一丁目扇屋宇右衛門。年玉に扇を用いる。
四 扇の「折」にかけた。
五 下がすぼまり上に開いた形の盃であろう。扇の縁。
六 二代目宇右衛門は墨河と号した風流人で有名。当時は三代目墨渡。
七 「酒は憂いもの」と聞かす。
八 初買・惣仕舞は廓の遊興の用語。
九 年礼の威儀のために伴う供。
一〇 「雨の簑輪の冴えかえる」は助六劇河東節の文句。簑輪は下谷の三ノ輪町。吉原より田圃を隔てて西にある。吉原への通路の一。
一一 「助六さん、その鉢巻はえ この鉢巻の御不審か 浄瑠璃 この鉢巻は過しころ、ゆかりの筋の紫の、初元結をまき初し…」(「助六」)。
一二 挿絵(三九六頁)参照。
一三 「助六」の台辞「見掛は小さな野郎だが、胆がおつきい」のもじり。
一四 「遠くは八王寺の」以下「桜に匂ふ

てゐる　商人〽これを見て　お礼者《れいしや》[一二]さん其鉢巻《そのはちまき》ハヱ　礼〽このはちまきの御不審《ごふしん》か　ト又上るりのはならうた　此はちまきは過《すぎ》し頃《ころ》ゆかりのすぢの紫《むらさき》も君《きみ》がゆるしの　トよろ〳〵として商人の踏臺へこしを掛る爰にてかざり付のもうせんと並ぶ　側半畳《かははんじやう》　見物の中より〽ざまを見ろ引込《ひつこ》みやアがれ。そのざまはなんだヱ。べらぼうめヱ。　トどくをいふ

○此時礼者ひぢりめんのゑりのふときじゆばんを見せかけふところから両[二二]うでを出しかけて市川流の見え　〽うぬらは何《なん》だとぬかしやアがる。助六の浄《じやう》るりをしらねへか。誰《だれ》だと思ふ見[一三]かけはけちな老人《としより》でも肝《きも》が若《わか》いは。遠《とほ》[一四]くは八王子《はちわうじ》の炭焼《すみやき》。売炭《ばいたん》の歯《は》つかけぢゝい。近《ちか》くは山谷《さんや》の古《ふる》やりて。梅干《うめぼし》ばゝアに至《いた》るまで。茶呑話《ちやのみばなし》の喧嘩沙汰《けんくわざた》。男だての無尽《むじん》[一五]の掛捨《かけずて》。ついに一度もひけをとつた事のねへ男だ。江戸紫のはちまきに髪《かみ》[一六]はなまじめ。鬢先《はけさき》[一七]の間《あひだ》から覗《のぞい》て見ろ安房上総《あはかづさ》が浮絵《うきゑ》[一八]のやうに見えるは。対手《あひて》[一九]が殖《ふえ》りやア龍《りやう》に水。金龍山《きんりうざん》[二〇]の客殿《きやくでん》から目黒不動の眠蔵《めんざう》[二一]まで。皆様御ぞんじ。江戸[二二]八百八町にかくれなき。ぎよえ[二三]ふぼたんの紋付も。桜《さくら》[二四]に匂《にほ》ふ中の町。花川戸の助六とも。又は[二五]げあたまのずぶ六ともいふ老人《としより》だ。間近《まぢか》くよつて面像《めんざう》を拝《をが》み奉れゑヱ　ト片はだぬぎて立て見えあり　▲此時商人最前礼者のぬぎ捨たる肩衣《かたぎぬ》を引つかけ一合升の柄《え》の所へ今突《つい》て出たるつゑをさしこみ升の中へらふそくを立て[二六]さし出しにして持此所後見の見えなり　○向ふ[二七]バタ〳〵にてはさみ箱持の男棒のさきへ[二八]福山と書たる真赤なる凧を引つかけいそいで舞臺へ来り棒の先キ礼者へ当る　礼者〽なぜつき当《あた》りやアがつた　ト棒のさきをとらへて　やる事はならねへ〳〵　箱持〽コレ〳〵旦那。がうぎに酔《よひ》なすつた。コレサ〳〵わたしだよ〳〵　礼者〽おき

中の町花川戸の助六とも」までは「助六」の台辞ほぼそのまま。
一五　無尽に出資した金はそのままくれてやる。
一六　歌舞伎の鬘の一。髷を油で高く固めた形。
一七　はけ先はもとどりの毛の先。なまじめが、高く上がって大きな輪になっているのを誇る言。
一八　立体的に見える覗機関の景色。
一九　喧嘩相手が多いほど調子が上がる。
二〇　浅草寺。
二一　眠蔵は禅寺の塗籠(ぬりごめ)。目黒不動にあることなし。
二二　「江戸の惣町数八百八丁なり。此の分は公役をつとめ、尤も町奉行の支配なり」(一話一言・五十二)。
二三　杏葉牡丹。揚巻の紋。
二四　吉原中の町へ春毎に桜を植えて飾る。
二五　助六のせりふ「揚巻の助六ともいふ若い者だ」のもじり。ずぶ六は酔っ払いの擬人名。演者水盛が老人だったことが本書二編に見える。
二六　劇場で俳優の顔を観客に見せるためにする照明器具。長柄の燭台で肩衣を着た後見がさし出す。
二七　拍子木を付け木の上で打ち、駆けつける様を強調する。
二八　福山は江戸芝居町で営業していた蕎麦屋で、助六劇にそのかつぎ(出前持)が登場し、くわんぺらに突き当る。

題
寄玉
鳥類

やアがれ吉か。こりやアどうだ。先《さつき》から待《まち》きつてゐるはい。ソシテ景物は買《かつ》て来たか　はこ〽みんな揃《そろ》へて買《かつ》て来ましたよ　礼〽そりやアよかつた。ドレ。そんなら此景物といつしよにしやうか　ト景物をならべる　箱もち〽モシ〱おまへの形《なり》はなんといふなりで厶り升ヱ　礼〽これか此出立はみんな茶番の趣向だは　ト火ふき竹印らうのをんじやく下駄傘までひとつ〱に地口まじりのしやれをいひながらはづしてがくやへ取る　礼者〽サア是からは皆様へ景物をお目にかけやう　トはさみ箱のふたを明ていろ〱のとし玉ものとり出す　○東西〱これより景物を御披露仕ります

景物

壱　二本入の臺付のあふぎ箱　〽花川戸町成田屋助六といふ名札がある　しかも[一]むらさきがはでむすんだやつだ　こりやア成田屋のお箱《はこ》さ

弐　[二]二本包のあふぎ　〽これが土手八丁すなはちにほんつゝみ《二本包》《日本堤》で厶り升

三　[三]番きせる二本つゝ水引で結たるをひとつてよせて　〽[四]すひつけたばこの雨あられこれは浄るりの江戸[五]○[六]桜ばりで厶り升

四　[七]意休の凧　〽これはいはいでもの事

一 助六の鉢巻の見立て。助六は市川家の十八番の一。
二 扇二本をのし紙に包んで封をし、進物用の体裁にしたもの。
三 番傘・番茶の「番」で、沢山用意しておく廉直なきせる。
四 「中の町の両側から、近付の女郎の吸付たばこが雨のふるやうな」(「助六」)。
五 助六劇の河東節浄瑠璃名題を「助六所縁江戸桜」という。
六 京の桜屋長左衛門が始め、江戸では住吉屋が製して人気を得たという、煙管の表張り。軸部に稜を立てて端部を瀟洒にした型(今様櫛箞雛形・下)。
七 敵役として助六劇に登場する白髪長髯の男。

五　けいせい絵のはご板は　〽あげまき白玉[一]ならび女郎の見立てござり舛

六　手まり弐つは　〽かぶろの二人でムり舛　是はいつでもつき《付》《突》ものでムり舛

七　瀬戸物の壺　〽これが白酒売[二]《うり》の担桶《になひ》でムり舛

ト　側半畳　それがどこにになひだ瀬戸物の壺ぢやアねへか

〽ハテ似《に》ないから荷《に》担《ない》だはな　側半畳　おきやアがれ

八　扇箱[三]のだいをよこにわたして　〽いつその事これを天秤棒《てんびんぼう》にでもするがいゝ

側半畳　どうしてそれが棒のかはりになるものか　〽ハテ足《あし》を見ろ〳〵

九　青い半切紙[四]　〽これは白酒[五]売の頭巾

十　浅草のりは　〽紙子[六]の見立

十一　茶の袋とくしがきを取出して　箱もちの男〽これも皆様へ上ませうか

礼者〽これさ〳〵それは跡で上るのだとかく手めへは遣手[七]《やりて》だの道理《だうり》で白酒をのんだやうにつらが真白《まつしろ》だ

十二　茶わん弐つ

十三　もゝいろもめんのきれ地　〽これは白酒の道具でムり舛

一　揚巻の傍輩の女郎。
二　助六劇に担桶をかついで登場。実は十郎祐成。
三　進物の扇は二本入とか五本入とかの桐の扇箱に入れ、それを台の上に置いて出す。台は立台の要領で左右両脚、脚上に縁付きの板を作りつけてある。脚は棒になるから。
四　縦を半截した紙の意で、いわゆる半紙のこと。
五　助六劇の白酒売りは浅黄頭巾すなわち淡青色の短い頭巾をかぶる。
六　母満江が着ていて、助六に与える紙子。
七　人にやりたがるから。やり手は助六劇に登場して白酒を飲む。ここは後の伏線。

十四 福山のけんどん箱に見立たる凧

[八]はりこ細工はねたりとんだりかはつたり猿に通人のあたまをかぶせたるを

〽砂利場《じやりば》[九]で買《かつ》たは是ぢや助六竹町[一〇]で買《かつ》た

十五 もこれぢや助六雷門[一一]のまたをくゞるトぢきに売《うつ》てをります 〽ソリヤ人[一二]になせ人 人になれ人 トぱちりトはねかへる也

礼者〽ハテまだあるはずだが ト此内箱もちの男たもとから何やら出してぽつ〳〵と喰てゐる 同〽これさ吉まだ景物があるはずだはやく出しやれな はこもち〽わたしやア腹がへつてこたへられねへ 礼〽はてさてこれぢやア景物が不足だはやく出さねへか はこもち〽ウンニヤもう何もねへよ 礼〽サア出さねへきやア斯《かう》するぞよ ト福山の凧を手に持たもとからたこのいとをひとつかみ出して箱もちのあたまへのせるこゝが門[一三]兵衛へうどんうちかけたる見えなり はこもち〽アヽ凧《たこ》[一四]がきれた〳〵 トいふ

礼者〽サア〳〵出せ〳〵これでも出さねへか はこもち〽出すよ〳〵 トふところより袋を出し はこ〽[一五]せんべい《千兵衛》《煎餅》〳〵 ト又たもとから餅を出して半分くひかき見せて 〽あんだア〳〵 ト出すをひつたくり 礼〽是で景物がそろつた

十六 雷門のうづら[一六]やき 〽これをかみなり門兵衛とぢぐ[一七]つてこれが則

十七 朝顔《あさがほ》せんべい

○東西〳〵今日のお題《だい》玉によすると中外れば並ましたる品〻のこらず御年《おとし》○玉《たま》でムり升

八 玩具。竹片上にかぶり物をかぶった張子の小人形が乗っている。竹裏に木綿糸を巻いたバネの仕掛けがあって、人形にさしてある桿を起して糸をかけると人形が跳ね上り、かぶり物がとれて人形の顔が出る。仲見世、雷門の近傍で売られた。

九 せりふに「竹町で竹割にしたは誰じや。助六。馬道ではね倒したはたれじや。助六。…雷門で臍をぬいたはたれじや。助六」など。砂利場は千住街道が山谷堀を渡るところ、山川町あたりの俗称。

一〇 本所、大川橋東詰南部の町名。

一一 助六で祐成が廓の客に股をくぐらせるのにあてた。

一二 意休のせりふに「人多き人の中にも人ぞなき人になれ人ひとになせ人」。

一三 助六劇登場の端敵、意休の子分くわんぺら門兵衛。助六にうどんを頭からあびせられる。

一四 「助六」で門兵衛が「きった〳〵」という。

一五 助六劇に登場の道化方朝顔千兵衛。その名の煎餅があったものか。

一六 うずら餅。餅の薄皮に餡を包んだもの。

一七 地口にして。

はこもち男〽モシ〳〵玉はなるほどきこえやしたが玉によする鳥類《ちやうるい》といふ題だがな
ぜ鳥がないだらうネ
礼者〽なるほどてめへにとがめられては一言もないそんなら出ほうだいに鳥の名
にこちつけやうか
はこもちの男〽東西〳〵

是より景物段返し

二本入の扇箱は　みやこ鳥　〽中[一]に能《よい》のがありやなしや　トふって見る也　二本包は　さしづめ重扇《かさねあふぎ》[二]
尾上のきゞす　きせるは　くひな[三]　〽はいふきのかどをたゝき升　意休の爪　かをり[四]の高き
からの鳥　はご板に羽子をのせて　〽きてはつくからきつゝき　手まり二つは　禿[五]に見立ましたから
〽むかふの人をよぶ子鳥　白酒のつぼは　〽しやう〴〵[六]いんこ　半切紙は　〽鴈《かり》の文《ふみ》　茶の
袋は　〽ふくろうでムり升　浅草のりは　〽柄川《つかがは》[七]のあひる　〽海《うみ》であげる　くしがきは　〽や
りての見立で○白酒[八]をのんだほうじろ　茶わんは　〽ひとつひつかけるトホウトいふから○あをつ[九]
きりにほうわう　赤いきれは　〽もゝちどり　はりこの通人は　〽吉[一〇]はらすゞめ　うづらやき
は　〽申さずとも　せんべいは　〽みそ入が少しあるゆゑみそさゞい　福山の爪は　〽とまりが
らす○もり《盛》《森》がおいそぎだ
といふこぢつけでムり升　△扨みな様へ年礼者の名札を差上升トはさみ箱の中よりくじ

一　通常年玉の扇箱の中身は本物の扇ではない。
二　重ね扇は尾上菊五郎の紋。
三　「くひな」はたたくもの。
四　「香」と「鴻」をかける。助六劇で意休は香炉台・香道具と共に登場し、伽羅を焚くのを好む。
五　禿は二人一組。女郎の意をうけて向うの知る人に声をかける。
六　酒の縁で猩々を出した。
七　柄川は深川。あひるは深川佃町にいた私娼の異名。「あげる」は買色するの意と海苔を採るの意とをかけた。
八　前出の伏線をうける。助六の遣手は白酒を頬に塗るので頬白。
九　「青桐」とかける。
一〇　吉原に出入りの通人。

札を出すこれに景物の品を書てくばるすぐに引かへなり

チヨン〳〵〳〵幕

頭取曰 東西〳〵番組あまたムり舛れども初編の張数《ちやうすう》僅《はつか》にて連中こと〴〵くは書つくしがたくまづ前編は是限り猶これに漏《もれ》ましたる茶番の数〳〵すなはち二編の目録を御覧にいれ奉ります来春開板の節御求め御覧の程偏に奉願上舛まづは初篇の評判で〳〵

茶番狂言早合点初編畢

○茶番早合点第二編

番組目録

○忠臣蔵十一段続　好屋翁作

○江戸名所 日本橋　種彦作

○橋つくし　二木作

○猩〳〵　一泉作

○両国橋名物尽の内 かるわざ　京傳作

○物は付 赤《あか》い物　亀太作

○曾我役わり 近江小藤太　英賀作

○曾我の対面場　水盛作

○あさがほ合　好屋翁作

○居合抜　慈悲成作

○むかしはなしの内 桃太郎　　焉馬作
○茶番俄《にはか》狂言の差別《しやべつ》
○茶番心得《こゝろえ》の脱漏《だつろ》
○茶番十五箇条《かでう》の制詞《せいし》
○景物の考《かんがへ》幷ニ風流《ふうりう》の事

右来午春開板仕候御求御高覧被遊御ひやうばんよろしく奉願上候　已上

江戸戯作者　本丁菴三馬撰
浮世絵師　五渡亭国貞筆
傭　書　晋米斎藍庭玉粒書

文政三年庚辰霜月上浣稿成
　　四年辛巳正月雛旦発市

江戸本材木町一丁目
地本問屋　春松軒
義太夫正本類問屋
けいこ本大六行元祖
西宮新六梓

茶番早合点序

[一]菟道《うぢ》鴨水《かもがは》はありといへども。[二]茶番《ちやばん》は御江戸《おえど》の水《みづ》にあひて。上方者《かみがたもの》には出来《でき》ぬ事《こと》と。[三]本丁《ほんてう》庵《あん》が筆《ふで》の[四]花香《はなが》。早合点《はやがつてん》の書《しよ》一度《ひとたび》世《よ》に行《おこな》はれてより。ヲット[五]呑込承知次郎《のみこみせうちじらう》。[六]一《いつ》を聞《きい》て四三《しさう》を悟《さと》る。[七]どうでも重《しげ》さん[八]水道《すいど》の水《みづ》にて産湯《うぶゆ》を遣《つか》つた江戸《えど》ッ子《こ》は。[九]鷓鴣菜《まくり》からして呑込速《のみこみはや》く。宮参《みやまゐ》りのお土産《みや》を見ても。既《すで》に茶番《ちやばん》の景物《けいぶつ》かと。張子《はりこ》の虎《とら》のうなづき初《そめ》。[一〇]土《ど》羹塵飯《かうちんはん》のまゝ事《こと》にも[一一]食物茶番《くひものちやばん》の趣向《しゆかう》を学《まな》ぶ。[一二]学《まな》んで時《より〱》是《これ》を習《なら》ふ。贅《むだ》の稽古《けいこ》や出《で》たらめの。お師匠三馬《しせうさんば》の教《をしへ》の通《とほ》り。一《いち》に景物二《けいぶつに》に趣向《しゆかう》。とても茶番《ちやばん》をする程《ほど》ならば。如何《いか》にも美景《びけい》を出《いた》すべし。[一三]美景痴漢《びけいたわけ》と笑《わら》はゝわらへ。是《これ》も亦[一四]太平《またたいへい》の楽事也《らくじなり》。太平楽《たいへいらく》にはあらざれども。茶番《ちやばん》は江都《えど》の花《はな》なれば。いかにもいばつて[一五]張込《はりこむ》べし。されども趣向拙《しゆかうせつ》にして。景物古《けいぶつふる》みに落《おつ》る時《とき》は。こりや又[一六]すかまた何《な》んの事《こと》だと嘲《あざけ》られん。其嘲《そのあざけ》りをまぬかれて。ヤンヤと[一七]落《おち》をとらんには。この書《しよ》を見《み》るにしく事なき歟《か》。江戸《えど》ッ子《こ》といはるゝ者茶番《ものちやばん》を知《し》らずはあるべからず。茶番《ちやばん》をしらんと欲《ほつ》するもの。早合点《はやがつてん》をもとめずんば。[一八]あるべ烏《からす》の[一九]初空《はつそら》に。

一 仁徳紀に「菟道」の文字を用いる。
二 宇治川・賀茂川は京の名水で茶に適う。
三 式亭三馬。
四 茶の出端(でばな)の香。筆が立って香ばしいという。
五 合点太郎とか承知之助の類。
六 一を聞いて十を知るのは顔回。
七 一を聞いて四相を悟ると。畠山重忠は一を聞いて四相を悟ると。
八 長唄「朧月」の詞章。「馴しふすまの明暮はどふでも重さんすいじやもの」。重さんは畠山重忠。
八 江戸っ子の啖呵の切り口上。「むかしよりの方言に金の魚虎を横目に見て水道の水で産湯を浴びた江戸っ子といふ」(そらをぼえ)。
九 海人草の煎汁。虫下しとして嬰児に飲ます。生れてからの意。「呑込み」は縁語。
一〇 韓非子・外儲説左上に「夫嬰児相与戯也、以塵為飯、以塗為羹、以木為胾」。ままごとでする土の汁や砂の飯。
一一 茶番の一ジャンル。
一二 論語の語をとる。
一三 イケヱタワケと聞かす。
一四 「太平楽」より作った言い方。
一五 大いにやれ。

二〇 買《かは》う〳〵と先《さき》をあらそひ。二一 春松軒《しゆんしやうけん》の門松《かどまつ》を立《たて》ならし給《たま》へといふ

先年噂にきこえたる

二二 好屋の翁しるす

文政七年甲申正月

一六 →初編第十二(三八二頁注三)。すかたん。「こりや又…何の事だ」は、こりゃ又風の啖呵の詞。
一七 喝采を得る。
一八 「あるべからず」と掛ける。
一九 元日の空。鳥の初啼き。
二〇 鳥の声。本書正月売出しに対応さす。
二一 板元西宮の軒号。春の松―門松。
二二 本書初編第五(三六八頁)に茶番の名手として特記する。「先年噂にきこえたる」とはそのこと。

巻中目録

茶番早合点 二編上

江戸戯作者　式亭三馬撰

第壱　茶番之大意《ちやばんのたいゐ》

抑《そも〳〵》茶番の起原《をこり》は。前編に既《すで》にいへるごとく。戯場《しばゐ》より出たるものなれば。趣向万端《しゆかうばんたん》劇場の趣《おもむき》を。離《はな》れざるは勿論《もちろん》の理《ことはり》也。されど茶番第一の心得《こゝろへ》は。戯場を離れずして。劇場を離るゝにあり。かくいへはむづかしきやうなれど。たとへば口上茶番にてもせりふ等《など》。劇場の通りにいふかと思へば。からりと様子《やうす》かはりて。平生《つね》の詞《ことは》になり。平生の体《てい》かと思ふ内に。いつとなく。又芝居《しばゐ》に帰《かへ》るごとくなるをいふ也。始《はじめ》より終《おはり》まで。劇場の趣ばかりにては。玉子とぢ。あんかけの重《おも》き物ばかり。喰《く》ふがごとく。始は口にうまけれども。なづみてもたるゝ也。間〳〵に。さし身ひたし物の類を。くふにて。玉子とぢ。あんかけの味《あぢ》も。ことさら増《まさ》るものなり。とかく新《あたら》しき趣向にて。人の目さきを驚《おどろ》かし。

茶番舞臺之圖
口上

見物の退屈《たいくつ》せぬやうに。気を引立る事。第一《だいいち》の心得也

第弐　場数《ばかず》を踏《ふむ》とふまざる事

戦場《せんぢやう》に臨《のぞ》むに。初陣《ういじん》の時は。[一]向ふ真暗にして。物のあいろ[二]も見えず。場数重《かさな》るに随《したがつ》て。向ふ明かに心晴《せい》〴〵とするものゝよし也。茶番も又そのごとく。初舞臺《ぶたい》の時《とき》は。目も見えず。耳《みゝ》も聞えず。蒙〻《もう〳〵》とのぼせ返《かへ》りて。見物の中に。誰《たれ》が居《ゐ》るやら。何をいふやらわからぬ物なり。かくのごとくなる故。心丹田《でん》《へその下》に落《おち》つかずして。物事トチリばかりする物也。段〻《だん》場数をふむに随て。目も明かに心落《おち》つき見物を呑《のん》で。[三]人を茶にするなり　かゝるゆへたとへ。トチリ有ても。[四]心騒《さはか》がず静《しづか》に取あつかふゆゑ。万事《ばんじ》行《ゆき》とゞき。功者《かうしや》に見ゆる也。一番鎗一番首の武功も。かく場数を重《かさ》ねてからの事也。されば随《ずい》分舞《ぶ》臺を多く踏《ふん》で。一騎《いつき》当《とう》千の茶番師と。呼《よば》るゝやうに心がけべし。どこぞから知行《ちぎやう》でももらひさうな事也。

第三　趣向の新きを専《せん》一とする事

すべて趣向のとり方。品〴〵ありといへども。専ずる所新の一字にあり。いかほどよき趣向にても。少しも古くさくては。甚わろし。さまでなき趣向にても。其時〻の。流行《りうかう》

一　目さき。
二　判別つかず。
三　茶は飲むもの。
四　底本、「心騒（かさは）がす」とあり。

物などを。持こみて。新き趣向なれば大に落《おち》[五]をとるもの也。只願ふ所は。新の一字にありと知へし。　流行物を用ふるに大に心得ある事也　餘り世上一統にはやる事等は誰も〳〵其事に思ひよる物なれば同案多して骨折がひなきものなり一年謎[六]語のことの外はやりしときある所の催に七人の連中六人まで謎語の趣向にて有し也巧拙は暫く置て出るも〳〵なぞばかり故見物ホツトし[七]て見るに堪かねたりかゝることあれば一[八]統にはやるものは用ふるにも心得あるへき事なり

第四　茶番と俄《にはか》狂言との差別

[九]俄狂言と一つにならぬやう。心得有へし。不巧者なる人の狂言茶番は。多く俄狂言になる物なり。たとへば。ある人居合抜の題なりしに居合抜の拵にて。請《うけ》太刀の小僧を相手にして。居合のふりまじめに存分有て。引込扨景物には。三宝《ぼう》[一〇]に歯磨《はみがき》[一一]をあまた積て。出したりき　是何《なん》の趣もなく。題の通りにてをかしくも何ともなし是等を。茶番と心得て居る人多し歎《なげ》かしき事也立廻《まは》りの狂言に。をかしみあるを俄《にはか》狂言といふべし。景《けい》物を出すを主《ぬし》として。それにさま〴〵の。趣向理屈《しゆかうりくつ》などをこじつけ。笑《わらひ》を取を。茶番と云べし。此境《さかひ》よく〳〵弁《わきまへ》て。混《こん》ぜざるやうにすへし

第五　其席《そのせき》の様子《やうす》をよく聞《きゝ》合すべき事

他《た》の連中《れん》より。題《だい》を得たる時は。まづ其連中のやうすはいふに及ばす。当日《とうじつ》必《かならず》出席《しゆつせき》す

五　うける
六　底本、「謎」を口偏に書く。次行のも同じ。
七　うんざりして。
八　そこら中に。
九　チャリ仕立ての素人しばいをやること。
一〇　三宝も歯磨も居合抜に相当。
一一　房州砂に香料を加えて歯を磨く料とする。

茶《ちや》番《ばん》楽《がく》屋《や》之《の》図《づ》

べき。見物の人〻なども。大概《たいがい》に聞合せ。をくべき事也。さなければ趣向《しゆかう》によりて。指《さし》合禁忌《あいきんき》の事など。出来《でき》てその時に臨《のぞ》み甚迷惑《めいはく》する事あるもの也。又題の趣《おもむき》をもよく。たつねて。外連中の題をも聞合せをくべし。たとへば江の嶋《しま》[一]と書たる題を見て。地名尽《ちめいづくし》の内と心得《こゝろえ》たるに。長唄《うた》めりやす尽の番《ばん》組にて。有しがごとし。又ある人契情化物《けいせいひばけ》茶ばんといふ。標題《ひやうだい》にて。鼬《いたち》によする雛鶴《ひなづる》[二]といへる。題を取たり。急《きう》なる催《もよほし》にて。外連中を聞合する暇《いとま》もなく。化物《ばけもの》と鼬《いたち》と雛鶴《ひなづる》と。三つを取合せて。甚くだ〳〵しく。むづかしく。こぢつけて。其席《そのせき》へ出たりしに。よくきけば。化物と書たるは筆者《ひつしや》《かきて》の誤《あやまり》にて。毛《け》[三]物といふ事にて。鼬と雛鶴ばかりにて。よきものを。化物と書たるよりの。間違《まちがひ》にて。無理《むり》に化物を入たる故《ゆへ》。趣向《しゆかう》甚むづかしくなりたり。されども其席にて俄《にはか》に化物をぬく事もならず。其儘《まゝ》にていたせしに。化ものだけが。余計《よけい》物にて。大きにはたきたり[四]。是少《これすこ》しの。間違より骨《ほね》を折《をつ》て。かへつてしくじりたり。されば。題《だい》を得たる時。よく〳〵様子を聞合せおく事。肝要《かんよう》の心得なり

第六　相手《あいて》の心得《こゝろえ》の事

人の茶番の相手[五]に。たのまるゝ事有。此時はずいぶん。よく静《しづか》に趣向《しゆかう》をとひ尋《たづ》ね。くはしく吾腹《わがはら》に呑込《のみこみ》てより。相手に出《いで》べし。多《おゝ》くは。其席《せき》に臨《のぞ》み急《きう》に頼《たの》まるゝ物なれば。取

一　河東節の名曲とされる。
二　吉原丁子屋のおいらん。代々ある。
三　獣。
四　仕そこなう。
五　助演。

込の中にて。委《くはし》くもとひ尋《たづね》ず。なま呑込にて。心持《もち》ちがひ。大《おほき》に[一]スコタンになる事多し。相手の不《ふ》拍子《ひやうし》より。当人《とうにん》のはたきになりては。甚気《き》の毒《どく》なること也。よく〳〵心得有べし。すべて相手は。吾身《わがみ》の当りを好《この》まず。当人を引立《ひつたつ》て。藝《げい》の仕能《しよ》きやうにする事専要《せんよう》の心がけ也。えては相手の人。吾身《わがみ》の当りを第一に思ふ故《ゆへ》。相手の方《かた》にばかり落《おち》が来《き》て[二]ジヤ〳〵になり。当人の方一向落《いつかうをち》のこぬことあり。されば相手に頼人《たのむ》は。自分《じぶん》の当りを好《この》まず。落つきて。物事巧者《かうしや》なる人を。見立て頼むべし

第七　景物《けいぶつ》を作《つく》る事

景物をむりに手を入れ。筆《ふで》を加《くは》へて。其品《しな》と見することあり。きたなくして。甚わろし。ある人[三]すき油《あぶら》の曲《まげ》ものゝ裏《うら》へ。墨《すみ》にて[四]二つ引《びき》。或《あるひ》は[五]二つ瓶子《へいし》。[六]大一大万大吉《だいいちだいまんだいきち》などを書《かい》て。[七]対面《たいめん》の紋尽《もんづくし》に遣《つか》ひたる類《るい》也。けいぶつは何にても只《たゞ》其儘《まゝ》にて。其品《しな》と見ゆる物《もの》に。見立たるはよし。しいて手を入《い》るゝは。甚きらふ事也　但し包かみをちよつとをりかけてそれと見するたぐひ手がるくちよつとしたる事はずいぶんよし手をもくきたなきをきらふ事なり

第八　景物《けいぶつ》を取《とり》あつかひの事

一　見当違いでうまくゆかぬこと。
二　見物のどよめき。「おもしろければたゞ感じ入たる声どこともなくジヤ〳〵〳〵〳〵いふてしばしは其感声止ず」（古今役者大全・一）。
三　鬢すき櫛につけて用いる、蠟と松脂から製した粘性の油。曲物に入れて売られた。
四　円中に二本の横線を引く。足利氏やその一門の家紋。
五　神酒徳利を二つ並べた図柄の紋。
六　大一大万大吉の文字を組み合せた形。幕紋の代表的なもの。舞の本「夜討曾我」の家々幕紋尽しおよび曾我物語版本巻八・富士裾野仮屋幕紋尽しの画中に見え、浄瑠璃・長唄の幕紋尽しをとり入れた諸作品によみ込まれる。
七　曾我狂言の工藤・曾我の対面の場。諸大名の素袍の袖に大きな紋をつける。

景物を持参《じさん》するに。入《い》れ物《もの》はまづ。大《おほ》ぶりなる箱《はこ》に入《いれ》る方《ほう》よろし。風呂敷包《ふろしきつゝみ》にては。損《そん》じ安《やす》くしてわろし。又覚書《おぼへかき》。其外かさばらぬ品は。なるだけ懐中《くはいちう》して。はだ身放《みはな》さぬがよし。景物とひとつにおくときは。こんざつの中にて。紛失《ふんじつ》したり。又は人に見らるゝの愁《うれい》あり

第九　作《つく》り物《もの》の事

けいぶつをあつめて。種〻《いろく》の物に作り立。八臺《だい》の物などにして。出す事あり。好《この》ましからぬ事也。細工《さいく》の手際《てぎは》を見せたるのみにて。茶番の本意《ほんゐ》にあらず。其上取《うへとり》ほぐしたる時。けい物に糊《のり》の跡《あと》。針《はり》のあと等《など》。有て見《み》ぐるしき物也。前《まへ》にもいふごとく。景ぶつは只《たゞ》其儘《そのまゝ》にて遣《つか》ふを。よしとすべし

第十　初編《しよへん》の誤《あやまり》

初編に。河津《かはつ》股野《またの》の。角力《すまふ》の。景物《けいぶつ》の図《づ》に。覇王樹《さぼてん》の鉢植《はちうへ》かくのごとくを出したるは。思ざるの誤《あやまり》なりき。是《これ》は九如此形《かくのことくのかたち》の覇王樹《さぼてん》にて。股野《またの》が河津《かはつ》をつり上たるかたちに見立たる。当人の作意《さくゐ》なり。土俵入《どひやう》の形にしては。河津股野にも限《かき》らぬ事にて。甚味《あぢ》なし。予が伝聞《きゝつたへ》の誤よりして。妙案《みやうあん》を空《むなし》くせし罪《つみ》を。謝《しや》せんがため。こゝに此

八 島台の上の作り物。

九 河津掛けの形。絵馬や絵本に、股野が河津を高く抱え上げ、河津は片腕を股野の頸に、片脚を股野の脚の内側に掛ける姿態に描く。

事を告《つげ》奉るもの也

第十一　題　夕立

桜川慈悲成[一]

正面かざりつけ大木の松を書たる墨絵のつい立直しあり桜川羽折着流しにて立て居る幕あく

桜川〽是は此あたりに住居《すまゐ》いたす者で厶る。今日はさる方に茶番が厶り舛から。今から趣向《しゆかう》いたして参《まい》らうと存舛　トすてぜりふいひながらそらをながめて　空《そら》がだいぶくらくなつたが。どつと一ト降《ふり》こねばいゝが。[二]どうかごろ〳〵鳴《なつ》て来《き》たやうだ　と。此内がくやへそばを持てくるやうすにてそばの箱の音がた〳〵する　ソリヤこそ鳴て来たはへ大降《おほぶり》にならねばいゝが。まづ臍《へそ》をふんどしで。しつかりとまいておき舛ふ　ト楽屋にてアイそばを持て参りました此徳利に湯も厶り舛といふこへする同しくがくやにて大きなこへにて

がくや〽馬鹿《ばか》[三]なつらな。[四]たつた今とあつらへた蕎麦《そば》を。今になつて持て来て。間《ま》に合《あ》ふ物か。とんちきめ。いらねへわへ。コレヱ、野郎《やらう》[五]を見そくなつたか。たれだと思ふ雷《かみなり》[六]の庄《せう》九郎さんといふ。[七]ごろつきたぞ　トそばやのかつぎを叱《しか》るこへよろしく有へし桜川此声を聞て

桜川〽そりやこそ[八]しかつたぞ〳〵。今に鳴《な》るはへ〳〵。桑原《くはばら》〳〵　ト耳をふさぐ此内がくやにてそばをくふをとゾロ〳〵〳〵と聞へる　そりや降《ふり》出したぞ。たまらぬ〳〵。かけ出せ〳〵　トとつぱくさかけまはりながら　氷《ひよう》がふる〳〵　ト子どもの見ぶつへ御あいきやうに氷砂糖をばら〳〵とまくがくやにては大ぜいにて[九]ぶつかけをくふ音おびたゝしく聞へる　ごうぎに。大降《おゝぶり》

一「桜川慈悲成　芝楽亭と号す。通称大助といふ。或書に餝屋大五郎とあり。芝宇田川町に住居す。岸田杜芳門人也。天明年間より戯作をはじむ。…又茶番狂言を好みて高名也。寛政年中、世に行れし一枚摺といふ戯作に当りあり。…故焉馬翁と倶に中興せし落語の祖なり。五代目白猿及七代目白猿と友たり。芝楽亭の号はそれらに拠たるなるべし。或人云、初鞘師なりしが、後落咄しをして業とせしといへり」（戯作者小伝）。
二　どうも。
三　江戸人通常の罵言。
四　今すぐ持って来い。
五　この男を。
六　雁金文七の浄瑠璃に作られた五人男の一。
七　雷なので。
八　「光ったぞ」と聞かす。
九　かけそば。

になつて来た。そして。今の雷《かみなり》さまが。根葱畠《ねぎばたけ》へでも落《をち》たさうで。すてきにねきの匂ひがするぜ。[一〇]からみだからい〵が。ふんどしまで。しぼり[一一]汁《しる》だ。こいつはちつとやめていかざアなるめへ　トがくやにて　楽や〽もりがあるぜ〱。もりに気はないか。のびちやアいかねへ。どうだもりはどうだ〱　トいふこへする　桜川〽ハヽアこゝらに森《もり》があるさうだ。その森の下で少し雨《あめ》[一二]をやめ舛ふ　ヲヽこゝだ〱　ト正面の松を絵がきたるつい立のかけへは入る　がくやにて〽辰がとうがらしをくらつたアノつらを見や。大笑《わら》ひだ　ト此こへをきいて　桜川〽龍[一三]がまくさうだ。此吹降《ふきぶり》では龍《たつ》もまきさうな物だ。此前《このまへ》[一四]大夕立に。龍がまいて。鮒《ふな》や泥鰌《どぜう》がふつた事がある。今日もたしかに。此降《ふり》じやア。鮒やどぜうが。ふるだらう。アレ〱さういふ中に泥鰌[一五]が〱　ト花みちより十一二の小むすめ黒衣[一六]に手をけをもちトウ[一七]〱キタリヤキタリとかけ出して来て坂三津[一八]の願人ををどるぢ[一九]ひきも同し位の小むすめ下座より出る此をどりすみて源八[二〇]おしやうは雲をやみとをどり子がくやへかけては入　桜川〽さても〱かあいらしい。かみなりさまははだし[二一]だはへ。泥鰌《どぜう》がふるから鮒《ふな》もふりさうな物だ　ト花道より塩冶判官上下にて出る下座より師直出て来てはんぐはんどの登城がおそい〱と例のせりふ両人よろしくあつて　判官〽何かは存《ぞん》ぜず此品奥かほよより　トさし出す　師直取て　師直〽いつぞや此師直《もろなを》に。歌《うた》の指南《しなん》してくれいとあつたが。大かた奥方かほよどのよりの御歌《おうた》でムろふ。トレ〱拝見《はいけん》いたさう　ト文箱のふたをとりたんざくを出してよむ　さて〱見事な御手跡《ごしゅせき》だ。ナニ〱。夕[二二]立や。田《た》をみめぐりの神ならば。　ト思ひれ有て　コリヤコレ

一〇 荷物なしの「空身」。そば切の薬味の「辛味」(本朝食鑑・二)とかける。
一一 そば切に用いる大根おろしの汁。
一二 雨宿りをして雨の止むのを待つ。
一三 龍巻が起る。
一四 「塵塚談」に天明年間の、「東都歳時記」に寛政六年の、事例を示す。いずれも不忍池に起ったという。同池の鮒や泥鰌が降るらしい。
一五 をどり子をきかす。
一六 舞踊「願人坊主」の扮装。
一七 常磐津「願人坊主」のせりふに「トウトウキタリヤキタリ」という。夕立が来たというのにかける。トウトウは当時願人坊主のかけごえ(わすれのこり)。
一八 文化八年三月市村座で、三世坂東三津五郎が願人坊主を踊った。
一九 地弾き。舞踊の地を弾く者。
二〇 「めつたに出まかせ足まかせ源八おしやうは雲をやみ」(願人坊主)。源八は「当世繁栄通宝」に名の見える有名願人。
二一 雷様もかなわない。
二二 「牛島三遶の神前にて雨乞するものにかはりて　夕立や田を見めぐりの神ならば」(五元集)。

其角《きかく》が名句《めいく》。さてはその時《とき》の夕立《ゆふだち》に。田からとび出た。鮒《ふな》だな鮒ヱヽ鮒ヱヽ鮒侍《ざむらい》ヱヽヽ引 判官〽[一]そりや本性《ほんしやう》で。おいやつたか トむねんのこなし 師直〽本性でいへばとうする 判〽本性ならかう トにぎりこぶしで師直がひたいをうつ師直ひたひをおさへて 師〽おのれぶつたな。[二]こぶが出来たぞよ。[三]鮒め。鮒め。ふなざむらいめヱヽ はん〽おれが鮒なら汝《なんじ》はこぶ。こぶヱヽ。こぶヱヽ。[四]昆布《こぶ》の師直《もろなを》ヱヽ トにらみつける 師〽鮒ヱヽ はん〽こぶヱヽ 師〽鮒ヱヽ はん〽こぶヱヽ トこなしにて両人つけまはす 此内はんぐはんたんとうに手をかけ はん〽もう了簡《りやうけん》が ト立上り師直を切んとする此ときうしろより桜川とんで出てはん官をだき留 桜川〽御堪忍《かんにん》〳〵 はん〽放《はな》せ〳〵 桜川〽御堪忍〳〵

此見えにて幕 但しまくのやうに[五]水浅黄に桜川の二字を染たる手ぬぐひ地を引ばる

〽是は堪忍の二字で有さうな所なれども[六]かんにんの二字といふ人の狂歌もあればこゝは略して桜川也 みなさま御かん忍〳〵

夕立がはれて。此[七]二字《じ》は愛宕山《あたごやま》のあたりからふいて。麓《ふもと》の流《なが》れへうつる。水あさぎ。只今の夕立は。[八]二八じやから[九]二八十六で踏《ふみ》つけられても。ころばすとはあぶなげのない足《あし》駄《だ》でムり升。是をめして此手拭《てぬくひ》をお持なされて。まづお湯《ゆ》へでも。おいでなされましト一ッ足出す。お糠《ぬか》をあげ升ふ是も只今ふりました。泥鰌《どぜう》はをどり子でムり

一 「判官スリヤ最前よりの雑言は、本性でおいやつたか 師直オヽ本性だ。本性ならお身やどうするのだ 判官本性ならば 師直本性ならば 判官ムウ」(歌舞伎「仮名手本忠臣蔵」殿中松の場)。
二 昆布巻に鮒を用いる。
三 「師直アハヽヽヽコリヤまるで鮒だ〳〵、鮒侍だ」(同前)。
四 「高師直」ときかす。
五 水色。
六 「堪忍の二字」云々という狂歌未詳。中沢道二の道歌「堪忍がなる堪忍が堪忍かならぬ堪忍するが堪忍」のことか。
七 虹。
八 二八そばをすすって雨音と聞かせた。
九 「二八十六で文付られて」(ひらかな盛衰記・四)。

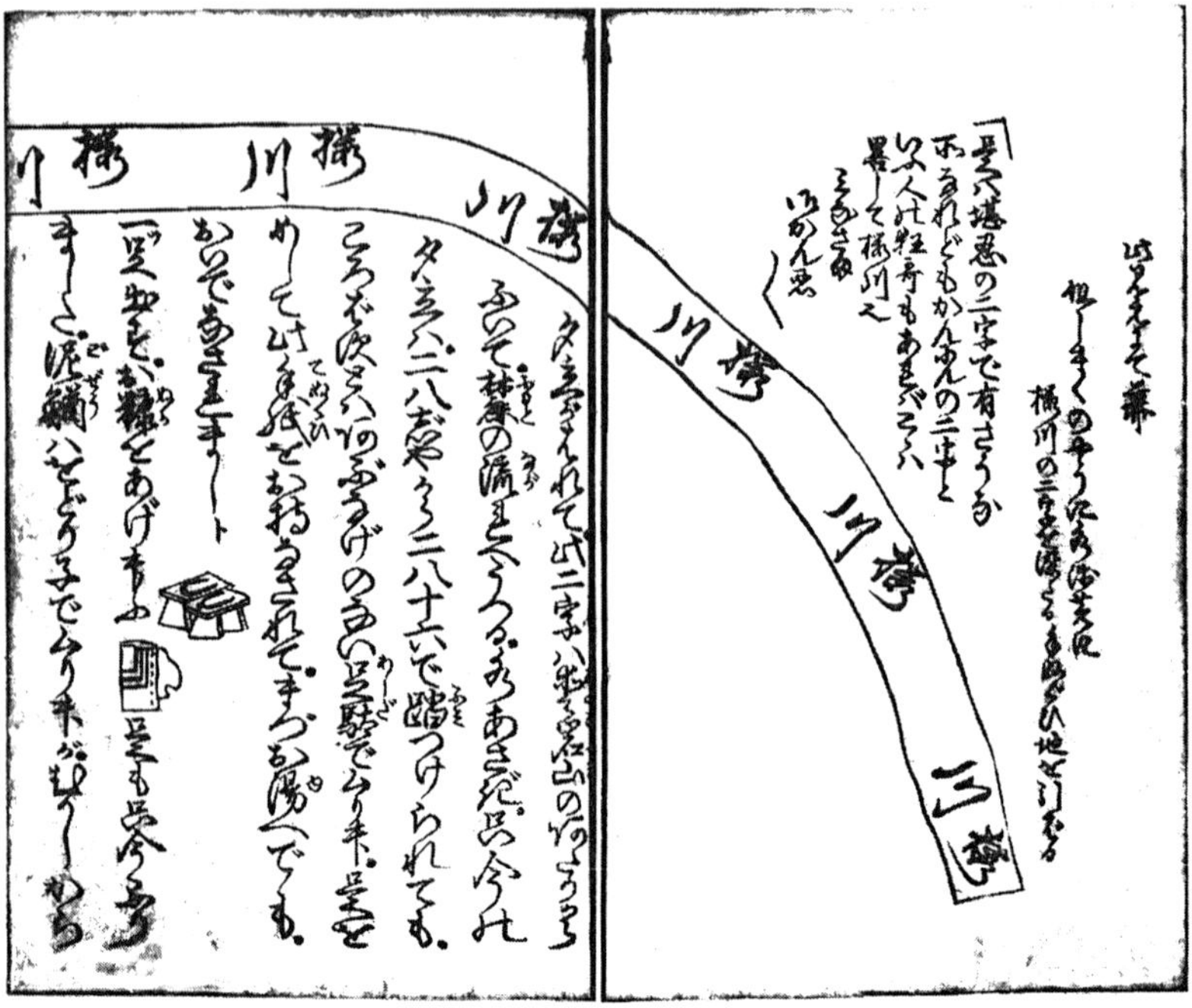

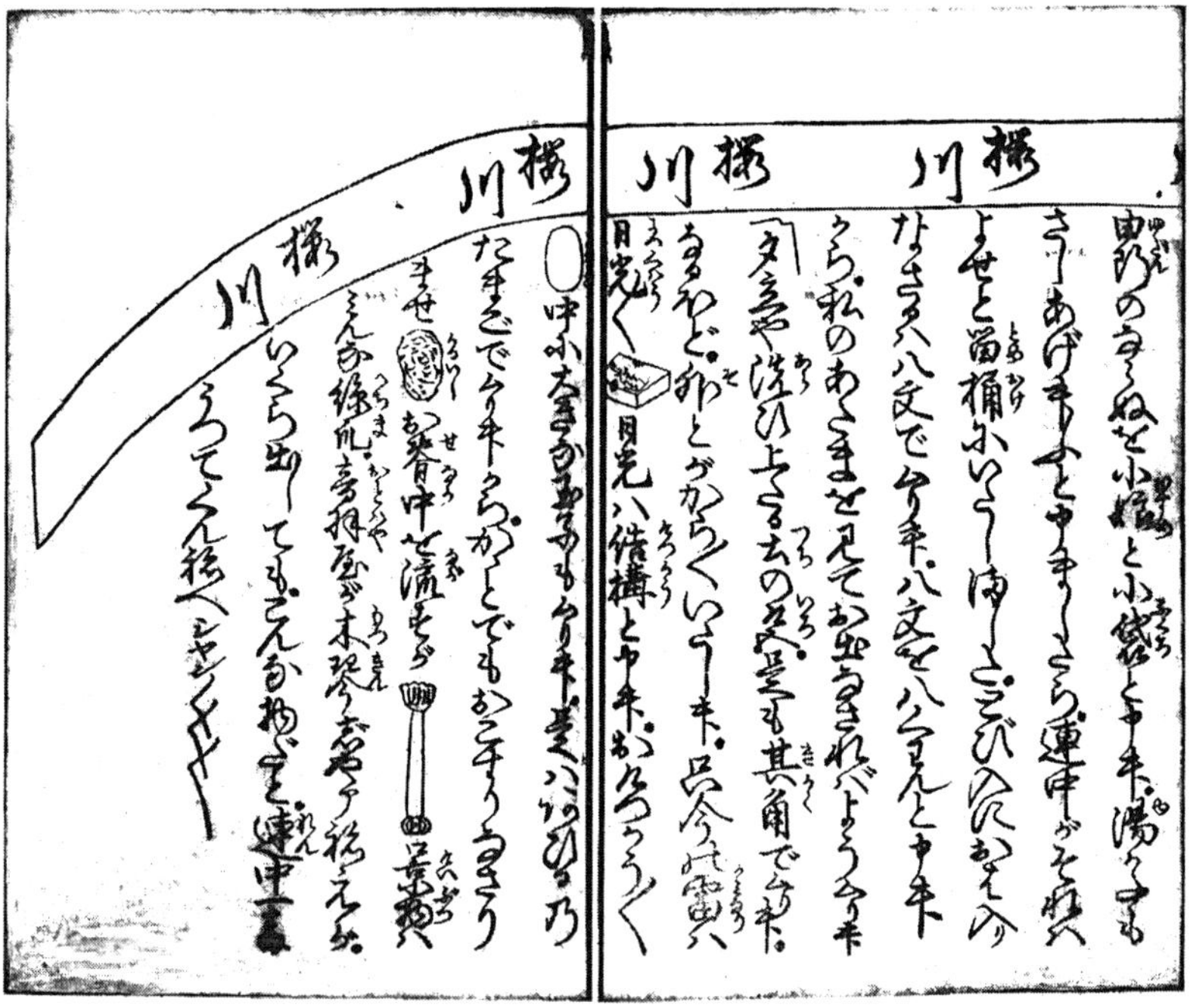
櫻川
櫻川
櫻川
櫻川

舛が。むかしから油断《ゆだん》[一]のならぬを小娘《むすめ》と小袋《ふくろ》と申舛。湯《ゆ》かたもさしあげ舛ふと申ましたら。連中がそれはよせと留桶《とめおけ》[二]にいたしました。とび入にはお入りなさるは八文[三]で厶り舛。八文を八[四]くわんと申舛から。私のあたまを見てお出なされぱよう厶り舛〽夕立や洗《あら》[五]ひ上たる土《つち》の色《いろ》。是も其角《きかく》で厶り舛。なるほど。外《そ》とがから〳〵いたし舛。只今の雷《かみなり》は日《にっ》光《くはう》〳〵 [六] 日光[七]は結構《けっかう》と申舛。おけ[八]つかう〳〵 [九]《たまご》 中に大きな玉子も厶り舛。是はあひるのたまごで厶り舛から。かゝとでもおこすりなさりませ 《かるいし》 お脊中《せなか》を流《なが》すが [一〇] 景物《けいぶつ》はみんな糸瓜《へちま》。音羽屋《おとはや》[一一]が木琴《もっきん》じやアねえが。いくら[一二]出しても。こんな物だと。連《れん》中一番うつてくんねへ　シヤン〳〵〳〵。

第十二　武者尽　仁田四郎　　竹鳴園六旨

本ぶたひ正面神奈川[一三]人穴の体岩組くま笹なとよろしく物すごき道具下座の方立よしずにて障子に[一四]牡丹紅葉の〆御吸物と書あり波の[一五]をとにて幕明トばつたりと付うつなみの音つゞみ[一六]の相方に替る人穴の中より竹鳴仁田四郎[一七]の拵よろしくヒシカハ[一八]かづら小手すねあて錦[一九]の胴丸付太刀[二〇]にて松明を持出てあたりを見廻しほつといきをつきくたびれたる思入

竹鳴〽さて〳〵腹《はら》がへつた。三日跡《あと》に喰《くっ》たまゝで。腰兵糧《こしべうらう》はなくなるし。是《これ》では一ト足もあるかれぬ。マアこゝはとこだ。ハヽア神奈《かな》[二一]川の臺《だい》だな。なんぞ喰物《くひもの》がほしい物だ。イヤア何か有わへ。なんだ。獅子《しゝ》に牡丹紅葉《ぼたんもみぢ》[二二]の吸《すい》物か。こいつはいゝ物があつた。つか

一「たとへの通り小むすめと小ぶくろにはゆだんもすきもなるものではない」(三升増鱗祖)。
二 江戸の銭湯で、節句に祝儀を出す特定の客の入浴用に備えた桶。
三「江戸ハ湯銭天保前男女トモニ一人十文小児八文ヲ定トスレドモ、当地ハ四当一銭ヲ通用スルコト多キヲ以テ、十人ノ中七八人ハ四当銭二ヲ与フ」(守貞漫稿・二十五)。
四 隠語で「薬缶」と言ったか。慈悲成は禿頭と見える。
五「洗ひ分けたる」が正しい(花摘、五元集)。
六「日光たうがらし」は日光産の紫蘇巻とうがらし。
七「日光を拝まぬ内は結構と言な」(俚言集覧)。
八 鶏の声。
九 卵形の軽石を出しての口上。あひるの卵は食用として用いた。
一〇 糸瓜の実の水分・外皮・種子を去って日にさらし、繊維として垢すりに用いる。図のような形に束ねて用いたらしい。
一一 音羽屋は尾上松助・尾上菊五郎の屋号。「花江都歌舞伎年代記」文化元年条「河原崎座、七月三日より天竺徳兵韓噺、月花丸のめのと五百機と田舎座頭徳都、天竺徳兵衛実は宗観一子大日丸三やく松助…次に座頭徳市にて出、木琴を打て唄をうたふ」。その後、その養子二世松助(三世尾上菊五郎)が文化十五年三月中村座

で演じた。
一二 徳都は木琴を打って唄い、「いくらやってもこんなものさ」と言って止める。
一三 「芝生村左の方に浅間祠あり。山腹に窟あり。土人訛てふじの人穴といふ」(東海道名所図会・六)。
一四 獣肉屋の障子のさま。
一五 下座音楽の一。大太鼓を強弱の調子をつけて打つ。神奈川海景の趣。
一六 下座の一。「落合前立役などの出につかふ」(絵本戯場年中鑑・上)。
一七 仁田四郎は富士の人穴を探った。
一八 猪の毛のように鬢の逆立ったさまを作る。「ひしかは うしろへ毛の立たる也」(三座例遺誌)。
一九 歌舞伎衣裳の一。荒事師の用いる袖のない内着。赤地に金鋲を縫いつけて一面に散らしてある。
二〇 歌舞伎扮装の一。太刀をささないで腰に吊すこと。
二一 神奈川宿の一部で、高台より海浜を眺望する景勝地(現横浜市神奈川区台町)。宿屋・茶店が軒を並べていた。
二二 牡丹は猪肉、紅葉は鹿肉。

れを養《やしな》ふには何よりだ。コレ亭主《ていしゆ》牡《ぼ》丹《たん》を一膳《いちぜん》くれろ 商人〽よし簀《ず》のかげから出て アイ〳〵ようお出なされました。ヲヤ〳〵お前《まへ》さんは軍《いくさ》の人だね。穴《あな》から出た所は。[一]佐〻木の早打《はやうち》のやうだ。ハイ牡丹を上舛 竹鳴〽ドレ〳〵はやくくれろ〳〵。ア、もう一ぜんくれろ 商人〽ハイお替《かは》り 竹〽もう一膳《ぜん》くれろ面倒《めんどう》だからもりにしてくれろ 商〽扨〳〵軍の人は。大食《おほぐひ》な物だ ト文一ぜん出ス竹鳴又くひかゝりむねにつかへたる思入にてだん〳〵くるしむ思ひれ商人をとろひて 商〽モシ〳〵いくさの人どうなさつたモシ〳〵 トかいほうするいろ〳〵くるしみてばつたりこける 商〽ヲヤ〳〵是はとんだ事だ。山鯨《やまくじら》があたつたさうだ。[二]かあいゝ事をした。しかし懸《かゝ》り合になつては面倒だ。ドリヤ見せを仕舞《しまつ》て逃《にげ》舛ふ トそこらをかたづけ早足に下座へはいる竹鳴跡にてウムトいき吹かへしいろ〳〵くるしむ思入にて[三]大ドロ〳〵にてむつくと起 竹鳴〽アラ恨《うら》めしや仁《に》田四郎《たんのしらう》。[四]我こそいつぞや富士《ふじ》の御狩《みかり》のとき。汝《なんじ》が手にかゝりて命を失《うしな》ひし。年《とし》ふるゐのしゝなるはやい。なんじに殺《ころ》されしのち。[五]山奥《をく》屋の手に渡《わた》り。ついに此身をさま〴〵に切《きり》とられ。所〻方〻《しよ〳〵ほう〴〵》の見世につるされ。切売《うり》となつたる其恨骨髄《うらみこつずい》にてつし。いつぞやうらみをはらさんと。待《まち》にまつたる今日只今《こんにちたゞいま》。汝がからだへ入りをほせ。恨《うら》みを晴《はら》すときいたれり。アラ〳〵心よやなア と大ドロ〳〵ぼたんやの亭主出て 商人〽ヲヤ〳〵軍《いくさ》の人《ひと》だと思《をも》つたら。今見れば。ゐのしゝになつた。是はをれが銭《ぜに》もうけだ。さらば是を吸物《すいもの》にして。みなさまへ上舛ふ。しゝの立売《たちうり》[六]だ

一 未詳。佐々木巌流の歌舞伎にこのような筋があったか。
二 可哀そうなこと。
三 歌舞伎下座の一。大太鼓を激しく打ち続ける。幽霊の出現に用いる。
四 仁田四郎が富士の巻狩で猪に逆向きに騎って仕留めた話は、曾我物語・八に見える。
五 獣肉屋一般の称。
六 断ち売り。身を切り分けて売ること。
七 切るところを細工して切り易くしておく。
八 子日(ねの)に野辺に出て小松を引くことを子の日の遊びと言った。その

と思つたら。竹鳴〽これは仁田四郎《にたんのしろ》[一]が切売《きりうり》でムり舛ト

[景物] さらしの手拭《てぬぐひ》二たん出ス切ツ[七]かけつけ置寸〱にさく手ぬぐひになる

[第十三] 題 遊び友達　柳橋亭豊川

豊川〽遊[八]び友達《ともだち》と申す題《だい》でムり舛。遊びもいろ〱ムり舛が。幸《さいは》ひ今日は初子《はつね》の日に当り舛るゆへ。初春《はる》のあそび始《はじめ》に。子の日の遊び友だちを。お目にかけ舛るやうにムり舛。御連中様方《ごれんちうさまがた》を私宅《たく》へ。お引《ひき》よせ申ましたる所を。あそび友達の一興《いつきやう》に仕りまして。初子に引ましたる。千[九]代《ちよ》の小松《こまつ》をけいぶつにさし上舛

ト三ぼう[一〇]に小まつの見立にて鼠屋のきせる[一一]に松ばいろちりめんのきせる筒[一二]を葉のやうにほどよくむすびつけ数五十本出ス

[第十四] 曾我役割 近江小藤太[一三]　琴通舎英賀

小藤太[一四]の拵よろしく吉例柿[一五]の上下も萌黄のゐしやう近江[一六]と書たる紋付[一七]にて手をつき居るあつらへの鳴物にて幕明

英賀〽座付の口上よ[一八]ろしく有て　そのため口上さやう

トたいめん[一九]三重になる左の方に西之内[二〇]四枚ばりの凧いほり[二一]に木瓜を書たるを合方の三重に合せてだん〱にをし出す道具留る楽やのはやしになる

英賀〽思入有て　まて〱。見れば今様《いまやう》の役人《やくにん》といふは。曾我兄弟《そがきやうだい》のやつらだな。何

遊びの辞にかけて趣向した。

九 小松は千代のためしに引く。

一〇 鼠屋は人形町の芝居道具を製作する家(四十八癖・四編)と同じか。鼠屋製の煙管は鼠屋張り・鼠張りと称して知られた。

一一 暗緑色。

一二 煙管を携帯する袋。煙管を入れる部分と煙草を入れる部分とが一組になっているもの、又、煙管と煙草を併せて一つの袋に入れるものもある。

一三 曾我狂言の敵役。工藤腹心の家来。対面の幕に出る。

一四 「近江小藤太 衣裳、もへぎ熨斗目、上下柿にても薄がきにても。但しも丶いろもはへありてよし。かつら、なでひたいのはげたるをばすりはがしといふ。顔、すりはがしかづらの時はうすあかくする」(茶番三階図絵)。

一五 柿色の上下。

一六 舞台では熨斗目へ「近江」の二字を白く現わす。

一七 熨斗目の紋付。

一八 口上の切りの言い方。

一九 対面の場特有の下座音楽。十郎・五郎が花道に登場する時に、三味線の独奏でなされる合い方。

二〇 紙の種名。常陸国久慈郡より産する厚手で堅牢な紙。

二一 曾我の家紋(挿絵参照)。曾我兄弟の見立て。

曽我役割

さ〱あらがふなヱ。そして名《な》一はなんといふやい　ト凧の尾なはを一把出す　イヤサ名はなんといふやい　ト又なはを一把出す　コレヱ、こゝをとこだと思ふ。宇《う》二佐美久津美河津《さみくづみかはづ》。三ヶ《さんが》の庄《しやう》の主《あるし》。工藤左衛門《くどうさゑもん》祐経《すけつね》さまの御前《ごぜん》だぞ。字《じ》三凧《だこ》とさはぐと　ト西の内一枚張の字凧を出ス　かくいふ近江《あふみ》の小藤太成家《ことうだなりいへ》が。たぐりよせてからめとるぞ。見四るかげもない曾我殿原《そがとのばら》四《よ》五ッ谷《つや》とんびの羽根《はね》をすぼめて。きり〱飛《とん》でなくなれヱ、　ト四ッ谷とんびのたこを出す　跡にひかへし奴《やつこ》を見れば　ト奴凧を出す　わりやア小林《こばやし》六の朝日奈《あさひな》だな。兄弟《きやうだい》のやつらをしやく七るなヱ〱。左衛門様は大ゝ名《だい〱めう》。おはうちからした。やせ浪人《らうにん》。立よりやア扇《をふぎ》八の凧《たこ》　ト扇凧を出す　なげヱ物にやァまかれろだ　ト一玉のたこの糸を向ふへなげ出しぎつくり九と見え　木一〇。の頭すぐに糸まきへいとをまくをキザ一一ミにて　よろしく幕《まく》

第十五　題　吉野山　　　　　　　　　　　　　　　井　李

舞臺一面《ぶたいいちめん》に屛風《びやうぶ》立廻し此内に桜の花をかきたるてうちん沢山火をともし懸《かけ》てある着付一二袴にて口上

井李〽吉野山《よしのやま》と中題《だい》でムり舛が。愚案《ぐあん》の私《わたくし》にとてもむづかしい事は出来ませぬゆへ。只よしの山の花ざかりの。景色《けいしよく》のみを入御覧《ごらんにいれ》に舛。コレ〱そこにあるおれがけいぶつの包《つゝみ》を。取て下せへ　ト相手一〆風呂しき包の箱をもつて出て渡ス井李風呂しきをとき箱のふたを取る中に何もなきゆへきもをつぶしたる思入にて　是は　トおどろく相手も同じく中を

一「縄」と聞かせる。
二 曾我物語には「伊豆国伊東河津宇佐美この三ケ所をふさねて久須美庄と号す」とある。
三「じたばた」と聞かす。
四 曾我対面の場で、「河津の忰の曾我殿原、見るかげもない貧乏暮し」などという。
五「四谷紙鳶　四ッ谷より出すいかのぼりを云普通のとびたこより少しかたち異也」(俚言集覧)。挿絵参照。
六 朝比奈三郎は舞の本「和田酒盛」に「小林の朝比奈」と称し、歌舞妓で「和田が三男小林の朝比奈だあもさあ」と名乗る。その根拠は不詳だが、太田亮「姓氏家系大辞典」によると、相州三浦郡に朝夷三郎義秀の裔なりと云う小林氏があったことを記す。
七 そそのかす。凧をしゃくり上げるのとかける。
八 挿絵参照。諺「立ち寄らば大木の蔭」により「扇」と続ける。
九 はったとにらみつける見得。
一〇 幕切れに打つ柝の第一の音。チョン。
一一 引幕のときに拍子木をチョン〱〱〱〱と連続して打つこと。
一二 上着に袴のいでたち。

のぞきて 相手＼是は トおどろく 井李＼とばかり 相手＼花の[一] ト山〳〵をながめるおもいれあるべし 井李＼吉野山で厶り升

ト屏風をひく右のさくらのてうちんにて舞臺一面花のけしきになる此てうちん一つづゝ連中へくばる也

シヤン〳〵

茶番早合点二編巻上終

一 安原貞室の発句に「これは〳〵とばかり花の吉野山」。

茶番早合点　二編下

江戸戯作者　式亭三馬撰

亀　太

第十六[二]　正月尽　羽根突

着付袴にて口上　亀太〽扨はね突《つき》と申す題《だい》でムり升から。羽根突の景物《けいぶつ》を御らんに入升　トぬり枕を十出して　一ィ二ゥ三ィ四ゥ五ッ六ゥ七ナ八ァこゝ[三]九の家《や》にとうまれ十　トまくらを[四]十ならべ　さて。是にて羽根突のけいぶつは相すみまして厶り升が。是よりおなぐさみに私が羽ねをついて御らんに入升ふ　トふところより羽子板を出し袖の内よりはねを出さんとして尋る思入あつて　ホイこれはしたり羽根をどこへか落しました　トむしやうにさがす思入あつてトヾ大きにこまりたる思入　どうも羽ねをなくしまして厶り升が。此まゝひつこまれもいたし升まい。さりながら肝心《かんじん》のはねが厶りませぬ。どうぞはねの替りになる物がほしい物で厶り升　トあたりを見まはし　どうぞ石ころでも見つけたいものだ　ト捨ぜりふにて石ころをさがす思入有て　よし〳〵よい石ころが厶りました　ト取上ケ其石を鼻紙にておひねりのやうに捻り　是を羽根のかはりにいたして。おやくそくの通りはねを。

二 底本「第十五」とあるを訂。
三 羽根つきの童唄。通常「ここのやとおや」、「ここのやねへとまった」とも。
四 ここの家に泊れだから。

禿《かむろ》とびまねの図
括枕《くゝ》と塗枕《ぬり》を取かへて見せる図
羽根突
亀太

突て御らんに入レ舛ふ　ト是よりかの羽子板にてをつく仕うち一ィ二ゥといひながらついても思ふやうにつけぬ思入にて甚こまりたるこなし見物の内を見廻して十二三の女子をよび出し　註　是はかねてをとり子を禿らしきこしらへに仕立置見物の中へふせて置此とき呼出す也　コウあねさんお前をこゝへ呼出したは。外の事でもないが。今おまへの見て居なさる通り。わたしにはとうも此羽根がつけぬから。お前どうぞ此はねを突て。此座のお茶をにごしてくんなせヱ。それでなければ此茶番の仕舞がつかねへどうぞおがむからちよつと突てくんなせへ　トをとり子にはねと羽子いたをわたす　禿〽そんならなんといはしやんす。わたしに此羽ねをついてくれいとかヱ。アイ〱それはマアどうともせふわいなア　亀太〽さつそくの御承知《しやうち》ありがてへ〱。そんならこゝで所望じや〱　ト是をキッカケに下座にては[一]ねつきかふろの唄になる亀太扇にてをどり子と共に追ばねをつく仕うちトヾ丸ぼんを出して是にて又追ばねをつくこなし此内よきほどにかふろはかくやへは入ル是よりひとり舞臺にて右の盆にて羽根を十分につくこなし　此あたりより下座[二]辻打に直る此はねつきいつとなく[三]ふきや町河岸にて見せたる蝶つかひの仕うちになる扨てふつかひの仕うち十分あつて　右の羽根は誠のはねとかはり舛ス　トふきがへのはねを見物中へなげる是をキッカケに下座は見せ物打出しの太鼓になる

此とき[四]廻し枕を十出して初にいだせしぬりまくらと一ツづゝ引かへながら

[五]先ンのは替り〱〱

○[六]此ころ大坂より谷川定吉同しげ野といふ者下りふきや町川岸にて紙の蝶をつかひ大当りしたり

一 長唄「春昔由縁英」の一部。歌詞は「禿は袖の振り始めつく〱〱には羽根をつくひいふうみいよう五重に七重に」云々。

二 下座音楽の一。太鼓一挺だけをテンテンテンテンテレンと打つ。見世物小屋に用い、ここでは葺屋町河岸の見世物小屋に当てる。

三 葺屋町西端の河岸。見世物小屋の立つ所。

四 深川遊里の廻しの床で用いる枕。「深川大全」に「廻し枕とてまくらかた〱は木枕にて自身の枕かた〱持てくるゆへ客も廻しの有事をしるなり」とある。直方体の木枕。

五 見世物小屋での呼声に、廻し床の客交替の意をかけた。且つそれにあわせて景物の枕を交換してみせるという手の込んだ趣向。

六 文政二年冬。

第十七[一]　曾我対面

準縄亭水盛

作者曰此人篤実《とくじつ》の老人にしてしかも茶番にをいては老功の上手趣向こまやかにして花やかに花実相対の功者といふべし此書初編出板の後間もなく惜かな故人となりぬ生涯の名案多けれどもみな世に伝へずさひはい此たいめん場病床にて書記されしを予が方に贈られしによりてこゝに出す初編に出せる助六と併見て其高趣を知るへし老人は日本橋十九文横町[二]に住し金井権八といへり文政四年巳三月廿日卒佳誉浄心信士と号し麻布谷町[三]道源寺に葬れり

着付上下大小ふけたる拵一体[四]工藤の屋敷勝手まかないの侍にてさげかごを持野菜ものを買出してもとる体

水もり〳〵私は工藤《くどう》の屋敷《やしき》の臺所賄《だいどころまかない》の侍でムり舛。今日は寅待《まち》[五]なりことに廿日[六]正月の事ゆゑ。買《かい》物をいたして参りました　ト持遊のたいひらめなど籠に入れたるを三つ出して　是は寅まちの入用の肴《さかな》。此方《ほう》は料理番《りやうり》がこしらへ舛。私はせち[七]料理を拵《こしらへ》舛。お神酒《みき》までも私が上舛。まつ買ものを書附《つけ》と引合せて見舛ふ。まづ牛房《ごぼう》十本。人じん五本。里芋《いも》一ッ升。焼《やき》どうふ五ッ。大根《こ》二本。ごまめ五合。かつをぶし一本。うど五本。浅草《あさくさ》のり五まい。小松だけ。少〻。ふきのとう。少〻。柚《ゆづ》一ッ。玉子一ッ。福ざんしやう[八]　トよみしまひ　扨わたくしは倹約《けんやく》第一といたして。勝手をまかなひ舛から。此やうな物も残らぬやうにきてうめんに。買舛。それ故《ゆへ》。首尾《しゆび》もよろしうムりまして。年《ねん》〳〵立身《りつしん》いたし舛　トまないたほう丁を前になをし右のわきに鍋のふたを明て置左のわきに御神酒どくりを三宝

一　底本「第十六」。
二　「通二丁目、里俗呼名拾九文横町。西側中横町を云」(御府内備考・八)。
三　谷町は現六本木一・二丁目のあたり。道源寺は六本木一丁目に現存。
四　総じて。
五　毘沙門天の福徳を祈るためと称し、寅の日の夜を寝ずにすごすこと。夜を徹して遊楽する。
六　「貴賤廿日正月とて、雑煮餅を食し祝ふ」(東都歳時記・正月廿日条)。
七　節日の祝いの料理。
八　「御気にいりまめ福山椒、節分の数をかさね〳〵」(狂文吾嬬那万俚「僊家請状の事」)とあるから、節分に用いるものと分る。酉の市で売られた切山椒であろう。
九　屋根に開けた明りとりの窓。板戸(ここでは障子とあるが、板障子)を綱を曳いて開閉する。
一〇　小林の朝比奈から「朝」を引出す。
一一　顔の正面。
一二　御所の黒弥吾。曾我物語の十番斬に出る。歌舞伎では、梶原又は工藤の与党として登場する。牛房は黒いから。
一三　梶原は敵役として赤面に作る。
一四　「焦がれ」にかける。
一五　「股」にかける。江戸で知られた豊島郡練馬村産の大根。
一六　曾我対面で範頼が花道から登場する時、「範頼公お入り」と呼ぶ。
一七　歌舞伎の曾我の里の場はすべて

にのせをき扨ほう丁を手に取て 水もり〳〵ドリヤしたくにかゝろふか ト是より思入有て うつとうしい[九]引窓《まど》の障子《しやうじ》をあけい。日ざしを見れば。まだ[一〇]小林《ばやし》の。朝《あさ》ツぱらから節料理《せちりやう》。扨から見渡した[一一]向《むかふ》づらは。いつに替らぬおしきせの。[一二]牛房《ごばう》の黒弥五《くろやご》。梶原《かぢはら》には。髭《ひげ》にんじんの[一三]赤《あか》ツつら。虎少将《とらせうく》はいつとても。[一四]こがれて居《ゐ》たる焼豆腐《やきとうふ》。[一五]ねりま大根《だいこ》の股野《またの》もあれば。浅くさの。[一六]のりより公《かう》もお入《いり》にて大一座《おゝざ》なるお臺所《だいどこ》。是から見りやア[一七]曾我《そが》中村の臺所《だいどこ》などは。なんぼじたばたさわいでも。うどの大木《たいぼく》ごまめの歯《は》ぎしり。祐経《すけつね》さまに[一八]鰹節《かつをぶし》とは。どうして〳〵歯《は》がたつ物か。さは去《さり》ながら。いかにせちの献立《こんだて》でもハテめつらしからぬ。[一九]さいめんじやなあ トこなしあつて[二〇] ドリヤちときざみかけやうか。[二一]イヤ〳〵せくまい〳〵。春の日永《なが》だ。やゝともすれば。[二二]膾《なます》を打てへ〳〵と。[二三]けふはいかなる吉日にや。はやうどんげの花さくはる。十八文のさ[二四]まつ茸《だけ》。[二五]今ふきかへすふきのとう。苦《にが》みばしつた左衛門祐経《すけつね》 トくだけて イヤほんに祐経さまがお神酒《みき》をあけろとおつしやつた ト又思入にて 誰《たれ》かある銚子《てうし》をもて ト御酒どくりを引よせて古いみきを茶わんへあけて新しい神酒をつぎかへ下げた御神酒をのむ思入にて いたゞき舛べいヱ〳〵 ト牛房へほう丁をつけて [二六]ごぼうヱヽ。土をこかれて無念《むねん》なか トさんしやうを手に持て [二七]さんしやうろう〳〵 ト又いもを取て ア[二八]親《をや》はなけれど子はそだつと芋《いも》も大きうなつたよなア ト思入此とき半てんを着たるさかなうり一人かごをさげて出て来り 肴や〳〵 モシ〳〵親方。けふは肴がすさまじくあるがおめへは[二九]倹約《けんやく》奉行だによつて。どうで肴はかひなさるめへ。めづらしい物を持

貧困の態を示す。曾我中村は曾我兄弟の在所で「曾我里 酒勾川の東、小八幡より廿町許入、曾我兄弟住し所なり。山中にして曾我ノ中村といふ」(東海道名所図会・五)。

一八 「勝つ」にかける。鰹節は堅くて歯が立たない。

一九 「截麪 サイメン 今の温飩蕎麦切の類也」(俚言集覧)。曾我の対面で、工藤「ハテ珍しい」工藤・十郎・五郎「対面じやなア」という。

二〇 五郎が刀をとって立ちかかるのに当てる。

二一 十郎「せいては殊に大事の身、じっと辛抱しやいなう」という。

二二 「日頃敵を討ちたい〳〵と一萬が思ひ」(霊験曾我籬)などという。

二三 現行の「吉例寿曾我」によると、五郎のせりふに「けふはいかなる吉日にて、日頃逢ひたい見たいと、神仏をせがんだ甲斐あつて今逢ふたは優曇華の、花待ち得たるけふの対面、三ケの荘の福は内、鬼も十八年来の、今吹き返す天津風、盃頂戴仕るでござる」(歌舞伎名作選)。

二四 松茸の五月頃出るもの。

二五 春になって芽を出す。

二六 「五郎ヱヽ、父を討れて無念なか」と聞かす。

二七 「さん候」と聞かす。

二八 工藤のせりふに「世になき父が見るならばさぞ満足に思はんに、親はなくても子は育つ…」などという。

二九 財政の緊縮を担当する役人。

一「紙鳶全書」にその図を掲げる。眼・髭のある鯰の頭と尾を作る。「甲子夜話」三に、鯰の形に作った凧の、「其長さ頭より尾までにて邸の半あ

て来やした　トなまつ凧[一]を出し　此鯰《なまづ》を祐経《すけつね》様に上なさんねヱか　水もり〳〵なる程《ほど》是はめつらしい　トこなしあつて　しかし是はなるまいわい　肴や〳〵そりや又なぜヱ　水もり〳〵[二]すけつねなまづをくつた覚《おぼ》へはない　肴や〳〵そりやアお前ひきやうだらふ　水もり〳〵ひきやうでない。[三]五月上旬干鰒《ふく》の汁《しる》はくふとても。こりやア叶わぬ事だ　肴や〳〵ア肴[四]は山に有ながら　水もり〳〵イヽヤ手をむなしくは致すまい。[五]こりやコレ寸志ばかりの当座の玉子　肴や〳〵ア[六]あたじけない　水もり〳〵コリヤア狩場《かりば》[七]のゆず　と抽子を出す下座にて時のかねを打　肴や〳〵サア〳〵親方もう九ツだおせちはどうだ。まだお神酒も上ずにあるの　水もり〳〵今にお神酒も上るおせちももう出来た　肴や〳〵何まだ此やうに並べてあるじやアねへか　水もり〳〵もう鍋《なべ》の中にいれてある　肴や〳〵ドレ　トなべを見やうとする水もり見せまいとする一寸立まはりよろしく　トヾ水盛なべのふたをする木の頭すぐに神酒どくりへ[八]切火を打かける。音　チヨン〳〵　よろしく拍子幕

第十八[九]　小松曳

柳斎千萬多[一〇]

半てんもゝ引手拭を四つ[一一]に打て腰にはさみ船頭の拵にて座につきこしの手拭を取て顔をふきながらすこし巻舌にて

柳斎〳〵私は行徳河岸《ぎやうとくがし》[一二]の船頭《せんどう》。引舟の松と申者でムり舛。小松引と申題《だい》を取ましたから。色《いろ》〳〵考《かんが》へました所。近《きん》所の小網《こあみ》[一三]町に。文字《もじ》[一四]がたの浄瑠理《じやうるり》の稽古《けいこ》所《じよ》に。文字松と申女がムり舛。よほど小《ちい》サイ女ゆゑ。あだ名を小松〳〵と申舛。尤女の事にて引語《ひきがた》りに致し舛

りける」とあるのによると、尾を長く作って興じたものらしい。

二「河津を討った覚えはない」と聞かす。五郎「覚えないとはひきやうな祐経、親の敵と名乗れヱ、」というやりとりがある。

三「五月下旬、富士の御狩の総奉行、役目終らぬそのうちは、私の敵討叶はぬ〳〵」(吉例寿曾我)。

四 五郎のせりふ「宝の山へ入ながら手をむなしく立かへるか」。

五 工藤のせりふ「けふ対面のその印、些少ながら我が年玉」。

六 けちくさい。「かたじけない」のもじり。

七「狩場の絵図」と聞かす。「男伊達初買曾我」では、祐成が入手して持っていて奪われるなどの筋あり。

八 切火を打つ音を幕切れの拍子木に見立てる。

九 底本「第十七」。

一〇「四方歌垣戯文集」の編がある。「人心覗機関」下に出る柳斎はこの人の当てこみか。

一一 ぽんとはたいて四つ折にし。

一二 小網町三丁目の南縁、箱崎橋北詰の河岸。行徳へ往来する船の発着場。

一三 江戸橋より下流、日本橋川の東岸をいう。

一四 常磐津の社中。常磐津文字太夫を祖とし、何文字と名のる。

から。[一]小松引語《かた》りと申すがどうか小松曳《ひき》の題《だい》に縁《ゑん》があるやうに。存しました故《ゆへ》。早速《さつそく》参つて相談《さうたん》いたした所。稽古所《けいこ》に有あふ諸道具《しよだうぐ》をくれまして。是で商売《しやうばい》の[二]小松川筋《すじ》の。[三]引舟のさまをおはなし申すかよかろうと申舛ゆゑ。まづ小松川引舟の筋を申上舛〇[四]竪《たて》川通りに[五]船《ふな》番所がムりまして。[六]舟の切手を改《あらため》舛。此切手がござりませんでは通路《つうろ》がなりかね舛から。各様《おの〳〵》へ切手を一枚つゝさし上舛 ト[七]けいこ所のぬり札にごふんにて名の書たるをあまた出す此名前一〳〵このみあり末にいふべし 行徳河岸からのり出し舛。是が船でムり舛 ト三みせんの胴[八]かけを出す [九]みよしでムり舛 ト撥を出す 小《ちい》さく雛《ひな》がたをいたせば舟の形《かたち》は此通りてムり舛 ト三味線のこまをさか[一〇]さに引返して出す 扨《さて》舟の内にはのり合が大ぜいムり舛。誠《まこと》に乗合《のりあい》船と申ものはさま〴〵な人が乗てをり舛。まづかやうな老人《としより》がのつてをり舛 ト[一一]豊後本の[一二]老松一冊出す 駕《かご》が一挺《てう》ムり舛。尤成田《なりた》からのもどり駕と見え舛 ト[一三]戻かごの本一冊出す うつくしい着物《きもの》を着ました娘《むすめ》がひとり乗《のつ》てをり舛 ト赤い[一四]ねを一ツ出す [一五]鹿嶋《かしま》の事ふれがをり舛 ト[一六]八百萬の本一冊出す 火《ひ》なは箱《ばこ》もムり舛 ト[一七]こま箱を出ス 竪川《たてかは》。[一八]をなぎ川《がは》などゝ申て。河《かは》が三《み》すじに流《なが》れ舛 ト三味せん糸三ツ出ス 川ばたに[一九]行徳屋《ぎやうとくや》といふ。煮売屋《にうりや》がムり舛 此行徳屋の河岸《かし》を舟《ふね》が通《とを》ると乗合が。みんな燕《つばくら》の子《こ》のやうに。口《くち》をあいて喰《くひ》たがり舛 トきれの燕[二〇]口を出す 風《かぜ》があると波《なみ》が高《たか》くて。船頭がほねがをれまして。誠《まこと》に粉《こ》[二一]に成り舛 ト[二二]打粉の袋を出ス それゆゑ綱《つな》をつけて舟をひかせ舛 ト又いとを三ツ出す 行《ぎやう》

一 子日の小松引にかけた。
二 中川・江戸川間にある一つの流れ。現江戸川区内一色・一之江・松江辺を流れ船堀に到る。
三 客を舟中にのせ、川添いの道を曳行者が曳いて行く交通法。江戸東郊の堀川地帯で行なわれた。
四 竪川は本所を東西に貫流して中川に至る運河。竪川を船の通路として竪川通りともいう。
五 中川御番所。→注一八。
六 川船が登録のものかを検べる。船頭が切手を呈出する。
七 稽古所(常磐津などのお師匠さんの家)では、黒塗りの札一枚ごとに、入門者の名(芸名・表徳)を胡粉で記して壁に掛ける。
八 三味線の胴の外側の側面にかける覆い。胴の形に沿ってわんぐりとした形で、船に見立てた。
九 船首を構える材で、上に尖り下に開いた三角形。
一〇 三味線の胴と絃との間に挿み入れて絃の振動を胴皮に伝える木片。平たい梯形で、上下を逆にすると船形になる。
一一 ここでは常磐津の正本をいう。
一二 初代常磐津文字太夫作の常磐津節作品。祝儀物として有名。
一三 桜田治助作常磐津節浄瑠璃「戻駕色相肩」。
一四 根緒。三味線の絃を胴の下部の中木先に固定するための組紐。
一五 鹿島神官と称し鹿島明神の御告

徳近《とくちか》くなり升と河《かは》ばたの土手《どて》を菜売《なうり》の百性《ひやくせう》が角《かく》なもつこうで菜《な》[二三]をかつぎ升　ト角[二四]もつこうのもん付の本[二五]はさみを出ス　此菜《な》[二六]も江戸《ゑど》へ売《うり》に出まして。鴨《かも》の合手《あいて》になり升ふから。すへ〴〵はよい[二七]なとりになり升ふ。此百性《ひやくせう》も水《みづ》[二八]のみ百性と見へ升　トゆ[二九]のみの茶わんを一ツ出ス　此川の堤《つゝみ》に。小松《こまつ》がたくさんムり升から。各様《おの〳〵さま》たゞ今の札《ふだ》に引合《ひきあは》せて。松《まつ》をお引《ひき》下さりませ〇文字《もじ》松《まつ》は弟子《でし》が二三百人《にさんびやくにん》もムり升。それゆゑ塗札《ぬりふだ》には皆《みな》あだ名が書《かい》てムり升。此あだ名に引合せて。けいぶつをさし上升　トこれよりぬり札に引合せてけいぶつをわたすなり

一丁目松　小網《こあみ》町一丁目の松《まつ》さんには一[三〇]の糸《いと》を上《あげ》升

二丁目松　同二町目の松さんには二の糸

三丁目松　同三町目の松さんには三の糸

駕屋松　かごやの松さんには戻り《もどり》駕《かご》の本《ほん》

水茶や松　水茶屋《みづちやや》のお松さんには湯呑《ゆのみ》の茶碗《ちやわん》

馬方松　まへ方馬方《かたむまかた》をした事が有《あつ》たさうさ　これは胴[三一]かけ

高砂や松　高砂屋《たかさごや》の松さんにはめでたく老松《おひまつ》の本《ほん》

鉢植松　はちうへの松さんにはこんやは何も上るものがムり升ぬ。[三二]八日か十二日の縁日のばんに何ぞ買《かつ》て上ませふ

げを諸国に触れ歩く者。

一六 常磐津節浄瑠璃「神楽諷雲井曲鞠」。初めに鹿島踊りを用いる。詞章に「神をいさめの曲太鼓八百や万の手をつくし」とある。

一七 三味線のこまを納める箱。形が火打箱と似ているか。火打箱は燧石、火打鎌、ほくち、付け木を収める函で、曳舟の中に置かれる。

一八 竪川は小名木川の一筋北の川で、中川御番所は小名木川の中川口にある。　一九 未詳。

二〇 稽古本携帯用の袋。正方形のきれ地の四つの頂点の中、一つをあけて他の三つを中心に集めて縫製し、留めの爪をつけたもの。あけた形が燕口に似る。　二一 くたくたになる。

二二 三味線を弾くとき、滑りをとめるため手につける粉。

二三 菜かつぎという。　二四 木瓜(もっこう)紋の外辺を角形にした図柄の紋。

二五 稽古本の携帯用に、本を入れる套。厚紙製で、本のまわりを囲み、爪で留める。　二六 小松菜といわれる。

二七 「名取り」に「菜鳥」をかける。

二八 小作の百姓の称。

二九 浄瑠璃を語るのに備える。

三〇 三味線の三本の糸のうち、太く調子の低い方から細く高い方へ順に一、二、三という。　三一 三味線の胴かけだが、馬の胴掛もある。

三二 江戸名所図会・一・茅場町薬師堂条に「縁日は毎月八日十二日にして、門前二三町の間植木の市立り」。

題小松引
柳斎

糸屋お松　いとやのお松さんにはうつくしい祢緒《ねを》

粉や松　こなやの松さんには打粉《うちこ》

市　松　[一]市松《いちまつ》の中形《ちうがた》ばかり好《すき》な人サ是は一の糸

にほん松　二本橋《にほんばし》から来《く》る松さんには二の糸

[二]三がい松　芝居の三がいにばかり遊《あそ》んで居《ゐ》る人さ
それで三がいの松さんといひ舛。ソレ三がいの三の糸

鹿島松　鹿島《かしま》の生れださうサ八百万《やをよろづ》の本《ほん》

[三]高麗屋松　声色《こはいろ》はきつい物さソレこま

金物松　金物屋《かなものや》の松さんは本ばさみ

土屋松　つちをはこぶから燕《つばくら》ぐち

箱崎松　[四]箱崎《はこざき》の松さんは箱ざきのこま箱

景物《けいぶつ》ももう是ぎりで厶り舛。一体小松引《いつたいこまつびき》の題《だい》で小松川の引舟は聞えたが。常磐津《ときわづ》とはどういふ事だ。とおつしやり舛ふが。[五]故人《こじん》文字太夫は小松川出で厶り舛から。縁《えん》がないとも申され舛まい○船《ふね》が岸《きし》へつき舛ときは。[六]あたり舛と声《こへ》をかけ舛が。船頭《せんどう》のあたりまへで厶り舛が。私が茶番は大きにはづれで厶り舛からあたり舛とは申されませぬ。あたりませんで厶り舛　シヤン〳〵

一 守貞漫稿・二十六に「市松人形 三都トモ三、五寸ヨリ、尺バカリノ物アリ」とあり、その中位の大きさのもの。
二 北野天神などの紋章を三蓋(さんがい)松という。
三 五代目松本幸四郎屋号高麗屋にあてた。「こま」は前名市川高麗蔵だから。
四 箱崎は小網町の下流箱崎橋あたりの町名。箱の縁で「こま箱」と言っただけか。
五 「豊後節常磐津文字太夫、…其後時文右衛門かつしか小松川に住」(三升屋二三治戯場書留・上)、「元祖文字太夫は小松川より出て名を残す」(賀久屋寿々免・三)。
六 「船頭 アイあたりますおあぶのう御ざりやす」(青楼真廓誌)。

第十九　羽根突にまぼしい[1]

瀬[2]川路暁

路暁〽常の形り袴にて はねつきにまぼしで厶り升。何がまぼしくてう〳〵と。春《はる》の夜《よ》の夢《ゆめ》ばかりなる手枕《たまくら》に。と申升るやうにて。何《なに》やらうす寐《ね》ふくなりました。トほゝづえつきてねふるこなし。向ふより相手一人むすめ形にて。[3]びらり帽子ふりそでにて。羽子板を中啓[4]のやうにもち。[5]道成寺の出の鳴物にてしづかに出て来り。本舞臺に留る 娘〽初夢《ゆめ》に一富士《ふじ》二鷹《たか》三茄子《なすび》。 ト路暁目のさめたるこなし。あたりを見廻し娘をみつけて 路暁〽いつの間にやらうつくしい見はてぬ春《はる》のながめぢやなア 何がまぼしい程うつくしい。モシお前はどこから御出て。名はなんといひなさんすヱ 娘〽サアわたしは白拍子《びやう》と申す。[6]はねつきにて候。はねの供養《くやう》を。おがませて下さんせいなア ト路考[7]のにがほをかきたる羽子板をかほへあてる 路暁〽さても〳〵うつくしい。まぼしくてならぬ程。うつくしい物だぞ 娘〽そしてお前の名はなんといひなさんすヱ 路〽アノわたしかへ。わたしが名は羽根供養《はねくやう》の番人にて。ま法師と申す僧《そう》にて候 娘〽ナニまぼうしとかヱ 路〽さやうさ 娘〽そんならとふぞヱ 路〽[8]とはしやれ〳〵 娘〽とふぞへ〳〵 路〽とはしやれ〳〵 娘〽はね突《つき》とかけて。何ととくヱ 路〽ナニはねつきとかけて ト一寸思入あつて [9]ぬり枕《まくら》トとく ト枕を一つ出す 娘〽その心は 路〽ひとよに[10] ト又枕一つ出し ふたよ ト又一つ出し みわたし ト又

一　まぶしい。
二　四代目瀬川路考に同じ。
三　歌舞伎の女形が用いる紫帽子で、左右に垂らしたもの。道成寺白拍子の形。
四　「今中啓といふて中位先のひらきたる扇有り是即ち末広なり」(類聚名物考・二三八)。道成寺の白拍子が持つ。
五　祇園囃子。「出の鳴物」は、道行の、義太夫三味線を主にした囃子。
六　「鐘つき」ときかせる。
七　路考は瀬川菊之丞の俳名。但し娘道成寺と言えば、文化七年に没した三代目仙女路考が特に有名である。
八　娘道成寺では、白拍子と番僧との間で問答がある。現行では「とはしやれ〳〵」とは言わない。「とはしやれ〳〵」は、明和・安永期流行の色里座敷の遊びであるが、歌舞伎・浄瑠璃・長唄などに採用せられている(日本歌謡集成所収の荻江節正本「恋文字道中双六」、同じく新編江戸長唄集「おとぎもみぢ早物語」、南北全集所収の「霊験曾我籬」四幕目など)。
九　遊里などで用いる漆塗りの木枕。
一〇　羽根突き唄。夜の数は枕の数。

題
。羽根《はね》つ突に
すがしれ
瀬川
路暁

一つ出し　よめご　ト又一つ出ス都合五つ也　娘〽もひとつとふぞへ〳〵　路〽とはしやれ〳〵　娘〽とふぞへ〳〵　路〽とはしやれ〳〵　娘〽まぼしとかけて　路〽まぼしとかけて　ト少し考へ　あんくわとと〳〵　ト手あぶり[一]をあまた出ス　娘〽こゝろは　路〽ひと手にかざすと申舛　シヤン〳〵

第二十　題　角力友達

富　松　暁

松暁〽草《くさ》も木《き》もまだ見えわかぬ春《はる》の色《いろ》。ハテうらゝかなけしきしやなア　トこなし向より相手一人袴にて出　相手〽申上舛御門前《ごもんぜん》に角力取《すもふとり》一人。御《ご》[二]年頭《ねんとう》に上りましたと申。お目通ﾘをねがひ舛。是へ通し舛ふやいかゞはからひ舛ふ。松〽ナニ角力取が年頭に参つたとな　相〽ハツ　松〽シテ名はなんと申す　相〽その儀は　松〽たわけ者《もの》めが。何《なん》の為《ため》の取次《とりつぎ》じや。はやう聞《きい》て参れ　相〽ハイお友達《ともだち》じやと申ましてムり舛　松〽友達ゆゑに年頭にも参るといふもの。早ふ名をきけ　相〽ハツト立て。ハツ龍門《りうもん》[三]と申舛る　ト鯉の滝のぼりの手拭を出ス　松〽ナニ龍門《りうもん》といふか　トひろげてムゝ、はねる手《て》[四]が上手《ぢやうず》と見えたな　トばた〳〵にて　相〽ハツ申上舛。又候お友達《ともだち》の角力《すもふ》一人御門前《ごもんぜん》にひかへをり舛。通し舛ふやいかゞはからひ舛ふ　松〽名は何と申す　相〽玉川《たまがは》[五]と申舛る　ト晒《さらし》の手拭をたたみて出ス　松〽ムゝ、玉川《たまがは》か是は武蔵《むさし》の玉川で。手作《てづくり》[六]りのか[七]ひなぞりの名人《めいじん》でムり舛　相〽さがれ〳〵　松〽何事じや〳〵　相〽最前《さいぜん》よりさがれ〳〵と申舛るに。角力一人御門前

一　行火。手あぶり。小形の木箱に陶製の火鉢を入れたもの。
二　年頭の礼。
三　姫路抱力士龍門鯉之助。文政四年十月の番附に西三枚目。同五年正月陣幕島之助と改名、同六年二月限りで引退。最高位前頭筆頭。
四　はね上げる手、すなわち突き・突張りなどをいう。鯉のはねるのにかけた。
五　盛岡抱力士玉川浪三郎。文政四年十月の番附に西四枚目でこれが最高位。何度も改名し、同十二年二月春日山鹿右衛門として引退した。
六　「玉川に晒す手作り」の歌語を用い、「手作りの」は「かひな」を引き出すための修辞。
七　相手の脇へ頭を出し、相手の腕をかついで、下手で脇廻しを取って、仰向けに反って倒す。

ま近《ちか》く出舛る故《ゆへ》。さがれ〳〵と申舛るでムり舛 松〽ナニさがれ〳〵といふにさがらぬ角力。名はなんといふ 相〽錦木《にしきゝ》[八]さんと申舛る トおいらんを染たる手拭にしいしを張て凧のやうに見せる 松〽さがれ〳〵といふにさからぬのは凧《たこ》[九]でもあるか。此錦木《にしきゝ》[一〇]は腹《はら》やぐらの。大《だい》の手取《てとり》と見え舛 相〽申上舛。又候御門前に角力一人ひかえ居り舛。通し舛ふや 松〽名はなんといふ 相〽ハッ恐《おそ》れながら とたゝみたる手拭を松暁のつふりの上へのせて跡へさがり手をつく 名はあなた様の。お茶番《ちゃばん》のやうな名でムりました 松〽ナニ身が茶番のやうな名とは ト染形すかしたる手ぬぐひを取て ム、いたゞきか[一一]。此《この》角力はかたずか[一二]

八 盛岡抱力士錦木繁之助。何度も改名した力士で、文政四年十月の番附では音羽山峰右衛門の名で東筆頭。最高位関脇。同十一年十月江戸が浦の名で引退。

九 凧は天まで昇れという。

一〇「けいせい鏡台山」(文化二年、中村座)で五世岩井半四郎が演じた丁子屋のおいらん錦木とかけたか。腹やぐらは相撲の手の一。自分の腿を相手の股間に入れて跳ね上げると同時に、自分の腹を支点にして投げ倒す。おいらんの縁で。

一一「いただく」(失敗する)にかけた。文政初期には二人あり、一は前出玉川の前名、頂徳太郎。文政二年十一月玉川と改名した。もう一人は盛岡抱頂徳五郎。前の頂が玉川と改めた後を襲って前名鯱ノ海荒五郎より頂に改めた。年代上は後者が相応しいが、この力士は二段目(十両)に終始した。要するに頂・錦木などは有名な四股名で何人もあり、その時の誰と正確にあてているのではなかろう。

一二「すかをくう」「すかたん」などの「すか」をかける。

しの名人《めいじん》でムり升　相〽申上升又候角力一人御門前《もんぜん》にひかえをり升通し升ふや　松〽名はなんと申す　相〽ハツ名は[一]高砂と申升　ト手拭を一筋結んで出ス　松〽高砂か是《これ》は小結《こむすび》だな　トひろげる松を染て有　高砂は松でムり升る故《ゆへ》。[二]ひねる手をお目にかけ升る。是まで出ましたる角力取は。残《のこ》らず[三]千両株《かぶ》でムり升る　ト千両箱に蕪《かぶ》を染たる手拭を一反なげ出して見せる　角力友達《ともだち》の手拭《てぬぐひ》の景物《けいぶつ》も。のこらず[四]地染《ちぞめ》の。[五]江戸形でムり升　チヨン〳〵

第二十一　題　[六]富本浄瑠理

空満屋真枝

図《づ》のごとくかざり付をき扨うしろにて富本の[七]虫売《むしうり》の上るり一《ひ》とくさり有て上るり切るト真枝着付袴にて口上

〽富本浄瑠理《とみもとじやうるり》と申題《だい》でムり升故《ゆへ》。御覧《ごらん》の通り武蔵野《むさしの》の景色《けしき》をかざり付まして。浄瑠理を御聞《おきゝ》に入れましたる所。まづ上るりも相済《すみ》ましてムり升。しかしまだ虫《むし》がムりませぬからむしを作《つく》りまして御覧《らん》に入レ升　ト傘をすほめ扇をたゝみて下の図のごとく〽目は[八]白焼の酒呑猪口二つなり　かやうにいたし升と蟷螂《かまきり》のやうに見え升が。これでもきり〴〵すでムり升。其わけは傘《からかさ》も[九]させとか申升。盃《さかづき》もさせと申升。扇《をふぎ》も[一〇]骨《ほね》をさせと申升　トいふ所へ相手一人もゝ引にて出て来て　相手〽ヤレ〳〵くたびれた〳〵　トすてぜりふにて出て来り真枝を見て　是は旦那《だんな》只《たゞ》今帰《かへ》りまし

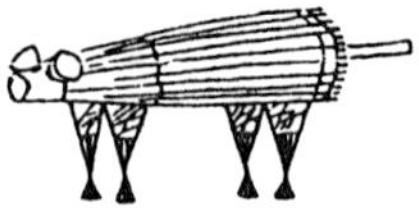

一 姫路抱力士高砂浦右衛門。文政四年十月の番附に西小結で最高位。同五年閏正月手柄山繁右衛門と改名し、この場所限りで大坂へ行った。
二 盆栽の松。
三 給金について特に力士界で言う言葉か。
四 「我衣」五・文化六年条に、一二、三年来地染手拭が大いに流行したことを記す。角力取にかけてはすべて地元のという意味であろうが、上述の諸力士が江戸出身で諸侯の抱になっていたのか、上方下りではないと言う位の意味なのか不明。
五 江戸風の意匠。
六 富本節。宮古路節から分派し、富本豊前掾が創始した浄瑠璃の流派。歌舞伎の景事・所作事の部分に多く用いられる。
七 富本節「まゐらせそろ連理の橋」の俗称。「商ふ虫のかず〳〵は、千草にすだく武蔵野の」云々という。
八 素焼き。
九 「させ」はこおろぎ・きりぎりすの類の異名。
一〇 骨を糊附けして差込む現在中附けと言われる工程の事か。

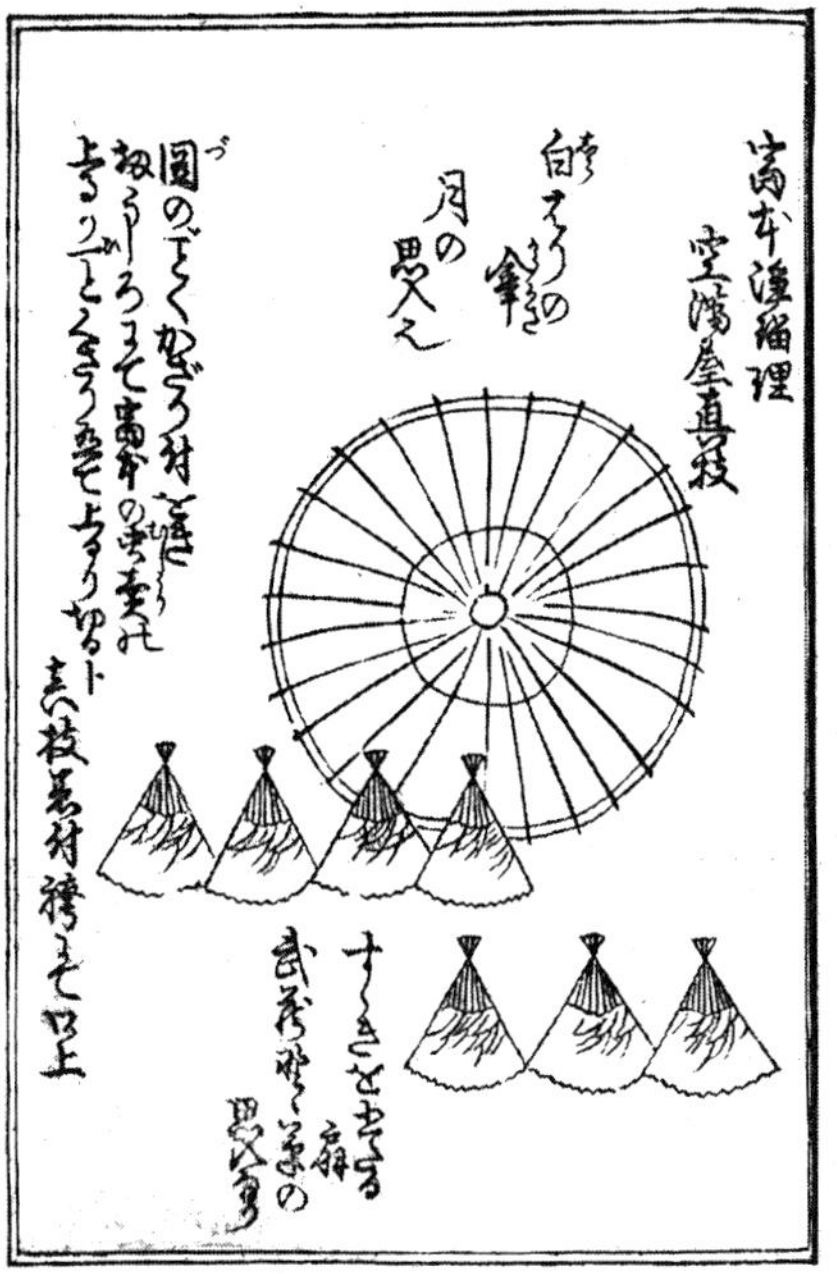

白はりの傘《からかさ》
月の思入也
すゝきを書たる扇
武蔵野ゝ草の思入なり

て厶り舛　ト座につく　真枝〽ヤレ〳〵まちかねた〳〵。時《とき》にいひつけた虫はどうした　相〽さればで厶り舛。あなたの仰《をふせ》ゆゑ武蔵野《むさしの》ゝ原《はら》へ参りまして。方〳〵と尋《たづね》ました所《ところ》残《のこ》らず。轡虫《くつはむし》ばかりで松虫鈴虫《まつむしすゞむし》の類《たくひ》は一疋《いつぴき》もをりませぬから。拠《よんどころ》なく轡虫《くつは》ばかり取て参りました　真枝〽それはこまつた物だ。そんならいよ〳〵まつ虫鈴虫はをらぬか　相〽さやうで厶り舛。どのやうにそのをわけて尋《たづね》ましても。松虫鈴虫は見えませぬ　真枝〽そんなら仕方《しかた》がない。轡虫《くつは》でもよいから。籠《かご》のまゝ是へ持て参れ　相〽かしこまりました　ト大こく[ニ]傘の大

ニ「(大坂に)大黒屋ノ讐(ボツン)傘ト云者、名アリ。紙厚ク骨竹ノ削リ粗ニシテ、繫糸強ク、装束糸ナシ。円形ノ印アリ。今ハ大黒屋亡絶タレドモ、江戸ニテ、下リ番傘ノ惣名ヲ大黒傘ト云コトニナリタリ」(守貞漫稿・三十)。江戸でこれにならって東(あずま)大黒傘を製造した。逆さに傘を開いて中に入れた。

籠へ百[一]茶の袋を沢山入レたるをもち出し　是が轡虫でムり升　ト見物の中へ一トふくろづゝなげながら　だ[二]茶〱〱〱〱トよろしく

チヨン〱〱

第二十二　題　忠臣蔵十一段つゞき　　[三]三笑亭可楽

是は此人の一流にてはなし茶番と名つけ少しの景物を出して度〱にはたらかするを趣向にしたる也外茶番のおもむきと混すへからす

景物丸盆《けいぶつまるぼん》一枚箸《はし》一ぜん線香《せんかう》一本団十郎[四]艾《もぐさ》の大⃝と瀬川艾[五]の小⃝　右を前に並へおき着付袴にて坐付の口上有て

可楽〽此通りの景物にて忠臣蔵《ちうしんぐら》十一段続《つゞき》を御覧《らん》に入レ升。まづ大序《たいじよ》が師直《もろなを》は。[六]播磨《はりま》屋でムり升からをお目にかけ升。かほよの役《やく》は[七]瀬川路考《せがはろかう》すなはち師直の[八]紋《もん》所が。[九]皮《かは》きりと申す桐《きり》でムり升。一体《いつたい》此皮きりと申す桐《きり》がかほよに[一〇]あつくなると申すが狂言《きやうげん》の発端《ほつたん》でムり升〽さて二段目は。力《りき》弥が使者《ししや》に参《まゐ》り升と小波《なみ》が取次の役《やく》をつとめ升から。小波の小⃝の字をおめにかけ升。同しく大星《おゝぼし》の大⃝の字もかう傍《そば》へよせて見升と。小波が小《ちいさい》に。力弥がよほど大星でムり升から。本《ほん》蔵此やうでは[一一]あはんぞよと申升〽三段目は若狭《わかさ》の助に出あい升と。師直はたゞ[一二]へいこう〱と。此通り大⃝小⃝を投《なげ》出し升〽四段目塩冶《ゑんや》の役《やく》は[一三]三津《みつ》五郎でムり升から四文の艾を二つ上升。是《これ》が則[一四]八文《すなはちばんとう》でムり升。判官《はんぐはん》は此通り上下《かみしも》をよく撫《なで》おろし。かねて覚悟《かくご》の事なれば。腹《はら》をするゑて力弥。ハツ。由良《ゆら》の助

一　一斤百文の安い茶。袋は茶を一斤入れて売る紙袋で、一斤袋という。
二　安物茶の意。がちや〱〱。
三「中橋住三笑亭可楽　江戸席亭開の元祖、奴の山笑亭花楽と云、馬喰町にて産る、くしや亦三郎と云落語の作者、席上三だひ咄を初む。古今名人なり」(落語家奇奴部類)。
四　浅草御堂前笹屋藤介製で、三枡の商標をつけて売られた艾。切艾はかわらけ二枚を合せた中に入れて売られるが、そのかわらけに大⃝中⃝小⃝の字が書かれている。
五　日本橋十軒店瀬川屋儀兵衛製で、結綿の商標をつけて売られた艾。
六　初代市川鰕十郎。文化八年紋を三升とする。　七　前出四代目路考。
八　歌舞伎の高師直は、大紋の形で、桐の紋をつける。　九　灸をすえる時、初めて皮膚に火が及ぶのをいう。
一〇　灸の縁語。　一一「奥にも逢て余所ながらの暇乞、モウ逢はぬぞよ本蔵、さらば〱と云捨て奥の一間に入給ふ」(仮名手本忠臣蔵・二)。「あわぬ」とは、二つのかわらけを閉じ合せることができないの意。
一二「扨ゝお早い御登場、イヤハヤ我折ました、我等閉口〱」(仮名手本忠臣蔵・三)。大小は刀の大小。
一三　三代目坂東三津五郎。化政期の名優。　一四　駕籠舁などが用いる八の符牒をバンドウという。
一五　上述市川鰕十郎。忠臣蔵の七役

は。只今一五三升《じやう》 仕《つかまつ》り舛 〽五段目はまづ線香《せんかう》をかう出しまして。一六自身《じしん》に火をつけ御かし下され。 トせんかうをつける思入 なんだとつざんせなかは一七二百丁づゝするゑろとか。一八後《うしろ》より多《おほ》い〳〵おやぢどの。是からが一九傘灸《からかさぎう》でチト涙《あめ》がふりませふ。 トかほをしかめて アツ、、二〇ぼん引 ト丸ぼんを出ス 〽六段目はおかるが二一身売《うり》の證文《せう》をお目にかけ舛 二二トよこ腹を見物へ出して見せる 〽七段目九太夫《だいふ》のせりふに。スリヤそのもとには主君《しゆくん》の仇《あだ》をむくはんといふ。所存《しよぞん》はないしやまで 三津五郎の思入にて 二三毛《け》もない事〳〵 ト二四土器《かはらけ》を二つならべ生ゑいの思入にて 二五かたみをやめて トかはらけを握り拳てトンとやるまねをして くだけをれ〳〵 上るり 〽二六月の入る。山科《しな》よりは一里半 〽力弥は一里半来《き》て。又《また》一里半帰《かへ》り舛から。二七三里をお目にかけ舛 トひざをまくつて見物へ見せる 〽八段目は二八山のだんで厶り舛が二九山はするゑてしまつた。跡《あと》でお目にかけ舛ふ 〽九段目小なみは三〇路考《ろかう》もぐさ。チト三一加役《かやく》なれども三二久《ひさ》しい跡にいたしましたから。三三市川《いち》男女蔵《おめぞう》がとなせ。夫《おつと》ト二人前《ふたりまへ》の役《やく》に又(大)(小)をさし上舛 亭主の思入にて ないても大《だい》事《じ》ないからするゑてやらつせヱ 女ぼうの思入にて 三四鳥類《ちやうるい》でさへ子《こ》を思ふに。とがもない子をハテサするゑてやらつせヱ。年《とし》に合《あは》せてはチト利口過《りかうすぎ》るからなぞと。親《おや》の欲《よく》目かしらねども。サア〳〵娘《むすめ》するゑてしまふたなら。三五お石《いし》イ物《もの》が出《で》ませふ ト奥の方より イヤモ娘に甘《あま》い物は御無用《ごむよう》 〽十段目は天川《あま》屋。義《ぎ》平は三六昔《むかし》の大谷広治《おほたにひろじ》が。お箱《はこ》だと申舛から。百丁の艾を十《と》ヲにわけま

早替りを得意とした役者で、師直・由良之助などの七役をつとめた。

一六 貴方の手で火をつけて火種を貸して欲しい。「じゝんに火を付ケ御かしとたじなき詞」(仮名手本忠臣蔵・五)。

一七 「丁」はもぐさの単位「荘」。

一八 「一すぢ道のうしろから、ヲヽイ〳〵おやぢ殿、よい道づれと呼はつて」(仮名手本忠臣蔵・五)。

一九 足の親指と第二指との間にある行間という灸点にすえる灸。

二〇 時の鐘。歌舞伎の五段目、定九郎が血刀を拭って見得を切ると、忍び三重で時の鐘を打つ。

二一 「こんばんしやうもんをしたゝめ、百両の金子おかしなされて下されと、涙をこぼしての頼ゆへ、しやうもんの上で半金渡し、残りは奉公人と引かへのけいやく」(仮名手本忠臣蔵・六)。 二二 「證文」に「章門」をかけた洒落。章門は脇腹にある灸点の名。

二三 「スリヤ其元は、主人ゑんやのあたをほうずるしよぞんはないか。けもない事〳〵」(仮名手本忠臣蔵・七)。

二四 毛もない―かはらけ。 二五 「むかしのよしみはわすれぬ〳〵。かたみをやめてくだけおれ〳〵」(仮名手本忠臣蔵・七)。拳で土器を砕く所作。

二六 「月のいる山しなよりは一里半いきを切たるちやくし力弥」(仮名手本忠臣蔵・七)。

二七 灸点の一。膝頭の下外方のへこんだところ。 二八 背景書割に富士山

して。十町[一]を御覧《ごらん》に入レ舛。〽扨十一段目は大道具《おほどうぐ》[二]ではしをせり出し舛 トロでギイ、、引といひながら盆の中のはしを出し 此はしの上へ四十七人が並《なら》ぶ所でム り舛が。何を申も㊆と㊇ばかりて中役者《やくしや》がムりませぬから。夜討《ようち》は追《おつ》て御覧《ごらん》に入れ舛ふ。是《これ》で忠臣蔵《ちうしんぐら》のお茶番《ちやばん》いよ〳〵。ねつ切《きり》[三]はつきりやまひきりと申す所で。延寿《えんじゆ》を祝《いは》つて一つおしめなさつて下さりまし シヤン〳〵〳〵

茶番早合点二編下之巻大尾

○茶番早合点第三編目録

○あさがほ合　好屋翁作　○両国名物の内かるわざ　京傳作
○橋づくし　二木作　○むかしはなし桃太郎　焉馬作
○猩ゝ　一泉作
其外　英賀　慈悲成　種彦　亀太
水盛　可楽　むらく
何も高名の茶番あまた集来酉之春出板三編に奉御覧入候

を描く。二九 灸を据えてやがて治癒に向うのを、山が上がるという。三〇 瀬川艾。三一 自分の持役以外に勤める役。三二 市川男女蔵は、文化二年六月十日より河原崎座で、七役の一としてとなせを勤めた。三三 初代。三四「てうるいでさへ子を思ふに、とがもない子を手にかけるは」(仮名手本忠臣蔵・九)。三五 由良之助の妻お石。子供に灸を据えた後、灸饗を出す。三六 大谷広次は二代目(宝暦七年歿四十一歳)、三代目(享和二年歿五十七歳)いずれも天川屋義平を得意としている。名優の名のあるのは二代目。

一 大谷広次(初代・二代・三代)の俳名。
二 歌舞伎の忠臣蔵では、炭部屋の後、両国橋の引揚げがつくことがある。「江戸芝居年代記」に文化三年四月十四日より市村座興行の「仮名手本忠臣蔵」につき「五月五日より敵討出し、当春対面行列のせり上り、橋を用ひて、両国橋にいたし大仕かけ也」と。
三 病気の根がきれるようにと言うことば。

江戸

本丁庵三馬撰
五渡亭国貞画

文政 六年癸未秋集成
七年甲申初春新鐫

地本 義太夫 正本抜本 絵草紙 問屋

江戸本材木町一丁目
西宮新六版

新ぱん物品ゝ出来仕候間何卒御求御ひやうばん偏ニ奉願上候

解説

解説

一　滑稽本について

1

近世文芸の一ジャンル名として「滑稽本」という名称が立てられたのは、大方、大正十五年朝倉無声編の『新修日本小説年表』辺りからであろう。それ以前江戸期にも「滑稽本」の表記は、ほかならぬ戯作作品の本文中に用いられた例を、しばしば見かけはするが、その場合は大概振り仮名を施して「しやれほん」と訓ませる事が多いのは、既に拙稿「洒落本名義考」(『戯作研究』所収)に触れた所である。

明治三十九年、新群書類従の第七巻は、幸田露伴編「書目」の巻名を立てて、所謂戯作ものを中心に、狂歌・俳諧から浄瑠璃まで十四の部門に分けての書目年表の記載を企てているが、中に大久保葩雪に拠る「中本《ちゆうぼん》書目」があり、その例言に拠れば「中本」の名称で、「笑話」「洒落本」「人情本」「草双紙」「読本」以外の「挿絵少き滑稽物」を「古来の称呼に従ひ、中本書目を以て」まとめる旨を記す。

要するに朝倉編『日本小説年表』以前は、戯作類の内で挿絵の少ない中本型の滑稽ものを一括りにするという程度の漠然とした分類意識が持たれていたものというべく、更にそれ以前の江戸期には、洒落本の属性の一つとしての滑稽要素に注目した場合に「滑稽本」の表記が用いられたという事になろうか。

それが『日本小説年表』以降は、一見明確なジャンル名として用いられる事になり、現在に至るのだが、実際にその名称で括られた作品群を眺めると、その内実はそれほど明確なものとは思われない事に気づかされる。それは現行の近世文学史の類の「滑稽本」に関する記述にも端的にあらわれる。そこでは大概、広・狭の二義、もしくは前・後の二期に分けて説かれる事が多く、宝暦期から始まる談義本類を先駆として説くのが広義のそれであり、享和二年刊の『膝栗毛』以後を以てするのが狭義という事になるので、前・後期の設定もそれに従っていて、宝暦から寛政までを前期、享和以後を後期とする。その場合、内容面からいえば、前期は半紙本の一冊から四冊ものと、中本・小本の一冊ものが多く、後期は中本の一冊から三冊ものを中心に、やはり半紙本の四冊ものや小本の一冊ものを混じえる。これを他のジャンルの、例えば「小咄本」や「洒落本」が小本か中本の一冊もの、「人情本」が中本三冊を基本としてその倍数の六・九・十二冊ものといった、書型や冊数の点で極めて定型化した類と比べると、かなりに大雑把というか、雑然とした印象を持たざるを得ない。

即ち宝暦以降、内容に応じて書型と冊数の二面において極めて定型化する一途を辿った戯作の流れの中では、現行の「滑稽本」というジャンル設定は、かなり異質で無理な様相を呈しているといえよう。

それも道理で、前述した通りこの「滑稽本」というジャンル名は、江戸期からその実体に即して用いられて来たものではなくて、近代に入ってからの作為であった上に、その沿革や内容の認定も、いわば洒落本・人情本・読本・草双紙類といった、書型の上からも明確に認定出来るものから撰定していって、最後に撰り残されたものを雑然と一括りにして「滑稽本」と命名したというのが正直な所なのであろう。従って名前に「滑稽」を以てしたのも、戯作の内容をいうとき、「滑稽」の要素は恐らくその殆どに通ずるものである所から、雑然としたものを一括りにする名称としては極めて都合が良かったからに他なるまい。

私見では「滑稽」と「教訓」は江戸戯作の二大要素ともいうべく、仮名草子・浮世草子から後期戯作までの万般にわたって、この要素を持たぬ作品は恐らく殆ど無いと言い切って差支えないように思う。

ともかく、現行文学史におけるジャンル名というものは、元来便宜的なものではあるものの、特にその中でも「滑稽本」の名称は極めて便宜的な命名である事は明白であり、殆どジャンル名としては体をなし得ていないと極論する事も出来よう。であれば、このような名称はいっそ取り去って用いない様にするか、或いは用いるのであれば、その名称や内実を、いささかでもより妥当なものに考え直してみるのも許されようかとも思う。

2

宝暦以降の戯作類が、その内容に応じて書型と冊数の両面において定型化する方向を辿った事は、既に述べた通りである。これは経済行為の一端としての出版という点を考慮した時、極めて必然性を持つ事柄でもある事は、拙著『江戸の板本』(岩波書店刊)にも詳述した所であるが、顕著な一例を挙げれば、黒本・青本から合巻に至る草双紙の場合、書型は必ず中本で、五丁を一冊として、一冊で完結するか三冊かが基本の型となる。いわばこれが商品としての戯作なるものの最も採り易い行き方であるとも言えるので、従って江戸戯作のジャンルを考える時に、内容と同時に、いや寧ろそれ以上に、この書型と冊数という要素を無視する訳に行かぬ事は、現在の江戸文学研究の常識となっている事柄でもある。

宝暦以降の戯作の場合、まず書型は半紙本・中本・小本の三種が基本となる。冊数は、半紙本の場合三冊から五冊まで、中本の場合一冊から三冊、小本の場合一冊というのが基本で、後になるほど、その倍数で増えていく傾向にある。「滑稽本」を除く他のジャンルの場合、この書型と冊数に関してもそれぞれその基本型が定まっていて、問題はないが、「滑稽本」の場合に限っては、雑然とした姿である事、既述した通りである。そこで、この書型と冊数を大きな拠り所とした整理を試みる。

前期、即ち宝暦から寛政までの所謂広義の滑稽本に含まれる範囲では、教訓談義本系の半紙本四冊か五冊ものと、見立絵本の三冊もの、そして小本一冊ものが大半であり、後期、即ち享和以降の狭義の範囲では、『膝栗毛』に始まる中本二・三冊ものを中心に、その他中本が主流で、たまに談義本系の半紙本四冊ものや小本一冊ものが散見する。そこで前・後期を通じて半紙本三・四・五冊ものに「談義本」と「見立絵本」という新らしいジャンルを立て、同じく前・後期を通じて小本一冊か二冊ものを括り出し、前期の中本一・二冊ものもそこに入れて「洒落本」と合流させると、残るのは後期の、大久保葩雪の所謂「中本もの」のみとなり、これは『膝栗毛』『浮世風呂・浮世床』『八笑人・七偏人』といったシリーズものを中心とする内容となるので、これを「滑稽本」の名称でよぶことにすれば良かろうかと思う。

要約して示せば、従来の文学史用語で「滑稽本」に一括されてきたものを、

①半紙本型を「談義本」と「見立絵本」

②小本型全部と享和以前の中本型を「洒落本」

③享和以後の中本型を「滑稽本」

と、三分割することになる。即ち従来の「滑稽本」の前・後期や広・狭義の混雑した姿を、書型を手懸りに整理し直して、所謂後期・狭義の「滑稽本」のみを、「滑稽本」というジャンル名としたものであるともいえる。

但し、①の「談義本」や「見立絵本」は、従来の文学史においては、ジャンル名としては尚、たてられていなかったといえるもので、近年漸く論じられ始めているもの故、暫くおき、②の「洒落本」の中に従来の「滑稽本」の一部分を移行させることの当否については、既発表の拙稿「洒落本名義考」に私見を述べた所でもある。即ち従来の「洒落本」と「滑稽本」というジャンル設定の曖昧さに問題ありとして、洒落本は内容的には滑稽本そのものであり、江戸期の洒落本作者自体が、しばしば自作中に「滑稽本《シャレボン》」の表記を以てしている例を指摘した上で、従来の「滑稽本」の内、享和の『膝栗毛』刊行以前の小本・中本型の作品に限っては、これを「洒落本」と合体させて、名称は全体として「滑稽本」とよんでは如何かという提唱をしたものであった。

今回、享和以後の『膝栗毛』ものを中心とする中本類のみを「滑稽本」とよぶ事が認められるならば、即ち「洒落本」の名称はそのまま残して、その範囲は前述の②の如くに考えるのが妥当であろう。そして又、「談義本」のジャンル名が認められるならば、従来の「洒落本」中にある半紙本もの(例えば『洒落本大成』の中の半紙本もの)も凡てこの「談義本」に移行させれば、よりスッキリとした形となるものと思う。

以上を再整理して享保以降の所謂戯作類全体を表示すると次の如くになる。

ジャンル名	時期	内容	書型	冊数
読本 勧化物・図会物・中本読本	享保→	稗史 奇談	半紙本	五
談義本	享保→	教訓談義 色談義	半紙本	四
洒落本	享保→	遊里 滑稽	小本	一
咄本	安永→	小咄	小本	一
滑稽本	享和→	滑稽	中本	二
人情本	文政→	人情	中本	三
草双紙 赤・黒・青・合巻	享保→	絵	中本	三
見立絵本	宝暦→	見立絵	半紙本	三

※書型と冊数は特徴的なもののみを記した。

3

さて、ジャンルとしての「滑稽本」という名称に関しては、以上の様な新らしい枠組みを提唱するにとどめるが、既述した通り江戸期の戯作文芸というものは、総体的に教訓と滑稽と奇談の三大要素を持つものとして考えられ、中でも教訓と滑稽の二つは最も普遍性を持つ要素といえよう。そして基本的には教訓的内容を滑稽表現の甘皮に包んで提示するという形をとるので、即ち教訓と滑稽は要するに内容と表現に関わる要素と考えるのが、最も基本的な理解といえようが、戯作文芸の展開の過程においては、当然のこと滑稽は内容にも及んで、まさしく滑稽のための滑稽、笑いのための笑いとしか言い様のない作品が、文章表現のみを事としたものから、大きく芸能面に傾いたものまで、極めて多量に生み出されるに至る。

とまれ戯作における滑稽は、表現から内容のあらゆる面に及ぶものというべきであり、到底一ジャンルに限定するわけにはゆかぬのがその実体である。従って本巻では、従来の文学史上で考えられてきたような「滑稽本」のジャンル意識には余りとらわれることなく、より広い範囲で、特に滑稽を事とする作品に焦点をあててみることにした。それぞれの収録作品に関しては、その著者や内容について、おおむねその作品の冒頭(中扉裏)に略述したので、使用した底本の書誌と若干の追記とを解説の末尾(四七六頁)にまとめて記すことにする。

(中野三敏)

二　俄について

俄については中村幸彦博士の文章(参考文献)が備わって居り、別文を草するまでもないが、今般、校訂者のことばで解説を試ることにした。

大阪の俄という芸能は、享保の末年に始まったとされる(参考文献)。全体の趨勢は、「享保の頃よりニワカといふもの始りて、寛延の頃より盛んに成ゆき、宝暦明和の頃は江南の奇観」となった(摂陽奇観・六)として大過なかろう。起源は『古今俄選』に、住吉祭の帰途の思い付きに始まるとある。当初は参詣道の群集の中で、或は諸社祭礼のねり物の後についての催しであったが、やがて夏祭りにかき立てられている巷に出没し、或は祭礼紋日の遊所へ繰込む趣向にもなり、更には殊更に遊所地域へ催しに行くようにもなったのであろう。なお京師へも速やかに飛火した。

花街では近くの神社の夏祭りにかけて行われた。『古今俄選』に、新町堀江は二十一・二の両日というのは、博労稲荷の祭礼の六月二十一日、座摩神社の祭礼の六月二十二日にかけて、曾根崎新地が六月二十四・五の両日というのは、露天神の縁日二十五日にかけてであろう。最も盛んであった島の内道頓堀について、『古今俄選』序に、「なんばの夜宮は、俄のはじめなり。あしたのはちまんへかけて、此ふたまつりを、俄の父母のやうにおもひて……」とあり、又同書に「島内幷道頓堀　此地十三十四十五ノ三日ヲ掌レリ」とある。これは、難波の祇園社の祭礼が六月十四日、島の内の三津八幡宮の祭礼が同十五日であることから、島の内道頓堀ではその日を期して俄が蜂起する事を言った。『つれづれ飛日記』にも「十四日十五日は嶋のうちの八まん宮神事にて、道頓堀嶋のうちにわかは夥敷事いふ斗なく」とある。六月晦日の住吉祓を以って一応シーズンが終るが、なお秋までも余燼は尽きなかった。

その行われる所は、祭礼の日々、市井の巷に出没したことは、『古今俄選』に、「けいこ終ておもてへ出て、其門にてするはあしゝ、四五軒もわきよりはじむるがよし」とあるのでも知られる。『天神祭十二時』には、丑の時の大路で俄が催された事を記す。しかし本場とするのは、先述、島の内道頓堀、曾根崎新地、新町堀江の三大遊所で、『古今俄選』に地図を以って示す。島の内道頓堀を第一とし、その中で特に道頓堀芝居側であった事は、「御はらひのうちにはとり分け芝居側住九より角丸迄の間俄の本ン舞台にして」(浪花色八卦)、「道頓堀中はしの辺を俄ぶたいと呼たり」(摂陽奇観・六)ということであったが、安永頃には拡散して、ここを先途としなくなったものか、「往年ハ角ノ芝居以東ヲ本舞台トス今ハシカラズ」(古今俄選)という。

俄の催行されるのは、昼も夜もであった（清神秘録、古今俄選）が、目当ての時刻は当然夜であり、「日くれぬればにわか見んとて客女郎のかぎりはし居して」（拾遺枕草紙花街抄）、「殊更酉の刻より、丑の刻までは、大群集おしもわけがたし」（古今俄選）と記された。

俄をする者は町人の男性誰でもよく、『大坂神事揃』には家主が俄をしに出るのがあるが、敢えて留意するならば、一には若い衆息子株、又一には粋客と幇間連という事になろう。「親兄弟一家をふせがんがために」顔を包む（清神秘録）と言うし、夜俄をすませて帰宅したら、老母が起きていて、その扮装を見て「おまへは何処の女中でござる」と言った（古今俄選・二）とか、こういう事は、俄の仕手が息子株であるのに相応した記述である。

『古今俄選』巻一に膏薬箱の俄が出ていて、寛延の頃、道頓堀の扇屋久太郎の思い付きで、五人の者を五色の膏薬にして用いた。後年の『古今二和歌集』にこの俄につき、「或説に、此俄は、住吉祭りにせし也。膏薬になりたる五人は、其頃きゝものゝ、たいこ持にて、殊に紋日にあげたれば、物の入たる俄なり。是をや大臣俄とも称するもの歟」とある。『遊客年々考』（宝暦七年）に「月ゞ多きその中に水無月両度祭には手拭にほほかぶり躰鼓《たいこ》引つれ俄の趣向」とあるのも、宝暦頃の粋方が自ら幇間を従えて俄をなすのを言った。『清神秘録』（宝暦六年）に「ニワカに出て黒ごを上げ、あいかたの女郎、又は中居などに顔を見せ、物いふこと、ニワカの気にかなわず」というのは、粋客が俄の仕手であればこそである。『つれづれ飛日記』明和六年条に、兄弟の大臣が、当時有名の幇間松治の工夫用意で、芝居の小詰まで動員して、銀二十貫目を費やした俄の話が出ている。又近松半二の『傾城阿波の鳴門』は、新町の揚げ屋で、大臣末社が竹林七賢人に扮して「祭の俄下稽古」の趣向で始まる。明和年代が大臣俄の盛時であった証跡であろう。『虚実柳巷方言』（寛政六年）に「にはかといふもの、二十年まへまでは名高き判官の牽頭末社をひきつれ仕あるきしことなりしが、近世大尽にはかすたり云々」と。二十年前は安永三年あたりである。『間似合早粋』(明和六年)によれば、神事の日、幇間は先ず以って俄に出るものとして了解されている。しかし同書は、判官に対しては、「又自身もニワカする事興によりてあれども大かたはせぬがよし」とあって、自ら出陣の大尽俄に対して批判的である。

仕手は趣向によって、化粧仮装着面肌脱ぎ裸身に黒塗り丹塗りと、あらゆる扮装をするが、覆面の黒衣《ご》を着する事が多いのは、先引の『清神事録』にある通りで、『大坂神事揃』の絵尽しにも描き、中村幸彦博士が掲げられた『雲水閣雑纂』の画(参考文献)では、行灯持ちと三味線引きを黒衣姿に描いている。明和期の京都の俄については、「多ハ裸身、又ハハダヲフギ、頭面手足、或ハ全身ニ、丹墨藍粉ナドヲ、ワザト拙クヌリクマドリ、種種醜恠ノ状ヲ扮シ、白昼ニ大道上ヲ寛歩ス」(孔雀楼筆記・二)という記事がある。

俄は〝所望〟と声をかけた店先で演じる。一行に行灯持ちが居て灯を向けて照らす。止まって演じることなく、何かの形を作ったり拵え物を持ったりした者が一人で、口上・演技をしながら往来をずっと通って行くやり方を、「ながし俄」と言う。

俄は発生の本来からして、当座の思い付きを本意とする。当意即妙である。熟練とか大がかりとかとは相反する趣味である。何より専門的職業的芸能に追随してはならないものなのである。それで『古今俄選』には、物真似自慢を排斥し、実物を使用するのを喜ばず、三味線の華やかすぎる事、道具の多い事などを不可とする。

この当意即妙の本意は、俄愛好者にはよく了解されていたのだが、分っていながらも、そうでない方向へと俄は変貌してしまう。寛政頃、俄谷というもの、すなわち俄に没頭する好事家のグループが生じたという(虚実柳巷方言)。かつその頃寛政期になると、「人いやみを貴むに及んで、不韻俄《はこや》雲の如く起り」(古今二和歌集)ということになった。

『古今俄選』では、「俄も又風流の一ツなれば、ねがはくは此心に引付て趣向ありたき事を」と言い、当意即妙の妙味を風流、然らざるものを不風流と言った。この不風流に当る俄を「はこや俄」と言う。芝居衣裳を用い、歌舞伎通りの立廻りをしたりする(風流俄選)やり方である。要するに俄谷の連中による玄人芸能への接近、換言すればセミ・プロ化或はプロ化への道である。

幕末期に於ける俄は素人俄・玄人俄の二派になり、玄人俄の俄師たちは座敷に呼ばれる。更には開帳などの興行に出演し(風流俄天狗・凡例)、報酬を得て活計の種とするようになる(古今二和歌集)。そのために作品は繰り返し上演され、また過去の佳作の古典化が行われる(風流俄天狗・凡例)。作品は当然長大化する。かくて当意即妙の風流は喪失に向かった。遂には「今や三喜新蝶南玉なんどほとんど歌舞伎役者の心となり、給金いか程と定め、芝居の小屋にて道具鳴物を入、桟敷にて見する事となりぬ」(皇都午睡・初・上)という有様になってしまった。

さて俄本来の笑いの妙味を、中村幸彦博士は「ぼけの味」と言われる(参考文献)。「ぼけ」は、大阪の喜劇・万才になお流れているとぼけた味の笑いである。以下中村博士の所説と同じ内容を筆者の言葉で説明しよう。俄は、八方破れの芸である。正確・巧妙・精緻・具備・上品・賢明・道徳思想風刺などという、世の通念に於いて価値ありとするもろもろを破っているものである。それというのも、俄は即興的でにわかにした思い着きであったという、その成立の本来に於いてそのような味わいを生じ、その味が後までも流れて行ったのである。世間通念と相反する点を含むという事は、つまり世間通念からは欠陥とする所を含むもの、いわば欠陥商品なのである。世間通念を気にかける事に於いて、ぬけている、或は敢えて放棄しているのである。それを堂々と演じるわけである。欠陥商品であるところに「ボケ」の味が生じる。その笑いは一見愚《あほう》を見下す笑いのようだが、自分はその手合いではないという意識を含んだ嘲笑とは全く別のものである。この時演者は心得た上で欠陥商品を演じている。これすなわち「ボケ」であり、観客も又それを承知の上で哄笑する。世間的価値観に従おうと従うまいとおかしいものはおかしい。観客は世間的価値を放棄する方に回って——堂々と演じられるのでそれをうしろめたがる理由は無い——おかしいものをおかしがるのである。一皮剝けば心得て演じる愚なのだから、観客は「よくもこんなにあほらしくおかしいことを着想するものだ」と評価することができるのだし、演者はそれだけの効果を見通す賢さを備えた上での遊びなのであった。

本巻所収の『古今俄選』は、かかる俄本来の妙味が生きている時代の刊行であり、それまでの佳品を集録した選集である。以って当意即妙の風流の味わいを味得するに足るものである。

参考文献　中村幸彦「大阪俄について」(『中村幸彦著述集』第十巻)

(浜田啓介)

三　『粋宇瑠璃』と作者盧橘庵

盧橘庵(田宮仲宣)は大阪の洒落本作者、随筆作者、雑著家。本巻に収録した『粋宇瑠璃』は、上方洒落本・滑稽文学の一精髄であり、盧橘庵は、上方にあって逸することのできない注目すべき作家である。

従来知られることのなかったこの人物の伝記は、先ず中村幸彦博士によって掘り起こされ(「洒落本の作者」・五『短華蕊葉』・『近世作家研究』・61)、その後肥田皓三氏によって重要資料佐伯重甫書簡が紹介された(「蕪坊の手紙」・『大阪府立図書館紀要』8号・72)。肥田氏は更に爾余の資料補充の上で盧橘庵の伝記的考察をものされた(「盧橘庵」・鑑賞日本古典文学三四巻『洒落本・黄表紙・滑稽本』・78)。盧橘庵に関して現在知られる限りの大要はこれの記述に尽きている。ここでは、以上を利用して作者解説の責を塞ぐ。

盧橘庵。田宮氏、又勝嶋氏。名は純または悠。字仲宣。通称由蔵。盧橘庵はその号。別に楚州(素州)、東牖子、橘庵、白舟などと号し、その他一時の戯号が多くある。生没は肥田氏により、文化十二年十月十五日、河内国弓削村で没、享年六十三と推定されている(日本古典文学大辞典)。京都の裕福な呉服商の家に生まれた。父全延は柴山家門人として和歌を嗜んだ人であった。先生を以って称する原田越斎、久米訂斎に学んだかとされる。安永四年放蕩のため産を破って生地を離れ、以後大阪中の諸所、大和、京都等を転々として安住の地を得ず、肥田氏は転居した回数を、判明しただけでも十六回以上という。借銭に迫り、夜逃げ同然に居を変えたのである。

佐伯重甫の書簡によると、寛政の初の頃盧橘庵は今宮に住み、表向き田宮有禎と医号を称したが医師としては立ち行かず、重甫の世話で、手習・謡の指南、夜講釈などで身すぎをした。医学の修業も本格的に遂げて居らず、薬剤を整えて医業を維持する経済力もなかったのであろう。その後筆耕・売卜業などによって糊口をしのいだ。大阪に重甫や馬田昌調などの友人を持ち、世話を受け、相当な厄介をかけ、遂には不義理という状態に立ち至ったことが察せられる。

彼は生涯に多くの雑著を作った。友人のつてによって本屋の仕事を引受けさせてもらい、やがて雑著引受人として本屋の中では知られたことであろう。馬琴が「筆耕と戯作をして家内五人をやしなふ」と言うが、戯作・雑著作りは、それだけで生計を立てることの不可能なことは明白である。ともかく生計の一部に宛てるために雑著作りに奮闘した。その雑著の範囲の多岐にわたることは、造本家の常とは言うものの一驚である。かつての家業による『絹布重宝記』

(天明九年)、芸が身すぎの料となった『随一小謡絵抄』(文化二年)などの謡本、同じく『易術断則』(文化九年)、語学書に『長半仮名引節用集』(文化元年)、『和蘭文字早読伝授』(文化十一年)その他がある外、多数の雑著がある。それぞれに依拠参看したものがあるのであろうが、それにしてもあらゆる方面に実に多量の知識を持っていた人である。いかなる雑著にも、何とかして余人に勝る智力工夫を加えようとしており、従って内容の濃さがあり、さすがこの人の仕業だと思わせるものがある。『進物便覧』(文化四年)の列示の豊富さや、浪花の岡場所惣細見の企画『浪花烟花名録』(稿本)に、鄙事に及んで飽くことなく知識を拾集しようとするこの人の特質が現われている。肥田氏は、仲宣の著書には、没後までも後刷りを重ねたものが多くあったことを指摘して居られる。雑著ながらそれなりの存在感を持っていたのである。

仲宣・盧橘庵の名を遺すことになった随筆・洒落本・滑稽本の類も、やはり本屋へ提供し売るために為した業であり、その営為は雑著作りの延長線上のものである。というよりも、『粋宇瑠璃』(天明五年)、『つべこべ草』(天明六年)、『寒暖寐言』(天明六年)、『昇平楽』(天明六年)等が彼の最も早期の著述であるから、この戯作類を以って戯作者的著述業者たらんとし、後に実用的雑著作りに軌道を変更せざるを得なくなったものであろう。著述は手前から売込んで出版してもらった事、『つべこべ草』序に「書林松本氏にあながちに乞て板行にしてもらひしはとんと偽のない処」とある通りであったろう。

彼の随筆は、近世の豊富な随筆の山脈の中に伍しているというまでで、特に高い地位を要求すべきものとは言えない。才気があるとしても思い付きという程度で、思想・学識・考証・帰納法といった、著述の骨法にも深みにも欠ける。これに対して、洒落本・滑稽本、すなわち戯作の領域こそ、盧橘庵のまさに異彩ともいうべき才能の、最も発揮され異彩を放った分野である。

彼の戯作全般を通じてのキーワードを言えば、あなをうがつ、あなをほぜるという穴である。自ら、或は分身の序者が、「爰に盧橘主人不二の人穴よりくろうるりてふ一巻を穿出て」(『つべこべ草』自序)、「白舟先生あなほぜり穴を見出す癖ありてあなた此方のあなをしるし」(昇平楽叙)と明言する通りである。風俗の微細な傾向をほじくり出して表わすのだが、皮肉な批評眼の下に暴露的に捉えられ描かれる。すなわちうがちである。殊に粋界と粋人たらんとする連中や、俳人を主とするスノッブたちの内幕が暴露される。

本巻所収の代表作『粋宇瑠璃』には、観察の対象となった連中の行動態がするどく穿たれる。すなわち何故そうするかという裏側が窺き見られ、見抜かれていて、当然このうがちの妙が作品の価値の主部をなす。加うるに作品中に指摘される風俗的諸事実は豊富であるが、うがちという方法の一面として、本来の読者は、その情報をこの作品によって初めて知るという読み方ではなくて、既知の知識として沈潜していて、作者によって指摘され、そう言われればその通りと合点する読み方が要請されている。すなわち本来有資格者を読者とする水準の上に進行して居り、事実情報そのものよりも、その観察行為の警抜さが価値となる。無資格者である後代の我々としては、その難解さを通じて、いわば作者の手腕に感伏する形でその価値を承認することになる。作品の価値のもう一つは、その表現にある。彼の文体は容易ではない。八文字屋本の文体を惹き、上方詞への馴れを必要とする表現の仕方に、濃縮された知的技巧が加わったものと言うべきであろうか。意表をつく比喩や警句、往々にして加工された教養知識、大阪通俗の口気を併せ、かかる多彩な材料を潤沢に浪費して作品は成り立つ。本作の文体は、弛緩でなく凡庸でなく、緊張し、変幻的であり、奇警である。すなわち文学的価値を有するものである。

盧橘庵の他の作品では、談義本様の『当世廓中掃除』と、徒然草のパロディ『つべこべ草』が、よく『粋宇瑠璃』に追随して、うがつ事実の豊富さ、文章比喩の奇警さを表わしている。『寒暖寐言』は、なお穴をうがつの意気盛んで文章も緊張しているが、大阪詞の機微を用いず、人の動態を写すことなく、魅力の一半を欠く。『短華蕋葉』は江戸風の対話体の作品だが、客観的に対話を描写する方法はこの作者の特質を生かして居ない。作者自身の詞で人を批評し、警句を連発することができないからである。『昇平楽』は対話を用いて俳壇の内幕を暴露したものだが、事実情報を伝える事に偏し、又衒学がわずらわしくて軽妙ならず、すなわち文芸的な妙味に欠ける。

盧橘庵にはかかる洒落本の外に、劇書系滑稽本『劇場画史』(享和三年)がある。豪華本で、造本は名所図会にならう。舞台上の光景を実の風景画として示す。これに奇絶の本文が加えられ、その文中で、綯い交ぜ、混線、故事つけなどあらゆる滑稽の技法が駆使されている。当時の出版広告に、「あるひは事実あるひは虚誕或は未発之実話或は滑稽或は奇説凡画面毎に文躰弐十体に書分しおもしろき本」とある。この人の才気の存分に発揮された奇篇である。

(浜田啓介)

四　茶番について

茶番について、最も簡にして要を得ているのは、『俗耳鼓吹』(天明八年序)に、「茶番は江戸の戯場より起る。もと楽屋の三階にて、茶番にあたりし役者、いろ〳〵の工夫思ひ付にて器物をいだせしを、茶番〳〵といひしより、いつとなく今の戯となれり。独狂言の身ぶりありて、その思ひ付により景物を出すを茶番といふ也。今専ら都下に盛也」というものである。江戸歌舞伎の楽屋に発する事、一人で演技をして何かのアイデアによって景品を出す事、当時劇場外の市中で流行している事などが述べられている。もっともこれは安永天明期の情況で、その後茶番は発展分化し、一人独演ではなく助演者を用いるものもあり、いろいろな変り種が発生したりした。しかし大筋はこの通りである。

茶番の成立について、最も早く、且つ基本的な文献は、『茶番早合点』もそれに依拠する所の、宝暦十三年刊の役者評判記『役者籤筥』江戸の巻である。「此茶ばんと申ス事は、其もと五十年このかたの事にして、もとは芝居の三がいよりおこりて、其ころ芝居大入りには、三がい二かい打こんじて、茶ぐはしを出しいはひし事也。しかるに角至なんどゝいへるすきものより、だん〳〵新にして素人へわたる……さて景物さま〴〵なる中に……」と言う。やはり茶番が歌舞伎の楽屋、それも大入りの慰労会に生じた事を説き、角至などという好事家によって市中に流行するようになった事、景物を出すものである事をも述べている。三馬はこれに基づき、「茶番は宝永に肇《はじま》り、享保に開け」たものという。宝暦十三年の五十年前は正徳三年であるから、大局的には「宝永に肇り」でもかまうまい。ところで三馬は又、或老人の説として、享保年間元祖沢村宗十郎座頭の時に始まるという。三馬の記述は曖昧で、楽屋に従来酒番組・茶番組の両様があったのを茶番のみにしたと言うのか、酒番より転じて茶番ということを始めたのか、又は茶番という名目を訥子が号けたというのか、どうともとれる書き様であり、またそれと宝永起源説とをどう繋げるのかも明確でない。三馬自身も明確でないままに両説を折衷して、曖昧に「宝永の頃にはじまり、享保にいたりてます〳〵開け」と言っているようである。いずれにせよ、宝暦を去る何十年か昔に芝居の楽屋で発生したという事である。

狭義の茶番は演技とハネ（くくりのはねという〈串戯狂言一夜附〉）と景物の三要素によって成立している。その中、景物という要素は、三馬が茶番は「一に景物二に趣向なり」というように、最も基本的な要件である。茶番は本来景物と不可分離の催しであった。茶番の種本としての先陣である『当世作の種』(安永二年刊)は、その口上に、本作の趣意として、酒宴の座敷で急に狂言を作る作の種にと言う。しかしそのあとに「是を茶番にも御用ひ被遊ますやうに景物も書しるし置まして御座ります」とあるのは、まさしく景物の有無を以って、座敷俄と茶番とを区別する意を表わすものである。

さりながら、景品とは切り離して、ハネのある素人狂言、パロディ狂言という意味、さらには座敷でする素人狂言の意味に、茶番狂言の名辞が用いられるようになっていたのも事実である。『蚊不喰呪咀曾我』(安永八年)は、「初春の跡かたもなき事を茶番の趣向によそへ」た作だとする。内容はパロディ劇で景品とは関係しない。『詮気譚』(文化十四年)は、花見の席で悪洒落をする三人連れが役者だというので、「モシお嬢さんさやうならば迚ものことに爰でお三人に茶番狂言をおねだんなさいましな」ということから、三人が茶番狂言を工夫する羽目になる。桂川の道行のチャリでハネがある。花見の席当座の催しで勿論景物の事は無い。『滑稽素人芝居』(享和三年)は、茶番師桜川慈悲成作である。それに「お笑いに茶番狂言でも致しませう。何でも賑かなが宜う御座りますねヱ」と言い、又『口八丁』(文化四年)に「またれいの茶番でもやらかそうといふのサ。そこで此衆たちにもちよつとはなしたところが、みんな乗気で、とてもの事に、まじめな狂言をひとまくやらかしてへといふはらだ」と言って、なされるところはどちらも忠臣蔵の一幕、座敷狂言である。いずれチャリ仕立てで、摺古木か大杓子の一方を択んで鉄砲に用いるというところが茶番狂言たる所以で、景物という事ではない。三馬の『素人狂言紋切形』(文化十一年刊)は、素人狂言の内幕を描いた作品であり、茶番狂言とは言っていないのであるが、その狂言方秋狸は「狂言茶番を好みて寝食を忘るゝ遊人」とされる。狂言茶番とは、三馬自ら「鬘をかけ紅粉を粧《よそほ》ひ、戯子《やくしや》の如く打扮《いでたち》て、思ひ〱の狂言をなし、尾《をはり》に景物を披露す」るものと言う(『茶番早合点』初編)が、ここでは単に茶番狂言と同意に用いたようである。本作の素人狂言については、要するにチャリ仕立ての座敷狂言と解される。秋狸は持丸長者の依頼で素人狂言を演出するその筋立ては、近隣の小事件を宛込んだお半長右衛門のパロディである。本作の素人狂言は随分本格的なもので、頭取以下、声色連中・チョボ語り・三味線引き・床山・衣裳方・口上・後見・舞台番大道具方・小道具方などがあり、楽屋に多数のかんてらが用意される。景物を出すものではない。しかし景物の点を別にすれば、三馬の言う狂言茶番に似ていることも確かである。

ここで一度茶番の本義に立戻る必要がある。茶番という語の本義は、湯を沸かし茶を煮、茶菓の世話をする役目のことである。集会やもろもろの催し、来客の多い大店・社中、開帳や芝居の楽屋などにその役の者が置かれる。会や社中の雰囲気によっては、茶番が洒落っ気を発揮し、一趣向こらした茶菓の提供のし方をする事も、泰平の江戸ではありそうな事である。今風に言えば、それでパーティを盛り上げることになる。そういう事が、殊に芝居の楽屋の慰労会で生じたというわけである。

以後茶番の語は、狭義にも広義にも用いられる。茶番という語も茶番狂言という語もある。例えば『茶番早合点』は一名『茶番狂言早合点』であり、この本の内容にかんがみても、三馬は茶番と茶番狂言とを同義に用いているようである。しかしだからと言って、近世の用法に於いて常に茶番イコール茶番狂言ではない。茶番狂言の略称が茶番なのではなくて、茶番に狂言をすること、換言すれば、会席を盛り上げる趣向として、素人芝居のような事をするのが茶番狂言の原義であったのである。こちらの方も意味に浮動を生じて、チャリ芝居とか立茶番とかをさしたり、或は狭義の茶番と全く重なる使い方をしたりするようになったのである。『傾城真之心』に、太鼓持が「もしおいらんェわたくしが鳥渡茶番狂言をおめにかけませう」と言って、「是より茶ばんけうげんはじまるや、ときうつりひけのひやうしぎカチ〳〵」で皆帰って行く。座興に一人立ちのチャリをやったというのである。

『閑談数刻』によると、文化某年の事であろう。亀田鵬斎の宅で「茶番ニ狂言を催し」、意休に鵬斎が扮し、助六・揚巻以下の役があり、河東節は田中十寸見、三味線に鵬斎の妾お鶴が加わるなどして行った。「右狂言大ニ風聞いたし、五六日過て其日に打寄し人〻幷ニ狂言の役割衣しやう等をくわしく書出すべしと内全義有之しが何事なく相済たり」とある。「茶番ニ狂言を催し」たとは、社中仲間のなぐさみに素人芝居をしたというのである。世の評判になったというから、扮装衣裳などもかなり凝ってやったのであろう。『茶番三階図絵』(明和年間刊か)は、茶番三階を表示しているが、「素人狂言藝古本」と角書きするように、実は素人狂言の指南書であった。本書の年代は溯るが、鵬斎宅の催しや『素人狂言紋切形』などの水準の好事家を対象とするものと考えられる。ここでは素人狂言すなわち茶番狂言である。

『八笑人』の茶番も、景物にかかわる茶番ではなく、この素人狂言の系統のものと考えられる。座敷茶番から逸脱して屋外に進出し、不特定多数の観客を一ぱい喰わせてハネとするのは、笑いで終る演出方法の最も効果的なるものである。これといわゆるかつぎ茶番なるものとの関係がどうかということで、論者は嘗て『八笑人』の茶番をかつぎ茶番として解した事もあったが、再考すると、かつぎ茶番とは、三馬によると狭義の茶番で、景物を出すハネのところで、観客の期待をはぐらかして面白がるやり方であり、『八笑人』の茶番の素人狂言との大きな差異は、ハネに至るまでが、舞台上の演技ではなく、演技と知られてはいけない、欺き通す仕方だということである。これは一般的な茶番の方法とは異質的である。『八笑人』茶番の本質は、茶番狂言の技術を基盤にした「いたずら」というべきものであろう。このようないたずらは、うその仇討の例などがないわけではないが、しかし茶番の一ジャンルとして実際に行われていたとは考えにくい。すべて文芸上に創作されたいたずらとすべきものである。

ここで話題を、一に景物二に趣向の狭義の茶番に限ることにする。

狭義の茶番は、素人狂言とは異なり、個々人がやるものである。兼題が与えられていて、当日はそれを一人ずつ次々にやって行くのである。『通仁枕言葉』に「段〻初手から茶番がすんで、今の道成寺は、夜の九ツ過にも成ツて」とあるのはその趣きである。『蜘蛛の糸巻』には、天明元年十二月ある勢家の年忘れの茶番について、「茶番の連中多かりし故、夜明けたれども戸を開けず、燭をてらして茶番のはてしは朝五つ比なりし」と言う。

茶番の演じ方に、立茶番と口上茶番の二様がある。立茶番は、三馬の言う所茶番と同じで、狂言茶番の記事は先に引いた通り、役者のように扮装をして演技し景物を出すものであるとし、その後に「これを狂言茶番といひ、俗に立《たち》茶番といふ。立まはりあり座してせざるゆゑたち茶番の名あり」と記す。これに対して「又一種座して趣向を演説し、その趣に従つて景物を座中に竝ぶ、これを口上茶番といふ」とある。この二種については、どちらという約束は特にせず、出演者が自分の好みのスタイルでやるのが普通であるようだ。『口豆飯茶番楽屋』では、連中が兼題を得てから趣向を立てるのに苦心するさまが描写されるが、立茶番でやるか口上茶番でやるかは大問題で、「口上茶番なら口上であんじありだが、人が立つ気ならおれも立つ気だが、立つ気もしらぬ山中に、おれひとりトンハツタリでもをかしい」とか「口上茶番といふやつが、見物がたぼや子供じやア、やんやといはねへやつだ。口上茶番といふやつは、茶ば通がよく見てくれねへけりやアうれしくねへ。そしてわたしが題は夕霧、口上じやアはへねへとおもふよ」などと悩むのである。琴通舎英賀の自筆台帳『茶番の正本』に、「口上茶番」と注記した二作品『池の端の桜』『花見の半過通』がある。いかにもいずれも座芸であり座談である。『八笑人』三編上は口上を述べながらそれにこじつけて持参の物を出すことを作るが、すなわち口上茶番の作意である。『茶番入船帳』は口上茶番を集め、二編には「立茶番の仕組みをあらはすべし」と予告をしたが未刊に終った。幕末までこの両方が並び行われていた事を察し得る。

『茶番楽屋』にうかがわれる、茶番師たちのもう一つの、いな最も重大な関心事は、景物の案じである。その事に肝胆を砕くさまが描写されていて興味深い。『四十八癖』の「下料が来てゐて景物の手がるにいくやうな茶番を考へてくれろといふ」という談話にも、その辺の感覚がうかがわれる。景物の扱いも凝るようになり、『早合点』に二段返し三段返しの事が出ているが、『初昔茶番出花』(天保四年刊)の桜川慈悲成の口上に「安永天明のころのわたくしどもがいたした時分とはことかはりまして只今流行の茶ばんは趣向が大一口上にも手に葉あり景物のこしらい方にて二段かへし三段がへしとつかひわけてわけもない事によくわけをつけ」とある。景物の趣向の一つに、『早合点』に景物をすべて食物にするのを「食物茶番俗称喰茶番と言ふ」とあるが、本書にその実例があり、忠臣蔵の茶番で「喰茶番の事なれば、給《たべ》ものを景物にいたさねばならぬゆゑ、中付置ました」と言って重箱を出し、いろは鮨四十七箇を見せるのがある。英賀の『茶番の正本』によると、手拭をいろいろに染めて用いる。演出上の小道具としても用い、景品にも用いる。「巳待」では大きく注連を染めた手拭を出す。松葉楼で二代目むらくを相方にした「恋」では、格子縞に染めた手拭、箕を染めた手拭、鯉を染めた手拭、三升に鯉を染めた手拭、鯉の滝のぼりを染めた手拭などを用意している。このようなものをわざわざあつらえるのには、かなり生活の余裕がなければできない事であろう。

『早合点』には、当時府内各所に、茶番の同好者が連を形成していたことを伝える。『串戯狂言一夜附』に「茶番狂言定例」という貼紙が見える。「一毎月二之日集会　一景物各三品限　一なりもの三弦太こ之外無用　一狂言済候

迄禁酒　一兼題案三日限　已上　月日　催月麿」とある。連の規約はこれに類したものであったろう。人情本『花名所懐中暦』三編に茶番の福寿連というのを登場させており、連の活動した風俗を傍証し得る。連の活動の実例としては『茶番頓智論』(嘉永四年刊)を示すことができる。翠柳舎梅鴦・東雅園蝶嬉を催主とする口上茶番集を、愛染連の廓遊舎というのが刊行した私蔵版で、その連中、それに古美茶連というのからも参加しての作品集である。愛染連は吉原遊廓を中心にして成立している連であると認められる。

茶番は出費を要する。一興の度に何十分の景物を配布しなければならない。扮装し小道具を用意し、あるいは相方・鳴物を雇っての仕業である。茶番とは要するに、持出し一方の浪費のための遊びであった。景物を自ら提供するという基本がある以上、大阪の俄のように、出演して給金を取るというプロ化の道は阻まれ、かえって遊びの純粋さが保存されていたのではないかと思われるのである。

なお、国会図書館蔵の琴通舎英賀自筆台帳『茶番の正本』は茶番に関する貴重な資料であり、別途に紹介を要するものである。

右の解説には、延広真次氏の書誌ノートを参照させて頂いた。付記して謝意を表する。

（浜田啓介）

参考文献　中村幸彦「茶番」(『中村幸彦著述集』第十巻)

所収本書誌

一、異素六帖　　小本二巻二冊　宝暦七年、江戸刊

底本　天理大学附属天理図書館蔵本。

表紙　茶色布目。一五・九×一一・三糎。

題簽　上巻のみ存。左肩。子持枠。「北州異素六帖(以下欠)」。約九・〇×二・〇糎。

構成　上巻、漢序(二丁半)、和序(一丁半)、発例(八丁半、途中に目録二丁分を含む)、和跋(一丁半)、以上十三丁。
下巻、題字(半丁)、通計(一丁)、本文(三十丁)、奥付(半丁)、以上三十二丁、全四十五丁。

柱記　全丁通しで「六帖」。

丁付　上巻は序に「序一」―「序三」。発例と跋に「四」―「十四」、但し、「五ノ六」あり、又、丁付「十」の丁には「十〇」とある。下巻は題字に「乙」、以下「二」―「卅二」。又、全丁裏ノドに「上二」―「上十四」、「下一」―「下三十二」の丁付あり、これも上巻に「上五ノ六」がある。

匡郭　一一・九×九・〇糎。

奥付　「宝暦七丁丑歳正月吉日／書林／東都浅草御蔵前茅町二丁目／六河亦次郎板／本材木町四丁目／柴田彌兵衛仝」。

蔵書印　「紫影文庫」。
諸本　所見本は皆同板。但し題簽に二種あり、底本は子持枠だが、別に子持枠の四隅に隅取りの意匠を設けるものがある。
備考　稀書複製会の覆製本があり、又「洒落本大系」から「洒落本大成」まで四種の翻印と一種の影印本がある。
追記　本書を沢田東江の作とする大田南畝の証言は中扉裏の解題に記したが、南畝はその随筆『奴師労之』(文化十五年成)にも次の如くに記す。又『仮名世説』にも同様の記述を残す。
東江先生　八丁堀地蔵橋に居りし時、(中略)かつて唐詩選の句と百人一首の下の句を合せて青楼の事をしるし、異素六帖といへる小本を著し置るなど物語あり
著者沢田東江については、拙稿「沢田東江」(『近世新畸人伝』所収)、及び「沢田東江伝・その一・その二・その三」(暉峻康隆編『近世文芸論叢』、「近世文芸・研究と評論」14号、「江戸時代文学誌」8号にそれぞれ所収)を参照されたい。
(中野三敏)

二、唐詩笑　　小本一巻一冊　宝暦四年成、宝暦九年、江戸刊

底本　天理大学附属天理図書館蔵本。
表紙　薄茶色。一七・五×一一・九糎。
題簽　左肩。単枠。「唐詩笑　完」の文字が切れ切れに残存。

構成　序(一丁)、本文(十八丁)、旧序(一丁)、奥付(半丁)、以上全二十丁半。
柱記　序に「唐詩笑序」、本文に「唐詩笑」、旧序に「唐詩笑旧序」。
丁付　序には無し。本文から旧序までに「一」―「一九」。
匡郭　十二・九×八・二糎
奥付　「寶暦九歳／卯孟春上旬／江戸日本橋南／書林／大田屋庄右衛門」。
蔵書印　「平出氏書室記」。
識語　巻末余白に平出順益による「天保八丁酉四月四日於病架枕上一読了」の墨書識語がある。
諸本　天理図書館に知十文庫旧蔵の別本一部を存するのみ。但し底本と同板。
備考　「天理図書館蔵近世文学未刊本叢書狂詩狂文篇」(昭和廿四年、養徳社刊)に中村幸彦解題による影印がある。
追記　本書が粉本とした李卓吾批点『四書笑』は大本写本一冊、墨付六十三丁。内題に「開口世人輯／聞道下士評」とあり、林羅山の自筆朱批点を備える。蔵書印は林讀耕斎、佐伯侯毛利高標、浅草文庫、内閣文庫の印を備え、その伝来も分明する。胡盧生なるものの序に「乃従四書中索味外之味、因彙集以四書語、為恢諧、可以絶倒者、成帙…」とあり、内容は全百一章、「十目所視十手所指」「如在其上」「三十而立」「一貫」「宰予昼寝」等々、凡て四書中の成句を抜き出して、その枉解に努める所、全く「唐詩笑」の先蹤をなす。一章を例示する。

　如在其上
好龍陽者、以為勝于女、又有請女未嘗不可龍陽也、為与女龍陽之破日、乞諸其隣、如在其上
　儒者曰、一問未達也、〇又曰、徳不孤必有隣、上之所好、下必有甚焉者笑

巻末に羅山自筆で「羅山子　莞爾考之」と朱書する。読書子たる者、そういつもいつもしかつめらしいものばかりでは気がつまること、古今相通じる。

（中野三敏）

三、雑豆鼻糞軍談　　半紙本五巻五冊　明和六年、京刊

底本　中野三敏蔵本。

表紙　濃緑色。二三・五×一六・八糎。

題簽　左肩。子持枠。「雑豆鼻糞軍談　一（〜五）」。巻ごとに僅かに書体を変える。一五・〇×三・一糎。

構成　序（一丁）、本文巻一（八丁）、同巻二（八丁半）、同巻三（九丁）、同巻四（八丁）、同巻五（六丁半）、奥付（半丁）、以上全四十一丁半。各巻見開き一丁分の挿絵があり、画中に詞つき。

柱記　序に「鼻くそくんたん之序」。巻一本文に「はなくそくんたん之一」、巻二本文以下に「鼻くそくんたん之二（〜五）」

丁付　序に「一」、巻一本文に「一（〜十二）」、但し「七ノ十一」あり。巻二本文に「一（〜十一）」、但し「六ノ八」あり。巻三本文に「一（〜十二）」、但し「六ノ九」あり。巻四本文に「一（〜十一）」、但し「六ノ九」あり。巻五本文に「一（〜九）」、但し「五ノ七」あり。

匡郭　一八・一×一三・三糎。

刊記　「明和六年／丑ノ正月吉日／京六角通油小路西へ入町／小幡宗左衛門板」。

諸本　所見本三部は皆同板。

備考　この書は未翻印。

（中野三敏）

四、古今俄選　　中本五冊　安永四年、大阪刊

底本　国会図書館蔵本。なお、底本には落丁になっている巻四「十八」の一丁分は、中村幸彦博士蔵本によって補った。

表紙　藍色。織目。一八・七×一三・〇糎。

題簽　左肩。黒地白抜キ。単辺。一二・八×一・四糎。「浪花古今俄選　一」。

構成　巻一、広告半丁、序一丁半。凡例二丁、引用書目と総目録合せて二丁、本文十二丁半。巻二、本文二十三丁。巻三、本文二十四丁。巻四、本文二十丁。底本はその中「十八」の一丁落丁。巻五、本文十一丁半、奥付半丁。

内題　「古今俄選巻之一」。

柱題　「古今俄選一」。

丁付　柱。

匡郭　一五・〇×一〇・七糎。毎半丁九行。

刊記　「安永四乙未六月／大坂油町／播磨屋九兵衛板」。

本書の底本は、現状では、巻一～三、巻四～五の二冊に合綴、外表紙がかけられているが、外表紙の下に原表紙が

保存されている。東京都立図書館加賀文庫本は、巻一と巻五のみを存する零本であるが、国会本に対して異本である。表紙は水色。原題簽は左肩、褪色して二冊とも文字は見えない。白地に紅刷ででもあったか。国会本とは別様である。

巻一における両本の丁付を対照させると、国会本、「一」〜「九」「　」「ノチ十」「十一」〜「十八」。加賀本、「一」〜「八」「十」「　」「十一」〜「十八」。加賀本の「十」は国会本の「九」と同板である。丁付の文字を察するに、加賀本の「十」が本来で、国会本の「九」は改刻と認められる。「　」(丁付ナシ)の丁は、国会本・加賀本同板で、オのみの半丁が庭神楽の挿画、ウは白紙である。又、加賀本「十一」のオの初二行は国会本「ノチ十」オの始め二行と同じ。加賀本同頁の三行以下は、国会本「十一」オの三行目以下と同じ。この間恰も国会本「宇治拾遺に…」の記事一丁分が加賀本には欠落している。すなわち、加賀本は国会本に比して本文の丁数が一丁少い。版面の情況を察するに、加賀本の方が前位の版で、国会本の段階に於て、「ノチ十」の一丁を挿入したものと認められる。両本共通の「　」の丁は、本来加賀本の「十」(国会本「九」)の前に置かれるべき(九)に該当するもので、そのウを満すべき用意があったが、不都合を生じて急拠削除空白とし、その事情に関連して半丁の置き場所にも変更を生じたものか。

底本と異本の内容上の差異を記すと、「引用書目」に国会本に「大平記」「宇治拾遺」とあるところ、加賀本は「論語」「孟子」である。経書の名を載せるのを憚りありとして、国会本では入木差替えたのであろう。同所国会本の「源平盛衰記」も入木で、加賀本に無いものを追加加入したものである。又、「総目録」の中に、国会本「▲大平記盛衰記口合之事」とある部分も右同断である。次に加賀本に於ては、「総目録五之巻」の「▲同上」の次行以下に、「▲所望人《しよまうにん》心得《こゝろへ》之事／▲見物人《ふつにん》心得之事／▲京神輿洗《きやうみこしあらひ》△大坂夏祭《なつまつり》之事／▲俄賣買《うりかい》之事」の国会本に無い四行がある。これらは国会本に於て、匡郭ごと削り去られたものである。但し、加賀本も巻五の本文は国会本と同じであり、目録にのせたこれらの内容が本文にあることはない。

以上を総じて、加賀本の方が国会本よりも前位の版本であると認められるが、零本であって完本でないため、底本としては国会図書館本を用いた。

（浜田啓介）

五、粋宇瑠璃　半紙本五冊　天明五年、大阪刊

底本　早稲田大学図書館蔵本。

表紙　藍色。二二・七×一五・七糎。

題簽　左肩。双辺。黄色地。一五・二×二・六糎。「粹宇瑠璃　壹」「粋得利　二」「黒宇瑠璃　三」「久路宇留理　四」「くろうるり　五大尾」。

構成　巻一、見返し半丁、序一丁、本文十四丁。巻二、本文十四丁。巻三、本文十四丁。巻四、本文十四丁。巻五、本文十四丁、奥付半丁。

見返し　「白宇瑠璃後篇／くろうるり／全部五冊／書林　賭春堂／崇高堂」。右肩に文昌星朱印。

序題　「久路宇留理」。序末に「乙巳春盧橘庵素秀江南の大庾堂に書」。

内題　「粹宇《くろう》留理《るり》巻之一（三、四）」「粹《くろ》うるり巻之弐」「くろうるり巻之五」。

柱題　「くろうるり」。

丁付　柱。

匡郭　一八・〇×一二・七糎。毎半丁八行。
奥付　「天明五巳歳正月　皇京書局　堺屋嘉七／東武書房　前川六左衛門／浪速書肆　河内屋八兵衛／山口屋又一」

（浜田啓介）

六、絵　兄　弟　　中本一巻一冊　寛政六年、江戸刊

底本　中野三敏蔵本。なお十二ウ・十三オの口絵は京都大学文学部蔵本によった。
表紙　縹色、一九・〇×一三・九糎。
題簽　左肩。単枠。茶色地紙。「新梓戯作繪兄弟全」。一四・一×二・八糎。
構成　序(二丁半)、総目(一丁)、本文(三十三丁半)、奥付(半丁)、以上全三十七丁半。
柱記　なし。
丁付　序に「序一」—「序三」。以下「一」—「卅三」。但し「十三」の丁付を持つものが二丁あるが、本文は重ならない。
匡郭　一六・二×一一・六糎。
刊記　「寛政六載甲寅春王正月／書肆／御江戸本町筋　蔦屋重三郎／通油町　鶴屋喜右衛門／板」。
蔵書印　「蘭渚堂図書印」(内田蘭渚か)「平出氏書室記」「桂雨蔵書」の三印。
諸本　底本はやや厚手の上紙刷りだが、多くは通常の楮紙刷り。
　底本に比べるとやや小ぶりの中本一冊の改刻本があり、「教訓絵兄弟」と改題して、本文を十七丁に縮め、奥付の刊記は「寛政六年寅正月発行／蔦屋重三郎／鶴屋喜右衛門／伊勢屋忠右衛門／平林庄五郎」とある。本

文末にも「山東京伝著述／教訓戯作絵兄弟後篇《きやうくんけさくゑきやうだいこうへん》　全一冊／寛政六寅年孟春出版市行」とするが、刊行された形跡はない。奥付にも「山東庵遺案　柳川重信画／道戯教訓鳥獣《どうけきやうくんとりけもの》あふむ石　全一冊／鳥《とり》けものゝ身《み》ふりをうつしこゝろいきをのべて勧善《くはんぜん》のおしへとなす道戯《おかしき》ものかたり也」ともある。文化七年には京伝自身、豊国の絵で『腹筋逢夢石』を三篇まで出しており、内容も右広告と似通うが此方は遺案といい、重信画といい、又別ものとしか判断出来ない。とまれ「遺案」の該字は、文書が文化十三年の京伝歿後の刊行である事を示しており、何故に寛政六年の刊記をのこしたのかは推察の手だてが無い。なお、この『教訓絵兄弟』は更なる後印本とおぼしきものに、鶴二羽を墨摺りで摺付けた表紙に、題簽も藍摺りで摺付け、見返しにも藍摺りで飾りのしに松と南天の絵がらの上に「山東京伝作／教訓絵兄弟《きやうくんゑけうだい》　全一冊／寛政六年寅孟春吉辰発行」と記したものもあり、此方は奥付の次に甘泉堂新刻目録半丁を附すので和泉屋市兵衛の板としれる。

備考　本書は未翻印。

（中野三敏）

七、田舎芝居　小本一巻一冊　天明七年、江戸刊

底本　九州大学国文研究室蔵本。

表紙　薄茶表紙。一六・一×一一・七糎。

題簽　欠。但し初印本の題簽は未見。

構成　ほめ言葉(二丁)、序(三丁)、本文(三十七丁半)、識語(半丁)、後序(一丁)、跋(一丁)、以上全四十五丁。

柱記　なし。

丁付　ほめ言葉は、毎丁裏ノドに「ホメ詞一」「ホメ詞二」。以下毎丁裏ノドに、序は「序一(〜三)」、本文及び後識は「田ノ一(〜廿八)」、後序は「田ノ後序」、跋は「田ノ跋一」。

匡郭　「ほめ言葉」のみは匡郭無し。その他は一二・八×九・一糎。

刊記・奥付　無し。

諸本　底本の如き鶴屋板(「ほめ言葉」の初丁に記される)を初印本として、後印本に、右の鶴屋の名前を削除した蔦屋重三郎の求板本が多い。この蔦屋板には黄色地紙の題簽があり、上下の枠に円みをつけた子持枠に「いなか芝居全」とある。又、享和元年に半紙本四巻四冊の改刻本がある。刊記は「享和元年辛酉七月吉日／書林／浪華凌雲堂／東都千鶴堂／寿梓」とあり、ほめ言葉・序・後序・跋等に若干の手を加え、目録を新たに附加えて本文は殆んど同じだが、やはり表記にはかなり異同がある。

　その後、刊年は不明だが、更に中本二冊で「滑稽笑談くになまり」と改題した補改板がある。本文の板は蔦屋板をそのまま用いて、ほめ言葉・序・後序・跋の七丁分を捨て、新らたに序と口絵二枚の三丁分を新刻する。内題下には「二世福内鬼外著」と記し、序は狂歌堂真顔の手紙を用い、口絵は一勇斎国芳の落款を入れる。本文中の挿画も国芳画を新刻して入れかえる。顔ぶれからみて天保初年頃の刊行であろう。

備考　「洒落本大成」等に翻印が四種あり、改刻半紙本も「滑稽文学全集」に翻印される。洒落本と滑稽本の交代をもたらした作品として、従来から論じられる所は多く、又、本書により京伝と万象亭の不仲が生じたとする馬琴の証言に関する是非の検証など、何かと話題になる作品であるが、その点に関する私見は「洒落本名義考」

(『戯作研究』所収)に記した所なので御参照願い度い。

(中野三敏)

八、茶番早合点初編　中本一冊　文政四年、江戸刊

底本　名古屋市蓬左文庫蔵尾崎コレクション本。なお、本文「第壱」および「第三」の口絵(本書三六四頁、三六六頁)は、静岡県立中央図書館蔵本によった。

表紙　黄色地、押文縦皺。一八・一×一二・八糎。

題簽　左肩。双辺。?×二・〇糎。「茶番早合點　初(編完)」( )内は剝落。

構成　見返し半丁、序一丁、目録一丁、本文三十丁半、奥付半丁、薬広告一丁。

見返し　「茶番早合點／毎部有此圖章(印)／本丁庵三馬撰／五渡亭國貞画／書鋪春松軒梓」。印は「滑稽道場」。

序末に「江戸前大市隠　滑稽道場三馬(印)」。

目録題　「茶番《ちやばん》狂言《きやうげん》早合點《はやがてん》目録《もくろく》」。

内題　「茶番狂言早合點」。

柱刻　なし。

丁付　ノド。

匡郭　挿画の部分の外は匡郭なし。毎半丁十二行。字高約一五・三糎。

尾題　茶番狂言早合點初編畢。

奥付　本文末、終丁オ後部よりウ前部にわたって、匡郭の内に茶番早合点第二編の内容目録、終丁ウ左部に別匡郭で囲み、「江戸戯作者　本丁庵三馬撰／浮世繪師　五渡亭國貞筆／傭書　晋米齋藍庭玉粒書／文政　三年庚辰霜月上浣稿成／四年辛巳正月雜旦發市／江戸本材木町一丁目／地本問屋春松軒　義大夫正本類問屋／けいこ本大六行元祖　西宮新六梓」。

茶番早合点二編　　中本二冊　文政七年、江戸刊

底本　名古屋市蓬左文庫蔵尾崎コレクション本。
表紙　薄色地網目。一八・〇×一二・四糎。
題簽　左肩。双辺。？×二・〇糎。「茶番早(合)点　(二編　上)」(　)内は剝落。
構成　上巻、見返し半丁、序二丁、巻中目録一丁、本文二十二丁半。下巻、本文二十四丁、奥付一丁。
見返し　「茶番早合點　第二編全二冊　本丁庵三馬撰／五渡亭國貞画　春松軒西宮屋新六梓」。
序題　「茶番早合點序」。序末に「先年噂にきこえたる／好屋の翁しるす(印)／文政七年甲申正月」。
内題　「茶番早合点二編上」。
柱刻　なし。
丁付　ノド。
匡郭　挿画の部分の外は匡郭なし。毎半丁八行。字高約一五・三糎。
尾題　「茶番早合点二編下之巻大尾」。

奥付　終丁オに匡郭内に茶番早合点第三編目録。ウに匡郭内に「江戸　本丁庵三馬撰／五渡亭國貞画／文政　六年癸未秋集成／七年甲申初春新鐫／江戸本材木町一丁目／地本義太夫／正本抜本／繪草紙問屋　西宮新六版／新ぱん物品ゝ出来仕候間何卒御求御ひやうばん偏ニ奉願上候」。

本作品はその書名の呼称に問題がある。本作は、「雑藝叢書」を始めとして、「茶番狂言早合點」として世に行なわれているところである。しかしその書名は、初編内題のもので、二編にはどこにも見当らない。初・二編の書名を徴するに、初編目録題・初編内題・初編尾題は「茶番狂言早合點」、初編題簽・初編見返し・二編題簽・二編見返し・二編序題・二編内題・二編尾題は「茶番早合點」である。初編書名としてはその内題を尊重すべきであるが、二編が一度もそう呼ばれない以上、それを初編二編の通名としては用いにくい。両編の外題である「茶番早合點」の書名は、初編二編、更には三編の予告書名を含めて、本作シリーズの通名として適当と思われるので、本大系では「茶番早合點」に従うこととした。

（浜田啓介）

新 日本古典文学大系 82
異素六帖　古今俄選　粋宇瑠璃　田舎芝居

1998年2月26日　第1刷発行
2024年12月10日　オンデマンド版発行

校注者　浜田啓介《はまだけいすけ》　中野三敏《なかのみつとし》

発行者　坂本政謙

発行所　株式会社 岩波書店
〒101-8002 東京都千代田区一ツ橋2-5-5
電話案内 03-5210-4000
https://www.iwanami.co.jp/

印刷／製本・法令印刷

ISBN 978-4-00-731506-0　　Printed in Japan